中国梦 我的梦

ZHONG GUO MENG WO DE MENG

中国梦主题创作甘肃文学作品选

ZHONG GUO MENG ZHU TI CHUANG ZUO

GAN SU WEN XUE ZUO PIN XUAN

编委会主任/连　辑　主编/邵　明　周丽宁

读者出版传媒股份有限公司

敦煌文艺出版社

图书在版编目（CIP）数据

天马畅想曲：中国梦主题创作甘肃文学作品选 / 邵明，周丽宁主编. -- 兰州：敦煌文艺出版社，2014.9
ISBN 978-7-5468-0748-5

Ⅰ. ①天… Ⅱ. ①邵… ②周… Ⅲ. ①中国文学－当代文学－作品综合集－甘肃省 Ⅳ. ①I218.42

中国版本图书馆CIP数据核字（2014）第220190号

天马畅想曲：中国梦主题创作甘肃文学作品选

邵明　周丽宁　主编

出 版 人：吉西平
总 策 划：高志凌
责任编辑：靳　莉
装帧设计：甘肃千金设计广告有限公司

敦煌文艺出版社出版、发行

本社地址：（730030）兰州市城关区读者大道568号
本社邮箱：dunhuangwenyi1958@163.com
本社博客（新浪）：http://blog.sina.com.cn/lujiangsenlin
本社微博（新浪）：http://weibo.com/1614982974
0931-8773084(编辑部)　　　0931-8773235(发行部)

北京利丰雅高长城印刷有限公司

开本　880 毫米×1230 毫米　1/16　印张 28.5　插页 1　字数 650 千
2014 年 10 月第 1 版　2014 年 10 月第 1 次印刷
印数：1～8 000

ISBN　978-7-5468-0748-5

定价：158.00 元

瘳思曲典

目录 CONTENTS

抒情篇 · 诗歌

朗诵诗

诗歌里的神奇甘肃

倾诉篇·散文

纪事篇 · 报告文学

情景篇 · 小说

镜像篇 · 摄影

任世琛　张永基　路学军　陈岗　张国银

肖世强　王玫　丁小胜　吴健　翟荣生

孙杰　关春明　张惠武　张玉伟　张新合

孙林　佚名

畅想篇·笔谈

CHANGXIANGPIAN

我们的中国梦/百名作家笔谈

文立冰

　　一个民族的变迁，因为梦想的引领而变得美好坚定，充满希望；因为文学的贯穿而绵延千里，生生不息。

人　邻

　　我的中国梦，就是尽最大可能让每一个人都有平等的发展机会，让每一个人都过上有尊严的"大写"的人的生活。

杨建仁

　　中国梦，寄托的是人民的向往，展示的是民族的追求，映照的是国家的复兴。所以寻梦、追梦、圆梦是时代的主题，也是历史的抉择。

弋　舟

　　文学从来无法脱离她所处的时代。当这个民族向自己的梦想迈进的时刻，文学所能够做的，无外乎是"鼓劲儿"和"疗伤"。鼓劲儿必不可少，可我看重的，却是文学的"疗伤"功能。谁都知道，实现这千年的中国梦，我们要走的是一条何其光荣同时又何其艰辛的路。圆梦之路，挫折与坎坷必然伴随着每一个中国人的每一步。那么，在这样的一些时刻，我想，文学大有可为。

刘 子

　　我的中国梦就是，希望绝大多数的普通人也能过上好日子，至少人们不再为孩子上学交不起学费而发愁，不再为看不起病而揪心，不再为住不起房而忧伤，普通人也能通过努力奋斗而改变自己的命运。

张 晴

　　每个中国人，都是中国梦翅膀上的一根羽毛，只有每个人独善自养，爱惜这根羽毛，中国梦的翅膀才能茁壮强大，中国梦才有希望真正飞翔。

王登渤

　　有梦才有未来。让梦变成现实，在现实中再次放飞梦想，循环往复，个人如此，国家民族乃至人类均如此。

唐翰存

　　我的中国梦，便是我能够以自己的方式谈论"中国梦"。我的中国梦，是国家民主，人民自由，知识分子有更多担当，作家更有创造力。而我活着，便是见证。

刘梅花

　　云的梦想是衣裳，花的梦想是容颜，春天的梦想，是柳絮儿漫天飞扬。心怀梦想，是因为生命的价值，是取决于梦想的力量。

林　染

我的中国梦就是：国家强盛，人有素质，除恶安良，长治久安。

方健荣

一个真正的作家必然是怀抱着梦想的，对亲人、故乡、这个时代和祖国，痛并快乐地诉说出灵魂深处饱含热爱和血液的全部梦想……

武永明

作为一名新闻工作者，关注该关注的，了解该了解的，记录该记录的，这是我今后工作学习生活道路上应该履行和完成的使命。

刘惠生

我身体里耸立的祖国，身体里咆哮的黄河，与生俱来。在一个生命约定的时段，中国梦，打开我必经的时间之门。

仁谦才华

阳光的表情下，一朵花露出女儿的腰身，它开放的速度、声音、体香还有落红的疼痛，不就是籽粒至于果实的梦吗？

钱 刚

　　中国梦，承载着黄土地的飞天梦。带着梦，我们将拥抱古老的甘肃，传承文化甘肃未来的阳光。中国梦，甘肃文学腾飞的梦。对我来说，中国梦意味着对一种理想的认知和坚守，告诉我要用内心去感受，用目光去观察，用文字去书写阳光灿烂的味道。

张 琳

　　愿以自己特有的方式、以读者喜爱的方式，虔诚而热烈地为我们的中国梦增添一抹和谐、美妙的色彩，为梦想腾飞的翅膀插上一片充满智慧的灵性与力量的羽毛。

钟 翔

　　文学作品所体现出的地域特征、民族情感和精神内涵，是一个作家身份的最好印证。

雪 漠

　　中国梦是一个图腾，充溢着清凉和快乐。你走向我，我走向你，你我相融于这一次旅途。

王振武

　　国运兴衰，文人有责；人民忧乐，作家当呼。作家只有深入生活，扎根泥土，笔底才能流淌出绚丽诗句和锦华文章。

王登学

挖掘地域特色文化资源，弘扬优秀传统文化，塑造中华民族伟大复兴中国梦的文化之魂。

王贵龙

"中国梦"概括了亿万国人对幸福美好未来的信心和憧憬，对未来，我梦想在文化精神薪火传承中审视灵魂，养"浩然气"，写出无愧于人生的好作品。

张佳羽

爷爷辈见面：你吃了吗；爸爸辈见面：哟嗬发福啦；我们辈见面：又换手机了。现代国史，是一部迈向"中国梦"的见证史。

刘晓梅

把梦的种子撒播到每一个可以生根的角落里去，不论巉岩险阻，不论雨雪风霜！

丁皎年

社会主义核心价值观的24个字，全面而美好。每一个公民，只要像梁启超说的那样"敬业乐业"，哪一个字的目标都能实现。

黄忠龙

　　有梦是一件好事儿，也是一种好的品质。教育就是一个美好的梦乡，让许多天真烂漫的孩子做起梦，做出中国梦。

马步升

　　社会是风清气正的，天空是明亮的，河流是洁净的，食品药品是放心的，家居和出行都是安全的。

杨冰泉

　　放歌大西北，圆我中国梦：大美西部，文明之巅，博大之怀，厚重之情，苍劲之梁，成为中国文学创作取之不尽用之不竭的源泉。

叶　舟

　　李梦菲10岁。我问她，长大了做什么？她说，做一个服装设计师，去米兰。我问，去米兰设计？她说，我给舅舅设计一个作家袍，像法官和律师穿的那种，特高贵！——梦里芳菲，我喜欢这个说法。

刘爱国

　　百年风云，中华民族御外侮抗入侵，卓绝悲壮前赴后继寻解放；辛亥革命，炎黄子孙举民族民生旗，奔走呼号实现中华复兴梦。

胡 杨

　　人的一生与梦相伴，梦，把人带入了另外一个境界，我们希望，这个境界是美的、善的，光明的、真诚的，把它们集合起来，构筑我们的未来。

高 平

　　我们中国人，都有中国梦。上接尧舜禹，下接老百姓。鸦片战争后，醒狮图强盛。百年血与火，代价太沉重。改革与反腐，坚持加坚定。梦想实现日，齐唱中华颂。

第广龙

　　一个国家的梦想，是强大，是富足，具体到个人，是一致的。如今的变化，在现实里就发生着，实现着。个人的幸福和国家联系起来，更美好的未来，是可以期待的。

丁永斌

　　给生活以艺术，给艺术以生活。

古 马

　　真、善、美，梦如诗。

小 米

　　没有梦想的人生是灰暗的，没有梦想的民族肯定没有未来。我为我有梦想、我也为我的祖国有梦想而庆幸、自豪。

程莫深

　　文学对一个民族的影响持久而热烈。文学梦是中国梦里的彩虹，需要作家用担当和责任，为文学中国增添春色。

包 苞

　　中国梦不是一粒种子，而是一颗已经破了土的嫩芽，需要适时的阳光、雨水，以及足够的生长空间。五千年的文明滋养的，是一个全新的未来！

毕 琴

　　文学是我灵魂深处的一方净土，用心铸就的文字让我对生活有了理性的思考，用文学这支笔去实现我的梦，反映百姓梦，弘扬中国梦。

富永杰

　　我的中国梦，很简单。有安定的生活，糊口的工资，一份自己喜爱的工作，健康的身体，幸福的家庭，好看的作品，自由、快乐、充实。春天是鲜花盛开，夏天是绿荫遍地，秋天是红叶漫山，冬天是白雪皑皑。每年都有空闲的时间，和家人一起吃饭、旅游。

邵振国

　　愿我们能在这场伟大的民族复兴之"梦"中，提高我们的素质，振奋我们的精神，建设我们光明、昌盛的未来！

李天银

　　干好每一件事，做完每一天的活，保持内心平静，一步一步执著前行，把美好愿望逐步变成现实，这是我人生追求的梦想！

何延华

　　梦想使人年轻，使人勇敢，使人丰盈……梦想使一个国家充满了活力与希望。让我们——五十六个民族同做一个梦，十三亿中国人同做一个梦！让我们齐心协力，将伟大的"中国梦"变成现实！

王　琰

　　一个人的梦，就是一棵树苗。一群人的梦，就是一座森林。

刘　杰

　　作为一个乡村教师，我心中的中国梦就是：从真正意义上实现法治；铲除腐败，建设清廉政府，使权力不再是至高无上的；人民友爱，国家昌盛。

姜兴中

　　人可以一无所有，但不能没有梦想。因为有梦想的引领，所以人生的帆船才不会迷航，不会搁浅。每一个中国人心中都有一个温馨的中国梦，而我作为一名普通的收税人，同样怀揣着自己的"中国梦"和"税务梦"，在自己平凡的岗位上，期待着心中"中国梦"、"税务梦"的早日实现。生活若剥去理想、梦想、幻想，那生命就成了一堆空架子。

刘海云

　　昔陶渊明有"桃花林里，芳草鲜美、落英缤纷，黄发垂髫，怡然自乐"之家园美境，后王维有"九天阊阖开宫殿，万国衣冠拜冕旒"之国家盛景，此二者合一，就是我心中的中国梦。

陆　承

　　我要以中国梦为汗血宝马，带领由汉字组成的千军万马，奔赴时代的战场，赢取汉的风韵、唐的富饶、宋的恬淡、明的儒雅、清的辽阔和永不干涸的民心。

阳　飏

　　梦，远远看得见的风景，走过去，成为风景中的人。

高　燕

　　文学创作，是在对生活的深究中，自我的不断认知与完善，从而实现一次次对生命的修复。

谢荣胜

留住故乡，让青山、溪流、弯弯炊烟、小径、清洁的月光安放我的乡愁。不要让我的回忆背井离乡。

梁积林

文学与生活是息息相通的，重要的是发现和被召唤，是温暖的关怀和高贵的磨难，质地硬朗，闪动着黄金般的光芒。

嘉　昌

文学本就是作家对梦的追寻，自己的，民族的，人类的，跋涉登攀、喜怒哀乐的追寻。

王若冰

一个人有了梦想就有了未来，一个民族有了梦想就有了前行的动力。中国梦，就是要我们在实现每个人的梦想中，为实现中华民族伟大复兴注入强大的精神动力。

陈田贵

我理解中国梦的内核是强国富民，这是近代以来中华民族梦寐以求、前赴后继、不懈奋斗的理想。实现中国梦，是所有中国人的使命。

闫小杰

　　青山、绿水、乡愁、蝉吟、鸟语、炊烟；陇原大地蕴诗情，华夏灿烂万千梦。读破万卷书，行走万里路。做山河梦，书岁月情。诗意中国梦，铸就中华魂！

杨　先

　　慢生活，喝洁净水，吃绿色食物，呼吸新鲜空气，淡化物质需求，注重内心世界。

离　离

　　每天接触到不一样的新鲜的光的样子、树的样子、果实的样子和人们快乐的样子，我惊喜于内心里突然而来的如此细小的波澜。

苟天晓

　　我已经看见了——大地绿色而芬芳，人们充满尊严、勇气和爱，这个民族不断赢得光荣，为人类做出更大的贡献。

罗金萍

　　中国梦一直在我心中生根发芽开花，我是时代的骄儿，日日夜夜都被中国梦包围，中国梦就是我的梦，中国梦是全中国的梦。

习 习

希望越来越多的国人，怡然、从容，面带微笑。少一点儿仓皇、紧张、对日常的忧虑。

胡美英

郁达夫说，跑尽可以跑，但脚切不可离地。我们仰望中国梦的七彩光华，也要在田野在街巷放慢脚步沉淀心灵，让我们的作品有灵气有地气！

李宗新

中国梦，是我们每个人的梦，也是我们这个波澜壮阔的时代的梦，值得我们歌唱和向往。

毛立国

这些文字都是干净的，当写天空的时候天就蓝了，当写大地的时候草就长了，当写心灵的时候水就清了。中国的汉字，中国的梦。

杨永康

文学成就梦想，梦想成就文学。

申万仓

　　阅读与写作，已深入我的生活。诗歌或者其他文学作品，能够安妥我不安的灵魂，廓清我因繁杂而不通透的枝叶。诗歌成为我生活的一部分，诗歌成为我的宗教。或者说，梦想深挖人间的美好！

尚德琪

　　因为有梦，所以辽阔；
　　因为有梦，所以悠远。
　　因为有梦，所以有优美的诗行；
　　因为有梦，所以有无边的风景。

朝　歌

　　其实，人上世来，也许是为了一个"梦"。为了这个梦，他可以寻找一时，也可以寻求一生。当梦没有了的时候，人活着与枯尸无异。中国梦也一样。

吴东正

　　我们天生与祖国、民族、写作有缘，我们更应让生命鲜活起来，尤其是让怯懦者坚强、让迷茫者清醒、让梦想现实起来。

樊　樊

　　大鹏之动，非一羽之轻；骐骥之速，非一足之力。中国梦，在十三亿中国人强健的心跳里，十三亿个和谐的音符，共奏梦想的强音。

王忠民

　　愿，守着文学的家园耕植幸福，让文字释放被欲望囚禁的心；愿，曾经失去的被找回，残破的获得补偿；愿，这文学的土地得以庇佑，为其奉献绚霞一般的初心。

严英秀

　　我突然觉得自己是不孤独的。虽然，生活以不同的形态隔开了你我，风里我听不清他的声音，但你、我、他总归走在共同的中国梦照亮的长路上。

赵剑云

　　我的梦想很简单，就是天地间的一种温暖。我喜欢"温暖人心"这句话，我想如果一个国家让人民感受到温暖；一个家庭让孩子感受到温暖；一个作家的作品让读者感到温暖；一个陌生人让另外一个陌生人感到温暖；一双手让另外一双手感觉到温暖……那便是我们整个国家的温暖，也是我的中国梦。

苏　黎

　　好作品，就是让人战栗，能唤醒沉睡的记忆，开启时光之门，是一道瞬间接通心灵与心灵的闪电，是愉悦，是美。

张香琳

　　《孟子正义》曾曰："君臣上下，各勤其任，无堕其职，乃安其身也。"我们每个甘肃人如果能"唯此时为然"，把自己的民生梦、尊严梦、成功梦与中华民族的伟大复兴梦紧密联系起来，合力共筑民心长城，那么，中国梦必将是世界的梦！

汪　泉

　　以中国文化的良知，以汉语文学的优势，以精湛的小说形式，以探微洞幽的笔触，为祖国和人民的梦想助力。

李满强

　　诗歌于我而言，不仅仅是指认和呈现，更多的是对良知、道义和人性的重新审视，对生命或生活的设疑、质问与希冀。

王晓春

　　生活是属于自信者的，机会是属于开拓者的，奇迹是属于执著者的。世上只有走出来的美好，没有等出来的辉煌！

张炳玉

　　圆中国梦，敦煌梦是范本。敦煌遭劫，一代又一代被称"殉道者"的文化英雄，不惧九死，来到绝地，拯救敦煌，才有今日莫高之复兴。

阳　君

　　中华梦，不是在做梦，是振兴中华的梦想。复兴之路通往信仰之巅！

牛庆国

冬天梦见春天，春天梦见秋天。一个巨大的麦穗让祖国的大地梦想成真。

万小雪

种植诗歌的荣光岁月，这是一个梦想起程扬帆的时代，作为一个文字的建造者，行者如斯，思想的火焰丝绸一样飘拂在我的地域，梦想是一粒沙的海洋，融入祖国梦想的浪花，汇聚清澈，汇聚一个优雅和哲思遍地的时代。

王新荣

"中国梦"不只是富裕梦，还是对幸福和有尊严生活的期许。我觉得，在追求梦想的途中，梦想之路不可能一帆风顺，不管成功与否，但在胜利的曙光面前，只要脚踏实地，认认真真、勤勤恳恳地用自己勤劳的双手托起自己的人生之路，也是一种幸福的收获。

李致博

我们有谁不是活在梦想之中！百年中国梦让我们期待国家强盛，盼望民族振兴，让五星红旗飘扬在海疆、陆地、太空。

马兆玉

中国梦会让中国这个古老的诗歌国度，从美学吟咏中，以优雅、和谐、为世界展现出炎黄子孙和东方龙的丽姿与风采。

妥清德

　　一个诗人，就是一个梦的创造者。用诗意的文学把梦想呈献给生活，用优美的意境塑造一个渴望的现实，托起民族复兴的梦想。

武强华

　　每一天清晨，从鸟鸣声中醒来，踏着树荫去上班。天很蓝，汽车很少，空气很干净，在安详的人群中我从不感到孤独。一百年后，我已不在这个世界，希望它仍安然若此。

李铺子

　　五千年的风雨，中国梦犹如出海的蛟龙，蜿蜒神州；五千年的沧桑，中国梦犹如翱翔的雄鹰，振翅华夏。中国梦，我的梦。

张晓琴

　　文学本身就是一种梦想。每一个热爱文学的人都是以文学为梦的人，在文学中游历灵魂，与世界对话。

蝈　蝈

　　时代是一首大诗。像一滴水一样，一首诗影响不了时代的流向，但水滴融汇就成为时代的交响。

赵淑敏

对我生活的城市而言，我的"中国梦"就是想让文学为我们的城市带来温暖，让美丽的嘉峪关散发出文学的光芒。

柯 英

我期盼生态文明建设不要只停留在口号上或人为的无序开发上，应将一切与生态有关的行为置于法治的轨道，用刚性约束保障每一条河流健康流动、每一片草原生机盎然、每一处湿地诗意存在、每一座城市空气清新，为中华大地预留更多健康持续发展的资源，让中国人享受到更高质量的生活空间。

北 浪

只有当所有包括全世界的人从邪恶、强权乃至现实的束缚与奴役中解脱出来的时候，才意味着中国梦的真正实现。

唐 默

洁净的天空，美丽的灵魂；透明的规则，公平的环境；努力奋斗就有明天，敢于拼搏必见彩虹。梦想插翅，永不言败。

周 舟

"中国梦"催生着作家们的拼搏潜能。在世界文学的坐标确立具有鲜明中国特色的中国文学的位置，当是中国作家们不懈的追求。

任雪琴

梦想也许会随着岁月的流逝模糊不清，甚至被遗忘。当你不停地追寻，付出百倍千倍的努力被所谓的生活包围，蓦然回首，梦想其实一直都在你左右不离不弃。

王进明

要我们背起书包，无论行至哪里，都能找到免费的学校，参加公平的考试，全民的教育梦才能实现。

娜 夜

希望在前，我们已在途中！

姚海涛

我的文学梦充斥着中国色彩，我的文学梦写满了中国符号，我的文学梦彰显着中国元素。我的文学梦，描绘中国梦。

彭金山

一个梦没有做完，可已进入老年。时间的鞭子赶着我走，还有梦在前面。心中有梦就多一份幸福啊，从来完梦如登山，中国梦，众人圆！

王天宁

中国梦是祖国上空壮丽的云霞，诗人的梦想就是在高远的云空里展翅飞翔，并且留下鸿雁样令人留恋的歌声。

马萧萧

文学是一个民族的内芯、一个国度的良心。一个没有文学大师与文学经典的国家，很难成为富国、强国，更不可能成为文明之国。

金吉泰

改革开放，使我暗恋多年渴望把农耕生活摄入文学作品的美梦才有了希望。创作时照实道来，直抒胸臆。待《农耕图》破土问世，美梦就圆了。

金雷泉

忆往昔，兰州战役开打了，鲜血生命换来曙光，彭总改张子文店为和平；看今朝，一座座高楼矗立，牡丹苍松云雾环绕，幸福和平成为新城新梦。

阎小鹏

勃兰兑斯说："我们要有所憧憬，这是永恒的真理，我们把憧憬必须建立在比较牢靠的基础上，这同样也是真理。""中国梦"是我们一切憧憬的基础，书写"中国梦"，是当代艺术家的天职和使命。

王文思

　　亲戚之间懂礼节，朋友之间重情义，睦邻之间守信道，同事之间知荣辱……人人心存善念、互帮互携、友好相处，国自然富，民自然强。这就是我的中国梦。

武国荣

　　我恰巧看见你的笑容，正如我的表情。朵朵花开的早晨，一切这样美好，一定与梦有关。

谷凌云

　　每个生命都有爱与被爱的权利和能力，每个人都在相互温暖的距离之内，都有足够的理由去追求梦想、坚持梦想、探索梦想，用自己的绽放诠释梦想，实现自我价值和集体意义。

樊晓敏

　　中华民族一百多年来仁人志士的梦想就是恢复汉唐雄风，让人随意宰割的历史不再重演，我们的优秀文化应该高居世界文明之林，我们的人民应该活得有尊严，生活得幸福安康，和我们的民族符号相匹配。这才是中国梦的诠释。

苏　越

　　作家应该始终保持旺盛的创作激情，永远和时代同步，和广大人民群众同呼吸、共命运，要为时代和广大人民群众鼓与呼，为实现"中国梦"做出自己应有的贡献。

卢 辉

小时候一个小小梦想，让我一生像小鸟一样永不停歇地飞翔。人有梦想才能飞翔，带着理想入梦，连梦也闪闪发光。

徐兆寿

作为一个从事大学教育的知识分子，最大的梦想就是在今生能看到作家和学者思想自由，学术独立，且传统之绝学得以继承。

王新军

一个人不能没有梦想，否则就失去了前进的方向；一个国家更不能没有梦想，否则就如同行驶在没有航标的大海上。

王钟逯

我们都在寻找道路、方向、行走以及到达的理想和力量。这是我们内心坚定的梦想。我们已经出发，同时为此感动。

陈 昊

一首短诗诞生之前，我更渴望一树、一溪、一草场，一座未经我允许不得冠以任何理由拆迁的农场和一座木书屋。

尤效清

种子做着抽芽破土的梦，玉米亦有青青拔节的梦。一个面庞黝黑的庄稼汉子，在风吹日晒的旱田里，种下土豆一样憨厚、圆润的文字，憧憬着又一年的风调雨顺、春华秋实。

尚建荣

中国梦，就是中华民族的复兴梦——它是群体的，也是个体的。大国崛起，思想先省。对于一名作家而言，在这一时代的合唱中，他的担当和责任，只能体现在他的文字对这个世界和生命的关照、回望中。

李长瑜

中国梦一定是也必须是人民的梦。

十三亿中国人都有自己的梦，老百姓朴素的梦想如涓涓之水汇聚起来，就是中华民族的大愿景！

滕　飞

敢梦，是活力和健康的洋溢；逐梦，是坚韧和孤独的承受。

梦想，因劳作而辉煌！

赵武明

中国梦，华夏情。梦想是待放的花蕾，是前进的动力，是凝心的源泉。梦想，是一个人心的方向。中国梦，是所有人心的未来。一个梦，两个梦，十三亿个梦，聚成复兴之梦。实现每个人的梦，助力中华梦圆。

抒情

篇·诗歌

SHUQINGPIAN

朗诵诗

我的梦，中国梦

包 苞

有一个梦，我们做了五千年
欣喜过、失望过、迷茫过
但从来没有放弃过

梦见早晨醒来，有新鲜的空气和鸟鸣
抬头就能看见蓝天，街道两边都是花朵

梦见早餐简单，但没有农药残留
工作辛苦，但心，在偷着乐

梦见孩子们痴迷学问
不再为升学熬夜

梦见男人们放弃脏话和酗酒
爱上了运动

梦见官员们儒雅内敛而智慧
升官不再是发财的捷径

梦见商人们重利更重情义
慈善成了唯一的嗜好

梦见爱情占据了女人们的心窝
美丽再一次视金钱为粪土
梦见垃圾分类废物成宝
乡村再一次成为神的后花园

梦见庄稼重新占领了强征的土地
农民们再一次爱上了农业

梦见欢快的鱼儿跃出了水面
绿色再一次缝合了大山的伤口

梦见做过恶的，真心用行动谢罪
向善的，处处化干戈为玉帛

梦见智慧不再用于杀戮
聪明羞于掠夺

梦见监狱成了悔罪的教堂
医院成了疗养的山庄

梦见四邻和睦孝道风行
雷锋遍布城乡
梦见人尽其才物尽其用
金钱不再是财富的象征

梦见人们爱上了旅游
第一次不再为金钱奔命

梦见幸福让男人们健壮让女人们丰满
减肥成了往事

梦见讴歌顺理而成章
发展心平而气顺

梦见"莫春者，春服既成，冠者五六人，童子六七人
浴乎沂，风乎舞雩，咏而归。"
……

有一个梦，我们共同在做
它不是白日梦
睁开眼，我们看到的
都是正在靠近梦想成真的喜悦

镜像 JING XIANG
摄影／任世琛

在一条河的上空起舞（组诗）

陆 承

一条河也是一把刀，将一座城劈成两半
一半是忧伤，一半是豪迈，诠释着白塔山下的
精致与辽阔，让奔驰的白马在奔腾的回忆边停驻
演绎着形而上的气势，描绘着水车悠远的壮志

是谁喊出，黄金在河流之上舞蹈，是谁，迎着
巨大的风暴，在疾驰的波浪中篆刻出黄河母亲的优美
在虚无的领域内赢得了一场庞大的战争，与生死无关
与生活有关，引领着三百万的信仰和朴实

一条河就是一条血脉，支撑着一座城的呼吸
让残余的气息升华成尊贵的呐喊，穿过艰难，穿过平庸
穿过三十多年的持久，在涅槃的路途中领略着春秋的微言

我们每个人就是一滴黄河水，汇聚成一条簇新的河
充盈着流淌的力量，也浇灌着希望和故土的田园
让苍凉的高原侧漏着江南的韵味，主旨着这场演出的
构思与蓝图，让梦想继续在千里的涌动中炫彩

茫茫戈壁，谁掷下璀璨的黄金

我要做最大的王，和霓裳的飞天约会
星夜绚烂，大地静美，无言地阐释着宗教与国界
我要做最卑微的奴仆，守护着这深奥的洞窟

一个个梳理着，珍藏着，仿佛我是他们中的一个
只不过在尘世获得了另一次生机，我要做最真实的
自己，在茫茫的戈壁上领取着璀璨的命运

我要向那些守护者和建设者致敬，在粗糙的时光里
修葺着的光阴和骄傲，把朴素的粮食酿造成苦涩的酒
我要向那些旅者和跋涉者致敬，在奔跑的泪水里
我看到了生命最本真的质地，日渐丰茂的家园

五胡的笙箫早已远去，月牙泉下的灵动就在耳边
悠久的文明里，谁告知着我们未来的尘埃，至高的星辰
弥漫的硝烟里，谁能看到高耸的匾额上，撰写着
哲理，也铺垫着生涯的底色，永久沉默着的闪烁

每一寸土地，每一朵花瓣

在我的故乡，在丝绸之路的绵延与曲折中
有多少峥嵘在华夏文明传承创新区的枝蔓上发生
惊叹或者静默，多少往事在岁月的幕布上散去
又有多少高楼如春天的草木萌发着青翠的气息

我走过每一寸土地，每一寸印着唇印和爱心的故园
在这里，我生长着，颓废着，失败着，奋进着
我走过每一朵花朵，我多么渴望我就是其中的一朵
经历着四季的考验，终于在曙光到来的瞬间获得绽放

在我的阅历里，在陇原大地的每一个角落
东西南北之间呈现着巨大的对比与反差，用造物主的
词汇修饰着富饶的院落，在新农村建设的优雅中
我看到多少复古与时尚叠加的音符，像一个个蝴蝶
飞过花丛，飞向华夏九州的勃发与富强

在陇原，每一寸土地就是一朵花瓣，每一朵花瓣

都隐喻着每一寸华丽的土地，在这里，万物安详
灯火辉煌，一条条飞升的道路表达着盛开的笑颜

兰州新区，反弹着的琵琶

再过多少年，你会有一个外号，小五
在社会主义中国的革新路途上缓缓升起的西部之旗
在苍茫与静寂中书写着的巨制，在沙漠与水的均衡中
领跑着一个时代的传奇，那更是你自己的神话
演绎着平淡中的喧哗，励志着贫瘠的躯体

在秦王川，民谣尚未逝去，旧有的面貌正在日新月异
时光也要落伍的奇迹，在世界的瞩目下，激情上演
工厂和楼群像一对振翅的翅膀，让沉睡的土地
在郑重的召唤下，爆发着冲刺的力量和梦幻

再过多少年，一曲琵琶曲会在崭新的城池流传
一个婀娜的女子，衣着典雅和流行的服饰，幽静地
演奏，也诉说着一阕诗词的平仄与起伏
在西北的脉络中寻找着适合自己的发音，更会
在承前启后的结构中支撑着一方水土的锦绣与丰沛

舟曲，引吭而歌的风帆

是谁说，舟曲不倒，是谁说，美丽的新舟曲
岿然不动，是谁，见证了一次突变，一种坚守
一块华彩着甘南草原的翡翠，一个落寞的背影

是谁，在三眼峪截取了一节月光，在微薄的呼吸上
保存下童年的欢笑，让绿意演变成一首歌，时时唱起
演奏着一年三百六十五天的安定与辽远，是谁，在白龙江的
潜伏里和鱼虾一同游玩，恢复着清澈与曼妙，在泥沙的缝隙
获取着热爱的力度，在宽广的水面上得到失去的圭臬

我们不能忘却的，将会在回忆的硬盘中删除，我们要铭刻的
终会在奔忙的世俗中淡忘，谁会告诉，谁会沉静
当大地陷入了巨大的漩涡，当悲悯遍及祖国
当谁也无法用语言来陈述这割裂着的悲剧与奋斗
舟曲不倒，激荡的曲调回荡在辽远的苍穹，支撑着堤坝
舟曲重生，引吭着的风帆坚定地驶向自如和微笑

镜像 JING XIANG
摄影 / 任世琛

中国梦（歌词）

陈田贵

岱岳珠峰巍峨高耸，
黄河长江昼夜奔腾。
中华民族走向复兴，
共筑伟大的中国梦。

近代以来寻梦历百年，
代代相传航程又开启。
梦想成真全凭努力，
梦想实现要靠我和你。

复兴路上，有阳光也有风雨，
复兴路上，有鲜花也有荆棘。
我们充满自信，凝心聚力，
我们一往无前，创造奇迹。

中国梦，富强的梦，神州崛起，瑞祥云集；
中国梦，振兴的梦，龙的传人，扬眉吐气；
中国梦，幸福的梦，美好生活，日新月异；
中国梦，科学的梦，团结奋斗，辉煌可期。

中国梦

李辅子

一个声音从远古传来
至圣先师的衣袂飘过绚烂的花海
舌战群儒　直道而行
万民景仰者的神奇
一座座城池在中州圣土上拔地而起

一种思想穿越千年的沧桑
猎猎战旗辉映的华夏漫过无边的原野
霸王楚　刘邦汉
逐鹿中原的剑戟
一条条大道在崇山峻岭间蜿蜒北国

一种精神秉承祖辈们的遗训
南昌城楼的烽火点燃民族英雄的希冀
卢沟晓月　香山红叶
吹响大江南北的号子
一卷卷红旗在大街小巷间绽放异彩

一种使命弘扬龙人们的气概
飞天嫦娥的理想在这里吐穗扬花
奥运村　世博园
洒满江天的细雨
一枚枚足迹在碧海云天间涉水远航

我的中国梦（组诗）

闫小杰

一、从中国梦中出发

山河大地
一粒种子的梦想
在春风中奔向收获的希望
一棵参天大树的梦想
让枝头栖息的鸟儿
张开飞向蓝天白云的翅膀

中国梦
行走在幸福　温暖　和谐和尊严的路上
梦已发芽开花
飞向秋天丰收的希望

中国梦
从盘古开天的神话中走来
从敦煌飞天壁画中走来
从大漠戈壁的传奇中走来
从黄河豪迈的波涛中走来
从丝绸之路的驼铃声中走来
从万里长城的蜿蜒中跋涉而来
从唐诗宋词的婉约明丽中而来
从江南烟雨的浪漫中姗姗而来
从大海的浩渺广阔中而来

中国梦
从陌上五谷的苍翠中而来

从一群麻雀幸福的欢唱中而来
从拔地而起的高楼中而来
从一缕炊烟的守望中袅袅而来

中国梦
是城市和乡村奏起的恢弘乐章
是历史与现实对接翱翔的翅膀
也是奋斗和理想连接起的天堂

从梦中出发
沐浴着青山绿水
感悟着人杰地灵
共享着五谷丰登
收获着改革发展的硕果
仙境般的乡村
绿色如织的城市
玉溪般的河流
如诗如画如仙境

拼搏着　奋斗着　超越着
行走的梦在飞翔
中国的梦想
正在托起灿烂的太阳
为华夏大地十三亿人导航
从梦中出发
我们行走在美梦的路上
我们豪情万丈
我们伸出双手
便可以让梦飞翔
沧海无边　千帆竟进
中国梦　共同的梦
中国梦　复兴的梦
我们都已出发

二、中国梦——山村梦

"我有一间房子
面朝大海，春暖花开"
是新农村建设
实现生活富裕的美梦
"采菊东篱下，悠然见南山"
是产业发展　秋天丰收的美梦

奔往春天的梦
陌上青青　炊烟袅袅
浅浅的绿　娇美的红
馈赠华夏大地
最美的大梦
蓬莱仙境
不再是海市蜃楼
是那青砖绿瓦　楼上楼下
电灯电话
是那村前屋后花果园
山上山下科学田的仙境
不是世外桃源
却胜似世外桃源

一河春水
铺开了山村大地的芬芳
南来北归的大雁
衔来江南诗歌的意象
大漠胡杨
永远生长梦中不落的红月亮
守望的炊烟
与拔节的玉米高粱
正在温暖着山村美好的人间

灵魂深处
勤劳　勇敢　善良　奋斗的精神
成为一只鸣唱的鸟儿最美的意境

生产发展　生活富裕
乡风文明　村容整洁
管理民主
是美好的山村梦
一副副仙境般的图画
正在展开
春风卷起浩荡
中央一号文件
掀开山村温暖幸福的屏障
春回大地　风情万种
一个新的梦　亿万农人的梦
——山村的美梦
——中国的美梦

三、放飞龙梦

当清晨的朝阳从汭谷的烟霞中冉冉升出
凤山深处的布谷
为千年的龙梦引路
龙泽湖畔的金柳
摇曳着指向云霄的坦途
波光粼粼　湖光荡漾　龙梦畅响
这不再是一曲美丽的神话

龙泉寺　一个千古传奇
让华夏的龙根
深植于凤山的峭壁悬崖
瀑珠听雨　听风　听那滚滚的春雷
鲤鱼跃龙门　平步上青云

寻梦登凤山　圆梦在龙泉
这里龙凤呈祥　这里虎踞龙盘
这就是汭谷深处　放飞龙梦的地方

泉水叮咚　山水空灵
品茗听雨　我们感受着仙境般的风情
寺院深处的晨钟暮鼓
涤荡着芸芸众生蒙尘的心灵
缭绕的香烟
燃起我们创造美好明天的豪情
汭谷深处　我们不再寻梦
山水奏起美妙的琴音
就是我们梦中千百次去过的仙境

公刘的犁铧
五千年前为我们在希望的田野上
种下四季饱满的庄稼
守望那块千古的田园
像守望心灵中那首美妙的诗行
南北面山　绿树成荫
汭河两岸　瓜里飘香
公刘教稼
让我们用勤劳与智慧
创造着丰硕的收获
也创造着传奇和神话
如今的汭鞠大地
春意盎然　满目芬芳

煤电腾飞
已奏响工业主导的序曲
这里是煤炭的故乡
开采梦想　也开采阳光
黑色的金子

温暖着祖国四面八方
将改革开放的坦途燃亮
让崇信跨入全国煤炭之强
新农村建设的号角
让崇信大地　柏油马路四通八达
康住工程　美如诗画
处处都是幸福的康庄
生产发展　生活富裕　乡风文明
村容整洁　管理民主
实现了广大农民百年的愿望

涛涛汭河水
神奇五龙山
山峦叠嶂　回望如烟
历史的足迹长满苔藓
崎岖的山路
伸向盛唐的云端
那个号角连营的昨天
康王凯旋的锣鼓
从遥远的云端震撼了汭河两岸
历史的长河曾经飘着战争的狼烟
寻觅千古英雄　而今绿遍万里河山
唐关古道　我们望穿云天

汭河日夜流淌
流淌着诗情和梦想
流淌着现代文明的彰显
也回味着原始人类齐家文化
风餐露宿　钻木取火　沧海桑田
五千年的陶罐风雨沧桑
五千年的脚印在春花秋月中升华
演绎着人类从原始走向文明的华章
这里曾是原始人类远古的村庄

而今的炊烟升起五千年前梦中向往的天堂
华夏古槐的老枝催发着嫩绿的新芽
青青菩提树花开花落都是美丽的神话
莲苔晓日润泽着五谷杂粮
湫池霖雨是千年老龙将甘露
年年岁岁为人间挥洒
双桥步月让汭鞠人家　如诗如画
高原秋风掠过秋水　飘过朵朵幸福的波浪
灵沼鱼化放飞汭谷巨龙的梦想

听一听凤山林中的蝉鸣
那是汭鞠人家　奋进的心声
望一望玉皇阁的白云
那是崇信人民放飞的梦想和激情
这里千帆竞发
这里充满希望
这里孕育着龙根文化
这里谱写着腾飞的乐章
在这块神奇而美丽的地方
我们耕耘着人类最美丽的神话
汭水欢歌　凤山龙啸
今天我们共同放飞龙的梦想
明天我们满怀喜悦收获丰硕的希望

摄影/孙　林

建筑工地（组诗）

张 评

女钢筋工

一身工装裹住修长的女儿身
一顶安全帽遮住乌黑的秀发
白净的脸庞点染些许污渍
遮盖不住天然的美丽

灵巧的手戴着手套
服侍冰冷黝黑的钢筋
一根根钢筋被拉直打磨
又被折成规整的型号

一缕秀发垂出帽檐
湿漉漉地闪着银光
那是汗水多情的洗涤
飘散着淡淡的花香

火辣辣的川妹子
似一枝牡丹
怒放泾河岸边
拥有铁骨还有柔肠

抬着钢筋不吭不声
一身情爱把钢铁征服

矗立的大厦明窗净几
那可是她明亮的眸子

善飞的候鸟
专在钢筋水泥中筑巢
传情的歌喉里
都是思乡的歌谣

花头巾

机声隆隆的建筑工地一派繁忙
数十米深的地基五颜六色
似原野盛开的花朵
——花头巾
美丽的花朵
带着彩云一起行走

俊俏的姑娘　调皮的媳妇
衔来春光　衔来窈窕
抡镐挥锹汗如雨下
嘻嘻哈哈打情骂俏
家长里短唠叨个不停
——俺家那口子不知道疼人
囫囵个心给了他也不稀罕
别说别说
都怪咱不会调情献媚
学学川妹子保管男人疼你

赵堡　八里　泾滩
清一色的娘子军不让须眉
一天挣一百元
充实甜蜜的生活

简朴的衣裳好看
白里透红的脸蛋好看
不修长的腰身好看
粗糙的手好看
五颜六色的头巾好看

——娶一个"花头巾"成家
过瓷实的生活

切割机

刀片一样薄的砂轮长着锯齿
死死追逐无坚不摧的钢铁疯狂撕咬
无法逃遁　只能面对
粉身碎骨在所不惜

征服与被征服
生还与死亡
演绎生命的无畏与崇高
喷射出的束束钢化
伴着刺耳的呐喊声落地熄灭
看似璀璨耀眼的热吻
实是瞬间死神的降临
宣告钢的骨头在抵御中断裂

没有无坚不摧的钢铁
只有无坚不摧的意志
不存丁点私心
挑战强大的对手
锲而不舍　痛苦磨砺
流出滚烫的血
闪耀光明的思想
不得不让人敬畏

焊花

那些手持焊枪的男人
多像冲锋陷阵的战士
敏捷地攀上高高的脚手架
刺啦啦地喷射出一团火焰

召集起横七竖八的钢铁
秩序井然地列队报到
凤凰涅槃　浴火重生
铁骨铮铮

飞溅的焊花
炽热的高温
笼罩在一片雾气中
若隐若现

那些体态笨拙的男人
此时轻盈得似飞天
撒下耀眼的焊花
温暖了敦厚的大地

混凝土工

红黄蓝的安全帽
多像明亮的星光
在高耸的楼顶闪烁
手持的震动棒似喷火的机关枪
不停地发出震耳欲聋的吼声
倾泻而下的混凝土各自归队
驻守钢筋与模板之间
筑起了一道坚如磐石的壁垒
此时，这群农民工顽强得似威猛的勇汉

瞬间定格在高高的基座
凝固成震撼人心的雕塑

他们曾是老实巴交的农民
服侍庄稼的行家里手
握惯锄把锨把的手亲近土地的肌肤
收获粒粒艰辛的麦谷
朴实善良的心纯净无瑕
不染丁点自私与欺骗
凭一身力气　骨气　傲气
赢得人们的尊重

他们可低
弯下脊梁匍匐在暗无天日的井道
他们可高
挺起脊梁矗立于大厦之巅
高筒雨靴沾满泥浆
那是灰色水泥绽放的花朵
唯独看不清他们的脸
目不转睛地操动手中的震动棒
不留一丝空隙

夏雨

我蜗居于建筑工地
与四川农民工摆龙门阵
他们抱怨雨来的不是时候
耽误一天工期少拿二百元工钱
凌乱的寝室散放着衬衣　内裤　啤酒瓶
木工板堆放着电炒锅　腊肉　豆瓣酱
饮食不错　有酒有肉
讥讽当地人一块钱四个馍馍
花七八万彩礼娶媳妇真是个疯子

项目经理笑笑
四川人鬼得很
活干得好 能挣钱　会享受

夜晚　手机接到短信
暴雨橙色警报
农民工冲向工地挖泄洪渠
遮盖机械钢筋水泥方木
倾泻而下的雨织成一道帘子
只看清模糊的身影或直立或弯曲
浓重的四川音在喊——
要得龟儿子
我冲出工地大门
看见数辆警车咆哮驶过
空旷的街道笼罩雨中
不见一个行人

婚礼在工地举行

工地搭起彩门
脚手架舞动着气球
一挂挂鞭炮炸响喜气
雪白的婚纱似白荷出水
天府的新娘
陇东的小伙
一段迷人的佳话

精灵乖巧的姑娘
诚实憨厚的小伙
建筑工地相遇相识
一块香帕擦去小伙额头的汗
一双大手接过姑娘手中的铁
日久生情　心灵相通

爱的种子萌发胚芽

豁达的姑娘不要一分彩礼
看重的是小伙一颗真挚的心
诚实的小伙海誓山盟
携手到老永不变心
秀美的川妹子从此沐浴陇东的风
生根 抽穗 结果
壮实的陇东小伙从此成为一块砖一片瓦
遮风挡雨

一双粗大的手抱起新娘走上楼顶
林立的脚手架成为时髦的背景
摄影师的快门咔嚓响起
定格住一幅别致的影像

摄影/路学军

诗歌里的神奇甘肃

陇　上

高　凯

一点　是旭日
一横　是阳关大道
一竖　是炊烟
一撇一捺　是城墩上站着的一个人儿

正在回头的黄河
一弯钩　又一弯钩

摄影／任世琛

敦煌十四行

叶 舟

那秃头歌王黎明将尽时死去。
秋深了，十二张黄昏的豹皮把天空吹凉。

旧日的奶桶挂在心上人脸上。
萨黛特，一个牧主的女儿如今失去了荣光。

羊圈里走失的花朵是一架马骨。
门开启，一万根鞭子将井底照耀。

一双旧靴子分头寻找母羊。
小叶，敦煌如刀，七座星辰长眠山冈。

帕米尔之歌，三只筐子运来的水上屋梁。
迷途难返的人，对幼马高叫："阳光太亮——"

就在路上，经幡们把石头吹凉。
三个喇嘛犹如处女，梦见，脊梁发光。

深夜如窟，埋下头颅的大水走向新娘。
一段美丽的清贫，使大雁回归，这神伤的北方。

甘　南

小　米

甘南绿了的时候
牛羊也绿了
风把草原吹得再怎么低
你也找不到牛羊了
它们全绿了

不绿也是可以的
羊是一朵小白花　穿月光的银袍
牛是一朵小黄花　佩太阳的金饰
马是一朵飞来又飞去的红花
它是草原跳动的心脏
牧人成了采花蜜的蝶　或蜜蜂
牧鞭的触角指向草原的根
指向草的根
根太深了
谁也不能把绿草上的甘南
连根拔出来

锁阳城

于 刚

花败了，草枯了，秋天破了，唐王的锁阳城
也破了。时间的遗骨和夕照在此堆垒
满目的萧索，犹如十万刀枪凝固的碰撞

是谁？拿起如椽之笔
大书一部苍茫，使锁阳城的繁华
变成我目光里烟云般漂移的纸中城邦
瓜州以南，大地之子无语
我和一棵秋天的衰草，一座土塔
一粒被风反复漂洗干净的沙子
深陷锁阳城不尽的空茫
和大地之子三百公里长的无限忧伤

日月轮复。祁连冷照。戍边男子在沙场
为十万颗清露和星辰照耀。一粒黄沙
埋葬一个士卒，十万黄沙葬送了锁阳城
远方，空留一口瞩望的井，一盏破旧的灯笼
凄然端立于内心深处的桥头
独步霜染的红柳丛，我听见了
一块陶片上流露出破损而锋利的呐喊

江山动荡。我以风为马，横渡苍茫
暮色如酒，我手掌上踉跄的
一座弃城，一座锁阳之城
额头上的苍凉，多像一位久已废弃的君王

兰州拉面

马萧萧

把兰州的面子给拉得够大的

兰州拉面。本地人叫它
牛肉面

牛得很哩——
兰州的一个个上午
是它给喂大的
兰州人节节向上的生活
是它拉呀拉呀
拉扯大的

物质的牛肉面
精神的黄河水
无疑是兰州的
左脸和右脸

省会，省去再多的东西
也省不了这顿早餐
这份脸面

甘南献辞

扎西才让

风吹草低，
一丛悲愤而落魄的矢车菊，
仿佛归乡之路上的注定的献辞。

是什么隐在我的眼里越来越深？
是什么封住我的嘴唇拒绝哽咽？
你：赤身裸体的甘南，贫穷的甘南。

我爱你这如饥似渴的甘南。
我爱你高悬的乳房：日和月，
神秘而温热的子宫里栖息的甘南。

我爱你金翅的太阳，蓝眼的月亮，
我爱你高处的血性河流，
信仰你远方的白银雪山。

镜像 JING XIANG

摄影／任世琛

在敦煌（组诗）

方健荣

九月的敦煌

早晨的一滴水
夜晚的一滴水
不小心打在我脸上

九月的时光流淌
像谁在黄昏深处
抱住敦煌

一片璀璨灯火
二十里外的繁华之地杯盏交错一片声响
人们身上散发出浓浓酒香

转眼天凉起来
葡萄是爱情甜蜜的一句话
谁先我伸手而及
先我破口说出

肃北草原

九月的秋草
又一次碰到马的嘴巴
星星一般的小野花
指出一条通往天堂的路
黄昏如风
吹过湿润的灯火和思念
帐篷下的家园
奶茶飘香的时候姑娘的笑声
和她满身的宝石同时响了

在肃北草原上
主人银碗里盛满美酒
一边唱着塞罗里塞的歌谣
洁白的哈达飘起来
一起簇拥着祝福远方来的朋友
把我们围绕在至高的位置
最终亲人一样烂醉如泥……

阳关的风

早晨我们来到阳关
风是不是已来了一千年
吹啊，这满含着沙粒的胡言乱语
把我们拉进已逝的古代

风是这儿的常客
常常从早晨从夜晚走过
仿佛一条时光的河流
围绕着一座城仅剩的角墩

现在它驱赶着一万颗细沙

像为沙尘暴的诗集写下名字
青青的芦苇迎风浩荡
红柳开花燃烧一片火焰

吹啊，把举杯的王维吹醒
把来自远方城市的诗人吹醒
这野天野地莽莽荒原
高高地被举在早晨的头顶

一万年一千年的吹
把丝绸之路所有的丝绸吹响
把大汉的旗帜大唐的歌梦
都吹得片甲不留

吹啊，吹着今天静静思想的马
吹着背着空空行囊的那一个旅人
直吹进我深深的内心
吹醒我生命里的那片湖泊

摄影/佚名

两匹马的爱情

在西部广阔的山地中
一匹白马与一匹黑马
构成视野
一道最佳的风景

这是少见的
这是天生一双
一匹马与另一匹马
没有说一句话
静静地站着
仿佛沉淀进永恒的梦乡

这是一种处在高处的爱情吗
飘扬的风和暴雨
使它们不期而遇
使它们突兀明亮
优美的依靠
在这世上
刀尖般刺向我的目光

两匹马
使我想到
高原天空中飞翔的两种歌唱
漫漫长途中谁给我坚定崇高
大雪一般
贴在黑夜难测的脸上

祁连山

文立冰

宛如一条苍龙，背负着千年的冰雪
怀里搂着的是河西
背上驮着的是河东
黑河石羊河疏勒河
三条生命的脐带
孕育出三支部落
一路远去
撒下无数灯火
河西吸足了奶水而湿润富裕繁荣
河东扛着烈日而枯燥贫困寂寥
跨越时空
祁连山见证着历史
也开辟了一代又一代人新的生活
从来不与珠穆朗玛比高低
也不与五岳争荣誉
只是为这里绵延而不雄奇的民风和记忆

摄影/佚名

黄昏下的拉卜楞

王小忠

黄昏的翅膀扑下来
拉卜楞锃亮的白塔——
夜的即将来临
会不会使我心灵的注视一点一点变黑
我不深究开始的简洁
也不渴求抵达的中心
我需要生命中必需的纯度
一如现在
空旷的拉卜楞四周静静地红色高飞

煨起的桑烟和我徘徊的脚步
逐渐清晰地凸现出来的群山
我把世界刻在遍身坚硬的骨头上
然后点燃一盏灯
点燃黄昏下古老的传说和寓言

突然感到有些苍老
或者我用心灵写出的那些疲惫的文字
已无法帮我举起一面拯救的旗帜
经幡。或寺顶金瓦的寂寞
我触摸到自己的身躯
交出虚伪的意义或将空洞的灵魂寄存
而我的念想与黄昏下的拉卜楞无关
高鸣的钟声已将尘世漫漶
柔软的经文已被苦难和超生焚毁
在世界完整的轮回中以一个局外人的身份移动
我感到自己的内心如同秋日黄昏下的大地

月牙泉（外一首）

王元中

从月光到泉水
从泉水到月光
月牙泉　盈盈的一滴清澈
它让风沙感到了自己的粗暴

敦煌的夜晚由此宁静
歌唱也是悄悄的
无数沙子扬起
无数沙子又落下
面对着月牙泉
面对着一只流泪的眼睛
鸣沙山的抒情
开始和结束都在自己的内心

麦积山

一粒麦子俨然是大地的一只肚脐眼
带来麦子的麦草堆积成山之时
众神降临
丰收的光芒神圣的光芒
劳动者六月的仰望一片金黄

可是远道而来的向往　只会聆听
突然掉落的鸟鸣

溅出苍翠的烟雨满山弥漫

奇妙　庄严　寺庙向晚愈来愈浓的钟声

覆盖了近处　也覆盖了远处

一粒粒的麦子被高处的声音相继召唤

一捆捆的麦草攀缘信仰的绳索

天上人间　人间天上

一尊尊的佛法相亲切

恍若这一方人平和秀美的脸面之时

麦积——山　谁的一声喊

这一片山水便成为印象中的家园

摄影 / 张永基

景泰：盛夏

王 瑜

盛夏的果实
是绿洲　露珠的戒指　碧草的辫子
是绿洲　马兰的花冠　翠叶的腰带
是绿洲　流水与鸟鸣交织的音乐

我不能为石头下拓荒的人
醉心的音乐中　编织碧草的辫子
戴好露珠的戒指系好翠叶的腰带
最后献上马兰的花冠

我只看见
绿洲：盛夏的果实
景泰：果实中的果实
还有　在石头下　拓荒的人

兰州水车

申万仓

自明朝嘉靖的段续至今，四百八十年的行程
还紧攥着黄河的衣襟
怕干旱吹灭庄稼的脚印

木牛流马都耐不住月光的清冷。躲进
草丛的根部。而你
却默默地掬起一捧又一捧黄河的甘霖
擦亮一只又一只布谷的声音

有人问，你叫车却不走路。好久好久
我看见你遍身都是泉水的眼睛。我终于找到证明
地球上的人啊，你看见过地球的行走

摄影/任世琛

崆峒山

西 可

我为舌头宣誓，永不说谎
在崆峒山迷宫般的隍城里
在淡淡的烟香飘浮的寂静后面
一声钟鸣，会让思绪飞得更远

历经千山万水，仍需导游女子的讲解
被风卷起的旌旗发出轻微的叹息
我是一个造访者，无数的迷惑
反复寻找自己的归宿

鲜花着火了，令人目眩的火光
你的裙子挂在树上
一无所知，出家人的身世、性别和年龄
一如他们对我这个"男人"的漠视

见庙烧香，见神磕头
重新感觉一次疼痛，命运与现实
从第一声来到人间的啼哭
到告别一望无垠的时光，一刹那

我无法用思绪想象谢幕的姿态
从容、镇定、优雅或者悲哀
坐在山下缆车站台打盹的老者
可是我千里寻觅的知音

陇　西

李继宗

长途跋涉的人
和蜜蜂采集的一片花地：处在陇西。

天黑进店的青海人
哈达飘浮在他的内心
携着一个东奔西走的背影
卸下半驮皮货：处在陇西。

四万万蜜蜂在夜深人静时酿蜜
蜂箱遍布山坡和潮湿的谷底
让今夜身居客店的人反复梦见：处在陇西。

摄影/陈　岗

扁都口

何 来

需要蘸上几吨金粉
才能把这无边的油菜地
写在我的诗里
如果不掺入浓黑的松墨
和血的殷红
也不会这样凝重
听 连飞鸟的叫声
也像是从黄金里穿过

把我有生以来
见过的金黄色拼在一起
也没有这么广大

金黄色起伏着
巨大的波峰和阴影
像伟大的交响的乐章
要把祁连山淹没

我站在扁都口
多想再凝望一会儿
可以肯定
不会再有第二次
我的记忆
被这么多黄金照亮

摄影/张永基

注：扁都口是甘肃青海交界祁连山脉的一个隘口。当年西路军曾在这一带且战且走，
战斗极为惨烈。现在是军马场的油料基地，油菜花一望无际，极为壮观。

祁连山下

妥清德

风从高高的雪中吹来
落在祁连山下
人们已把根深深地扎在风雪中

在山坡上埋下青稞种子的牧人
明亮的额头是长给恶劣气候的
透过星座的光芒
我看到黑夜中一只曾经使白昼倾心的鹰
蜷缩在寒冷的山岩
像被逐出朝堂的王
如今，流亡在民间

我重新返回风中
一座废弃的马鞍
遭到雨水无情的冲击
一座草原
在天边的湖水中浮动
羊群穿着洁白的泳装
游向更深的北方

身穿兽皮的猎人
突然出现在暮色地平线上
接下来将是人类
无限沉默的黑夜

野马峰天池

孙 江

敦煌莫高窟三百里外的山峰之间
盛放雨水和冰雪的惟一容器
一只无人举起　满斟的酒杯
也把我很久以前和今天
风尘仆仆赶来的激情、疲惫
从容接纳　一一安抚

你独自喷涌的泉，无意斥退
远距离的闹市和偶然抽身的人群
却让雷霆般怒吼的无边荒凉和寂寞
踮起脚尖乖乖后撤　一直撤到
视力和心灵所不及的莫名远处

在一块突兀的岩石上久坐
和暖暖的石头们有同样的心情
转眼之间，又一个秋天

那在水波和云雾间悠游的野鸭
干干净净的羽毛、收拢的翅膀
如同时光和历史中走散的孩子
只管划出自己微妙的水声

你还有一个名字叫德勒诺尔
听起来像是策马追风的蒙古汉子
此番来就是为了与你深深结识

嘉峪关

刘晋寿

阳光从高翘的飞檐上滴落
漫溢在戈壁滩上，向西、亦向东
雄关，是一道高高的门槛
遮风挡雨，一群骆驼在门外啃草
朝东，是太阳升起的方向
朝西，是落日沉下的地方
向西的路，穿关而过
那路，直通罗马，风雨无阻啊
是门槛，却从不关闭
西域自由地进出，汉唐举杯相迎

摄影/任世琛

董志塬一瞥

沙 戈

风　祈祷着
孩子一般高的玉米
摇摇摆摆地诵着经

树上的绿叶，是谁许下的愿
另一个季节的谜底又是多么耐心的等待

不见农人　只见
一只反刍的老牛
从生活的底部抬起了沉重的头

摄影/佚 名

春日草原

李志勇

今天，我仍然可以安心读书，有许多鹰都在窗户玻璃外面飞不进来
它们也不随便就来碰撞这些窗户。它们到草原
另外去找一些东西了
到下午时，它们还是一只只飞出云朵，飞过大楼来到了这里
黑压压的一片盘旋在楼外
太阳已经落山
它们还被束缚在玻璃外面，吃力地一下一下拍打着翅膀
没有任何办法
我要是对别人说它们只是些晚霞，别人可能连头也不抬
所以谁要是再做一只鹰，也应该从现在这些鹰身上取一些东西来开始
它们看上去都是红色的，或者褐色的
一片片在空气中漂浮着，无法下沉，也不漂远
我今天还是什么也没有，没有兔子，也没有羊羔来喂它们
我今天在自己体内长了一滴又红又大的血
但是它在我刚才趴下身，在我刚才哭泣时也已经燃烧和蒸发掉了

郎木寺

张精锐

这个名为仙女的寺院
被阿信一再推荐
香烟缭绕，游客无多
红墙灰瓦，白塔置身其间
喇嘛们三三两两
木柴成堆码放
转经房里坐着老妇
灰白的头发和眼睛
挤着笑容等待拍摄
右手扶着经筒，左手伸着要钱
远处的天葬台经幡一片
死者的遗物灰烬未灭
几只鹰起起落落
一条狗横在前面
于是下山，晒佛的钢架被看

在马家窑彩陶博物馆

张 晨

四千之年之后，风又来了
只是春天的手
已不像从前那样粗犷
不是随便就能抓捏
摇曳的柳条和乳房

遍地牛羊。一堆取自后山的柴火
还能把泥巴和阳光烧结在一起
让方圆百里之内
家家都有盛水的器皿和朴素的思想

泪眼迷蒙的马家窑
一曲花儿就能哄睡的村庄
怎么会被洛阳铲的声响惊醒
涉水赶集的婆娘哟
洮河正熟练地把他黑色的波纹
描画在你身体某个隐秘的地方

家在陇南

张　筱

成长于陇南大山之中
行走在铅与锌的粉尘
命运的劫难
开始飘泊于都市的奚落
落寞

夜深的时候，孤独
身体如同花语开放
陷落在电脑装置前
忆起一场诗意的大雪
覆盖河流山川，覆盖
灵魂的号叫

生活的禅意直抵灵魂
四十载的行旅并不漫长
蓦然间发现，生命
简单如一台电脑可随意组装
只是欲望不断编程升级

诗质的坚硬
被生活打磨之后，再次
焚烧灵魂的颓唐
思想的灰烬落在洁白稿笺
一行
又一行

玛　曲

完玛央金

允许了一次轻信
就有了一万次轻信
以为攀登上了你的柔美和顺
就不再被粗暴和严厉打击
伸出双手
多少次我都接住了
你的豁达和宽容

理解的错误
就使我们天真多年
在一个漆黑的窗前
多次错过时机地吟诵

那一个绮丽夺人的早晨
我们没有想起去看
三十年中
那一次唯一的日出

玛曲　玛曲
驻留了许许多多的人世春秋
还有人在那里
把晒黑脸庞的女儿
放在劳动外面
让白云与她做伴
还有人深深躺进草丛
在一片平淡中
启迪我们的人生

无论负重还是轻松而来
人们最终都要归去
而你的面容
你的无与伦比的身姿
你的不能凋零的年华
都细致入微地抚慰
我们艰苦而有意义的生活

摄影 / 任世琛

甘肃大地（组诗）

花 盛

甘 南

从青海打马翻过山梁
就是苍鹰飞翔的甘南

羊群抒情，帐篷浮动
拉卜楞沉思

而你流浪的脚步
再也逃不出甘南硕大的佛光

临 夏

山丹丹红花开
一开开到了临夏

山丹丹花开红艳艳
一红红到了尕妹的脸蛋

武 威

一百遍的歌唱
就是一百遍的西凉

武威：威武的大汉

马和燕一百遍的飞翔

大汉：你定然是骑错了马
奔马：你定然是踏错了燕
否则，你一百遍的飞翔
为何飞不出我的心房

天　水

一闭上眼睛就梦见苏杭
伏羲鳞身。女娲蛇躯

而端坐西北一隅的麦垛无眠
他一抬头便看见：天水

天上之水，流尽渭河
让秦州多年无梦，渭河干枯

酒　泉

大风刮过山梁
西汉的传说刮过山梁

是谁让这河西走廊的咽喉
畅饮夜光杯中的葡萄美酒

霍去病：以酒为泉
让一位来自甘南的牧人醉倒于汉朝

张　掖

河西风大。风大的河西中央
一听便听见甘州古刹的钟声

一闻便闻出钟声中甘泉的清香

而我做下来就是一座鼓楼
而你站起来就是风中的张掖

敦　煌

和甘南不同。我必须把马拴好
否则，会被大风刮走

和甘南不同。我必须诵经万卷
否则，敦煌将神秘失踪

除了大漠孤烟便是宏大的壁画
除了长河落日便是梦中的飞天

而我寻找的故人
正从敦煌走过，西出阳关

嘉峪关

关口打开，天就亮了
这时我看见——

除了鬼门关
就剩下无际的戈壁滩

除了寻找西瓮城后檐的古砖
我两手空空

除了歌唱击石燕鸣墙的传说
我只剩下流浪

家在陇中（组诗）

苏震亚

一

选择风向，选择阳光
也选择一生一世的媳妇婆娘

婆娘是完整的半个家园
男人是半个完整的门框

早生儿子，早立门户
儿子是满门的希望所向

希望在一年四季的节气里
跑遍整个希望的村庄

二

芨芨草杆儿扎成的扫帚
立在墙根下，撒在院中央

素花布打扮的学龄村姑
能铲草的铲草，会放羊的放羊

驴价大过马价的事一出再出
应当减免的学费却一涨再涨

年老的父母不再管家里的事了
大哥大姐的脸上落满了秋霜

三

一个家门，三四个女儿
赓续不断的书记乡长，年年以
超计划生育的理由罚款催粮

三五百条小路只有一种期望
几代人的目光追求中，死死地
盯着考学升官的方向

儿子一直是光宗耀祖的希望
才走出希望小学又去中学希望

而希望的大学门槛，已经高过了
村前村后的黄土山冈

四

一个家庭有一人当了干部吃上皇粮
就和纯粹的农民邻居两般模样
通过温饱线是很容易的事
有的人家转眼间就会变得富丽堂皇

有一个人能够西装革履
出入在党政部门的楼梯上
整个家庭的社会地位就变了
变得光照充足世风流畅

五

不管有多少条小路多少弯道
只要有一头能够弯到
铺了沙石或柏油的路面上

就是方便畅通的便利交通了

交通基本靠走
通讯基本靠吼
耕地基本靠牛
治安联防基本靠狗
娱乐少不了打牌玩赌
照明点灯基本靠油

谁若能撑上
乡长书记的桑塔纳
谁就算是与时俱进了。谁若能
受得了乡长书记叱咤风云的那口气
谁眼前的道路就会豁然开朗，整个生活
也就开始通向小康人家了

陇中的水

因为父辈一生流下的汗滴
也因为祖母和母亲们
传宗接代的眼泪
我深知老家陇中的水
远比金子还要金贵啊
就像父亲在世时曾经说过
没有金子和银子
我们照样可以活的
可如果没有了水
你想哭一嗓子
也都没有眼泪呀

在黄河源头

辛 茹

说是从这里
能望断日月，望穿秋水
找到照耀昨天的沙漏与日晷
说是这是我们的母亲
我们曾共同居住的
透明而澄澈的家园
从这里出发
你将与一只倾倒的陶壶遭遇
并从它镂空的铭文中
读出你皮肤的颜色和姓氏
而在风中，你还将听见
殒的声音；在雨里
你还将看见禹的身影

可我多么无用呵
我什么也没有听见和看见
虽然我心存感激
极度虔诚地带上
九百九十九朵玫瑰赶来
但却被这最后的一朵玫瑰
惊呆
一双明亮眼睛
几乎被它的美丽
被它的纯洁
匋然刺瞎

其实它只有一滴
只有清清涓涓的一滴
从那只洁白巨大的乳房中

静静跌落，发出
恍若敲打磬的音响
接着它们便开始列队上路
开始用万劫不复的进击
一年，又一年
去构筑远方的大海

这大概就是渊源流长的先声了
这大概就是黄钟大吕的序曲了
直到那一河涸开的星光
都是她用勤劳养育的子孙

在黄河源头
我是乘坐一片歌声到达的
但那时我多么无用
竟被它的纯洁和美丽
早早击倒
甚至找不出比一滴水
更澄澈、更深刻的词句
呈献在她面前

（是不是因为它崇高得
已无可比喻
再也不接受赞美？）

最终我只看见天地一闪
那是我的母亲
突然向我递来的光芒

敦煌的月光

林 染

当那些
裸着双肩和胸脯的伎乐天
那些瀚海里的美人鱼
起伏的手臂摇动月光
我听见了她们的唱歌

银色的漠海情思澎湃
珊瑚形的红柳
一丛丛熊熊燃烧着
火焰是黑色的，浓黑色的

她们从沙丘舞向沙丘
飘带撩动星群
猩红色的星群在沉浮

我的三危山也在沉浮
她们会舞到我的山岩上
把我带进波涛下的花园
永远沉寂的花园
永远动荡的花园

美丽而冷酷的夜色
你不要退去

回望敦煌

武华强

我还是喊出
——敦煌
喊出这把刀子
喉咙才有滴血的畅意

我知道，再喊
她就老了
但不喊
我就老了

我必须喊出
我爱过的月光，沙子，李广杏，驼手，
石窟的骨殖和三危山下的牛羊

一年一次，或者两次
释放这匹狂野的小马
这疯狂的念想

飞 天

羽裳如火，尽在画中

这是俗世，转动的魔方
有俯首的鹰，频频回望

戈壁三千里
骑马的人姗姗来迟

谁在路上
呢喃。经卷或者烈火的轮盘

再等你一千年
时间的神啊，你来
向西再行一万里
把这人间的祭品，举上天道的供堂

从张掖到敦煌

故地。六百二十五公里

他们前世相识，一定是两只鸟
七彩的羽毛和黄色的伤口，都极其相似

我是，羽毛
异乡之人
栖于驭手之侧

摄影/佚 名

毛 井

陈 默

四月的风　从清晨的毛井街上
吹过　有几片塑料纸走走停停
鸡鸣声落到远处　成为满是浓霜的石头

几个拉驴的人　掩好皮袄
蹲在街角　正用旱烟锅取暖
驴的响鼻驱走着最后的夜
时会听见一声声咳嗽落地

他们等太阳出来
店门开了　驮一些东西回去

太阳出来了　没有一个店门打开
一只狗被另一只狗吓跑
我和那几张塑料纸　走走停停

挑着空桶从毛井街外走来的村妇
两边的桶像她的两个姊妹
那种没有找到井的表情
是整个毛井的表情　令我痛心

山坡上死里逃生的庄稼
和那些树都生长在一年最好的节气里
却活得不好

毛井一天之后的傍晚
我住进一家冰锅冷灶的小店
外面的风　像一把生锈的锯子
把我的骨头整整锯了一夜

速写：大地湾（组诗）

赵亚峰

风吹起

风最早是从一根小草上吹起的
一片小草的呼吸越来越急促的时候
一场大风就已经起程
在赶往春天的路上
他们收集到了一座山抖落的沙粒
一条河甩出的水滴

风吹过一棵树，树踮了踮脚——
他很想跟着风去看看前面的道路
去闯荡远方
可他又回头望了望——
他的母亲拽着他的后衣襟

风吹起。褪尽了胭脂的花朵
用战栗的嘴唇
说出了果实的秘密
而山坡上荡起的漫天尘土
在空中被风捉弄得一阵晕头转向后
一点不漏地
全落在了家乡那阔大的前额

麦　子

在白雪皑皑的西北腹地
渴望向上的梦想
埋藏于厚厚的黄土之下

头枕一粒泥土，怀抱一粒泥土
麦株发青的手中
紧攥一粒泥土
他在漫漫黑暗中一边不停地行走
一边喊冷

阳光纤细的手，透过一层雪
指引麦株走出冰冷的土地
指引他向上，再向上
向高远的天空攀升
——他的一生
都在做这样一次企图

麦株：一根早年滞留在体内的钉子
集中泥土的力量
以缓慢生长的方式
嵌入春天的肌肤
它的速度恰到好处
却让大地有些微微的颤抖

六月，镰刀迎向麦株
疼痛波及所有的成熟

大地湾的正午

如果有风
炎热的大地湾便是桃源
如果有雨
干旱的大地湾便是江南

……只有一只鸟，像一柄小小的刀子
巧妙而缓慢地划开天空的肌肤

从黑色的伤口滴下的阳光
仿佛远古祖先额头的汗珠
滚落在炙热的陶器上

一块土坯在太阳的炉中
弯曲，变色，并慢慢翻转
逐渐具备彩陶的雏形
泥土最痛苦的裂变
铸就瞻仰千年的纹饰

麦子早熟，毕毕剥剥的声响
高过了大地湾
碎石遍地的清水河渐近干涸
乡亲养家糊口的脸
如同灰暗下来的一亩二分薄田
需要更多水分的滋养
他们头戴草帽上地
像一只只躲在叶子背后的
蚂蚁

偶尔探出地面的田鼠
失去了迅疾的速度
口干舌燥地盯着近在咫尺的荞地
更远处，一望无际的黄土
长满了玉米、油菜和洋槐树
长满了村庄和庭院
长满了坟

绿洲的春天（组诗）

胡 杨

花城湖

1
水把戈壁穿透
浸润在沙子里

水高远的目光落在哪里
哪里就有
勾魂的眼神

2
水在看不见的地方走
我们只看见
祁连山主峰
雪的毡帽

一脚踩翻一块石头
接下来是泉水
接下来是芦苇

3
它们把戈壁的蜃景
移植于垂死的荒芜

它们把阳光稀释、调和
有水的柔美
阳光的晶莹
合起来
叫翡翠

4

自然的巨手
也无法摘取的花

风的铁扫把
也不能凋零的花

看见了
就觉得那是一朵花

像钻石一样古老
越古老
越新鲜

5

白嫩的芦根
是杯中的新茶

啜饮一口
心的韵律
是标准的六十八下

6

牧场是牧场
水是水
芦苇是芦苇

一叶扁舟
等人

如果有牧人吼一声牧羊调
如果有穿泳装的少女
涉水而过

如果一叶扁舟
荡漾微笑的涟漪

那么，这就是花城湖
那么，花城湖这一瓶酒
就掀开了盖子

7
躺在沙滩上
人是一条鱼
还是一片云
分不清楚

坐在石头上
人是一只云雀
想找另一只云雀
只需要招一招手

8
一湖
一草
一沙丘
缺一张宣纸
人铺平了
画就穿在身上
比一件衣服
更舒适
更暖和

9
真想为那一只快活的野兔子
续一本家谱

最后一页
写上花城湖
和我的名字

10
道别，竟不知挥手
一挥手
我怕搅乱了
一尘不染的安宁

一挥手
我怕再也不会
降落于手指的方向
掬一捧自由的泉水

镜像
JING
XIANG
摄影/佚 名

甘南印象（组诗）

高志凌

红马驹

今夜我望见热爱草原的年轻人
围着篝火
谈论一匹走失的小马
一匹红马驹

小小的格桑
这个夜晚是否与
别的夜晚不同
你将怎样等到天明

走进草原深处
一泓清澈的海子如我的泪水
我何时成了一匹红色的马驹

梦见卓玛

我梦见清清海子边
楚楚动人的卓玛

格桑花般美丽
笑声朗朗
深情的眸子
为何看不见　往日的忧伤

风儿轻声告诉我
阿爸终于同意

卓玛明天就要做
心上人　骑手扎西的新娘

站在雪地上

站在雪地上
目光所及之处
都是些自然的物质
纯净　明朗
没有先人金戈铁马的声音
更没有格桑花离去时
冷冷清清的鹰类

站在雪地上
想想去年冬天
我没有骑马
熟稔的朋友们
都远走他乡
在各自的风景区
种植友谊

想想他们忧郁的眼睛
在马背上缠绵的歌喉
我混沌的灵魂
一览无余

站在雪地上
看见邮递马车
还在远处的山口跋涉
便有一种心情
似稠密的雪花
湿润着整个草原
整个冬季

陇东（组诗）

秦 铭

剪 纸

走进陇东
就走进了剪纸的天地
纯朴的乡俗
亲切至极
一把剪刀
把生活深刻的
淋漓尽致

无论是炕墙 还是窗棂
高兴时就喜鹊登枝
悲伤时就平沙落雁
古稀总有五福拜寿
喜庆总会双喜临门

真想做一帖剪纸
让殷实的日子
身卧福地 出门见喜

土 话

是娘烙在身上的胎记
土话和小米汤一起喂养童年
喂养山沟梁峁
离开土话的日子
就像缺奶的孩子
思念常常面黄肌瘦
缺乏营养的病句

生硬绕口
难以成章
走南闯北
总是走不出土话
犹如黄皮肤一样牢牢地刻骨铭心
流淌在血脉里
毕竟不能像抖落满身的风尘那样
抖落乡音

塬　畔

三月　塬畔的
一棵杏树闪身成
一团火
一只飞蝶
一件红夹袄

九月　塬畔上
一杆唢呐
一头毛驴
一声揪心的信天游

腊月，一些事情在落下

白天比黑夜又长了一权把
天空在落下
雪花在落下
麻雀也在落下
腊月，一年的疤痂在落下
思念在落下

高原　山坳　小村　青瓦
一夜干净的白

犹如那块凹地白头的芦花在落下
山道那些踩响咯吱的人
提包在落下
一个人的泪水
在另一个人的肩头落下

摄影 / 张新合

最小的地图

离 离

在这个八开大的地图上
我的惊喜不亚于
发现新大陆，和陆地上新繁衍的物种
我所在的西关　夕阳落下时就剩下它了
开不开窗，兰州的天都会黑
向东依次是甘草店，定西，华岭，马营，通渭
再深一点就是 陇阳
如果我的眼圈还不够湿，就可以看见陆义村
没有我想象中孤单
但它只能就现在这么大
像一只蚕爬在桑叶上
却不能随意蠕动
也不能向着我的内心
再近一些，更深一些
我的爱到这里　也不能再向前一分一毫
它刚刚可以　在我铺开的甘肃地图上
缩着小小的身子 开一朵小花

我就站在宽广的夏天里
花朵，花朵，花朵，我喊你三声
我喊你背后的秋天、冬天和春天
我差点就要喊出爸、妈和哥
我满脸泪水地喊
我嘶哑着嗓子喊
我就要望见后院的井口了
天热啊，我看见大黄狗吐着舌头
白杨树悄悄卷起叶子
那扇门　轻轻开了
又关上

游皋兰什川梨园

钱 刚

或许已经苍老，旧日的岁月正在
交付着昨日的夕阳，彩虹满天垂下的是
千年的梨树，万年的花朵，在一个小镇上
盛开关于自古至今美的传说

我是生长在西部的人，即使在黄河的上游
我的命运仍旧古旧的梨花中为陇原添补新的色彩
不论是黄河的四十里风情，或是什川的梨花朵朵
我知道最好的将是始终无法变幻的乡语乡情

我渴求的爱情自梨花中漫延
留在西部的只有纯朴和粗粝的性格
从一些词句到远方的路途
都呈现了短暂和离去的惊慌

将要到达一个地方，从边缘到中心
结束了某种契合，在熟悉与陌生之间
叹喟着纷拥的人群间梨花的盛开
只能独自遥望苍凉以及忧伤

这仅仅区别于我当下的爱情
在一瞬间失去了通向内心的香味
临黄河行走，我的行囊中背负了无尽的
属于陇原，属于千年梨园的一片白苍

风吹甘肃（组诗）

雪 潇

你是风儿
谁是沙？

风吹过安西，安西脸红
风吹过河西，河西云黑
风吹过陇西，陇西门开——走出当年的你我他

你是风儿
你出生入死
却找不着自己心里的沙

西面的天边上
风吹动一片血红的霞
风啊，大地的红围巾就此飘落天涯

你是风儿
谁是沙
谁和你缠缠绵绵，回到甘肃老家

敦 煌

风吹过敦煌
首先吹响了一座三危山，其次吹响了一座鸣沙山
多么奇妙的沙沙之声啊
月亮把它的一只耳朵
连忙贴在了敦煌

千万颗沙子柔情似水。千年万年
汇成一个月牙泉——好像月光噘着她的嘴
风吹过敦煌莫高窟，大大小小的洞窟迎风而开
大佛小佛，向西的眼睛迎风落泪

风的一部分，要在敦煌死去
它们的遗骸就是沙子——正如鹰的遗骸就是鹰笛

最后，佛轻轻张开了他的口
那是风的玉门关啊
脱胎换骨的风
从此走上阳关大道

古　浪

风吹过古浪，历史这条河水
就来了一个三百年漂亮的上升
然后，又来了一个三百年潇洒的下沉……

从夏，到商，再到周
从汉，到唐，再到宋
一浪接着一浪
有时还浪打浪

风吹过古浪
风在那里，卷起千堆雪——
那高高耸起的祁连山
多么像一个古代的浪
突然静止在河西走廊

定　西

西风吹红了定西的脸

东风，就要掀开定西的黑棉袄
其实定西的白银子
藏在冬天的房顶上

北风把山上的树一吹就拐走了
南风，好意思只还给定西一场小雨
一场小雨还给定西一棵麦子
一棵麦子还给你我一碗热汤

大北风，小南风
你们谁能还我一个圆润的定西？
暖东风，硬西风
你们谁是时间的手心谁是世界的手背

摄影/佚 名

甘南：在祖国的高处

敏彦文

高处。这是一个宽泛的字眼
对蚂蚁来说
一小堆土就是高处，就是泰岳
对雄鹰来说
飞翔的极限就是高处
对人来说
上起一座高山还有无数高山
理想之巅就是高处
"高处不胜寒"
这是智者的感叹呢
还是庸者的自慰呢
抑或是登高者心灵的泉水自然流出

可是在甘南：祖国的屋檐
守住雪的洁白就是高处
留住花的芳香就是高处
把歌声传向遥远就是高处
仰望国旗与太阳一同升起就是高处
点亮生命的灯盏就是高处
大河奔流，运送血液
传递格桑的声息给蓝色的海洋
为神州鼓动青春的潮涌
生育儿女，养肥草原，就是高处
祖国万岁！祖国万岁！
这千年的心声

汇成今天繁荣的花海
充盈在大街小巷
灿烂祖国的天空
也灿烂甘南的眼睛、心灵和语言
还有明天纯净的梦
祖国万岁！……祖国万岁！
这露珠和花瓣孕育的美玉——我的甘南
佩戴在月亮光洁的胸前
是女神的高处，由祖国护佑
祖国万岁！……祖国万岁……

摄影/路学军

在康之南（组诗）

樊 樊

月牙潭

妹妹，我只想赤裸裸脱下灵魂
赤裸裸　亲近水

妹妹，三月吹你　裹着油菜花的风儿多么美
你绿睫毛的眼波　这潭溺死人的海子多么美

妹妹，整个三月　只有这一天云朵缓慢
只有这一天 轻风吟哦着梦中散落的诗篇

妹妹，我不说对你的依恋
只把一个新绿的自己　种在清澈的潭水边

一线天

其实只是一个裂谷
若干年前
是怎样一场惊天动地的决绝？
从裂缝里望出去
那片天空还是狭隘的

我担心谷顶上盘旋的那一声鸟鸣
还有飞鸟小小的身躯
那谷底多么幽深
多少苍凉的青苔　在陡立在岩缝上

停止了诉说

我来到这里
静静伸展的身躯
紧贴着最低的一处崖壁
仿佛是一个伤口抚慰着另一个

阳　坝

这古朴小镇，不适合过多赞美
用地道的康南话发音吧
阳坝——氧吧
氧吧——阳坝
回音里也有流淌的水意
那一坡、一坝、一湖的碧绿
都来到了你湿漉漉的抒情里

老人们陈旧的故事　晾搁在向阳的屋檐
他们会指给你看
那茶园里低头浅笑的葵和菊
那大街上健步行走的松和柏
那一个是太平军的后人
那一个是吴三桂的后裔

远方的亲人
请你像迁徙的候鸟一样飞来吧
或者　做一棵被移植的红豆杉
在康南三月的画布上　陪我写一句
温婉的诗行

梅　园

这风是从古代吹来的

混淆了茶香和花香
这一万亩的碧绿你无法搬运
远山近水间，逸出多年前走失的女子
她徜徉于山水间的身姿
多么轻灵

低飞的花喜鹊和掠过湖面的野鸭
山杜鹃红得漫无拘束
我敢肯定，在水鸟的鸣叫和野花的香气里
有一条秘密的路径

但是要轻——
那一潭潭幽幽的海子是情人噙住的泪水
那一畦畦新茶的芽尖要处子来采摘
绿意蒙蒙的地方
是神灵居住之所
故乡久远，我已来过
在香樟、红枫、厚朴频频招手的清晨
在茶树青青的梅园

奇石滩

那些就要被唤醒的石头
有着奇异的色彩和纹路
倘若它们渐渐有了呼吸　心跳
在冗长的叙述中
一些神奇的印记是否被称之为命运？
在这寂静的灵性世界里
可有一只缘定之手？

奇迹出现的瞬间　我听见友人的惊呼
一块巨大的沐浴石　铭刻着一条龙凤起云涌的记忆
是的　浪里淘沙

一颗石头也修炼出了坐拥四方的气韵
可是 偌大的河滩上 我找寻的
只是这样的一颗：
白色 心型 温润的玉质里
包裹着一团幽静的火焰

摄影/佚 名

倾诉篇·散文

QINGSUPIAN

一个民族的朝向

吴东正

一

　　春天了。窗外一群筑巢的燕子最先发布出这一崭新的信息。一贯乐于奉献的太阳光照照例为人间投下了热辣辣的情愫，也带来了大地万物萌芽复苏新陈替代的盛景，带来了我们走向又一个新跨越、开创幸福生活的梦想憧憬。

　　和我的民族同胞一样，我总是在春天的暖阳里关闭遭受冬天寒潮的不悦心情，完全放开僵硬的思维，带着内心灵魂的萌动朝向梦想目的地出发，一边阅览春色景致，一边抵达梦想的彼岸。

　　当南方的俊秀愈发显现出婉约情怀、缱绻缠绵，北疆的萧瑟冷清、粗犷凌厉也更加突出和张扬，在更多的参照对比之下，细细观察，不只是景物气候有着冷暖色调的反义相对，不只是冰火两重天的内心感受会强烈震撼，不只是高楼茅屋、名车毛驴、丝绸土布的外在差异多么的惹人眼球，喷发宣泄，实际上，所有的这一切都给予了我们无限想象的空间。想象是自由无约束的，可以填充诸多人为因素进行前后左右逐项排比加以褒贬，也可以当做宛若地球自转产生白昼黑夜那么正常简单而又符合自然规律的一般常理，还可以不闻不问置之不理处以事不关己高高挂起，总之，每个人的出发点、认识角度、所持观点不同，对于世态万物的评论结果、行为方式就会不一样。

　　也由此，头顶同一片蓝天，脚踏同一片热土，人心向背的悲凉却是有的，幸灾乐祸的悲惨却是有的，兔死狗烹的悲剧却是有的。

　　但是，我并不将他们的偶然性归结于我们整个民族的哀怨或是愤懑、衰败或是沦丧。

　　似乎是人类文明发展阶段经历的一个"坎"，科技进步带来了经济腾飞和市场繁荣，却让人们在享受物质文明成果的同时突然就迷失了方向。例如，有条微信内容是这样揭示同胞们的"创造"："航班延误了，打空姐；看不起病，砍医生；恨贪官，到幼儿园杀儿童；恨政府，跑去烧公共汽车；恨日本，就砸同胞的日系车；稍有不满，炸药、砍刀就投向飞机场火车站，这个国家的人不是愚昧到无可救药，而是每次都挑软柿子捏，向无辜的更弱势的人施暴，可怜的行为被世界耻笑……"我一直以为，一个曾经遭遇极度创伤或磨难的民族一定会倍加珍惜生命，相互团结，融为一体，并东山再起，坚强独立，形成铜墙铁壁，阻隔外来狼子

野心的蠢蠢欲动。但事实是，在物欲横流的今天，那些自以为是的同胞们却除了自私自利唯利是图和逃避责任明哲保身，就只会用找不到真正敌人的仇恨去残害别的同胞，报复家人，扰乱社会，搅浑清水，污染环境，完全抛弃了作为我们伟大民族一份子的户籍证明，把自己扮演成了自己的敌人。一个人的身体患病，本该求医问药，治愈疾病，但若跑去传染别人，或是找个律师论理，则就显得缺乏修养，没素质不人道了。个体的病，不能嫁接作为一个民族的伤痛；单独的恨，不能划归整个民族疯癫的指代；偶尔的事件，更不能湮没所有人心向善的价值取向。

现在，就在我们自己一步步走向自强自立的路途中，就在我们重新开启民族伟大复兴的中国梦时，我们就这样频频遭遇了世态炎凉、人情冷暖导致的尴尬处境。我们的道德缺失、人格沦陷、爱心僵化、情感变态恍然间成了病毒或是核裂变，无限蔓延，无限滋生，无限的冷漠无助、冷眼旁观，到我们真正需要同胞的携手相扶，却仿佛民族整体都要退避三舍，誓不为伍。

其实，任何一个时代，任何一个群体，也都会含杂有龌龊的乌合之众，他们要么贪婪成性，要么横行霸道，要么为所欲为，唯恐天下不乱。

我于是常常想，我们民族的人与人之间，到底哪来那么严重的深仇大恨？

我们的祖国是一个传承文明并为之发扬光大的国度，我们的民族是一个不屈不挠勇于抗争和发奋图强的民族。特别是在弱肉强食的年代，祖国经历了甲午惨败的丧权辱国割地赔偿、八国联军烧杀掳掠和多次外来倭寇大屠杀的惨痛教训，伤痕累累，痛不欲生，而我们的同胞，总是能够隐忍痛苦、卧薪尝胆，进而翻身抗敌，披荆斩棘，最终还原祖国的盛世安宁、天下太平。

我们自古就有传统美德。我们的传统美德涵盖

了我们活着的全部。我们的历史经验和文化积淀告诉我们，一个国家的强悍完全来自于一个民族的成熟，一个民族的发展完全来自于民族个体的热爱。热爱国家，热爱生活，热爱自己，然后，才能与之同呼吸共命运心连心。

我庆幸我出生于这个富有民族感情和充满人间温情的国家，虽然他并不完美且在努力改变中。我的庆幸正是由于我的确生在了这个国家，我和他有着千丝万缕的内在联系，有着不可分割不可丢弃的血缘关系，倘若我是一个怀恨父母的人，那么我也许就是一个不会"庆幸"的人，事实是，我因具有对父母的深爱奠定了我对我们祖国和民族的骨肉相连，并引导我向着"外国月亮并不比中国圆"的辩证的世界观来探寻社会发展真理。

可是可是，到了今天，这个民族的一部分却突然逆转朝向，陷于不义。

究竟，他们为何这样慌忙？

二

我蜗居在西部的一方小城里，我处在仅仅属于自己活动范围的临时小空间，也就是说，我不过也就只是一介草民，对于我所在的一方小城也还不能熟悉到尺寸在握，就算随便在大街上走一遭，能和我相识并搭讪几句话语的熟人也都寥寥无几。可我还是明白的，不管读到多少书，经过多少事，我仍然觉得我认识社会、认识民族、认识国家、认识世界简直就是夸大其词的狂妄之语，我仍然还需要不断地去学习、去走访、去听去看去亲身经历，再配合自己的辩证思考做出肤浅的解释。针对身旁的每一个个体尚且如此不敢一并代之，针对复杂万变的事物、凌乱万象的各种各样也就更需要多方取证，综合考虑，由此，我根本没有足够的能力去了解、

洞察、评判，甚至做出准确无误的结论的学识。但是，我对自己也对别人说过，不用怕，如果迷路了，还可以找到架桥的人。

我也并不是祖国的宠儿，我的吃穿用度日常生活捉襟见肘，但这并不妨碍我为我的祖国我的民族伸张正义、正本清源的信心。纵观我们的历史进程，我们的双脚已经是在大踏步大跨越了，我们的平地崛起已经令世界他国虎视眈眈。那么，我们民族自己的兄弟姐妹，还有什么不坚定不满意？如果还有什么不坚定不满意，非要刨根问底，那只能挖掘地说，都只因为我们的祖国曾经屈辱的有着一穷二白落后挨打的不幸！

先辈们当牛做马、屈身为奴过，也饿殍遍野、度日如年过，也浴血奋战、垦荒囤粮过，也鞠躬尽瘁、砸锅卖铁过，从零开始，他们用血和泪为今天的我们洗刷了我们民族遭受欺凌侮辱的惨痛历史，他们用自己的悲壮传奇为我们铺就了一条希望的康庄大道，他们在生命的尽头依然扶持我们挺起胸膛斗志昂扬。我们教导孩子要学会感恩，我们的民族也必然就是一个感恩的民族，明白吃水不忘挖井人、明白滴水之恩涌泉相报、明白前人栽树后人乘凉、明白没有共产党就没有新中国这样的简单道理。现在，当翻身解放事业让我们成为了真正的国家主人，我们对自己的国家又岂能不用一个主人的身份！

但是，谁又能想到，作为主人的我们却在一段时间，忘却了先辈们在烽烟炮火中的牺牲，忘却了我们贫穷根源的弱势，忘却了我们摸着石头过河的艰辛，坐在开着空调的宽敞楼房里，坐在鼠标一点看天下的豪华老板台前，玩罢游戏品上茶，趾高气扬颐指气使地开始断章取义、围追堵截。他们抛出恶毒的指责咒怨，谩骂共产党、谩骂政府、谩骂社会主义制度，致使我们的民族在糊里糊涂中迎来信仰偏离的错误论断，怨声载道，此起彼伏，民族的劣根性一度彻底暴露无遗。

谁又能想到，在我们的祖国正挺直脊梁，决意要出人头地之际，外敌尚未动手制裁还在犹豫，民族自己却先发搬弄是非，这类等同于釜底抽薪、过河拆桥的卑劣手段只为混淆视听，颠倒黑白，强奸民意，只为告诉民众"外国的月亮就是比中国的圆"。

事实上，这些年我们在过多地投向"外稳"时，暂时放松了"内治"，从而使一些丧尽天良的事件接连不断。但更让我感到难堪和后背阵阵发凉的，并不是"内治"的缺陷缓慢，而是我们的一些别有用心的同胞在欣欣然传播"中国不行了"的惑众妖言，另一些同胞不仅不为之反驳斥责，反倒暗自窃喜，盲目附和，好像"中国不行了"根本不管他事，或是早就该如此一般。这种缺乏信念丧失根本原则的行为与鞭打祖宗有何差别！

然而，毕竟那只是一少部分糊涂虫，是一少部分被蛊惑的无主见者，他们用皮毛之损并不能祸害体内之殇。他们的挑拨离间改变不了历史的真相、改变不了我们整个民族坚定的正确航向。时间和历史都会是一面镜子，原原本本的经过就镶嵌在我们民族的记忆中，就体现在我们民族不断前进的朝向和脚步中。

无论是清晨拉开窗帘看到朝霞辉映的第一眼，抑或傍晚看到落日金色光芒的最后一眼，我总是很激动的。我可以用一整天的时间陪着工地上、农田里的人们，静静地观看他们跃动的健硕身影，聆听机器轰鸣，感受作物生长。在每一个整天里，繁忙劳碌的他们挥洒汗水开创建设的热火朝天总能给予我无限美好的希冀，这是这个时代最完美的风景，也是这个民族以及这个国家最真实的写照。

是的，不管以何种理由、何种借口，哪怕就是以胡编乱造歪曲事实给我们民族抹黑和放气，教唆我们民

族内斗和分裂，都不可能磨灭我们民族的士气和希望，都不可能扭转我们伟大民族勇敢追索的正确朝向。

我们的正能量需要传递，文明的旅程需要延续，我们只需牢记先辈们的那段风雨沧桑，以史为鉴，居安思危，怀揣理想，坚持行进，为祖国的强大和民族的繁荣再接再厉，贡献力量。如此，我们何愁自己温饱难以保障？我们何愁自己不能幸福安康？我们又何愁自己不能登上大雅之堂？

三

实际上，我也许并没有代表"我们"的资格，我在这篇文章中大量地使用"我们"这个词语，只是一个良好的祝福，我用自己的良知揣度我们民族大众的良知乃是借用了将心比心的良苦用心。我深知每个同胞都绝不会愚蠢到去迎接一个软弱、无德、散乱的国家，都绝不会为拥有一个四面楚歌、十面埋伏的国家而感到自豪，更绝不会使自己沦落为一个亡国奴丧家犬。我们太需要一个完整统一的、强大强盛的、民族振兴的国家了。

走出门外，这已然是阳春三月，已然又能看到一个温暖的季节绘就生机勃勃的万里长卷，也赋予我们高昂头颅壮怀激烈豪气云干的精神情怀。孩子们的课堂上，传来令人振奋的"热爱祖国、热爱人民"的琅琅读音，创业者们积极进取、锐意开拓的热情再次喷发；弱势群体们不畏困难、自强不息的奋斗更是激励世人志存高远、心怀天下。

这足以证实这是一个永不言弃永不言败的民族所保存的内在实力。

这亦是先辈们一步一步奠基起来的不容易：从飞马送信到电子网络，从大刀木棒到奔月神舟，从外敌进犯节节败退到全民反击收复失地，从流离失所民不聊生到土地革命联产承包，从缺吃少穿节衣缩食到全民小康的宏伟目标，且不说上下五千年的文明历程是多么的遥远，单就近百年不断迎接挑衅的主权民族战争，都记录着这个民族经历的太多的命运伤痕。如今，从戈壁到荒漠，从平原到沟壑，从七大洲到四大洋，全世界的任何地方，到处都有这个民族建设者的足迹；从地震到海啸，从矿难到泥石流滑坡，在各种意外各种事故的灾难面前，九百六十万平方公里土地上的十三亿人口始终只有坚挺从未倒过。而今天，在苍茫的西域，在寒冷的关东，在炙热的江南，在荒凉的北部，依然战旗猎猎，号角争鸣，我们民族的守护者依然伟岸挺拔，坚守着脚下疆土的完整，他们回过头就可以望见家乡，他们转过身就可以拥抱父母，但他们肩负着保卫祖国保卫民族的神圣使命，为我们的幸福家园树立起了牢不可破、坚不可摧的厚实屏障。

这是一个庞大的民族，这也是一个创造奇迹的民族；这是一个不怕流血不怕流汗不怕侵略不怕牺牲的伟大民族，但却是一个只怕同胞诬陷、只怕同胞失散的民族。

我只想告诉那些背后给祖国捅黑刀者、那些不择手段利用贪腐破坏人民感情者、那些鼓吹"内差外好"的煽风点火者、那些一意孤行执迷不悟千方百计戴罪潜逃者，也许他们的一时之快能带给他们暂时的享乐，但总有一天，他们会成为我们民族唾弃的恶魔，他们会永远漂泊在异乡，幽灵一般失魂落魄。

说到底，还是有人惧怕我们这头"东方睡狮"的觉醒。

而我们的民族之狮，也正在觉醒。

我们呼唤良心的正直，我们期望道德的永存，我们宣扬博爱的关怀，并由此来奠定我们民族同甘共苦、荣辱与共的基石。我们的民族最应保持侠骨柔肠，对敌强盛，对友忠诚。我们应该抛弃那些怨天尤人、愤世嫉俗的偏激情绪，把落后转化为动力，把观望替换成行动。我们应该携起手来，以我们的中国梦、民族梦的大局为重，继续坚持我们民族在世界东方屹立的远大目标；我们应该用我们"军民团结如一人，试看天下谁能敌"的民族朝向来实现祖国强盛的宏伟理想。我们更应该面向阳光，面向未来，永不停歇。

这正是春天。在这个春天和以后的每一个春天，我们都应该充满阳光地拥抱我们的国家，热爱我们的民族。

此刻，无论是面向阳光，还是面向未来，暖春的温情都在滋润着丰盈的大地，都在抚摸着每一寸健康的肌肤，并孕育着爱的种子即将生根发芽。在我们脚下的泥土中，那些急于出头的种子也是不甘于沉睡为地下的埋葬，极力要破土而出，用顽强的生命力量和我们相互映衬、相得益彰。我慨叹植物生命的齐心协力，也诚服群居动物的互融一体，我相信，擅长思想的人类，也会感同身受来自自然世界的鼓动勉励。也许只需几天，一旦时机到来，如同电视画面特技效果的色彩转换，大地一夜之间就会铺满绿色，更加生命益然。而我们的祖国和民族，一旦力量壮大，也会以厚积薄发摧枯拉朽之势，迅速建立起中华儿女强盛的王朝。我们不求称霸世界，我们只是不能总那么楚楚可怜软弱可欺。我们维护世界和平的宣言就是让所有人类都能平等友好的共同参与改造世界和享受成果。

为此，我急切地期盼着我们的祖国快点强大起来，我们的民族友好团结起来。因为我早已做好了充足准备，满怀赤诚，信心坚定，正面对着祖国伟大复兴、繁荣强盛，民族和睦共处、携手并进的最美朝向。

到那时，我也一定会为我的祖国我的民族双手合十、祈祷祝愿，会为之激动万分、热泪盈眶，会为之写下"百年梦想终得实现"的历史定论！

摄影 / 张永基

光荣如一幕伟大的雪崩

——探班《我们光荣的日子》

叶 舟

天空深蓝，碧空如洗，航班抵近首都机场前，划出了一个优美的弧线，让我能清晰地看见燕山山脉，以及大地冷凝的表情。——山峦深处，在门头沟的灵水村，长篇电视连续剧《我们光荣的日子》正在如火如荼的拍摄当中。作为编剧，与其说是去探班，不如讲是去朝觐，去共度，去陪伴，去邂逅一场漫山遍野的大雪。

今年的这场雪，北京等得好苦，剧组也等得好苦。我身处兰州，黄河两岸竟然也冬阳高照，温煦如春，不见一星半点的下雪迹象。自入冬开始，我便频频给剧组挂电话，发短信，询问天气，打探雪花的消息。我天天盯住天气预报，我粉了柯蓝、唐曾、练束梅、刘立伟等一干主演的微博，像一座气象台的高清雷达，全天候开机。那一段儿，我的确阴暗，对诸如西伯利亚寒流、暴风雪、强冷空气压境等术语充满了幸灾乐祸的渴望。是的，有好几次我都差一点儿得逞，我恍惚看见临近片尾时，剧中那一群忍辱负重的民办老师们终于挺直了脊梁，在漫天大雪的洗礼下，走向新的一季春天，从此高山流水，鲜花烂漫。

这不，剧组来了电话，说山里天气变了，估计有喜。恰值圣诞节刚过，元旦将至，我笃信这一场呼啸的大雪会和我一样，翩然落地，把全北京下白，用洁白的羽毛把燕山覆盖。燕山雪花大如席，仿佛自古皆然。我喜欢木心说过的一句话：……我是那黑暗中大雪纷飞的人。我念叨着这样的诗句，为嫌诗少幽燕气，来做冰天跃马行。我终于空降下来了。

孰料，一仰头，天空那么深，干净得像一面佛龛。

来不及计较，埋头往山里狂奔。心里安慰自己说，非名山不留僧住，是真佛只说家常，说不定这场雪就在山里等我，我跟它有一个秘密的契约。——在将近一年的剧本创作中，我始终在吁请它，供养它，礼遇它，仿佛在酝酿一种人生的庄严。出了北京城，山路逶迤，暗夜如铁，经过四个多小时的车程，终于抵达了斋堂镇的中坤度假村。这里是剧组的驻地，距河北地界只有40公里，远在尘嚣之外。

忙不迭地入住下来，却发现楼上空空荡荡，杳无一人。一打问，才知道今晚上有一场夜戏，剧中界河小学的孩子们要朗诵莎士比亚，全部人马都在片场待命。我不能掉队，忙唤来司机，马不停蹄地往片场赶去。

灵水村，古色斑斓，层峦叠嶂，此刻像一个酣睡中的婴儿，蜷缩在大山的褶皱里。灵水村亦称举人村，耕读传家，民风淳朴，曾一门五举，惊动京师。这几年，随着章子怡和郭富城主演的《最爱》以及热门节目《爸爸去哪儿》在这里的拍摄，灵水村成了一个旅游热点。整个夏秋，我在兰州家中或北京的宾馆里挥汗如雨，一场接一场地铺排情节，演义故事。导演则带着一个车队，在莽莽群山里奔行，寻找最佳的拍摄地点。那一日，导演将一摞照片交给我，兴奋地说：有了！

我问：这什么地儿呀？

导演答：灵水村，一门五举，文脉深广，源远流长，正好契合咱们的戏。

我会说：老天襄助啊！

导演刘淼淼，圈中人尊称淼叔。淼叔被称誉为中国"金牌剪辑师"，曾与徐克、许鞍华、关锦鹏、陈凯歌等合作过，代表作有《集结号》、《天下无贼》、《夜宴》、《雍正王朝》、《玉观音》等，获奖频频。近几年来，淼叔与黎叔（导演张黎）还一起执导过《人间正道是沧桑》、《圣天门口》等热播剧。我意思是，导演的名字里有六个"水"，如今又有了一条灵水，可谓万水归一，气象不凡。导演也敏锐，回说，那你还是扁舟一叶呢。那时，我们都相信，这是一个吉兆。

于是，在稠密的夜色中，我一苇渡江，登上半山腰，到了片场。

眼前的界河小学，沉浸在一片八十年代的氛围中。它的气息，它的标语和陈设，它的黑板报与粉笔字，它的炉渣跑道，它斑驳的油漆，它乌黑的瓦和屋顶上的枯草……一切都像极了我求学时的景象，也是剧中明爱芬、余学军、孙五湖、张映紫等民办老师们寄身的场所。我知道，这是剧组投入巨资，临时搭建的一所学校。我也明白，那些在稿纸上所演义的爱和恨，伤心与离别，那些滚滚消逝的旧日子，将在这里"复活"。

身为编剧，我有一点儿小激动，却不踏实。

此时，操场上篝火熊熊，一面辽阔的国旗在风中展开，猎猎有声。门楼上，一块"斯文在世"的牌匾古色古香，泛出青铜的光泽。有一对夫妻树，一棵是银杏，另一棵也是银杏，落净了叶子，前世今生地凝望着这一片校园。光影中，孩童们正在舞台上排练，上百号群众演员在烤火取暖，等待开拍的指令。我悄然而入，去和淼叔打了招呼，看见主演们都在抓紧补妆、对台词、整理服装。——那一刹，我突然想起了雪。一场设计中的大雪居然爽约了，心里不免担忧了起来，这戏该怎么拍呀？

不敢看监视器，悄悄退了出来，我抬头问天，却发现繁星密布，银河璀璨。该死的雪，我简直失望极了，眼睛里能哭出血来。——在剧本中，故事应该是这样的：界河小学的师生们在校园被强拆的前一夜，顶着朔风，冒着严寒，在铺天盖地的大雪中唱歌、朗诵、坚守，苦中作乐，等待着命运的转机。雪是背景，也是故事，更是一种神示。我在操场外彳亍着，看了看运动表，已经零下20℃了。

零点已过，山风愈加肆虐，寒自心生，奇冷无比。我周围是孩子们的爸爸妈妈，一个个拿着暖宝，拎着羽绒服和大衣，跟我一样跳着脚，磕着牙，瑟瑟发抖地盯着舞台上的小宝贝们。可那些孩子浑然不觉，有模有样地跟着副导演在排练，热火朝天的，仿佛他们一直生活在童话城堡里，游荡在梦中。是的，圣诞节刚过，我明白没了这一场雪，这个大山深处就不会有马拉的雪橇，也不会有一位红衣老人趁夜而来，送上糖果和祝福。

我有点儿内疚，觉得亏欠了孩子们。

长篇电视连续剧《我们光荣的日子》，改编自著名作家刘醒龙先生获得第八届"茅盾文学奖"的长篇小说《天行者》。本书是刘醒龙早年作品《凤凰琴》的扩写和续编，包括《凤凰琴》、《雪笛》、《天行者》三部分。当年，中篇小说《凤凰琴》出版后，

曾引起了巨大的社会反响，并获得了五个一工程奖、庄重文文学奖等诸多奖项。根据《凤凰琴》改编并由李保田、王学圻主演的同名电影曾横扫各种奖项，称誉一时。

小说《天行者》是一阕灵魂之曲，一首悲壮之歌。它以温情的笔调，描述了中国农村四百万之众的民办教师们，在极其艰苦的环境下，担负着为义务教育阶段的亿万农村中小学生们"传道、授业、解惑"的重任，以及他们的心路历程。它以诚恳的笔触，抒写了这些"在二十世纪后半叶中国大地上默默苦行的民间英雄们"的苦难与高贵。小说甫一出版，曾制作了《士兵突击》、《我的团长我的团》等精品大戏的金牌制作人吴毅便慧眼识金，第一时间买断了该书的影视改编权。作为多年的至交，刘醒龙先生推荐我担纲编剧，并嘱我放手一搏。坦率地讲，我虽然应承了下来，但感觉身上压着三座大山，其一为获奖作品的改编难度，其二是兄长的信任，其三则是公司的巨额投资。

犹记得前一年的冬天，和著名编剧邹静之在香山下对饮。我探问说，改编《天行者》应该把握什么？静之兄笃定道，一个字：气。当时，淼叔和黎叔正在首钢附近的一座建筑工地上拍《九年》，我前去探班，问了同样的问题。淼叔不假思索，慨然说，写温度，写那些乡村教师们滚烫的血。制片人吴毅也告诉我，一个大公司除了做市场，也应该担当起社会责任，传播真正的正能量，这部戏应该去探究中国现代化进程的深层脉络，它不仅要对社会现实有一种深度关注，更是对那个纯真年代里一批民办教师的深情礼赞。

由此，我确定了创作的方向：不哭爹喊娘，不矫情，不诉说苦难，只为呈现一种责任、担当和勇气。接受任务后，我查阅了大量的资料，拜访了不少教育界的专家和学者，还走访了甘肃境内几个贫困的

地县。幸运的是，七月流火时，我20年前曾经教过的学生们从天南地北的赶来，在兰州聚会，有几位的家人就是基层的民办老师。我对话，我访谈，从而获得了大量珍贵的第一手资料，若清泉之水，注入到了剧本中。

后来，《我们光荣的日子》临近杀青前，我在北京接受记者采访时，将这部戏比喻为"中国版的《燃情岁月》"。

恍惚中，我听见深夜的界河小学上空里，传来了降央卓玛的女中音。没错儿，《深深的海洋》，南斯拉夫民歌。歌声似水，一瞬间弥漫在了校园里。气氛登时肃穆了下来，孩子们各归其位，所有的群众演员也都屏声静气。我和年轻的父母们蜷缩在一角，既像亲友团，又像战争年代的支前队员们，不再寒冷，也不再哆嗦。

扩音器里，淼叔发令说：……准备开拍！

"开拍！"

霎时，一场铺天盖地的大雪澎湃而至，从四面八方砸向了原本凄清寒冷的操场，涌上了村小的舞台，落在了师生们的身上。这一场强悍的大雪，灿烂，恢弘，高调，像一幕歌剧式的咏叹，更像一场重金属的摇滚。我先是发呆，双膝如木，继而周身颤栗了起来，不知所措。我明白，这是朝圣的一刻。我在内心一直供养的那一份祈愿终于降示了，兑现了，全美了。我有些失明，忙闭上眼睛，任由纷纷扬扬的大雪和山风将我吹拂，予我安慰，也给孩子们带来一丝欢乐和奇迹。

当然，正如你猜测的那样，这不是暴雪。——这是片场上无数盏炽烈的灯光，带来的一场雪崩，沸腾眼前。

我如愿了。此后的几天里，我安静地坐在淼叔的身后，一起盯着监视器，看明爱芬老师如何带着她曼妙的青春、倔强的梦想和内心的挣扎，捍卫校园，

护佑孩子们，最后死在了校园里；看年轻美丽的张映紫老师怎样抽枝发芽，盎然一气，成长为新一代的乡村女教师；看余学军这个真正的汉子怎么被淬炼，被折磨，而后像使徒一般扛起命运的击打；看吴军和练束梅这一对恋人，如何化险为夷，又怎样陌路一方；看孩子们怎样在严寒过后，鹅黄浅绿地开遍了整个大山，童声嘹亮；……看这些籍籍无名的天行者、乡村教师、布衣先生们，如何像寂寞的山谷里开放的野百合，与春天同驻，芳香四溢，流布远方。

奇怪的是，在我探班的那几日，天天都是重头戏，也都是夜戏，每天都要在后半夜才能收工。可无论如何，在每次开拍前，我都会顶着寒风，兀自守在操场上，等待那一刹那降临。——真的，那不是一场大雪，那是一幕伟大的雪崩，就像所有光荣的日子，守护着那些"默默前行的民间英雄们"，守护着孩子们和课本，守护着整个剧组。

就像西谚所云：为了太阳，我来到了人间。

镜像 JING XIANG

摄影／路学军

我的中国梦

刘 子

儿子就读于本市的一家省级重点中学，快高考了，不免紧张，现在的孩子们压力真是很大。想起我高中时，1984至1986年，我因为数学不好，学文科，那时候我们也紧张，考不上大学就没工作，但也有很放松的时候，比如说，热爱文学的我们那时候就成立了一个文学社，还办了一个油印的校刊，起名《小石花》，取石头生花，必是凿钎斧砍、火花四射之意。

教室人多，空气不好，背书的时候，三两成群，没着河畔溜达，找一处安静之处，分开背书，累了就聚在一起胡聊一通。眼前是川流不息的小河水，碧绿的麦地，一片片的油菜花，就像坐在一幅油画中一样。也不排除个别早熟的同学，以学习为名，羞羞答答，暗地里谈个小恋爱，之所以叫小恋爱，是因为没有大动作，那时候的影视、文学作品中，拉个手就算是惊天动地了。那个时候谈恋爱的主流行为是传个小条子，还要严防被目光如炬像党卫军一样的老师抓获，那就相当不好办了。

时代变迁，现在的孩子们离不开的是电子产品，互联网时代嘛，我们大人又何尝不是如此，在一起吃个饭都说不上几句话，埋头刷微博微信，窃笑皱眉，表情各异。一天不开手机，仿佛就会出大问题，不是吗？但是电子产品也是一堵墙，把孩子们隔开了，本来很多都是独生子女，大多数时间都没有和同龄人交流的机会，这样一来全被封在一个狭小的空间里面了。这也是我长久以来很担心又没有办法的事。

在上大学的时候，读了些西方文学作品，那时候先接触到的是美国梦。以我个人的浅见，简而言之，美国梦就是自由、开拓创新，就是最大可能地实现自己的价值，就是尊重生命，生命的价值至上。从去年开始大家都在提中国梦，我觉得有梦总比没梦好，在我们这个无神论或者说多神论国家，梦想显得千差万别，可以说每个人的梦想都不一样，但总体上也有个大概的范畴，就是富起来是第一，然后文明起来。但我眼前看到的局面，是随着财富的增长，理想道德的普遍沦丧，文化精神的普遍缺失。

再回到开头，提一下儿子对我说的一件事，他说在一家小饭馆吃饭的时候，听到几个跑货运的卡车司机在议论，出于影响市容的考虑，他们停在河边人行道上的车不让停了，他们商量成立个公司找个地方停车揽活，商量了半天也没个头绪，儿子说很为他们担心。必须说明的是，这些司机有时候也真是讨厌，把小卡车停在人行道上也就算了，现在本市人行道上什么车都停，主要是车多城小，大家也实在是没地方停，他们等活的时候，三两聚在一起抽烟闲聊，让人想起老舍笔下的骆驼祥子们，他们还随地吐痰，有的还时常冲着河沟撒一泡长长的尿。但不管怎么说，他们每个人都有一个家吧，都有老人和小孩吧，不让他们停在这里，他们的生计怎么办，这就令人担忧了。儿子能为他们担心，我觉得是好事，这与我平常和他聊天时的交流有关，我常对他说，一个知识分子，固然要才高八斗，固然要勇攀高峰，但我认为还有最重要的一点是，他要有悲天悯人之心，如果没有这一点，他的知识很有可能会干出伤害人类的事，例子很多，以我很崇拜的哲学家尼采和雅斯培来说，他们一个的思想被纳粹利用，一个更是直接进入了希特勒的领导层。所以我固然希望儿子能考个好大学，将来能有个好工作过上好日子，可能的话也为国家效点力，做点贡献，但我也很希望孩子们能看到我们的社会处在转型时期，还有很多不尽如人意的地方，还需要几代人的努力，我还希望他们不仅在物质上丰收，更能重拾理想和信念。

我的中国梦就是，希望绝大多数的普通人也能过上好日子，当然，在任何社会都有贫有富，有阶层，对幸福的理解也不同，人的欲望也不会都得到满足，但至少人们不再为孩子上学交不起学费而发愁，不再为看不起病而揪心，不再为住不起房而忧伤，普通人也能通过努力奋斗而改变自己的命运。我是写小说的，大多时间都沉浸在创造和想象的乐趣里，但我也深爱着生我养我的这片土地和在这片土地上生活着的人民，我自己也是人民中的一分子。

镜像 JING XIANG
摄影 / 张永基

绿色的梦

苟天晓

一

这个梦由绿色的书和绿色的树组成，也包括它的破灭和重建。

让我从头讲来。

那是暑假的第一个夜晚，我疯跑了一天，本应该早早睡去，事实上我已钻进被窝了，小刘老师来串门，她拿着一本书。她跟我的父母灯下聊了很久，我趴在床上看这本书。

这是本绿色的书，一个神气的红领巾在森林里，牵着一只小鹿。书名就叫《绿色的回忆》。

于是我和董爷爷走进林子里，林子深处树叶闪动，什么响了一声，董爷爷养的狍子箭一般冲了过去……

雨后林间草地一夜之间冒出了那么多的蘑菇，五彩缤纷。我一会儿就采了一大篮。洗净后煮了一大锅，香气扑鼻。董爷爷回来后不但没表扬我，反而脸色大变，将一锅蘑菇全倒掉了！他说那些五颜六色的蘑菇有毒，越鲜艳毒越大……

我跟着林业工人小李叔叔走进林子。小李叔叔发现了一个大蜂窝，里面有好几十斤的蜜。小李叔叔赤手空拳，连一把斧子都没有。你猜他怎么着？

我跟着森林警察张叔叔和刘叔叔巡逻在林子里。他们骑着大马，我骑着一匹小马。我们来到一个林间空地，这里有一个林间小屋。我们进了小屋，屋顶挂着的篮子里有狍子肉干巴，还有干辣椒。张叔叔生起炉火，刘叔叔狍子肉炒辣椒。屋里顿时烟雾弥漫，我们全都咳着嗽打着喷嚏跑了出来，回头再看这间林间小屋，嗬，它简直像绝了一只冒烟的大蘑菇……

然后我们在一丛草丛里发现了那只小鹿。它还不会跑，它卧在草丛里温顺而忧伤地望着我，它是那样的小，那样的叫人心疼。它的妈妈在哪里？

张叔叔刘叔叔帮我把它抱回家，董爷爷给它煮米汤喝，它一天天在长大。我走哪儿它都跟着我……

我和董爷爷夜走森林。董爷爷不让我带水壶和手电。董爷爷不仅目光如鹰，而且他闭着眼睛也认识每片林子。口渴了董爷爷用小刀在白桦树上切出一个小洞，清凉甘甜的白桦树汁就汨汨地流了出来。我把嘴搭上去喝得好不痛快。董爷爷再把挖出的树皮揿进去，树也就愈合了。

我们在林子里歇息。月亮出来了，鸟儿们还以为天亮了，纷纷披翅震羽，聒噪了起来。闹了半天才发现这是月亮，又啁啾着渐渐安静下来，进入了梦乡。

月亮把银子般的光辉洒向山峰，洒着山坡，洒向小溪，洒向小道。林子沐浴在月光中，是那样的安详，那样的静谧，那样的美好。

"森林真好……"董爷爷喃喃地说。

二

第二天醒来，森林没了，书也没了。

我终于找到了小刘老师，她说书是别人的别人的，又给别人的别人拿走了，找不回来的……

但不知为什么，我坚信这本《绿色的回忆》本来就是我的，我一定能找到它，它一定能回归我的怀抱。奇迹一定会发生的。

我的书就在床上，我的枕头下面！我拼命地往家里跑去……我的书在那架三角形大梁下面，我拼命地朝大梁跑去……我的书在石榴树树杈里，我拼命地向石榴树跑去……我的书在第二棵大柳树树洞里，我拼命地往第二棵大柳树跑去……我的书在那间库房的柜子顶上，我拼命地朝库房跑去……

一个暑假我就这样一直在校园里奔跑着，从蝉声黏滞沉闷的仲夏跑进了蝉鸣清丽激越的秋天。虽然我的书还没出现，但我绝不灰心……

顺便说一声，我家就住在校园里。校园里还有志宏和卫东，他俩是我的伙伴兼对头。这不，一间教室里传来了志宏的吼声：

"小常宝控诉了土匪罪状字字血声声泪激起我仇恨满腔普天下被压迫的人民都有一本血泪账要报仇要申冤血债要用血来偿……"

接着另一间教室里传来了卫东的吼声：

"党给我智慧给我胆誓把座山雕消灭在深山壮

志撼山岳雄心震渊……"

按惯例下面该我吼了：

"临行喝妈一碗酒浑身是胆雄赳赳鸠山设宴和我交朋友千杯万盏会应酬时令不好风雪来得骤妈要把冷暖时刻记心头……"

一到暑假我们就各占一间教室，写作业、练字，我们最多的娱乐就是这样吼"样板戏"，那时八亿中国人只有八台戏，我们看过一二百遍了，练字的字帖也是样板戏。

不光没有戏，那时也没有书，我们根本没有书可读。家里大人的书架上都是些马恩列斯的著作和毛泽东选集。我才上三年级，根本看不懂，虽然我们一天总是说自己"要认真学习马列主义毛泽东思想"。

我比卫东小一岁，比志宏大一岁，但比起他俩我总处在下风。志宏能将那间库房里的脚踏风琴弹得风生水起，颇得大人的称赞。卫东的理解能力则明显高出一筹。

比如说我们看八个样板戏之一的革命现代芭蕾舞剧《白毛女》，大春和喜儿在深山相见后，两人跳呀比划呀，因为这个戏既不说也不唱，所以我们虽然看过一二百遍了，还是不知道他俩在干什么。这时卫东站出来说：

"他俩在对拳路。拳路对上了，两个就相认了。"

大家对卫东顿时肃然起敬。

卫东还总是给我下绊子。比如说夏天夜晚大家都坐在院子里乘凉聊天，小丫头雯雯仰着头伸着手指数星星。小丫头真傻，她当然数不清呀，不管她数多少遍！卫东一旁低声说："狗看星宿灿灿明！"我觉得这话有意思，不禁重复说："狗看星宿灿灿明！"卫东上前给雯雯说："他骂你！"雯雯"哇"的一声哭了起来。结果是我爸赏我一个耳光，卫东躲在一旁笑得喘不过气来。

还有一次我俩看一张毛主席的像，这张像毛主席

手里挟着一支香烟，卫东说毛主席抽的肯定是全世界最"香"的烟。我不完全同意这一观点，因为我们刚刚讲过长征，长征时红军吃草根树皮，那时毛主席抽的烟肯定很糟糕，肯定不会"香"的。听见我这话你猜卫东怎么着？他跑到我家对我爸说："你家天晓说毛主席抽的是臭烟！"这次我爸抽了我好几个耳光。泪眼中我看见卫东躲在一旁笑得直捂肚子。

我当然要报仇，一天我也抓到了把柄，跑去给卫东爸奏道："你家卫东说马克思的胡子乱七八糟！"卫东爸也赏了卫东好几个"大饼"！那一段时间我们仨就这样轮流告状，大家轮流看笑话，轮流挨揍。

但现在，我不再理他俩了，我不再跟他俩对样板戏，不再对拳，不再告状，也懒得理他们，我已远远超越了他俩，这全是因为我拥有了《绿色的回忆》！

三

卫东志宏见对我百般撩拨而不起任何作用，不禁好奇地向我靠拢了。我见他俩很可怜，便对他们讲起了《绿色的回忆》。自然他俩也跟我一起渴望起《绿色的回忆》，梦想起大森林。

我们一同奔跑在校园里寻找这本书。跑累了就坐在大柳树下幻想书中的小兴安岭大森林。我们校园里有十几株两人合抱的大柳树，如果你从校门外往里看，只见这些大柳树像巨大的绿色伞盖，笼罩着校园，使校园显得那样的静谧。校门外那些拉闲话的老农妇们总是说：

"多好的学校，恐怕只有干部家的娃娃才能上得起这样的学校，光看看人家这些树！"

但在我眼里，这些树算得了什么！它们跟大森林比起来，连树都算不上！

森林到底是怎么样的呢？我们每天都根据《绿色的回忆》幻想着。但常来校园玩的"疙瘩骡子"给我当头一击，他说：

"别搞得那么神秘！咱们县就有森林，就在山里！我去过，拾过柴！"

我们县有没有森林我不清楚，但即使清楚也绝不认可，真正的森林只能是书中的小兴安岭，其余的一概不算！

"疙瘩骡子"唾沫横飞地讲他拾柴的经历，他们是怎样背着捆好的柴火从山路上往下跑，一步也不敢拉下；怎样在鸡公石歇气，喝泉水吃干粮；怎样笼一堆火，烧吃从旁边地里拔来的大萝卜……他从不讲他第一次上山什么也没拾上，只背回来一背篓松塔塔，成为拾柴人的笑柄……"疙瘩骡子"常常以不容置疑的口气说：

"哼，森林，森林里其实都是些大刺架，根本就没有树！"

卫东和志宏自然又投降了"疙瘩骡子"，因为他们曾经臣服过我而加倍地攻击我，打击我。但最后他们还是发现"疙瘩骡子"的森林远不如《绿色的回忆》，又灰溜溜地回到我的麾下。

但我也逐渐相信我们县也有森林，因为那时我们都是买山里人背来的柴烧火。柴火里有时夹杂着几片红叶，有时是五角阔叶，有时是一簇簇的针叶，那种殷红，那种清香，叫人心里直颤栗。我不由地相信这就是大森林的感觉，因为这正是我读《绿色的回忆》的感觉。我们都要劈柴，有时一刀劈下，从树干里会跑出一窝山蚁，它们与我们院子里的蚂蚁明显不同，我们院子里的蚂蚁黑而胖，动作比较迟缓。而山蚁则色浅黄，瘦而长，行动敏捷。看着它们惊慌地四散而逃，我想它们去哪里？能在这里安下新家吗？

我也渐渐明白了我们县森林快被砍伐光了——"都是些大刺架，根本就没有树"，说明只剩下满山的荆棘了。这反而使我放心了，因为这再次证明了只有《绿色的回忆》，只有小兴安岭，才是森林！

四

暑假都快要结束了，我们还是没有找到《绿色的回忆》。我们头顶上的柳叶颜色越来越深，重量越来越沉，柳枝下垂的也越来越长。树枝深处的那些鸟儿跳过来钻过去，叽叽喳喳的，我知道它们在嘲笑我们。但我也懒得理它们，哼，比起小兴安岭的大森林，你们算什么鸟儿呀！

没有森林，我们能不能自己造一个森林？我们设想着，首先把这些柳树砍掉，把这些教室推倒，我们种上小兴安岭森林里的树。还有我们县那些长满刺架的山，也种上小兴安岭的树。这样我们这里也就变成了小兴安岭，我们仨都要当森林警察，骑着马巡逻在林中。我骑的还是那匹小马，它跟我一齐长大。我也要养一只小鹿，或者一只狍子……

但这只是幻想，我觉得首先要找到那本书，《绿色的回忆》！这些幻想才可能逐步实现。这是首要的前提条件。

但在哪里去找呢？我们已将校园的每一个角角落落都搜查遍了。最后，不知为什么，我们不约而同地将目光投向库房的那个柜子。

这也太可怕了，我们的《绿色的回忆》怎么会在这里呢！这是什么样的柜子呀！

这是个庞大陈旧、落满灰尘的柜子，锁子都生锈了。那次有人在柜子顶上翻东西，摇动了柜子，"啪"的一声从门缝里掉出了一本书。

大家把它捡了起来。这是本陈旧的、薄薄的书，翻开一看，呀，原来是本童话书，里面的小花小草小树和星星都会说话，非常有意思。大家你争我抢地看得正得劲，突然发现扉页上赫然写着这么一行大字：

这本书是大毒草！谁看谁就是反革命！

这是用蓝黑墨水写的钢笔字，字很难看，但非常坚决，斩钉截铁。大家吓了一大跳，书"啪"的一声又掉了地上，一时谁也不敢再捡起来。

最后还是巨校长进来了，他将书捡了起来，说了声"毒草哩"，然后将书拦腰一撕两半，扔进熊熊炉火之中。

从此我们知道了这个柜子里锁着"毒草"，对这个柜子充满了一种恐惧，里面说不定还关着鬼，关着妖魔！

那么我们为什么把最后的目光投向这个柜子呢？仅仅是因为它掉出过一本书吗？这也太没道理了，我们的《绿色的回忆》是那样的美好，它怎么会是毒草呢？也就是说它怎么会出现在这个柜子里呢？

绝对不可能，太没道理了嘛！

五

暑假的最后一天，校园里来了一群民工，巨校长对他们说着什么。别看巨校长那个样子，他可有一手绝技，那就是粉笔头打人，百发百中。指鼻子绝不打眼睛。民工们是给学校砌墙和刷墙的。工头和巨校长商量着用什么来泡纸精，巨校长思忖着说：

"就把那一柜子书泡了算了，反正都是毒草。"

我到现在都难以相信那天自己的眼睛：民工们打开了那个柜子，只见是满满当当一柜子的书，倒在地上像山一般高。民工们将它们撕碎扔进石灰池里。"刺啦"一本，"刺啦"一本，啊，《在高高的大兴安岭上》，《猎人一家》，《芦苇荡里》，《冰上笑声》，《小布头奇遇记》，《宝葫芦的故事》，《安徒生童话》……啊，啊，啊，《绿色的回忆》！"刺啦"一声……

泪水模糊了我的双眼，我什么也看不见了，那天我几乎失明了。

六

那些日子我不知道是怎么过来的，我似乎大病了一场。在那些无法言说的日子里，我只能钻在石榴树岔中，或者坐在大柳树下，硬硬地消磨挨延。说来也怪，这些我平时根本瞧不上眼的柳树石榴树，还有那些白杨洋槐国槐，它们都给我轻微却又连绵的安慰，我抚摸着它们，如同抚摸着我破碎的心，使它们慢慢地愈合……当树叶被秋风吹得满天飞舞时，我望着金黄的树叶，想起了那几枝火红的针叶和阔叶，还有那窝山蚁，我的心又颤栗了起来。我明白我已经痊愈了。

到时候了，到重建这个梦的时候了。我开始种草种树，一有机会我就参与其中。我学会了热爱每一棵小树和小草，甚至对那些真正的毒草也同样的尊重。我寻找着每一片树林，哪怕最小最小的一片林子，那怕是独独的低低的一株灌木，哪怕是黄土塬上的一丛野草也足以使我动容。因此我别无选择地成了一名诗人。

我扛着一把铁锹直接或间接地参与了"种草种树，绿化甘肃"、"三北防护林"、"退耕还林还草"、"长江中上游水土保持工程"等这一系列的绿色工程，铁锹的木柄磨出了我双手永不消退的老茧，我的汗血也一点一滴渗入其中。

在兴安岭，有个叫马永顺的老人，他曾经是个伐木能手，劳动模范。他退休后开始种树，他要把他砍伐的树种回来。最后他种的树远远超过了他伐的树。我称他是"林子的父亲"，我在一首诗里写道："我只是将林子给我的一切还给林子，秋风已远远地拾拾着我的骨头，可我仍要赶在春天的前头"。

我这样写三北防护林："一双多么宏大强健的手，将从西到东土黄色的北方，一笔画成绿色"。我这

样写沙漠飞播："这样的俯冲投生！杨柴花棒沙打旺紫花苜蓿，肉身一次次被风沙吹走，灵魂一次次执拗地投生"。而那些种草种树的人们："腰腿僵硬脊背佝偻满身汗渍，低着头顶着风沙向前挪动，挪动……"

因此绿色中国已矗立在不远的前方了。

还有绿色的书。我们都知道，在那个荒漠的年代，书和树都几乎被砍伐殆尽，能读到一本书就像过年吃上一顿饺子。这个梦想现在变成了现实，在文化大繁荣的今天，我们可以拥有无数的书，就像我们只要愿意天天都能吃上饺子。你走进书店或图书馆，你就明白今天我们的书多得就像森林里的树。我自己也为孩子们写绿色的书。我知道一本书是怎样能决定一个人的一生。我深情地歌颂小草和树木，我要将绿色的树变成书，也要将绿色的书变成树。

不光是绿色的梦，我还清晰地目睹了中国其他一个个梦是怎样变成现实的。水稻梦，奥运梦，航天梦，探月梦……我把这些梦的先行者跟马永顺老人一样都称为父亲，杂交水稻之父——"三年困难时期，他梦见他的水稻如同一棵大树"，中国奥运之父——"像愚公一样一直挥舞着镢头，只有擦汗时才像智叟，计算一遍土方，路障，胜算程度"……这些父亲，"每次梦醒，都泪流涔涔，他离梦越来越近"……

越来越近！多次少我凝视着中国地图，我总是执拗地将目光盯在兴安岭——"从高高的兴安岭开始！我看见幸福从祖国的额头缓缓流下，越过太行翻过秦岭，到过古老的天堂苏州杭州，抵达崭新的天堂珠海深圳！"

没错，我们的梦是从绿色开始的。而我最后的一个梦是，我天天握着的锹柄，汗透干红，汗血越渗越多，当我的肉身消亡时，我的心血也是灵魂将全部渗入这根木柄，这根木柄将复活成一棵春天的树！它是我嫩绿的前世，也是我坚韧的来生。

陇原画页

嘉 昌

天 祝

"要说犏乳牛的恩情呀，不喝清茶不知道；当你喝了清茶知道的时候，那恩德的犏乳牛在哪里呀？

要说骏马的恩情呀，不走远不知道；当你远行知道了的时候，那恩德的骏马在哪里呀？

要说父亲母亲的恩情呀，人不老的时候不知道；当你老了知道的时候，那恩重如山的父母在哪里呀？"

呵，天祝，我的藏族兄弟，吟唱着你道出人世全部欢乐和悲怆的歌曲，我感受你心灵的世界：单纯而细腻，明朗而深沉……

岔口驿。安远镇。华藏寺镇。古雍州。氐。羌。月氏。吐蕃。丝绸之路。中原移民。中国工农红军。中国第一个诞生的少数民族自治县……中国的历史马不停蹄走遍整个中国，天祝呵，从遥远遥远的年代开始，层层叠叠，你的土地留下多少足印车辙？小小的"高原金盆"，承受了多少无情的锤锻和有情的擦拭呢？

天祝圣洁！天堂寺金顶的阳光和经堂的酥油灯传布智慧的光泽。浑厚悠远的法号和诵经声直抵心灵。飘扬的风马如吉祥的落雪呵护美丽的祈祷。石门峡深蓝色的药水神泉涤祛尘世的污染和病患。十万众佛所在的高高红岩上，本康高僧为众生值守平安。乌鞘岭、马牙山的银雾和白雪是长长的哈达，献给长长的岁月和长长的人生……

天祝爱情！爱情像草的清香和花的艳丽，弥漫天地。金沙峡谷有痴心石、姊妹峰——那爱得铁了心的小伙儿和两姐妹的身影；南北龙王横甩的山岭下，有太子和公主隔不断的相思泪水；草原上、丛林中，有火辣辣又甜蜜蜜的花儿……情圣仓央嘉措在这里留下了足迹，他那刻骨铭心的爱，一定是在这里就开始酝酿了："……那一世，转山转水转佛塔，不为修来生，只为途中与你相见……"

登上乌鞘岭，用心灵和双眼触摸：皑皑雪峰和碧碧天池，流金泻银的大通河、金强河和云杉、油桦、松柏的林海，古老的长城、烽燧和现代的引水工程；长长的墨绿色的列车，鸣响着五湖四海的问候，在山腰缓缓盘旋；高速公路和一座座黑色牛毛帐房顶上圆圆的电视天线，将你和外面的世界连接成精彩的一体；注满阳光的白色云朵在你的县城上空翻卷游弋，辉映着城中连绵的楼群和五光十色的街道，工业园区和医院、学校、酒店。呵，天祝，你千载不老的山川，叠印出的是今日的画卷。

走进抓喜秀龙草原，看满目草浪如悠远的晴空，鲜花似溢流馨香的繁星，一群白牦牛、细毛羊是一弯雪白的月亮，群群牛羊组成月亮河，向远方缓缓流淌。嘹亮的牧歌响起来了，牧羊女的，老牧人的，好像自遥

远的过去飘来，又明明白白是响亮在今天，如大海衬托着小溪，甜蜜又忧伤，欢乐又苍凉，一种繁复的美，灌注了整个草原……

我愿说，天祝，就是天的祷祝……那么，天祝，你会越来越好的！

永　登

县志：东晋十六国时期，"永登"成为县名，取"永远五谷丰登"之意。

骄傲的永登，千载之下，你"五业丰登"了：农业大县，工业强县，旅游热县，商贸流通的重镇，开发投资的热点！

从汉明长城遗存的厚重形象，从鲁土司衙门依山傍水严谨又恢弘的气势，读你的历史……

从薛家湾"吉卜赛村落"占卜人的神秘"绍句"，从苦水街高高跷热烈又细腻的表演，读你的风情……

从奇石险崖、雪瀑碧泉、青林绿草、憩鹿喧鸟的吐鲁沟，从重阁大殿、幽亭静寺、鼓楼画廊、林墙树海的青龙山，读你的美颜………

呵永登，我陶醉于你的玫瑰，壮丽的玫瑰的海！紫红的玫瑰，粉红的玫瑰，雪白的玫瑰，流溢着光彩，浮动着芳香，在阳光和风里，在蝶群和蜂群里，一波一波，涌动在乌鞘岭下，庄浪河畔，涌动着风华和爱情……

我振奋于你的彩陶，那如同隆隆雷声的，是你的彩陶鼓，中国最早的打击乐器，发出的轰鸣！千万面彩陶鼓，震响在崭新历史的劲锤下，轰轰隆隆，惊动天，惊动地，歌唱欢乐，歌唱追求……

我惊叹于那项在你的土地上筑起陇上都江堰、开通人造银河的宏业。渠长是"引滦入津"渠长的3.7倍；隧洞群比"红旗渠"隧洞群长79公里；隧洞所经山区地质复杂多变堪称"世界地质博物馆"——"引大

入秦"之水，就这样，闪金披银，呼风唤雷，喷涌而出，滔滔而来，冲去那片叫秦王川的百万亩盆地的干枯和贫瘠，浇灌出绿色、丰稔，浇灌出人们的笑脸和生长新的城市、生长现代化高地的伟丽蓝图……

我欣喜于你高原夏菜的茂盛，水中人参虹鳟鱼的妩媚，踌躇满志的鸵鸟与轻巧机灵的梅花鹿的生动，更欣喜于冶金谷滚滚的碳化硅、水泥、铝、石膏、铁合金和电的激流涌击着强劲的节奏去为你浇铸富足，中川机场日夜放飞闪光的翼翅将你的子民的渴望送向远方……

永登，我还从记忆中的俞延秀，记忆中的你这自行车之乡雄健的车队，看到你银辐闪闪，飞轮疾驰，争先恐后，排山倒海，在这拼搏竞争的世界，挥汗如雨争当冠军……

永登，永远向更美更富更加幸福攀登吧！

西　和

走过一段高速公路，又走过一段槐花如雪、芬芳馥郁的林荫大道，我看见了你，西和，坐落在青山里，坐落在西汉水旁。

伏羲生处的传说让我读出你的神秘。在那久远久远的日子，当我们的始祖在伏羲崖下诞生的时候，天地之象是呈现一种山摇地动、声色异常的大辉煌，还是静穆无声如今日的产房，来迎接一个民族最初的咿唔歌唱呢？

仇池古国的历史让我读出你的刚武。硬是在这小小一方阵地，靠着红岩青石、绝峡险壁，板屋泥墙、煮土成盐，与一个个强权抗争、周旋，拒绝末世的疯狂也拒绝新朝的嚣张，白马氐人、仇池杨氏，竟立国四百余年！那是怎样一种从容与惨烈呢？

乞巧的习俗让我读出你的妩媚。女人天生就是来打扮世界的，更何况你的女儿们还要年年迎得织女巧

娘娘下凡，教针线、传厨艺，更保佑每个姑娘配上个牛郎一样的好情郎呢！一遍遍"我把巧姐姐迎下凡"的热切歌唱，唱出的是女儿们爱美求巧盼福的心声；一支支"跳麻姐姐"的欢舞，是女儿们灵与肉之美的淋漓尽致的绽放！

呵西和，递出新的名片，你更让我读你的希望，无尽的希望：

"复杂的宝贝地带"（李四光）。"国内铅锌第二大矿床"。"全国第三大锑矿"。"沙金、岩金遍布全县"。"长江上游水土保持重点县"。"防护林建设县"。"对外开放县"。"甘肃省经济开发试验小区重点县"。"中国半夏之乡"。"中国乞巧文化之乡"……

你繁华的小城：伏羲大道像一杆花茎，伸展出条条车水马龙的长廊，开放出熙熙攘攘、挤挤挨挨的街区，托举着似以饱满的墨笔重重点染出的绿色浓重的观山与隍城山……

你美丽的山乡：如涅槃的凤凰经历地震灾难之后站立成新的风景，以一片片红砖瓦房、崭新村落——用绚烂多彩的剪纸、刺绣、草编装点出的欢乐吉祥装饰着的红砖瓦房、崭新村落，以更加青葱的小麦、荞麦、玉米和洋芋，以更加丰实的花椒、核桃和澳洲青苹果、日本落叶松，以神奇的半夏、黄芪和淫羊藿，以满山的牛羊和诗圣杜甫描绘过的水中的神鱼，以更加清香诱人的杠子面、大锅盔和咂杆酒……

走不尽的风景圈：走进隍城森林公园、晚霞湖就走进了乞巧旅游圈……走进仇池山、八峰崖就走进了伏羲、仇池旅游圈……走进凤凰山、云华山就走进了先秦、地域旅游圈……每个圈都"清泉涌沸、润气上流"（《水经注》）着文化和美妙……

呵，西和。在五月晶明的天光和云影里，在麦叶和树叶一样摇曳的风里，我读你……

东 乡

青枝绿叶的唐汪川，
驰名（者）赛过了江南。
呵，东乡，唐汪川的杏花开了。

我看见，每一株杏树，都像一位盛装的光彩照人的嫁娘，娉娉婷婷，芳香袭人。

我看见，每一座杏园，都像一角繁华的市街，华灯璀璨，霓虹闪闪，流荡着热烈的喧哗。

我看见，每一片杏林，都像一片艳丽的星空，繁密的星星挤挤挨挨，爱语喁喁。

我看见，漫山遍野的杏花，像洮河和黄河奔腾的波涛，像祖国海岸隆隆涌来的海潮，用绯红的、芬芳的喜气淹没了整个唐汪川和你，整个东乡！

呵，东乡，你这《米拉尕黑》和深情的诗人汪玉良的故乡，你这矗立着我们祖国陆地地理中心标志国心塔的福地，杏花开了，你杏花般绮丽又甜美的春天来了。黄河、洮河、大夏河和座座塘坝的水，开放温暖的碧蓝、翠绿和雪白的浪花。河边的柳枝飘浮嫩黄的纱绸。东大坡的松林抖落冬日的尘灰透露软润的新绿。山岭上水平梯田蒸腾蓝色的雾霭。大滑坡后重新站立起来的洒勒山飞起花鹁鸪般活泼的妮哈清脆的歌，那么富有青春的感染力。山城锁南坝市街崭新，春日的阳光和你子民们那抑扬顿挫的撒尔塔语，在广场、商贸街和林立的排排楼房泼洒明媚与温馨。达板工业园区新的脚手架在春风里拔节……

呵，东乡，杏花开了。我抚胸向你致意，祝福你杏花般的春天，更祝福你创造春天的青枝绿叶的民族！

手机里的中国

钟　翔

二十三年前，我从老家农村的小学调到邻县混饭时，看到有人拿着大哥大，按在耳门上，跟远隔千里的人们说话，洽谈生意，觉得很是神奇，不可想象。

那是个少数民族聚集县，穆斯林人口占总数的百分之九十八以上。人们头脑灵活，兴办乡镇企业，生活较为富裕。洮河西岸的三甲集小镇，远近闻名，在全国也叫得响。有人出于生意上的考虑，手头上又不缺钱，就买来先进的通讯设备，这刚刚出现的大哥大，就成当时的抢手货了。

那时全县上下，都在执行邓小平南行谈话精神，搞活商贸流通，忙得不可开交。来自全国的富商大贾，纷纷云集这个小县，参与本地乡镇企业，商贸流通，形成以本地为中心，产业辐射全国的商贸流通网络。拥挤的集市上，车间厂房里，疾驰轿车中，常见操着不同口音的外商，手持大哥大，跟千里外的人们，说着话。

我们单位，有部固定手摇电话机。联系业务时，使劲儿摇动话机手柄，接通邮电局，要哪里哪里，说明白后，业务员又接通对方，才联系上，跟对方说话。单位的工作人员，看到那些外商的大哥大，很是羡慕，盼着什么时候，自己也有一部，那该多好。那时的大哥大，价格一万以上，或两万以上，听这惊人的数字，都被吓怕了，根本不敢想。

中国通讯业发展很快，月有大变化，年有新突破，在飞速前进。不出几年，手摇话机成了程控电话，工作人员陆续买上了手机，几百元的，上千元的，都有。我也追赶时髦，花去一个月工资，买了一部摩托罗拉手机，998，小巧精致，身子乌黑，光滑圆融，上下翻盖，有寸长的半截天线。刚买来时，爱不释手，常拿手绢擦着，不停地把玩，或从挂绳提起来，在眼前晃来晃去，给人炫耀，或窝在掌心里，像只黑色的小鸟，等着什么时候，清脆地鸣叫起来。

时隔不久，偏远的农村，也陆续出现了程控电话。生意跑得好的人，买上了价格不等的手机。我大弟做皮毛生意，在村上第一个拉上了电话，自己也买了手机，联系起来很是方便。我在外县待久了，没空儿回去，就打电话过去，问候年迈的双亲，身体怎么样，兄弟姐妹们干啥，随便拉拉家常。有时心里烦恼，就把家里的事儿，单位上的事儿，给父母亲说说，给朋友说说，远隔的距离，似乎一下子拉近了。

当时的手机，还不是智能机，主要作用是打电话，发短信，比固定电话强不了多少。我最初买来的摩托罗拉，也属这种类型，跟许多人的一样。好多年后，大约是2004年，我的摩托罗拉手机坏了，不能使用，被迫又买了一部，三星的，银白色，上下翻盖，主要功能跟以前的一样，还是打电话，发短信。

我在外县待上一两个月，觉得心里郁闷，空落，就带上家人孩子，买上季节性水果，去农村的老家，走走看看。我兄弟姐妹多，回到家中，就浸入浓浓亲情中，说说笑笑，从前的往后的，邻里的外地的，无所不谈，和和美美，格外热闹。父母亲坐在炕中间，子女们围在身边，很是温馨。有时正说事儿，突然听到谁的手机响了，丁零零丁零零，才知道拿手机的，不是我一人，还有不少人呢。

人们说到高兴时，有手机的拿出来，给人们看，这个瞧瞧，那个望望，很是好奇。没手机的，看了之后，也开始打问起价格，对比选择，也想买上一部。那时，我常接到陌生电话，号码也不认识，不知是谁打来的。接通了之后，听到对方熟悉的口音，才分辨出是弟弟或妹妹，知道一个个用上了手机，联系起来很是方便。家庭间的事儿，兄弟姐妹的亲情，似被看不见的网络紧紧联系在一起。

因我喜欢写作，常要外出，到北京、兰州、郑州、西安等地，参加文学笔会，接受文学培训。到了陌生之地，看到山川秀美，风景奇特，趣事不少，就远远打来电话，给父母亲说说，给家里人说说，给好朋友说说。远隔天涯的事儿，眼里看到的中国，通过小小的手机，传达给彼此，使人们了解到外面的世界。

后来，随着通讯业的进一步发展，出现了智能手机，内设功能齐全，信息量大，内容丰富，可说是包罗万象，应有尽有。我是玩文字的，在网上建了博客，申请了QQ号码，更新着空间。一旦出了门，不在电脑旁，或几天不回家时，就成了孤陋寡闻的人，什么也不知道了。为此，我又买来了智能手机，三星大屏的，可上网，QQ聊天，看别人的博文，还能登陆上去，给人留言，还能回复，十分方便。

起初拿到智能手机，还不会使用，就看着说明书，一步步操作。三两天后，就装上了必需的软件，如腾讯QQ、UC浏览器、360卫士、ET阅读、KC网络电话等，使我的智能手机，才真正智能起来，发挥着应有的作用。

在浏览器主页上，我添加了常看的网站，如中国作家网、文艺报、天涯书库、文学报、中国文联网、中新网，每日甘肃、天猫、中国临夏网等。看内容时，轻轻点开页面，就迅速看到了，非常方便。在手机内存卡里，装上下载的电子书，古今中外的名著都有，想看哪本，点击一下，就能迅速打开，静静阅读。出租车上，开会的间隙，临睡的晚上，我常看电子书，饱尝阅读的快乐。我的小块时间，十多分钟，一半个小时，都在手机屏幕上度过。

发展到后来，我的兄弟姐妹，也买上了智能机。文化高些的，还装上了许多实用软件，通过网络信息，彼此进行交流。用得最多的，是QQ聊天软件，似是必备的，不装上去，这手机就不完整，缺少了什么。相互间的事儿，发个短信，或QQ一下，就相互知道了。现代化的网络信息，已进入人们的日常生活，带来了极大的便利。

有次老家宰羊念圣祭，请阿訇诵《古兰经》，小妹还没有到，都在焦急地等着。侄女想出了办法，用手机拍下案板上喷香的包子、白嫩的羊肉、金黄的馓子，用蓝牙和QQ传过去，给小妹看。半路上走着的小妹，看到传来的图片，是香喷喷的吃食，馋得流出了口水，匆匆加快了脚步，没多长时间，就进家门了。

近年网购盛行，有智能手机的，办理了网上银行，从手机按键上操作，买来喜欢的物品，衣服呀，鞋子呀，手机呀，各种各样的都有。网购的东西，比当地店里的便宜，质量又好，不少人就开始网购。手机上轻轻一点，就能把天南海北的东西，随意掌控在自己手里。

外出打工的，上学的，做生意的，也学会了网

上订票，方便、及时、准确。有次我回老家，看到北京读大学的外甥，正拿手机网上订票，说过几天回去，早早订票。会操作的，还给初学者指教，说怎样登陆，安装什么软件，如何付款等等。手机屏幕上，有许多软件图标，单就订票的，就有铁友和12306。看来新一代年轻人，思维超前，头脑灵活，跟上了信息化社会的步伐。

最近几年，母亲归真后，剩下父亲一人，有时来我居住的城里，待上三五天时间。父亲嫌城里吵闹，又没有说得来话的人，不长时间就回去了。我想，上了年纪的人，身边常要有人，随便说说话，拉拉家常，消除心头的寂寞，是很重要的。我老家的弟兄，都为生计奔忙，全国各地都跑，有事儿打打电话，说说情况，很少一直待在家里，陪在父亲身边。为此，我给父亲买了手机，老人用的，大屏大字，带手电闹钟。装上了手机卡，得知号码的子女，从不同的地方，给父亲打去电话，说自己身在何处，生意什么样，天气是冷是热，有哪些好看的地方。一直在家的父亲，也通过手机网络，知道了外界的新鲜事儿。

去年跟夫人孩子，到北戴河旅游度假，感到南国的山光水色，花草树木，很是新奇特别，就拿手机拍了不少。波涛汹涌的大海，色彩斑斓的救生圈，随风摇摆的椰树，都通过手机，利用QQ软件和微博，发到各类网站上，传送给亲朋好友，一同分享南国的神奇魅力。

有时拿起手机，轻轻掂量，心想，这巴掌大的框里，怎么会有那么多信息，有如此丰富的内涵，似能容得下天下之事，装进去整个中国。手机的普及应用，转变了人们的传统观念，受到了先进思想教育，尝到了信息化社会的甜头，反映出社会的进步，人们生活水平的提高。

小手机里，有偌大的中国。

摄影 / 任世琛

为了兰州的蓝天

王 琰

兰州的冬天，当太阳缓缓升起，湛蓝的天幕呈现在眼前，白云如骏马奔腾，呈现出辉煌壮丽的一幕。

在蓝天背后，有多少人付出了艰辛的努力。作为一个普通市民，很难知道这一切。

"黄河之都，金城兰州"，这里正在进行史无前例的尝试。冬季大气污染防治工程，简称为"冬防"。这项工作，让兰州变得越来越适合居住和生活。

我手头有一组数据：兰州市环境空气质量不断改善，今年以来，更是取得了空气质量显著改善、全国城市排名大幅提升、市民呼吸系统疾病和流感大幅下降三个大幅变化的阶段性成效。12月1日至12月31日，因空气质量显著改善，市民呼吸系统疾病同比下降了41.82%，因呼吸系统疾病就医总费用较去年同期下降35.51%。

这些数字还在不断刷新中……

镜头一：歌唱的洒水车

兰州曾经多沙尘暴，我在一首诗里写道："天气预报／继续浮尘，浮尘／清扫车唱着歌／像是一位爱情乐观主义者……"

兰州市的大街上，时常看到唱着歌的洒水车开过。有的向地下洒，有的平着洒，还有的，像是孔雀开屏般朝空中吐雾般喷洒。

洒湿了清扫车再慢慢开过，没有了尘土飞扬的街道，兰州变得干净整洁了很多。

洒水，不光可以抑尘，还可以有效地降低汽车尾气的污染。

有园林工人忙着给路旁的花木盖上保暖棚，并时不时拭去保暖棚上的积尘。就连楼顶的垃圾和灰尘，也有专门的人去清理。

除了道路扬尘，还有各个重点工程工地，也能看到洒水车的身影。裸露土方全部用绿色的网子覆盖了起来。挖掘机作业前，施工人员会先将土方喷淋洒湿，然后，轻挖轻放。像是担心会挖痛了它们。

拉运土方的车辆会在清洗除尘后放行。工地出入道路要硬化，工程暂不开发用地要绿化。施工工地二次扬尘治理，以上要求要百分之百做到。

兰州，这座时常让人想起大漠、孤烟和夕阳的城市，有风吹过，没有沙尘。这座西北的城市，越来越变得精致起来。

兰州，有了洒水车的街道像是多了一道独特的风景。

镜头二：休止符

各个关卡和路口，有交警高举手臂，拦下一辆辆拉煤的大车进行检查。为了从源头治理污染，禁

止劣质煤流入城区和城乡结合部，交警部门设置多个卡口，各个卡口都派出专人日夜驻守。要求从专属煤炭专营市场进煤，运送、使用优质的无烟煤。由专业人员在卡口点确认之后，交警发证，凭证通行。其他运煤车辆将被劝返。

除了各煤炭卡口的管控，交警还负责排放超标车辆的查处。

南滨河路上，一辆大型普通客车身后拖着长长的黑烟由西向东驶来，民警立即将其拦停，经检测该车的尾气严重超标，当即责令其整改后方可行驶。

按照查缉、警告、处罚的流程，每天在大街上巡查的交警，发现冒黑烟等尾气排放不合格车辆，都会立即查处。

兰州，大家都在为拥有湛蓝的天空而共同努力。冬防，不断重复这句话是很要紧的。这是一块处于分娩状态的辽阔土地。有着无限的可能，令人满怀期待。

无数的白天和黑夜，在拥挤或是空阔的马路上，我看到很多身体力行的普通人，在为大气污染的治理工作着。交警高举着暂停的手势，是对污染这座城市行为的休止符，更是一个响亮的惊叹号。

镜头三：星星，睡吧

冬防，就是冬季防治大气污染治理。有这样一些人，夜晚不睡觉。他们，就是冬防的工作人员。

冬防，我们多次强调过的这一点，还将要继续强调下去。

这对我来说是个新鲜的工作，是我做过最有意义的工作。现在，我和大家在一起，从事这项工作。我们是一个庞大的集体，我们将辛劳和荣誉与兰州市大气环境紧密联系在一起，与兰州市最伟大的民生工程联系在一起，休戚相关，并贡献出全部的力量。

我们对兰州市空气质量测量的5个国测点如对自己手指上的纹路般熟悉。我们每天讨论PM10和PM2.5值的高低，超过对一线明星的关注。环境空气中空气动力学当量直径在10微米以下的颗粒物称为PM10，又称为可吸入颗粒物或飘尘。环境空气中空气动力学当量直径小于等于2.5微米的颗粒物，称为PM2.5。PM10和PM2.5越高，就代表空气污染越严重。

PM10和PM2.5越低，天气明媚晴朗，我们的心情也变得好起来。PM10和PM2.5攀升，如警报拉响，我们会打战般奔赴现场，查明原因，进行整治。

我们关注企业的硫化物和粉尘排放。兰州，是我们的家园，我们关注它如关注呼吸的肺叶，不能让它受到有毒、有害物质的侵蚀。

市工信、环保、质监等部门，抽调监察人员进驻重点企业，进行24小时值守监管。

晚8时上班，一直到第二天清晨8时交班。环保部门监管人员认真查看着各种数据。每当运煤车辆到达，无论是深夜几点，公信、质监部门的监管人员，都会打着手电，在黑黑的夜里，抽检煤样……

冬防，实行网格化管理。展开的网格，如一张巨大的棋盘，市、区、县、街道、乡镇政府、社区基层干部、企业，以及市民群众被放进棋盘，成为一个个棋子。

棋盘内自有乾坤，一切事情皆可在棋盘内得到解决。

基层干部，是一些被叫做网格员的人。向上一层，叫做网格长。

网格中，辖区内中小企业生产管控、小煤炉、垃圾焚烧等低空面源污染，环境卫生整治等尽在其中。无论什么时候，什么地方，出现问题，网格员就会第一时间出现在哪里，解决问题。

他们是这座城市里我眼中最可爱的人。

而我们，常常会协助他们工作。

一张大网，覆盖整个兰州，无死角无遗漏。这是冬防工作的棋局，我们只能赢不能输。

我们期待着兰州优良天气的数字一点点生长上去。

凌晨两点，相关领导来看望我们，听了我们一天的工作汇报。零度以下的风，猛烈地吹，几分钟之内就可以将人冻透。凌晨三点半，我发走一条工作短信："23点至凌晨3点，对各卡口进行巡查，对道路扬尘和小火煤使用进行巡查，人员在岗，无异常情况。"落款是冬防联合工作组。

几分钟后，我收到领导的回复。

星星们，别眨眼睛了，现在可以小睡一会了吧。

镜头四：　紧急集合

冬防工作仿佛是一场战事。

作为参与冬防的工作人员，我们就是战士，随时随地做好整装出发的准备。

我们冲锋陷阵的阵地是各种冒烟的地方。

傍晚，华灯初上，晚饭刚刚摆上桌。

6:47时，收到领导指示，北龙口往机场高速路某公里处正大量冒黑烟，要求火速前往处理。

来不及吃饭，两组人员立即紧急集合赶往现场。

一组上高速查看，一组沿公路查找冒烟的具体地点。

7:30时，我们寻找到现场。

一处烧水的土锅炉里塞满劈成段的木板，烟里夹杂着噼噼啪啪的火星四面迸开。

两处火盆，刚刚加了煤，有民工围着取暖。

第一时间要求灭火。

最厉害的是楼顶浓烟滚滚。我们围着楼转了一圈，这是怎么回事？所有被问到的人全是闪烁其词，不正面作答，我们决定上去看一看。

拿上强光手电，一层又一层往上爬，脚下是横七竖八的乱伸着的钢筋，小心摔倒，这楼梯的另一边可没有扶手。

要上楼一探究竟的责任心战胜了恐惧。

七楼，整层楼里每块楼板下都有一只熊熊燃烧着煤炉，木柴着得旺旺的，加了硕大的煤块，正在加热浇筑的混凝土。整层楼里浓烟滚滚，一眼望去，有数十个。

此时，户外温度是零下10摄氏度。在施工时，混凝土入模施工温度需保持在一定温度以上，混凝土的快速硬化，也需要较高的温度。

施工方采取了违反冬防规定的施工方式加热混凝土。

8:00时，火灭。

8:20时，召开现场工作会议。

各部门就此工地违规施工问题发言。

要求该建筑工地立即停工并提出整改意见；职能部门加强监管力度，切实落实网格化管理；职能部门对建设单位进行经济处罚；政府对建筑工地监管不力的相关责任人提出问责建议……

9:30时，会议结束。

9:55时，我们找到一家小面馆吃晚饭。拉条子，很暖和、很香。刚吃了几口，接到电话，紧急集合，某桥梁施工工地冒烟。

放下碗起身就走。

10:30时，我们赶至现场，发现此桥梁施工工地正违反冬防规定施工，燃烧有烟煤加热混凝土，现场查收有烟煤约一吨……

紧急集合。

镜头五：大烟囱

兰州五大污染重点企业巍然屹立的大烟筒，烟

雾昼夜不停、源源不断地从烟筒里冒出来，管理好它们是冬防的当务之急。

11月18日晚10时，联合检查组成员集合，对国电兰州热电有限公司（以下简称二热）进行突击检查。

厂区内往煤厂的道路尘土很厚，企业的值班人员不以为然地说，这条路是不走车的，检查组成员拿手电将地下的车辙印照给他看，他不再说什么。

堆煤场没有彻底覆盖。

远远望去，煤堆上有红红的火星，走近一看，原来是有两处煤炭自燃。

企业的值班人员仍旧不以为然地说，煤堆里的温度过高，就会自燃，这样的事，基本上天天都有。

受浮尘天气影响，11月14日至18日，兰州城区空气质量出现重污染。

翻开《兰州市2013—2014年度冬季大气污染控制示范区专项治理工作方案》，明确规定，"当18小时空气质量指数达到85时，启动预警应急响应措施，督促五大重点企业兑现冬防承诺，降低生产负荷5%-20%，并使用更加优质的煤。"

经过认真查看和数据分析，检查组发现二热未严格落实全市冬防方案，在重污染天气期间，没有采取降低生产负荷、减少污染物排放的措施，仍然按照正常生产情况进行投煤发电。

凌晨12时，领导来二热查看检查情况，穿着棉大衣，"像民工吧"，他自嘲道。

我们笑："哪有这么辛苦的民工啊？"

那是一个不眠的夜晚。检查组检查过程中还发现二热流量计存在未校准、出现偏差等现象。检查完毕后，兰州市冬防指挥部对二热下达"处罚令"。

二热公司立即召开紧急会议，认真落实冬防要求，迅速采取降负荷措施，将机组发电机组负荷降低了15%。每日的燃煤量降至2000吨以下，减少用

煤量15%。对厂区内可能造成二次扬尘的区域进行了全覆盖，同时对流量计进行整改。

热电厂，是用发电过程中产生的热量来供暖，以达到能源的最大利用。当机组满负荷时，供暖不成问题。

现在发电的负荷降低了，依旧保持出水温度要高，不能影响到老百姓的供暖，在一定程度上说，电厂就有些像是一个大锅炉了，这样企业是不挣钱甚至亏损的。

为了在"降负荷"的情况下最大限度保障供热，二热公司从调整参数入手，对机组运行进行调试，最大限度地使出水温度达到70℃以上。

短暂的供热受影响之后，老百姓家的暖气热了起来。

这是一个国企的良心。

巡查范坪电厂，负荷降低，尽量保持出水温度不变，出口二氧化硫、粉尘正常，脱硫效率98%。

巡查西固热电厂，负荷降低，尽量保持出水温度不变，出口二氧化硫、粉尘正常……

镜头六：月朗星稀的夜晚

深夜，一条深沟内，高高架起的探照灯，抢去月亮的光芒，四周灯火通明。一座存在严重污染问题的大型石料加工厂正在开挖作业，大型挖掘机正向着山体重重落下，现场砂石尘土飞扬。

风呼啸而过，卷起沙尘拍打在我们脸上，多半个山体被掘开，如同裸露着巨大的伤口，令人痛心不已。

凌晨两点，相关执法部门现场查扣大型开采设备。该厂生产和运输过程中二次扬尘严重，严重破坏生态环境，裸露面积大，没有采取任何防范措施，无环评报告，无炸药许可证。

凌晨，清冷的夜晚，没有风，月亮很亮，星星很少，苍穹显出月朗星稀。

曾有人说，这样的夜晚，可以看到流星雨。

可是，刚拐过弯，一小巷内，浓烟滚滚，噪音轰鸣，一派喧嚣的景象。周边的老百姓说，每晚十点到凌晨六点左右，这里都会这样。

只一会，月亮和星星就被浓浓的烟雾遮蔽，不知去向。

相关执法部门赶来，对这几家非法排污企业立即进行查处，现场责令停产停工，并对有关设备和材料进行依法查封。

一机械铸造加工厂内，院内停放着一辆宝马。刚烧铸出来的铁球排着长队，鼓风机正在吹凉。

一耐火材料制造厂，燃烧木头、竹模板边角料等烘烤加热，在生产过程中造成空气污染。

两家塑料制品加工厂，无环评，生产过程中未采取有效措施减少废气和噪声排放……

凌晨六时，一丝微光从天际渐渐亮开来，这里安静了下来。一株大树从院墙里挣扎着向空中生长，它的叶片，被熏得乌黑。

随着查处工作的进展，浓烟和噪音戛然而止。去除掉夜晚的诟病，我们才会有明朗的蓝天。

冬至节的夜晚，回查这个片区，管控得力，没有异常生产情况。路边挂着长长的大幅冬防的宣传标语："保护环境就是保护生产力，改善环境就是发展生产力，营造环境就是创造生产力。"

收音机里播报，今天是24节气的冬至，2013年度的最后一场流星雨——小熊座流星雨将如期而至。

我们赶忙下车，深色的夜空如巨大的幕布静谧着，一颗星星斜斜地划过夜空，又一颗星星斜斜地划过夜空……

冬至撞上流星雨，这是冬防期间最为温馨而又浪漫的一幕。

镜头七：292

镜头定格在292这个数字上面。292代表什么？赛格广场屋顶高292米，是世界最高的钢管混凝土架构大厦；古希腊城市奥林匹亚共举行了292届古代奥林匹克运动会；天文学中，星云292代表杜鹃座的一个不规则星系……

292还代表什么？

292天，是个了不起的数字。

12月20日，兰州市今年空气质量优良天数达292天。

这标志着2013年，兰州全年天气优良率达80%，达到创建国家环保模范城市考核标准。

12月20日的清晨，小雪初霁，天气晴朗，空气清新。从我们住的地方，可以看到对面的皋兰山顶，这是个好兆头。

出门巡查，某道路扬尘加强清扫，整治效果明显；某工地扬尘已洒水覆盖；某街道正全面开展环境卫生整治……

兰州市有5个空气质量测量的国测点。参与冬防工作的同志们，差不多每个人都在手机上下载了全国空气质量即时监测软件，随时可以看到PM10、PM2.5、二氧化硫等数值的变化。

环境空气中空气动力学当量直径在10微米以下的颗粒物称为PM10，又称为可吸入颗粒物或飘尘。环境空气中空气动力学当量直径小于等于2.5微米的颗粒物，称为PM2.5。PM10和PM2.5越高，就代表空气污染越严重。

快下班了，某区的PM10指数忽然升了上去，如警报拉响，冬防工作的同志直奔该区域而去，查明原因，进行整治。

兰州的大街上，如果有靓丽的美眉不看时装，

不看各色时尚店面，一味专往尘土飞扬和冒烟的地方寻去，不用说，又是从事冬防工作的同志。

收到家人的一条短信。"你又没有回家，昨天，我在马路边发现有人烧木筐取暖，烟很大，我让灭了。儿子很乖，就是说说想你了。下雪了，真好，今天是 292 了吧。"

292，成为一种期盼。在我们和我们的家人的翘首等待中姗姗来到。

中午 12:20 许，收到领导的一条短信："今天污染指数 76，二级，良，实现了全年优良天数 292 天目标！感谢兰州冬防工作参与者与您的家人！"

292 天，对于兰州这座曾经因"污染"而"扬名"的城市来说，是一个历史性的节点。同时，它更是一个全新的起点，是一座城市走向更大更强更美的出发点。

我顿时热泪盈眶。我们顿时热泪盈眶。

当我在电脑键盘上敲下这篇文章结尾的句号时，兰州市 2013 年全年优良天数已达 299 天。

摄影/佚 名

146

十年一觉硕士梦

刘　虎

　　早在自己刚刚参加工作不久，成为一个硕士研究生的梦想就环绕在心头。那已经是二十年前的事了。当时，我以一个中专生的身份走出校园，来到地质队，成为一名地质技术人员。到了单位才知道，地质队上，大学本科生多如牛毛，像我这样的中专生只能生活在技术工作的最底层。单说收入这一块，本科生毕业的当年，就比一个已经参加工作十多年的中专生要高很多。虽然，这个中专生可能担当着远比这个本科生重要的工作。

　　改变自己的身份，改变自己的命运。这是我上班不久就写给自己的座右铭。可是，在当时，我们单位规定，这些毕业时间不长的人不允许报考成人函授等。而且，在当时，函授这个学历在单位是得不到承认的。很多已经拿到函授等成人学历的人，并没有因此改变自己的命运。工人还是工人，技术人员想弄职称，还得用最原始的全日制学历。

　　于是，在坚持自学了两年的英语之后，我放弃了，决定另外寻找一条成功的道路。写作。这是我少年时代就开始的爱好。我牺牲了太多的业余时间用来阅读和写作，几年后，我凭借自己的实力，终于从一个一文不名的底层文学青年成长为一个还能够混点浮名的作家。虽然这成绩是极其不起眼，但在我自己来说，每当看到自己已经发表的一百多万字的作品，出的几本书，总归是能够自己给自己一点安慰吧。

　　但是，不知道为什么，低学历带给自己的近乎羞辱的那些阴影依然无法从心头消散。读研，成了我心头的一个巨大疼痛。

　　2005 年，我再一次决定向自己的这个梦想发起冲击。这一次，我买回了全套的研究生英语教程和政治课本，丢下自己的文学创作，用了将近一年的时间来学习。因为害怕考不上而被别人笑话，我学习的时候都不敢让人看到，甚至不敢让妻子和孩子看到。我从小没有系统地学习过英语，中学英语老师的发音带有浓重的中国腔调，在我上中专的时候，就曾经遭受过同学的笑话。有的人当着我的面就说，我的英语听上纯粹就是典型的"新（新疆）西（西藏）兰（兰州）"口语。后来，妻子和女儿也说，我说的英语更像是俄语发音。所以，我学习的时候不敢出声，只是默默地在心里背诵。尽管如此，我还是逐渐地进入了状态，我毕竟在参加工作后还自学过两年的英语。

　　2007 年 1 月，我来到西安，住在朋友的宿舍里，开始了自己的第一次考研冲刺。

考试前，我详细地查看了考点，熟悉了乘车路线。开考的第一天，我早早地起床把自己收拾利索，临出门前还仔细地检查了一遍需要携带的物品。刚到等车的地点，两个年轻人就围了过来，问我是不是去考场的，我说是。他们就主动邀请我和他们一起打车。说这样会便宜一点。我欣然同意了。

上了车，一个年轻人主动开口问我：老师，你一定是去监考的吧？我的脸腾地就红到了耳朵根后面。好在当时天麻麻亮，他们看不出来。在虚荣心的作怪下，我含混地用喉咙咕隆了一声。他们俩不再问我什么，而是说起了他们的经历。

原来他们俩也都是刚认识。他们都是西安以外的人，提前两天就到了，住在了同一家旅社。因为都是学生出身，彼此没有戒备，两人就搭伙住在了一个房间，也省去许多费用。他们都是往届生，已经工作了两年，因为工作性质不理想，对收入也不满足，就动了考研的心思。他们说起了很多和他们一样考研的人，基本都是坚决卓绝的故事。听得我心里很感凄楚。

下了车，一进入校门，就看到校园里人山人海，多数都是二十出头的年轻人。大家拥挤在考场的楼跟前，有的在低声交谈，有的在抓紧最后的时间背着什么，还有的手里捧着早餐木然地送向嘴里。当然，更多的人则是像身边的那些已经脱掉叶子的树一样，沉浸在自己的冬天里，面无表情。最有生气的就是那些站在楼下担任警戒的公安和保安了。他们拉着警戒线，穿着制服，像用尺子量过一样整齐而威严地站在那里，朝着我们的面孔比楼房上的水泥还要僵硬。而远处的空地上停着的警车和救护车，则向我们透露着一股更为紧张的气息。

我没有往人群里挤，远远地站在外面，深吸两口气，努力地调整自己的情绪。

总算是开始放行了。我们鱼贯而入挤进那栋钢筋混凝土的建筑。

我身边前后以及右边都是女生。很年轻很年轻，年轻得像我的女儿。我无法抬头去看她们，就像一个失败的父亲。好在政治我学得还凑合，不等铃声响起，在她们交卷后不久，我也交卷了。出了校门，我在附近一家小饭馆要了两个肉夹馍，一碗稀饭。吃完，才发觉，外面的天空很高、很淡，弄得我的心里空落落的，不知道什么在这样高远的天空里，地方才能够找到自己的寄托。

下午是英语。尽管此前我做过多种设想，但是，卷子一发下来，我还是傻眼了。通篇几乎没有我能完整读下来的句子。我绞尽脑汁尝试着从那些选项中猜测可能正确的答案。一个半小时后，我的答题卡几乎还是空白，而旁边一个女生已经交卷走人了。我的心开始发慌。又过了半个小时，我听见我的前后也交卷走人了。我的汗流了下来。那年，西安的冬天温度很高，三九天里，护城河中的水也不见结冰。可只有我知道，结冰的是我的心。

走出考场，我的脑袋里一片空白，眼前的人影一片模糊。朋友发短信问我考得如何，我没有回复，打上车直接去了他的宿舍。当晚，什么话都没和他说。

专业课考试感觉很轻松。早早就答完题，检查两遍，就交卷走人了。走在了身边那几个女儿辈的前面。

考完的当天晚上，朋友和他的几个研究生同学去唱歌，我也跟着一起去了。他们多数都很年轻，已经是硕士或者博士。我喝了很多酒，晚上两点多我们才回到学校。

成绩下来的当天，导师就打电话问我成绩。我一说，导师就先叹了口气。后来，他又在学校给我争取，希望能够特殊照顾。然而没有成功。总分超过20多分，主要是英语差得太远。无法达到复试最低要求。我又在C区学校寻找调剂的机会，也没有弄成。

在一个中年人来说，考试失败的打击是很大的。我消沉了一年。觉得读研的梦已经永远破灭了。可是，不知道为什么，接下来的几年里，我经常在做关于考试的梦，经常在半夜里被深奥的考卷折磨醒来，再也无法入睡。

考，还是不考？博，还是不博？成了我经常问自己的一句话。

考，为什么要考——我已经有了职称，有了职务，有了本科学历和学士学位，有房子，有汽车，家庭稳定，妻子贤惠，孩子争气，而且，自己还有文学那一亩二分地可以耕种，多少还算给自己混些浮名。我为什么要受那样的罪？而且，如果考上，读书将会使自己遭受巨大的经济损失。

不考，不博，我将永远无法成为一名让自己信服的大学生，永远也享受不上自己梦想多年的大学生活了。

是为现实而放弃梦想，还是为梦想而改造现实？

最终，还是梦想战胜了对现实的恐惧。

为了捍卫自己睡眠的权利，2008年初，我决定再次一搏。平时的工作很忙，也很杂乱，业余还有文学创作在占据着我的精力，一篇已经有了创作冲动的稿子，会使我对一切都失去兴趣。我不得不一遍遍自己提醒自己，把心收回到课本上来。2009年，本来已经报了名，最终却担心考不上而放弃了。2009年一年，我几乎放弃了写作，但是，到了10月份报名的时候，我却不敢登陆那个心驰神往的网站——这个岁数，实在是丢不起这个人了。10月31日，报名的最后一天，我还是忍不住打开电脑，填写了自己的信息。之后，便彻底地把业余写作扔到了一边，每天除了应付工作，就是读书。应该是11月14日吧，现场确认的最后一天。那天，我犹豫再三，还是来到了报名地点。当我签完协议，走出报名点，才发现校园里很冷清。该来的早就来了，不该来的，

谁也不会给自己找这样的不痛快。我算什么？

接下来的复习是疯狂的。我几乎成了学习的机器。头发一把一把地掉，学得发了高烧，嘴唇上全是血泡，呼吸似乎都在衰竭，视力模糊，看什么都不清楚，有时候自己都感觉自己的神志出现了问题，对周围的反应变得迟钝。虽然学得这样辛苦，但我依然甚至在暗暗地希望，那一天最好永远也不要来到。我真的已经输不起了。我宁愿永远沉浸在这没有尽头的复习里，也不愿经受那过于残酷的检验去博得渺茫的希望。

这期间还有更痛苦的事情——毕竟年纪太大了，记忆力明显不如从前。因此，我根本就不敢让人知道我还在学习。中国有句古训：人过三十不学艺。我都四十了，还做什么梦啊，被人知道，真是丢人！在最开始的时候，我甚至连妻子女儿都在瞒着。当妻子见我天天学习的时候，问了我几句，我用准备写个系列科普论文的幌子搪塞过去了。

但是，那一天还是来了。我不得不为自己选择负责。

我把自己的决定告诉了妻子。妻子陪同我一起到了兰州。

如今，我已经想不起那几天是怎么混过来的。只记得，到达的头一天晚上我压根就没有睡着，满脑子都是考试失败后的悲惨处境。

第二天一早，天还黑着，就起身去看考场。然后把自己在宾馆里关了一整天，对着课本，却什么都看不进去。考场里都是年轻的面孔，大家像看怪物一样看着我，看得我心中一阵阵羞愧。考完最后一门，快走出校园的时候，突然眼前的景物全部消失了，透在眼底的全是一片混沌的白色。我本能地伸出手，恰好扶住了一个什么。当我睁开眼睛，才发现，那是一块贴满了邮政广告和考研广告的牌子。多亏那个牌子，否则我就晕倒了。我摸了摸脑门，上面全是汗水。

等待是最折磨人的。整个春节，我都不敢去想这件事情。3月份一到，我就开始关注成绩。成绩查询那天，一大早，我就来到办公室。当英语的成绩跳进眼底的一瞬间，我几乎从椅子上跳了起来——这个成绩，一定过线！我当即给妻子打电话。妻子也很兴奋。随后，我反复查阅了兰州大学近几年这个专业的复试线，认定不会有问题。

3月的最后一天，我正在开会，一个兰州的号码反复给我打电话。我都压了。会后，我把电话回过去，当听说是对方是兰州大学的，欣喜之情立刻溢满了胸腔。为了确保抓住这个几乎是最后的机会，我开始了比初试时还要努力的复习。那些天，我几乎完全放弃了工作，更不要说是家务活了。我写了长达两页的英语陈述，并让孩子的英语老师给我读并录音，然后一遍遍地背诵。此外，还设计了二十多条口语会话。专业课的复习也是认真的，不仅背诵了几乎自己能想到的词条，还做了很多习题。

4月中旬，在妻子的陪同下，我再次来到兰州。这一次，心情已经和上一次大为不同了。看着那些女儿辈的学生，我不再有难堪的情绪。相反，看着兰州大学优美的校园，我的心情格外晴朗。虽然，气候上的这个春天始终不肯降临，但我个人还是早早地体会到了春天的温暖。路上碰到一个北京来的小伙子。他是调剂过来的。当时他刚刚下火车，看着他拉着沉重的行李，一脸疲惫地走在校园里，我主动和他打招呼，并且告诉他，学校招待所早就没房间了，让他跟着我去一个便宜还安全的地方。他居然就信任了我。但是，当他听说我也是来复试的，眼睛立刻就睁得像铜铃，说我应该早就博士毕业了才对啊。我没有被这种惊愕所羞愧。我依然平静地微笑着和他说自己考研的经历。看他的行李太重，我还主动帮他提了一件。

复试笔试我答得很顺利，第一个走出考场。但面试的感觉却很不好，不仅是英语，专业知识也答得不理想。结束后，我给妻子发了短信。说面试结果很糟糕。妻子给我回信，说，无论什么结果，都欢迎我回家。

第二天上午，因为担心自己受不了失败的结果，我约了一个在兰州工作的老同学陪我去学校。谁知道，一到学校，老师就通知我，我被录取了，并把协议给了我。我才从虚幻的状态里走了出来，感觉到，这个春天真的是来了。

说来也巧，正好有个出差的机会，我去了兰州，亲自把政审表送到了学校。回到宾馆，正好看到电视里一个女大学生在讲述她自己的大学梦想，不知道为什么，我的眼泪突然就流了下来。和以往任何一次流泪都不一样。这一次，没有心痛，也没有其他任何难受的感觉，只是想流泪。

大学梦，谁没有过上大学的梦想呢？我也上过大学。虽然我上的时候很自觉，也很卖力，至今都还能够牢牢地记住当时学习的很多知识。但是，那样的大学我自己都感觉惭愧。那是没有任何文化氛围的一种学习。最深刻的学习过程就是记得学校旁边的打字复印部。一到考试前夕，那里的生意特别红火，几乎每一个学生都要去那里制作作弊用的夹带。夹带水平之高，可以写进人类印刷史。

上大学，成了我挥之不去的疼痛。而幸运的是，我的中专同学中出了两个博士，我单位关系很好的一个同事后来也上了博士，他考研之前，我曾经一再地怂恿过他，鼓励过他。身边的榜样，给了我力量和勇气。

3年的历练，2013年初夏，我的学位论文通过答辩，顺利地戴上了学位帽。3年的苦读，使得我的步伐跟上了学科最新的时代脚步，为自己的未来展开了新的空间。那梦想终于穿越艰辛，照进了我的现实。

八月的乡村

苏 黎

一走进八月，乡村的空气中便弥漫着麦子成熟了的香味。

在离村十里远的地方，就能闻到麦子成熟的香味，那丝丝缕缕的淡淡的麦香像烟雾一样萦绕在天空。等走近乡村，麦子成熟的浓香就扑鼻而来，你深深地吸一口麦子的香味，就像闻到了刚刚出炉的干粮的香味一样，让人想到了八月十五那黄灿灿的冒着热气的油旺旺的刚出炉的锅盔，忍不住咬一口，那种满嘴的喷香就是这个味道。

田地里，一片金黄连着一片金黄，一整个田野都戴着黄金甲。一些被金黄遮挡着的绿，比如一些后来长出的新苗，夹在成熟了的麦子里，还有地埂窝里的一些绿草，它们泛着青，嫩绿嫩绿的，这些绿和黄，就像一些小孩跟在大人们的后面，屁颠屁颠的，快乐地生活着。

村口，因为多日不下雨，落满灰尘的茯启花，顽强地开着，艳着，就像我务农的姐姐一样，不管有多忙多累，只要一听到我要来，她总是灰头土脸地、面带着微笑地站在庄门外面迎着我，候着我。

一进村子，就碰到了拉着骡子回家的二叔，那骡子吃得油光滑亮，便走路便撒着粪，不管路人怎么看它，自在的跟神仙一样。如今农业现代化了，用牲口的地方少了，养牲口的人也少了，二叔舍不得把骡子卖了，一天拉出拉进的侍弄着，对待骡子就像对待自己的孩子一样亲，这个骡子是二叔家的黑草驴下的，从小到大在二叔手里拉着，没少给二叔出力呢，已经拉了二十年了，和二叔结下了深厚的感情，骡子温顺的性格就像二叔一样，不管是陌生人还是熟人摸它的屁股，它都不会躁，只是抬抬蹄，甩甩尾巴，以示人不要摸它的屁股。有人给二叔掏了大几千元钱要把这个骡子买走，二叔没卖，二婶骂二叔，对骡子比对她亲昵，就差晚上睡觉搂着骡子的脖子了。

张家的母鸡在咯咯嗒，咯咯嗒地叫喊，李家的公鸡在打着鸣报着时辰，我抬头看了一眼头顶碧蓝的天空中金灿灿耀眼的太阳，心想现在该是正午了吧。村子里除了鸡鸣和几声狗叫，安静得像是村子也在午休。村东头王铁匠的铺子要是在过去，这个时节一准忙得整个村子都能听见打铁的声音，家家户户都要把旧镰刀拿去，翻新了准备好收黄田，如今我们再也听不到叮叮当当的打铁声，那些退下来的镰刀早躺在不知哪个墙角，一身铁锈在睡大觉呢，铁匠铺早已改成了百货店，满眼的生活用品摆在货架上。村西头苏石匠的铺子改成了摩托车经营与维修一体化的商店，苏石匠的儿子早就不凿石碾子了，已经改了行当，门牌上挂着女明星的巨幅照片，照片下面打着摩托车的品牌。如今有康拜英，号称收割王，有多少庄稼还不是随便的事。家户们过去要花费上一两个月的时间去收割庄稼、打场，如今还不是一顿饭的工夫，就收割完，颗粒饱满的粮食就装进粮仓了。

这时从一个庄门里溜出了一只黑身白爪子的猫，猫后面跑出的是一个两三岁大的圆头圆脑的小孩，小孩后面紧跟着一声叫，然后走出来的才是一个白发苍苍的老奶奶。我看清了那是我本家的二奶奶，追着的那个小孩是她的重孙子，我听见奶奶嘴里叨叨着要重孙子睡觉，重孙子偏不睡，要追着和小猫玩。奶奶重孙子，一老一小，一后一前，都走得不稳当，像老鹰抓小鸡一样。小猫一蹿，跳上了一人高的庄墙，在庄墙上迈着优雅的猫步，走来走去，看没人打理它，就停下来，睁着圆圆的眼睛向下喵喵地叫了几声，小孩无奈地看了看墙头上的猫，蹲在地上玩起了石子土块，小猫看小孩没有抓自己的意思，又喵喵地向小孩叫了几声，小孩只顾玩石子，不理小猫了，小猫自觉没趣，就坐在墙上，用舌头舔一下爪子，左一下，右一下，自顾自干洗着脸。我说，二奶奶好。二老奶奶一看是我，就撇着没牙的嘴说，哟，怪不得猫洗脸呢，原来是有客到了。

一辆卖西瓜的四轮车开进了村子，卖西瓜的叫卖声，打破了乡村正午的寂静，从各家庄门里陆续走出了大人小孩，向西瓜车围去。卖瓜人用手啪啪地就拍开了几个熟透了的西瓜让大家伙都来品尝，吆喝说，本地三十里堡的西瓜，无公害，纯天然的沙地旱瓜，不甜不要钱。我看到卖瓜人手里那红红的瓜瓤里黑黑的籽，亮晶晶地像眼睛一样看着我，那带着糖分的瓜水从卖瓜人的手指缝里流了下来，一直沿着瓷实的胳膊流去，就不自觉咽了咽口水，真想上前吃上一口这家乡甜蜜的西瓜。有用钱买西瓜的，有用粮食换西瓜的，一会儿，一车西瓜卖完了半车。大人们称完了西瓜不立刻回家，三三两两聚在一起说起了闲话，他家的麦子黄得好，黄亮亮的，你家的胡麻饱得好，胡麻稀疏有致，胡麻骨朵个儿大。卖西瓜的车刚走了不一会儿，又来了一个卖蘑菇的三轮车，新鲜的蘑菇，新鲜的蘑菇，大

棚里种的，刚刚摘下的，你看蘑菇顶上的绒毛都还在呢。村人们又围上去买蘑菇。

庄院里的人进进出出，人一走动，动物们也跟着活泛起来了，羊咪牛哞，大人的叫喊声，小孩的哭闹声从各家各院里传了出来，你虽然看不见它们，但从四面八方传了过来，就像是戏台上幕布后面的各种声响一样。鸟叫声也从树叶背后探出头来，最动听的是一声声喜鹊喳喳喳的叫，它站在高处吸引了喧哗的人们，人们都抬头找着这个欢叫的喜鹊站在谁家的树上，是谁家有喜事了，叫得这么响，原来这个喜鹊在庄嫂家门前的树上，尾巴一翘一翘地。

韩三爷拉着一只羊去放，羊的奶子大的，走起路来左右摆晃着，就像后腿里夹着一具装满奶子的壶，随时都有将奶子从壶嘴里洒出来的感觉。谁都知道，自从奶粉里被查出三聚氰胺后，韩三爷为了自己的小孙子吃上放心绿色环保的奶子，就特意买了这只奶羊，早上下午都牵着到地上吃青草，顺便再割上一点青草，晚上了加点夜草，这样产奶量就更高了，就够他们爷孙俩喝了。这个纯天然不受污染的奶源，韩三爷视为宝呢。

李家过年时新娶的媳妇腆着大肚子，手里拿着半熟不熟的酸杏子，边走边吃，看到二奶奶的重孙子，就喊着递给一个，小孩吃了一口吐在地上，干咧着嘴不说话，但大人能看出来小孩是酸倒牙了，看着的大人咽了几口嘴里生出来的唾液对那小孩说，那酸杏也是你可以吃的。说完，大家一阵大笑。

张嫂拉着一面盆发面，说是到街上烤干粮去，麦子快黄了，烤上一些干粮，忙活收庄稼呢。这时我就想，其实八月的乡村，就是一个热气腾腾的黄黄亮亮的香喷喷的大锅盔呀。

王家新修的房子里传出电锯加工的声音，原来是在搞装修，乘秋收前的空闲里将夏天修好的新房装修出来，晾干了，入住进去好过个暖冬。

　　如今新农村新气象，有些农民家的房子不但外表好看，屋里装修得也好，姐姐家为了供两个儿子上学，一直没能修起新房，姐夫是个木匠，整天给人家的新房搞装修。去年夏天，我来时，姐姐就把我带到隔壁家看看姐夫装修好的新房子，油面地板瓷砖亮得能照人，墙壁柜、橱柜、大理石的灶台等装饰得一点不比城里人住的楼房逊色。我看着姐姐羡慕的眼光就安慰姐说，过几年，等你儿子发达了，也给你修这么好的新房子，让姐夫给你装修一新，你住着享福。话说过没一年，今年夏天，姐姐家的新房子也修起来了。电话里姐姐说，姐夫已经将新房装修好了，让我有空来住一住。

　　我来到姐姐家庄门前，要不是姐姐在门口等我，我差点认不出来了，姐家的房子大变了模样。那个灰头土脸的低矮的土房子不见了，现在是一院子崭新的砖瓦房。姐姐带我进到各房间看一看，客厅里迎门的大红牡丹的屏风，透着一股喜庆。装修风格完全按照姐姐自己喜欢的风格，一个卧室里是床，另一个卧室里是暖炕。姐姐说，你喜欢睡床就睡床，喜欢睡暖炕就睡暖炕。我说，不错呀，比我们城里人的楼房高档呢，又宽敞又亮堂又接地气。姐姐一脸笑容地说，我们家的房子是我们村子里最后修起的，是你姐夫一手装修的，儿子媳妇们城里有楼房，主要还是我们老两口住，所以我就让你姐夫按我的意愿装修的。我看到姐姐的笑容遮不住内心的喜悦和幸福。是呀，姐姐曾说，这辈子能住上新房子可能是个梦了。可是不曾想，没过几年，国家政策就号召村人们修房子给补助。姐姐听到这个消息高兴地好几天睡不着觉，给我打电话说，修新房，政府给补助，这真是天上掉馅饼的好事呀。

　　夕阳西下，霞光满天。我没有看见村子上空升起的炊烟，也闻不到昔日乡村的牛粪烟的味道，如今农村家家户户都使用上沼气灶了，又干净又节能又环保。

　　夜幕降临，婆娑晚风送来阵阵麦香，催人入梦。我睡在姐姐家新房子的暖炕上，思绪万千。

摄影/路学军

153

一盏煤油灯所见证的

刘海云

我家书房的窗台上一直放着一盏浅绿色的煤油灯，它的底座像一朵盛开的腊梅，灯盏如一个硕大的高脚酒杯，外部精雕细镂，刻满了立体感很强的花卉。这么精致的外表证明在以往的岁月里它曾经无限风光和重要。因为在三十多年前的夜晚，它无疑是最尊贵的光明霸主。后来，性能更先进、样式更丰富的现代灯具篡夺了它的地位，它被孤零零地遗弃在窗台上，寂寞地看着世界日新月异的变化。

三十几年里，泥砌的土坯房变成了红砖绿裙的走廊房，窗台也由粗糙的土台被光滑平整的水泥替代，再到镶满白净的瓷砖。它由以前时有被雨淋湿的凄凉，转变为走廊房里不受风吹日晒的安逸。但是，不再有人重视它、关注它、使用它了。数十年的岁月尘埃，积淀在原来溢出的油渍上面，已经遮盖了它清澈透明、亮绿如玉的本质，我们也懒得再将它擦干净，因为现在谁还用得着这种老掉牙的灯盏啊？

我想把它扔了算了，但祖母不同意，说"几十年的老东西了，不用也留着！"又唠叨起往事来："刚解放那会儿啊连煤油灯都是稀罕物件，贵重的很呢，普通人家哪儿用得起？纺线织布的时候，能点个香头儿照明就不错了……"点着香头儿织布？真让我觉得不可思议。但是祖母的心思我懂：人不能忘本。每盏灯都是一段历史的见证者；每一盏灯下都曾发

生过或悲或喜的故事；每一盏灯都带着灯下人特殊的感情。而且，留着它也可以提醒我们不忘过去岁月的艰难和珍惜今日生活的美好。

我还听祖母讲过一个笑话：说1982年村子里刚刚通电的时候，有一个老头儿由于不知道电灯是由开关控制的，他临睡前像以往吹煤油灯似的去吹灭电灯，结果怎么鼓劲儿也吹不灭，又找来一把大蒲扇使劲扇，还是扇不灭，老头儿生气了，拿起龙头拐杖对着灯泡狠命一敲，嘴里还骂道："鬼东西，看你还亮不亮？"我们听了笑得前仰后合，那老头儿真笨呀！要是现在的农民，即使文化程度很低，接受新鲜事物的速度也奇快，新买的手机或其他电器，不到半天，功能和使用方法便了如指掌。

时代变迁、科技进步，屋子里的光源已经由刚通电时那个笨老头儿不认识的"鬼东西"变成更明亮的电棒、吊灯、日光灯，现在又开始安装节能灯了。人们对于光明的追求也不再只是越亮越光彩夺目越好，而开始往更安全方便、简单实用、节能环保的方向转变。适合各种场合的灯具五花八门、丰富多彩。到了晚上，从城市到乡村，从宽阔的大街到屋前院后的旮旯拐角，各种灯盏与天上的繁星衔接，形成天地浑然一体的壮观景象，光明无处不在。

我家原来还有一个户外照明用的手提式马灯，

因为有了多功能充电式手提灯而早已被淘汰，和那只煤油灯一样被当做一种纪念来收藏。即使偶尔停电的时候，也用不着煤油灯了，连蜡烛也懒得去买，只要把多功能手提灯上的护眼台灯打开，看书、写字，甚至母亲在灯下做针线活儿，都瞧得真真切切、一目了然。

每当夜幕初上，房间里重又光明四射的时候，煤油灯盏就落寞而钦羡地看着屋子里的光源变化，暗自无限感叹：无论什么东西，落后的，终将被淘汰。

这盏煤油灯所亲眼见证的，还不仅是三十几年里灯史的发展变化，更有这些年来灯光下的新鲜事物和人间欢喜：

土地承包的证书它见证过；农用三轮机的执照它见证过；安装的固定电话、新买的数字电视它见证过；姐姐的大学录取通知书它见证过；粮食增产了，父亲带着丰收的喜悦，蘸着唾沫数着一张张钞票的样子它也见证过。还有还有：种粮补贴的存折它见证过；新型农村合作医疗保险证它见证过；家电下乡的补贴发票它也见证过；更有那更新换代的手机、"闭门家中坐，天下事皆晓"的电脑等无数新奇事物来到了屋子里的灯光下，让它惊奇赞叹、目不暇接……

我相信这盏煤油灯还将见证更先进的灯具变化和更多的新鲜事物，也将见证灯光下更幸福和谐、快乐美好的故事，直至慢慢老去，变为古董。

摄影/张国银

在梦想的路上踏实前行

曹雪纯

　　小区楼下有一家早点摊，卖鸡蛋饼。每天早上七点多都会准时出摊，两个炉灶烧得旺旺的，老板娘熟练地揉面、摊饼，不一会，香喷喷的鸡蛋饼就出炉了，再刷上浓稠的酱汁，夹上香肠和鸡蛋，香气四溢，让人恨不得赶紧咬一口。来买鸡蛋饼的次数多了，一来二去的熟了，知道老板姓李，大家都喊他们"李哥李嫂"，李哥两口子都是爽快人，爱说爱笑的，一会招呼人，一会相互打趣两句，一大早买个早点都能让人觉得生活充满了阳光，乐乐呵呵的。

　　李嫂是个勤快人，手特麻利，一分钟就能摊两张饼，相比起来，李哥收钱的活就看着轻省多了，他也更爱跟我们这些买早点的人聊上两句。这几天，发现他们的小店里多了样东西，收音机。本来上班高峰期人就多的小门面，总是被挤得水泄不通，老是挤不进去，现在又夹杂着收音机的声响，不觉显得有点乱上加乱，令人疑惑。

　　这天早上起晚了，我悠闲着下楼去买早点。人不多，远远李嫂就招呼我："不要葱的啊，来还热乎着呢。"我笑着迎上去，发现不光收音机，还多了个小姑娘。

　　李哥见状，没等我就，就回答道："哦，这是我小侄女，今年刚考上兰州的大学，周末来给我们帮忙来了。"小姑娘眼睛黑亮亮的，一看就很是机灵，

顺手把李嫂摊好的鸡蛋饼递给我："姐，我们今天开始也卖粥了，你要不？"我一看，好么！一套简单的封口设备，四个保温大桶，大米小米醪糟黑米的，整得够全乎的。

　　"呃，给来个小米的吧。"

　　"好勒！"

　　正说着，收音机里传来声响，李哥眼睛一亮，擦了擦手，拿过收音机把声音调大了一些，又接着说："两会今天闭幕呢。"

　　我愣了一下。我是一个对时事政治不太敏感的人，看到一个小摊贩表现出来的如此强烈的政治热情，着实还是有点吓着了，心头一震。别说平头老百姓了，要说报道两会这种有关国家高度事件的，在我过往的记忆中，也是电视台和党报党刊的事儿，关心的人群也大多是与之工作有关的单位和群体，印象中主体也都是"国民经济增长率"之类的宏观问题，尽管是关乎着国家和民生，但与老百姓身边的事儿还是有一定的距离的，何况是一个卖鸡蛋饼的小摊贩，怎么会对于"全国两会"表现出这么强烈的政治热情。

　　"李哥挺关心国家大事啊？"我半开玩笑问道。

　　"嘿嘿！"李哥憨笑了一下，"咱文化程度不高，就念过初中，认得几个字，早早出来打工，啥都干过，早几年老婆身体不好，日子挺苦的，现在啥都好起

来了。多关心关心国家政策，入个耳音，老说什么'中国梦'的，你看现在国家开大会的话题也开始贴近老百姓了，，关注我们老百姓身边的事情了，就得多听听多看看不是？"

我问他："那你说说你的中国梦。"

李哥顿时起了兴致，看了一眼李嫂说："咱不懂那么多高深的东西，就知道现在日子好起来了，我老婆说我们的梦想就是勤快干活，多挣钱，让家里娃娃好好上学，挣够了钱，回老家盖大房子，过好日子。"

李嫂一边忙着手上的活一边打趣地损他："别听他瞎扯，你看国家开大会，他这个小老百姓也凑热闹非要说上几句哈。"

"这有啥，姑娘，你看！就好像老来买早点的人，有时候着急路上就把早饭吃了，可是没喝的啊，我们就也顺带卖个粥，大家都方便了，我们还能多一份收入了。"李哥窃喜又自豪地接过话荏，"你听，这广播上今年说的，都是我们爱听的，就是现在说的'关心群众真正关心的问题'，说的不就是我们嘛。"

我点点头，当自己的生活受到政治关怀的时候，才会激发政治热情，李哥朴素的表达，就代表了一种关注国家关心民生的政治代入感，他们的梦想不见得多么伟大，忙忙碌碌着的，是最最渺小的身影和存在，但是这个小小的梦，会让勤劳奋斗的人生活的路越走越宽。而这几年，在从关注宏观问题，慢慢扩展到越来越关注一些老板姓实实在在需要解决和面对的焦点问题上，这些都离我们的生活越来越近了。

回想起来，他们摆早点摊也有好几年了，大家熟悉了偶尔搭腔聊几句，今天还第一次聊这么多，却感受到让我内心小小震撼的东西。

"姑娘，你不记得了吧，我刚开始摆摊的时候，你老来，应该是刚参加工作吧。每天把你着急的呦，拿了鸡蛋饼往嘴里塞了就走，第一次买，不知道你

不吃葱，后来熟了，老给你留着张不放葱的呢。"边说李哥边用手比划着："那会，那会我们的摊子就在路口，一个小车，你有印象不？"

的确是，那个风雨无阻的小车，在我每天上班的路上，都可以看到，然后吃上一口热乎乎的早饭。可能就是随口说了一次，他们居然细心地记下了我的口味，或者说是，每个人的口味和习惯吧。

"那会苦的啊，没有固定的地方，也不允许摆摊子，我们就东挪西挪的。后来又政策了，允许流动车进社区，我们还进小区摆了半年呢。后来有了固定场所公开竞争竞标，简直太好了。我们是第一批，竞标成功包下这个小铺面了。我们还准备呀，晚上开个烧烤摊，我老婆和侄女买烧烤，我在对面小区倒班当保安，你看这日子，简直越来越好嘛。啥叫中国梦？我的中国梦就是努力奋斗奔好日子，说小了是把自己的生活过好，说大了也给国家的经济建设添一块砖，你说这也算做了点贡献吧。"

李哥正说到兴头上，又有人来买早点，看样子也是很熟络的常客。李嫂麻利的包了个鸡蛋饼递都他手里："小刘，就等你呢，给你留着呢。今天给你免费加个香肠，祝你面试成功！"

小伙子挠挠头，看见我站在旁边，有点害羞。但是拿到鸡蛋饼的瞬间又精神满满地说："嗯，谢谢李哥李嫂！我走啦！"

早已过了早餐时间段的早点摊，没什么顾客了，他们边收拾，边跟我聊着。在聊天中，我知道了小刘是去年大学毕业生，一直在电视台实习，今年是转正面试。李哥李嫂人好，小刘刚毕业那会，生活拮据，每次来买早点，其实就是连带着当中午饭吃了。李嫂心疼他也是一个人在城里无依无靠，就老偷偷多给鸡蛋饼里夹根香肠。用她的话说就是："出门在外都不容易，家里也有孩子，总不能看着饿肚子。"

小伙子昨天高兴地跟他们两口子说，今天要面

试了，估计没问题，就正式通过转正了。他们今天其实早就能收摊了，能跟我聊这么半天，也就是因为一直在等小刘呢。

李哥关了卷闸门，似乎有点感慨："其实国家就像一个大家庭，咱们自己好了，也希望家人一样好。我们大家都好了，这个家就会更好。"他说这话的时候，眼神里有着闪烁的东西……

这是城市新一天的开始，街上都是忙忙碌碌的人群，为生活努力奋斗的身影。我们都是芸芸众生中再普通不过的小人物，做的事情也是最平凡的小事情，然而看着李哥李嫂收拾摊位乐观开朗的模样，突然让我想到了满天的繁星，我们都是一颗颗再微茫不过的星辰，如果说每颗星辰都拥有一个梦，那么满天的星河就是我们璀璨的中国梦吧。正如习近平总书记所指出的："实现中华民族伟大复兴，是近代以来中国人民最伟大的梦想，我们称之为中国梦，基本内涵是实现国家富强、民族振兴、人民幸福"。我们期盼有更好的教育、更稳定的工作、更满意的收入、更可靠的社会保障、更高水平的医疗卫生服务、更舒适的居住条件、更优美的环境，期盼着孩子们能成长得更好、工作得更好、生活得更好。其实，李哥口中的"中国梦"，不就是这句话的缩影么？李哥的中国梦是勤奋吃苦，多赚钱，过更好的生活。小刘的中国梦是大学毕业后找个工作，能够留在自己喜欢的工作岗位，作出小小的成绩，实现自我价值。我的中国梦呢？

记得上学时候学过一篇文章叫《桃花源记》："土地平旷，屋舍俨然，有良田美池桑竹之属。阡陌交通，鸡犬相闻。其中往来种作，男女衣着，悉如外人。黄发垂髫，并怡然自乐"。日出而作日落而息，读爱读的书，去想去的地方，家庭和睦，日子美好。我的中国梦只有这么一点点，但是它表达着我最朴素的梦想，对美好生活的期盼和努力，它细微、琐碎，但是李哥、小刘，包括我，我们这些一个个个体的"小幸福"累计起来，就是一个宏大的"中国梦"。

当梦想照进现实，每个人心里都有一个中国梦，一个梦连起一个梦，当一个个普普通通的梦，像一颗颗小小的种子，长成一个大的中国梦：日子幸福安康，在梦想的路上踏实前行。

摄影／王 玫

草原的春天

刘梅花

白牦牛，黑牦牛

草原的路上，都是牦牛。白牦牛，黑牦牛，还有黑白两色的花牦牛。不得不说，哪个牦牛都是漂亮的。毛长长的，披垂着，很优雅。

车子缓缓行走，隔着玻璃，我和它们对视。小牦牛的目光，纯净，清澈，银子一样。至于大牦牛呢，一样干净的眼神，只是多了一份儿气定神闲。它们安静地看着车子驶过，不惊慌，不老谋深算。只是很淡定地看一眼，又把目光转向远方。

远方，是马牙雪山。山顶的雪也不是很多，刚刚覆盖了山谷的寂静。山坡上的金露梅都发芽了，枝条柔软。枇杷根下，冰雪尚未化完，而暗藏的苔藓却已经绿了。想起诗人说过的一句话：春天是忍不住的事。

我久久地注视着牦牛清闲的眼神，这是大草原的恩泽。

山谷里，到处都是牦牛，一群，又一群，撒欢，奔跑，自由自在。今年春早，牦牛比人更加能体味到。它们悠闲地甩着尾巴，低头寻觅黄草。再几天，百草就要发芽啦。一群牦牛，已经闻见了青草的气息，眼神那么柔软。

风不是很冷，阳光暖啊。

牛粪墙的影子

随处可见的牛粪垛子。

有的垒成垛子，不高，一坨一坨砌起来，很周正。有的直接就码成一堵墙，差不多一人高，或者稍微矮一点。靠近庄门口的，都拆开了，一点一点攫走，留下一个豁落。

远一点的，还未拆，稀牛粪抹了面子，把一堵墙糊得严严实实，墙上留下着无数手印儿，让人心里突然一暖。高处是大人的手印儿，低处是娃娃的手印儿。心心念念之间，日子，就这么拍打着暖和起来了。

有一条山沟里，杵着五条牛粪长墙，很壮观了。山坡上才是庄户人家，不多，只有两三家，青石头的墙，泥土的屋子，门前几个老人聊天，袖着手，站得高高的，劲风吹着他们的衣衫。

家家都有牛粪垛子。整洁，闪着暖和的光芒。有一个也不算少，有四五个也不算多。闲一些，就多拾一点，也不觉得占便宜。忙一些，就少拾一些，也不觉得吃亏。反正，草原上，山谷里，到处都是牛粪。日子的富足和安逸，就这么绽开在草原上。

牛粪性子热，会伤草。牧民们看见晒得半干的牛粪，都要一脚踢起来，让牛粪翻个儿，不要捂着

青草。等晒干了，就捡走。你想啊，若是草地上布满了牛粪，青草怎么生长啊。

牧民的家里，少了牛粪是不行的。一坨一坨的牛粪，就把家的气息垒起来了。他们说，牛粪燃烧的时候，是青草的清香。

这世上，让人取暖的东西，总是清香的。

有趣儿的是，有户人家，牛粪太多了，就直接在院墙外又围了一圈牛粪墙。牛粪墙的影子里，还有一些残雪，远远看去，像城池。

草原朴拙的光阴，不浮躁，在牛粪墙的影子里沉淀着。

一架木头的架子车靠在牛粪垛子前面，斜斜放着，落满阳光。还有一把木叉，也靠在牛粪垛子上，像一轴油画。草原是安静的，山谷是安静的，牛粪垛子也是安静的。只有一丝风，轻轻地喧。

青草垛，黄草垛

青燕麦还未完全长老，还正在青翠，就收割了。这样的牧草，养分好。摞成垛子，也是一个漂亮的绿草垛。还有一个，是黄草垛，大概是青稞草。这里高寒区，种麦子肯定不行。

两个草垛依偎在一起，不很高，矬墩墩儿的。草垛底下，几根木头围着，门槛一样，大约是为了防止牛羊随便去吃草。

可是，两头小牦牛，一头是白的，一头是白底黑坨的，就把几根木头拱得乱七八糟。它俩挤在草垛跟前，脑袋伸进一个青燕麦草捆子里，慢慢咀嚼。

我们看着它俩的时候，白底黑坨的小牦牛就慢慢抬头，转身朝我们走来，嘴角叼着几根草，眼神真是让人心疼。那头白牦牛，直接不理睬我们，镇定自若地吃草。它吃着吃着，不吃脚边的草捆子了，又把嘴伸到草垛上去，使劲儿拽呀，拽呀，拽出来

一个新的草捆子，显然很高兴。它叼饬草捆子的时候，像个人来疯的孩子，真是可爱。

这么漂亮的小东西，让人忍不住喜欢。眼眸黑亮，嘴唇湿润粉红，牛角短短的，只有一拃长。还那么憨憨的，扑扇着睫毛。

我不知道它们在想什么。就算是牦牛，一定也是有想法的。不然，它怎么知道叼饬掉木杠子，跑到草垛跟前吃草。

草垛摞在旷野里，离人家还远。两头小牦牛搭伴儿吃草，搭伴儿晒太阳。悄悄的，也不叫唤一声，也不找妈妈。风吹过几遍，青草就要发芽了。遍野的青草，为它们长大做准备。

天空很蓝，鹰飞得高高的，只看见一个黑点儿。

河里的蘑菇

远处看，河里长满蘑菇，是黑色的大蘑菇。

冰碴还未完全消融。冰冻三尺，消融了二尺，还有一尺是冰碴。冰碴底下，细细地流水潺潺而动。这些蘑菇，是牛粪的做的顶子，冰做的柱子。

大自然真是有趣。冬天的时候，牦牛来冰窟窿里吃水，一坨一坨的牛粪就留在冰面上。春天了，河里的冰一点一点化开，冰面下降。但牛粪底下捂着的冰，也许晒不到太阳，就一直保持着，迟迟不肯化开。

等满河的冰都消融了降低了的时候，牛粪还傲然立在冰柱上，像一朵漂亮的蘑菇。黑黝黝的，茁壮的，不管不顾的，屹立在河里。远远看去，一朵一朵，满河都是黑蘑菇。

冰层慢慢晒着太阳，悄悄塌下去了。只有牛粪，踩着冰柱子，不肯妥协。冰面上还有雪，清，白，耀眼。牛粪那么黑，那么固执，却那么好看。

草原上的阳光，很慈悲，很柔软，不忍心把牛

粪底下的冰晒化。

我们在河边喧笑的时候，几头白牦牛在远处吃水。它们依然是悠闲淡定的模样，也不看我们，低头饮水，抬头发呆，随便想想心事。把冒着热气的牛粪，丢在冰面上。

除了春天，没有谁能摘走这些蘑菇了。草色遥遥的时候，季节的手就会采摘走它们，一朵，一朵，送给远方。

我们来得真是好时候，看见了大自然最诗意的手笔。很多有趣儿的事情，靠的是机缘。一坨一坨牛粪，刚刚变成一朵一朵蘑菇的时候，刚刚在冰面上傲然杵着的时候，刚刚不肯妥协的时候，遇见了我们。而我们，则是遇见了一个季节的小秘籍，看着，偷偷笑着。

金露梅滩里的羊蹄印

整个山谷，都是金露梅。

都有半人高了，还没有开花，还没有抽枝撒叶。十万金露梅，一墩一墩，盘踞，在风里抖动枝条，整个山谷看上去黑黝黝地壮观。

一大群麻雀呼啦啦就落下来了，地上一片灰不溜秋的小泡泡，一动不动。突然又呼啦啦飞走了，毫无喧哗，静悄悄地不见了。它们来做什么？为什么又飞走了？我不知道，大约金露梅是知晓的。

山谷里没有羊群，也没有牛群，也没有人影，空空的。但是，牛羊都是来过的，老鹰也是来过的。山谷里的光阴，总是有些空，有些禅意。

金露梅丛里，苔藓已经绿了。地面有很多细细的岔道，布满了羊的蹄子印儿。那些蹄印儿，很耐看，像两瓣花瓣，精巧细致。大羊的，小羊的，一枚一枚，都鲜鲜地拓在塘土路上，伸向远方。

远方太远了，我们不知道远方都有什么，但羊群一定是知道的。它们穿过这片金露梅，爬上山坡，去了山的那一边。

做一只羊也好啊，多么自由，多么逍遥。说走，就走了。说来，就来了。没有挂碍，没有牵绊。从大山的褶皱里钻出来，又藏到石洞里。从金露梅山谷里，走到苏鲁梅朵的山谷里。什么时候开花，什么时候落叶，它们都是心中有数的。

这深山里的羊群，都是参禅的，绝对没有世俗的浑浊。

河滩里的羊群

代乾河。这个名字也是我喜欢的，有一种说不说来的意境。

河水只有细细地一脉，哗哗流着。地势低的地方，结了冰，也是薄薄一层，不厚。羊蹄子踩在冰上，咔嚓嚓响着。一群长角羊，在河滩里寻草。

小羊羔才学会溜达，跟着妈妈，动不动就找奶吃。羊妈妈安静立着，等着羊羔吃奶，眼睛却警惕地看着四周，护着自己的孩子。有一个人刚刚走近河滩，还没有走近羊群，羊妈妈却带着孩子逃之夭夭，眨眼就跑到河那边去了。

牧羊的老汉说，带羔的母羊，胆小得很。

做了母亲，就胆小了。世界这么复杂，伤害这么多，自己不好好护着孩子，怎么能行呢。一边奔逃，一边教给孩子，陌生的东西，都很危险。光阴里布满阴谋，要跑得快才行。

羊群里，有的是黑脑袋，有的是黄褐的脑袋，身子却都是纯白的。小羊羔很认娘，娘走到哪儿，它们寸步不离地跟到哪儿。那样的情形，让人看了感动。

路边，还有很大的一片黄草，都有半人高，围着围栏。不多几只羊，都肥肥的，隐在黄草里。风吹来，拨开黄草，几只羊就露出来，闲闲的样子，很有风吹草低见牛羊的古韵。

想想也很羡慕，一群羊，一群牛，多么富足的日子哩。

远处是马牙雪山，山谷，草原。

石头墙，布条背篼

路过一段路的时候，看见大堆的石头。很多，小山一样，风尘仆仆的挤在路边。我们挑了几块，颜色很漂亮，青的，白的，赤红的。

几户人家，都是石头的墙。青石头，白石头，一粒一粒，砌墙。那么整齐，干净。远远看去，古朴而生动。

屋顶上，几缕青烟，直直的，抵达蓝天。牛粪烧火，连青烟都是那么有劲儿。石头墙上，摞着几个青草捆子，都干枯了，躺在墙上晒太阳。

还有一个背篼，也是极为诗意的。铁丝编织成框架，然后用旧布条一缕一缕缠绕上去，缠得很结实。铁丝的骨子那么坚硬，布条那么柔软，摸上去很舒服。

布条的颜色很花哨，青的，蓝的，粉红的。细细密密缠绕出来，却极为漂亮。我躲在背篼后面，只露出脑袋顶。它简直很硕大，需要大力气的人才能背起来的。

我坐在石头矮墙上晒太阳，背篼也晒太阳，几户人家也晒太阳，山谷也晒太阳，马牙雪山顶着一头白发也晒太阳，整个抓喜秀龙草原，都在晒着太阳。满山的青草绿了黄了，是一年。人生忙了闲了，是一生。光阴，就这么晒着，慢慢就晒老了。

摄影/孙 杰

石磨上的纹路

胡 杨

对于一座村庄来说，衣食住行、柴米油盐是贯穿始终的核心。1978年的秋天，村庄里的石磨老了，错综的沟痕已经磨平，需要请一个石匠再一次打凿。一盘巨大的石磨，不知道打凿了多少次，但它古老沉重的样子，丝毫没有改变。

几个精壮小伙子把两扇石磨抬起来，放好位置，只等着石匠的到来，可就在这时候，我家的面粉断顿了。本指望着东家借一点西家借一点凑合到石磨凿好，不巧的是本地唯一的一名老石匠进山了，至少半个月才能回来。

我和母亲只好赶着毛驴车去外村磨面。

大戈壁上，敦煌绿洲呈扇形向西延伸，而我们的村庄处在扇形的把上，是进入敦煌的门户，偏远、贫瘠。越往西走，绿洲的丰腴越显示出生机勃勃的样子，我和母亲都叹息：要是生活在这里，该多好啊。

村庄里，磨面是个极费工夫的事情，一家人先是要把麦子晾晒好，接着到生产队借拉磨的牲口，一般都是两头毛驴。如果管牲口的人心情好了，给你派两头有力气的毛驴；如果你哪一句话说得不对，那就惨了，毛驴拉一会停一会，一两天都磨不出一袋面粉。麦粒倒进磨眼，一遍遍地磨，磨好了，再倒进大箩里筛，箩分了好几层，相当于现在的头等粉、二等粉。缓慢的速度，就像蜗牛爬坡。

这次，母亲早早就去了刘大爷家，好说歹说，算是派了两头勤快的毛驴。早晨天麻麻亮出发，晚上就能回到家。

刚进了磨房的院子，就听见一声轰响，这响声是平静的绿洲里所不曾有过的，吓得马驴都有点惊异。走进去一看，原来他们使用的是电动钢磨。等了不到半小时，就有人让我们把麦子倒进一个大铁桶里，接着轰隆隆的声音又开始了。也是不到半个小时，面仓里堆满了面，麸皮仓里堆满了麸皮，我们三下五除二把面粉和麸皮装进袋子里，就早早回家了。

一路上母亲一直不说话，拿着我记下的钢磨的名称和生产地，认真地瞧着。母亲不识字，却瞧得如此认真。

回到家里，母亲经过了深思熟虑后让我给厂家写封信，看他们最好的产品是多少钱。我才明白，母亲是想购置一台钢磨。天哪，一台钢磨至少得几千块钱，就算把我们家拆了，也就值几百块钱，但母亲的想法很坚决，容不得我们辩解。

很快，厂家就回信了，给我们推荐了最新的自动钢磨，只要放进麦子，不用人动手，就是成品，母亲说就是这一款了。没有钱，我们去银行贷款，那时候是改革开放初期，鼓励贷款搞实业，母亲的

贷款用途正好符合精神，款就顺利地打进厂子里了。

城里的汽车把自动钢磨运到村口的时候，村上的男女老少都涌出来了，像是村庄的节日，母亲忙忙碌碌地招呼村上小伙子们从汽车上搬运那精巧的钢铁器械，厂家的师傅安装调试之后，先是演练了一番，乡亲们就已经眼花缭乱，机器的轰鸣和人们的唏嘘声混杂在一起，寂寞的村庄沸腾了。母亲说，都是乡里乡亲的，象征性地收点加工费就可以了，主要是用来还贷款。没想到，我家的自动钢磨日夜运转，不到三个月，就全部还清了贷款，在一座偏远的小小的村庄，激起了产业致富的浪花。从此，村庄里的人们目光远了，纷纷办起了棉花加工厂、芒硝厂。现在想起来，村庄的角色转换，似乎是在一瞬间完成的。

我一直记着石磨整齐的纹路，仔细分辨那石磨上纹路，这却是古敦煌的一幅风俗画：在一条分水渠上，转动着一个体积很大的带叶片的轮子，在轮轴的一端装有凸轮，上面固定以传动装置，像一只无形的手，推转了石磨。那个时代，生产力面对一望无际的土地，就像一只小爬虫。生产工具除了人自身的手脚之外，是十分有限的。敦煌壁画留下的二牛抬杠的耕织图，一直延续着它的魅力。速度对于人来说，没有比一匹马那样更能带来想象力。

石磨也是那样缓慢地转动着，细致的纹理闪耀着迷人的光芒，这也就决定了它的不可多得。一些大的寺院和极少的富户垄断着这些设备的使用权，众多的村庄，都沿着弯弯曲曲的沙路，毛驴上驮着一年的收获，走进寺院和大的宅院，把一部分粮食作为"碾课"交给他们，来使用这庞大的机器。更多的时候，人们对于这种机器怀着崇敬的心情，对碾户也有着无限的向往。

在敦煌地区，安装了这种机器的分水渠，只在每年的八月三十日和正月一日之间运转，其他的时候，水官们控制了闸门，用锁子锁住。透露出几分神秘。

碾户的财富从碾子里源源不断的涌出，财富的积累也使他们增加了恐惧，只能用一部分为佛重镀金身，有了这样的安慰，就大不一样了。他们可以安心的敛财，构筑他们的美梦。

很长的一段时间里，敦煌都处在一个石磨时代。生活的节奏和着那种"吱、吱、吱"的声音，度过了一个又一个漫长的白昼和夜晚。

顺着石磨的纹路走到今天，古老的敦煌作为古老中国的一部分，延续着它的淳朴，更延续着它的坚韧的创造力和无限的进取心。石磨那缓慢的注视的目光，早已被搁浅于永远的荒芜。但无论是那石磨的纹路，还是曾经的荒芜，都是我们前行的坐标，有了坚韧的创造力和无限的进取心，又有了这样的坐标，我们的路会越走越宽，越走越敞亮。就像母亲常说的"日子会好起来的"，就像今天的日子，蘸了蜜一样，明天，还会有比蜜更甜的日子。

心中盛开的向日葵

张 晴

记忆中，有一个很大的菜园子，园子的周围，密密地盛开着一圈金黄色的向日葵。

明亮、灿烂的向日葵，对着太阳，不知疲倦地微笑；一个瘦弱的小女孩，坐在土埂上，仰着小脸，对着向日葵如痴如醉地微笑。当时，如果梵高看到那个画面，相信一定会画下来的。

那个画面，就是我的童年。

我童年中最美最暖的花朵，就是向日葵。

向日葵执著而暖人的微笑，映刻在我幼小的心中，即使冰天雪地的冬天到来之时，也仿佛能感受那灿然的温暖。

秋天，向日葵相继成熟，我差不多总是忘记了吃饭，每天坐在土埂上，怀抱一个对我来说有点巨大的向日葵，一颗一颗剥着，吃着，那湿润而清香的丝丝甜味，萦绕在唇边，渗透到心里。长大后十分喜欢嗑葵花籽的嗜好，就是从那个时候打下的基础。

年岁渐长，向日葵盛开的模样在我心中慢慢淡出，那是因为我有机会认识了更多更美的花朵，而嗑瓜子的喜好却一直被保持了下来。每年，我嗑的葵花籽，数量是惊人的，但再也没有嗑那种新鲜的湿湿的葵花籽的机会了。

念大学时的生活费比较拮据，到了月底，哪怕哪一天不吃饭都行，葵花籽却万万不能少，每天晚自习时，我一边看书，一边嗑瓜子，或一边嗑瓜子一边做作业，两三个小时过去，常常是作业做完了，瓜子也嗑尽了。起初，我嗑瓜子的声音引起了同宿舍姐妹们的不满，说影响了她们的思维，无法静心学习。我说我要是不嗑瓜子，所有作业都完不成，所有书也看不进去。为了不激化矛盾，更为了我继续顺利的嗑瓜子，我开始在其他方面拼命节俭，用省下的钱，买了更多的瓜子。晚自习前，我就在每位室友的学习桌上，放上一堆瓜子，女孩子嗑瓜子是天性，于是她们不自觉就伸手拿了瓜子嗑，半个多月下来，我发现，她们全都不用我再给她们放瓜子了，因为她们都跟我一样嗑上了瘾，且绝不比我逊色，她们晚饭后的第一件事就是跑出去买瓜子。每天早晨从我们宿舍扫出去的大量的瓜子壳，常常让邻舍的女生们惊叹不已。

天底下的事，凡事都要付出代价的，哪怕仅仅是一种嗜好。许多年过去，因为嗑瓜子，我自认为很漂亮的两颗门牙，不幸都变成了半颗，看了多次牙医，修了又修，补了又补，钱花出去不少，漂亮的门牙再也没能在我唇边光彩重现。

一天，一位作家死于癌症，留下许多精彩文章在身后，网上因此而展开了隆重的纪念活动，很多很多美丽的花朵，我不假思索，献上去的，竟是梵高的《向日葵》。

我长时间注视着电脑屏幕上那一望无尽的向日葵，记忆的闸门瞬间打开，我的思绪锁定在童年时的那个大菜园子里，我仿佛看见，密密地盛开着的那一圈金黄色的向日葵，在我眼前热烈绽放——向日葵，对着太阳，不知疲倦地微笑；一个瘦弱的小

女孩，坐在土埂上，仰着小脸，对着向日葵如痴如醉地微笑……

哦，向日葵！

世界上再也没有第二种花朵，对太阳的爱，如此痴迷，如此执著，如此沉默而专一，从绽放的开始到结束，一直都顽强的积极向上的保持着对光明的追求。

如今很有幸的是，我卧室的窗前有块小花园，我毫不犹豫种下去的是密密的向日葵。花开季节，我长时间坐在宽阔的飘窗前凝望，仿佛又回到了无忧无虑的童年，那一片明黄热烈的花朵，那激动人心的画面，让人忘记生活中许多的郁闷与烦忧。

那一刻，我深深明白了，向日葵在梵高心中的意义，虽然我不认识梵高，我只知道，他生性善良，同情穷人，他是一个为了"抚慰世上一切不幸的人"而执著一生的画家，他生前十分潦倒，去世留在他身后的《向日葵》，却是价值连城。他的生命只有短短的 37 年，可他那激情喷薄的《向日葵》，让无数人的心灵为之震颤，在我看来，他笔下的向日葵，不仅仅是植物，而是带有原始冲动和热情的生命体，对光明、希望和自由，充满了积极而永恒的向往与追求。

现代人活得太沉重太抑郁了，实在有必要给自己的心灵花园，也种上一片向日葵，因为，人一生的效果，皆由心发出。当金色的花朵在心中明亮开放时，生命的脆弱与暗淡，也许会折射出挺拔而亮丽的光辉。

愿我们每个人的心中，都能盛开一片黄灿灿暖洋洋的向日葵吧。

世界花园

林 染

每天最早光临的，照例是夫妻们组成的旅游团。这些客人根本谈不上什么纪律和秩序，一到场就叽叽喳喳、高声叫喊，欢天喜地地钻来钻去、上蹿下跳，有时甚至站到高枝上迎风荡秋千。它们的性格和作为，完全同其姓名严严整整地配了套。它们都叫做充满"蹦跳"含义的名字——麻雀。

我在这里叙述的景点是我的小小的、大约只有50平方米的"世界花园"。景观虽袖珍些，但绿叶、花朵、露珠、晨风以及绝对天然的小青虫和蝴蝶、蜜蜂俱全，更主要的是它同我们中国的其他风景名胜诸如昂贵的黄山、张家界、八达岭等迥然不同，没有"门票"这一说，普天下的麻雀哪一只都消费得起。贫困野雀同亿万富雀地位平等，在这里都有主人的感觉。

我所居住的小区，是上世纪末建成的。那时中国的地价还没起步，开发商还没来得及意识到"容积率"的非凡金钱职能，祁连雪山下的此小区就显得异常空旷，绿草地竟占了80%以上的地盘。经物业首肯，居民们纷纷圈地铲草，种起花来。一时兴至，我的小小的"世界花园"就应运而生。

刚开始时，于种花来说，我是彻底的外行。不过我性格里有执拗的成分，且善于向人请教和读书学习，加之舍得投入，很快我的小花园就像模像样

起来。再后来，我的小园竟被邻人公认为最优秀的园林。

我到处走动，市里市外地跑，去花木公司和种子基地看，什么花好看我就设法弄到什么花的种子、宿根或幼苗。我用一围大叶紫丁香、白丁香和欧洲玫瑰做篱笆，园里种满了牡丹、芍药、月季、翠菊、耧斗花、天人菊、桂竹香、复瓣波斯菊、曼陀罗、墨西哥太阳花。从初春到深秋，各色各类的大小花朵，挤挤挨挨、摇摇曳曳、连绵不断地开。

我从早到晚在小园操作和流连。月光下，我坐在大叶丁香的树阴下，点燃一支香烟，静静注视微风中拂动的花儿。每晚如此，这是我新的风格。

牡丹、芍药、月季、翠菊，这些是中国人见人爱的传统名花。婀娜多姿的耧斗，来自贝加尔湖畔和黑龙江畔的北方；紫茉莉和有毒的白花曼陀罗，原产地是湿热的印度和孟加拉；天人菊，引进自更辽远的北美地区。这些花，几年前在中国还很难见到。倚着一株塔松生长的曼陀罗叶大花繁，株高达3米，凛凛威风尽显，像一尊伟丈夫。14株墨西哥太阳花，也都高达2.5米以上，株形如塔松龙柏，枝叶尽展。每一株的三五十朵橙红的大花每朵占着一个枝梢，满树红艳，红光四射。一位当植保站站长的邻居啧啧称奇，告诉我说："全球的名花都在你这里。你

这是世界花园。"他还说："咱们酒泉是国家重要的花卉蔬菜种子基地，有许多像敦煌种业这样国际著名的种子公司。咱们酒泉市的花卉，绝对先进和珍贵。"我恍然大悟，原来我的袖珍小园之所以不同凡响，根本之处在于它有着这样的背景。

我们常常意识不到一个简单的哲理：背景和环境决定着个体的现状和趋向。当然，这还得加上个体顺应环境的主动能力。

今年是我种花的第三年。今年，我的花儿们的表现尤其盛大和出色，它们几乎在疯狂地生长和开放。14株墨西哥太阳花集体发威便是明证。墨西哥太阳花，学术名叫圆叶肿柄菊，又名墨西哥向日葵，据传为古印加帝国国花。经查，酒泉全城的花店并没有这种花的种子出售，是它自己主动经什么隐秘通道从中南美洲来这里的。风吹来的？鸟儿衔来的？混进别的种子"免签护照"来的？不知道。去年，我小园地角突然冒出这么一株当时谁也不认识的花苗来，我精心呵护，保护花朵和渐渐成熟的种子，才有今年这般景色。

今年，我的女儿考上了北京大学中国语言文学学院。

镜像 JING XIANG

摄影／路学军

画　梦

方健荣

对于追求艺术的人，敦煌永远像一块巨大的磁石。对于高山、王峰这样视艺术为生命的人，敦煌是他们心上永远的故乡。

当年刚刚大学毕业的高山、王峰在踏上这茫茫大漠中的艺术绿洲时，也许不曾想过，他们的一生从此就和敦煌永远联系在一起了。他们扎根在敦煌这片浓浓的艺术沃土中，在这曾令无数魂绕梦牵的地方，甘于寂寞，倾洒才情，一待20多年却无怨无悔。在敦煌鸣沙山下的三元画室里，我们看到青年画家的墙壁和画板上，独具个性的作品无处不在。也许在他们刚刚开始临摹敦煌壁画的青春岁月里，就梦想着有朝一日能突破前人，开创敦煌绘画事业的新时代。

说起前辈画家，最早大量临摹敦煌壁画并将摹本展示于国人的当属众人皆知的张大千。稍后，国立敦煌艺术研究所设立于莫高窟，又有一批画家才子从内地奔赴敦煌，如常书鸿、段文杰、史苇湘、李琪琼、霍熙亮、欧阳琳等等。他们怀着承袭古人、开创自身艺术新领域的远大抱负，却在那个特殊年代遭受着"不测风云"的频频侵袭，无奈地顺应着岁月和自我的变迁，不觉中已将一生奉献给了敦煌艺术。曾经的理想在身不由己中虽已成梦，但他们毕竟成了第一代敦煌艺术及史学理论研究的权威。他们在壁画临摹方面练就的独到而高超的技法，为后来的临摹者积累了丰富的经验。他们在壁画临摹方面又留下了不朽的作品。然而曾经的艺术创作之梦，却最终未能成真。但是，他们一定真心希望着后生们能在他们的基础上再朝那个远大抱负迈进一大步。敦煌研究院前院长段文杰早在上世纪80年代初就对这一批新到敦煌的年轻一代美术工作者讲道：要通过临摹敦煌壁画，领会其精髓，创作出新的敦煌艺术，最好能形成敦煌画派。这样的期望使高山、王峰年轻时的狂热转化成为在漫长岁月中的锲而不舍。

从上世纪80年代起就在前辈权威们指导下，从事敦煌壁画临摹的年轻一代美术工作者如今已届中年，20多年中他们临摹，创作，已取得了不小的成就。为了更专注地在艺术创作方面取得发展，他们之中以高山、王峰为代表于1999年在敦煌市设立敦煌美术研究所（三元画室）。这成为日后青年画家的创作室和作品展览室，又是一处难得的艺术家交流的窗口。这个处在鸣沙山下的三元画室，不仅越来越响亮地向国内外传播着博大精深的敦煌艺术，也成为孕育新的敦煌艺术的摇篮。

敦煌绘画虽然是以表现佛教内容为大框架，但是其风格是多元的，从南北朝起，隋、唐、五代、宋、元，其间又有吐蕃、西夏、回鹘、蒙古这些不同时代不同民族的艺术家们以各异的艺术观和宗教观进行创作，才有了敦煌壁画留给今天的多姿多彩。

明、清两代，敦煌一度荒芜，绘画创作活动基本间断。然而，沧海桑田，现代的敦煌或许早已胜过了唐朝的繁荣，可惜现代的敦煌绘画却只能炫耀祖先的灿烂。这是敦煌前辈画家学者们的遗憾，也令年轻一代敦煌画家们感慨，但他们有着同一个理

想，那就是创造现代敦煌绘画艺术的辉煌。

如今这一希望已现出一丝曙光，以高山、王峰为代表的敦煌美术研究所（三元画室）的画家们在敦煌前辈画家们未能踏入的道路上迈出了第一步。没有人知道这其中的探索要冒多大的险，但他们凭着舍身饲虎般的虔诚，从敦煌艺术中开创新路，另辟蹊径。这几年中，高山大胆地提出并实践着具有当代艺术思想的"敦煌壁画再创作"。他们扎根于伟大的敦煌艺术土壤中，沐浴着信息时代古今中外艺术的光芒，继而进行着现代佛教绘画创作以及大漠西域、丝路风情画的创作。他们的作品已多次在日本、美国、加拿大和国内大城市展出，散发着新鲜气息的敦煌新绘画创作作品深受广大观众的喜爱，也越来越引起美术界的关注。

"人生短，艺术长。"这是1996年6月日本画家平山郁夫来三元画室与高山等画家交流时的题词，也成为青年画家们开拓艺术新领域的一个启示。历史依然在闪光，今天也将成为历史。今天的新敦煌艺术就是未来敦煌艺术的历史。

如今，当我们走进三元画室，就能强烈地感受到一种永远的敦煌艺术精神，那就是继承发扬，推陈出新。而高山他们已沉醉在日复一日的创作之中，他们也许还不知道，他们的绘画创作，对于敦煌来说，将是多么令人欣喜的一件事。他们开创的这一艺术境界，已经成为敦煌艺术宝库的一部分。这虽是一丝曙光，却透过洞窟久远的岁月，宣告了敦煌艺术创作的美好未来。

路漫漫其修远兮，高山、王峰的梦想必将成真。热爱敦煌艺术的人们也将拭目以待。

摄影／佚 名

敦煌守梦人

张炳玉

　　由于工作关系，我时不时要到敦煌去，而且要住到鸣沙山下大泉河畔的一个简易招待所里。时间长了，住得久了，总会有古时的岁月时不时与你相遇，那些熟悉的字眼，诸如莫高窟、藏经洞、王道士时不时就会在你眼前跳动。有天晚上，深夜熟睡之时，脑海这个记忆器官竟然"过电影"，一百多年前，藏经洞发生的事情一幕又一幕显影，王道士从他长眠的道士塔里钻出来，指着藏经洞似乎要对我倾诉什么。这时，九层楼上大佛殿的18只铁马风铃那样的撞击着人的心胸，苦涩难平。不舍昼夜而平静无声的大泉河，在那一段时光，也在咆哮，在发怒。噢，我明白了，莫非围绕藏经洞发现的那些是是非非还不能"盖棺定论"吗？藏经洞发现的本来面目难道还未能廓清吗？还要我们试着去对这个重大事件重新评头论足，从而一解当事者内心的折磨与痛苦吗？

　　公元1900年5月26日清晨，这一天和一年365天一样，莫高窟的守护者、住持、道士王圆箓和他的同道们，严肃履行自己的神圣职责，照旧按时上洞窟清除积沙，保护神灵免遭被无情顽沙埋葬的厄运。但是，这一天又是别样的一天，就在他们清除一个洞窟中的积沙时，一处墙壁裂开一道缝，里边似乎别有洞天。王道士顿感奇怪，当即破壁而入，看见里面布满古物和奇物，王道士万万没有想到这是藏经洞。原来，在北宋景佑二年即公元1035年，北宋和西夏在敦煌开战之时，宋人为防备经典之书及其他珍贵之物永不落入敌手，就将这些宝物藏在唐代一位知名高僧打坐修行的复洞，然后糊满封死，

再以壁画伪装，使其成为一个密室。然而王道士的破壁之举，使得沉睡近千年的藏经洞这个天衣无缝的密室重见天日，世人有幸看到洞中所藏公元4至11世纪敦煌遗书达五六万件之多，涉及社会科学和自然科学的诸多领域。这不是一般的图书，这是解读中国古代社会的百科全书。从此，被称为显学的敦煌学成为一门永久性的学问而被世界各国学者所热爱、所崇仰。人们也因此把王道士的发现视为人类史上令世界震惊的一次文化大发现。这真是老天钟爱，全仗造化所赐，一个斗大的字不识多少的小小道士，竟然同古代文明和高等文明撞了个满怀。历史对王道士开了个天大的玩笑！历史就这样悄悄地降落在莫高窟的山门口，这是福祉还是灾难？有关藏经洞的是是非非，不仅同王道士相伴终生，而且，百年过去了，围绕藏经洞的发现和王道士的话题仍然不能打住，人们还是有话要说。

　　在那个不是信息社会的年代，人们没有高科技的手段，只靠口口相传的方式，仍然能把与世隔绝之地敦煌藏经洞的发现传达四方，不仅传到国内，而且还传到国外。藏经洞的厄运也因口口相传招来了外国的一个又一个文化大盗，他们用种种伎俩同不识国之瑰宝为何物的王道士进行所谓交易，将遗书的大部乃至经典之作劫运出境。

　　让我们看看，当年张骞的队伍一路浩荡途经的丝绸之路，两千年之后，那些身着学者、汉学家、考古学家、探险家外衣的欧美大盗，为了争抢莫高窟的历史文化珍宝，他们不怕大戈壁、大空旷的艰

难险阻，风餐露宿，日行夜息，在这条典雅而富有诗意的圣路上，留下了他们一串串肮脏的脚印。就是这些人，他们打马扬鞭，转身奔向莫高窟。一场空前的洗劫开始了！这时，藏经洞早已成了安置好的一座舞台，只等着这些文化大盗你方唱罢我登场。他们如何出场和退场自然也就定格在历史的天幕上。让我们记住，他们是：勃奥鲁切夫（俄国）、斯坦因（英国）、伯希和（法国）、橘瑞超（日本）、吉川小一郎（日本）、大谷光瑞（日本）、鄂登堡（俄国）、华尔纳（美国），这是又一个"八国联军"。就是这些人，他们一到莫高窟，一个个扒掉学者外衣，露出狰狞的强盗嘴脸，以极其野蛮的手段，疯狂侵占和掠取，把一个民族的瑰宝据为己有。在这些侵略者当中，斯坦因窃去的数量最大，伯希和盗去的质量最精，华尔纳对文物的破坏最惨。这里有必要对他们的罪孽计算一笔细账。自1900年初夏藏经洞被发现，俄国人勃奥鲁切夫抢先下手，至1935年春天，英国人巴斯填劫掠未果，历史跨度为35个年头。按藏经洞五百立方英尺、珍藏遗书6-7万件计，流散国外4万多件，清政府收捡残余8697件，流散社会1-2万件。流散国外的主要国家是：英国13300件、法国5779件、俄国10800件、日本7000件、丹麦1414件、美国22件、英国驻印度事务部图书馆2000件。瑞典、芬兰、韩国、德国、土耳其等国也有散存。经过外人浩劫，遗书就内容和完整而言，劫余当然不能望英、法所藏之项背。事实上，斯坦因和伯希和对遗书爬罗剔抉之后，完整遗书到了伦敦不列颠博物馆，有题记和年代的遗书，进入巴黎法国国家图书馆。如此看来，遗书之精华，全在欧洲。剩下来的，试问还有几许？然而，在收拾残余时，有人还竟然说："差强人意，聊胜于无"，留下一点残余总比全部抢光好吧。真是岂有此理！

那些以文明自居的洋鬼子们，你们侵略了我们的文明瑰宝，然后心安理得地"武装"你们的国家，"打扮"你们的博物馆，还要厚颜无耻地以此为荣耀，认为从此有了傲慢自恃的资本。是的，那些强盗我之国宝者一个个成了他国的英雄好汉，荣上加荣，誉之又誉。就说斯坦因，此人真有典型意义。斯坦因盗宝功大，举国欢腾，名声大震。英国政府的爵士勋章、牛津大学和剑桥大学的名誉博士学位、英国皇家地理学会的金质奖章等许多殊荣他都弄到了手。英国政府对一个非英国血统的人非但给予高奖，而且一举成为"获奖专业户"，这在英国历史上绝无仅有。时至今日，靠藏经洞起家成就斯坦因为所谓"世界文化名人"而被西方人崇敬和纪念，岂不悲哉！不过，你们也不要笑得过分灿烂，我们要正告：你们可以野蛮地侵占和掠取他人的文化宝藏，但是，一个国家的历史、文明和文化你们可以抢掠吗？现在，该是你们忏悔的时候了。要知道，你们在藏经洞犯下的斑斑罪行，百余年来，成了我倾国之仇，倾国之恨。如今，此仇未报，此恨难消。别误会，我们出了几个民族败类为你们帮腔喝彩，赞歌连连，你们就得意而忘形。物归原主，天经地义，藏经洞蒙受耻辱得以清洗的这一天必将到来！

"百余年来是与非，重来笔底化新篇。"正当帝国主义文化列强一而再、再而三地潜入敦煌，藏经洞文物就像任人瓜分的国土一样，被他们大肆抢掠、遍落世界之时，王道士就理所当然成为众矢之的。百余年来，王道士便是卖国贼或者民族罪人的代名词。从大学者到小文人，不惜笔墨，口诛笔伐，频出佳作，讽刺挖苦，罗列罪状，在他们的笔下，王道士罪不容诛，钉在历史的耻辱柱上怎能罢休，要把他下到十八层地狱方可解恨。试问这些历史过客们，你们如此对待王道士，公道吗？外国列强掠去藏经洞文物是经过王道士之手，但我们不能简单而轻率地说，这就是王道士犯下的卖国之罪。

让我们还是从复原历史说起。人们常说：看三国掉眼泪——替古人担忧。这就是复原历史，这就是要把历史人物放在当时当地的历史环境中去体察、去理解。要知道，苛责前人，率意作出评判，要比感同身受地理解前人容易得多。有一位哲人说过："我们对自己、对当今世界也未必十分有把握，难道就这么有把握为前辈判断是非善恶吗？"如果这种思路和认识不容置疑，那么，我们以此来判断莫高窟、藏经洞和王道士吧。

莫高窟，自乐傅和尚开凿始窟，历经千年，参禅悟道和出家修行的定位不变。纵观历史，一代又一代的佛教徒、崇信佛教的统治者、王公贵族，他们不因朝代的更替而更换信仰，就因这种信仰驱使他们不惜倾注智慧、劳力和财力，一茬接一茬，接力棒式地建洞修禅，给那些佛教徒和善男信女们创造了寻找安慰和洗刷心灵的地方。王道士的到来，在这个佛教圣地开辟了一块道教天地，更加重了宗教分量，一窟两教，和谐相处，平安无事，莫高窟处在一种宗教氛围饱和状态。王道士也因有过人之处，很快站稳脚跟，打开局面，成了掌门人，担当起管理者的重任。莫高窟的历史，见证了这里的"所有"统统归为教产，不是国产。对，不是国家财产。1943年初，也就是莫高窟开窟历经1577年之后，才被国民政府收归国有，成为国有资产。既然是教产，管理者有权处置，国家不能干涉。

如此说来，藏经洞的发现之物，当属教产，只不过在王道士眼里，则是一堆废纸，了无用处。虽说眼见这是废物，心里却不踏实，总觉是件奇事，要多个心眼，尽管是教产，也得向政府报告。于是，王道士携带经卷，第一时间去给敦煌知县报告。知县说："这是一堆破烂。"王道士不灰心，又徒步500里地，去给酒泉道台汇报。道台说："简直是一堆破烂！"一级比一级态度明确。好啦，王道士心里有底了：原来我也有水平，地县两级领导和我的看法多么一致。王道士认为，这堆破烂如何处置，自不待言就是我的事了。

说来也巧，机会说来便来，一拨又一拨的外敌入侵者向藏经洞走来，向王道士走来，没完没了。你看看，洋人在莫高窟、在藏经洞，比在自家的土地上还自由，更自在。他们在藏经洞走进走出，几乎把个藏经洞踏平；他们在藏经洞盗出一卷又一卷经典，比在自家的厨房里拿一只杯子倒水喝还方便。当看到这一幕的时候，真是怒火中烧难灭。我在想，此时此刻，中国还在吗？中国到哪里去了？是啊，此时此刻，中国不在了！八国联军攻占北京并对中国实行军事占领，整个清朝政府顷刻间土崩瓦解，作鸟兽散，中国成为"国中之国"，清廷变成洋人的清廷，清政府变成帝国主义统治中国的儿皇帝。随着卖国的《辛丑条约》的签订，那个慈禧，在京师失守逃亡西安"回銮"后，一下子成了个可怜虫，乞命讨饶，奴颜婢膝。她拜见美国公使夫人，一把抓住人家的手久久都不松开，哭天抹泪，又是反悔错误，又是赌咒发誓，痛痛快快地说："量中华之物力，结与国之欢心。"慈禧如此谄媚卖国，国都不国，藏经洞遭劫，谁来管？偌大一个中国，王道士就是唯一。就是这个唯一，和洋人招架，能是对手吗？国宝流失了，谁之过？王道士说：这是我的一些废物，对我无用，对他有用，他拿去了，而且我还得到些许布施，何乐而不为？再说，我没做错，还有证据。斯坦因一入境，中国政府立刻下达命令，当地办事大臣要把他保护好，更重要的是处处给他以方便，不能限制他的行动。斯坦因先到新疆，中国驻叶儿羌的办事大臣精心接待，设摆盛宴，接风洗尘，好不热闹。到了敦煌，县令王家彦不仅热情接待宴请，还给斯坦因导游铺路，为其盗宝"务虚"。斯坦因劫宝到手后，组成运输大军，一路保驾护航，

浩浩荡荡，畅通无阻，凯旋到达他国。这些事实充分说明，我不但没错，我还落实政府命令，实实地给足他"方便"。当然，王道士还可以拿伯希和来做"反衬"。伯希和聪明过人，干脆利落，速战速决，巧取经卷，安安全全运抵巴黎。半年后来北京听风声。毕竟做贼心虚！获悉平安无事，又过半年再到北京去。伯希和携带写本样子作为自己的胜利果实，俨然以敦煌主人的身份，要在京城发布新闻，炫耀造势，示人示威。九年过去了，京城还不知道他们的国家有个藏经洞的事儿，他要拿这些写本样子给中国当局当头一棒。当伯希和的写本样子展示后，随即喧腾遐迩，更震惊了当时的中国朝野，伯希和也因此成了京城的"香饽饽"。那些日子，伯希和赁宅之苏州胡同，人头攒动，络绎不绝，懂行的，不懂行的，好奇的，凑热闹的，都来啦，人们目睹这个藏经占有者，好不眼热。我不想过多描述这些场面，还是听听中国学者发出的一种声音。罗振玉、王仁俊、蒋斧、董康、端方、缪荃孙等，他们左说右说，又是"赞不绝口"，又是"世所罕见"，还少不了"啧啧称奇"。罗振玉面对伯希和的一番表白更是令人玩味，"你年纪轻轻，眼光可不一般呀！能够搜寻到如此珍宝可喜可贺呀！"又说，"那伯君真是幸运呀！我身体不好，不然也一定到那里去碰碰运气。"当然，中国的一些学者后来有觉醒者，为敦煌劫余保护作出了贡献，这是后话。更有甚者，后面还有重头戏。且看神田所著《敦煌学五十年》中引"宴尘"对于欢宴伯希和实况的报道：

在北京读书人的策动下，于1909年9月4日在六国大饭店召开欢迎伯希和盛会。当日出席者，计有侍郎宝熙、刘少卿、祭酒徐枋、经科监督柯劭忞、恽学士、参事江翰、吴寅臣、董康、缪荃孙、蔡伯斧等十余人。名流毕至，诚一时之盛会也，但罗叔言氏（按：即罗振玉）因微恙缺席，是为遗憾。恽学士起立，举杯寿伯希和氏，谓伯氏热心斯文，而天之嘉惠于氏者亦甚厚，深至艳羡。

京城学界重量级学人齐场，盛情盛会盛宴，杯酒言欢，讨情讨好，吹捧到家，为其赏脸给足面子，学者们感觉这才方可了却犹言未尽，欣慰表现地主之心意。罗振玉因身体不适，遗憾未能到场，托人祝伯希和一路顺风。盛宴圆满完毕，伯希和即启行返国，士大夫们亲自送至前门火车站。

中国学者如此高礼伯希和。如此高赞伯希和，如果慈禧得知，她会做什么呢？她会恪守咒语，会对伯希和说，你拿到的太少了，整个敦煌宝物都可拱手送与贵国。学者们精心、周全款待伯希和，博得伯希和"欢心"，慈禧少不了也要夸奖一番。我们再看王道士，如果王道士得知，会有什么感想呢？他会发出感言，世上哪有道理可讲，慈禧为了保住权位，国都敢卖，如要把敦煌送给洋人，那更是小菜一碟，如此说来，伯希和从我手中拿走东西不也顺理成章吗？有人要说我是卖国贼岂不荒唐可笑，我哪能够上那个"格"去卖国呢？是啊，如果王道士和伯希和狼狈为奸，结果呢，伯希和成了中国的红人，而王道士却成了中国的罪人，这是什么逻辑？

话说到此，我们不得不理论一些是非。藏经洞的事儿，从某种意义上讲，王道士是无辜者，前文有述，藏经属教产，王道士有权处置。王道士少识字，不识货，正如民谚所说，在牛眼里，再美的鲜花也是一把草。王道士长个牛眼，藏经那是一把草，而非国宝。正如当年殷墟最初出土的甲骨，都被乡人制成刀尖药一样。而京城的大学者们那可是人人慧眼，眼见藏经堪称国宝。现在，这一双双慧眼，眼睁睁看着国宝遭劫掠，在流失，咋办？理应把送上门来的人赃俱获，逮住不放，问个究竟，但他们不动心，不心疼，在藏经洞发生的这场文化灾难面前，不担当，不尽责，麻木不仁，何谈民族气节！非但如此，他们认贼作父，把那个伯氏待为上宾，五体投地，迎来送往，不亦而足。给足人家面子，丢尽我们面子。将伯希和打发走了之后，藏经洞一事了无声息，好似什么事未曾发生，唯缪荃孙日记有载，只说见到伯希和带来的敦煌卷子，发现于密室，真奇闻也。这位学者也是在伯希和面前苦苦请求以期讨得一些写本拍成的照片足矣。在这里我们看到，牛眼和慧眼很难区别，学者们与慈禧的表现何似异曲同工。我们自找羞辱，中国学者就这种窝囊废吗？够了，朝野和学者们如此作为，我们还有多少理由跟王道士过不去？

说王道士无辜，还因为他与法无缘，八竿子打不着。王道士所处的年代，敦煌那里可谓无法无天。敦煌这个地方，远在古代压根儿就不是中国版图，随着历史的进程，时而收归，时而放弃，来来往往的过客很难把个莫高窟瞥上一眼，历代帝王将相、达官贵人和文化名人在莫高窟很难找到他们"到此一游"的痕迹。不像泰山，岩石刻字留名多达五六千处；不像雁荡山，古今题咏记游之作多达5000篇。莫高窟啊，好一座千年古刹，深藏人不识。当年，隋炀帝来到张掖出席27国博览会，这也是史上最早的"世博会"。他同时巡视西域各国长达十个月，就是没有敦煌行程的安排，关敦煌屁事。马可·波罗惜墨如金，他的敦煌日记不见莫高窟只字。玄奘西出阳关，印度取经，舍近求远，不取莫高窟真经，实乃玄奘伟大一生美中之不足矣。敦煌的无天状态，莫高窟完全荒芜，阒无居人，有时凋零衰落达于极点。如此，无法也是自然之事。你想给王道士治罪吗？凭什么！对不起，那个年代无法对王道士治罪。晚清历史有过法制建设的一页，成法成规上千，但就是没有文物保护法规。故宫的主人们私藏价值连城之文物无以数计，谁敢治谁的罪，就是无法可依的一个答案。1921年，河南省渑池县仰韶文化遗址发掘，考古学始，也是中国人对本土文化认识的开始。1930年，国民政府颁布《古物保存法》，这是中国文化遗产保护史上最早的一部有关文物保护方面的法律法规。因战事吃紧，未能有效实施。实质上这是一纸空文，这部法律是藏经洞发现30年后颁布的。1956年、1961年，莫高窟先后被国家颁布为省级文物保护单位和全国重点文物保护单位。1982年11月19日，《中华人民共和国文物保护法》的颁布，结束了中华人民共和国30年来在文物保护方面没有一部正式的法律的历史。《文物保护法》第64条规定，"将国家禁止出境的珍贵文物私自出售或者送给外国人的"，应当追究刑事责任。如果王道士活到藏经洞发现82年后，而且是在此时此刻犯事，才有法可依治王道士罪。看来，给王道士治罪绝无可能，那就让他逍遥法外。而对斯坦因、伯希和、华尔纳之流治罪大大有法可依，他们彻头彻尾知法犯法。中国是文物大国，而文物法律法规建设要比西方国家滞后100多年，英国文化遗产保护从18世纪末19世纪初开始，出现了一些保护先驱者，保护之声渐起，1877年建立古建筑保护协会。自1882年通过《古代遗址保护法》以来，在过去的一百多年中，英国颁布了一系列法律法规。同年，英国政府为实施《古代遗址保护法》，在中央政府专门设立"古迹巡访员办公室"。法国在文化遗产保护法建设上一直走在世界前列，近百年来，仅文化遗产法一项便颁布过100多部。1840年，颁布第一部文化遗产保护法；1913年，颁布《历史古迹法》，这是以保护具有历史价值与美术价值之动产与不动产为宗旨的法律。美国在1906年颁布的《联邦文物法》是第一部史前文化法律法规。规定凡属联邦所有或归联邦管辖土地上的所有历史性纪念地（包括考古遗址）均属国家纪念物，严禁任何人对国有史前遗址进行非法挖掘、转移和破坏。之后，又对《文物法》作了重要补充。其目的是有效控制文物走私，以遏制文化遗产的流失。规定未经许可在国有土地上盗掘文物者都将受到法律严惩。日本虽不是文化遗产大国，但在文化遗产立法保护上，堪称亚洲诸国的楷模。日

本文化遗产的保护始于 19 世纪 60 年代，至今已有 100 多年历史。在这 100 多年中，1871 年 5 月，日本政府第一次以政府令的形式颁布文化遗产保护案，1888 年，日本政府设置临时全国宝物取宝局，开始日本文物保护史上第一次文物大普查。接着又出台文化遗产保护法十余部。日本文物保护法实施时间之早，涉猎范围之广，影响范围之大，在国际上也不多见。

西方国家早早制定法律，又不尊重法律，欺骗法律，实行双重标准。双重标准早已成为西方国家大喊大叫的陈词滥调，是他们惯用的法宝，是他们求生的救命稻草，是帝国主义侵略本性决定的强盗逻辑。他们制定的法律法规只适用于保护本土的地上地下文物。如要抢劫他国的文物珍宝，抢得越多越英雄，不得对英雄动法。令人不解的是，对斯坦因、伯希和这些十恶不赦的文物犯罪分子，当今我们一些国人不但不认为他们犯罪犯恶，而且有一种奇谈怪论，这些国人鹦鹉学舌，同洋鬼子一个鼻孔出气。说什么敦煌的东西，我们无能保护，让外国人拿去不是保护得很好、是宣传的很好吗？此话非也。敦煌，人类的敦煌，地球村的人都有义务保护，但不是把掠夺当保护。英国占领香港是保护吗，葡萄牙占领澳门又是保护吗？就像伯希和在六国饭店宴会上宣布的那样，昨天的敦煌卷子是你们的，今天到了我手就变成我贵国的财产。伯希和如此猖狂，蒙羞于我，那些国人是否要为伯希和喝彩，方可心安理得、欣欣有加？

当然，我们欣慰地看到，国际上不乏保护敦煌宣传敦煌令人拜读令人敬仰的范本。洛克齐，匈牙利地质学家。1879 年，藏经洞发现前 21 年，洛克齐和他的考察团队来到敦煌，是年敦煌大饥，瘟疫四散，遍野尸骨。洛克齐所见所闻，一路感慨："这里已经没有希望。"他们到达莫高窟参观，进洞出洞，一个洞接一个洞，越看越精美，白天看不够，夜以继日，挑灯再观。当他们来到第 96 号窟，见到高耸入云、慈眉善目的大佛，洛克齐和他的团队齐刷刷跪拜在硕大无朋的大佛脚下，大家异口同声："多么美妙的洞窟呀！"洛克齐说："简直是巧夺天工，太美妙了！我一定把它介绍到欧洲去。"又说，"有如此境界的艺术，即使碰见十次最大的饥荒，此地也不会灭绝，我应该收回我的话。"洛克齐的团队使用幻灯机，小心翼翼地对洞窟一一拍摄。回国后，洛克齐带上幻灯机，在一些重要场合宣传敦煌，无论大众，无论学者，无不称赞："这真是沙漠中的伟大奇迹，沙漠中的伟大美术馆！"洛克齐不是艺术家，却是敦煌艺术的最早发现者，而在那个时候，中国政府和国人还不知道在那遥远的地方有个莫高窟，更得不到敦煌在欧洲燃烧的任何信息。洛克齐是第一个向世界宣传敦煌、播撒敦煌艺术种子的辛勤耕耘者，更是一个干净的学者，他像中国的工农红军那样，有"三大纪律，八项注意"在握，对敦煌秋毫无犯。相反，华尔纳则是毁灭敦煌的罪魁祸首，USA 的败类，却得不到法律严惩。井上靖，日本文学泰斗，他因创作小说《敦煌》而闻名于世。他对敦煌就是一支笔，笔端生辉，奇趣横生，为敦煌讴歌，为敦煌礼赞，为敦煌呐喊。1978 年，时年 70 多岁的井上靖在《敦煌》成书 19 年之后，第一次来到敦煌，住在莫高窟脚下的招待所里，无限感慨地说："敦煌之眠才能睡得如此香甜。"1988 年，由日方出资 45 亿日元，日本和中国合作摄制的大型历史影片《敦煌》在日本、在世界各国上映。用这种方式把敦煌介绍给世界人民，实现了井上靖热爱敦煌宣传敦煌的梦想。平山郁夫，日本著名画家、社会活动家。他是异国的玄奘，"九九八十一难"不低头。几十年来，从富士山到鸣沙山，频频穿梭，朝圣敦煌，取回真经。平山郁夫为保护敦煌倾心倾情倾尽全力，涉洋西行 70 余次，接地丝绸之路灵气，行程 80 余万公里，好比绕地球 20 多圈。期间，以敦煌壁画为主要内容的写生、创作 6000 多幅，这是他为保护敦煌积累的一笔财富，他用这些作品在国内外频繁宣传敦煌，并把自己卖画所得两亿日元作为回报全部捐赠敦煌，用于敦煌学术基金。平山郁夫要求他的学生：谁不到敦煌，不临摹一张敦煌壁画，就不能算毕业。敦煌需要保护人才，平山郁夫主动提出敦煌方面派人到东京艺术大学留学，食宿免费。平山郁夫还以自己的作为和影响，说服日本政府出资十亿日元，无偿援建敦煌石窟保护研究陈列中心。这个中心占地两万多平方米，是中国唯一的石窟类文物保护陈列馆。平山郁夫敦煌取经，成果硕大，影响巨大，日本列岛掀起了敦煌热。由平山郁夫一人捐赠敦煌带出一支为敦煌捐赠的队伍；由平山郁夫一人朝圣敦煌带出一支庞大的日本全民朝圣敦煌的队伍。络绎不绝的日本民众到敦煌来，每年境外到莫高窟参观的游者达 10 到 20 万之多，其中有一半是日本人。这一半日本人是真正的朝圣者，而不是游客。在洛克齐、井上靖、平山郁夫这一面面明镜前，斯坦因、伯希和之流毕露原形，谁人还敢说这些洋贼是在保护敦煌？那些国人也该到闭上自己嘴巴的时候了。

我们无能保护敦煌更是无稽之谈。自藏经洞发现之始，敦煌文物经历了由被动保护到主动保护的漫长历程。藏经洞文物被外强窃盗，中国政府不知，中国学者由麻木而觉醒，敦促中国政府将劫余藏经运抵北京，由国家保管。我们不能忘记：罗振玉、董康、蒋伯斧诸学者。是他们发动中国政府，电请陕甘总督，托其购致学部，归京师图书馆保存。需要说明，劫余来之不易，购置过程几经周折。罗振玉护宝心切，坚定不移，

几经周旋，力挽周折，劫余9871件经卷终归国有，成为日后敦煌学舞台上的"看家戏"。让我们记住"9871"，罗振玉之功不可没！对劫外藏经，无可奈何，我的东西你偷走，现在还得有求于你。乞求、乞求，这是什么滋味？什么滋味也得饱尝，只能看洋人眼色、拍照、抄经。伯希和在北京宴会上曾撂下海口，敦煌卷子已成我们的，"然学问应为天地公器，其希望摄影誊写者，自可照办。"他的大话事后总算有所兑现，然而联合国教科文组织在巴黎召开的一次会议上，当时中国代表团曾以交换意见的方式，向法国代表团提出要求，"请把伯希和自敦煌辇归现藏于巴黎国家图书馆的全部卷轴，由我国出资影照复制一套，以供国人的研究观赏。而法方的表示，竟为'希望贵国能以安阳掘得的古物——甲骨、铜器等（并非指印刷的图片而言）和我们交换……'。"洋人又让你看眼色。在北京宴会之后，被动保护之路就这样年复一年地艰难行进着，并不断有新的收获。从获悉藏经流失国外，中国学者忍辱负重，不怕涉洋之路险恶，寒来暑往，翻来覆去，赴法去英，誓把经书抄回家。有一位重要人物，人们似乎已把他淡忘，他就是当年时任北平图书馆馆长袁守和先生。袁守和早年留学英、法，对斯、伯二人盗去的敦煌卷子，浏览始遍，归来本土，敦煌卷子成为他的一件心事，他决定派遣向觉民、王有三两位学者分别赴英、赴法，抄录及拍摄两国所藏敦煌卷子，收获颇丰。向觉民纂有《伦敦所藏敦煌卷子经眼目录》，王有三撰有《英伦所藏敦煌经卷访问记》及《巴黎所藏敦煌残卷叙录》。袁守和先生的当机立断和高瞻远瞩，使中国学者较早看到了英、法所藏敦煌卷子的叙录，这为中国敦煌学研究赶超世界起了奠基作用。劫后仅存的敦煌卷子，卢沟桥事变发生之前，他也费了苦心，移置于安全之处。袁守和先生不但尽职尽责坚守劫余经卷，而且把他的高足培养成敦煌学者。中国学术史上应当大书袁守和先生。我们就这样经过漫长的、坚忍不拔的拼搏，拍照越来越多，抄经越来越多，蓄积成一个研究资源库。正当国际上敦煌学研究成为一股潮流，有人误认为敦煌不是中国的，而外国学者则讥讽"敦煌在中国，敦煌学不在中国"时，中国学者已历几十年卧薪尝胆，蓄势待发。就在上个世纪80年代，在一次敦煌石窟国际学术研讨会上，中国学者提交的学术论文，令各国学者刮目相看，其质量之精和数量之巨，无可争辩地独占世界敦煌学研究领域前沿。与会的日本著名敦煌学家藤枝晃教授坐不住了，他在会上宣告："敦煌在中国，敦煌学也在中国。"这次研讨会也向世界宣告，中国的曲线保护成功了，我们用另一种方式夺回了敦煌，我们用自己的学术团队和学术实力夺回了敦煌学。

被动保护路难行，主动保护途何易。在藏经洞发现已历40个年头之时，莫高窟经历了一段苦难岁月，莫高窟在呻吟，谁来认识我，谁来保护我？好，让我们记住1941年3月的一天，正当莫高窟濒临毁灭的关头，张大千来了。莫高千年遇知音。这张大千可不是非凡之人，"五百年来第一人"，"石涛第二"，名气太大，分量若金。张大千的敦煌情结早已深藏心中，张大千的敦煌决心早已以诗昭世，"立脚莫从流俗走，置身宜与古人争"。现在他要为此舍弃天府之国不享，甘来沙漠王国苦熬，他以玄奘和班超不怕"九死"的勇气，携妻带儿，跋涉万里，如愿敦煌之恋。面对盖世之敦煌艺术惨不忍睹的生存环境，张大千情动泪下，大声宣誓："敦煌，我来保护你！"张大千保护敦煌，在那个年代，仅以个人力量为时三载，难得、可贵、不易、伟大。当时，莫高窟乃民间寺观庙堂，而非敦煌艺术殿堂，不为国家所有。张大千也不是受国家派遣，而是以画家的责任和良心，作为我国最早的文化志愿者，自觉、自愿、自费来到敦煌，进而改变了原短暂少许观临作画即打道回府的念头，安下心来，沉下身子，勇担保护敦煌的重任。他果断行事，来个三年规划，头一年摸底，后两年临摹。说干就干，心急如焚。搁置画笔，匹马单枪，一场敦煌保护战打响。太太管后勤，带上儿子当助手，洞中鏖战，先把家底弄清，明确保护什么。在戈壁，在大漠深处，洞窟之夏，烈日炎炎似火烧，顶住；洞窟之冬，三九严寒如冰浇，挺住。张家父子岂敢畏惧，马不停蹄，一个洞窟又一个洞窟，先登记，后编号。登记编号不是简单数个洞窟的数目，而是一项周详系统的浩大工程。试想想，几百个洞窟，每个洞窟的面积、壁画、塑像、年代题记及供养人都要一一细载清楚，编号也要制定标准，规范编号。耗尽时日，几近一年，摸清家底，保护工作心中有数。这项保护成果后来成为国际公认的"张氏编号"。摸清家底，临摹就有了前提，有了基础。面对莫高窟的残状，张大千深感自然规律不可抗，敦煌壁画总有寿终正寝的一天。而临摹就是抢救性保护，从战略意义上对壁画实施了最为有效的保护。家底已清，大规模临摹刻不容缓。而当务之急是要组织队伍，投入力量临摹。他把画家谢稚柳和他的学生请来，又亲赴青海，在塔尔寺打躬作揖，为临摹招贤，求得几位身为喇嘛的绘画能手。队伍齐正，面壁三年，敦煌壁画的代表作品和重点作品临摹多达 276 幅，这是令人惊叹的字眼。陈寅恪称赞张大千："天才特具，虽是临摹之本，兼有创造之功，实乃在吾民族艺术上，另辟一新境界。其为敦煌学领域中不朽之盛事，更无论矣。"

就在张大千面壁时节，1941 年中秋，国民政府监察院院长于右任不顾高龄路遥，从重庆赶来敦煌视察，同张大千共商保护敦煌大计。这位爱国爱民的国民党元老，借着马灯映照，详细考察敦煌文物。当晚，于右任在张大千所住的土房子与大家欢度中秋，共论敦煌文物保护问题。于右任对敦煌文物遭外人强掠而有关方面漠然无视的局面，表示了极大愤慨和强烈不满；对敦煌文物面临毁灭性危机深感痛惜和不安。于右任动情地说，敦煌文物珍贵之极，如不保护，愧对先人，也无颜后人。他谦恭地向张大千求谋问计："敦煌文物该当如何保护？"张大千严肃而认真地坦言："国家管起来！"于右任一锤定音："对啦！国家管起来，我俩可谓不谋而合呀！"于右任返回重庆亲笔疾书，建议国家设立敦煌文物保护研究机构。建议书呈送国民政府，并在各大报发表，同时发动学人做舆论支持。时隔一年之后，1943 年初，提案在蒋介石主持的最高国防会议上获得通过。是年 2 月，由于右任物色的敦煌主事人选常书鸿奉命筹建。1944 年 2 月，国立敦煌艺术研究所正式成立。敦煌保护问题升格到中国最高当权者的议事日程，在莫高窟史上是空前的。那年头，中国人民的八年抗日战争正处在紧要关头，蒋介石还能顾及敦煌保护，难得。再说于右任、张大千杯酒中秋夜话，决定敦煌命运，从此，敦煌厄运告绝后，曙光在前头。让我们记住那个中秋月夜，那个敦煌的历史性时刻，记住敦煌救星——于右任。

有了国家身份，有了保护机构，常书鸿来了，莫高窟幸甚。自此，薪火相传，一代接一代，在敦煌守护神常书鸿、段文杰、樊锦诗的旗下，有了一支敦煌保护的莫高窟人。莫高窟人，一个伟大的名字，一个坚不可摧的名字，他们用不同方式筑起了敦煌保护的铁壁铜墙。再有国家强盛做后盾，莫高窟，谁敢来侵，谁敢来犯？

我们还得回过头来再说王道士的事儿。有一位名声很大的学者说，王道士把唐代、宋代几个洞窟的壁画刷成一片净白，再把中座的雕塑砸碎，找几个泥匠，按照道教旨意堆塑成天师和灵官模样的怪像，破坏文物。

怎么说呢，这在莫高窟见怪不怪，习以为常。当年，于右任视察敦煌时，客观地作过描述："隋人墨迹唐人画，宋抹元涂复几层。"对于老的精彩诗文稍作注释：莫高窟建窟史，也是破坏史。后朝破坏前朝，一代覆盖一代，循环往复，司空见惯。自前秦始创的一批北魏石窟，大多被后代抹掉重涂，变成后代的洞窟。隋窟剥出魏窟，宋窟发现魏窟便是一例，甚至有三四层不同时代的壁画呈现也不足为奇。纵观历代修建，破坏的做法，要么以旧换新，把旧像、旧画换成新像、新画；要么小窟变大窟，把原窟彻底凿毁，扩充面积变成大窟。敦煌历代张家、索家、李家、曹家四大家族享有盛名，他们都修建过大窟，作为统治敦煌的张、曹二世家，更是用这种做法修建他们大型的当家窟。敦煌壁画，唐代为冠。宋人不客气，对唐画毁坏最多，把好端端的唐画一洞一洞全覆盖，描绘自己的壁画。到底谁个好，谁个赖，只能仁者见仁，智者见智。历代边破坏、边修建，一个重要原因，是岩面有限。代代修建者甚多，不能无米而炊，不得不把旧窟破坏，做新窟。当然，也有财力不足，利用旧窟的情形。也不排除看不上前代的东西，为了功德，必须毁旧更新的因素。到了张大千、常书鸿手里，仍然沿袭这种做法，他们两人在不同的洞窟各自发现平庸的宋代壁画里层有精美的唐代壁画，便把宋画剥离，露出唐画，临摹而得。这种剥离做法，性质同古人一样，只是目的和结果不同罢了。张大千还因此惹出质疑，说他临摹过的洞窟中，画面上有金属工具划裂的痕迹，是他用这种手段把临摹过的唐画弄坏，以图垄断专利。这种质疑当然不了了之，无损大画家的声誉。王道士来到佛地，他不能寄人篱下，要为道教事业扩大地盘，打拼属于道教的天下。他必须折腾，照样学样，如法炮制，改佛窟为道窟，改佛像为道像。受人力、财力、物力困扰，王道士少有破坏，功德不多，翻

修过一些洞窟，也只限于塑像，壁画只有一处改佛为道和一个窟中有几个供养人的。王道士为布道场做的是神像，服役于宗教，硬要把他的神像从艺术高度评价说成丑陋不堪，没有意义。要求王道士找人做出精品，也不符合当时敦煌的实际情况。到了晚清，莫高窟似乎成了王道士的时代。这里折射出一种现象，跨元、明、清三代，敦煌艺术已经穷尽，当年为莫高窟创造辉煌的那些能工巧匠，那些无名的吴道子、阎立本们早已绝后。敦煌艺术在结束和空白的背景下，苛求王道士就不成道理，总不能让王道士跨越历史时空跑到唐朝聘请高手吧？封建皇帝专制社会使我们的思想方法有了更多的顽固和偏见，很容易成为思想上的俘虏。我们的行为逻辑是，州官可以放火，百姓不能点灯。莫高千年史，千年破坏史，抓了几个破坏分子？没有。朝朝这样干，再正常不过了。那么，到了我朝，非得抓个王道士不可，有这个必要吗？

百年话题言难尽，拉拉杂杂到尾声。此时此刻，我又想起了王道士，还有那个道士塔以及它的附件功德碑。人们在给王道士罗列罪状的同时，对道士塔也不放过。有人在他的文章里大吼一声："王圆箓，道士塔所载的你的功德碑，实则就是你的耻辱柱。"那个功德碑果真是耻辱柱吗？立碑盛行的封建社会，立碑绝非随意而为，当事人要接受庭议公论。碑也不是自立，名由人传时，反复斟酌，反复掂量，反复琢磨，三思而后行，来不得半点马虎和草率，生恐后人会说什么。王道士的功德碑是他的徒子徒孙竖立，应为可信。因为最有权威发言者是同王道士朝夕相处，亲近他、熟悉他、认识他的徒子徒孙。他人没有资格对功德碑信口雌黄，说三道四，放言歪曲，妄加评论。再说，僧人的圆寂塔群，竟然孤零零地插进一个道士塔，同佛国鬼魂共处，竟相安无事。这是王道士在莫高窟佛教徒眼里还是个人物，

很给面子。敦煌的百姓也能包容，王道士死有葬身之地。从功德碑联想到王道士在莫高窟的作为，我们发现他的人生还是有闪光的地方。几十年如一日，人们看见，一个弱小道士，穿一身破旧道袍，在敦煌方圆几十里的大村小庄频频出现，不知留下了他的多少脚印，踏破了他的多少道鞋。他行脚僧式苦苦化缘，挨家挨户，化了多少缘，他没有记数。就这样不间断化缘，应该说是一个可观的数字。他把化缘所得和洋鬼子所谓布施，全部用于公益事业，用于为道徒和香客的宗教活动服务。巍巍九层楼，北大佛像安身之所，雄伟壮观，这是敦煌和莫高窟的标志，虽说由敦煌乡绅筹资费时八年重新建成，但这九层楼无不渗透着王道士的心血。三清宫，一座富丽堂皇的道观，莫高窟道教的标志性建筑，也是用这些钱财修成。完工典礼那天，敦煌乡民鱼贯而来，一睹三清风采，对王道士口碑载道，无不称赞。三清宫，也寓意着王道士做人做事一切遵循道规要"三清"的原则。三清，也是他做人做事的一把尺子。化缘和布施，他完全有机会有条件中饱私囊，让自己富起来。天可作证，凡是和王道士打过交道的洋人和国人都可作证，面对一大堆钱财，他清心寡欲，他清正廉洁，他清白无污。当今那些以权位而鼠窃狗盗者，在王道士面前能不汗颜？王道士临终，身无分文。空空荡荡在世，空空荡荡去世，这就是王道士。几十年如一日，清沙、清沙。大自然对莫高窟大不敬，乐僔和尚当年开窟，人们赞颂了千年，但乐僔还是有所大意，他万万不会想到，美誉叠加的鸣沙山，却成了莫高窟的天敌。这绵延无尽的沙山，风吹沙流，沙流来犯，旷日持久，几百个洞窟全被流沙掩埋。王道士不是佛教徒，但他爱佛敬佛，这无情流沙的惩罚，让佛祖神灵受苦受难，他心疼，他不忍。愚公移山，挖山不止。王道士就是愚公，他和他的徒子徒孙，一天天，一年年，不放弃，不罢休，清沙不止，终得结果。那一窟又一窟飞天，那一洞又一洞雕像，总算能透过一点气来。实践出真知，王道士发明的流水清沙法，连常书鸿都得当他的传手。藏经洞的发现，也是王道士清沙的意外收获。几百个洞窟能有今天的容颜，论功行赏，王道士名列其中，谁人都没有权力让他缺席。几十年如一日，多栽树，护好树，护好树就是护好莫高窟。河西走廊，这是大戈壁、大沙漠霸占的地方，也是西伯利亚大风常年光顾的地方，容不得一点绿，一棵树。这是说，戈壁栽树，春天绿，冬天死，年年栽树不见树，见树也是老头树。戈壁对树残酷无情。王道士说，不！绿阴贵如金，莫高要绿阴。明知山有虎，偏向虎山行。王道士同戈壁挑战，同沙漠反霸占。说干就干，不低头，不退缩。敦煌没有绿化树种，王道士的一套铁轱辘牛车日夜兼程赶往哈密运回新疆苗。他把这些小苗苗一一剪成短截，一株栽一坑，一坑一桶水。戈壁干旱，蒸发速度快，大旱望云霓。有水就有树，水是救命水，如若水不及时，前功尽弃。宁可人缺水，不叫树断水。莫高窟虽说有一条大泉河，可它在不高兴的时候，细流一缕，有时还会露出河床。他必须看准时机"独吞"大泉河，确保每一棵树都不在断水状态。这是戈壁沙漠栽树关键之关键。王道士爱树如命，树是心头肉，发疯的爱。他天天看树，看着它成长，看着它长高，不是老头树，而是巨人树。就这样，一年一年，几十年过去了，莫高窟的地绿了，路旁的树高了，新疆杨在这里安了家，那家扎得盘根错节，牢不可拔。此时，放眼绽绿洲，幽深苍翠，一抹漫漫黄沙。莫高窟，你不在沙洲在绿洲。莫高窟也因此大摇大摆地同五台山、峨嵋山抗衡，虽地处瀚海腹地，却有着绿树映古寺的感觉。莫高窟绿了，王道士退了，他没有因绿沾光。自古以来，人们都说，前人种树，后人乘凉。而对王道士却不是，后人乘凉，后人还要骂前人。王道士曾是左宗棠的一个士兵。左宗棠西征新疆，他不误战事，在丝绸之路一线新栽杨柳三千里，赢得"左公柳"的声誉，这"左公柳"几乎和他的战功齐名。受左大将军感染，王道士用生命之绿

战胜了大漠的死寂，漾出莫高窟一片绿云，而绝无人说这是"王道柳"。悲哉，人间何多不平事！

道士不破洞，莫高长如夜。王道士的破壁，使莫高窟从千年沉睡中有了出头之日。这也给历史提供了玩把戏的机会。藏经洞发现的那个日子，是中国历史上最为骄傲与荣耀的日子，也是中国历史上永远抹不掉的耻辱的日子。王道士当然是这个把戏的扮演者。然而，这一天的骄傲与荣耀王道士无权分享，而这一天的耻辱永远属于他。世事沧桑难由己。君莫见，有时，一个国家都难逃国耻，更何况这个山野老道呢？王道士命归黄泉80年，历史的过客们当然不会还他一个清白，他也不可能清白，但也不要让他含冤离世。他不可能流芳百世，但也不要让他遗臭万年。王道士，他是一个重要的存在，一个有故事的人，有关他的是是非非还得争论下去，只是别再戳他的脊梁骨。

摄影/佚 名

我对玉米面的爱与恨

第广龙

那一年的夏天，时光缓慢，还行进在上世纪七十年代的初期，一件新鲜的事情发生了，小城的中山桥坡下，一家压面铺里，出现了一种能把玉米面加工成面条的机器，一下就传开了，而且，很快就受到广泛的欢迎。这个机器，只要把玉米面填充进去，另一头，是一个圆柱头，上头布满小孔，玉米面，就从小孔里被压迫出来，被改变了，成了一根一根的，细细的面条，几乎可以无限长，除非玉米面中断了后续。一束一束的玉米面条，折成一捆，或者两捆，装进篮子里，就可以端回去吃了。

这种玉米面加工出来的面，大家给起了一个名字，叫钢丝面。

能把玉米面定型成又细又长的面条，以前没有谁办到，往前推，自从玉米这种作物被人类选为食粮的那一天起，也一直没有谁办到。如今，机器办到了。人残不胜家伙残，机器就是神奇。就说压面铺里的压面机，原来只加工白面，就是小麦面，加工出来的有宽面，有窄面，但小城的人都叫机器面，以表达对机器的崇拜，以区别手工的面条。但是，那时候，口粮有限，白面更是月月不够吃，平日里，人们不会到压面铺压机器面，逢年过节，家里过事，才会端着面盆，里头装着白面，压上些机器面，所以，压面铺一年里难得热闹。这下，玉米面也能压成面条了，压面铺总是拥挤着人，都等着压钢丝面。玉米可是人们的主食，能变换一个吃法，人们是拥护的，也是欢喜的。

为什么把玉米面加工出来的面条叫钢丝面呢？一个是外形像，另一个主要的原因，是这种面，特别柔韧，结实，加工出来，拿手拽，也很难拽断，所以才这么叫。我到压面铺给家里压钢丝面，刚出来的钢丝面，虽然生着，却冒热气，我抓起一把就塞进嘴里嚼，生的钢丝面，也是能吃下去的。真正要食用时，还得在开水锅里煮，煮熟了，可以干拌着吃，就是倒上醋水，调上辣子吃，也能调汤吃，就是把钢丝面捞进调了醋和辣子的热汤里吃。虽然这么吃新鲜，也利口，到底还是粗粮，不论怎么吃，咀嚼起来，还是很费力气的，咀嚼许久，才能完成下咽。如此一来，吃上一碗，口腔乏困，牙齿也酸疼不已。吃下去，消化也艰难。第二天，上厕所也艰难。所以，老年人和孩子轻易不敢吃钢丝面，吃了，会出现严重的生理问题。

我们那里，把玉米面叫黄面。通过颜色称呼，以区别麦子磨出来的面，这个我们叫白面。我们把玉米叫玉米，不叫苞谷或者棒子。我们那里，把玉米面叫黄面。每天吃黄面，稀的，干的，不管愿意不愿意，总离不开黄面。白面好吃，可是，难得吃一回。白面价高，吃不起。平日里，我的肚子里装的，尽是黄面。我发愁吃，又不得不吃。不吃黄面，没有别的可吃，得饿肚子。吃饭时，我端着碗，脸面不舒展。我妈就说了起来，说有吃的就不错了，多少人黄面也吃不上。看我还不好好吃，举起铁勺吓唬着，似乎要打我的样子。我一边嘟囔着，一边连忙刨上几口。我明白，就是黄面，也来之不易。那时候，家家都为不够吃发愁，难找下日子宽敞的家庭。我们家兄弟姊妹多，揭不开锅的担忧一直存在。几乎每一个月的月底，我妈都唠叨拿啥做饭，

拿啥做饭，给我爸以压力。全家人靠我爸一个人做木活养活，我爸担的责任大，白天黑夜都埋头于工作台，累了，顶多伸个懒腰，难得轻闲上一阵。有时，我爸出去买玉米，我的作业做完了，会叫上我一起去。供应的粮食到粮站拿粮本买，早就用完了定量，买玉米，是到北沙石滩的黑市上买。玉米贩子都是脚下头蹲一只壮实的口袋，袖着手等待买主。父亲经过一个口袋又一个口袋，有时停下，抓一把摊在手心看，玉米的颗粒，在父亲的手心，发射金黄的光泽。新鲜的，还是隔年的，父亲能看出来。霉变了没有，也看得出来。看中了一个口袋，父亲不着急，只是漫不经心地说着玉米的成色旧，水分大这些，然后，才问啥价，然后，才还一个价。我跟着看，就明白这是经验，这是会买玉米的人买玉米必经的一个程序。我也暗暗记下。终于成交了，一口袋玉米，分量不轻，我扛在肩膀上，小跑着就回来了。我正在长身体，有力气，我爸高兴，饭量也大，我爸没办法。玉米买回来，到磨子上推成黄面，这个活也交给我，我能完成。我都去了多少次磨房了，熟门熟路，没有出过差错。这里原来是水磨磨面，那是新中国成立前后，六十年代末期，就改成电磨磨面了。怎么把玉米倒进漏斗口，怎么从出粉口收集黄面，我都会。一口袋玉米的颗粒，在电磨子里轰隆着，被粉碎成质感的黄面，被我装入口袋。我也成了一个面人，头发上，衣服上，沾满了黄面。又是扛在肩上，小跑着回到家。我妈看见，心疼又喜欢，忙拿扫炕的短把笤帚给我扫头上，拍打身上。

黄面做饭，头一样就是搅团。我们那里把做搅团叫缠搅团，我不知道这个"缠"字咋写，一个缠字，表示的是动作，我觉得很是传神，通过这个字，闭上眼睛，我几乎能想象搅团在铁锅里形成的场景。一锅水烧开，手抓黄面，一把一把均匀地撒进去，这个过程中，要拿粗擀杖在锅里搅动。搅团不能太

稀或者太干，那样的搅团，吃起来口感差，影响心情。只有中和成凉粉那样的形态，才算成功。所以有一句俗语，说搅团要好，七十二搅。就是要水量适当，控制火候，做到掌握力道，不停搅动。热搅团盛到碗里，上头浇上一勺两勺醋水，就可以吃了。就饭的菜，是腌下的白菜，切成条或者丝，或者把整棵直接拿手分解开，吃时在碗里架一个白菜帮子，一口一口咬，也能咬完。如果能炒一盘韭菜，如果碗里能夹上一筷子炒韭菜，我吃搅团的速度可以加快。吃搅团也是有方法的，要顺着碗沿，逐步地用筷子切割，还要把醋水稍带一下，然后，一块一块往嘴里送。这样每次进入嘴里的搅团都是整体，利于穿过喉管，又因为吸收了汤汁，而减弱了心理上的排斥。起码我是这样感受的。再好的搅团，我吃着也不会满意。要是吃白面擀的面条，我可以吃两碗，三碗也没有问题，吃搅团，我吃一碗都困难。

在那些天天吃搅团的岁月里，我恨透了搅团，又不得不一次次端起盛了搅团的饭碗，一次次面对搅团。不吃搅团，就得喝西北风去了。搅团跌落进胃袋，刺激着胃粘膜，促进了胃酸的分泌。吃完饭，长时间的，胃不舒服，打个嗝，酸水翻涌，常常自己呛了自己。我多想吃白面啊，可是，家里只有谁得了病，而且躺床上起不来，我妈才会给做一碗。白面的汤面条，里头炝了葱花，大老远都闻得见香味儿。有时，我就盼自己感冒发烧，或者跌断胳膊，我就可以不吃搅团，就可以吃上一碗葱花白面了。也是奇怪，下雨在雨里跑，下雪在雪地上滚，我就是不得病。改善一下伙食的愿望，实现起来不容易。

缠搅团时，也可以顺带的做漏鱼儿。漏鱼儿吃着凉爽，一般在炎热的夏天，才做漏鱼儿。我们那里叫鱼鱼，没有儿音。连着说，说鱼鱼，听着好听。就是把热搅团舀进勺子里，一边准备了竹编的漏筛，漏筛下头是冷水盆，搅团倒进漏筛，手上乘着劲，用勺子

的底部挤压，落进冷水盆里的便是漏鱼儿了。一枚一枚，指头蛋大，一头圆圆的，脑袋一样，一头细细的，尾巴一样，伏在水底，真的像鱼儿。吃漏鱼儿，想慢慢吃也做不到，拨拉上一口，漏鱼儿自己就跳进了喉咙，坐滑滑梯一样，自己就滑溜下去了。我猜测漏鱼儿在我胃里的样子，也像鱼儿在池塘里的样子。虽然吃漏鱼儿也算一种花样，但黄面的性质并没有发生改变，吃下去的反应，和搅团没有多大差别。

不过，缠搅团时，锅底凝固出来的一层锅巴，焦黄焦黄的，我还是爱吃的。锅巴是缠搅团的副产品，数量少，如果抢不上，就没有口福了。弟弟年龄小，我妈偏向弟弟，常常就把锅巴给了弟弟。大让小的道理我懂，这我是不能争的。

黄面也能上锅蒸，也能烙饼子。上锅蒸出来的，我们叫黄面粑子，听名字，就激发不出食欲来。热气腾腾中，取下笼屉，揭开一层，又揭开一层，我们家蒸黄面粑子，就得两层。这时的黄面粑子是一个大圆，乘着热，我妈拿一根长长的白线，就是缝补衣服的那种白线，从底下试探着移动进去，到合适的位置，停下，然后，把白线的两头往起提，白线划拉着，把黄面粑子切割成长条，再移动，又一个长条，又一个，这是横着划拉，然后，抽出白线，再换一个方向，再试探着移动进去，再竖着划拉，一下，再一下，黄面粑子就成为一块一块的了。黄面组织粗糙，结构松散，不能用刀切。后来，我出去工作，单位食堂里供应这种食物，叫发糕，多贵气，多有诱惑力。如果当年我知道黄面粑子有这么一个名字，也许吃饭时能多吃两块。可是，在当年，黄面粑子就是黄面粑子，刚吃感觉略甜，后头的味觉还是酸，黄面自身的酸，我起了条件反射，吃上几口，胃里便酸楚起来。黄面粑子放凉了，容易碎块，在家里吃，都得用手捧护着，出门带，稍微受压，颠簸，就变成了一包渣。出门带，就带黄面饼子。烙黄面饼子，也有难度。和好的黄面，

像和好的沙子，也是不易定型。在手里先团成一个锥状的团，接近铁锅，手保护着贴到锅里，再用手压，带着推劲，抹劲，使之成为饼状。烙黄面饼，依然舍不得放清油，清油金贵，炒菜都不多放，烙黄面饼，更是不会放，只是用麻墩刷，在锅底刷那么几下，锅底便粘上了油性，看着明亮起来，就可以让黄面饼不粘锅。麻墩是用麻片扎束起来的，麻墩的身体里，含有清油，那是平时躺在窝了浅浅一层油的油碗里的缘故。浸过油的麻墩，就是为了这时候派上用场。黄面饼子吃起来口感实在，相比较，我不怎么害怕。吃搅团，吃黄面粑子，我都吃害怕了。

有时候，吃黄面饼子，吃着滋味有变化，往下吞咽也容易，感觉不是平时吃的那种。我就知道，我妈往里头掺进去了一些白面。虽然比例小，但吃起来可口了许多。有一次，黄面的饼子变成了白面的饼子，我立刻兴奋起来，却发现这种白，显得颗粒粗，也没有白面所具有的独特的光泽，吃到嘴里，还是黄面的味道。原来，这是用白玉米的面粉做的，白玉米还是玉米，跟小麦不是一个种类。但因为白玉米不常见，显得稀有而珍贵，我图新鲜，吃饭时还多吃了两个。

天天吃黄面，什么时候吃到头啊。坐在家门口的石礅上，我手里端着搅团，常常这么想。那时我才十岁出头一点，不会替大人着想，为自己想得多。吃白面的愿望，是那么强烈，我管不住自己，吃饭时总是在想着白面。

我说这些，说黄面的种种，有的人是会反对的。那些年，人们都过活得不易。多少人家，吃黄面也吃不饱，吃黄面也是黄面的稀汤，装一肚子，把肚子哄饱。吃了上顿没下顿，哪是什么感觉，哪有多么绝望。起码，我没有经受过。所以，我这么说，也是遭罪呢。那时候，见我吃饭弹嫌，我妈说我，说吃了五谷想六谷，也是这么个意思。

玉米不是中国的原产，我是多年后才知道的。在北方，山地上种植玉米，是普遍的。玉米来到中国，完全本土化了，饱满结实的颗粒，改造了我们的肠胃，也改变了我们生活的一部分内容。一代又一代人，靠玉米养活。我可以不喜欢玉米，但我必须承认，我的血液里，流动着玉米的养分。不当家不知油盐贵，哪能想吃啥就吃啥。我的童年时期，没有遇上这样的日子，没有。不过，我对玉米加工出来的黄面缺乏好感，可是，煮玉米我是吃不厌的。难得吃一回，得到一个，我舍不得啃咬，小心着一粒一粒剥下来，装到口袋里，吃糖粒一样一粒一粒吃。爆米花我也是喜欢吃的，有时候，家门口来了爆米花的，一个爆炸装置，像炸弹一样，悬空在架子上，玉米装进去，密封了，不停转动，用火在下头炙烤，到一定时间，取下炸弹，先拿一个袋子套住有开口的一头，这才启动开关，一声轰响，玉米的身子就蓬松了。多有气氛，多振奋啊。我奇怪的是，同样的玉米，为什么变成煮玉米，变成爆米花，就好吃了呢？可是，煮玉米好吃，爆米花好吃，却不能满足着吃。大人不愿意花钱，大人觉得这是吃零食。在我的记忆里，吃的次数有限。

已经不是为吃饭伤神的年代了，虽然可以随心吃饭，但是，我对于玉米的印象，是不会淡化的，也是无法抹去的。这和我的成长联系着，也和我纷乱的向往联系着。如今人们讲养生，讲营养均衡，似乎又吃起了杂粮、粗粮，包括玉米面，也得到了青睐和推崇。我得实话实说，自从我出来到社会上后，我就没有再吃过黄面搅团、黄面粑子这些黄面加工出来的食物。我早就吃够了，吃的不愿意再吃了。过去，我没有选择，我必须吃，现在，我能自己决定吃什么了，吃不吃在我，我不担心挨骂，不担心挨饿，黄面不再进入我的食谱。有白面吃，我不吃黄面。只是，想到黄面，我的眼前，总是浮现出家乡，

浮想出二道渠旁我们家那低矮的屋檐。这个时候，我的心里弥漫着复杂的情绪，许多往事，又变得清晰起来。

摄影／关春明

世界的细部

马步升

捡废品的教授夫妻

我所在小区，是严禁闲杂人员出入的，据说，这是本市的一个高档居住小区，住户大多是高校老师。

拥有几十栋楼房的小区，户数和人数一定不会少。不过，我的生活节奏与大家不尽一致，平时能够见到的人并不多。有一个上午，估计大多数的人都上班以后，我来到楼下散步晒太阳，忽然发现一对老年夫妇在捡破烂。他们一个个垃圾箱搜检过去，意态安闲地，又严肃活泼地，谁捡到一件有价值的物件，必然是两人的快乐。发自内心的那种快乐。但我一眼认出，他们并不是那些依靠捡废品为生的人。而且，这个小区，除非有业主带领，是不允许这类人随便出入的。以捡废品为生的人，我是见过不少，也打过多年交道的。我所见过的这个行当的人，和如今所有行当的从业者有些类似，包括一些在被视为高尚行业从业的高尚职员，无论头衔或行头多么辉煌，其实，神情都是木然的，开言动语都暗藏着一种职业性的机械或厌倦。而这对老夫妇却不是，他们的脸上洋溢着一种被称之为幸福感的神气。

这年月谁都是废品的制造者，无论怎么克制，废品总是少不了。我的书房只有二十平方米，无论怎样不舍，每年总要清理几百斤旧书旧报的。这些，我都无偿送给那些收废品的人了。每次，我都绝无捐助或施舍的心理和意思表达，我是请他们帮我减负的。当然，我选择的主要是年老体衰者，或妇女。看见这对老年夫妇，我油然想起书房已经没有落脚之地了。我把我的想法给他们说了，我原以为，他们会和先前那些人一样，雀跃着跟我走的。未料，他们不约而同拒绝了我。亲切地，友善地，却又坚定地拒绝。我想我没有把话说明白，或是他们没有听明白。我说，我是请你们帮我清理废品的，我不收你们的钱，也不给你们付工钱。他们又同时摇摇头，亲切地，友善地，却又是坚定地。

中午，我把我的见闻给老婆说了，言谈中颇有不平之气。老婆说，那对老夫妻我认识，都是大学退休教授，上海人，两个孩子都在美国，人家比你有钱多了。我说，那他们为什么还捡破烂，老婆说，人家是闲着没事，既锻炼身体，又清洁环境。我说，锻炼身体不是有设施齐全的活动中心嘛，老婆说，那不一样，手中有事做的锻炼，和专门为了锻炼的锻炼不一样。我似乎明白了什么，我说，再过十几年我退休后，也向他们学习。老婆一哂：就你？你以为那种修养谁都能达到么！

说实话，我达不到，至少当下达不到。

两个兄弟一般的老人

一对老人，一个是老人，一个是很老的老人，成为小区的一个风景。

每天日出时分，两个老人准时从自家楼门洞出来，比正在上班的人还要准时，互相挽扶着，两根拐杖叮咚着，蹒跚在一天开始的新鲜的阳光下。两个老人都是男性。从侧面看不出他们的年龄差距，腰腿的佝偻度，像是从一个模型里浇筑出来的变形的人体模特。从后面看，走在左边的人要比走在右边的人年纪大出许多，还看得出，走在左边的人，是为了用更有力的右臂挽扶走在右边的同伴。从前面看，便一目了然了，一个是耄耋老人的脸，一个是古稀老人的脸。

两位老人年龄相差十八岁，老人七十四岁，更老的老人九十二岁。

他们是父子俩，曾经在同一所大学担任不同专业的教授。

多年的父子成兄弟，他们没有传统家庭中父子之间的那种辈分森严，和由此而带来的隔阂一般的秩序感，真的像是一对从小在一起玩耍的兄弟。小区一律是青砖路面，防滑的那种，也适合老人们的步幅，一步刚够一块青砖，或者一块青砖刚够一步。青砖都是大号鞋一般大小的那种。每走几步，老人都要说一声：小心啊！更老的老人必然要回答：你也小心啊。

太阳在他们的缓慢而执拗的步幅中缓慢而执拗地渐次升高，两个人的影子越来越短，阴影也越来越浓重。太阳升到一定的高度，两个老人会不约而同停下来，老人的右手还在挽扶着更老的老人的左臂，拿拐杖的左手将拐杖扬起，高举头顶，用手掌连同拐杖搭起凉棚，举头望一望太阳，轻声说：爸，咱回。

黄昏时分，两个老人又从那个门洞相携着出来了，拐杖滴滴嘟嘟，步履蹒跚趔趄，走向阳光的愿望却是坚定不移的。在这个黄河横穿的城市，无论冬夏秋冬，每到黄昏时分，总是有或疾或徐的风的。遇到微风时，两团稀薄而雪白的头发随风而微乱，遇到疾风时，两团稀薄而雪白的头发随风而大乱。夕阳洒在青砖地上的光线渐次黯淡，花园草木的阴影随夕阳的下沉而大肆扩张，一会儿，两个老人便走在阴影中了。草木的阴影，他们自身的阴影。而天空被夕阳残照涂抹了，这个时候，其实是这座滨河都市一天最美丽的时分。看来，两位老人并不打算送走每天的最后一抹阳光，在夕阳与夜幕还在交相缠绕时，老人总要对更老的老人轻声说：

爸，风有点紧了，咱回吧，明天再出来。

野鸭的社会

住在黄河边，听不完的是黄河昼夜不息的涛声，看不尽的是黄河岸边时有时新的风景。黄河穿城而过，街衢里巷自然沿河宽宽窄窄地分布，黄河在这座城市洒出八十里的水波涛声，这座城市便有了所有居民都引以为自豪的八十里黄河风情线。

我住在黄河北面风情线最宽的那一段，数十米宽窄的滨河公园，沿黄河铺展开来，公园的一边是涡流翻卷的黄河水，一边是数十米宽窄的滨河大道，车流如黄河水一般昼夜不息。河的那边，是与北滨河公园一般宽阔的南滨河公园，南滨河马路与北滨河马路也一样宽阔，一样车流漫漶。如此，两边的公园，两边的马路，还有南北共享的黄河，让这个都市生出了天高地阔的空旷感。

在野外，有时，天高地阔会给人带来一种孤独感，或恐慌感的，而在都市，当你从森林一般的楼群逃出来，从繁复而重复的工作和生活圈子里逃出来，站在黄河边，目视那招摇东去的河水，胸中积聚的块垒，便随着河水飘散了，而一目的空旷，给你提供了一个自由吐纳的天地。静的是身边的草木，动的是河流和车流，还有那由流水催动的河边舒展的气流。此时，你的心里的堵塞物还有什么是坚不可摧的呢。

各种野鸭子把这一段黄河当成永久的家了，据鸟类专家说，它们本来是候鸟，因为这一段黄河冬天不再封冻了，它们便也不再迁徙。冬夏春秋它们都在黄河中畅游。大约是夏末吧，有一段时间它们很忙，对人，对周边的环境很警惕。这可是不多见的。河里的野鸭已成为这个城市一年四季最生动最持久的自然风景，非但不会有人去伤害它们，恶作剧的干扰都是很少的。有几天，你没有来黄河边，或是来了没有留意，便会发现新诞生的一群小野鸭，跟在一个母亲后面摇摇晃晃地走。小野鸭像是一颗颗被染成麻黄色的毛线球，排成一溜整齐的队伍，啾啾唧唧地，岸边的芦苇丛，浅水滩，都是它们的活动场所。又过了几天，你会看到一只只生出半寸长翅膀的小野鸭，像是刚学会走路的孩子，故意离开母亲，在稍远的水中嬉戏，直到母亲发出呼唤后，它们才跳跳蹦蹦赶来。

有一天，我从日出来到黄河边，一直到日落离开。我在观察一群野鸭。我不知道它们是不是一个家族，或是像人间的古老乡村那样，从祖辈就是同村居住的乡邻。那是一片被浓密芦苇包围的水域。成年野鸭在水中或觅食，或嬉戏，不紧不慢，有一搭没一搭，像是人群中的富贵闲人。刚生出半寸长翅膀的小野鸭，则在一边忘情地嬉戏。不知谁在指挥它们，两只小野鸭一组，它们并排站齐了，然后，尾巴高高一耸，头部齐齐扎入水中，潜水许久，从另一个地方又齐齐露头。如此周而复始，一天尽玩这个。它们像是跳水比赛中的双人跳，动作整齐划一，哪怕有时大家搅在一起了，而每一组的搭档却是不乱的。

它们究竟在干什么，是纯然的玩，还是在水中觅食，或是在训练某种技能？对于野鸭的社会我缺少研究，但我知道，这是一个依照一定规则运行的社会。

沙漠中的小精灵

从古阳关的烽燧上下来，时正中天，悬在头顶的太阳像是朝大地抵近了许多，炭火般的光焰，居高而下喷吐着，远近的戈壁沙漠都变成了火焰般的猩红色。突然，随行的南方朋友惊叫起来，我回头朝他指示的方向一看，不禁莞尔。

那是一只沙漠蜥蜴，当地人称之为沙娃娃。真的，形似神似。一只蜥蜴趴伏在路边的沙砾中，二三寸长短的身材，三四寸长短的尾巴，拇指蛋大小的头颅，两颗眼球闪烁着，头脑伸伸缩缩地，身子纵纵伏伏地，好似一支队伍的侦察兵，或有什么难处要向人求救。朋友第一次来西北沙漠地区，惊诧过后，听了我的介绍，不觉兴致大增，把那无所不在的火焰暂时抛掷不顾，他双手端起照相机，悄悄接近沙娃娃。我说不用，风景区的沙娃娃和广场鸽一样，见得多了，不怕人的。

朋友还是小心翼翼接近。那只沙娃娃似乎看出他是初来乍到者，身子一纵，索性跳上一颗半尺高的砾石。沙漠的温度已可以在短时间内烫熟鸡蛋了，穿着登山鞋，脚心也能觉出烫来。沙娃娃占据的那颗砾石，炭火般熊熊燃烧。沙娃娃似乎找到了当明星的感觉，跃居砾石的顶端，或跳跃如跳街舞，或静伏似定格，或昂首做仰天长叹状，或闭眼以示不耐烦态，酷、萌、娇、骄，恰如乍然得宠的明星。相机咔咔响着，朋友大获丰收。

出了古阳关，在葡萄架下喝茶乘凉，朋友一遍遍观赏刚才拍摄的照片，一遍遍感叹，喜形于辞色。他问我沙娃娃都是这样么，我说，我见过的沙娃娃无数，今天所见，确属第一遭。这是老实话，不是

为了给朋友助兴。

多年以来，每当我感到烦闷，或精神萎靡不振时，总要去一趟沙漠。艳阳的暴晒，沙砾的烘烤，借以修复身心内外阴郁的部分。在大漠深处，在绝无生命信息的地带，沙娃娃也许是唯一的生命。沙丘连绵，横绝天地，艳阳当顶，大地火烧。你以为你是这片天地唯一的生命了，忽然，身前身后，细沙簌簌作响，定睛看去，一只只沙漠色的小生命，昂首向你，扑闪着土红色的眼睛，似乎在向你质询：客从何来？友乎？敌乎？当你身子稍动，或仅仅是表情有了变化，它们便飞蹿而去，眨眼不见踪迹。我不知道它们以什么为活命资本，但观其来去无碍的身姿神态，我猜想，也许是身无拖累，才使得它们获得了精灵一般的自由吧。

遥看河边柳

住在黄河边，总是河边柳率先告诉我季节的信息。还在天寒地冻，自己的，人们的，哪怕总是早于季节换装的摩登人士，身上还在裹着标志冬天的衣服时，河边柳在某个夜色阑珊时分，或某个曙光初现时分，已经悄然与春天眉目传情了。

深冬的河边柳，枝头上也会挂着几片初冬时躲过劫数轮回的叶儿，那叶儿在一天又一天的寒风中，戳觫着，挣扎着，也坚守着。但，它们的生命已经结束，它们不会再复活了，哪怕接下来的时光永远是春天。对此，它们也是深知的，它们并没有打算与一种生命的天劫对抗，它们只是表示：它们曾经是有生命的，它们在召唤着新的生命接替它们。残冬时的柳叶已由初冬刚刚枯死时的枯黄变成灰黑，是那种无生命的颜色。它们仍然在枝头戳觫着，挣扎着，坚守着，因为它们看见了接替者的到来。

河边柳的返青是从树干的根部开始的，与任何生命的孕育或复活一样，河边柳也是悄然复苏的。

没有慷慨激昂的宣言，没有响彻长空的号角，连窃窃私语都没有，猛不防，发现某一棵你曾经一个冬天都在关注的河边柳，根部的颜色发生了细微的变化。色还是那个灰黑色，皮还是那个枯燥皮，但你分明看到了某种新鲜的颜色，嗅出了某种青涩的气息。你为了确证，走近了，色还是那个灰黑色，皮还是那个枯燥皮。哦，古人早有见识：草色遥看近却无。是的，生命之间是要有距离的，距离产生美，距离同样产生安全和互相的尊重。对于自己的亲人朋友，多亲近，多进行近距离的抚慰，产生的是亲情，对于别的具有各自独立性的生命，比如动物植物，遥看是一种尊重，近看已经是抚慰了，如果生出亲手抚慰之念，那已经是亵渎了，形诸于实际行动，便已涉嫌侵犯了。

遥看柳色泛青，遥看柳色如新，遥看柳色青青，遥看柳条婀娜。此时，春天到了，真的到了，春天全面接管了西北大地。生活在西北黄河边的人常常感叹，西北没有春天，当乍暖还寒结束之时，便是炎夏到来之日。其实，河边柳早明确告诉你了，西北黄河边的四季变化好似用铁尺丈量出来的，一个节气与另一个节气之间，哪怕是一夜之隔，河边柳的色彩便判然有别。比如，立夏的前一天，河边柳的枝条是草青色的，看在眼里的是清新，吐纳出来的气息是清新，枝条无风婀娜，有风婀娜，微风小婀娜，大风大婀娜，犹如少男少女，无论怎样老成，都掩饰不了稚嫩。立夏的第二天，你再看，河边柳的枝条，婀娜之姿已然不再，无风枝条悬垂，微风枝条摇曳，大风枝条飞荡，色彩则由草青变为碧青，浓重的绿色，涩重的绿色，沉重的绿色，沉甸甸的绿色。

整个夏季，无论风从何来，无论小风大风，河边柳都是顺着风向水平摇摆的，立秋过后，河边柳的枝条则是上下翻飞的，在微风中上下跳跃，在大风中上下翻卷，而枝条全然不是春天的那种风起涟漪柔若无骨，而是一日日地涩重、僵硬、颟顸。先是柳叶有了响声，沙沙地，继而枝条有了响声，哗哗地，忽而一阵风刮过，一枚柳叶跌落在地，颜色仍是绿的，叶脉却有隐隐的黄色浮泛。如同中年男人偶尔掉落的头发，虽漫不经心，却足以惊心动魄。凉风渐变为寒风，寒风乍起，柳叶成片掉落，枝条咔咔作响，柳叶沙沙作响，叶片的颜色是被人称之为人老珠黄的那种。

英雄暮年，美人迟暮，天道，世道，都在轮回着，更新着，延续着。河边柳何尝不会有这种生命的感喟呢。

在黄河边行走

每个黄昏我都要来到黄河边，无论春夏秋冬。四季依照其固有的节奏运行，有时会快一些，有时会慢一些，有时还会出现反季节的恶作剧。这都属于正常，小小的反常不足以挑战强大的正常，正如我们所处的人世间一样。黄河从头到尾都行走在四季分明的天地里，黄河也是一条四季分明的河。如果一个人不是长久生活在黄河边，而是在某一个季节的某一个时段，偶尔在河边走了一走，那么，你千万不要以你的见闻对黄河做出判断，可以肯定地说，在另一个季节的某个时段，黄河有可能会呈现另外一种样子。

我住在黄河边，站在自家阳台，可以看见很长一段黄河水，虽听不见流水的声音，却可以看见河水的颜色。根据颜色，我便可以判断出季节的变化。何况，每个黄昏，我都要去黄河边走一走。如同对待一个人，一件事，远看，旁观，亲近，参与，获得的感受会大不相同。

冬天的黄河水变清了，不是那种清澈的清，而是青。人们都知道，青色是一种底色，在我们的民族文化传统中，对青色赋予了特别的意义：清脆而不张扬，伶俐而不圆滑，清爽而不单调。冬天的黄河水呈现的青色，与这些美好的意义无关。我说的是铁青，灰蒙蒙的青，身染沉疴病人的那种脸色，死亡之色。

当黄河水的青色日渐退去，换为土白色时，那是春天到了。你是不是觉得有点意思？黄河水呈现青色时，黄河两边的草木一片灰黑，那是寒冷和干旱共同的造就，哪怕是还在享受河水滋润的河边柳，仍然像是遭了火灾一样。而当河边柳率先返青，河边杂草树木随后返青时，黄河水却由青而白。那白是河水沿路携带的沙土染白的。也就是概念中的水土流失造就的。这是正常的水色，正常的水色是源自正常的天候。春天的黄河水如果仍是青色的，或是清的，那绝非好消息。那是沿河大地极端干旱的结果。如果到夏秋季，仍是这种水色，那必是大灾之年。在漫长的历史时代，向来有一个说法：黄河清，圣人出。许多人把这当成了吉祥之语，当成了盛世来临的先兆。实则，你要是懂得其中的机巧，一定会惊出一身冷汗的。黄河水清，意味着千里大旱，大旱必成大灾，如此大范围的旱灾，必是饿殍遍野，因此好事者，或强悍者铤而走险，效法那登高一呼的买卖，而往往，濒临死亡绝境的人们便想就此趟出一条生路。于是，血流成河，死亡枕藉，而那个踏着千千万万白骨戴上王冠的人，成了待从头收拾旧山河的英雄，如此，哪怕走的是王霸之道，也要以圣人自居，或被尊为圣人了。

土白色的黄河并非黄河的正常颜色，黄河是以颜色命名的大河，那么，"黄"，便是其姓氏，是其主色调。当你发现黄河水真的名实相副时，那已是夏季了。夏季，是沿河两岸万里大地的雨季，而降雨也多以暴雨为主。黄河流经北部中国，北部中国的人，在人们的印象中，性格粗粝暴烈，爱你时，

为你而生为你而生，恨你时，誓不与你同戴天地，一如北方的天候：天晴时，烤焦大地，晒死生灵，要说下雨，那便是天地同滂沱。而且，从降雨的酝酿到降雨形成之间，几乎没有必要的过渡，烈日当头，一朵乌云冲上天际，猛然间，黑云压城城欲摧，天地倒悬天河倾。一通脾气过后，又是艳阳高照。典型的北方天候，典型的北方性格。而大地上，此时还在山崩地坼，一地黄汤，如诸神狂欢，小河为之壅塞，大河因之漫溢。一河水，半河沙，黄沙黄河，黄河黄沙。携带着巨量泥沙的黄河，才是真的黄河，黄河之水天上来，奔流到海不复回，那种席卷天地的气势，那种摧枯拉朽的威力，那种永不回头的姿态，也许，才配得上一个民族的母亲河的称号。

当黄河水再度呈现土白色时，那是秋尽时分了。经过一个夏季的暴戾恣肆，黄河累了，精气衰乏了。和和顺顺地，漾漾荡荡地，中规中矩地，宛如人到中年的母亲，或者父亲，而不惑，而知天命，而耳顺。到了从心所欲不逾矩时节，水位降到了最低点，夏秋季被河水掩埋的部分相继暴露出来，汹涌澎湃了亿万斯年的黄河，大有勉力存续之尴尬。依恋黄河的人，无所事事的人，或对黄河心有所待的人，冒着刺骨的寒风，在原来看不到，更无法涉足的河床上，或怅然惘然，发那早已被前人发过无数遍的感慨，或寻寻觅觅，企望黄河能给他呈现一枚空前绝后的黄河石。而此时，正如鼎盛期往往是衰落的开始，对于黄河而言，衰落期却一定是新一轮澎湃的肇端。

我的幸福指数

初春的桃园桃花还没有开，桃树的枝干依然是冬天般的灰黑色，近旁的枣树、梨树，这些都是对季节变化不够敏感的树种，还都在以冬天的冷峻保持着对春天的矜持。只有桃园中农家栽植的越冬的大葱，绿秧子已经火爆爆地窜出了一尺高低，好似以百米冲刺的速度率先闯过冬春分界线的优胜者，张扬而孤傲。还有那些野草野菜，它们深知它们不是桃园的主人，桃花开了，它们就会被当做杂草清除，而当下桃花还没有开，它们借着这个空当，羞涩而又坚定地拱出地面，趁着树叶还没有生出来，尽情地享受劈头盖脸的阳光，并在立足的土地上洒出三三两两的绿来。

兰州的阳光真好，兰州的春天，那真是阳光的盛宴。一个地方只要一年四季都有鲜亮的阳光，就是一个好地方。桃园所在地又是一片到处播撒着吉祥寓意的土地，所在的城区叫安宁区，所依傍的山叫仁寿山，另一边又是万古奔流的黄河。安宁的十里桃园闻名数百年，曾经引动了多少的桃花流水，蒋大为《在那桃花盛开的地方》就从这里唱响。现在，桃园没有那么广阔了，而桃园还在。住在桃园边，知道桃花还没有开，但今天却意外地获得了闲暇。在这个世界上生存，人的脚步总是不能与季节的节奏保持同步，季节忙着刮风下雨时，也许人正好闲了，闲了，却只得把自己与季节隔开，待在屋子里向季节凭窗怅然。而今日，闲的季节，闲的人，在拥有艳丽阳光的城市，今日的阳光又是艳丽中的艳丽，岂可辜负天地美意？

邀两三好友，踱步入得桃园，问桃园主人讨得一壶清茶，选定一座桃花盛开时接待客人的小木棚。远离市声扰攘，远近无人，没有飞鸟啁啾，没有蚊蝇闹人，没有夭桃艳李惑目乱心，没有风走尘起，只有无声地春阳有声有色地普照。正午的春阳好似一个倾城美人，一片天地都是她一个人的华彩。不过，这是一个近视眼的美人，目光羞答答地，看你一眼，你便觉得周身都痒酥酥地，好似在阳光下簌簌解封的冻土。天地一派祥和，无处不祥和，正是坐而论道好时光。涉及某一个话题，突觉眼前灵光一现，心口那儿一片豁亮，我起身步出小木棚，让全身都沐浴在阳光下。

仰望储满晴空的暖阳，我捕捉到了那道令我心口豁然的灵光。刚才讨论的是人的幸福指数，我指着一眼望不尽的春光灿烂说，现在我向诸位宣告我的幸福指数：在我想晒太阳时即可走进阳光中。朋友都是心性明敏之人，本是用不着为这么一句浅薄的话深文周纳的。然而，各自还是站在自己所持的立场，调动自己的人生经验，不吝亮出了自己的见解。一个说，这个指数看似简单，但是要实现起来，必须满足一个前提：无生存之虑，不必为五斗米东奔西走。另一位补充说，这只是物质条件，还得有自由身。他进一步推论说，为什么从古以来把钱说成是孔方兄？完全游离于外沿，必定陷于困顿无着，但若完全置身中心，又形同于拘禁，所以，人常说的钱乃身外之物，看似潇洒或故作潇洒之语，实则话里话外是有重大玄机在的。钱在身外，说明有钱，而身在钱外，又不致被钱所困。另一位说，想晒太阳即可走进阳光中，还有一样潜在意思：身体健康，腿脚灵便，可以自主行动，无须他人扶助。还有，他强调说，你说的是"即可走进阳光中"，那么，你的存身之地环境要足够好，不必千里万里去追寻什么阳光沙滩，抬脚便可走进阳光中，才算是"即可"。

在一个不算远的时代，晒太阳似乎是人的一生中成本最低的一项享受，所谓负暄献曝罢。而今居然却要满足如此多的条件，而有些条件，并非个人的能力所及。诸友还在列举实现这个幸福指数所需的条件，此时，我只愿意做一个倾听者，在暖阳下倾听。而我突然发现，一株桃树的枝丫上有一颗黄豆般的花蕾，不知在那里倾听了多久，悄悄地，又勃勃地。

摄影 / 张惠武

小村轶事

李宗新

刘三种田

村上有个刘三，中等个头，整天笑呵呵的，喜欢下棋、喝酒。他很少卖力干庄稼活，即使去干，也是做做样子。原来当民办老师，后来嫌这工作吃力不讨好，辞了职外面闯荡了几年，回来后就在家安心待着，有滋有味地过起小日子。

刘三家境还算不错。土地刚承包的那几年，由于他不喜欢像别人那样没事时整天拾粪平地，所以年年种的庄稼产量比别人家的低。低就低吧，反正口粮还是不存在问题，他也不指望多余的粮食卖钱，再说了产量高的人家不见得就卖了多少钱，因为土地毕竟有限。老婆和亲友劝他要像别人那样多积肥、多出力等等，但他只是笑笑，还是那样不急不缓。劝说得不耐烦了，他还有一套自己的理论，说什么不见得粮食多的人活得比他自在，劝说的人也就只好罢休。因为在好多人的眼里，刘三做事情，总是随着自己的性子，不按常规的事情就很多了，只是他人缘还算好，大伙只是最多跟他开开玩笑也就罢了，从来不会按照常规的道理讽刺或者批评他的。比如有关他的上坟的故事就在村上流传好久，至今还被人们引为笑话。我们这里，每年除夕之日，就要到先人坟上烧纸，说是让先人们也要好好过年。那是不能马虎的，不管困难多大，都要亲自把"过年钱"送到地方。有一年除夕，下了大雪，山路被厚雪覆盖，艰难之状，不言而喻。好多人只好穿着雨靴，挂着木棍，就像红军过雪山那样。但刘三却走出村子不远，就在路上把纸烧了，然后转身回家。大家知道后，问刘三：你不送到地方，不怕先人见怪吗？刘三笑着说：先人也体谅我的难处，知道我不容易走到坟上，他们有马子（人死了要烧纸马），骑上一会儿就把钱提走了，还比我走得快！见什么怪呀，高兴都来不及呢。大家也只是笑笑：这个人，好没有正经！

不过几年后，村上的人就发现粮食亩产的记录被打破了。原来最好的水浇地亩产也就是八百斤左右，现在已经突破了一千二百斤，而最让人难以接受的是打破记录的人就是几乎不务息庄稼的刘三。于是，许多人纷纷到刘三家了解内情。不过刘三倒也慷慨，毫不保留地把秘密说了出来。原来他到村委会办公室转悠的时候，看见几乎没人过问的那份农民报很有意思，就经常去拿来看。慢慢地，他就发现报纸上介绍农业技术的文章很多，他就把那些内容摘抄下来，买来化肥、农药，指导家里人应该怎样做。开始的时候，家里人也反对，但拗不过他，只好半信半疑地顺着他的性子来，谁知还挺管用，产量大幅度提升。所以别看刘三不下地，但产量提高完全是他的招数。大伙听了，也就像他那样，结果自然是谁都体味到了丰收的喜悦。

当然学习刘三也会有吃亏的时候，村上好多人就饱尝了盲目学习的苦头。有一年种田时节，大家忙忙碌碌播种小麦、大麦、豌豆，刘三却率领全家老少，在地里忙着划分小块，拉着塑料满地跑。别人问他地里铺上塑料干什么，刘三笑着说那是地膜，铺上后保温保水分保肥料，用来种菜。大伙笑笑，我们这里种上菜谁买？刘三说试试吧，做个试验。结果他家种了四亩多地的卷心菜，谁都说刘三这次疯了，种上这么多的菜，喂猪都吃不完。刘三却还是那副漫不经心的老样子，施肥，除草，打药，浇水。大伙看着刘三四亩地的卷心菜一天一天茁壮成长，还担心会不会丰收成灾呢。到了秋后，庄稼收完的时候，谁家都会压酸菜，这才想起刘三的卷心菜来。刘三家满地成片的卷心菜滚圆硕大，泛着诱人的青光，看看自家种的那几棵，还有心情腌成酸菜吗？于是去打听刘三家的，一斤麦子换三斤卷心菜，一斤豆子换四斤。没过几天，连二三十里之外不种菜的人都来换，大车小车，络绎不绝，煞是热闹红火，不到三天，地里已经一干二净了。大伙慢慢一算，一亩地卷心菜亩产一万五六，换成粮食就是五千斤以上，刘三四亩地就是两万斤！不仅让人佩服，几乎要嫉妒地眼红。第二年春天，好多人家也心里痒痒，种了几亩卷心菜试试，谁知这一年真的丰收成灾，市场行情不看好，几乎成了头一年所说的喂猪都吃不完，那东西受的苦可比种麦子多几倍。最后一斤麦子换十几斤卷心菜，还卖了好多天，连卖代送，总算处理干净，让种菜的人叫苦不迭。刘三当然这一年没种，他又在自家的旱地里尝试种孜然，结果获得了丰收。村上的人这才感慨，老办法不灵验了！

原来谁受的苦多，自然收入就多，现在光靠气力不行了，还要靠脑子。别看刘三不受苦，可人家会动脑子，到头来比别人好，真是懒人就有懒人的福！

后来，刘三的一个亲戚在外地农场干，刘三联系之后，决定把家里的土地承包给别人，去种棉花。好多人就劝他，还是放稳，我们这里的人，连棉花都几乎没见过，不要说怎么种了，再说了种的少不行，种的多连承包费、棉籽、化肥、农药、工钱等等，投资就要十几万，万一赔了可吃不消呀。但刘三认定的事不放手，东挪西借，求爷爷告奶奶，凑了十几万，率领儿子儿媳，去了外面，只留下老伴在家里伺候孙子上学。秋天这边庄稼拾掇完之后，刘三的儿子回来找拾棉工，好多人就随他去摘棉花。完了一算账，还了借款，刘三足足净落十几万，创造了小村历史上不可思议的神话！

云哥造车

云哥可以说是我家的邻居，那时我们住在小山上，在山上相当于现在的一楼，而云哥家就在三楼，也是山顶上。他原来在乡上的农机站干过，后来农机站解体，自己干起了个体。云哥没有上过学，但心灵手巧，眼力很好，人又勤快，所以在村上可以说是一个能人。好多工具，他看看就可以模仿制造出来，有的像是机械修理之类的，他自己琢磨琢磨就能摸出门道。当然云哥完全靠的是自己的心才，而不是理论知识。说实话，给他一张机械原理的图纸，他也看不懂，因为他一天学门也没有进过，斗大的字一个也没识下。他自己也曾经感叹：我们是吃了不识字的亏了！

那时我还在上学，后来参加工作初的那几年，云哥还在我们那里生活，过了几年，云哥就搬走了，那是后话。在最初的影响中，我佩服他的是自己制作电视天线的事情。在上世纪九十年代初，我们小

山沟还没有转播电视，当然大多人家也没有条件买电视。不过个别人家还是买了，同时买了南方制造的天线，比如当时电视广告中就有个"001"天线，据广告中的说法，是任何地方，畅通无阻。所以个别人家相信他的神奇，就买了电视和天线。但是，不管怎么捣鼓，就是没有声音也没图像，那时流行张宝和的相声：买了个电视没情况，光有声音没图像。现在却比相声里说的还差，所以买电视的人家心情遭到了极点。想尽一切办法，把物理老师也请来了，接触过电视的人都请过了，奇迹最终还是没有发生。

云哥家庭条件在村上也是很不错的，因为在那时他吃过公家饭，肯定和一般人家不同，和别人相比，似乎从来不缺钱。所以最早买电视的为数不多的几户人家中，就有他。当然开始谁都没有注意到，云哥只是买了电视而没有买天线。直到有一天，小孩子们欢呼雀跃的时候，我们才听到他家的电视接收到了信号，图像和声音都很清晰。好多人便涌到他家，一看，果真如此。只是不知道他是怎么捣鼓出信号的。一问，也不是那种"001"之类的花了几百元钱买的。原来是他用做电线用的铝丝自己扎在木杆上，接上电缆线，经过几天不灰心不泄气的努力，最终成功接收到了几十里之外的地方发射出的信号。人们自然啧啧称奇，对他佩服有加。买了电视的人家便求他帮忙，他爽快地答应，说现在做起来很简单，只要找来铝丝就行。那东西也不是特别难找，不出一两天，谁家的电视都是音画逼真了。大家未免感叹：大厂家制造的，还不如一个土牛木马制造的。我也对他佩服万分，他肯定不懂那些原理，但却自己制造出了天线，真是了不起。

云哥家有了电视，开始几天，左邻右舍都去看新鲜，但几天之后，新鲜的感觉一过，谁都不再去了，怕麻烦和打扰人家。但云哥这人对人很客气热情，他自然明白大家的想法，于是晚饭过后，便去邀请邻居到他家看电视，还说什么早了也睡不着，一家人也

是看，人多了也没多浪费什么，何况人多了看起来还要热闹，人少了冷冷清清没意思。盛情难却，大家只好去看。那时他常常来邀请我的父母，还说什么自己不识字，当时热播的《封神榜》之类的，看起来很不错，只是不知道来龙去脉，我父亲读过书，讲解起来才有意思。凡是到他家看电视的，他都倒茶装烟。很是热情。别人不好意思，推辞说不喝，他反而会见怪。

当然最让大家佩服云哥了不起的事情还在后来。那时有极个别条件好的人，买了农用三轮车，这东西用的是柴油机，方便灵活，庄田地里和家里杂货，用起来和别人家相比，简直就是一步迈进了现代化，大多数人只是好奇，围着看看，解解眼馋，自己说什么也是奢望。云哥也去看了，不过他看得很仔细，或者说很专业，因为在看的过程中，他就能够说出那个地方起什么作用，那个地方应该怎样操作，直说的买车的人连连点头。没过多久，人们却迎来了见证奇迹的时刻。我们听到所住的山上传来了三轮车的"突突"声，不知道谁开车在山上，因为当时我们住的山上还没有人买车，于是去看，结果看到云哥在开着。大家以为云哥也买了，就去看热闹。围上去，看到的车模样和别人的差不多，只是没有商标之类的。众人疑惑不解，问他怎么买的车和别人的不同，云哥笑了，说不知买的，是那天看了之后，自己买了柴油机等制造的，开始大家还不相信，认为云哥是在开玩笑，但左看右看，和别的就是不同，再加上见过云哥造车的人也证实了云哥所说不假，这才惊讶得嘴都合不上了。想不到小小山村，还有能够造车的能人，正是了不起！结果，没过几天，不仅全村的，附近几个村子的人都知道了云哥造车的传奇，很快周缘几十里，都在议论纷纷。不仅如此，几天的实践证明，别人买的车，力量还不如云哥自己制造的，这个结论当然是比较以后得出的。比如，云哥的车能上来我们住的山上的大坡，别人的就不

行。好多人很纳闷，难道上当了？云哥解除了他们的疑惑，他说大厂子造车，主要依据平原地带的特点，三轮车在当时主要是山东等地生产，所以不了解我们边远山区的特点，因此除了柴油机马力小，其他构造也略有不同，我自己制造的时候，是进行了改进的。大家一想，自然是这个道理。有的便将就着使用，性子急的人却请云哥给自己的车进行改进，包括换柴油机。结果改进之后，和以前大不相同。

我一直为云哥出生在小山沟没有用武之地而遗憾，心想如果他到了大型机械厂，肯定是个出色的技术人员。不过后来他到了离我们老家不太远的一个比较繁华的镇上，开了一家农机修理部，开始只是做些电焊修理之类的，没几年，便做大了生意，雇佣好几个人，开始搞加工，什么土暖、保暖屋顶等，后来不断发展，甚至造出了适合当地使用的旋耕机，畅销好多地方。云哥最终还是找准了自己发展的路子，在人生的舞台上一显身手。

王哥卖废

王哥是村上唯一蹲过大牢的人。他十九岁那年，因为和人冲突，失手杀了人，被判了十几年，后来在监狱表现好，减刑两年。及至走出牢房的时候，已经三十几岁，很明显，对于曾经坐过班房的人，无论现在多么优秀，成家立业似乎成了几率为零的奢望。但是王哥也许命里有妻，恰好在他回家不久，外乡有个三十多岁的女人，人长得俊俏利落，离了婚不久，经人撮合，便跟了王哥，还带着两个姑娘。村上的人善意地开玩笑：还是王哥命好，走出监狱，娶上漂亮媳妇，走进洞房，立马当上爸爸。王哥嘿嘿一笑，满脸洋溢着满足与幸福。

其实说是王哥回了家，也只是形式上的。父亲过世早，母亲和别的儿子生活，对他来说，上无片瓦，

下无寸土，连立锥之地都没有，突然成了一家四口，就是住窑洞，也要慢慢挖。村上的人积极为他想办法，后来终于解决了。原来村上的四五间公房现在做库房，把东西腾出来，就让王哥一家住了进去。虽说破旧低矮，但总算有了遮风挡雨的窝，王哥还是很高兴。他哥哥也把原来包产到户时属于王哥的那份地划拨给他，这样这个家也就完整了。当然人多地少，王哥只好拼命挣扎。

一家人日子虽然过的清苦，但也其乐融融，王哥很疼媳妇和孩子。尤其他的媳妇，脸上经常挂着笑，整天乐呵呵的。人们慢慢了解了她的过去，原来她前夫家条件很好，住着气派的瓦房，每年几万元的收入。别人问她，现在生活感觉怎样，她由衷地说：现在真的很知足，虽然穷，心里舒坦，自己被人当做人；原来虽然富裕，但不被人当人看。人活着，钱多钱少都得过，也无所谓，关键是活着有没有好心情。大家听了，感慨自然颇多，原来担心这样漂亮的媳妇，是过惯有钱日子的，跟了王哥，会不会过得下去，谁知人家过得还挺不错的。

后来媳妇又为王哥生了一男一女，王哥更加高兴，对四个孩子一视同仁，他又把母亲主动接到自己的家里，成了村上名列前茅的大家庭，不过在他的没空没闲的劳作下，日子还算勉强过得去。

不知从何开始，王哥每天饭后茶余之际，总是提着编织袋，在村子周围转悠，遇到废纸、废塑料、骨头、钉钉铁铁之类的，就捡在袋子中，天长日久，门前堆成了小山，王哥找辆车，拉出去卖了。这时人们才恍然大悟，原来王哥瞅准了这些被人认为没有什么利用价值而抛弃的废品，用它赚钱，增加收入，心里着实为他会过日子高兴，大家也明白了废品也有用，这在以前是不知道的。当然废品也有限，本村捡完了，他就到附近的村子，附近的捡完了，王哥只好另做打算。

也许王哥变卖废品尝到了甜头，他开始做起专

职收购废品的生意来。他凑了两三千块钱，买了一辆二手三轮车，买上各种盆盆罐罐、锅锅碗碗，到各个村子转悠吆喝：换碗换锅来！好多人家，家里的废纸酒瓶之类的多的是，正愁没处处理，谁知还能换个盆盆罐罐，自然角角落落都不放过，全家动员搜索废品。当然这些废品到底值多少钱，谁都没底，只由王哥说了算。几斤换个碗，十几斤换个盆，废铁怎样算，塑料怎样算，谁都不去计较，只要能换，就已经很知足了，因为这些本来要扔出去的东西，能够换个有用的，自然很不错了。当然王哥也很活络，比如谁的废品换一口锅还不够，而主人看上了一口锅，他就先把锅给人家，说好下一次积攒上再补上，落个皆大欢喜。拿了东西的人肯定很守信用，废品嘛，谁还好意思抵赖。也许从废品中换回了自己喜欢的家当，那些女人和小孩，平时便想方设法收集废品，甚至有的女人原来男人喝酒反对，现在也不再强硬反对了，因为酒瓶也可以换东西，何况王哥拉的那些锅碗瓢盆，都是商店中买不到的好看又实用的。这样，王哥的生意自然越来越红火，每天驾着破三轮，突突突突冒着黑烟，走乡串户，忙得不亦乐乎。后来妻子也加入进来，跟着王哥打下手，真正的成了"夫妻双双把家还"。因为换东西的大多是妇女，妻子的加入，无疑拓展了市场，交易起来也就更加顺当，三天两头，夫妻俩把收来的废品拉到收购的地方，再把商品拉回来，这样日复一日，日子也越过越红火。

后来，村上的人移民到新疆、瓜州等地，那里土地广阔，物产丰富，发展前景好，当然率先搬迁的大都是条件好的，因为搬迁的各种开支要好几万，条件差的自然拿不出这样多的钱，只好在老家将就着。王哥也加入到搬迁大军，去了新疆，看来收废品真的让他起家了。过了几年，听说他日子过得很不错，孩子也大了，有的考了大学，在外迁的那些人中，他也算是发展很好的了。

四季麦子

王贵龙

又看到麦子了！

五月，碧蓝的天宇下黄土塬上那无垠的田野里，一片金黄色的海洋呈现在我眼前时，我的故乡到了，曾在都市郁结的焦虑、风尘一下子从心田逃逸了。我心里一下子变得柔软起来，柔情如水，想唱歌，更想赋诗想作文。

我行走在麦海中的黄土路上，怀着十分喜悦的心情欣赏着亲爱的麦子。

东南风轻拂下的麦穗，一个轻轻拍着一个，他们如兄弟肩靠肩手挽着手，唱着幸福喜悦的歌。夏季风给他们打着拍子，他们尽情地唱呀舞呀—他们唱着只有守望麦田的人才能明白的曲子，舞着只有耕田的人才能心醉神往的舞步。那种诗意的声音实在令人陶醉，如果你长久行走在田野里的话，如果你以食麦为天的话，你会明白麦子唱的不仅仅是歌，吟的不仅仅是诗，起起伏伏跳的不仅仅是一般的舞蹈，而是灵魂深处的金刚舞。故乡的麦田令我浮想联翩，心潮里的诗意在时空中延伸着，曾经关于麦子以及与麦子有关的记忆以排山倒海的力量一时涌向心头……

麦子的童年悲惨而不幸，充满了劫难。《诗经》上说：蒹葭苍苍，白露为霜，就像那钟情少男去会女友的恋爱的故事一样，麦子诞生的喜讯传来时，正是万物开始萧条、秋声渐浓、大地转寒的白露前后，这注定了麦子今后的路将充满艰险。我曾经多次瞩目过针尖尖春草一样远看一片鹅黄淡绿近看却是黄土地的麦田，那是麦子刚刚冒出地皮弱不禁风的样子，仿佛无数淡绿的针扎在平整的田野里，几场牛尿尿雨过后，天气放晴，麦子拼命生长，我与我的父老乡亲则忙于收糜子割谷子，拢荞麦，扳玉米棒子，无暇欣赏麦子最初的美丽和清纯，娇嫩和苗条。秋收完毕，田野枯草连天，这时大家才发现麦子不知啥时候偷偷绿了麦田，开始还带有鹅黄绿，几天后就是纯粹的绿色，一两寸高，一撮一撮的。小时候，父母忙于种麦，我则在地头守着干粮袋和水罐罐，我记得那干粮袋是母亲纺线织的土布缝的，刚织出来的布是白色的，用一种叫煮蓝的染料染过后就可以用了，没有钱买煮蓝，也可用山洼洼里的一种叫蓝叶的兰草侵染，颜色与今天寺院里一般和尚穿得坏色衣色气相近。有一次我丢了那土布馍馍口袋，父母都很伤心很气愤，在凭布票买布做衣服的六十年代，我们姐姐兄弟多，一块破布片都是宝，何况那是母亲新作的土布包包呢。第二次对种麦子有切肤记忆的是三十多年前刚上大学时，眼看同学都去大学报到了，而我却拿不出二三百元上学的费用，跑了几十里路到亲戚家借钱，那些天天天下雨，种麦子的人有的穿着棉袄，有的穿着棉布马甲，我守在地边，等亲戚种完那一块地上的麦子开口时，阴雨寒风中的我我已经浑身透湿，冻得浑身哆嗦不停。钱借到了人也冻感冒了，到学校报到时也快临近国庆节了。我深深体会到麦子就是在这样的恶劣环境中从庄稼汉的手中溜进田野里的，而我也是在这样的境况下踏进大学门槛的。

出生后的麦子要经受住一次次恶劣环境的考验，才能走进自己的春天。杜甫说："八月秋高风怒号，卷我屋上三重茅。"（《茅屋为秋风所破歌》）可见这是怎样一个季节，而九月，树树秋声，山山寒色，大自然显示出了更凌厉的杀气。麦子不是青松，她是地地道道的草，是草类中很软弱的草，然而她的风骨她的能耐有胜于青松者，这是司命之神在秋冬季节留给人类的最后希望。麦子幼年时，娇嫩的麦苗就头顶霜露了，虽有风霜刀剑严相逼，她也必须勇敢地成长，也不能长得太快，因为谁也无法在寒冬腊月开花结果；又不能长得太慢，太慢根须扎不深扎不稳，寒冬腊月会被冻死的。

漫长冬季是麦子的炼狱，麦子要经受衰败死亡的考验。"十月严阴盛，霜气下玉台。"而麦子头顶浓霜，面迎利剑般呼啸的寒风，独自青绿于天地之间，给乡野小民我不少鼓励。童年我顶着凛冽的秋风，扫去麦田树下的霜叶，早晨起来迟时，落叶往往会被别人扫去，常常清晨四、五时我们就到村口、田边扫落叶，那个时间正是一天最冷之时，遇到大风天，冷风嗖嗖如刀刮如真扎，麦子成了霜花一朵朵僵硬在田野了，如果不是一直在动，我也是田野里的霜花。中午太阳出来了，霜花消融，地面又露出了麦子的青绿身影，她又恢复了活气。北方的冬季长达四五个月，最寒冷时，地面到地下二尺多深都冻成了铁板，麦子被冻僵了，窄窄的叶子看上去碧绿中泛黑，实际上手指一捻，就成了绿色的

粉末。人常说，悲莫大于心死，麦子浑身看上去冻死了，实际上她的心还活着，其根僵而不死。少年时我多次在冰雪天的麦地里行走，对麦子的遭遇十分了解。那时为了弄俩零花钱，寒假期间用散高粱穗缝扫帚，经常凌晨三四点抹黑出门，月黑风高夜，只听得北风在耳门上鸣鸣响，刮得耳朵生疼，走过一块又一块麦田，穿林越涧，过沟翻山，中原、党塬、玉都塬等黄土塬就是在那些蹉跎岁月里身背六十多斤重的扫帚走几十里上百里路程认识的。有时候大地被冰雪覆盖，在这样的夜晚走路，到处白森森的，不是撞倒在坟堆上，就是跌进地埂，那些年大冬天吃的苦头现在想起来还不是个滋味。卖扫帚的日子，为能趁早返回家，常涉麦田，以为近道。麦苗还保持着秋天时生长的样子，绿色也依然，只是脚踩上去后，发出"沙、沙、沙"的响声，脚踩过的麦秧苗因为冻死风干，回头看时只有绿色的灰，用手刨一下，你会发现下面的白茎还活着。事实上，上面干死的绿叶正是下面根茎的棉袄，有这个棉袄麦子才能安全过冬。我觉得菊之迎寒那也只是在十月硬撑一阵子，菊哪能熬过冬天？松之抗寒，梅之斗寒也不能与麦子相并而论，因为她们是树木，而非像麦子一样是根须很浅很小的弱草啊。

熬过了漫长难耐的寒冬，麦子终于也迎来了第二个春天，开始走向生命的美丽，迈向一生最辉煌的历程了。

春天的麦子不再鹅黄娇嫩，不再腰身单薄，不再枯叶僵硬，而是蓬蓬勃勃，欣欣向荣，绿色跃荡川原。是谁最早发现春天，捕捉到了春讯，努力苗壮呢？老师说是文人说的"春江水暖鸭先知"的鸭子，迟钝的人说是河那边含苞的杏树，育芽的柳树。其实，最早捕捉春天信息，牢牢抓住一鼓作气的是麦子。老农知道麦子苗死心活着，因为麦子整个冬天都没有冬眠，而是时刻准备着走进春天。早春，河没解

冻，雪未消融，可是麦子的秧苗不知什么时候已经不再僵硬了，实际上有一部分麦苗已经新长出来了。老农知道麦子起身很早，每至寒气回返天气，他们都要在地头放火熏烟，陪伴麦子度过黎明时的霜冻，以防春霜冻坏了麦子，他们什么也没有说，只是默默无闻地守着麦田做力所能及的工作，他们知道麦子早已经起身跋涉春天了，那时鸭子还在窝里等待呢，柳树还在村口干缩着呢。阳春三月，东风浩荡，如油的春雨淋下来，麦子长势喜人，一天一个样，仿佛健康烂漫的小姑娘，着实可爱。知识青年上山下乡那些年，某个春月，刚下放去农村的女知青出了城看到泾河川麦田里的麦苗，惊呼："哇，怎这么多的韭菜？如何吃得完啊！"他们把麦苗误认为韭菜也难怪，因为麦子蓬蓬勃勃、叶子肥厚，绿色跃荡田野，确实像韭菜啊。

麦子装饰了春天，使春天名副其实；麦子承载了生命的希望尤其是人类的希望，而春天的麦子无疑有力地助推了人的梦想和希望。不是吗，在春天里，看到那原野上，川道里一望无际的绿色地毯一样的麦子，你能不心潮澎湃吗？你能不对生活对未来有所期冀吗？

进入农历四月是麦子的青春期。夏季风徐徐吹拂，一场又一场春雨飘过，麦子拔节，腰身苗条，出息得如同成熟待嫁的美丽女子，微风过处，田间涌起绿油油的麦浪如海浪翻卷，发出悉悉沙沙的乐曲，如果你是农民，你一定会陶醉在这幸福的乐曲中，这是真正的大自然的大合唱。

初夏，青绿的茎秆抽穗扬花。微风中麦穗儿扭动着妩媚的身影恰如深山里的妹妹赶集似的，互相笑着，闹着，互换着花朵，互相欣赏着青春的美丽。麦花淡黄淡白，如玉米粉做成的小孩子手中的黄黄的杆杆糖，说她太细小，比一根细针的直径还细，她好像靠在穿着绿袄的麦粒上，又像是悬浮在空，有风没风都颤巍巍的，仿佛随时都有掉落的危险。我是从麦田里走出来的，曾经在麦田里在麦捆中静静地聆听过麦子的话语，在微风中，她们悉悉，索索，沙沙……实际上是麦穗上的长刺相撞发出的声音，那些刺只是轻轻互相触一下便分开了，千千万万个麦穗如此爱抚，便有声波传递在麦田原野，麦子的语言很丰富，那就是大自然的语言。扬花的麦子像谈情说爱、意气风发的女子，高昂着头。四月末至五月初，麦田渐渐变黄，湛蓝如洗的天宇下，阳光的热浪在夏季风的推动下像烤箱里烤馒头一样烤着麦田，于是绿海变成了遍地金黄的海洋。灌浆后的麦子，初像孕妇，慢慢黄熟、快要收割的麦子则像快要分娩的少妇，显得很吃力，一副头很重的样子。

我脑海里有好多个不同的极富诗意的盛夏。

曾记得，麦田里黄浪翻滚时，生产队里的保管便领着几个人在几十亩大的场院里检查一辆辆老牛车大带车，家家检查镰刀，磨刀霍霍，因为要收麦子了；曾记得在挣工分吃饭的岁月里，我与三十多个同龄少年在学校放忙假的日子里拉着架子车形成了长龙，数千亩麦子就被我们这些还不够拿一个劳动日公分的"小伙子"用一周时间拉完了，根本就没有用上生产队那些大带车老牛车，队长高兴地咧嘴笑，因为我们干了大人的活，运输了那么多麦子他却不用给我们记满分；曾记得与阿牛、阿宝、爱社、爱国，与牛牛、巴巴、狗蛋、毛蛋给生产队看麦子的情形。我们把割下的麦捆子悬成一圈，上面搁几个麦捆子，下面铺一层散麦秆，一个窝棚便形成了，清香的窝棚实在比想象中的帝王宫殿还要好，麦秆的清新气与麦粒的香气刺激着我们的胃口，那时大多数人处于半饥饿状态，正如大作家莫言所言："我记忆最深的就是饿。"这也是几代中国农民最深刻的记忆。无论割麦还是看麦子，不少人揉搓麦穗，吃生麦粒充饥。有一次，不知谁说，烤麦子更好吃，

　　于是我们用麦秆烤麦穗，由于是新麦子，放到嘴里绵绵的软软的香爨清心，比二月二炒的麦豆豆好吃多了。烤麦子往往是在黄昏后夜幕降临时，天宇上冒出几颗贼亮的星星，社员都人困马乏地睡了，不可能到麦地里来了，队长也巡查过了不可能再来，周围虫虫鸟鸟都安静下来进入梦乡时，我们便开始放火烤麦子。虽不比如今旅游时野营篝火喜庆，只有二三人，又是偷偷摸摸燃篝火，但是，对于对饥饿有切肤之感的半大小伙子来说还有什么比这个晚餐更迷人呢？热浪退去，夜幕围拢，皓月当空，原野上万籁俱寂，只有新麦秆噼噼啪啪得爆裂声，只有烤熟的新麦粒散发出的香味，只有火苗悠闲的舞蹈及火焰映照下同伴兴奋微红而幸福愉快的脸。那时许多小伙子都很瘦，明显地营养不良，哪有像今天这么多在你眼前绕来绕去的胖子？曾记得包产到户后第一年夏收，我家第一次拥有了十几亩长满成熟麦子的麦田。在麦田里，一向愁眉苦脸的父亲第一次高兴地开怀大笑，割麦时第一次哼起了小曲，"嚓——嚓——嚓"，镰刃接触麦秆的每一个声音都十分快十分响亮，汗水像勺泼一样，只见他撩起衣襟摸一下脸上又继续"嚓——嚓——嚓"割麦了。那时我读了不少作家叙述自己灾荒岁月累累伤痕的"伤痕文学"，正上初中，是一个做着文学梦的初中生，割麦子不是很内行，看着风吹麦浪翻卷，千里金黄，金光闪闪，于是诗兴大发，边割麦子边想那些关于丰收的诗句，美妙的诗句倒也想了几句，可是那镰刃在手指上狠狠割了几次，鲜血直流，包扎好伤口继续割麦，又忍不住想到不知谁的《丰收》诗："……父母都下地去了，我们兄弟几个在房檐下歌唱，从清晨直唱到黄昏……"正想得美妙，镰刃又在手指上"亲"了一下，我第一次感受到作诗也是充满血腥味的，懂得了割麦也不能分心走神，否则镰刀不饶人；曾记得酷暑逼人的日子，在父亲指导下我与我的兄弟姐妹在自家场院里码起了大大小小的麦草垛，一场又一场碾麦子，一场又一场晒麦子，一袋又一袋存麦子。一切与麦子一生有关的农活都学会了时，我也开始去完全陌生的城市生活了。

　　我是带着对麦子一生的认识和理解离开农村的。麦子的一生，可以说是生于忧患死于安乐，跟自然四季一点也不吻合，与那些春生秋死者相比，因其命运是逆季节的，遭受的苦难就大，其经历注定了其给人启迪的价值意义很不一般。麦子好吃，营养价值大，咋吃都不伤胃，咋吃都香，可是我们吃麦子的人有没有想过这些与麦子的经历有关？

　　我身离开了农村，心，并没有离开麦子和麦田，因为我太理解麦子了。麦子在萧条之秋诞生，在严寒的冬天苦熬，在火热的春天完成青春发育，在炎热的夏天成熟，然后坐化，进入涅槃。麦脖子干了枯了，麦穗弯下了智慧的头，麦秆还是挺直腰站在田野里。在麦田里我老是想：麦子经历了漫长的风霜雨雪，度过了短暂的阳春丽日和更短的火热盛夏，四季的滋味一一饱尝；风吹过，雨润过，霜冻过，雪压过，严寒酷暑五味杂呈，没有一样没有考验过麦子，麦子的一生，多么像劳苦大众的一生！麦子对任何坎坷都没有低头，没有抱怨，没有迟疑，没有退缩，勇猛精进而又淡定从容，最终回报给天地人间一支颗粒饱满饱含正能量的麦穗。正如智者所言：播进土里是一粒麦种，交给大地的是一穗沉甸甸的麦子！

　　哦，麦子！我拿什么来形容你呢？连莫言恐怕也说不准，我又怎么能形容得出你呢，我只能说：你——麦子！是我灵魂中永远的麦子！

生活是盏灯

冰 泉

贪吃岁月

人的一生，跌宕起伏，喜怒哀乐，变幻无常。就说最原始的本能吧，谁能不为自己的嘴巴东奔西忙日夜操劳呢？只有先把肚子填饱，饥饿问题解决了，生命才能延续，而围绕鲜活生命的其他器官必然会分泌出许许多多或梦幻或诡异或智慧或愚蠢的想法与期待。比如，大脑；比如，心脏；还比如，睾丸，都是在肚肠满脑衣食无忧的状态下，才会想入非非或各有所需。是人都一样。

再拿自己来比如，自从有了记忆，就对吃饱肚子持续产生过强烈的欲望。那年月，一年能吃饱几顿，就感觉幸福得不得了。只要路过食堂或饭馆，必定要放慢脚步，就为了多吸几腔飘逸出来的肉香菜味。虽然吃不到嘴里，但让气味在胸腔畅游回荡，也是一种莫大的享受。记得上高中时，甲同学下课回宿舍吃饭时，发现他的苜蓿菜疙瘩馍丢了两块，怀疑是乙同学偷吃了。因为在最后一堂课上，全班只有乙同学出去了一会儿。在那年月，学校每天都在上演着丢失锅盔或馍馍的事件，已经是司空见惯不足为奇的常案。而那天甲同学与乙同学在相互探询争执中，话不投机各执一词并动了手脚，双方都挂了点彩。甲同学的鼻子大出血，乙同学的嘴巴染了红，我们同宿舍的同学实在观摩不下去，相互劝说无效后，就想出了一个水落石出的办法。甲同学丢失的是苜蓿疙瘩馍，乙同学本周吃的是玉米面窝窝，一个属于绿色，一个呈黄色。如果乙同学真偷吃了苜蓿菜疙瘩馍，它终了还是要从下面排泄出来啊，看看拉出来的颜色，便丁是丁卯是卯一目了然了。事实胜于雄辩，还争吵什么呀。于是，我们告诫乙同学说，只要上厕所，必须叫上我们去验证，否则，就是此地无银三百两。整个下午，我们都眼巴巴等待乙同学去厕所，然而，乙说他没有那个感觉呀。晚上，我们依然翘首以待，旁敲侧击。但乙还是那句话，没有那个感觉，你们总不至于拿钩子掏我屁眼吧。这时候，我们怀疑乙同学偷吃甲同学的苜蓿疙瘩馍可以说十拿九稳。到了第二天早上五点半的时候，我们都沉浸在黎明前香甜无比的瞌睡中时，乙同学大叫，快快快，我感觉来了。期盼了好久的我们立马儿灵醒过来，呼啦啦踊跃而起，拿手电的拿手电，取报纸的取报纸，如考试似的紧张而兴奋，跟随乙同学去了厕所。为了防止乙同学偷梁换柱弄虚作假，我们不顾茅坑的臭气熏天，首先把报纸落在下面，以防黑白不分，避免张冠李戴。几分钟后，

乙同学刚提起裤子，我们便把他拉下茅坑，手电聚焦，目光齐射，只见一根老黄瓜样的脏污，像金条一样呈现着黄澄澄的色泽，我们逃出厕所，长长出一口气，奔回宿舍为乙同学平反昭雪。那时候，大人小孩见面第一句话就问：吃了吗？

后来，工作了，吃饱已经不再成为挂念，而怎么能吃上好的，比如隔三差五能吃上鸡呀鱼呀肉啊什么的，又成为一种奢望。那会儿来个客人都在家里招待，最平常的菜就是土豆丝，醋熘白菜。殷实点的家庭，还能端出豆腐粉条。而最好的招待，便是称半斤肉，有了肉菜，脸上就有了光彩。那会儿下馆子吃饭很少，除非谁家婚嫁什么的，才能美美吃一顿。生活虽然在逐渐变好，但还没有到想吃什么就吃什么的自如，更谈不上浪费，"奢侈"这个词听都很少听到。改革开放了，大家还在奔小康的路上，过日子还是要精打细算的。只有过节过年的时候，买三条带鱼，割两斤猪肉，香香地吃两天。再后来，也就是跨世纪的前后吧，人们的生活水准一下子高涨了起来，只要食欲能覆盖的，基本都可以日新月异，就是鲍鱼燕窝鱼翅什么的，也不会让自己留下遗憾。

就是自己这张罪恶的嘴和不断扩张的胃口或者叫囊膪的下水，在生活GPC指数不断提升的过程中，好像要弥补过去残缺似的，贪馋而堕落，勇敢又奢侈，毫不心疼，毫不嘴软，毫不马虎，毫不吝啬，只要是天上飞的，海里游的，地上跑的，林中钻的，管它是哪个级别的保护动物，只要别人敢弄上桌面，我就敢风卷残云，吃得它片甲不留。

特别是近年吧，好像一切都颠倒了，在家里吃得少，在饭馆吃的多。别人吃饭还有个节制，再好的美味佳肴，对自己的胃口都会掌握到一定的分寸，既是眼睁睁看着农民种一年地的勤劳也抵不上一顿饭的价值，随之要流入垃圾筒也不会皱一下眉头时，

我呢，赶紧出面制止道，小姐慢点，慢点小姐，倒了怪可惜的，还是让我吃了吧。客人陆陆续续都走了，我呢，依然稳坐不动，一双筷子，一张大嘴，不慌不忙，埋头苦干。毕竟是从饥荒年代过来的人；毕竟是知道锄禾日当午，汗滴禾下土的人；毕竟有一个能延伸、容纳、扩张的胃口下水或称酒囊饭袋。记得有次，和同学在银川吃老毛手抓，他点了二斤手抓，一盘爆炒羊羔肉，而他仅仅用筷子象征性地动了动。我呢，嘲笑他不会享受美食，于是，一筷头一大口，一低头一坨肉，半夜呢，他睡得呼呼响，我却在地下走来走去，折腾了一夜，胃难受啊。还有一次，跟随小领导宴请大领导。价格不菲的一盘火炬鲍鱼，我三下五除二，盘子像狗添了似的。而坐在我左手的司机师傅看我吃得猛烈，就说，他常吃这玩意儿，没啥味道，说着就把他的那份推在我面前，我二话不说，不到五分钟就解决了战斗。而坐在我右手的师傅，谦虚道，老哥也帮我个忙吧，倒了怪可惜的。我半推半就地问，你真的不想吃吗？他说，这玩意儿昨天才吃过，就感觉不出啥味道了。于是，我一点不客气地将三盘鲍鱼落肚，暗暗把自己佩服得不得了，一顿饭吃了三个月的工资，死了也够本。就这样，别人剩下的，我尽量收容；遇见好吃的，我当仁不让。日复一日，年复一年，我的体重从20岁的45公斤，逐年涨潮。30岁实现了55公斤，40岁突破65公斤，50岁跨越了75公斤，最高直逼80公斤。身宽体胖，本来是福相。但是，我的身体发育却背道而驰，它不按照和谐发展全面提升的路子走，它一味偏向横断面凸显。为此，经常受到他人的耻笑说，有本事的人把别人肚子搞大，没本事的人把自己肚子弄大，看看你，远远看上去，就像一个皮球滚过来……。

已经到了臃肿的程度，随之产生的是脂肪肝、高血压，行动迟缓，懒惰昏庸，开始困扰着我的日常生活了，或者说已经降低了我的生活质量指数。

有时候，想做点什么，肚子大的自己把自己像个千斤顶一样，头和脚落不到实处，只有肚子，横空出世。

减肥，已经到了危在眉睫刻不容缓的时刻。

走在路上

从五月份起步，我的一切业余时间几乎都投入在"走"的进程中。早上六点半走到快八点，晚上七点多走到快十点。如果是周末，连续走上四五个小时，大汗淋漓，人困马乏，然后，冲个热水澡，美美睡一觉，醒来后，再走。就是酷暑时间，也我行我素，既是地表温度超过50度，感觉像走在火焰山上，周身火烧火燎的。但是，随着一步一步踏下去，汗珠珠一串一串冒出来，不会游泳的我，感觉像游泳一样，舒服得很。

一路走下去，越走越有感觉，越走越来劲，越走越想走，越走越上瘾。

开始走，还有点羞涩的感觉，不好意思放得开，怕别人耻笑这个人半老十岁了，每天急匆匆地走出小区院子，好像菜贩子急着抢占地盘似的。最初走动，仅局限在小区院子的林荫道上，绕圈圈走。一小圈8分钟，一大圈14分钟，不停地走一个多小时。走着走着就有点烦心，一是这个小区院子住户上万人，每天起码有数百人在运动。小区就那么大的地盘，早晚走路的人蚂蚁似的，前脚挨后脚，左肩挤右肩，赶集似的汇成人流。特别是比较松垮的身体，破锣似的，走着走着开始排空，一会儿响声如雷，一会儿余音缭绕，一会儿一波三折，一会儿无病呻吟，如果跟随在他（她）后面，哪个气象万千的沼气冲天味道，你不窒息也会憋死的。更有甚者，你看他在你前面大步流星扬眉吐气地走着走着，诱惑得你也要振作精神迎头赶上或者超越而过的瞬间，他突然一甩头，一口浓浓的脏污喷涌而出，这时候，你

就是喊声爷也无济于事，只有自认倒霉。

于是，我开始走出小区大院，以凤城三路为起点，过四路，绕五路，去文景路，上朱宏路，然后再折回文景公园，也就一个小时。然后，根据时间长短，绕公园走几圈，一圈是7分钟，一般绕三圈时间就差不多了，再从三路返回家，刮刮胡子刷刷牙，洗把脸换个装，该上班了，早上的行程基本固定不变。下午时间长，随意性也大。如果沿文景路一路走下去，一是可以去城市公园，绕公园一圈是17分钟，转三四圈，也就一个来小时，一去一回，两个多小时就可以了。二是从朱宏路一直走下去，绕凤城十二路直接走到北火车站，坐在正在修建的石台阶上，点着烟，翘着首，广场宽敞而清新，旅客来去都匆匆，花花绿绿，各有千秋，人流穿梭，南腔北调，人稠了就有精品可供选择，很是养眼。

周末的时间很充裕，选择线路需要衡量身体储备的精气神儿。走到大明宫遗址公园，需要40分钟。从公园北面走到南面，也需要40分钟。如果再有些景点溜达溜达，来回大半天就过去了。走钟楼，需要一个半小时，回来的时候，起码要走两个小时。走南二环，需要2个半小时，返回来就必须喝一瓶啤酒，吃10串烤肉，才能走得动。走未央湖，3个半小时都紧张，回来的时候就感觉腰酸腿疼。绕西安城墙走一圈，没有4个小时，就成了走马观花。如果从未央大道直走，进了北大街，拐进莲湖路，出了玉祥门，然后从红庙坡、北二环、凤城三路走回来，坐在沙发上，嘴里只能喊一句话："妈呀，今天要了老爸的命。"

7月中旬，正是火热的时节，去了趟北京，住在旧鼓楼大街。几乎天天从驻地走到天安门广场，也就一个半小时，来回不到4个小时。如果早上5点多起来，走过去还能看到升国旗呢。如果绕天安门广场走一圈，也就33分钟。绕国家大剧院走一圈，

还不到 20 分钟。从王府井走到西单，如果把眼睛的漂流删去，还不到 50 分钟。晚上沿后海灯红酒绿拐里拐弯地转一圈，也就 1 小时 20 分钟，然后，坐在一家楼顶上，阳伞吧台，热风扑面，要一瓶啤酒，半斤的 30 元，10 串烤肉 30 元，一碟花生米 20 元，然后眼睁睁地看看中国人外国人是如何荒诞放纵的。

过去，出过门，进个城，开着车，感觉很爽。自从开走以来，二环以内几乎用不着动车，抬步就到。盛夏的夜晚，酷暑难熬，迈步就走到西大街回民巷，要 10 元的板筋，喝两瓶啤酒，再走回来，神清气爽。如果想品尝西安的小吃，朝西，你可以沿文景路走下去，过了韦 29 街，从龙首村步行街走回来，一路总有一款对你胃口；朝北，你可以从红旗厂走过去，绕市政府走到白桦林居，沿文景路走回来，一路一家挨一家的饭馆，总有一户让你解馋；朝东，你可以从凤城一路走出去，过了太华路，走到辛家庙，再从玄武路绕回来，总有一家小炒会让你落座解囊；进城，先去青年路，再上北广济街，拐进回民街，折到粉巷，都是百年老店，都是西安特色，吃呀喝呀的，一路美味一路飘香。

一路走着，汗水流着，观赏风景，吃着特色，走街串巷，品味西安，何尝不是生活的快乐呢！

8 月中旬至今，我再称自己的体重，基本回落在 66 公斤左右，穿上牛仔裤，还有了腰身呢。有了腰身，走路更有了动力。

离死还有一段路，革命尚为成功，还需要继续走啊。

其实，人的一生，都在路上，走着……

摄影 / 路学军

电影往事

小 米

如果列举我童年时最幸福的事，那么，看露天电影，是其中之一。

从银幕的后面看电影，在村子里，理所当然，是我的发明。我常常从银幕的后面看。原因其实很简单，放电影的场地一般是生产队的打麦场，不怎么大，观众又特别多。小孩子又特别好动，放映员换胶片的时候，或者，胶片断了，放映员需要用胶布接胶片的时候，孩子们往往耐不住寂寞，从座位上站起来，到人少的地方去疯一阵。可能是放映次数太多的缘故吧，那时候，断胶片是每次看电影都要发生的事，习以为常，不足为奇，谁也不觉得有什么大不了的，接上就是了。也是因此，我常常从自己的位置上开溜。正玩得高兴，电影突然又开始了，人山人海的，一时半会儿挤不到自己的座位上去，只好在外围观看。在外围的，一般都是站着看电影的人，他们都是大人，个子（人的体形）很高，我在后面只能看见他们的后背、脑袋，虽然听得见电影里的声音，但看不见银幕。我着急也没用。只好围着放电影的场地，焦急而又不停地，寻觅一个好一点的位置。就这么，有一次，很偶然地，我走到了银幕的后面。我发现，从后面看，居然也是可以的，相对还比较安静，不但不拥挤，看得也清晰。真不错。

这个秘密，我很长时间都没有告诉任何人。我明白，一旦说给了别人，这么好的地方，就不会一直给我留着了。但是，我未能让这个秘密长久地憋在我心里。我最终还是忍不住，告诉了我的小伙伴。

后来，个别大人发现那么多孩子挤在银幕后面看电影，也明白了是怎么一回事。

无论什么事，从后面看，换一个角度去看，往往能看出不一样来。

人是需要一点超常规的思维的。而且，许多超越常规的思维方式、行为方式，往往都是逼出来的。所以我觉得，人往往是需要被生活、被别人逼迫一下的。不逼迫，就难以激发人的创造性。不这样做，我们就会安于现状，平庸而普通。因为人是有很大的惰性的，人的创造能力，不是没有，而是没有被发现、发掘，它往往是藏着的。

没有了秘密，但我有了分享的快乐。

无论什么人，无论他做什么事，无论成败，都是需要跟别人来分享的。你的痛苦跟别人分享，会减轻一半；你的快乐跟别人分享，是两倍的快乐。一个人过分自私，不仅没有朋友，没有知己，而且没有快乐。因为你的快乐是没有人知道的，或者，别人无所谓你，不在乎你，因为你的自私，你快乐也好，痛苦也罢，都与别人无关。

有很长一段时间，村里晚上放电影，我不用早晨一起床就急着去打麦场上，摆放好我的凳子，用来占座位了。可是，后来，当秘密不再成为秘密，我又恢复了老样子。一旦知道村里要放电影了，我早晨起床的第一件事，不是洗脸，也不是吃饭，而是拿一只小木凳，去打麦场，占一个我认为最好的位置。

　　这一天，是非常漫长的。水不想喝，饭也无味，等不到中午，等不到天黑。一有空我就去打麦场，看看我的凳子还在不在，也看看凳子还在不在我原来选定的位置上。我的心里只有电影。

　　天终于要黑了。我哪有吃晚饭的心思？如果母亲因为忙，把晚饭做得迟了，我会憋一肚子无名的怨气，一脸烦躁，坐立不安。好不容易等到饭熟了，我草草地扒拉几口，免得父母责备，撂下碗就急急忙忙地，一路小跑着，去打麦场。

　　天黑还早着呢，距电影放映，还有很长的一段时间。天不黑，电影就没法看。

　　放电影的日子，比过节还热闹。我是急着去玩，也是急着去品尝那一份"在我们村放电影"的自豪感。这时候，外村的人，三三两两，陆陆续续，都到我们村来了，他们看见了我们，一般都要讨好似的，跟碰见的人，打一个招呼，还装模作样地问一句："电影快开始了吗？""还早着呢！"我们往往这样回答。问的人，也就那么一问，只是为了搭讪，为了摆正"占了便宜"的姿态，他也知道，天黑了，才能放电影。

　　看电影是我童年时少得可怜的文化生活之一种。农村的文化生活本来十分贫乏，在二十世纪七十年代，尤其突出。我童年时的文化生活，除了看电影，还有两种：一种是听大人摆古经（讲故事），这样的机会是很少的；另一种是看小人书，但是，可看的小人书又非常地有限。再没有别的了。所以，有了看电影的机会，不仅我们小孩子，即使是大人，也格外珍惜，更不可能放弃，哪怕要放的电影已经看过很多次，连电影里的台词，都可以脱口而出。

　　我经常跟着村里人——比我大一些的孩子，或者是大人，到外村，去看电影。以本村为圆心，半径五六公里的村子，只要放电影，只要我知道这个消息，我几乎都要跟着别人去看。虽然我已经上了学，但那时候的孩子，不像现在的小孩，有那么多的作业要做。上小学时，老师布置的作业还不够在学校做。那时候的课文，也很简单。上了学，有一半的时间，还是在玩。我后来仅仅读了四年师范学校，没有上过大学，但我并不觉得我有多么蠢。我甚至认为，现在的教育模式，很有问题。孩子刚刚上了小学，就有了爷爷奶奶无微不至的关怀，就背负着父母望子成龙的期盼，就有了一大堆课本，一大堆作业，一大堆辅导材料，孩子的负担比书包里装的，重得多了，知识虽然很早就学了不少，但孩子的天性、个性，也被压抑了不少。由于很少有时间玩，厌学的情绪，厌学的现象，非常严重，这使很多孩子很早就丧失了学习的兴趣，也没有比较强的求知欲。他们虽然在学习，但更多的，是为了完成老师或家长布置下来的学习任务，他们的学习过程中，鲜见渴求知识的乐趣。他们往往是被动地接受，而不是主动地，去获取。

　　我们的孩子看上去，比我们小时候，学问大得多了，但是，不那么可爱了。这是一个很奇怪的现象。

　　晚上没有什么事情，本村又一年难得放一次电影。看电影，多半都是去外村。去外村，得有人领着，或结伴去。彼此有个照应。跟着去的，最好是有手电筒的人，因为我没有手电筒。有了手电筒，走夜路方便。有月亮的晚上倒是无所谓的，天很黑的话，手电筒的作用就太大了。回家的时间，一般都是午夜，路又不是太熟悉，冬天踩在水洼里还是轻松的，一步踩了空，崴脚的、掉到山下摔坏的，也不是没有。

　　有个比我还大一岁的男孩子，看电影的时候，靠在土墙边，睡着了。当他醒来，电影已经散场了。别的孩子四下里找他，喊他，他没有醒，大家都以为他提前几分钟，走了。我们常常这么做。可是，一直追到村里也没有追上他。他的弟弟到家里看了看，他还没有回家。只好叫上几个伙伴，一同去接他哥哥。弟弟他们几个出村走了好几里路，才接着了他。他说，当他醒来的时候，放电影的那个露天的场院里，一个人都没有了，他是给冻醒来的。

本村有个孩子，在外村看完电影回家时，居然迷路了。他也是提前几分钟走的。刚一走出那个陌生的村子，他就朝相反的方向走了去。他在前面走了很久，也听见后面隐隐约约，有人跟来，并不觉得自己走错了方向。后来他累了，决定一边歇着，一边等。等后面的人来了一起走。可是，他等来的，没有一个是他认识的人。他这才明白自己应该向南去，却往北走了近两公里的冤枉路。

我跟别人去看电影，父母一般是默许的。他们不同意也不行，别的孩子都去了，有的还在门外的路上，叫我、等着我，我能够待在家里吗？父母凭什么不让我去？我想尽办法也得去。不让我去，我就在家里，跟他们闹情绪。

去外村看电影，经常地，要看人脸色。刚刚走进人家的村庄，那些不认识的孩子就起哄，口里还喊着："不许不认识的人看我们的电影！"看看，电影在别的村放映，就成了人家的了。我们去看，仿佛是受了人家的恩惠。可是，在人屋檐下，不能不低头。我们只得什么话也不说，赔着笑脸，厚着脸皮往里走。既然大老远地来了，电影是不能不看的。

我们村放电影的时候，我从不那样做。因为我明白，被人羞辱的滋味并不好受。可是，本村放电影的时间太少了。那时候，通常都是生产队出面，请县放映队的人来放映。个人是没有这样的资本的。

在本村看电影还不错，条件比较优越，可以从容地吃了晚饭，悠哉游哉地，慢慢再去。但我早已等不及了，哪有心思吃晚饭呢？放学回家扔下书包，我就急匆匆地到打麦场上去。

人们开始往那儿聚集，虽然电影开始还早着呢，但那地方，热闹。小孩子都有在热闹处扎堆的习惯，

我当然不例外。这一天，我心里是充满着喜悦与自豪的。喜悦在于，有了电影可以看，自豪则因为，这是在我们村里放电影。虽然跟伙伴们一起玩着，我的心思却不在这儿。我把我的心思用在了观察周围的人身上。尤其外村来看电影的人，我发现一个，就莫名地自豪一次。我并没有忘记去外村看电影时发生的种种不愉快，但我现在是愉快的。我觉得我很大度。我不像外村的孩子那样，在自己的家门口要威风：用话语挖苦外村来的人，用行为挑衅外村来的孩子们。有那个必要吗？谁都有在人屋檐下的时候，所以，别人在你屋檐下时，没有必要太嚣张。

看电影的时候，前面的人，自然都是本村的，而且多半是老人、妇女、儿童，这些人都坐在从家里拿来的凳子上，中间则是本村的青壮年男女，他们一般站着看。外围都是外村来看电影的人。当然也有例外。

看电影往往是冬天的事。冬天看电影，很冷，但在这个季节，农活少了，农民比较闲暇。悠闲是很要紧的，它给看电影提供了可能。冬天的天气实在是太冷了，电影往往还未看到一半，我就强烈地感觉到，身体虽然被人们挤得一点也不冷，北风却透过密密匝匝的人群，像用很细的鞭子，不停地抽打在腿和脚上。腿上仿佛没有穿裤子，脚上虽然穿了鞋与袜，鞋袜却都是破了好几个洞的。那时候家里穷，能有破了的袜子穿已经很不错了。我的脚先是冻得发麻，后来就失去了知觉。有时候，要回家了，脚却迈不动了，好像脚不是自己的，好像腿使唤不了脚。走着，走着，脚慢慢地热起来了。走那么远的路，回到家里，脚终于热和多了，可是，往被窝里试探一下，这才觉得，脚还是一块冰疙瘩。要是一同睡的还有人，我的脚是断然不敢接触别人的。通常是，因为脚太冷了，我无论如何睡不着，天快亮的时候才勉强迷糊一会儿。我的脚跟就是这样冻伤的。几乎每年冬天，我的脚都没有好过，不

管白天还是夜晚，脚都痒得难受。脚越暖和，越痒。冻疮严重的时候，脚上甚至裂开了纵横交错的一道道的血口子，即使走路，我也是一瘸一拐的样子。

但是，对于看电影，我仍然乐此不疲。

电影开始前，照例，免费插放纪录片，科教片，一般都是"新闻简报"，比如《毛泽东主席会见西哈努克亲王》，诸如此类。我们都不爱看纪录片，科教片，觉得没意思。没意思透了！现在我不这样想了，我小的时候，说句真话，心里的确是这么想的。很多人跟我的想法，是一样的。我看见也听见人们闹哄哄地，呼来唤去，出出进进，丝毫不把正在放映的纪录片或科教片看在眼里，放在心里。放完了这些，公社干事、大队支书或生产队长，还要讲一大堆革命问题，生产问题。这才是他们决定放这场电影的目的。人们都有点不耐烦，但是，不听也得听。电影终于要放映了，人们一下子安静下来，这时候谁要是还在说话，还走来走去的，大家都会言辞激烈地，"讨伐"他。当我们看见银幕上出现"五星"的符号时，就一片欢呼声。根据我们的经验，这电影肯定是长春电影制片厂或八一电影制片厂摄制的，是"打仗"的电影。我们最爱看的，就是"打仗"的电影。

有些电影，不知道看了多少遍，还看，百看不厌。像《地道战》、《地雷战》、《洪湖赤卫队》、《红色娘子军》、《刘三姐》等等。也有孩子们不怎么爱看的，比如《卖花姑娘》、《苦菜花》。那时我想，我已经够苦的了，还看那么多别人的苦难干什么呢？要看就看好看的、热闹的、打仗的。我小时候对军事题材的电影，情有独钟。我们村的孩子们，甚至用木头，一人做了一把手枪，没有电影可看的时候，就模仿某一部电影里的情节，玩打仗的游戏。

放电影当天，生产队长老早得就得安排两个人，赶着一匹骡子，到昨天放电影的村子里，把放映机、胶片、发电机等等，用牲口驮到村里来。放映员跟着，

也就来了。有时候，天都黑尽了，发电机却怎么弄也弄不出一点动静来，大家围在发电机跟前，看放映员怎么修理发电机。谁也不懂发电机是怎么一回事，更不知道怎么修，只能围着他，看放映员一头汗水地忙着，却帮不上手，只能干着急。

放映员是个瘸子，无论老幼，一律叫他"张拐子"。"张拐子"是县城里的放映员，我不知道他当时是哪个单位的职工，这个人一年四季在乡下转悠。那时候，他好像已过了中年吧。我们这么叫他，并无恶意，也没有瞧不起或调侃他的意思，相反，我们这么叫他，有了亲昵的因素。因为我们都把他当自己人看待。村里放电影的前后两天，生产队长无论把"张拐子"的饭派到谁家去吃，被派了饭的人家，都是很乐意的，而且，张拐子经常能得到特殊的优待：很多人给他开小灶吃。似乎服侍他，似乎服侍好了他，是一件很光荣的事情。

在我们村，人们都有给别人取绰号的习惯，不管绰号跟人的脾气性格相似不相似，随口一叫，也就那么乐一乐了事，没有人当真。我小时候就有七八个这样的绰号。有一段时间，大概有三四年吧，没有人叫我的名字了，我的其中一个绰号，几乎成了我的名字。我也不在意。谁爱怎么叫就怎么叫。直到今天，还有人用这个绰号称呼我，我听起来，也觉得亲切，仿佛一下子回到了童年时代。我从不反感这么叫我的人，因为他们，都是我的乡亲。

"张拐子"所表现出来的，也是跟我一样的态度。

这个"张拐子"到底是一个怎样的人呢？他长什么模样？高还是矮？胖还是瘦？我一点也记不得了。但是，他的绰号，我记下了。

"张拐子"可能已经去世了，也有可能，还活在我如今所在的这个县城里。我没有听说过有关"张拐子"的任何消息。我在县城生活了十多年了，也未曾见过他——即使见到，我也不认得他了。他当

然更不会认识我。但是，我如果跟人打听他，是一定能够打听到关于他的消息的。因为这个县城并不大，人们彼此，知根知底。我并没有这么做。因为我觉得，这并不重要。重要的是这个"张拐子"，时常地，能让人想起他来，能让人记得起他。

对于一个人来说，这已经很不错了。

开头，我跟大多数农村孩子一样，去外村看电影，夜晚走路是非常害怕的。我怕什么呢？

一怕鬼，二怕狼。

我从大人嘴里听来的，多半是鬼故事。大人们给我讲述得绘声绘色有鼻子有眼的，跟真发生过的事一样，而且，鬼一般都在夜里出没，午夜时分，最为活跃……我能不怕嘛？什么地方有隐隐约约的声音传来，那是一定鬼在哭；什么地方有亮光，那一定是鬼火；耳朵里听见了一点点风吹草动，那一定是鬼在走动。我就是这么想的。狼，我更怕。狼会吃小孩，这是大人讲的。狼我见过，而且不止一次。不仅见过，狼甚至跟我单独地，打过照面。那是我六岁时发生的事。狼一见我就匆匆地溜了。另外一次，狼也是被村里人追得，几乎无处可逃。有了这样的经历，我反而不怕狼了。因为我知道，我虽然怕狼，但狼更加怕我。这个世界，没有比人更可怕的动物了。这是真心话。

我有一次跟父亲走夜路，不仅听见了所谓的"鬼叫"，也看见了所谓的"鬼火"。根据我当时很有限的阅历，我也认定是鬼在叫，是鬼火在飞快地飘移，但我出奇地，一点也不觉得害怕。回到家里，父亲问我："在路上，你听见鬼叫了吗？"我说："听见了。""那么，你看见鬼火了吗？"我说，"看见了。"父亲不死心地问："你害怕吗？"我说："没有什么可怕的呀！"我清楚地记得，我当时就是这么想的，这么说的。父亲说："我还担心你害怕呢，不敢告诉你。"回头看看父亲，我这才发现，虽然是冬天，父亲却给所谓的鬼吓得大汗淋漓，一身的衣服，全都湿透了。我很不以为然。我想，就算这个世界上有鬼这样一种灵物存在着吧，可是，鬼着鬼的，我着我的，我不惹它，它也不愿无事生非，拿我寻开心。既然井水不犯河水，它又有什么好怕的呢？

后来，即使真的有鬼，我也不怕它了。

人如果变得不怕了，他也就在心理上长大了，成熟了，能够自立了。进一步说，一个人如果在成年后依旧天不怕地不怕，对人、对世界、对社会、对生活，没有一颗敬畏的心，那么这个人，他已经变得很可怕了。

好在，现在的我，已从"不怕"上升到"怕"的境界了。

话又说回来，我不怕了，那么，在有月亮的晚上，如果路不太远，我就独自一个人去看电影。尤其镇上有电影可看的时候。

我上初中时，时间也到了二十世纪八十年代初期，看电影的机会，一下子多多了。因为镇上有人买来了放映机，在一个露天的大院子里，卖票放电影。我家虽然穷，但父亲对我是很大方的。一毛两毛的零花钱，我从来不缺。但是，别的孩子，村里的其他人，就不一样了。很多人是舍不得花钱去看电影的。这么一来，看电影的人，反而一下子少了很多。我上初中前后，村里往往只有很少的几个人，还到镇上去看电影，我是其中之一，而且，我经常是单独行动的，不再约了人，一同去。

看露天电影给青年人提供了搞对象的机会。往往，我明明跟着某某来的，看电影时，却左右找不着他，

电影快完了，他又出现了。两三个月后，这个人把媳妇领回村里来了，我这才恍然大悟。也有以看电影为借口，乱搞男女关系的人。我们村有个姑娘，长得挺漂亮的，比我大几岁。她经常以看电影为借口，跟镇上一个小伙约会，桥上、玉米地里、马莲河边，什么地方她都敢跟着人家去，后来就让人把肚子搞大了，可是，这个小伙又不愿娶她，没办法，她后来只好嫁给本村一个比她小了好几岁的、几乎说不上媳妇的人，这个人平时很不起眼，没什么本事，家庭条件也很差，大家都认为，能够娶到她，真是太便宜他了。可是，她又有什么更好的办法呢？

人如果不自重，人如果遇事不慎重，吃亏的，往往是自己。

这当然是题外话。

放电影，一般一晚放两部，一新，一旧。先放旧电影、老电影，后放新片。这样做，吊人胃口，令人期待。人如果有所盼望，有所期待，他一定是一个很幸福的人。我现在还这么认为。

二十世纪八十年代末九十年代初，乡政府或村委会，经常包电影给村民看，目的是用来开"电影会"。那时候的乡政府，主要工作，就两件事：要么是催粮催款，要么是搞计划生育。这些，老百姓都不怎么欢迎，也因此，当乡镇干部，是一份很受气的差使。老百姓的钱包和柜子都鼓起来了，不再跟乡政府要救济粮救济款了，所以，他们不再把乡政府放在眼里，记在心头。往往，要开个村民会，村民都不愿意来参加。工作不干又是不行的。只好包一场电影，免费给大家看。放电影前，估摸着人来得差不多了，包村干部就赶紧把开会的内容，用话筒给村民简明扼要地，讲一讲。下面乱哄哄地，有人说话，有人走动，秩序虽然很乱，也没有几个人用心听，但是，不讲是不行的。不用这样的办法，会就开不起来。即使这样，也得很早就把要放电影的小广告，写在一块小黑板上，老早

就挂到村里最热闹的地方去。广告的内容很简单："今晚免费放映《×××》，×月×日。"这样就行了。放电影的地点人们都知道，还是老地方，用不着说的。

参加工作后，我分到一所乡村小学教书，有很长一段时间，我住在乡政府院子里。当时的乡政府跟学校一样，人没有现在这么多，全部干部加大灶师傅，好几年，都只有十个人左右。乡政府如果没有什么事，经常无人，我这个住在乡政府的老师就成了给乡政府看大门的。学校的老师，也没有几个，要打扑克往往连四个人都凑不齐。晚上经常没有电，有了电，灯泡也是模模糊糊的。村里用的电是一台很小的发电机发的，天黑尽了，负责发电的人，才记起自己的职责来，去拉闸发电。电压经常不够，电灯泡跟没有吃饱饭的人一样，面黄肌瘦，有气无力，在这样的灯光下，屋子里的摆设都看不清，只能看个大概，看个轮廓。十点以后，电就停了。不准备一盏煤油灯是不行的。这样的条件，没有电视可看不说，经常，我也没有书可看，有书也看不成。所以，只要有电影看，我是一场不落，好看的，不好看的，一律都去看看，实在看得没意思，再回宿舍睡觉，时间反正有的是。

当时，村里有个叫"元人"或者是叫"元仁"的小伙，在自家院子里，放映露天电影，卖票挣点钱。一般，放新片收两毛钱，老电影一毛。说是卖票，其实是没有票的。天快黑的时候，他的家人就守在大门口，进来一个人，收一个人的钱。大家都说这家人特别"眼生"——不论有无亲情友情，一律收钱放入。但是，我后来问了元人才知道，有时候，一家人忙大半夜，往往连租片的费用也收不回来，更别说赚什么钱了。

元人放电影，用的是自己买的发电机。

在元人家的院子里看电影，也得很早就去，自带凳子，占一个位置。那个院子也就二十多平方米，加上屋檐下的空地，一般要拥挤一两百人。位置占得迟了，就没有理想的地方了。几乎每天我都是吃

了晚饭就去占位置。电影当然还没有开始放映，我去的时候，元人或他的家人，也不曾在院门口把门。我放好我自己搬来的藤椅，又出来，在村外的野地里，漫无目的地，四处转转，等到天黑尽了，再去看电影。我不用去得那么早，位置已经占好了，那样的环境，实在太吵。我一般都等到电影快放映时，再去。

二十世纪八十年代末九十年代初，我在乡下教书的整整五年的时间里，很多的夜晚，我都是这么打发掉的。

我还没有调离乡下，元人家的露天电影，就已经维持不下去了。他把放映机贱价卖给一个山上的村民去经营了。我非常惋惜。我连很差的电影都看不到了。我问元人为什么这么做，元人说："既赚不到钱，又因为卖票得罪了很多乡亲，这种吃力不讨好的事，我还做它干什么呢？我还不如老老实实地种我的庄稼。"

我无言以对。

元人，也是一个老实巴交的人，跟绝大多数乡下人，同样的性情。

一九九四年，我调到县城工作，虽然在电影院、电视、VCD或电脑里，偶尔还看电影，但是，再没有看露天电影的机会了。露天电影不知不觉地，从人们的生活里，退了出去。这个世界在发生着变化，而且，变得太快了，快得让人目不暇接。我想，看露天电影的经历，在我以后的生活里，恐怕不会再有了。

一个人的经历与他所处的那个时代是分不开的。个人永远被时代或社会大环境的影子所笼罩，所以，个人永远是渺小的。

那么，融入社会，融入时代，就是我们别无选择的选择。

你不这样做，必然被遗弃。

镜像 JING XIANG

摄影／任世琛

与洋芋有关的岁月（外一篇）

谢荣胜　王春林

过了白露、中秋，地里收拾干净，储存些吃食，该过冬了。

地里的洋芋还没有收，那是紧挨山脚下的一块地，农场的好地轮不上外来户种。母亲每天检石头、拔草根、平地、父亲一下班上地帮忙，才侍弄出像样的一块地。沙石地种麦子不出产量，最后决定一半种洋芋，一半种油菜。五月份，金灿灿的油菜花晃了人的眼，却招来许多蝴蝶蜜蜂，等油菜花开败，洋芋又开始张罗着开花，白色的、紫色的像一个个小铃铛，花开的繁盛，给足了父亲面子。旁边的农人对父亲说，你一个文人，种出来的地丝毫不比我们差。父亲蹲在田埂上，画着远处的小桥、堤岸、杨柳、农舍……脸上露出欣慰的笑。

挖洋芋的日子定在了国庆。节假日人手足。这一天，我们起得很早，心里水洗过的一片瓦蓝。除了孩子们爱热闹的天性，过了今天，今年再不用把写作业的时间挤出来上地干活了。我和母亲捎上几把铁锨、几条麻袋、一篮子油饼、两暖瓶水出发了。地里只剩下洋芋，空旷的田野兀自支棱着硬茬子，麦子菜籽大豆已经归了仓。菜园里的豆角、芫荽使劲全力结籽。被霜打过的洋芋秧子再也抬不动胳膊直不起腰，在瑟瑟秋风里残败渐枯。唯有声气的等得不耐烦偶尔探出头的沙皮洋芋，对我们盈盈地笑着。先前说好帮忙的人陆陆续续到了，年轻力壮的小伙子是我们的老乡又是父亲的同事。父亲和小伙子们挖，母亲和我们一筐筐拾。欢笑声在洋芋地上空浮动、空气中弥漫着秧子

的苦涩气味，那铁锨铲下去发出的声音，沉闷而实在。洋芋由一个小堆变成了小山。热情、汗水、嘈杂使平时锄草总觉不到头的一亩来分地，突然小了许多。等多半化为平地时，母亲吆喝着吃中午饭，吃上些喝上些缓了劲继续干，到四五点快挖完的时候，性急的年轻人起炉子烧洋芋，他们从刚翻新过的地里捡来土块。垒成一个垒子。就像空心的土包子，里面拿麦草不停地烧，烧红了土垒子，把草灰扒出来，将洋芋放进去，然后把垒子捣塌捣面覆盖在洋芋上，上面再闷一层土，压上石头，等石头翻几次，石头上的汗发干后，洋芋也就烧熟了。"土炉子"里烧出来的洋芋剥掉皮，里面黄愣愣地，沙软香甜，一口咬下去，一股子白气冒出来，那香味就进了脑子。

吃完烧洋芋解了馋，收拾着装麻袋拉回家，天麻麻黑了。第二天，母亲将鸡蛋大小的洋芋挑出来，堆在厨房旯旮里，每天煮上一锅喂猪，猪吃了长膘。个头大的圆方的挑出来，你一筐他一筐，给左邻右舍送。剩下的全部入到院里的窖里。洋芋在母亲的手里一年四季变着花样，洋芋搅团、洋芋米糊糊、洋芋饼、洋芋烩菜、炒着吃、煮着吃、既当菜又当饭。但是洋芋只要一入窖，我一概不吃。母亲只好无奈地摇摇头。

追究我的毛病不是没有根源。1979年，我们举家搬迁到这样一个陌生的地方。当时只有一个目的：等待时机转户。父亲一个人工作，又是按粮本供粮。家里不够吃粮。母亲想到了种地，但是农场的地归集体管。母亲就先找了一个看洋芋的活。是农场的

洋芋还是总务科的洋芋记不清楚了。从那以后，每天放学，我就去后山找母亲，小心翼翼地穿过铁丝网，母亲和三两个妇女在阴暗潮湿的窖里干活。说是看窖，其实几孔窖四周用电网围着，没人敢偷。母亲每天的工作就是把坏洋芋挑选出来扔掉，把一部分好的、一部分剜掉后还能吃的送到食堂。窖很大像陕北人住的窑洞不像家里的竖窖，畅通无阻地走进去，母亲拿出一个大大的洋芋，削掉皮，让我吃，生面味，不甜。母亲说，全吃了，顶饥。母亲和其她人也吃，她们说，不能多吃，生吃多了肚子胀。也不知道去了多少回。有一次，钻电网的时候手抓到铁丝上，拔不下来吓哭了，母亲知道后再不让我上后山。直到现在，对窖里的洋芋总有一种拒绝、它带着我的影子，那段岁月，进入肠胃，在五脏六腑翻滚，一股子面腥味、潮湿地、怀旧地游走在我的身体里。

与吃有关的记忆

人生开门七件事，柴米油盐酱醋茶，没有离开一个吃字，人生许多的记忆同样大多与吃有关，人是铁，饭是钢，祖先总结得入木三分。对于我辈而言，说起吃来，虽然没有父辈的辛酸，但仍有一些刻骨的东西，在一生中无法抹去，是宝贵的财富，是生命的历练，占据着记忆，有着很难说清楚的沉淀。

童年的记忆，是公社和生产队后期，社员们一年四季总是忙忙碌碌，出工上地整齐划一，热火朝天，到了收获的季节，各家各户，集聚在打麦场上，守着按人口和工分分给的一小堆麦子、谷子、胡麻、洋芋，一年的忧愁也随之开始了，家里人口少的，将就着能等到明年的天熟，人口多的，先是到队上借仓库里储存的粮食，然后一家一户一盆子面粉、一篮子土豆地借，记得最清楚的是我的三叔家，一家九口几乎借遍了全村，下一年的口粮，头一年就吃光了，

这还是雨水好的时候。收成差了，吃救济粮是家常便饭，清一色的一日三餐包谷面，一顿包谷面糊糊，一顿包谷面徽饭，一顿包谷面窝窝头，一顿包谷面懒疙瘩，一顿包谷钢丝面。我至今没有弄清楚，是谁种下的那些包谷，是谁又供应给了我们，养活了一个个村庄，养活了一个个家庭，养活了一个个孩子，我要感谢他们。可是我要怎样感谢他们呢？

忘不掉田野里的苜蓿、灰条、苦苦菜、苋麻、榆钱、槐花，它们为我们清苦的岁月添加了佐料，补充了粮食的不足，调换了孩子们对顿顿"黄团长"的厌倦。偶尔想起那份现在少有的清香，对过去岁月的怀恋之情油然而生。

在记忆里，猪养了，和公购粮一样大多数交到公社粮站或供销社，一部分清油也要交出去，鸡蛋要拿到城里换些盐酱醋和日用品，一年四季很少能吃上肉、蛋、油。一张油抹布或猪皮，炒菜时在锅里一抹，权当放了油，反复使用。只是到了春节，才能吃上几次臊子面，油饼子，已经非常知足了，小孩子最渴望的事就是过年，因为只有过年他们才能吃上那么几顿现在看来是家常便饭的好吃的饭菜。

1978年改革开放的风，还没有吹到我们山村。1981年左右，我们村上的一吴姓人家，不知什么原因突然"单干"了，队上给他们全家分了地，分了一匹马，其他社员仍旧共同劳动。1982年分了组，每个队大约按十个家庭为单位进行分组生产，可能是为以后的家庭联产承包责任制做试验，果然到了1983年，突然之间实行了家庭联产承包责任制，原生产队所有的财产、牛马、农具、土地全部分配到户，一夜之间我记忆里的一个时代消失了，一个全新的时代正在开启，父母亲为全家吃饭愁着睡不着觉的日子画上了句号。当年人努力，天帮忙，雨水特别多，年底家家户户大丰收，几十年以来的吃饭问题彻底解决了。日子一年一个样，尤其我们村引进种植了

中药材党参，村民的腰包大多鼓了起来。我记得是1985年，家里养的鸡多，鸡蛋全部留下来自己吃，母亲每周星期日，都要给我们每人炒上一大碗韭菜炒鸡蛋，以致后来，见到这个菜感到非常亲切又有些害怕。家里养的两头猪也全部供家里食用。家里的情况好转起来，至此在我们这样的农村家庭吃饭已不是什么大问题。这二十多年过去了，确确实实，大多数农村家庭再没有为吃饭而发过愁。

　　1989年，我离开了生我养我的故乡，去省城求学，和故乡人一样，困扰几十年的吃饭大事解决了，但是在这发展飞速的日子里，他们很快发现除了吃饱肚子，还需要面临许多问题，他们的步子已经跟不上物价的涨幅，他们过分依赖的土地，有时甚至成了负担，撂下土地，出去打工，大多无技术、是出苦力，有时还上当受骗。党和政府已注意到了，近几年又相继出台了许多惠农政策，有些正在实施当中，见效果还需要一个过程，但我相信，有一心为民的共产党在，就没有永远受苦的老百姓。和解决温饱一样，其他的难心事一定能得到妥善化解。

摄影/路学军

甘南迭部电尕乡一日

阳 飏

这一天的时间，是从斜照在那尊花岗岩的"腊子口战役纪念碑"的阳光开始的。

我曾在去年夏天来过腊子口，并以腊子口为题写了一首小诗，那是我对为了理想而逝去的生命表示的敬意：已经成为了岩石一部分的攀登者，还在继续攀登，我甚至听见他们喘着粗气的声音，白龙江把他们的声音，汇成江水的声音，就像是一大群人喘着粗气，从我面前跑过去了。

时隔一年多，江水还是那样义无反顾地跑着。如同理想，义无反顾。

我们坐车去不远的电尕乡扎地村。

天很空。

天空得让人想念鹰。去年，我曾经看见了九只鹰的天空，迭部的鹰亦被我赋予了诗意的理想主义气概：鹰是铁，风吹云散，铁还是铁，铁是迭部的骨骼。

扎地村。

村长力巴交，一位不善言语的藏族小伙子，他把我们领进一家院落。主人闹交家的藏式全木结构房让我们着实开了一回眼界，几根粗壮的立柱撑起了近百平方米的厅房，我禁不住挨个拍了拍原木色的立柱，闹交用一口流利的汉话介绍说，这柱子是油松，不长虫。雕花装饰的木头墙面让人喜欢了又喜欢，厅内一左一右的藏式木台上各自摆放着一口大铜锅，说过去是盛水用的，如今水管子都接进了家里，大铜锅就当了摆设。想想这主人还真是个有情趣的人。古董一样暗黄的铜锅，我敲了敲，又敲了敲，我也不知道想要听这铜锅发出什么样的声音。

蜂蜜，大饼，用刀切一片酥油放进热茶碗里。蜂蜜是块状的，还带有蜂房，酷似小小的废墟模型。取一点放嘴里慢慢融化，然后，把腊质的残渣吐掉。

闹交说，村里像他家这样盖有大木房子的还有不少户。

村口有一新建尚未完工的小小的文化休闲活动场所，石桌石凳，居然还有一座不大的石头垒砌的假山。出门就是山峦叠翠的扎地村，哪里还用得上假山的装饰呢？

电尕乡的杨乡长，这位风趣诙谐年龄不足三十岁的藏族干部，建议我们再去看看条件落后，与相对富裕的扎地村反差较大的朱立村。

汽车颠簸着停在了一处坡下。

朱立村，一座高高低低散落在山坡上，颇显原始、简陋的"踏板房"藏寨。

还是水边的那棵大树，还是一排排晾晒包谷等粮食的高大的木头架子，还是我去年来过之后在一首诗中写到的："风吹着经幡/水绕着藏寨/山坡上

的青稞／半绿半黄／看上去半睡半醒的模样"的那座藏寨。这一次，我们探访了一位双目失明的藏族孤老人，并且送上了几百元现金，这也是我们几个人的一点心意。比起去年我眼中的"踏板房在高处／佛塔在高处／更高处的云上／是否种一亩两亩蔬菜"的那座藏寨，我感觉有些冷。从孤老人凋敝的房子走出来的时候，那双失明的眼睛仿佛一直在背后温情地注视着我们。

阳光很好。我感觉有些冷。

返回腊子口。

那座"腊子口战役纪念碑"显得高且瘦。

云很低。

第二天——此第二天也就算是前一日的补充吧。又是几个小时的盘山路，从迭部到宕昌，和腊子口一样，这儿也有一个不会被历史忘记的名字：哈达铺。我们沿街转着，呼吸着当年红军呼吸过的空气。为了红色旅游的需要，两侧店铺墙面上复制的标语依旧：红军不拉夫！红军不拿群众一针一线……

出街道，又行不远处，路边高竖着一块介绍"南腊公路建设"的巨大告示牌，南河——腊子口公路，起点位于宕昌县南河乡与国道212线相接处，终点为迭部县腊子口乡，全长54.5公里，该路途经宕昌县任藏村、上漳湾村和迭部县达拉村、朱立村……

我的视线停顿在"朱立村"几个字上。

规划中将被隧道洞穿的铁尺梁仿佛一下子矮了。

朱立村，穿过铁尺梁不远，就能看见了——我说的是下一次再来。隔着高峻的铁尺梁，朱立村，再见；当然还有扎地村，再见。

镜像
JING XIANG

摄影／路学军

照亮春天的灯盏

高 燕

"也许在很久以后，我的乡愁是一朵盛放的梨花……"很久了，这声音总是在我的耳畔回响。为什么是梨花？我是在哪里看到的这句话，给我留下了如此深刻的印象？而乡愁，这极富感伤之美的词汇，于我一个未曾离家固守原地的人而言，又能体会出多少真实的涵义。

说起故乡，那个叫做白塔的小小村落，是和全中国其他不计其数的村落一样，美丽而淳朴，跟随时代变迁的脉搏，默默发生着沧桑巨变。光阴似箭，仅从我眼睛所见的三十多年时光里，莫说昔日的孩童已成壮年，即使是村庄里的一砖一瓦一草一木，乃至叽叽喳喳、啁啁啾啾的鸟鸣都有了改观。光影穿梭之间，数以万千的事物从记忆的罅隙渗漏走失，了无痕迹，但却总有那么一些东西如同一只封闭沙漏里的流沙，翻来覆去地在思维中间辗转呈现，等待着人的偶一回眸。我曾试想，如果自己在某天离开故里，困守他乡，会是何等的事与物在瞬间引发我思乡的情绪？石缝里秋蝉的吟诵，漏进窗缝的月光，夜晚静默中的一声或喜或哀叹息？或许都不是，这些经典标准的乡愁之于我，都不够妥帖，细想想，属于我的那一份，私密而自制的该是一朵盛放的梨花。

哦，梨花。那梨花洁白如灯盏，于漫长的严冬之后，绽放出深藏内里的光芒，浸透心灵，照亮春天。

恍恍然，几成梦境的幼时记忆又荧荧而来，渐渐构画成一幅深刻的图汇。烟熏黑了椽柱的灶房门口，年迈的祖母着黑色的大襟褂子和缠着绑腿黑布裤，踮着被裹过的小脚，北风一样枯瘦地倚靠在一根拐杖上。灶间的柴火早已经熄灭了，壮年出了工，顽童也早不见了踪影。墙角的梨树还未发芽，枝干显现出和低矮的屋梁一样的土褐色。北风翻动白发，祖母偶尔吟弱的叹息成了令人揪心的情节。终于，天暖了，南去的燕子归来，鸣叫牵引出一树梨花开放着盛大的白，檐下露出茅草的房屋，以及房屋之上半个天空都被照得通透明亮。于是负赘少了，穿单了衣裳，轻快地。祖母拣几朵梨花，将女孩们招至身边，沾点唾液把花瓣贴上眉心，边念着古老的歌谣：

"娘子花，娘子花，一落落到房檐下，檐下的燕子两双飞，外出的郎呀快归家……"

喑哑的嗓音，祖母浑浊的眼睛里含着难以捕捉的喜悦与羞涩。未谙世事的我们，顽劣如山间皮猴，只顾嬉闹，从未想过去追究祖母的心情。唯期盼尽早花落梨子成熟，过足口腹之瘾。少时总不知今夕何夕，转眼便到了收获时节，那时，祖母一定会将最上乘的梨子珍惜地摘下，盛放在一只小竹筐里，

倘若严冬时节某一个孩子生病咳嗽了，便拿一只来除去皮核，放几枚花椒，再从油漆剥落的炕柜深处取出一小块不知藏了多久的冰糖，一起蒸透以其润肺祛咳。抑或再有坏掉的一二颗，也不舍得丢弃，放在小碗里，取流淌出来的汁液擦手擦脸，解除皮肤的皴裂。

太久之前的记忆，总模糊如同结满霜花的玻璃里的灯火。祖母安静地过世了，感应似的，院子里那棵梨树也枯死了一半，逢春寥落地开着几朵惨淡的白花，徒增伤感。少了梨花，仿佛灯泡减了瓦数，使小院的春天整个暗淡冷寂下来。

好在时代变迁的春风在这时吹起，父母借着暖风激发的信念与力量，竭力重修了古老的院落。从先低到头顶的房梁高起来，屋宇宽阔起来，院子充满了一种鲜明的新生活气息。新屋的客堂里，摆放着一张崭新的梨木小几，是那棵老梨树的主杆做的。一半实用，一半也成了一种怀念。院子需要增添亮彩，一棵新的梨树便被移栽进来，尚是树的幼年，细细弱弱，被罚站似的立在院子的一角。安静地，沉寂。至少是三年，未见开花。而在那几年的时光里，因修缮而堆积下的如山的债务，以及未成年的孩子们不断伸出的索要的双手，使生活变得更加拮据艰难，房舍依然陌生尚未磨合的新，在沉重而闷的氛围里，失去了应有的光彩。站在新院子中间，总使人感到不能高声说话或者畅快的深吸一口气。

又一个春天，昏惨惨的太阳患病一般躲在沙尘背后，散发出的热远不足以温暖世界。小梨树打了细小的花苞，但是小心翼翼地，迟迟不见绽放。母亲单薄的身躯拖着沉重的犁耙，早已经开始了春天的劳作。一天，年仅五岁的小弟弟随从一群大孩子出去玩，时间久了不见踪影，劳动归来的母亲焦急地在门前呼唤，四处寻找，却总不见回音。就在母亲几乎要落泪的时候，远远地，看见弟弟的身影出现在小路上。"妈妈，这是给你的。"弟弟的衣裤上都是泥土，冰凉的小手里却紧紧攥着一段树枝，看过去，枝上是两朵开放的梨花和一个花苞。放眼周围，目光所及之处并未见有开花的梨树，不知道那花枝是他从哪里所得，从梨花被揉皱的花瓣可看出他已经拿了很久，小心地护着，只为了来送给妈妈。母亲的内心一定写下了满满的感动，脸上荡漾着幸福、甜蜜又全然的表情。也许是受到了那两朵花的熏染和感召，第二天，院子里那棵小梨树上打出的花苞竟相开成了簇簇。光焰微小，但毕竟是开花了，照亮不了世界，却足以温暖母亲被艰难困苦浸泡已久的心灵。

而后的春天，每年都少不了梨花的相伴，梨树的枝干一年年粗壮，花开得越来越殷实繁盛。年岁渐长的顽童，也学会了站在花荫之下背诵"落花人独立，微雨燕双飞"与"梨花满地不开门"。那些时，梨花又成为一种情绪与情感的寄托，与经历丝丝相扣地打着结。落榜了，失恋，花季也变得黯然无光。偶然一夜听风雨，早起抬头，惊见一地梨花的落瓣，那片片泥污的白色，分明是落在地上的一声声叹息。年轻的心，遂生出抱怨，怀念起幼时的无忧时光。树在这时体现了引导心灵的另一面，花儿谢了并非完结，结果之后，一切归零，明年又是另一个开始。一棵树，实际上等同于一个形体独特的生命容器，内部自成世界。在沉寂寒冷的岁月里，默默地吸纳、积蓄，一旦等到适合她的季节，便会以花朵的形态打开自己，将裹藏在表皮之下的万丈光芒利剑一样散发出来，劈开黑暗、冰冷以及一切形成阻碍的东西。人，未尝不是另一种形式的树，或者说，同是地球上的生命体，人与树本身就有着密切的内在联系。花再开，便鼓舞起失败受伤的心灵，不断努力一路前行。

如此，多少个春天，多少次花开花落，成为历史的计时器。时间的长河里，世界瞬息万变，才过了多久，昔日的小院已经被拔地而起的小康楼取代。整洁干净的环境，方便舒适的居住条件，送来扑面的新时代气息。母亲年老了，鬓间的白发似暮春梨花的落瓣，但前半生的辛劳为她换来了美好的结局，子女都各有归属，她身着新装，随着小弟弟去了一座大城市居住生活。又一个温暖的春天，夜晚在新居接到母亲的电话，开口即问我这时节故乡的梨花是不是开了。详谈之后才知，母亲是因吃一只梨子，想起了曾经小院里的梨花。决不能责怪母亲的多此一举，她那甜蜜而哀愁的话语如同点穴，让我在极短的时间内迅速将意识回归到心灵，安静而沉稳，如同少时站在开满花朵的树下。悠然，那句话歌声一般飘渺地再次回响，"我的乡愁是一朵盛放的梨花啊梨花。"至此，许是追到了源头，那一直回响着的声音，原来出处不在别人，而是自己内心真实的唱响。

摄影／翟荣生

除夕夜，父亲的唠叨话

刘 杰

　　癸巳年除夕夜，小妹家，我们一家二十五口人聚集在一起，像往年一样聆听父亲的唠叨话。

　　因为父亲住在小妹家，每年的除夕夜，我们自然云集到小妹家不算宽敞的三楼。饭桌上摆满了各类肉呀菜呀，白酒、啤酒、饮料之类的，虽然大家在各自的家里都刚放下碗筷，但是除夕夜的团圆饭还是要吃的，吃又没地方装，所以先让菜摆着，还是先听父亲絮叨的好。

　　看着满堂的儿孙，满桌的酒菜，79岁的父亲开始了他的追忆：1960年的秋季，我担着一副担子，前头的筬筐里坐着你六岁的哥哥，后面的筬筐里放着一个碎锅锅，一床被褥，后面跟着你妈，从曹静宁翻过关山，逃难到了华亭。为啥要逃难呢，就是曹静宁从59年开始挨饿了，不断有人饿死了，到了60年春上，你们四岁的姐姐就饿死了，我从洮河工地上回来一看，你妈和你哥哥饿得失了人形，再不逃只有等着饿死么，就一副担子挑了全部的家当连夜走了。你爷爷拉着我的手不放，说出去也是个饿死，不如一家子人死在一搭，我想树挪一步死，人挪一步活呢么，还是逃出来了再看。

　　父亲品了一口茶，环视了我们一眼，看着我们都在专注地听着，神情很是满意。

　　到了华亭之后，情况比曹静宁好些，东西虽然贵得要命，但是有钱就能买到吃食，没有饿死人的现象。到了华亭的第二年春上，咱们就落户到了深山老林里的苍沟，把家安在苍沟的原因就是变钱的路子多，只要人勤快，到林子里割扫帚，采野药都能变成钱，有了钱就能买到粮食，饿不死人。进了苍沟，选一块平整的地方，搭个茅草房，盘个石板炕，三石一顶锅，四石一支案，就是一个家了。原想着深山老林里的人只求温饱，但是山外的文批武斗还是把苍沟粘连上了，工作队一拨刚走一拨又来，白天参加生产队的劳动，晚上批斗地富反坏右，好在山里人厚道，批斗也只是搔皮抹面地走个过场，不像山外有些地方把人往死里整。

　　刚到苍沟的前几年，咱家人口少劳力多，吃闲饭的只有你哥哥，随着老二老三你们兄弟姊妹的陆续出生，吃饭的人多了，挣工分的却只有我一个了，你妈是个病身子，常年药罐子不倒，村子里就数咱家的日子过得恓惶，时常是吃了上顿没下顿，多亏有山里的野菜掺和着裹肚子，才把你们都拉扯着活到了世上。虽说那时候山里的劳动日值要比山外的高不少，但是咱家的日子还是过得紧巴巴的，劳力少又只有三个人的自留地，幸亏我的身体还好，乘着阴雨天生产队不上工的时候，进林割扫帚或者刨猪苓，变卖些钱，添补一些口粮，还要给你们交学费，给你妈买药……

父亲显得有点累了，往事使得他激动了起来，有点水肿的脸上浸出了一层红晕。大孙子赶紧把茶杯递给爷爷，要他喝点水慢慢说。

我和你妈一辈子不识字，看尽了别人白眼，就是为这，我们才拼着命把你们七个都送进了学堂，除了老大念完完小当了兵之外，其余的六个都高中毕业了，还有读了大学的。外一阵别人都劝我说，不供你们念书了，念书又不顶饭吃，洋芋菜糊汤能把命吊住就不错了，哪有余钱供娃娃念书呢？别人说是说，我们心里主意打定着呢：我们眼瞎了一辈子，再不能叫娃娃再当睁眼瞎了！就是凭着这一口气，我硬是把你们都供了出来，方圆十来里的人谁不说刘老汉是个攒劲人啊！

看着你们一个个长大，一个个有了自己的事业，我和你妈在睡梦中都笑着，只可惜你妈走得太早了，日子刚过好了，她却没能好好地多享几天福分。（我的母亲在2006年初春因肾衰竭病逝，享年72岁。）如果你妈能看到你们今天的日子都过得这么好，不晓得要高兴成啥样子呢！

父亲提起了母亲，我们心头为之一疼，她老人家跟上我们的父亲，背井离乡，一生受尽艰辛，为养育我们长大，积劳成疾，就在我们的日子开始有了起色的时候，她老人家却驾鹤西游，成了我们心中永远的遗憾和伤痛。

父亲自己端起一杯酒，几个孙子准备阻拦，因为父亲患有严重的肺源性心脏病，平日里最忌讳烟酒的。父亲推开孙子们拦阻的手，把酒杯端到嘴边闻了闻，转脸问四弟："这一瓶酒上百元了吧？""三百多块。""啧啧啧，三十年前的话，要买一千斤小麦呢，日子真的过好了啊！"父亲轻轻抿了一小口酒，又环视了我们一眼，咳嗽了一声之后，继续絮叨起来。

六七十年代，你们碎小的时候，最大的盼望就是吃饱肚子。到了八十年代初期，包产到户之后，咱山里虽然种麦子不多，但是三五年之后，一年卖药材的收入也足够吃饱肚子了，接着咱家的茅草房也翻修成土木结构的青瓦房了，你们也一个个长大，翅膀硬了，开始扑腾自己的事情了。到了九十年代，上顿下顿吃的是白面，吃饱了就想着吃好，隔三差五地还吃一顿肉，村子里电也通上了，家里电视也有了，觉着过上了神仙一般的日子。再后来，你们先后走出了深山，有了各自的家庭，先后在城里买了楼房，这是咱做梦都没有想到的事啊！你看，老大虽然是个农民，可是儿子女儿都工作了，也住到城里来了；老二两口子都是老师，年年得奖状，人人都说书教的攒劲；你们的大妹子也是个老师，还得了个全国的杰出母亲，到京城里领了一回奖，咱老刘家人都觉着风光；老三老四在省城做生意，这两年也赚了钱，老四在兰州买了房子，开的那辆车说是要三十几万呢，今年老三也买了辆车，说是也要十好几万呢，二女子和碎女子的日子也好着呢，靠自己的本事吃饭，理直气壮。当初咱家逃难的时候，三口人，一床被褥一口锅的光阴，五十多年的时间，咱家成了二十五六口子人的大家庭，从深山老林里搬到了城里，从茅草房住进了楼房，这往后的日子说不定还要变成啥样子呢！细心一想，像做梦一样啊！

看着大家都有点一本正经，小妹夫给大家斟满了酒，提议祝老父亲身体健康，祝大家新年快乐，我们纷纷响应，一起举杯。父亲慢慢地站起身，又环视了一眼我们，眼角眉梢都是慈爱："不说了，说得多了惹人嫌，你们少喝点酒，多说说话，我和孙子打牌去了。"一伙孙子簇拥着老爷子到卧室里打扑克去了，我们兄弟姊妹又围拢在一起，开始了除夕夜的喜庆……

戈壁小城鞭炮声

李天银

　　随着元宵节鞭炮声的结束，一年的春节又过去了，戈壁农场小城的鞭炮硝烟也终于散去了，一切复归于宁静安详，人们又开始了年复一年、日复一日的简单日子。

　　地处戈壁荒漠深处的农场场部小镇，远离城乡，平日里过着一种简单安静的生活，没有车飞马龙的闹市喧啸，也没有鸡鸣狗叫的乡村嘈杂，有的只是偶尔谁家有婚嫁、丧葬放一阵鞭炮，敲一阵锣鼓，使寂寞的荒原戈壁增添一些声息，更多的时候是安详宁静的，听到最多的声音就是风吼沙响，看到最多的景象就是蓝天白云，有时候静得让人感到沉闷，静得让人心急，那些大都市待久的人初来乍到这荒原戈壁的农场还有些不适应，"你们这里也太安静了，简直就是世外桃源"，常有人发出这样的感叹。

　　是啊，农场是宁静的，农场周围除了农田林网就是无边无际的戈壁，一望无际的荒原，没有边缘的戈壁怎么能不安静呢，看不到边际的荒原怎么能有什么声响呢。地广人稀的农场平日里人们忙着耕作、收获，到了天寒地冻的隆冬时节，就很少有人出门了。一千多人的农场小镇，人们分散在各家各户，街头路边行人稀少，也就显得寂寞冷清，外来人的感觉好像进入了中世纪的荒岛，几排低矮的平房，几行光秃秃的白杨树，几条安静的马路，冬天的农场是荒凉的，寂静中孕育这生机，荒凉里蕴含着希望。

　　到了春节这个亿万中华儿女普天同庆的传统节日，农场小镇的人们也和祖国各地人民一样家家团圆，

要精心筹划过一个欢乐祥和、快乐轻松的春节，这是中华民族几千年等形成的传统文化，文化的烙印已深深透渗入了每个华夏儿女的骨髓，无论是在哪里，过年的心情都是一样的，因为中华民族的根是一样的。也许很多大城市里的春节有了更多的现代气息，人们逛商场、搞团拜、上网游戏、外出旅游，新的内容多了一些，乡村的春节传统的成分更浓厚一些，走亲访友、祭奠先祖、闹社火、赶大集，老旧的风俗还不少。而戈壁深处的人们除了走亲拜年、上网喝酒，烟花爆竹就成了春节的重头戏，也许只有这响亮的鞭炮声才能真正表达荒原深处人们对春节的那种深厚情感，才能表达人们辞旧迎新的强烈愿望。戈壁荒原地方大，放烟花爆竹有的是地方，在农场放鞭炮不受什么限制，你只要尽情放就好了，不像在城里，有很多的管制。为了过好春节，图个节日欢乐，家家户户都购买很多的烟花爆竹，扎扎实实放上几天，把节日的气氛搞得红红火火、热热闹闹。

　　农场小城的人来自五湖四海，天南地北，有山东、河南、四川等地的老一代复转军人，有西安、天津、兰州等地的支边青年和河西当地的农场老职工，还有兰州东部从定西、会宁等地迁入农场的移民，各地方的人们聚集在一起，春节活动的内容也就丰富多彩了，各地不同的风俗习惯融合在一起，形成了农场独具特色的节日文化，给农场小城增添了许多魅力和节日内涵，然而贴春联、吃年饭、看春晚、放花炮等传统项目大家都是一样的，特别对

放鞭炮，农场的人们更是情有独钟，大年除夕和正月初一的鞭炮声就集中体现了农场小镇的节日氛围，那时刻，随着春晚零点钟声响起，家家户户的烟花爆竹同时燃放，共同庆祝新春佳节的到来，真可谓辞旧迎新，万炮齐鸣，那震耳欲聋的鞭炮声犹如排山倒海之势，一浪高过一浪，使原来宁静的戈壁荒原，农场小城沉浸在欢乐的海洋，成了鞭炮硝烟的世界，戈壁小城真的成了不夜天。随后的时间从正月初一到正月十五，鞭炮声声不断，由于各地人的风俗习惯不同，有破土的，有敬神祭祖的，有嫁女迎亲的，天天都有放鞭炮的，一个春节鞭炮声不停，小城的过年气氛浓烈，鞭炮硝烟味久久弥漫不散，听着那远远近近，此起彼伏的鞭炮声，闻着那浓浓的鞭炮硝烟味，就让人沉浸在浓厚醇香的大年味中了。

我们的祖先发明了火药，创造了爆竹烟花，不仅推进了人类社会进步，也沉淀积累了中华民族的传统文化，爆竹烟花成了人们烘托节日气氛的最佳选择，尤其是在戈壁深处，农场小镇，一阵阵鞭炮声让人感觉到的不仅是喜庆，而且是希望，是活力，是未来。爆竹声中一岁除，新的一年开始了，一切都充满了希望，我们的农场也会有新的希望，期待了一个冬天的农场人们也期盼着又一个丰收的龙年，让我们共同以新的希望来迎接来年贺岁的鞭炮声声吧！

摄影/肖世强

最后一个冬天

李满强

供职的单位在这个四万人的小县城里，是算不上最好，也不是最坏的。记得刚从学校毕业的时候，我的单位还是多少让一起回来的同学羡慕过一阵子，在我们这个官本位思想还很浓重的小地方，你的脚一旦踏进了行政单位，就意味着你十年寒窗没有白熬，终于修成正果了。

何况是县城里最大的行政单位呢。

结婚的时候，单位分给了我一个家属院，和单位只隔着一条马路。从家到单位不过两分钟的路程，上下班挺方便的。一起回来的同学都说我这人是浑人有浑命，是"瞌睡遇上了枕头"，好事情全叫我给遇上了。

说是家属院，实际上是上个世纪80年代初修的两大排架子房，然后用砖墙成了若干个独立的小院子。砖砌的门楼，黑漆的门框和门扉，一字行排过去，倒是有些气派和家属院的味道。听说这些房子起初是为那些外地来我们这工作的领导修的，好像得有什么级别才能住得上。听单位一位资历比较老的同事说，上个世纪90年代，当时他分到了这样一个院子，一起的朋友大贺了三天才作罢。到后来，我住进去的时候，这些房子已经没有当年的光环了。这两排房子就成了像我这样的出身农村、刚刚从学校毕业的没银子住高楼的青年人的过渡用房。

我住的是最里面的一个。原先的住户是买了楼房搬走了，妻子那时候还在乡下的一个卫生院里，孩子尚未出生，偌大的一个院子便只有我一个人住。

院子里有三棵树，一棵苹果树，两棵梨树。北方的春天很短暂，尤其是在城市里生活的人，几乎没有什么感受。因了这几棵树，我的春天就平添了些许味道。阴面屋檐上的积雪化了不久，就发现树枝不知什么时候已经变绿了，粉嫩的花苞在风中摇曳着，过不了几天，小小的院子里便变得喧嚣起来，三棵开花的树像三把张开的花伞，将整个院子遮盖起来了，蜜蜂和蝴蝶嘤嘤嗡嗡，很有些热闹的景象了。

其实院子里最好的时节还是秋天。

秋天在城市里是没有什么意味的，能感觉到的只是淅沥的几场秋雨过后，街道两边的杨柳叶子在风中变黄，在风中飘零。而我的小院子里则是别一翻景象：树上挂满了红的、黄的果子，红的是苹果，黄的是梨，枝条都压弯了，很有些春华秋实的味道。常常是在周末的下午，拾一小凳在树下坐了，温和的秋阳从枝丫间泻下来。这时间随手翻几页新到的杂志，或者什么也不做，喝一杯浓茶，燃一根烟，想一些过去未来的事情。

累了，站起来摘一个果子来吃，是别有一番滋味了。果子多，吃不完，就摘了分送给邻居们，换来的是一张张热情的笑脸和日日的和睦相处，其情浓浓，其乐融融。

日子的流动是缓慢而迅疾的。

慢慢的，我发现，我已经落在了时代的后面。一个个花园式的住宅小区在这个小县城里崛起。小院被周围的高楼围在了中间，像城市一个尚未做完的梦。随着孩子的出生，院子的诸多不变也是越来越明显了，窄仄是不说了，最不方便的是冬天，楼房里可以烧暖气，我的院子取暖还是烧煤，烟熏火燎的，到处是灰尘。其实，从内心里讲，感觉最不舒服的还是攀比的心理。和自己一起住进这些院子的人已经换了几茬——他们都买下楼房搬走了，只有我还住在这里。

和其他城市一样，这个小县城的房地产市场火暴得出奇，房子越来越大，房价也是一天窜一截。但是还是有人前赴后继地去买，旧的换新的，小的换大的，楼层不好的换好的……同学熟人见了也常常是问：

"房子收拾下了？"

"还住在那个院子里啊？我以为你早就搬了！"

言语之间，一半是感叹，一半是炫耀。让人不免做他想。这个世界变化太快了，到处都在换，现在流行换，最有本事的人换位子，其次的人换老婆，最次的就换房子，你要还没换，那就连自己也说不过去了。

一来二去，就谋划着也要买房子了。

可是谈何容易呢？我出身农村，经济上一直是不怎么宽余的，从记事时起，我们家就一直处在"借钱——还债——再借——再还"的尴尬循环之中，这种状况一直持续到我参加工作的第三年，我才将父亲手上的债务和我上学时候的花费还清。行政工资本来就比较低，除了我们的花费，还要给我家、她的家基本的花费，基本上是没有余力做其他事情了。而房价却是直线上升，我刚参加工作的时候，这个县城的房价每个平方米500元，时隔不到6年，已经超过1000了，一套房子买下来住进去，没有10万是不行的。我算了一下账，就我们小两口这点工资，不吃不喝5年才能还清。

但是房子还是要买的，生活在更大的程度上像一条无形的鞭子，在驱赶着你前进。一起的朋友开导我：你知道那个美国老太太和中国老太太的故事吗？我说知道知道！那就赶紧动手啊？还等什么？你的观念多老旧啊？现在这年头，谁还等钱攒下了才买房子？谁没有贷款呢？

转念一想，也真是的！于是便浑浑噩噩地加入到购房族的队伍中，看楼盘，问价钱，上银行……终于拿到了楼房的钥匙，还要考虑装修，换家具……过了这个冬天，我就可以像其他人一样住上楼房了——虽然那110个平方米有80%的面积是属于银行的。

终于可以离开这个院子了，像所有心态已经老去的人一样，突然间对这个小院子依恋起来。妻子调到城里后，在院子西南墙角下开出的小花圃，每年夏天姹紫嫣红，香味弥漫；女儿每天幼儿园回来后，在墙角下拿铲子玩泥巴，偶尔还会为翻出的蚯蚓惊讶得大叫；冬季的雪夜里，我在通红温暖的炉火旁边，曾经写下的那些翩若惊鸿的文字……都将不复存在了。过了这个冬天，我们将和很多人一样，住进那个鸽子笼一样小房子，漂泊的尘土一样，悬浮在半空……

当我在键盘上敲下这些字的时候，窗外的叶子已经枯黄，街道上到处是拉着架子车进城里来卖菊花和大白菜的农民兄弟——冬天已经迫在眉睫了，我不知道这个冬天和上一个冬天在根本上是不是有着区别，但是我知道，对我来说，这是我在这个院子里最后的一个冬天。

一个村庄的倒影

万小雪

　　万泉，是故乡的名字，于风雨斑驳中汩汩流动，参差不齐的往事里，一丛一丛的暗喜浓密葳蕤，如巨伞福佑着我小小的童年。梦乡是一匹小而清冽的竹马，我最肆无忌惮的小岁月辉映在泉水里，是带不走的一抹纯真的倒影。那水里的动静缜密而颇具天籁，小得让人怜惜，它们是精致的，没有折痕的，没有雨雾的，如灿烂的晴阳，潜伏在水面的蜻蜓世界里，透明的翅膀微微翕动，薄如宣纸，泛着历史的洁净明黄，意趣横生。

　　上古时候，有人烟的时候，这泉水就从遥远的地域奔赴而来，绕过地下的高山峻岭，玉树繁花，长江大海，葱岭沟壑，火焰岩浆，千万次碎裂，千万次凝合，最后凝聚天之灵气，地之灵气，从大地某次神秘的喘息里喷薄而出，隽永迂回。在这样神圣而寂寞的礼仪中，让万物窃喜的是，它于缓慢中不骄不躁，悲天悯人，汇聚着，汇聚着，于空濛日月赋予的使命中，给大地一个烟波浩渺的村庄，给人们一份水意盎然、湿润通透的平凡生活。泉水洗尘啊，那是上天恩赐的一份福气，含着草木清香的缱绻，山川大地的隽永，以及家畜五谷的明净供养，人事过往的静默完满，它在神灵的境地做着生生世世的功德无量。

　　于是啊，故乡的这股悠悠绵密的泉水，它的身后跟着记忆的一万眼泉水，日夜如在大地深处的血管里奔突的纯净血液，往复洄游、跌宕起伏的命运里，藏匿着众生的惑与不惑，解与不解，悟与不悟，知与不知，性空而无畏。它是一个大大的无，水滴般悬空，水雾般迷离，水意丛生，倒影丛生，可它的水晕里荡漾出的有，是多么的让人神往。于是父母水赐，恩爱水赐，性灵水赐，生死水赐，这泉水才是你永生永世的那根生命的脐带。它牵着你的灵魂，带着你的身体，走过旷野凄迷的山路，走过梦寐相伴的水路，走过锋利如刀割的冰雪，也走过烈焰焚身的大风，可那份水灵灵的意气却始终蛰伏在你的胸口。你被浇灌被长养，被宠爱得如一位婴孩般的老人，埋藏所有的往昔峥嵘，捂着一眼上古的泉水，徐徐泡开一壶饱浸日月浓香的茶水，萦绕在时空的每一寸山河里，与你，水是有福的，与水，你是有福的。

　　那时候，乡邻们喜欢洗礼，大小人家凡一降生，无论高低贵贱，山野草民，牲畜六禽，都通用这泉水净身净心净魂，无一例外，无一幸免。毛孩跌落尘埃，不知愁苦，不知苍茫，使劲地哭。一旦泉水洒遍，抚慰数次，茹毛饮血时代便结束，告知肺腑舒畅时代到来，他便在泉水中被圈养，如一头小兽物，妥帖，韵味，舒展，眉开眼笑了。粉嘟嘟的一抹影像，就永远镌刻在泉水的脉络纹理中了。这样的小兽物一旦烙上泉水的印痕，便伶俐分外，聪慧分外，谁家的孩子有这样天造地设的福气，真是一个水灵灵的谜。洗礼完结，乡人长者要念念有词，要将一份早已备好的黄表喜符折合六角，像香囊一般秘密缝合，夹在孩子贴身的袄子里，以便保佑他任何鬼怪不能近身，让一颗脆弱之心满含神的期盼，茁壮成长。而我的那件袄子是父亲亲手为我缝制的，一针一线，千丝万缕，他在乡野星群的陪伴下，牵扯勾绊中，为我的出生注入了太多的爱。我的袄子是一件碎花对襟的蓝色袄子，左右两边的下摆开着两条小中缝，立领，手盘七花纽扣，适合我小小的身体在里面做梦，在里面打滚，在里面哭闹。在那动荡的年月，回乡的父亲十指轻盈，飞针走线，偶尔抿一口浓烈的罐罐茶，在微醺的茶意中，及时补上落下的针脚。早于我降生的这件袄子，已经把一份天荒地老的父爱通过古老的技艺不分昼夜传递到我的血脉里，与今生的缘分里，父亲的爱清澈淡静，无影随行，悟空长青，飘然无度，寂静而欢喜。

洗礼时分，父亲笑了，父亲腼腆地笑了。母亲静卧，六爷捋着胡须，父亲捧着我滴洒泉水，我舔着那份馨香的水味，惬意于这样的时辰，我乖乖地张开每个毛孔吸收泉水的养分。父亲聚精会神，我聚精会神，六爷和母亲更是聚精会神，他们期待这一份生命能够得到神明长久的护佑，以便蓬勃青翠的成长。从六根恍惚的那一刻开始，我的生命便和这泉水有了根与叶的维系，并且永生永世，绵延不绝。对于泉水的记忆，我的身后跟着千万泉水，它们时刻玉带一样腾空而起缠绕我，清洗我，给我一份淡定静寂的倒影，以便我能抓住这万变人间里一条回家的路，那是一条水路，在任何一个地方都能找得到。

夕阳西下，那些牧归的乡人，也没忘了拍掉身上的草屑味，一头便闯入我家里，给我一份宁静无言的祝福，我感觉到了尘世的温暖，有山风，有草香味，有牛羊身上的淡淡膻味。然后就是注视和端详，人们竭力把远天远地的问候送到我的耳畔，我在嘤嘤嗡嗡的人语中，学着张开手臂，张开眼睛，张开我的那个混沌未知的世界，我准备好了，和父母一起接纳这无边无际的万福。

隔了一天，岁娃家的猪羔子落地了，要同样享受这样的洗礼，好像我们约定好了一起来的，我早于它半步，早于它的先知先觉，惊喜围拢着我们，像篝火一样，我们的生命噼啪作响，有些庄严和盛大。于是，一庄子的人又开始忙碌小黑猪的到来，和我一样，有人给念词，有人喷洒泉水，有人祈福，万物平等，众生一派祥和，显得其乐融融。仁者步于前，智者步于后，全村人都像在赶赴一场前所未有的礼仪，个个精神矍铄，还有天地神灵漫游于期间，难得的缘分参透其中。

更有甚者，那死者也赶了个巧，也得有一份独一无二的洗礼。死者为大，先把上房腾空，八仙桌一摆，黄表纸盖面，周身盖一素白布，宛然睡着了一般，头前点一炉袅袅香烟。而后，放下所有的门窗，由最亲近的人擦洗面部全身。那天，一岁的我隐约感觉到六爷的洗礼开始了，由跛腿洗净双手，用小小的声音呼唤着：六爷啊，给你洗礼了，你要放软活一些，胳膊腿别为难我，啊，我的爷！跛腿是庄子上无儿无女的勒狗人，他打杀砍伐毫不留情，唯独碰上这等事，就谦卑下来，仁慈下来。六爷活着对人事晓之以理，动之以情，死后依然不卑不亢，不悲不喜，一脸的祥和红润，和活着时一样，顺利地接纳了天赐的洗礼。欣欣然，带着一身土布老衣上路了，且面带微笑，面带神秘的微笑。

一个村庄的倒影就是这样静若神明，没有喧哗与骚动，没有尘世纷争，各做各的事，各享各的福，各有各的来路，各有各的归途。有一个传说美得没有细节，说八十太爷在月色满盆的半夜，瞅见过一只金鸭子和一只银鸭子逶迤而来，悠闲而去，臂膀相互依偎无话不说，亲密无间，惹得庄子上的人都想看看。可是那以后，再也没有人看见过，八十太爷和金银鸭子的故事就成了人们口中的传说。一块福地，一块饱含宇宙光华的降临之地和死亡之地，于泉水里的我是有福的，于泉水外的尘世是有福的。

水韵张掖

柯 英

一

千里河西走廊，千年风尘滚滚。在青藏高原与蒙古高原隆起的南、北两山间，一个个散布的村庄和城市大都依山傍水，宛如一条条知名的或不知名的河流滋生出的花朵，沧桑而又鲜亮。每一次从河西走廊穿过，我都深深感念古人概括的"金张掖，银武威，玉酒泉"的美妙。这三个地方的美誉分别是黑河、疏勒河、石羊河给予的。

一个"金张掖"，让我这个在张掖生活了半辈子的张掖人理直气壮地自豪。

这些年，因为写作，我以张掖为中心，几乎走遍了黑河周边，从祁连山的黑河源头，到巴丹吉林沙漠中的居延海，从龙城古道、甘青古道到甘蒙古道、甘凉古道，方圆数百平方公里的版图上，我闭着眼睛都能想象出每一个旮旯拐角的风光。每一次探访归来，我总是十分强烈地感念生活在张掖这片绿洲的幸运。

其实，有这种感觉的何止我一人。

2009年夏天，我先后接触了几批阅历广博的专家，居然都说到张掖绿洲给他们的美好印象。先是中国社会科学院研究员闵琦和野外旅游策划大师杨彬，我陪同他们跑遍了张掖周边的山山水水，一路上，他们无数次说起张掖这片土地的神奇，老杨说："祁连山造就了神奇的河西走廊，而张掖恰好在河西走廊的心脏地段，黑河水滋养的这片绿洲，的确是其最美的一段。"闵琦研究员除了对张掖绿洲的感叹，更看重张掖深厚的历史文化积淀，丰富的地表遗迹和地下出土文物，让这位博览天下美景的老人赞不绝口。第二批客人是跑遍了各地山水的野外生存培训专家朱燕杰和他的朋友。他们一路从青海过来，穿越祁连山，来到张掖时，张掖绿洲的富庶和繁荣，让他大开眼界，他说，在"两山夹一川"的这个小盆地生活真是舒服，天蓝、地绿，空气好，这在大城市是想都不能想的生存环境。第三批客人是国家湿地公园评审组的专家们，他们从内蒙古阿拉善盟及额济纳旗赶过来，那边是一望无际的巴丹吉林沙漠和荒漠地带，一进张掖，扑面而来的大片绿洲，马上让他们眼前一亮，荒漠与绿洲，黄色与绿色，对比是那么鲜明，在一天的时空切换中，他们无法想象眼前的绿洲与湿地是咋回事，用得最多的一个词是"神奇"，国家湿地管理中心主任马广仁接连用了"四个没想到"来概括：没想到巴丹吉林沙漠之下居然有数万亩天然湿地，没想到当地政府如此重视湿地保护，没想到张掖湿地资源丰富、类型多样，没想到张掖湿地建设成效如此显著。中国科学院植物研究所研究员李渤生也说："在巴丹吉林沙漠和青藏高原之下，能有张掖这片绿洲，真是太神奇了，生活在张掖的人们是有福的。"

这是我所听到的来自京城的专家对张掖的直观评价。

对于张掖，多少年来，我们多多少少有点妄自菲薄。一想到北京、上海、广州、深圳等大城市的繁华，一说到东南沿海发达地区的 GDP 和发展速度，生活在西北小城市的自卑感便与生俱来。多少年来，我总觉得外面的世界很精彩，对外面大城市的向往曾经是青春的誓言，然而，人近中年，走过了大江南北，阅历了诸多胜景，回头一看，我们这片栖身之地，本也是天下最美的地方。

尽管没有京城的烟华，没有江南的别致，也没有发达地区的富庶，然而，仅环境的宜人和内心的适意而言，生活在张掖，我是知足的。

二

张掖还有一个自豪的雅称：塞上江南。

尽管这个别称已经成为了宁夏的代名词，但只要是从河西走廊经过的人们，看厌了连绵起伏的荒山秃岭，看疲了无穷无际的戈壁黄沙，目光只要稍稍在张掖大地上停留一刻，那么，我相信过客们肯定会眼睛一亮，为西北有这样丰饶秀丽的地方惊叹不已。1946 年，国民党要员于右任在新疆视察工作后乘飞机返京，乌鞘岭遇雨，飞机转停张掖，看到张掖秀色，于右任欣然口占一绝："相对亦悠然，始识天山；天教回首看祁连，

摄影/任世琛

同是洛妃乘雾至，冰雪争妍。乌岭雨沉沉，龙吟霜匣剑飞还，转到甘州开口笑，错认江南。"诗人浪漫主义的豪情与上天赐予的机缘，让于右任为张掖留下了引以为豪的名句："不望祁连山顶雪，错将张掖认江南。"

生活在张掖，我也常常陶醉在自己的想象中。每当夏秋之际，一场接一场的细雨飘飘洒洒，凉爽之余，更把张掖渲染得如同烟雨江南，大街小巷颇有点江南小女子的妩媚气质。街道两旁的国槐或垂柳，也是婆娑多姿，与朦胧的天、细长的雨、柔和的风，韵出一片又稠又腻的柔软情调，于是，一句说滥了的宣传语——"塞上江南"，突然间有了结实的内涵。"塞上"和"江南"，两个原本不搭界的词，如此组合在一起，却有了刚柔相济的意味。盛唐的疆域里，潼关以西、阳关以东、长城以内的广袤地域，应该是所谓的西北塞上。人文的塞上是金戈铁马、胡马秋风的边陲，粗粝的草纸上风马飞扬；而江南是柔软的，水墨画一样，听着这两个字的发音，都会感到水汽从纸上渗出来般的朦胧。"塞上"与"江南"，一阳一阴，一刚一柔，在茫茫大漠戈壁上造就了一片水云之乡。

"塞上江南"的来头，大概要上溯到明清时期，那时张掖的气象，正是"一城山光，半城塔影，连片苇溪，遍地古刹"，到张掖当官的江南文人，自打出了西安，一路向西，越走越荒凉，越走越惆怅，越走越英雄气短，走到山穷水尽时，恰好在河西走廊腋窝里有了一片水汪汪的绿茵地，这一水乡泽国，便是一剂抚慰乡思的良药，医治了文人凄凉征途的心病，于是，便有了"鸟声花影皆佳致，留与诗筒贮百篇"的欣喜，便有了"甘州城北水云乡，每至秋熟一望黄"的激赏，便有了"风味江南似，人家塞北嬉"的咏叹。在阅读歌咏张掖的诗文时，我时不时感到，那些客居或旅途张掖的明、清文人的文字里，因沾了黑河的潋滟水光，苍凉悲壮的心绪间，

多了几分柔情，少了些许幽怨。

南望祁连，终年积雪的山峰冷艳而明媚；北望合黎，荒芜的奇崛山脉厚重而硬朗；伫立黑河之畔，听流水哗哗，想象着冰川融雪从千山万壑一泻而下，流进荒漠原野，流进小麦玉米蔬菜，流进我们的身体，我无时无刻不感念与这片大地、与这山川河流血脉相通的亲切。

三

西北缺水，张掖幸运地有条黑河。

黑河又称弱水，我不知道佛家的偈语"弱水三千，我只取一瓢饮"是不是今天所说的黑河。《水经注》里的记述大致是：远古的黑河泛称"西海"，是一条波涛汹涌、汪洋恣肆的大河，从西北一直流到黑龙江，与黄河的长度不相上下。在戈壁大漠包围的河西走廊，这一条水脉，就是张掖绿洲和额济纳绿洲的血脉和乳汁，就是流泻在河西大地的一卷长书，轻盈灵动而舒展流畅。

黑河给了张掖及黑河沿岸的州县太多的恩泽，"天下富庶无出承陇右"的赞叹也因黑河而定。西汉初年，霍去病驱匈奴于塞外，汉武帝设河西四郡之一的张掖郡，名曰："张国臂掖，以通西域"，意味着把张掖作为了打通西域的经济命脉，随后，汉武帝采纳边防大将赵充国"兵农结合，戍兵屯田"的建议，除了让西征的将士解甲归田，还把数万关中百姓迁到千里旷野的河西，开始了河西历史上最早的农业开发。西汉末年，窦融任张掖属国都尉时，五胡十六国战火纷扰，天下动荡，"唯河西独安"，张掖"兵马精强，仓库有蓄，民庶殷实"，深受中原烽火之苦的百姓，纷纷移民关外，到河西避难。公元401年，北凉王沮渠蒙逊在张掖建立地方政权，发布《劝农令》："躅省百徭，专攻南亩，明设科条，

务尽地利。"纵观十六国时期，黑河流域已成为超过中原的繁荣经济区。到了隋朝，河西的张掖已经是相当繁华热闹的西北贸易市场，隋炀帝听了地方官的报告，带着大队人马开始西巡，在焉支山下召开万国博览会，召见西域二十七国使臣，尽显河西的富饶。唐朝，陈子昂奉命巡查河西，向武则天上书增加兵源屯田，进一步开垦张掖农业，建议被武则天采纳，屯田在张掖兴起，到开元年间，河西富庶首推张掖。

从古丝绸之路的走向来看，几乎每一条线路都是依傍水源而行，西北许多地方都处于干旱半干旱区，唯独张掖有一大片绿洲，把丝绸之路的南线、北线和中线第一次汇合成一处，这说明古时张掖相当于今天的区域中心、经贸中心和文化中心。

当地理学细分出"生态地理"、"人文地理"一类的子学科后，我们认识一个地方的视野也更宽广了。从生态地理的角度看，张掖的生态意义远远高于历史文化积淀，祁连山冰川雪峰、森林草原、河流绿洲以及走廊北山边缘的荒漠区，共同构成了具有全球意义的祁连山与黑河流域"人与自然生物圈"，这一系统的组成，意味着，在青藏高原与蒙新高原的中间地带找到了一个隔离带，两大活动频繁的高原板块，只能在黑河两侧隔岸相望，除非地球发生天翻地覆的变化，否则它们很难合拢握手。只要这两大高原板块太平无事，整个西北的生态安全也便高枕无忧了。

四

水使张掖神采飞扬。

二十年前，我在张掖师范上学时，无数个清晨或黄昏，徜徉在湿地之侧，在潋滟水光和悦耳鸟鸣中，一边诵读诗文，一边认知自然，这片湿地直观地教会了我对自然的热爱和思考。至今犹记得四善桥头的一副对联："桥头看月色如画，田畔听水流有声。"张掖城北常年溪流潺潺，构成了稻米种植的天然条件，早在唐朝武则天时代，刺史李汉通就奉命在张掖引种水稻，城北乌江的大米因光照充足，生长周期长，味道格外醇香，曾一度成为贡米，沿着丝绸之路远运长安。这一片古朴的水云乡，封存了张掖最原始的地貌，记录着历史演进的痕迹，也成就了一座城市的文化记忆。

关于张掖古城，当地流传着这样一个传说：老城在距今二十公里外的黑水国，有一天狂风大作，摧城拔屋，一夜之间，城池便被风沙掩埋。后来，郡王要建一座新城，为保安定，四处请高人勘察风水。有个云游和尚经过，对郡王说：我有一枚铜钱，把它扔出去，它落在哪儿，就在哪儿建城，可保城池永固。郡王心想，一枚铜钱能扔多远，找到还不是轻而易举。结果，和尚扬手一扔，铜钱凌空飞起，兵士拔腿就追，一直追出几十里，才见铜钱落在了一片苇溪之畔。溪水荡荡，芦苇密布，哪里找得出一枚铜钱？正当人们无奈的时候，来了一位道士，拿出一根银针随手一扬，插在地上说：就在这儿了。人们连忙去挖，银针刚好插在铜钱的孔眼里。于是就在这建起镇远楼，修建了张掖城。

这虽然是传说，却也符合张掖城的实际。张掖地势南高北低，形如盆地，黑河从祁连山奔泻而出，地下径流顺势汇聚，便形成了苇溪连片、山光倒映的水韵之城，如同这里的民谚所说："甘州不干水池塘"。在明清时地方志上有一幅"甘州府城图"，可以看出，城内水泊湖塘约占全城面积的三分之一，处处举步见塘，

抬头见苇，家家临水，户户垂柳，古城城外有护城河环绕，城内除了湖泊遍布，还有庙宇林立，东、西、南、北的诸神庙上对天文下应时景，东面紫阳宫，西面文昌庙，南面火神庙，北面北斗宫，中间镇远楼，东教场的饮马池边是"马神庙"，就连芦苇池边也有一座"芦爷庙"。把"马"和"芦苇"尊为神位，建祠供奉，估计在其他城市的建筑中是少见的吧。

在历代的志书上，我没见过有什么明水引入城内，但城区内却是水泊荡漾，溪流纵横，这便有点蹊跷。有一次看城南甘泉遗址，"有本如是"的壁刻让我沉思良久，这偈语似的四个字应该是有所指的，而指向什么呢？查"甘泉"的来历，方知这里正是城区水溪的主要源头：地下径流从祁连山一段的甘浚山流下来，千径万壑汇集于此，又分为"文流"、"武流"，弥布城区，择地而出，因此，甘泉素有"河西第一泉"之称，历代文人的诗文中多有吟咏。

徜徉在张掖大地，你会时时感受到，自然遗产与文化遗产在这里扭结得几乎分不清你我。马家窑文化遗址、东、西灰山四坝文化遗址、黑水国遗址、永固城遗址、明海城遗址、骆驼城遗址、许三湾遗址等，这些

摄影 / 佚 名

承载了张掖原始牧业和农业文明的遗迹，原本就是绿洲和湿地之上的创造的辉煌，还有我们正在享用的城郊天然湿地，本身就是这座城市独特的文化元素，翻开历代张掖文存，最生动的文字中其实都寓含着潋滟湖光澄碧水色。

五

水，这个缔造了生命的精灵，在西北干旱荒凉的旷野里，时常让我感动，又让我忧虑。

一年秋末冬初，张掖城地下水位突然上升，楼房地下室里积水汩汩涌冒，还有不少平房浸泡水泊中，人们不得不举家迁居。处在祁连山地震带的张掖，对于这一突如其来的"怪异"自然十分敏感，一时谣言四起，人心惶惶，当地政府出面辟谣，却又解释不清地下水上升的原理。直到一年后的北郊湿地恢复与保护工程开始，才找到原因。原来，是生态内循环系统出了毛病。地下径流同人体的血管一样，经脉不畅则溢。多年来的城市改造中，填湖造房，埋池造路，已经把一座古城修改得面目全非，注重了地面的日新月异，却忽略了地下的千疮百孔——这座城市的"经脉"已经被坚硬的钢筋水泥切割得七零八落，地下径流梗阻、堰塞或破损，只有溢出地表才是它不得已的归宿。人类在向现代化迈进的进程中，总是盲目自大，急功近利，往往漠视自然规律办事，给后世留下无穷祸患。

黑河流经青海的祁连县、中游的张掖市，再到下游的金塔县、额济纳旗，一条年径流量不足黄河千分之一的小小内陆河，负载着青海、甘肃、内蒙古三省区数百万人口的生存，担负着维护西北生态安全的职能，如此重负之下，黑河水千百年来一直无声地承载着"水善利万物而不争"的品格，这不能不让人从内心里满怀感恩。然而，流域内地区间争水的矛盾从清朝纷争到当代，人与自然争水的矛盾也因环境问题凸显出来，黑河沿岸诸多盛极一时的城池，历经千百年沧桑巨变，许多已经是黄沙塞途，寥无人烟，变成了一片荒芜的戈壁沙漠。抚今追昔，不得不感叹自然造化之功非人力能挽。

黑河流域生态恶化的趋势，正在以人类不易察觉地态势发展着。在黑河源的八字墩草原，我看到裕固族东迁民谣里传唱的"风吹草动见牛羊"的景象，已经退化成了一片洪荒，青海牧民对这片草场已经休牧五年，依然不见绿色遍布。在中游的张掖农村，我看到原本潜流滋润的草地林木，因为水泥衬砌的渠道无法使水渗漏，大片草地沙化、林木枯死。在下游的额济纳旗，我看到曾经天然的荒漠植被区，却因利益驱使，成片开垦成了农田，种植着棉花和甜瓜，硬是让一个保护为主的牧区变成农业区。我无法预测这样下去会产生怎样的影响，但可以肯定地说，地球上任何物种，任何山川河流都是有生命极限的，超越了极限，就喻示着走向衰亡。

二百多年前，宁夏将军兼甘肃提督苏阿宁考察黑河水利，很有远见地提出："甘府之丰歉，总视黑河雪水大小。""甘州居民之生计，全仗（祁连山）松树多而积雪。"为了保护祁连山的水源涵养地，苏阿宁特向嘉庆帝请了一道圣旨，用万斤生铁制成圣封山碑，旁注："妄伐一树者斩"。今天读到这位封建王朝官员的文字，仍犹如金石之声，振聋发聩。不加遏制地利用资源，将使我们及后世子孙处于万劫不复的境地，正如有人深刻地形容："吃子孙饭、断子孙路"。

人们已经给了张掖很多的雅称：水韵十足的张掖。塞上江南的张掖。戈壁水乡的张掖。丝路古道的张掖。西域佛都的张掖。我想，这一切的一切，并非永恒，如果缺少一颗感恩自然、关怀自然的心，毁灭文明成果的将是人类自己。

我的文学梦

王进明

我是一个靠打工生活的人，却有一个文学梦。从1994年走出校门开始，我几乎跑遍了大半个中国，这些年无论我走到哪里，总是离不开阅读和写作。说实话，我心里清楚依靠文学根本不能养家糊口，但我依然乐此不疲。这一切都是因为创作过程中的快乐，阅读过程中的幸福感以及思维跳跃带来的惬意，为我的人生增添了色彩，使我对文学难以割舍。

我爱好文学的种子萌发于初一那年。一位同班同学在《甘肃农民报》上发表了一篇百字短文，同学们都非常羡慕。我也很羡慕，但读过以后我就觉得我也能写出那样的文字来。于是就开始尝试写作，尝试投稿。我当时的想法非常简单，只想让自己的作品变成铅字，让大家也羡慕我。在今天看来，那时的我是多么的天真。

在我们邻村，有一位农民作家，他就是张元印老师。张老师是个地地道道的农民，他生于1946年，病逝于2012年7月，生前为中国楹联学会会员，镇原县作协名誉主席。因为痴迷文学，张老师的生活过得非常艰难，他的晚年甚至到了穷困潦倒的境地，但他的精神世界却非常富有。他家境困难，小学毕业以后没能继续上学，自学了初中、高中、大学课程，他多才多艺，谙于古韵今声，长于律绝对联，在当地非常有名，生前出版了《元印诗联文》一、二部。张老师文笔犀利，针砭时弊毫不手软，他的作品多创作于田间地头。由于长期读书写作加之繁重的农活，积劳成疾，2004年他右眼失明，接着又患上了神经根神经炎。在疾病面前，张老师没有被病痛击倒，仍然坚持写作。后来，张元印带病坚持文学创作的事迹以及生活的困境经当地报纸报道以后，感动了很多人，来自全国各地的文友们自发组织起来为他捐款治病，当地的一些企业老板也自愿出资帮助他出版了著作《元印诗联文》。

张元印老师是一个将文学视为生命的人，在他的心里，文学就是一切。说实话，张老师并没有真正指导过我写作，但他是离我最近的那个榜样，是坚定我文学意志的那个人，我非常崇敬他。

我的文学之路，是靠多年的积累，慢慢走出来的。记得我小时候因为家里穷，无钱买书，村子里只要有书，大家总是抢着借阅或换阅，一本书读到最后常常变得面目全非，被大家装订、修补、粘贴N次。因为煤油金贵，父亲常常半夜起来查夜，看我们弟兄三人是不是还在熬油读书，一旦碰上，父亲准会把书收走，连油灯也端走，我们只好遗憾地上炕睡觉。记得有一天半夜，我发现父亲的窑里透着亮，好奇心促使我悄悄地溜过去一看，嗨！原来父亲正躺在炕上，聚精会神地读着他的战利品呢。

在我上小学的那几年，每天放学回家最主要的事就是替父亲放羊，时间充裕，方便读书。我从哥哥的中学语文课本开始，一直读到《水浒传》、《三国演义》、《西游记》、《薛刚反唐》、《金陵图》……简直是逮啥读啥。读《聊斋》的时候，我模仿蒲松龄记录每天听到的故事；读《莫泊桑文集》的时候，我学习莫泊桑写读书笔记。记忆中我写的第一篇小说叫《平凡的小学》，三万多字。写出来以后我还以为出了名作，就偷了几颗鸡蛋换来信封和邮票，将那篇小说寄给了《人民文学》，大约两个月后就被退了回来。我当时并没有泄气，因为最鼓励我的就是那封退稿信。信中说我写得不错，希望我坚持多阅读，多练习。我把编辑的鼓励当成了真，以为我真的写得不错，于是就更加努力了。后来因为家里经济困难，高一那年我不得不辍学打工。但我心中的文学梦却从来没有熄灭过，这个梦就像冬日的太阳，温暖着我的心。

在打工的日子里，读书和写作成为我业余生活的乐趣，支撑着我的精神世界。在新疆、宁夏、深圳、河南、河北这十几年来，是读书给了我自信，是文学伴我度过了无数难熬的黑夜。我没有一刻松懈，通过自学，我拿到了大专文凭，通过努力，我的小说、散文、诗歌在《小小说月报》、《当代小说》、《山花》、《黄河文学》、《华夏散文》、《中国散文家》、《散文百家》、《打工文学》、《深圳特区报》、《河南日报》等多家报刊发表、获奖和收入文集，我的个人奋斗事迹曾经被《深圳晚报》"青工在线"报道。这一切给予我的鼓励，使我热血沸腾，对人生充满了激情，对文学充满了信心。

在我的眼里，文学并不能当饭吃，文学只是生活的一部分，但文学给我带来的精神慰藉是无穷的，我的工作和写作并不会发生直接冲突，我只是在业余的时候做我认为最有意义的事情。我认为我是最理性地热爱文学的那个人，所以我很快乐！我的人生很精彩！

因为阅读和写作，我不再对这个世界感到眼花缭乱。读书使我读出大气大度，写作使我写出宁静豁达，即使身处闹市也能心如止水，在浮华的现实中也能抽出身来，收获清新和甘醇。记得《打工文学》主编徐东老师在其小说集《藏·世界》的后记中说过这样一句话："生命留下了记录想象和写作的过程。有很多时候，我觉得只要用心写下去，便是件很容易的事情"。这句话道出了我的写作轨迹。我热爱文学，热爱生活中一切美好的瞬间，我一定会用心创造出最美的文字，给阅读我作品的人带来精神的愉悦和生活的乐趣。在我的心里，文学是我一生的梦，是文学把美好的瞬间与永恒连接起来，文学使我的人生更精彩。

摄影/王 玫

三场塬

马兆玉

在一个地方生活久了，就会经常想起从前走过的一些地方。

比如三场塬，我想起那里，是因为一个搁置多年的亲戚，一些生冷、暧昧的事，与其相关又令人陷入沉思的一些旧物件……搁置多年的亲戚与血液有关，生冷、暧昧的事与爱情有关，那些令人陷入沉思的一些旧物件，是故人自那里带来的千层底的鞋、绣花的鞋垫、装过攸麦炒面的小白布袋子、孩童喜爱的柴火烧成的小泥哨……

这些事和物，我很少对人讲起。讲什么呢，这年月用心听讲的太少了。

三场塬，我对那里太熟悉了。熟悉的山塬，熟悉的黄土地，熟悉的人和物，不费一点力气，搭手上去，一切竟是如此亲切，一切都能与身心、与血融汇在了一起。

如果用心一遍遍爱抚它们，一种神奇、美妙、甜美的感觉，氤氲氲氲，弥漫全身。

这种感觉很美、很柔绵、且带有醉人的难以名状的酒意。

三场塬是一座黄土之塬，地处靖远东南。东依屈吴，西邻祖厉，南接会宁，北望平川。气候特征为，春秋多风，年降雨量不足三百毫米，蒸发量却高达两千一百毫米，属温带半干旱区域。原种植结构为糜、谷、小麦，豆类、洋芋……现如今，以主种籽瓜为主——这里出产的籽瓜子，片大、质优、声名远播。其东部耸有屈吴山，海拔两千八百五十八米，山中隐有寺刹，为陇上名山。

三场塬有很多村庄，它们的名字我至今还记得一些，例如：东北上的头百户、一百户、二百户、三百户；南边的周湾、韩泉、白崖子、文崖；北边的展岘、周窑、庙儿沟、烟洞沟。这些大大小小、沟沟坎坎的地名，像一些揣于体内的物件，一挨，有些硌梦，一碰，往下掉土。

我认识三场塬还是十一二岁那两年。这要感谢上天给了我那么多亲戚，是他们赐予了我很多了解三场塬的机会。

年少时的记忆是一生中最美的记忆。

在塬上，那些蝴蝶、小蜜蜂：它们最最爱恋的花草是娇小的凤凰、高个的葵花；马莲花开过之后，野山菊的歌谣唱着小村姑的一对绣花鞋。羊群涌过塬心，漫向屈吴山山坡——地蕉子、山苓子、谷攸子、白荫子、小同叶、猫娃草、空心野韭菜、开紫花的山葱，它们在季节与风的行走中成长。它们一路翩翩起舞，吟吟嗡嗡，说着带风的绸缎，说着带雨的浮云。它们的身影里看不到愁楚，它们在快乐中就是一群会飞的花儿。

这些如诗如画的美景，只有雨水丰沛的年月，才能一一呈现。

常言道：一方水土养一方人。

土，土是纯纯的黄土，与肌肤有着同样的颜色；水……水给人留下的记忆太抠心了！

三场塬原是一座旱塬。雨水和雪曾是它养育和延续梦想的源泉。

借助草、谷物的根系吮吸黄土里羞涩的水分，这一做法是不是显得我们的嘴过于高贵？

上世纪70年代，我从靖远去会宁的土高，为了顺路看一下亲戚，也能再次亲近一下那片久违的土地，我选道自三百户的干砂河口登上了三场塬。那一年，塬上缺雨水，我一路看到，热浪滚滚、黄土汤汤的广大塬野上，扭曲的榆树紧锁眉目，半死不活的样子，心，背负上了一盘石磨……在塬上，亲戚活得很艰难，要一碗解渴的水会使人深感难畅和尴尬……烈日下，那些因干旱，变得植株萎蔫、叶穗耷拉的谷物，一动不动，静静地停泊在一头满目无光、神情委呆的驴眼里；尽管野糜川干河道的乱石，为一次栖憩提供了抚慰热喘的小细风，最后转回来，我只能把那些一再摸不平的深重皱纹，说成众多横向龟裂的干嘴唇……

生活在这片黄土地上的人们，是一个在苦难夹缝中穿行的群体，这一群体硬折不弯、又韧性实足的品行，岁月与苦难对他们的煎熬、磨砺，从而造就了他们历久弥香的质地，和他们大度有容的德量。

三场塬遍布着众多的砂地，俗称"石头地"。这种"人造地"大面积出现，都是因为雨水太少的缘故。为使雨水留在黄土里的水分不被蒸发，聪明的人们，从塬头下的干沙河，用人和驴的力气，将那些大过鸡蛋的石块捡去，再把细碎砂石一车车运上塬头，一片、一片地铺在黄土地上。这种劳其筋骨、疲于奔命的做法，确保了五谷生长所需的水分，同时也提高了地温。站在那些保墒争温的砂地边，看着砂地上欣欣然生长的谷物、瓜类，看着那些从烈日、从石头里，硬生生挤吮出养命汁液的人们，你不得不为他的精神所感动和感叹。感动、感叹之余，更多的则是无上地敬畏！

屈吴山是三场塬东部雄立的一座山峰，它巍峨、挺拔、直入云汉。山上，青石突兀，草木苍翠。则山下，又是另一种景致：黄土赤赤，沟峁裸裸。这

一不近人情、饱含嘲弄、令人大惑的景象，免不了，让人对高高在上的造物者心存不解；不解之余，庆幸的，便是山间涌流而出的山泉。泉水清澈甘冽，流不了多远，就匆匆渗入地下。后被人们加以聚拢，用管状渠道引入了旱塬腹地。尽管汩汩泉水的地理定向，解决了一些低处人的饮水问题，可广大塬地上的五谷，和生息于高处或远处的人们，他们用梦、用水窖一样的空心，在一场滋润心田的雨水之后，只能素面朝天，静静地等待下一场雨水的到来……

后来，黄河水的提灌引入，大大改善人们的生活处境，塬野上，生机勃勃的万物，随着连年丰收，渐渐冲淡了一些沉如铁石的记忆，但那积于骨孔太深的苦难，仍有一部是挥之不去的记忆，它们如同高灯下的阴影，还时常尾随着人们豪迈行进的步伐。

一个人生于何处，卒于何处，这是天定的。

这种迷信之说，憨朴、耿直的三场塬人却坚信不疑。

由此，他们铁下心来在塬野上生儿育女；由此，他们铁下心来在塬野上繁衍生息——花花绿绿，红红火火，嫁娶一个又一个如花似玉的女子；吹吹打打，高抬深埋一个又一个生老病死的长者。这种不计来去，无怨无悔，一条长路往黑里走，一条长路往亮里走的做法，只为报答黄土的养育之恩。

时间沉沙，沙里藏有黄金。

岁月奔腾，奔腾是一种不息的壮心。

三场塬，今夜，另一个我属于她。她的宁静，不需要残月，不需要繁杂的星辰。敞亮、金黄色的阳光，从塬头撒向塬尾的过程，一如一把扇子的扫描，金黄色隐去的那一部分是抠心的过去。金黄色镀亮的这一部分，便是今天渠水潺潺、杨柳依依的幸福。

三场塬，这么多年过去，我忘掉了许多人的长相，和他们说笑时坦然、爽朗的样子。可我铭记的那片塬土：深厚、瓷实、大度、雄浑、古朴、壮美。

故乡的味道

王钟迤

青草的味道

现在我竟然惊奇地发现，在我的故乡，野草正在到处茂盛地生长着——我原来裸露而赤白的故土，现在透露出喜气洋洋的绿色，我闻见青草的香味，扑鼻而来。

在我少小的时候，家乡是没有多余的一棵草的，那些可怜的青草，还没有长上地皮，就已经都被我们这些小孩子们和大人们用无情的铁铲、镰刀、搪秆子，收拾进了背篓，背回我们一样赤贫的家，塞进了灶火，或者填进了炕眼，用来烧火做饭和烧炕。那时在生产队里，粮食本来就没有成多少，连长粮食的秸秆、衣子（方言，指碾粮食剩下的细草末），甚至驴骡吃了柴草之后变出的粪蛋蛋之类剩余的所有东西，都分寸不留地按每户分给了各家各户——这些东西和粮食一样紧缺，僧多粥少，分到人家里，就没有什么了。而我们即使喝汤，也是得用柴火烧开我们的铁锅的。在冬天，我们光溜溜的土炕，还得用足够的柴草来烧热，家里私自养的一两只羊，或者其他什么的家畜——像猪啊什么的，张着个大嘴巴，嗷嗷叫着，等待干的湿的草来喂养。我们所有的人都红着个眼珠子，紧紧盯着那些瘦弱的野草不放——在那个赤白而狂躁的年月，我们没有什么可以依赖和慰藉我们贫困之中惶恐的生命的东西的，

就把我们焦灼的期望，搁在与我们一样不幸的一棵草身上，铲了个精光——那时的一棵弱小的草，都是养育我们生命的宝贝啊。经过那个环境、那个年代的我，在我的生命的血液中，一定至今仍然流淌着柴草的味道。

那个年代，我们的大人们都要在农活闲暇下来的时候，背起绳子和镰刀，背上一小口袋的炒面，去更加远的地方拔柴。

而我们小孩子的一个天职，也就是拔柴。无论是上学之前的早上，放学之后，还是假期，我们最要紧的事情，就是背着个比我们自己个头大的背篓，手里拿把镰刀，就成群结队地满山满洼颠跑，追撵着地边、埂塄、陡坡、悬崖……凡是有草皮的地方，再高再险，就是我们都要爬上去而且也能够爬上去的地方——你无法想象那些长着柴草的地方，对我们这些拔柴的人，是多么充满诱惑力。那时初生牛犊不畏虎，为了我们空虚的背篓能够装满实实的柴草，我们无所畏惧。为了拔柴，有时也有谁家的孩子从悬崖上滚下来、跌得满面青肿的惨剧发生。如果我们拔的柴草，没有装满我们的背篓，即使大人没有数落我们，我们自己就会感觉到我们的事情没有做好，没有脸面见人，就会觉得愧对家里的那碗汤——毕竟我们口中的那碗汤，是需要柴草来烧熟的，没有柴草，我们怎么能够吃上饭呢。

农村的孩子早当家——现在我看见家乡满山满洼的每一个沟沟岔岔、山山峁峁、坡坡梁梁、埂埂边边，那么熟悉、深刻以至亲切，是因为小的时候，春夏秋冬，寒来暑往，我们幼小的身影，在这些能够长草的地方不知爬过了多少遍，留下了多少我们的希冀和汗水。我们的童年、少年，就是伴随着我们的背篓、镰刀，在没有没了地爬崖、拔柴中度过的——我家乡的山洼上，留下了我童年的记忆，抹不去的记忆。

至今我无法忘记，在初冬树叶凋落的时候，有几棵树的地方，天还没有亮，就有人摸黑早早地在扫树叶，生怕迟了轮不着自己。第一个来扫的人，害怕别人来了和他抢，往往就干脆提早最大范围地扫出一个圈子，作为自己占有的标志，这样才就踏实了，没有人和他抢着扫的担忧了……那时我们连青草、草皮、树叶、草根都要拾掇个精光，片草不留。

我们那里还有一个绝活，就叫"搪填炕的"——在冬天，那些粘在地皮上的细碎的干草叶，谁也没有办法把它弄起来拣拾回家，就用一根叫做"搪杆子"的细长棍子，放平了使劲在地皮上左右抢开了来回反复搪扫，把那些粘在地皮干草根上的细碎草叶子，搪扫开来，再用扫帚把满地的细叶子扫在一起。用搪杆子一搪，再用扫帚一清扫，那块地方，没有了一点干草皮的影子，看起来就像剃光了的头，剥光了皮，露出白生生的地皮，寡白寡白的，一点都不可爱，在本来就光秃秃的冬天的背景下更加刺眼……薄薄的草叶是搪下来了，干裂的草叶却也搪成了细末，甚至往往连干裂的地皮上的一层浮土皮都搪扫起来了，扫帚一扫，细草末子和细土搅和在一起，没有办法分离，最好也是最常用的分离办法，就是用扫帚一遍一遍地从一大片草土混合物的上面，反复捋扫，上面轻的就是草末，沉在下面的重的，就是细土了——这当然是相对的了，谁也没有法子把草末和土末绝对分离开来。这样的"填炕的"背在背篓里，格外的沉重，简直就是背回来了半背篓虚土。但是用这样的土草混合物填炕，用我们老家人的话说，就是特别地耐烧。

我至今清楚地记得，在我上小学一年级的一个夏天的早上，我背着一背篓的柴草，背靠在地埂边上歇息的时候，看见太阳升起来的那一瞬间，我心中充满了神圣和敬畏之情——我看见早晨的太阳从远处的山顶上渐渐升起，从半个脸露出来，上升，很快就是一颗圆圆的红太阳，我紧紧盯着上升的太阳，心中的崇仰和神圣之情油然而生，毛主席啊，这是我们敬爱的伟大领袖、伟大统帅、伟大导师毛主席啊……原来毛主席就是这样的啊，我见到我们亲爱的毛主席了啊——那时才进到课堂识字，课本上的第一课就是"毛主席，像太阳，照到哪里哪里亮"。

而如今，满山遍野的崖边、沟边、地边、路边，野草长得那么茂盛而厚实，竟没有人侵扰它们的自在生长了——家乡的绿草遍地可见了，也为我干旱而裸露的家乡大地，增添了一些绿色和柔美。连闲散的地方散落的成堆的树枝、树下厚厚的树叶，都没有愿意人去搭理了，我看了还直觉得可惜啊——哥哥却说，如今不像过去，现在粮食收成好了，烧的东西就自然不缺了，家家再也不为没有烧的愁肠了。

粮食的味道

我来到老家之前的一夜，哥嫂全家突击，把新掰来的一大堆玉米的皮剥了串好，码在院子三面房屋的台阶上——哥嫂的意思是在我们来到之前，把屋子倒腾清爽了。满院子里因此便飘荡着鲜嫩的玉米散发出的粮

食的清香味道。这种味道让我的感觉里面充满了浓烈的乡土气息。

在我们没有要紧事情干的这天，我就帮着哥哥往专门搭的架上挂玉米，高高大大的一个木架，早已经挂满了一半，这些才要挂的玉米，就显得没有多少宽余的地方了。哥哥一边往上挂，一边有些发愁了：剩余的棒子们往哪里挂啊。我说，光今年这么多的玉米，几年都吃不完啊。哥哥说，人现在变得金贵了，玉米面都不爱吃了，只有拿来喂牲口和猪了——现在的牲口和猪都吃得比我们过去好啊。

哥哥和我在挂完玉米后，领我到了上房旁边的阁房看家里这几年积攒下来的成粮。光成麻袋的麦子就码成山了，这都是几年前的陈麦。今年的小麦收成还好，摞着还没有动呢。现在白面吃不完，一年四季顿顿都是白面，玉米面倒成了偶然里解馋的饭了。这是喂猪的麦麸，白白的，面还多着哩，再不磨得像以前那么细了，麦麸还要磨出黑面吃……如今的社会转好了，人都跌在福窝窝里了。哥哥如数家珍地说着，一脸的快慰。

我昨天一到家就提出，今天早上要吃一顿酸菜玉米面撒饭——我每次回家，第一顿饭是浆水面，第二顿饭，就必定是酸菜撒饭了。吃了多少城里的精致饭菜，家乡的酸菜浆水饭最诱人，最有味道，每一想起来，就觉得满口生香，余味飘绕了。今天早上香喷喷地吃撒饭的时候，嫂子还笑话我说：现在我们都不吃撒饭了，你在城里这么多年，还记得我们困难时候的救命饭呵。嫂子不住地叹息说，那时连撒饭都吃不上，没有面做稠的，喝清汤的面都稀缺呢。一家人烧一大锅清汤，一人呼噜呼噜几碗就下去了，光是喝得肚子胀……清汤寡水的，碗里能照着人影子，人都饿得脸上绿绿的，把人饿得急里湿哇的（方言，着急、慌张的意思）。唉，早的时候惜惶啊。

关于粮食、童年、饥饿刻骨铭心的记忆，一直伴随着我关于这个世界的最初感受，不需要我搜肠刮肚地苦思冥想，我那远去了的童年饥饿故事，就会一股脑儿涌现在我的眼前，历历在目，挥之不去，几乎要伤感得令我不堪回望与怀想了。

孩童时代巴望和快乐的事情，就是过年了。过年可以穿新衣裳，戴新帽子，打花灯笼，燃放鞭炮，父亲正月初一的早上在叫醒我们的时候，还会给我们三五分最多一两毛压岁钱……可以吃到肉菜油饼，白面蒸馍，长面……可以……眼巴巴期盼的事情真是太多了——其中更多的只是虚拟的愿望和快乐——虽然我们的愿望终究与我们过年的实际快乐并不完全一样，但是我们仍然总是天天在盼望着过年。那时我们比任何时候都对过年充满了趣味和期待。

其他不说了，就只说说过年的吃罢。

我的家乡在年三十晚守夜时，有炸油饼煮肉的习俗。过年的那种神秘气氛，就在油香和肉香的香味飘绕中，正式降临在我们的身边。热油饼出锅，是不可以随着自己的性子拿起来就吃的，清油和白面是紧缺的稀罕物，没有充足到谁想吃就吃的宽裕程度——家里的一般做法是，每个人分三五个油饼，各自把各自的油饼像藏宝贝一样放起来。也有供大家共同来吃的油饼，但是分到人手之后，就已经少得可怜了，也是不能尽兴吃的，往往是让给家里的长辈和孩子多吃一半个。大锅里煮的一点肉，盛在大瓦盆中端上炕，一人拿起一块大骨头，狼吞虎咽，三下五除二，就啃了个盆底朝天——骨头上并没有多少肉，啃骨头似乎只是一个过年的古老传统和象征而已——只是打了个口水和牙祭而已，根本没有解恨解馋。眼睛滴溜溜地瞅着空荡荡的盆子仍想吃，就早已连骨头渣滓都不剩了，我们就余兴未尽地用细麻擦手作罢。能够做的，就是盼望明年的三十晚上了。

大年初一，可以吃上白面蒸馍，到了年初二、初三，馍盘里就开始端上黑面、荞面甚至玉米面馍馍了——白面馍馍是专门留给亲戚吃的——只有来拜年的亲戚们，才可以吃油饼和白面馍的。过年三天的晚饭，也不可能顿顿是臊子长面，可能到了初二三，就要吃酸菜荞面了……你无法想象那个艰难困苦的岁月里，我们的肠胃是怎样的空虚、慌张和无聊呵——连我们中国人最看重的三天年节，我们的嘴巴、肠胃都是这么拘束无处，其他时节何堪想象呢……那时我们清汤寡水的肠胃、满怀巴望的眼睛以及村落里的苍白的味道，很少有一丝温暖人心的油花的香味从哪里散漫和上升……

回故乡的第二天早晨，我看见金色的太阳，照射着秋天的大地，故里的土地上闪耀着幽静而温暖的气象。这种感觉让我对大地充满了感恩与崇拜的情怀。面对生养了我祖祖辈辈、父老乡亲的土地，我心里对她有万千感情，需要倾诉和表达……而我现在最想对这片亲切的大地说的是：过去，现在，或者将来，同样是这片土地，同样是我的乡亲播种耕耘的这片古老的土地，同样是我的父老乡亲终生依赖的土地，同样是充满了期盼的土地，过去为什么总是那么贫瘠，无以养活我们这些世代生息在她的怀抱中的生命呢；为什么她给予充满期待和希望的人们的，总是那么多的贫苦、饥饿、苦难、窘迫、焦灼、惶惶呢。而现在，在这片同样的土地上，同样的父老乡亲，得到了完全不同的厚赐——同样是我们老家的那片土地，同样是农人不曾歇息地耕作，过去的那个时代，这片土地根本无法养活饥肠辘辘的人们；而此后的这个时代，这片土地上一年长出的粮食足够人们几年吃。是土地和农民变了吗，不，根本的是土地制度和生产制度变了。一个好的制度，可以让一个人饱暖交融，而一个糟的制度，可以让一个人饥寒交迫。

今天的土地，给予我的父老乡亲的是怎么样的殷实、饱满、盈余、喜悦和自在呵——现在，我看见我的家乡、我的乡亲，从内心深处发出的灿烂的笑，正像家乡灿烂的阳光一样迷人。

树的味道

在我童年的老院子门前，是一个园子。现在这个园子像我家的老房院一样，从现实的生活场景中退居一旁，基本闲置了起来——园子里面散乱地长着一些漫不经心的树和野草，看起来就是一副没有人精心管护和务作的荒闲模样——可能没有谁会认为这个闲置了的园子还有什么值得珍爱和留恋的了，但是我却不一样，我没有因为它现在的荒弃模样就嫌弃和冷落了它。对这个没有什么名堂的老园子，在我的内心深处有着一种无法割舍的亲近和依恋之情，看见它我就有异常地亲热和熟悉感，并从我的内心涌起一股莫名的激动——这个园子曾经是我童年时代的一个乐园，一个寄寓我的童年趣味的栖所，一个可能寻觅到一点吃食的地方。我们从院子出来，就会刺溜一下钻进这个园子里去，玩，或者寻找我们空虚的嘴想吃的东西。

这个园子外边就是一个悬崖。我小的时候园子靠崖的右边长着一棵老榆树，中间是一棵毛桃树，左边是一棵高大的老杏树。春天，老榆树开花了，黄白黄白的花瓣，挂了满满一树盖，香味飘散开来，闻了就很诱人。我们这些饿童噌噌几下蹿上树，摘了树上的榆钱，往嘴里一塞，就大口大口地嚼了起来，嚼得满嘴生香。我们在树上吃够了，才按照大人们交代的任务，摘满一笼子，全家人凉拌了吃，或者和谷面、野菜之类搅和

在一起，蒸了吃——这种吃法我们叫困馍馍——蒸的困馍馍里面因为有了榆钱、槐花之类的野生花骨朵儿，吃起来就别有滋味。那种香香甜甜的味道，渗透在了粗面和野菜里面，吃起来香喷喷的，回味无穷。那时还经常看见我们娃娃们手里拿了一根榆树枝，一朵一朵地咬着吃上面的榆钱骨朵儿。榆钱的种种吃法，是我们小时候的贯有细节，或者叫做家常便饭——那时吃食紧巴，肠胃空洞，能够入口的花草，都是我们的美食，足以让我们过一场果腹之福。

而那棵老杏树，十分的高大和粗壮，枝叶繁茂，就是我们这些爬树高手的小孩子，也只有望树兴叹了——几抱抱不过来的粗壮树干，我们的弱小的躯壳哪里能够攀缘得上去——对于大树，我们不成比例的躯壳，大概就像树干上爬上爬下的蚂蚁一样了，而且高大的杏树就生长在悬崖边，它的树枝的一半就悬在悬崖外面，想起来就让人望而生畏，心中眩晕，我们小孩子家哪里敢往上爬。这棵杏树究竟有多少年的风雨沧桑了，我不知道，只知道打我记事起，我看见它就是这么的高大挺拔，高不可攀了——我从来没有爬上这棵老杏树的记忆。而我记得十分清楚的是，每年的春天，这棵老迈的杏树，开满了蓬勃的杏花，枝枝杈杈都是粉嘟嘟的，鲜艳艳的，很是喜气，惹人眼目。在春天开花过后不久，就有翠绿的小蛋子青杏纷纷跌落下来，我们就捡拾起来吃，嘴里只有一股生涩的口味。

到了夏天麦子黄了要割麦的时候，这棵老杏树上繁盛的杏子也就黄了——这就是我们叫的麦黄杏——就给我们一家人——不，甚至全村人献上了密密匝匝、金黄鲜亮、香甜迷人的一树杏子。在我的记忆里，我家的这棵老杏树和上面结的杏子，在全村是最为招惹人口水的。我家和生产队的场是紧相连的，乡亲们在往场里担麦的时候，就找了石子或者木棒狠命地往低垂下来的树梢扔上去，哗啦啦，黄透了的杏子就像雨点一

样落了下来，大家伙拥上去，抢作一团——而大人们担麦快进场门的时候，我们小毛孩子就跟在他们身后的担子的那一头，偷着叼麦穗。我就曾因叼麦穗而被队长在屁股上狠狠地打了一麻鞋底，火辣辣地疼痛滋味我至今难以忘记——杏树是我们家的，但是杏子属于全村人分享。我们家最后打完了杏子，我们也会把这些杏子你家一篮、我家一篮地端去送了亲房家大爷二婶们。

到了秋天，那棵毛桃树又成了我们觊觎的口中物。那棵低矮的桃树扭扭曲曲的，长的桃子也不舒展，稀稀疏疏的，都是些小毛桃，但是味道极为纯正，比现在的大蜜桃有味儿，附着在桃子上面的一层厚厚的细腻茸毛，在衣服上擦擦就一口咬下去脆脆地嚼开了——当我们的手伸向一颗青里透红的毛茸茸的桃子的时候，那种心情，只有在农村长大的孩子才能够品味和感觉得到，是一种无法言说的心里感觉和体验……在我家的园子里，从土地里面生长出来的味道，就是这么地纯粹……那时园子里还间种一些萝卜、葱、芋头、蔓菁之类的菜蔬，都是可以遂性进口的东西，我们都可以从泥土中拔出来塞进嘴。

老榆树，毛桃树，老杏树，还有几棵粗大的老柳数，以及园子里的菜蔬们和我童年的梦想与简单的快乐，和紧邻的生产队的场上老窑洞里的热土炕、榨油坊、驴骡圈……现在都已经没有了影子，都销声匿迹了，只有从场里和我家老园子之间流过的那个水渠沟上的那块青石板仍在——二三十年的风雨剥蚀，它愈加显得坚硬和光洁，青色的石质似在述说着岁月的历练——这块就在老杏树根底旁的青石板自当记得，我在它的上面坐了多少回——坐在那里，玩渠沟里的水，看逐渐黄了的杏子，向对面的远山和天空张望，等候父亲从地里回来……改变是迟早要发生的事情，一些事物已经改变，而一些事

物不曾改变，仍然如故——一块寻常的青石板，从我的童年一直默默地持守到了现在，而那些和它同时存在于我的家乡的许多事物已经早就改变了，甚至彻底消失在了岁月的尘埃之中，踪影难觅了，但这块真诚的青石板，却丝毫无动，一直陪伴和守望着它的故园以及那些四处游走了的主人——抚摩着这块亲切的青石板，竟让我唏嘘不已，感喟良多。

老宅的味道

我的家乡坐落在一个半山梁上，村子上上下下分散在一溜山坡上，出门就要上坡或者下坡，坡还是很陡的呢。到谁家里去，或者到村子里面走一趟，往上走的时候，就是健壮男劳力，也要弓着个腰身，满嘴喘着粗气。这是纵向的脉络或者村子的主要骨骼，就像一个直立的人的骨骼，是总体构成格局。即使有些许平路，那也是从一台一台阶梯样的高台上的人家门前通过的路径——这些路向左右伸展开来，旁逸斜出，把那些紧相挨着的门院一个一个串联起来。这是横向的脉络。我的家乡就像一个悬挂在半山上的缀饰，假如有大的风吹来，悬乎乎的样子，看起来就会摇摇晃晃、叮当作响的了——甚至有时我就会担心，一场大风会把我们的家乡连根拔掉，卷在大山根底的沟里去——像一片飘落的叶子一样。但是我的家乡因为祖辈盘根错节，深深地扎在了这片厚土中，因而一直是稳固而牢实的。

同是一个庄子，我的老家人的习惯，叫坡上面的为上庄里或者庄顶上，叫坡下面的为底下庄里或者庄底下。我小的时候，我的家在庄子中间的一个细小的平台子上。说是平台子，其实就只有一条横向铺延过来的肠子一样的小路而已。我家的门，就正好迎面对应着门前的这条窄细的小路——小路的外面是一个小园子，园子的外面就是悬崖了，悬崖

的底下，又是一条细小的路，细小的路下面还是悬崖——说起来就像绕口令一样，但是这是我的老家庄子的真实地势状貌的写真。

我小的时候，就是在现在的庄子中间的这个老院子里生长起来的，一直住到我离开我的故乡。自从离开我的老院子，就象征着离开了我的故乡，等我再回到我的故乡的时候，我已经在外面的世界漂浮了二十年的时光——从我离开老家，我就再也没有回到我生长过的老院子里去住了——老院子实在不堪再住，我离开我的老家院子之后的一两年里，我的哥哥另择了一处宅子，在我们叫做上庄里或者庄顶上的地方，新盖起了一座新房院；我每次回家去，也就住在哥哥上庄里的院子里。老院子的房子，自从哥哥搬出来，那些已经很破败的土坯房子就拆了——老屋的全部内容里面，就只剩了拆下来的一些并没有多少用处的旧木头，而院子，生产队就收为集体的了。我们真正的院子、老屋子，就从我的记忆中"消失"了。后来开始包产到户，集体的公共财产也开始都划分给了各家各户，连一只毛驴儿、一棵树都有了各自的人家——过去像一个大家庭一样的集体——生产队，这时候就成了真正的空壳，像一阵风一样，一夜之间就很快消失得杳无踪信了。听哥哥说，那个老院子，因为是我们的老屋，生产队在划分家底时，就又划分给了我们家，连生产队在我家的老院里盖起的装草料的简易庵子，也一同划分给了我家——现在，这些庵子仍然在，成了我们家里装柴草的房子，很简陋。

现在，卵翼了我幼小生命的童年摇篮，已经彻底地变故了，除了一个大致的内在轮廓依稀可以辨认我铭刻于骨髓的记忆外，似乎再也很难寻觅到丝丝毫毫遗失在远去的时间中的那些清晰的事物，来见证或者恢复我童年永远无法泯灭的关于家、故乡、成长、怀想、感动的记忆了。在我的生命中，有关

童年的一切情节与记忆，首先都是从这里——从我的家开始生发、展开和构想的。家，一个多么亲切与温暖的名字，一个令我一生无以割舍的、永远值得恋念的地方，就这样隐藏、散失在了我的童年记忆中了……虽然我的家应该是一个包括故土的大概念，但是毕竟现在我所在的哥哥的新房院里面，没有像遍地遗留了我童年所有珍贵时光的老屋子那样，触动和激发我无限的亲昵与感喟了。我感觉我的童年的所有记忆，只有在孕育了我的童年时代的所有梦幻的地方，才可以遍地拣拾起来呵——只有那里才到处都珍藏着我的童年岁月美好的记忆的碎片。

老久无人居住，老院子看起来像一个荒芜已久的园子，里面长着杂乱而茂密的草丛。在院子一边凋零的土墙下，摞着一摞陈旧的麦子秸秆的柴草，是给毛驴吃的草料，白花花的麦子秸秆散落在草摞四周的地上，绵软而厚实——大概每天从这里扯柴草的缘故，草摞子成了我童年的老院里看起来惟一新鲜的有动静的物象了。房子已经不是原来的房子——我童年时代的上房、阁房、厨房，都早已没有了踪影，只有我小时候的一个土窑和土窖的模样仍在，但是很冷落和寂寞的样子——我看来可能还有些废弃之后的老迈。这个窑，在我家上房紧靠后面崖底，那时主要是用来做磨房和储存柴草、搁置酸菜缸等日常必须具备物的地方。最令人难以忘怀的是推磨的那种光景了。

我们那时是没有什么磨面机的，所有的面都要靠这台石磨来磨，推磨就是我们每天要吃饭一样必然的事情。磨子和推磨是每个人家都少不了的了——石磨的上扇有两个木栓，绳子从两个木栓上拴在另外两根推面木扛上，木杠的一头搭在磨子上扇边上，一端横在两个推磨人胸前的怀抱中，人和磨子就围着直线只有一米的圆圈，没完没了地转了起来。因为推面并不是那么轻松而快当的活计，再加上人们

还要在地里干农活，所以谁家也不可能推出积存的多余面供一家人来吃多少天，大多是一边推，一边吃——往往是早上要做饭的面，在一大早就得摸黑爬起来昏头昏脑地推磨了——只有到了冬天闲下来了的时节，才可以多推几天磨，积攒出一些可以吃一点时间的面来。像我们小孩子，长到六七岁，能够扶住推磨棍的时候，就要帮人大推磨。推磨实在是一件枯燥、乏味、单调而重复的事情——就围着一台石磨转圆圈子，每头没脑地转，转，伴随着经过沉闷的窑洞更加放大了的轰隆隆的石磨声，不停地转圈圈——转得人都要恶心了，发晕了——面腥味儿加上那种不停地转的眩晕的味道，让人心中发慌发闷，直想呕吐，就像一头晕头转向的闷驴——那时只有谁家办红白事这样的大事情，才可以借了队里的一头毛驴，替换人来推磨的——人害怕毛驴伸着个馋嘴偷吃了自己的粮食，还要给可怜的牲口头上蒙蔽一块黑布。那时推面实在无聊赖无法支撑了，我就常想着，如果能有头毛驴来推磨，让我在外面换口气，那就是最大的巴望了——但是这只是内心的一种臆想式虚幻情节而已——我们人只好像一头毛驴一样推磨了……

　　而现在我走进推磨的窑里，这台凄楚的磨子孤寂地浮满了厚厚的尘埃，早已被遗弃不用了，连窑洞中的气味都是那么的憋闷和陈腐，而那种渗透进了我的骨子里的有关推面的感觉和味道，却仍浮现在了我的眼前和心际——那种浓烈的面腥味儿和那种不停地转圈的眩晕滋味，仍然在我的心里泛滥、弥漫开来。

　　磨房的土窑门前一侧靠墙，是一个地窖，那是我们家里的另一个重要的生活场景——一大堆的洋芋，从秋天的大地回到我们家里，就要进入这个地窖冬眠，安全过冬，储藏起我们一个冬天、春天的口粮。洋芋是我们的主要口粮，任何饭都要和上洋芋——只烧一锅清汤喝，和了洋芋，就有了提神的干货；酸菜疙瘩汤，和了洋芋，会增加更多的疙瘩；蒸煮炒洋芋菜、馓饭、面片、馍馍……所有的吃食，都是离不了洋芋的。在粮食十分慌迫和匮乏的时代，洋芋就是填饱我们肚子的口粮了——洋芋也是稀罕物，没有宽裕可让我们放开胆子、放开肚皮无所顾忌地饱吃的程度，得仔细打量了吃，才不至于到了春天青黄不接的时节揭不起锅而断了顿，因而我们那时的肚子总是缺乏食物的干瘪和慌张……最快乐的时候，就是手提草筐，刺溜一下滑进地窖提上来一小筐子洋芋的那一刻——我知道这时我们可以吃上洋芋了。我不知道在这个地窖里爬上爬下了多少回。冬天天寒地冻，为了不要冻坏了地窖里的洋芋，就在地窖口上盖上厚厚的草——下了大雪，厚厚的雪压实了盖了的草，除去厚实的雪和草，身上沾满了白白的雪花子，钻到地窖里提洋芋的那种感觉美妙极了……地窖和我家的老磨子一样，现在已经成了一个时代和年代废弃了的遗物，张着空洞荒芜的口，无声地诉说着对归来的一个主人的衷肠和思念。

　　院子里的那棵老毛桃树现在已经没有了。我爬上那棵毛桃树，摘过多少次诱惑我的口水的毛桃呵。饥肠辘辘的我，不能毛桃长大，小小的毛桃青蛋蛋就被我们孩子偷偷摘着吃了。毛桃青涩脆香的浓重味道，至今在我的骨子了飘荡……

　　人是物非，或者物是人非，一切正在改变——就像我遗失在这个老院子里的童年生活的岁月和影子。

　　一切都刻骨铭心，历历在目，恍若昨日呵——就像我永远无法淡忘的童年记忆——我仍能触摸到我童年困迫和饥饿——触摸是那么的伤痛。

　　老家院子里的每一个角落，都充满着我童年时代这个世界给予我的所有快乐与慌张——这是给予了我的身体、灵魂极其有限的物质和思想的栖所，我是从这个老院子里开始睁大懵懂的眼睛，看这个世界的——包

括在这里相继离开人世和儿子而走向另外一个遥远世界的父母亲们的那个最黑暗的时刻。现在我就在我的父母曾经给我们营造的家，却无法想象我的父母在哪里奔走和忙碌。我劳碌而苦难一生的父母呵，你们听见你的儿子在默默地呼唤着你们的归来吗。

我和妻子盘坐在老院子里麦草摞下的一片散草地上——我是在默默地回想那些远离而去了的我的童年的世界、时代、生活、情节。秋天午间的纯粹阳光，照耀着我翻涌鼓荡的无限思绪熠熠闪光——我看见一棵鲜活的小苹果树上的灿烂果实，和它翠绿的叶子，也在太阳的照耀下闪烁着明亮的光芒，苹果的香味在我的感觉中弥漫。我摘下了几只苹果，和我的妻子吃了起来——现在，苹果倒是家乡的寻常之物，已经不令人生馋了，而我能够咀嚼老院子的土里长出来的苹果，那种滋味就非同寻常了——肯定与我血脉和感情中隐藏的家园的味道一致。离开老院子的时候，我还特意摘下了两只透红的苹果，揣在怀里——后来，这两只红苹果离开它自己的故土，随我到了我自己城里的家里——半年之后，这两只苹果仍然珍藏在我家的冰箱里。这两只苹果是一个我怀念遗失在我的老院子里的童年的依托。

父亲的味道

在荒芜了的老屋院子里盘桓，我在每一个角落里努力寻找并拣拾着我的童年记忆，而我只找到了那些标记着远去了的岁月的零星碎片，一些事物已经消散在时间的深处了。这没有什么妨碍——消失了的那部分时间中的岁月，并不会影响我内心中至今完整而清晰的记忆和怀想。我的童年生活在我童年时代就已经铭刻在我的骨髓和灵魂中了，没有什么能够剔除我刻骨的记忆——即使逐渐远去了的时间和纯真。

而在我努力寻找和拣拾的情景或者情境中，我自然想起了一个人——我一生中最怀念一个人——我的父亲。父亲是这个老屋院子中的和灵魂，是我童年生命中最闪耀的光芒，是我们这个贫困的家最坚实的支撑与归依。父亲就像一座贫瘠但是稳固的大山一样，端居在我们的魂魄之中，我们的神魂因此得到了安抚和慰藉，我们因此而一个一个慢慢长大——像我家上房屋子里筑巢的那些小燕子一样，忙碌的老燕子衔来食物喂养，慢慢长大了，扑闪着翅膀，可以飞向屋外的天空了——虽然父亲像这个老屋一样，已经如同一个远去了的年代，消失在了我遥远的童年和少年生活中，但是现在我似乎仍然看见我的父亲就在这个院子里的每一个角落里走来走去，忧郁的形容，慌迫的神色，沧桑的身影，一声接一声的叹息——仍然在深深刺痛与折磨着我的灵魂和神经。现在我感到我的灵魂和神经从来没有过的压迫——因为贫穷、饥饿、无以维系，父亲为我们这些孩子的长大承受了他一个人所无法承受的操劳，一生都在奔走与慌张中忍受着艰难时代、困顿岁月给予他的无尽沉重负荷，而我没有能为父亲减缓一丝那时我无法理会的重负，没有挽救父亲濒临崩溃的身体以及精神，甚至在父亲的那些最后岁月中，也全然毫无察觉他已经没有丝毫的精力承受生活压给他的超常重负，而感到一种来自灵魂的强烈的压迫感——我苦难深重的父亲，就是在这样的慌迫中，彻底崩溃了的，彻底与这个令他牵肠挂肚的世界、家、孩子割断了最后一丝牵扯，彻底撒开无力的双手，绝尘去了另外一个全然陌生而冰凉的世界——那里一定能够让父亲彻底解脱他缠绕了一生的痛苦和苦难，安然自在，毫无牵挂吗——我和我的父亲从此相隔阴阳两界，彼此张望、呼唤和期待，却是渺无消息，生死两茫然。

小时候少不更事，我不懂隐忍、深厚、刚强而又丰富的父亲。现在才开始渐次读懂父亲——每一念想起我的父亲，我就心如刀绞，我有一种永远无法摆脱的缺憾和内疚。我真恨——有时候我真恨我自己来到这个没有办法养活和承受我们生命的赤贫世界，而把我活下去的全部压力和重担都要让我坚韧而又脆弱的父亲一个人默默承担。我的生命以及生命成长的艰难过程，给予父亲的，不是生命的喜悦和幸福，更多的是无尽的苦难，无尽的忧愁，无尽的操劳，无尽的牵挂，无尽的盼望，无尽的憔悴，无尽的消磨，无尽的煎熬，无尽的叹息……

现在，我们终于度过了我们生命中最黑暗的部分，光明照耀在我们的生命和生活的每一个细节之中，开始体会父亲给予我们生命的欢愉了，而我苦难、艰辛、多舛的父亲，他的一生都在黑暗中努力摸索着光明的天空，在苦难中始终期待着盈余的欢笑，最后看到的确是仍然没有尽头的暗夜一样的漆黑——在他的内心，明亮的阳光还没有上升，而他就消失在了等待黎明的暗夜的路途之中了。他在最后看到的仍然是他的世界和生命的黑暗——明亮的天日距离父亲一生的等待并不遥远了，但是早已疲惫而憔悴了的父亲，在太阳上升前的暗夜中，猝然停顿了他奔忙而慌迫的脚步，终于没有看到他所期待的光明时刻的到来，消遁在了一片茫茫的暗夜中了——父亲把自己的一生用来寻找幸福和光明，把自己的一生用来养育我们这些像我家老屋梁上的小燕子一样的孩子，把自己的一生用来操劳我们每个孩子的长大成人，但是苦难一生的父亲，却把体会和领受幸福和光明的身体和灵魂留给了我们，而自己却像一匹劳累尽了最后一口气息的老马，在他一生用来拼命寻找的事物即将到来的时候，他的身体和灵魂顿然如泥萎地，散失而飘零……世界上最爱我的人——去了。

父亲是一部苦难而深厚的大书，他一生的每一个生活细节都是一种丰富的情节，都在讲述着一个奔走者、求生者、寻觅者、困顿者、迷茫者甚至苦难者的曲折故事——都可以书写出一个父亲撼动灵魂、愁肠百转的亲情文字，令人不忍卒读。关于父亲，我不知道该从哪里着笔落墨，去面对我无法言说的感恩和敬畏，表达一个儿子对给予了生命和灵魂、深沉的父爱的人的所有感情，以至于我从来没有敢动笔给我父亲写一篇作为儿子的怀想、思念文字。

想起父亲，我就想爬在父亲温暖的怀抱之中，痛哭一场，诉说作为儿子的骨肉之情、思念之苦、忏悔之心。我的一切，都是父亲的苦难心血喂养而成的。假如人生有从昔日重新再来的机缘，我将给我的父亲抱以这个世界上最完美的、最虔诚的感恩和膜拜……

但是所有这一切虚拟似的诚挚幻想，现在只能是我内心中最大的刺痛和伤感了——父亲在彼岸，渺茫无信；我在此岸，手足无措。

我相信父亲的尸骨委身在厚土中，而他的灵魂在我的身体和内心之中上升为一种涌荡的血脉和不灭信仰。

现在，我和父亲的见面，除了不可期遇的梦境中隐约相遇，呢喃细语，就只有这一座安顿在老家的孤零零的荒野坟茔了——父亲，让我在这里跪拜赋予了我全部身体和灵魂的一个最亲爱的人……这里是我的父亲身体和灵魂的栖所吗？在故乡的大地是居住和安抚所有灵魂的栖所，安居在故土大地深处的父亲，现在你是否感到大地给予了你彻底地解脱和荫护，让你得到身心的休养？父亲，你现在没有养活我们孩子的惆怅和慌迫了，没有我们的生长给你带来的强烈的心理压迫感了，你是否可以从容地舒展你的心神了吗？

我是我们这个世世代代、祖祖辈辈农人家族及山村的第一个大学生、第一个在城市工作和生活的人、第一个文化人。这不是我的荣耀和自豪，而是我们家族的荣耀和自豪，是我苦难的父亲的荣耀和自豪，更是一

个时代、一个制度的荣耀和自豪——是一个时代和制度应该结成的果实。我，还有我们身上和神魂里流着父亲血脉的人，以及作为父亲的一代又一代的后人们，应该记住我们的父亲这一个微弱渺小、湮没无闻、不留痕迹的人曾经历受的无尽的贫困、饥饿、苦难、艰辛、曲折、挣扎、煎熬的历史。

如果没有贫困、饥饿——一个人的生存如果能够有最起码的、最低限度的条件——吃饱肚子，那我的父亲和我们所经历的一切贫困、饥饿、苦难、艰辛、曲折、挣扎、煎熬、不幸……就都不会发生，也没有任何根据和理由发生。

父亲，你的苦难不是你一个人的历史，而是一种人、一群人、一个时代、一代人、一个社会、一个制度的历史。

这个历史今天已经结束了。父亲，你该安息了。

祈祷大地平安，祈祷一生苦难的父亲平安。

摄影 / 张玉伟

畅想曲
CHANGXIANGQU

纪事
JISHIPIAN

篇·报告文学

大漠飞天梦

阎世德

地球是人类的摇篮，但在摇篮中生活的人类，也许永远也长不大。走出摇篮，走出地球，探索浩渺的宇宙，永远是人类的梦想和自我超越。

——题记

额济纳旗政府和牧民数千人以及数十万牲畜全部向北搬迁了 140 多公里，把弱水河岸最好的一片水草地给基地作为生活区域。基地建好之后，如何命名也有一番争议。最后定名"酒泉卫星发射中心"，是因为基地距离酒泉不远，而且酒泉也是历史上有名的古老城市。

2013 年 6 月 11 日，酒泉卫星发射中心。

六月的航天城，冷热明显。晚上和清晨，能感觉到的寒冷令肌肤自然隆起鸡皮疙瘩，但阳光喷涌而出之后，似乎突然袭来的热量马上让你感觉到大漠的炙热。这应该是我第 12 次来到这里采访了。似曾相识的熟悉对眼前的一切都近乎漠然。但是，一如既往，每天我都会到黑河边的胡杨林溜达。说实在的，春天的胡杨林，摇曳不出多少独特的风韵。树皮一如冬天般皲裂而干燥，就连那绿叶，也很难用新叶之类的词汇表述，似乎一展开，就带了苍老和深沉。枝丫紧连的绿荫，搭成了安静的去处。我想这就是吸引我的地方吧。胡杨，是围绕航天城独特的风景，是和航天城一样矗立在戈壁的景观。不远处，不仅有闻名全国的额济纳旗胡杨林，还有甘肃金塔的万亩胡杨林。很多在荒凉戈壁行驶一个多小时车程的人们，很难想象在这毫无生命迹象的荒原突然就有了这么一处绿色来。

走出胡杨林，我发现航天城大街小巷的人群明显比往常多了起来。8 点前，航天城内的各个市场内，供应早点的餐厅人满为患，面馆门外有人排队等候，早点摊位早早罢卖收摊。大街小巷中，处处能看到举着小国旗的男女老少。

因为神舟十号的发射，一座小城的激情被提前点燃了！

距离航天城十公里之外的发射场艳阳高照，天蓝云淡。矗立在戈壁上的发射塔在蓝天和朝阳的映衬下巍然壮观，神舟十号飞船静静依偎在发射塔加内。发射场各个岗位的技术人员进场，已经分赴各自的操作岗位精心准备着。航天城通往发射场的各个交通要道，军警全副武装加强戒备，川流不息的各种车辆井然有序地来回穿梭。

9 时 38 分，神舟十号载人飞船进入负 8 小时准备时段。

"各号位注意，我是0号，负8小时准备；东风、天宫、长征！"指挥大厅传出零号指挥员周晓明晰的口令声，各号位随之回应。火箭系统开始安装电池，各个系统进行网络对时。一瞬间，看不见的讯号把地球和远在太空的天宫轨道飞行器联系在了一起。

在发射塔架上，200多名技术人员在13层活动平台上仔细地进行着各系统的功能。这些技术人员，将分两批陆续撤离发射塔架，第一批在发射前1小时时撤离，第二批人员则在发射前15分钟撤离。

"火箭正常、飞船正常！"火箭系统、飞船指挥系统和航天员指挥系统相继报告了状态检查情况。

10时38分，进入7小时准备。火箭进行瞄准，并进行遥测功能检查。神舟十号飞船进行最后一次推进剂浓度监测，监测人员开始撤离现场。

午后，阳光灼人。13时38分，进入4小时30分准备。0号指挥员向火箭系统下达"外安系统开始线路检查"的指令，神舟十号飞船进行天地大回路图像话音检查，飞船工程师出舱。各系统依次向0号指挥员报告情况。

14时38分，进入3小时准备。此时此刻，聂海胜、张晓光、王亚平三名航天员正在航天城内的问天阁整装待发。终于能够翱翔太空的聂海胜脸上洋溢着幸福的笑容。

15时左右，航天员指挥系统开始组织航天员从航天员公寓出发，前往发射场，乘坐电梯登上发射架。

15时18分，航天员在发射塔轨道舱舱外就位。

"请神舟十号进舱！"15时28分，0号指挥员下达口令，航天员开始进入神舟十号飞船舱。航天员随后报告"舱内初始状态检查完毕，设置正确"。

发射在即，我们乘车进入发射场。沿途的胡杨摇动树叶，沙沙的声响似乎轻盈了许多。到达发射场内，我们在规定区域耐心等候。

15时38分，进入2小时准备。火箭加电，并进行发射前检查。航天员系好座椅束缚装置，戴好手套，关闭面窗并确认通风状态。飞船指挥系统向0号指挥员报告：神舟十号状态良好。

15时57分，返回舱舱门关闭；10分钟后，航天员参加天地大回路话音检查后报告：仪表显示返回舱、轨道舱舱门关闭正常。

16时38分，进入1小时准备。各系统向0号指挥员报告准备情况。与此同时，发射塔上的工作人员开始撤离现场。16时52分，核对航天员生理数据。17时08分，发射塔上的回转平台由高到低依次缓缓打开，神舟十号从包裹中露出了芳容，顶端的五星红旗鲜艳夺目，发射场内外的工作人员和观众振臂欢呼着。

尽管我经历了很多次载人飞船和嫦娥系列的发射现场，但在此时，在这一刻，激动之情慢慢充溢在心扉，我能感觉到加快的心跳以及莫名的紧张。

17时23分，距离火箭发射还有15分钟，火箭系统、飞船系统、航天员依次向0号指挥员报告各自的状态。0号指挥员要求发射塔架的工作人员全部撤离，清晰地口令让在场的观众精神振奋。

17时35分，进入3分钟准备，火箭自动接通相关设备。

"1分钟准备"，随着0号指挥员的口令，怀抱船箭组合体的三层摆杆收回发射塔，神舟十号完全与发射架脱离。

17时37分50秒，0号指挥员进行倒计时读秒。

"点火！起飞！"17时38分，随着0号指挥员发出的清晰指令，火箭点自动点火。橘红色的火光和滚滚浓烟从火箭底部喷涌而出，雷鸣般的轰鸣声响彻天空，夹杂着"噼噼啪啪"的霹雳声，脚下的土地在颤动。神舟十号拖着20多米长的烈焰，在长征2F遥十运载火箭的托载下冉冉升起，向着蒙古草原的方向飞入苍穹，逐渐消失在人们的视野外。湛蓝的天空中，余留的白色烟雾如同腾空而去的苍龙。

"155秒，船箭分离。""一二级火箭分离。"火箭起飞155秒、160秒时，0号指挥员宣布。

"太壮观了，太让人兴奋了！在现场看发射，和观看电视画面完全是两种感觉。我们的国家太强大了！"一位来自深圳的游客情不自禁。发射场内，观众掌声不息，久久不肯离去，纷纷拍摄留念。

17时58分，载人航天工程总指挥张又侠宣布：神舟十号飞船已顺利进入预定轨道，飞行乘组状态良好，发射取得圆满成功。

18时30分，航天城礼炮轰鸣，烟花四溅，航天人以这样的方式欢庆这一激动人心的时刻。

酒泉卫星发射中心，再一次成为世界关注的焦点。

酒泉，是甘肃西边的古老城市。而酒泉卫星发射中心与俄罗斯的拜努尔发射场、美国的肯尼迪航天中心齐名，是世界上仅有的三个载人航天发射场之一。选址在这里，是经过专家们精心思考的结果。沿海地区新建的发射场，有像美国的肯尼迪航天中心、法国的库鲁航天中心。当时，中国载人航天备选的场址有酒泉、西昌和太原3个卫星发射中心。西昌卫星发射中心以其骄人业绩蜚声海内外，有人提出载人航天射场应建在西昌。但随即遭到了专家反对，理由是西昌雨季长，天气变无常，选择发射日比较困难，加上周围崇山峻岭，森林茂密，万一发射时发生故障，航天员逃逸后很难搜索。

在多年多次采访中国航天发射的过程中，我查阅了大量资料。当时，在国内现有航天发射场方案中，酒泉卫星发射中心拥有很大的优势和得天独厚的条件。经过30余年的建设，发射中心已拥有雄厚的物质技术基础，生活设施齐全，测量控制、通信、气象、铁路运输、型路运输、发施配套完善，具有良好的载人航天发射试验基础，选址在这里，可为国家节省大量的资金；发射场占地数万平方公里，地势平坦、视野开阔，具有发射天员应急救生的极好条件；可充分利用西起喀什，东至青岛、厦门的陆上航天测控网，火箭发射区域内没有人口密集的大城市和交通干线，火箭残骸坠落不会造成大的危害；发射中心位于中纬度地带，具有典型的大陆性气候特征，干旱少雨，年平均雷电日为11.7天，属少雷区，1年中可有300多个发射日供选择。

众所周知，随着航天城的知名度越来越高，内蒙古额济纳旗也一直呼吁，发射中心应该更名为"额济纳旗卫星发射中心"。2010年的冬天，因一次采访的需要，我在额济纳旗进行了近一个星期的采访。通过这次采访，应该尊重的一个事实是，酒泉卫星发射中心的确是在额济纳旗所辖的土地上。1958年2月，时任内蒙古自治区主席的乌兰夫被召集到北京的京西宾馆，当得知国家要在内蒙古额济纳旗建设国防试验基地时，乌兰夫同志爽快地答道："我没有意见，你们定了之后，就让他们搬迁！"为此，毛泽东同志还专门给乌兰夫作了批示。1958年5月20日，内蒙古自治区党委正式作出决定，同意在额济纳地区占地进行国防建设。

至今，额济纳旗的一些老人对当时的情景都记忆犹新。根据勘察的结果，当时的旗政府研究后做出了移民方案。牧民搬迁中，基地工程建设指挥部共派出了800多人和近百台汽车帮助搬运，还帮助修建了额济纳旗政府的办公室及其他建筑。

额济纳旗政府和牧民数千人以及数十万牲畜全部向北搬迁了140多公里，把弱水河岸最好的一片水草地给基地作为生活区域。基地建好之后，如何命名也有一番争议。最后定名"酒泉卫星发射中心"，是因为基地距离酒泉不远，而且酒泉也是历史上有名的古老城市。

一棵棵苍老的胡杨，见证和记录了这段历史。

欢呼声响彻了大漠，好多人流下了激动的泪水。我身旁一家电视台的记者泪流满面，她拿着话筒一个劲对我说：说说你的心情，快说说你的心情……八一电影制片厂的摄影师，用镜头对准欢呼的人群……一位头发花白的老人一遍遍喃喃：中国人的飞天梦终于实现了！

因为职业，从神五开始，我一次都不少地来到现场采访中国载人航天。在一个人的职业生涯中，有如此系统而全面采访关注一件重大的事情，实在是幸运的事。谈到中国载人航天，不得不说神舟五号，因为这是中国人第一次实现了渴望千年的飞天梦。

2003年10月10日是一个阴雨绵绵的日子，我们在雨中出发，直到11日的傍晚，我们才达到酒泉卫星发射中心的第一道关卡。说实话，之前我只知道酒泉卫星发射基地，但却不知道具体在什么地方，我该怎样进去。但作为甘肃媒体人，我们没有理由不关注身边发生的如此重大的事件。

因为是中国载人航天的第一次，紧张的空气让我感到不安。雨过天晴抑或者这里压根儿就没下雨，夕阳把戈壁涂抹的红光遍地，10多公里外的发射塔架和总装厂房巍然耸立。来自南方的许多媒体的记者纷纷拿出相机、摄像机，对周围的景色近乎贪婪地拍摄。但很快，几辆车子驶来，不由分说收走这些设备，拿走摄像机里的带子，并严肃地告诫：这里不准拍摄！随后追问他们是怎么进来的，要干什么，完了又是严厉地告诫：这里不需要采访，请大家原路返回！

当时我们的装备还很落后，没有电脑，在稿纸上写成稿件后传真过去。发射前夕，我们得到信息，基地将屏蔽所有信号，只好在这之前尽可能把自己知道的信息反馈给报社……在这种情况下，我们抢先发出了《中国航天第一人杨利伟》、《神舟五号今日9时发射》等独家报道。更多的稿件，都是在电话中口述，我难懂的家乡普通话可是把接通电话的编辑折腾苦了。

当时航天城的生活区还很单一，我们吃饭的地方被称为五号，我满脑子都是发射、发射，也许不仅仅是我有这样的感觉，当我们在一家餐馆吃饭时，听到厨房内炒菜师傅倒计数的声音："9、8、7、6、5、4、3、2、点火！"

只有在这个时候，才能理解什么叫万众瞩目！

在距离发射中心不远处，就是闻名世界的敦煌莫高窟。在那里，身姿曼妙的飞天，给人们留下了深刻的影响，中国人关于梦想飞天的浪漫和向往就此驻留在历史之中。

为了排遣紧张的情绪，我第一次来到了航天城不远处的胡杨林。正是胡杨树叶金黄的时候，一棵棵胡杨树披着金黄的外衣，神情肃穆地矗立在黑河边。特别是在清晨或者傍晚，那种美丽和庄严，令人不得不放慢脚步和屏住呼吸。在基地，有许多陇原子弟。一次，一位家在民勤的士官，和我一起走进了胡杨林。他说，自己最喜欢胡杨了，当兵八年，怎么看也看不够。"你知道吗？我们民勤也有胡杨树，但我们叫梧桐树。"这位士官突然对我说。在我惊讶的同时，他绘声绘色讲述了自己回家探亲期间的见闻。

清清浅浅的水渠，就这么有力地一扭一弯，活生生把偌大的沙丘一分为二。流水很像低头赶路的行人，急急匆匆，很多的流沙，被水带走，看似高大的沙丘，就这样被一点点蚕食。在渠的两边，才绽放嫩芽的枝条，随着水流颤抖。那枝干，一如嫩芽般鲜润。"看看，这些枝条，就是新发芽的梧桐——这些死了百年的梧桐又发新芽了。"

士官说，老乡的欣喜溢于言表。被她称为梧桐的植物，其实就是胡杨。之所以叫梧桐，也算是当地人对胡杨的厚爱吧。因为家有梧桐树，不愁找不来金凤凰。但眼见的事实，怎么也不能和书中的胡杨相比，和基地的胡杨相比。士官说，透过这些嫩枝嫩芽，他似乎看到了上个世纪的胡杨：枝叶茂盛，粗粝的枝干直刺蓝天……后来胡杨倒下了，后来胡杨腐烂了，再后来，这里成了沙丘，但是胡杨的生命却未消失，这不，有了水流，枯死的胡杨又萌发了新枝，又开始了生命的旅途。按照众多人对胡杨的感叹：一千年不死，死了一千年不倒，倒了一千年不朽的说法，该是埋在沙丘之下三千年的生命了。

士官的讲述给我少有的震撼。后来我才知道，一棵胡杨的主根，可以穿越地层一百多米汲取养分。生命，也许就是这样的坚强。只要有信念，终会有重获生机的一天。

而酒泉卫星发射中心，正是矗立在这样一片土地上，如一棵棵胡杨，因为信念，昂扬着撼人的生命力。是的，中国航天城正是这样，有一种影响史无前例，有一种精神令人感佩不已。世界公认的事实是，航天是用美金和黄金堆起来的。但是，中国航天的起步，则是用一种精神的力量支撑一切。而这个精神，则是我们这个民族独一无二的优秀品质。当从朝鲜战场下来的志愿军，还没等身上的硝烟散去，就秘密进驻额济纳旗的戈壁，用一把锹，一把镢头，敲开沉睡千年的戈壁，就着咸菜、窝窝头，展开浩瀚太空的梦想。他们在地上挖一个坑，上面铺一些芦苇杂草用土覆盖之后，就成了居住的地窝子……有多少人把自己的青春、生命，永远留在了那里……

这一切，都是源于中国人的飞天梦。如果说敦煌飞天是一种艺术的梦想展示，而关于万户飞天的故事，则意味着中国人的飞天梦从想象走向现实。

在参加嫦娥一号的现场采访时，我详实了解了万户的故事。1945 年，美国火箭学家赫伯特·S·基姆（Herbert·S·Zim）在出版的《火箭和喷气发动机》一书中讲述了来自中国的故事："约 14 世纪之末，有一位中国的官吏叫万户，他在一把座椅的背后，装上 47 枚当时可能买到的最大火箭。他把自己捆绑在椅子的前边，两只手各拿一个大风筝。然后叫他的仆人同时点燃 47 枚大火箭，其目的是想借火箭向前推进的力量，加上风筝上升的力量飞向前方。"

国内清华大学教授刘仙洲首先将这个故事翻译为中文，后来"万户飞天"的故事以各种形式被广泛引用。在前苏联、德国、英国等国的火箭专家的一些著作中，也提到了这件事。在 20 世纪 70 年代的一次国际天文联合会上，月球上一座环形山被命名为"万户"，以纪念人类"第一个试图利用火箭作飞行的人"。

由此，世界公认的最早的载人航天应是约 600 年前的万户飞天。万户，从此成为全世界第一个想到利用火箭飞天的中国人。而这个故事后经多方考证源远流长：据说万户原是木匠而并非官吏，喜好钻研技巧，从军之后，改进过不少刀枪车船，在同瓦剌的战事中屡建奇功，受到班背大将的青睐，要他在兵器局供职，两人相交甚厚。班背性情耿直，从不趋炎附势，因而得罪右中郎李广太等一班人马，被革去一切职务，并幽禁在拒马河上游的深山鬼谷中。明朝开国皇帝朱元璋的第四个儿子朱棣，想继位当皇帝。他一方面网罗党羽，扩充兵力，另一方面搜罗各种技艺，献给朱元璋，讨其喜欢。李广太投燕王所好，知道万户是与班背共同造飞鸟的，便对万户软硬兼施，想利用他来为皇上造飞龙。万户表面上同意造飞龙，却想趁机营救班背，同时完成造飞鸟的宿愿。

万户去鬼谷与班背会合，但是晚了一步，原来班背已被瓦剌军所害，是李广太暗中给瓦剌军报的信。好在班背见势不好，令随从带着他的《火箭书》冲了出去。万户决心造出飞鸟，以实现班背的遗愿。

他仔细阅读了班背的《火箭书》，造出了各种各样的火箭，然后画出飞鸟的图形，众匠人按图制造飞鸟。试飞时，飞鸟放在山头上，万户拿起风筝坐在鸟背上。先点燃鸟尾引线，火箭喷火，飞鸟离开山头向前飞去，接着两脚喷火，飞鸟冲向半空。不久，火光消失，飞鸟翻滚着摔在山脚之下……

故事当然是故事，但后来科技人员曾经复制了万户的飞行座椅来进行发射实验。当烟花引燃后，座椅还未离开发射台便已爆炸，捆在座椅上的仿真人体模型被烧的惨不忍睹。他们也尝试用新型的火箭推进器来代替古老的烟花进行实验，但是很难让座椅离开地面甚至一公分。实验证明，利用捆绑在座椅上的小型火箭推进器是根本无法产生足够的推力来使座椅升空的，更不用说达到第一宇宙速度。

但不论从哪个角度来说，万户的飞天之举，不仅有着科学的想象，更有冲天而起的愿望和勇敢。而这些情愫，正是中华民族勇于探索的力量源泉。

2003 年 10 月 15 日，在这种力量的支撑下，中国人终于踏上了中华儿女征服太空的征途。

记得那天晚上彻夜未眠。凌晨 5 时 20 分 航天员出征仪式在航天城内的航天员公寓问天阁举行。胡锦涛等中央领导同志来到这里，亲切会见首飞梯队 3 名航天员。

5 时 30 分，身着银灰色太空服的我国首位航天员杨利伟向中国载人航天工程总指挥李继耐报告：请示出征。

现场一片沸腾，杨利伟含笑向欢呼的人群招手示意，欢快的舞蹈和锣鼓声，让这个清晨的空气变得热烈。

摄影／佚 名

5 时 40 分 载着中国首飞航天员的车队从航天员公寓"问天阁"出发，穿过道路两旁欢呼的人群，驶向载人航天发射场，迈开中国首次载人飞行的第一步。

东边的天际慢慢变得明亮，但戈壁的清晨温度似乎越来越低，我穿上早早准备好的棉大衣，在清晨的阳光中欢笑。而更多没有准备的观众，跺着脚，搓着手，依然在兴奋地等待。

6 时 15 分 杨利伟进入飞船返回舱。

裹着棉大衣的身体虽然在寒冷中瑟瑟发抖，但心底得激动却无法抑制，当时的感觉是希望时间过得快一点，但又希望时间过得慢一点，看着 1.5 公里外的"神五"巍然耸立，想着杨利伟只身一人端坐在上面，却有一种复杂的情感让人又激动又忧虑。这个时候，天已逐渐明亮起来，朝阳慢慢濡染着天边的朝霞，在指挥员清晰的命令声中，发射架慢慢伸展搂抱火箭的双臂，"神五"也在阳光的照耀之下，揭开了神秘的面纱，英姿勃勃地展现在世人面前。

时间慢慢走向发射的节点。发射塔架一次慢慢打开，在那里工作的技术人员依次撤出，零号指挥员清晰的口令响彻整个发射场。洁白的星箭组合体，沐浴在阳光之下，那里，有中国航天第一人杨利伟端坐其中。

8 时 50 分，观看的人群一阵骚动，原来是胡锦涛等领导来到试验指挥楼平台，现场观看"神舟"五号载人飞船发射。

9 时，一轮淡淡的圆月斜挂在万里无云的晴空，已有温度的金色的阳光铺满蓝天下的戈壁。所有的人都凝神屏气，心似乎都提在了嗓子眼。

"……8、7、6、5、4、3、2、1……点火！"我们随着零号指挥员一起倒计时，声音充满了力量。

火箭橘红色的烈焰弥漫了发射塔架，巨大的轰鸣伴随着大地的震颤，火箭慢慢起身，瞬间快速直刺蓝天，数十米长的烈焰，划破了秋日的戈壁长空，撕裂空气的声音宛如裂帛。火箭似乎冲着我们的头顶飞来，在我们的正上方进行了程序拐弯，尔后像解除一切束缚的利剑呼啸而去，很快变成一个小小的亮点，飞出了我们的视线……

欢呼声响彻了大漠，好多人流下了激动的泪水。我身旁一家电视台的记者泪流满面，她拿着话筒一个劲对我说：说说你的心情，快说说你的心情……八一电影制片厂的摄影师，用镜头对准欢呼的人群……有一位头发花白的老人一遍遍喃喃：中国人的飞天梦终于实现了！

我久久盯住慢慢散去的烟雾，突然想：杨利伟，你不孤独！发射结束后，我又一次回到胡杨林，看着金黄的树叶，我突然想到中华民族的飞天梦，想到万户，一种激动在心底涌动。抚摸胡杨粗糙的树身，我想到了士官的讲述。我突然觉得倒下的胡杨不一定已经死亡：当生命无法再继续，胡杨选择了另一种形式传承自己的灵魂，把生的信念和渴求，深埋在湿润的根部，哪怕等到天荒地老，也等待重回生机的一天。万户当年的信念，已经抒写在湛蓝的天空。

对大多数人来说，每一次看到的都是飞船完美升空的电视画面，却很少了解这每一次完美的背后，付出了航天人多少的心血。在一次现场采访时，我采访到了航天专家徐克俊。他的讲述，无疑给人少有的震撼和感动。

徐克俊是湖北武昌人，毕业于北京理工大学，高级工程师。从事运载火箭、卫星、导弹的测试发射工作，

曾参加我国洲际运载火箭、人造卫星和导弹的发射，参与组织指挥我国洲际运载火箭、人造地球卫星、导弹的研制、定型飞行和"神舟"号飞船发射等国家级试验100余次，多次荣立战功，获部级科技成果奖10多项。徐老原是中国酒泉卫星发射中心副总工程师、中国载人航天发射场总设计师。

徐克俊称，载人航天工程要有一个非常好的设计来优化，既要提高可靠性，同时解决航天员的安全问题，1999年发射的"神州一号"实际上就运载火箭可靠性的实验。"神舟一号"发射之前，载人航天工程提出的要求是"一切都是为了确保安全，一切是为了确保成功"。幸运的是，在发射前的第一次系统检查中，技术人员发现了多个问题。一是在与推进舱连接的大底上的插头出现了故障，导致控制指导系统的计算机软件出现了问题；第二个问题是用于敏感装置的5个陀螺中，有一个陀螺的参数严重超常，也就是说这个陀螺不大好用了。按道理来说，有5个陀螺中有3个正常就能运行。

"这个陀螺到底换不换？"徐老称，当时大底已经封上，要换陀螺必须要把这个机器捞出来，就得开大底。然而，开大底涉及几十道工序，上万个零部件。开还是不开？

"在这种情况下，尽管感觉我们这个设计没什么问题，但我们还是遵循发射安全第一的原则，地面一旦发现有故障，就必须在地面解决。"徐克俊称，当时，虽然有很多人举棋不定，但他坚持开大底。就是徐克俊的这次难得的坚持，"神舟一号"在发射之前，进行了一次大"手术"，排除了隐患，确保了"神一"的成功发射。

"第一艘飞船成功了，第二艘怎么办？"徐克俊称，"神舟二号"发射的时候，航天人员又遇到了很多问题。第一个问题出在了飞船的分离开关上。

"分离开关的故障是一个非常危险的故障，飞船研制部门的同志经过3天的查找，找出了问题，反映到了我这里。指挥部授命我主持排除这个故障，找出原因。这个故障很不好找，因为信号有时候出现，有时候不出现，我们在航天发射时最害怕就是这个东西。"徐老说，在检查中，系统的信号有时有，有时没有，不知道问题出在哪里。

不放过任何一个一点是航天人的工作原则。当时，徐克俊就把火箭、飞船、发射场的技术骨干找到一起，研究这个问题。经过细致检查，技术人员发现分离开关的两个电源线外有绝热层是金属镀膜的，两个绝热层碰到一起就容易短路。经调查发现，设计电源线的老师傅退休了，换了一个新师傅，他不知道人家设计的分离开关的诀窍，直接将线放在外面，就相当于有两个凸起的东西。包扎电缆的人也是按以前的工艺进行包扎，没有采取特别的措施将它固定。所以技术人员在进行测试的时候，经常扶着它上去，推一推或拉一拉，两个电缆线就短路，这就是一下子有信号一下子没信号的原因。

问题检查出来了，解决也就容易了，但接下来的一个险情，让所有的人几乎措手不及：发射前，火箭居然受伤了！

徐克俊称，在进行技术准备中，技术人员在操作时，本来是检查副机，结果连接到了主机上，一下子就把活动发射平台、厂房启动起来了，结果"咣"的一声，火箭就撞到硬骨架的工作平台上去了，火箭被撞得受了10几处伤。

"航天无小事，当时，现场的人都非常紧张，都以为火箭撞坏了不能发射了。"徐克俊得知情况后，建议立即成立4个组立即进行调查，第一个调查火箭受损的情况，第二个调查室内塔架工作平台的情况，第三，赶紧调查事故的原因，第四，请火箭后方的专家鉴定评价火箭受损的情况。通过3天紧张检查、评审和调研，工作平台修复了，火箭的伤也"治"

好了，并最终取得了发射成功。

"神州三号也有故事。"徐老说，以前打算"神三"上天之后，就可以实现载人飞船，但在发射前又出现问题了：飞船有一个插头居然不通电。后经发射场质量控制组严格检查，结果发现另外一个插头也不通电。

"会不会是整个批次的问题？"徐克俊称，当发现第二个问题插头后，质量控制专家就提出了这样的疑虑，因为航天发射最害怕出批次性的问题，一批生产出来的东西，如果一个出现了问题，那么这一批全部要报废。但在进一步的检查中，技术人员发现这样的插头一共有77个，控制着几千个供电点，但这些供电点已经全部封好了。怎么办？徐老称，当时，有设计人员称，77个插头发现2个有问题，应该不会有大的问题，但徐老等人却持不同意见。当时的争论十分激烈，最后指挥部决策，从仓库找，从生产单位找同类的插头，看是不是批次的问题。

"当时一共找来了8个，把插头一解剖，就发现设计方案不合理，生产工艺有问题，验收本身不严格，这肯定就是批次性的问题了。"徐老说，这个发现，让所有的人又惊又喜。之后，技术人员将已经装好的飞船拆开，对插头进行重新设计，重新生产，重新验收，一个点一个点验收。这次致命故障的发现、排除，使得"神舟三号"推迟了3个月才发射。

"正是这样一丝不苟的工作作风，'神三'的发射也比较成功。"徐克俊称，经过一次次的磨炼，航天人形成了特别能吃苦，特别能攻关，特别能奉献，团结协作、顾全大局的航天精神。

"我国的载人航天工程确实是在摸索中不断前行。"徐克俊感慨地说，中国载人航天工程的第一步就是要突破载人航天技术，在进行了前三次无人飞行之后，我国已经掌握了天地往返技术，但神舟飞船能否完全具备载人条件，还得经历一次严格的全系统考核。

"神四发射时，突如其来的一次天气变故让我们措手不及。"徐克俊称，当时"神四"定的是2002年12月29日发射，可临到发射的时候来了一个低温的云团，使得发射场的温度以下到了零下28度到30度之间。

"这个温度能不能进行发射？当时的争论也十分激烈。"徐克俊称，当时，我国的4艘远洋测量船都已经出去了，如果改变计划要影响各个航区和各大系统，能准时发射是最好了。为了确保发射成功，技术人员进行了严格的技术检查，但这一检查就发现了火箭的很多缺陷，输送管还有1米多长的盲管，一个加热背该装上的没有装上。于是，技术人员采取了严密的措施，最土的办法都用上去，为了火箭保温时间更长一点，温度更高一点，火箭的缝隙全用棉被堵住，用了100多条棉军被。

低温条件下，天气预报成了决定飞船是否发射的关键因素。当时的天气预报改成了一小时一报，在那种情况下，气象室主任刘汉涛还是根据预测，大胆地提出推迟一天发射，温度就能达到发射要求。当时，很多人都很担心，但刘汉涛胸有成竹。12月30日，"神四"发射时，温度果然达到了发射条件，人们不得不对刘汉涛严谨的科学态度和准确的预测表示佩服。

"4艘无人飞船打完了，应该说，我们的条件完全可以确保载人飞船上天，但杨利伟上天也不是一帆风顺的。"徐克俊称，临到转运的时候，火箭已经加注了，这时发射场却发现了故障：一台加注泵的电流拼命地往上涨。

这个时候的徐克俊已经不再担任总设计师了，但仍是质量控制的副组长。经过严密的检查，发现这个泵电流往上升是有原因的，检查发现供电电压是正常的，就是电流拼命往上涨，但是泵并没有转起来。就好像是一辆车使劲拉，但是太重了，拉不

动一样。徐克俊当时想，肯定是加注泵卡死了，需要马上卸下来。结果跟徐克俊想的一样，加注泵果然有一个螺栓掉下来，把泵卡住了。

"泵的问题解决了，'神五'也上天了，但在天上，也出现了一些问题。"徐克俊称，"神五"升空后，测量控制系统在跟踪测量中，发现运载火箭推动发动机偏转的机构出现故障，有一个分机死掉了。如果这个分机是影响俯仰方向的，飞船要么入不了轨，要么就跑到天上老远的地方去了无法返回。但幸运的是，问题正好出在偏航方向，这样只影响角度，入轨的危险性并不大。

"杨利伟回来后，火箭设计人员一检查数据，吓出了一身冷汗。"徐克俊称，在"神六"发射时，"神五"中发现的问题都得到了改进。

徐老讲的惊心动魄。是的，如此繁杂而又要求很高的航天工程，每一次发射，对所有的工程参与人员都是一种考验和挑战，而且也证明中国航天的伟大和能力。如同胡杨金黄的美丽，历经风雨才能如此撼人心魄！

雪花在飘落，不断落在航天服上，航天员自信的神色让我相信，气候一定满足了发射条件。

就在航天员准备登车的一刹那，持续了近一个小时的雪，突然戛然而止，令人惊叹不已。雪过天晴。黎明前的那场雪，没有在戈壁滩上留下一点痕迹，更没有拦住"神舟"六号出征的步伐。

2005年10月国庆长假，在别人享受假日的时候，我前往酒泉卫星发射基地，准备报道神六的发射。由于有了神五的采访经验，再加上还有几个无话不说的朋友，这次采访，我的心里多少有些踏实。

甘肃境内的戈壁沙漠，埋藏着厚重的历史和灿烂的文化。在寂寞的肩水都尉府，我看到数座残缺墩台雄立于空旷的大漠，城内可以清晰地看到房屋、墙基遗迹。在城周围的戈壁滩上，有明显的古代田渠遗迹。可以想象，以前这里应该是阡陌纵横、绿意盎然了，而现在只有毫无生命的戈壁独对苍穹。

在肩水都尉府不远处就是著名的肩水金关。汉武大帝在2000多年前设置的关隘，经过岁月的剥蚀，存留在戈壁荒漠的肩水金关如今只剩下一个高不足3米的土台了，遗迹已经融入黑色的大漠。

让肩水金关闻名天下的，是这里挖掘出的汉简，数量之巨大，内容之丰富，令人叹为观止。1930年前西北科学考察团在此出土汉简850枚；1973年甘肃省居延考古队又掘出汉简11577枚，其他实物1311件。这些汉简统称为"居延汉简"。这些汉简的质地可分为竹、木两类。竹质的称之为简，木制的为牍，一般都称之为简。出土的竹简所占比例不到1%，一般保存情况不好，不仅字迹多处不清，而且大多为残简断简。相反，木简保存较好，可能因为这里的自然条件和环境有利于木简的保存。出土木简的木材，有松杉、白杨、水柳、红柳等。关于农垦屯田的记载，在居延汉简中占有较大比例，内容涉及屯田组织、农事系统、屯垦劳力、田仓储运、田卒生活以及农具、籽种、水利、耕耘、管理、收藏、内销、外运、粮价、定量等等。

金戈铁马，在这片土地上留下了深深烙印。

在采写《敦煌残页》一文的时候，我知道在这里，还出土了较为珍贵的"金关纸"：1973年，甘肃省居延考古队在肩水金关、甲渠候官、第四隧道处进行有计划的发掘。掘获简纸状残片两片，一片较大，一片较小。大片出土时成一团，经修复展平，长宽约12 cm×19 cm。经鉴定，这片纸最晚年代是宣帝甘露二年，即公元前 54 年，它比"蔡伦造纸"早约 150 年。

简纸木椟，这里又见证了中华民族灿烂的文明。

站在关隘上面，尽情回味历史的沧桑。但面对周围被戈壁沙砾覆盖的阡陌、水渠，面对尚存的箭镞礌石，我的腿软得像面条一样跌坐在戈壁上，面对眼前流淌不息的黑河，夕阳一如红色的云雾在眼前弥漫，一个如我一样手持长矛的汉代士兵同样在云雾中苦苦沉思……不远处，黑河正在静静流淌，我的目光追逐白练一样飘动的河流，突然远处一座白色的建筑引起了我的注意，陪同我采访的朋友说，那里就是著名的酒泉卫星发射基地！而就在这一刻，倏然轰响的基地直升机从我头顶掠过，在那一瞬间，过去的和现在的，历史与今天突然以一种奇异的感觉涌入我的大脑，感觉到的东西似乎很多很多，但我领悟到的却很少很少，我只听到自己泪珠跌落戈壁的声音……

一种无法言状的力量在我的心中澎湃。残存的肩水金关并不孤独，历经了岁月的沧桑，同时它也见证了历史的更迭。在过去的岁月里，肩水金关担负着护卫内地的使命，同样，不远处的酒泉卫星发射基地也担负着更为神圣的使命。历史似乎在这里找到了结合点，把所有无法用文字表达的东西，尽情地昭示给了空旷的大漠戈壁。

在这里，关于长城的文化内涵，用一种新的视觉撞击我的胸怀。长城本身就是一个携带诸多文化的载体，当万里长城第一次出现在史书里的时候，一个叫蒙恬的将军走进人们的视野。这个据说是发明了毛笔的将军

摄影／佚 名

带给人们的是一幅鲜活的画面：一手持刀一手高举毛笔从远处走来，深邃而睿智的双眼穿透一块块荒蛮之地，饱蘸无数"城卒"痛苦的血泪，蒙恬尝试自己的发明并尽情在大地上书写帝王的旨意：防御！所以说，长城诞生伊始就是一个镌刻着民族心理轨迹的包罗万象的综合体，它既是劳动人民的聪明才智、勤劳勇敢的结晶，又是帝王将相赫赫权势的体现；它既包括了金戈铁马的军事思想和战争准备，又涵盖了中华民族渴望和平的思想精华。

留在戈壁的长城已经被岁月雕刻成一道幽怨的风景，而矗立在戈壁的又一道长城——中国航天，正在以崭新的姿态书写属于自己的使命。

同样，这也是一道无言而雄伟的长城！

10月3日晚10时，在东风电视台时任台长聂少勇的安排下，在东风电视台的摄影棚中，我和中央电视台的记者一同采访了这位世界瞩目的指挥长尚志。"神六"发射在即，担任飞船发射总指挥的尚志已经没有了具体的作息时间，白天没有丝毫闲暇，对他的采访，也只能到晚上。

脱去军装的指挥长显得随和而儒雅，布满血丝的眼睛闪烁着睿智的目光，而已经花白的鬓角让人不由自主地想到了他肩上的重担。面对我们，指挥长侃侃而谈。

在中国载人航天工程起步之初就加入"神舟"飞船研制队伍的尚志，毕业于哈尔滨工业大学自动化工程专业，历经十几年的风风雨雨，如今已成长为一名出色的指挥员，在研制"神舟"飞船这片沃土上尽情施展着自己的聪明才智。采访的话题自然从"神六"的发射开始，尚志轻轻一笑，十分坚毅地说："一切都在向计划中的步骤发展，而且情况良好，相信我们一定会向党和人民交上一份合格的答卷。"

素有军中"虎将"、"霹雳手"之称的尚志今年四十出头，是中国载人航天飞行的"老兵"了，

从"神舟一号"到"神舟五号"，他在见证中华儿女实现飞天梦的同时，也付出了艰辛的努力。在"神舟"飞船研制试验阶段，一切都是从头开始，在繁杂的工作中，无任何经验可以借鉴。

尚志说，他也经常问自己："我在干什么？我需要干什么？"他觉得作为指挥员首先不能乱，必须快刀斩乱麻，明确调度的工作范围和职责。尚志说，他和其他同志根据专业特点将飞船的研制管理梳理出几条线，明确职责，各把一个关，蹲在研制一线解决问题。结构生产图纸有问题，他立即请来设计者修订；总装设备装配不协调，他请来主管设计师；试验时出现问题，他就现场组织召开调度会……尚志说，他知道自己脾气大，爱发火，但现在成了飞船总指挥，"我在尽量克制……"

"神舟一号"发射时，尚志作为总调度随飞船进入发射场。随着发射日期一天天临近，一些参加过卫星发射的老同志提醒他，该把发射前一天的工作安排张贴出来。尚志觉得这样安排工作太粗，容易漏人、漏项，也不能反映人员、车辆在某个时间段的变化，必须有一份规范性的文件。他立即带领调度组连夜编制发射工作程序，安排发射前的每项工作，使各级领导及工作人员对飞船试验队的每个人、每辆车、每项工作内容及保障条件，在每个时间剖面里的位置、要求都一目了然。这份工作流程也成为日后卫星、飞船发射现场组织的基础和范本。实践使他体会到，干工作没有标准不行，对项目没有管理计划不行，对产品没有质量要求不行。

十余年来，他在领导和总指挥的部署下，主持和参与编定了《发射场管理要求》、《发射场放行准则》、《某型号质量管理要求》等一大批系统管理文件，形成了"神舟"飞船特有的工作方式和管理模式。

采访的气氛慢慢活跃了起来。我问："打完'神六'

这一仗之后您去干什么？"尚志笑称："打完之后只想好好睡几天。"他说，这不仅仅是他个人的想法，基地好几位领导都是这么想的。我们笑着问："这个愿望能实现吗？"尚志长出一口气，轻轻摇了摇头。

我经历的第一次专场是神舟六号。正如第一次发射一样，第一次专场给我很深的印象。当年10月7日一大早，我就早早起床，简单的洗漱之后，就和摄影记者赶往发射场。当初都是欢乐的人群，大家说说笑笑随着飞船缓缓前行。一对年已七旬的老航天人互相搀扶着随着飞船移动，老人布满皱纹的脸上全是自豪而骄傲的笑容，我们想和他们聊上几句，老人却指着飞船笑："我想说的话，你想听的话都在那里。"

世界上有多种火箭上架模式，美国早期采用水平分装，逐步过渡到整体总装模式，西欧、日本都走的是这条路。只有苏联采用水平整体起竖方式。我国是沿用老式分段水平运输模式，还是上一个新台阶，这是论证组一开始行技术经济可行性论证就遇到的问题。发射中心试验技术部副总工程师徐克俊根据我国多年的发射经验建立国水平载人发射场的目标，提出了载人飞船及运载火箭采取"三垂一远"发射试验的总体技术构想，得到了李元正、李凤洲等人的支持，取得了工程设计单位的认可。客观上讲，垂直模式对我国航天事业是一个新课题，有不少难题需要解决。首先是垂直总装测试大厂房高度为100米，跨度大，空调和密封要求高，高达70米的大门如何密封和打开、关闭等，都是建设中的难题；其次是活动式发射平台，是光箭运输，还是带脐带塔一起走，如何保证火箭和飞船的稳定及环境要求……

站在发射塔架顶部俯瞰，整个航天城、发射场和周边的场站尽收眼底，犹如镶嵌在广袤戈壁上的颗颗绿宝石一样光彩夺目。发射场大门前方的绿地上，晃动着割草的十几个士兵的身影。十几年前，

这里的绿色和建筑物一样，还只是星星点点状分布，这里的官兵和民众用汗水浇灌，培植了片片草地，打造出生机勃勃的航天城，让中国航天在一片片新绿中熠熠生辉。远处的胡杨林，有的在摇曳金黄的美丽，而有的已经落了树叶。

2005年10月12日凌晨5时，神舟六号载人航天飞行任务进入4小时发射程序，全系统、各岗位正有条不紊地高效运转，参加出征仪式的各路人马正静静地在问天阁外集结，中央电视台工作人员准备开始现场直播，航天员费俊龙、聂海胜已准备就绪，待命出征。

凌晨4点半，黎明前的戈壁滩，四周仍是一片黑暗，灯光把圆梦园照耀得亮如白昼。风中突然吹来了点点白色的细小颗粒，有人疑惑地问："该不会是下雪了吧？"但转眼间，雪就密密匝匝，铺天盖地来了，问天阁在橘黄色的灯光下被雪包围。

广场上空空荡荡，唯一能够挡风的，就是用铁架和木板搭成的观礼台底下不足1米高的狭小空间。开始是一两个，后来是所有的记者都钻了进来，抱着相机、拎着电脑，拥挤着互相取暖。

我带上羽绒服的帽子，仍然感到了寒冷。这时雪越下越大，风越刮越猛，气温已降至0度，风速最高达到了15米／秒。躲在"防空洞"里，记者们都在问："这样的天能发射吗？"

5时37分，费俊龙、聂海胜身着乳白色的航天服，从容向送行的人们迎面走来。

我发现，比上前一阵的漫天飞雪，雪花明显小了很多。在零零星星的雪花中，费俊龙、聂海胜含笑向四周送行的人们招手示意。杨利伟陪同自己的两名战友费龙、聂海胜，脸上写满自信和从容。

雪花在飘落，不断落在航天服上，航天员自信的神色让我相信，气候一定满足了发射条件。

就在航天员准备登车的一刹那，持续了近一个

小时的雪，突然戛然而止，令人惊叹不已。雪过天晴。黎明前的那场雪，没有在戈壁滩上留下一点痕迹，更没有拦住"神舟"六号出征的步伐。

为了从更好的角度拍摄神六冲天而起的镜头，我来到神六发射架的南面。这里是一望无际的戈壁滩，黑色的石子在阴暗的天空下显得冰冷，由于戈壁没有丝毫阻拦的东西，不大的风吹在脸上像刀子割一样。根据目测，我们距火箭似乎不到1公里远，负责警戒的士兵立即命令我们向更远的地方去，要求我们一定要保持1.5公里的距离，但贪心的我们似乎不愿离开最近的距离，勉强走到1公里的地方就驻足不前，纷纷架好自己的设备不愿再走一步。

零号指挥员倒计时的声音清晰传来，我们纷纷捧起相机，用镜头牢牢圈定自己想要的画面。随着清晰的"点火"声，火箭窗体顶端窗体底端底部发出一种暗红的光焰，两股浓烟从倒流槽中冲天而起，紧跟着，一种惊天动地的轰鸣震颤着我们脚下的土地，火箭拖着3~4米长的烈焰徐徐上升，我们用镜头牢牢跟着火箭移动，获得动力的火箭和空气摩擦之后发出令人心颤的声音，像放大了几千倍的丝绸撕裂的声音一样，很快，火箭调整方向之后，钻进云层离我们远去……

2012年6月18日14时许，在完成捕获、缓冲、拉近和锁紧程序后，神舟九号与天宫一号紧紧相牵，中国首次载人交会对接取得成功。那一刻，一种温暖的情愫在心中慢慢扩散成感动。多年来的过往，在那一夜走马灯似地闪现。我知道，在自己的职业生涯中，中国载人航天，已经深深融入了我的骨髓乃至生命。

"神七"发射，中国对外宣传的政策非常透明开放，发射场一下子来了240多名中外记者。路透社、俄新社、美联社、《联合早报》、日本富士电视台、台湾中央社、《澳门日报》、《香港文汇报》等10余家港澳台地区和海外媒体都首次获准进入神秘的东风航天城。香港凤凰卫视我们间邱露薇激动地说："全世界华人都对神舟七号发射表现出了极大热情，大家都热切地关注着中国航天、关心着中国航天，同时也对浩渺无垠的太空非常感兴趣。"俄新社我们谢平表示："这次'神七'任务，中俄两国签署了协议，俄罗斯海鹰航天服和中国飞天航天服将伴随航天员实现太空漫步，标志着中俄两国在航天领域的合作再上新台阶。"各媒体对操作人员、各级指挥员轮轰炸采访，在发射场争设备、争人员、争时间、争资源，犹如八仙过海，各显神通，废寝忘食采写、拍摄独家新闻。另外，妙用电、用电话，开通互联网这一系列的事情，给发射场带来了很大的压力。为做好中外媒体采访报道工作，发射中心成立了我们接待领导小组，精心安排我们采访活动，组建了国内、境外两个新闻中心，开通了66路互联网和60多部国际、国内长途电话，配备办公设施设备。

2008年9月11日，我从兰州到达酒泉，在酒泉住了一夜。9月12日，中午从酒泉出发，下午四点多到达了航天城。

神舟七号将要发射，航天员将要舱外行走的举动，吸引了世界。同样，航天员将要穿什么样的航天服在舱外活动，更是我关注的重点。

经过几次采访，我已经和酒泉卫星发射基地的作家北方、徐晓燕成了很好的朋友，我们聊到了航天服，也知道了很多关于航天服的故事。

根据美俄的经验，在缺少技术储备的情况下，即使是拥有世界一流的研发力量，开发研制一款舱外航天服的周期，至少需要10年。中国人自主研制的舱外航天服，只用了不到4年。

可是在检测中，俄罗斯的舱外航天服出了点问题，能否排除故障，直接影响到了神七能否顺利发射。

8月22日晚，这是一个重要的节点。

舱外航天服按计划完成了装船前的所有测试工作，专家组和任务质量控制组联合进行了质量评审，一致认可："对海鹰舱外航天服气液组合插座液漏阀问题的处理措施有效，不影响飞行任务。"指挥部通过了舱外航天服装船决议，发射场将会议情况向总装备部报告，经批准后，舱外航天服将于8月23日按计划打包装船。

解决了关键问题，神七一步步进入发射倒计时。

在航天员的出征仪式上，最难忘记的航天员之间令人感动的情感。在航天员乘坐的中巴车前，中国首飞航天员杨利伟快步迎上，和战友翟志刚紧紧拥抱，之后，他又转身拍了拍刘伯明、景海鹏二人的肩膀，举手投足之间，除了一种希望，更有此时无声胜有声的祝愿。那一瞬间，我的眼睛竟然有些湿润。

酒泉卫星发射基地灯火通明。虽然不厚的云层遮挡了满天繁星，虽然戈壁的微风带来许多凉意，但前来基地观看发射的游客以及航天城的居民，脸上都带着灿烂而自豪的笑容。为了观看神七飞天，在东风航天城经营生意的摊贩们都早早打烊关门，致使偌大的东风市场显得寂寥而清冷。和神舟五号、六号相比，因为神舟七号在晚间发射，烈焰撕破黑夜的必然，无疑成了最大的看点。

在距离发射塔1.5公里的安全距离，我们和众多的游客一起观看了整个发射过程。天气越来越冷，一位来自南方的同行耐不住寒冷，躲在我的身后取暖，那一瞬间，所有活动在现场的同行，都让我感动，这些来自天南地北的媒体人，用自己的赤诚，义无返顾地见证着祖国航天事业的辉煌！

在此期间，除了中国载人航天之外，中国的探月工程也拉开了序幕，我前往西昌卫星发射中心采访了嫦娥一号、二号，以及此后发射的天宫一号和神州八号。而这一切，都在为中国载人航天首次实现交会对接做着准备。

在这之前，我在北京采访了黄春平。谈到中国的航天发展，当时黄老如数家珍："我把中国航天分了这样几个阶段：第一阶段是国防航天，这是为了国家安全，主要是各种导弹；第二阶段是应用航天，主要是各种卫星的发射；第三阶段是载人航天，从神五开始到以后的载人飞行，都属于载人航天。第四阶段就是深空探测航天，比如我们的嫦娥系列，就属于深空探测航天。"黄春平自豪地说，他已经亲历了第一阶段到第三阶段。

我想了想，也在心里偷着乐：从神五开始，中国载人航天我可是一次都没落下呀。

2012年6月16日下午，一个不平常的夏日午后。虽然烈日炎炎，但所有人精神抖擞。因为有首位女宇航员刘洋，前来参加出征仪式的人数超过了任何一次出征仪式。在炽热的阳光下，我感觉身上的衣服被汗水牢牢吸附在身上。可是当航天员乘坐的车辆驶出问天阁之后，余兴未尽的人们跟着车子跑了起来，一边跑，一边高喊着祝福的话语，直到航天员乘坐的车子远去。

远处，洁白的长征二号F遥九运载火箭像巨人一样屹立在那里，等待着两男一女三名乘客。

18时37分，随着一声"点火"的口令，火箭在震天的轰鸣声中腾空而起，承载着神舟九号飞船和3名航天员飞向苍穹。

火箭升空后，我有幸观看了巨型电子屏幕上显

示的火箭和飞船飞行情况。扬声器里，工作人员不时向大家报告通过陆、海、天基测控通信网跟踪监测到的火箭和飞船运行状态：助推器分离，一、二子级分离，整流罩分离，抛整流罩，船、箭分离，飞船进入预定轨道，太阳能帆板展开，航天员飞行乘组状态良好……

18时56分，载人航天工程总指挥常万全宣布，神舟九号载人飞船发射圆满成功。

神舟九号在天空翱翔，我离开基地回到家中。没想到，发射升空的神舟九号，竟然成了我的牵挂，我独霸电视，就一杯清茶，收看现场直播的情景。

2012年6月18日14时许，在完成捕获、缓冲、拉近和锁紧程序后，神舟九号与天宫一号紧紧相牵，中国首次载人交会对接取得成功。那一刻，一种温暖的情愫在心中慢慢扩散成感动。多年来的过往，在那一夜走马灯似地闪现。我知道，在自己的职业生涯中，中国载人航天，已经深深融入了我的骨髓乃至生命。

我得承认，我在采访中国航天的过程，总有胡杨在陪伴我。而胡杨似乎给了我无穷无尽的力量。看着眼前的胡杨，在得到一种安慰的同时，许多情景在一瞬间里，在我的眼前掠过。

无独有偶，在基地的采访中，很多人都热爱胡杨，赞美胡杨。

基地距离额济纳旗100多公里。但凡去过额济纳旗的人们都会记得怪树林：那是胡杨死亡的沙场。在偌大的旷野里，死去的胡杨以各种姿势，诠释死亡的含义：尚且站立的，仍然守望着头顶的一片蓝天；倒在地上的，已经被流沙掩埋了躯干；半躺半卧的，就是不肯倒下去，倔强挺起的坚持令人不得不绷紧心弦……已经枯朽的枝干，流溢着生的渴望和对蓝天的眷爱，轻轻一碰，就会掉下来。更让人愕然的是，一些枯朽的枝干上，竟然有零星的绿叶绽出，尽管

被烈日晒蔫了，但那绿色，分明是一种生命的宣言！

在怪树林独步的时候，正是十月炎热的正午。地表温度至少有四十多度，流溢在空气中的热浪，如胡杨死亡的气息一般，紧紧扼住我的喉咙。但生命用这样一种集体死亡的场面诞生时，人类所感觉到的不仅仅是震撼。多年来，我一直费解，这么大的一片胡杨林，怎么就死了呢？

怪树林在内蒙古阿拉善盟额济纳旗额济纳旗达来呼布镇西南28公里处，这片面积10多平方公里的怪树林，给我太多的留恋。绚烂的生命给人美的享受，同样，枯死的景观会给人更多的想象和探究。达来呼布镇以南32公里处，有一座保存相对完整的古城，这座被称为黑城的地方，在过去被黑河三面环绕，易守难攻。翻检过去的历史，突然发现我们现在必须面对的一切，都和战争有着密切的关系。在一次战争中，黑城因为黑河的保护，久攻不下，一万多大军赴鄂木讷河（黑河）上游的咽喉部，用沙筑坝，迫使黑河改道，致使城中缺水，守城将士不得不弃城而逃，当逃至怪树林后，被掩杀而来的军队悉数斩杀，所以后来又有怪树林就是那些死亡将士的冤魂一说。

怪树林随之弥漫更多的死亡气息。死亡将士和死亡胡杨，都是战争的受害者。黑河改道，是他们死亡的唯一原因。

见得胡杨多了，我突然明白，原来耐干旱并不是胡杨的本意，高大粗壮也不是胡杨的唯一特性。当在敦煌西湖的湿地里走动时，胡杨，以另一种姿态展现在我的眼前。

敦煌西湖是疏勒河和党河汇流成湖的地方。如今，河已干，湖早亡，早年积存的地下水也在下降。大面积的盐碱滩处处流露死亡的味道。在这里生活的胡杨，似乎不堪盐碱的折磨，矮小、孱弱，东突西冲的挣扎，最后定格成七扭八歪，塑造了一幅苦苦抗争的姿势。

这种姿势，给人的仅仅是怜悯和压抑……

而在水草茂密的地方，胡杨以一种优越而富态的姿势默然挺立。在深秋的季节，我突然发现，胡杨的叶子不是金黄的，而是如其他树叶一样，呈现绿意。当地的牧民告诉我，胡杨的金黄是因为缺水，而不是它原本就是金黄的。

原来，令人眩晕的金黄，竟然是胡杨缺少水分的表现。我一时真的很难接受这一事实。但是，直到在额济纳旗采访时，一位70多岁的老人很平静地告诉我，这不仅是事实，而且无可争议：我小时候见过的胡杨，都是绿的，叶子没这么黄，直到黑河的水干了，胡杨的叶子才黄了，这不是好兆头……老人说，牧民从不用胡杨的枝干当柴火，因为不好烧，烟大，火力差；也不会用胡杨去做家具，因为胡杨的木质松软。胡杨也不会一千年不死，死了一千年不倒，倒了一千年不朽，就是一根铁棒，也就几十年就找不见了……

也许，任何美好的东西，都有两面性。胡杨，就以这种极为复杂的内容，走进了我的心中。有的时候，我的眼前不时转换各种胡杨的风景，我无法说它们哪个更优秀。但是我深信，胡杨的金黄，是一种不好的兆头。哪里有胡杨的影子，哪里就有一个悲壮的故事。胡杨，是自然留在大漠戈壁最后的一道风景，一本启示录。如矗立在戈壁中国航天，有一种精神令人感佩。

我想，这种精神被称之为中国的"航天精神"一点都不为过。在新中国成立之初，面对西方国家核讹诈的威胁，这种精神发挥了远比原子弹威力还大的力量。正如有人说，你要反对原子弹，首先要拥有它。拥有了原子弹的中国人，以一种崭新的姿态立足于世界。邓小平曾经说过，如果六十年代中国没有两弹一星，就不会是以泱泱大国的姿态站立在世界的舞台上。

我常想，航天精神，特别是新中国之初的航天之路，因为这种精神而光彩熠熠，也因为这种工程，由此而诞生的精神更是这个民族永远值得传承的财富。航天精神，就是我们这个民族的长城精神、民族精神！

"航天经济"这一个全新的名词正冲击着人们的神经。而这正是我最关心的问题所在。中国载人航天工程办公室主任唐贤明介绍神舟六号载人航天飞行情况时透露说，"神六"载人航天飞行总共花费9亿人民币，折合1.1亿美元。而几乎每次发射都在近十亿左右。如此巨大的代价，对我们的现实生活又有什么影响？

随着中国航天事业的发展，"航天经济"一词以越来越多的频率出现在人们的日常生活中；

航天工业的发展，不仅仅是为了国防、科研的需要，看似距离普通民众有很远的距离；但其实早就融入了我们的生活，走进了寻常百姓家，和我们的生活有着千丝万缕的关系。

天水市麦积区中滩镇的菜地里，一名菜农正在务农长势喜人的菜园。两分地的菜地给了雷巧珍对未来生活的希望，她说别看地不多，但产量和收入喜人，因为她种的都是新品种——航椒，还有豆角、茄子，都是航天新品种。"抗病能力强，产量高。"雷巧珍简单总结这些新品种的特点。她说："因为产量高，两分地远远超过原来一亩多地的收入。"

距离她的菜地不远处，就是甘肃省航天育种工程技术研究中心。

一个茄子五六斤重，一把豆角90公分长。在甘肃省航天育种工程技术研究中心，这些长势喜人的蔬菜

新品种，总能给人足够的震撼。在这个航天育种中心，通过国际交流及第十八颗返回式卫星，实践8号种子专用卫星，神舟3-9号飞船自主搭载的航天蔬菜、粮油、花卉、牧草等9大农作物393个品系，通过选择优良变异株系，已育成8300多份优异种质材料，有航椒1-10号、航豇1、2号、航茄2、4、5、6号、宇航3、4号番茄等26个航天蔬菜新品种通过了省级鉴定，其中21个取得新品种权认定。同时注册了"龙果"、"宇航天娇"三个商标。

育种基地的董事长包文生介绍："所谓航天育种，就是利用航天技术，通过返回式卫星或宇宙飞船等可回收的航天器，将农作物种子带到200—400公里的太空中，经宇宙空间的特殊环境，即宇宙射线、微重力、超真空、重粒子、交变磁场等因素，对种子进行诱变处理，使作物种子产生变异，返回后经地面按目标进行选育、杂交，培育出高产、高抗、优质的农作物新品种。"

看似遥远的航天工业，其实和我们的生活不无关系。专家介绍说，卫星上天40多年来，人类的发明创造超过了过去2000年的总和，航天是当今世界高科技群体中对现代社会和国民经济发展最有影响的科学技术之一。由于航天技术创益方式与传统产业创益方式存在重大区别，测算航天技术产业的经济效益时就不能沿用传统技术经济学的概念和方法。美国蔡斯经济计量学会根据生产函数理论从宏观经济方面分析了美国NASA的研究与发展投入对美国国民生产总值增长的影响，计算结果是1:14。也就是说，在航天科技方面每投入一美元，就可以相对拉动或者得到14美元或者更多的经济增长。

让包文生高兴和充满希望的还有，十多年来，随着中国航天事业的发展，经过对培育成功的航天蔬菜新品种的示范推广和成果转化，已在省内和国内25个省区建立了试验示范基地（点）145处，累计推广124万亩，同时和国内163个种子经销企业（户）、农技推广部门建立了种子经销推广合同关系，形成了较为完善的销售网络。包文生说，中心利用天宫一号、神舟8号、9号和即将发射的神舟10号等返回式航天器材，搭载种子500份，至少研发育成50-100个航天农作物新品种，力争建立甘肃省内一流，国内领先的航天育种科研平台；同时继续完善标准化制种基地建设，累计制种面积5000多亩，实现农业产值94亿元，实现农业增加值16亿多元。

这仅仅是航天事业带来航天经济的一个侧面。专家介绍说，中国航天事业的发展，同时也带动了中国许多行业的科研发展，特别是新材料、新工艺的开发和应用。在长征2号火箭研制过程中，航天部向有关部门辐射出4800多项科研、试制和生产项目，有关协作单位研制开发了395种新材料；在研制长征3号高能低温燃料大型运载火箭过程中，有关部门研制了217种新材料。我国开发的1100余种新材料中，约80%是因航天需求而诞生的。

始于航天，利在当下，航天经济带来的效益和发展前景，已经和我们的经济发展紧密联系在了一起。

在神舟六号发射之际，时任中国载人航天工程办公室主任唐贤明在接受记者采访时说，"神六"载人航天飞行总共花费9亿人民币，折合1.1亿美元。而几乎每次发射都在近十亿左右。如此巨大的代价，对我们的现实生活到底有什么影响？

在西昌发射场不远处，到处是老乡耕作的农田。我看到，在巍峨的发射架下，老乡们使用的还是二牛抬杠的传统的耕作模式。衣衫褴褛的老乡面对震惊世界的发射毫无表情，似乎正在发生在身边的一切和自己没有一点关系。

类似的疑问在很多人的心中驻留，但是我们无法否认的是，航天事业的发展，几乎给我们每个人的生活带来了前所未有的影响。

"航天"系列的蔬菜越来越多地走上我们的餐桌，卫星定位让世界变得不再陌生，我们随时随地使用导航系统就能到自己想要去的地方，通信卫星让遥远的世界近在咫尺……身为中国航天基金会理事长的张建启最能体味到航天科技带来的生活和经济的变化。他告诉记者，卫星对我们人的生活上的作用就是非常巨大的，比如北斗导航系统，气象卫星对我们天气预报，通信卫星对我们的生活，关系到我们生活的方方面面。对国家来说，可以促进我们资源普查和粮食种植。航天事业与千千万万老百姓的幸福生活和美好未来紧密相连。

中国载人航天工程新闻发言人武平在神舟九号发射之际介绍，载人飞船上使用的环境控制和生命保障系统，用于矿难救援中可以形成一个救援舱；比如航天员在太空骨丢失问题比较严重，相关研究可惠及老年人骨丢失治疗；比如方便面调料中的干菜叶本是航天食品中的脱水菜，现在却成为人们日常生活中的普通食品；比如现代医学界大量应用的重症监护病房，就是源自"阿波罗"登月计划对航天员进行健康检测而诞生的，等等。武平表示，相信随着我国载人航天技术的不断发展，一定会给中国老百姓带来越来越多的实惠，也一定会有更多来自太空的科技成果，造福满载 70 亿人口的地球。

这个现实，正在渗入我们的生活。资料显示，目前我国已有 2000 多项航天技术成果运用到国民经济领域，民用航天产值已占到航天总产值的半壁江山，投入产出比达到 1∶10。以长征二号运载火箭为例，仅航天工程应用的电子元器件就达 15 个门类、约 2000 个品种、上万个规格，分布在全国 300 多个生产厂家和研究机构，这样的产业链所形成的经济效益可想而知。记者从有关部门获悉，中国航天技术的应用已经辐射到新材料、新能源、计算机、生物技术、精密制造等民用领域。航天技术的飞速发展，为我国移动通信、光纤通信、微电子等众多产业提供了新的发展机遇。据测算，由我国航天科技所带动的民用产业所产生的效益已达到每年 1200 亿元。

按照中国航天事业的发展前景，谁能搭载航天经济的班车，谁就占有了市场经济的主动权，也能从航天经济这个大蛋糕中分得一杯羹。飞天故里的酒泉，既有航天经济上的地域优势，又有深厚的历史文化，在这场博弈之中，又将如何抓住机遇？

其实，每一次中国载人航天发射之际，酒泉市民都能感受到航天给自己生活带来的影响。在神十发射之际，酒泉的哥陈泉一直在跑出租车。陈泉告诉记者，他曾是酒泉卫星发射中心的一名汽车兵，老家在四川，退伍后他舍不得离开，因为他已经把酒泉当成了家，在这里娶妻生子，爱上了这座沙漠中的绿洲。他靠着过硬的汽车驾驶技术，加上熟悉酒泉卫星发射中心的大街小巷，人脉多，在神十即将发射之际，生意特别火爆。每到飞船发射，都是他最忙的时候，从嘉峪关机场到酒泉卫星发射中心，每天至少要往返一趟，近一个月来，经他送到酒泉卫星中心的工作人员就多达 50 人。跑一趟卫星发射基地能挣 800 元，一个月能挣四五千元，在当地算是很不错的工作。

"飞船发射，不仅是我国航天事业又得到了发展，而且也带动了当地社会经济的发展。"陈泉对此深有感触。

陈泉说，前来参观卫星发射的人们，不仅仅是到卫星发射基地，很多人总会游览当地的旅游景点，领略大漠风光，为当地的旅游经济注入新的增长点。宾馆老板赵先生说，凭借航天产业的优势，酒泉成了全国的

热点旅游城市，而且每次神舟飞船发射都备受国人关注，去年就有不少游客未能进入现场观看而抱憾而归，所以今年早早地来到了酒泉。随着海南航天基地的建设，未来的海南或将成为新的航天旅游基地。尝到航天经济甜头的赵老板说："我已经在海南布局了，准备在那边再开几家商务旅游酒店。"

最能感觉到航天效益的当属旅游。"我们40座的车，只剩几个名额了，报名要快。"记者在甘肃酒泉航天旅行社看到，前来报名参团观看"神州十号"发射盛况的游客络绎不绝。一名来自广东深圳的"航天迷"告诉记者，他为了观看此次"神州十号"的发射，向单位请假。昨天他问了几家旅行社，几乎全部爆满，本来500元的参团费，有些旅行社涨到了800元至1000元。

市场在抓住机遇，顺应航天事业带来的前景和机遇，当地政府部门也在紧锣密鼓谋棋布阵。酒泉市以文化强市建设为目标，着力打造"敦煌飞天文化"和"酒泉航天文化"两大品牌，力争文化产业增加值年均增长35%，2015年占到GDP的3%左右，成为新的经济增长点。

当地政府官员介绍，敦煌飞天和酒泉航天是酒泉市的优势文化资源。借助敦煌莫高窟这一世界文化遗产的独特影响力，酒泉市挖掘丝绸之路文化、石窟文化、汉唐文化、民俗文化等传统文化元素，建设敦煌文化产业园。将投资48亿元，实施敦煌古城复建、敦煌研究院数字中心、敦煌文博产业园、敦煌文化艺术中心等12个重大项目，努力把敦煌文化产业园建设成国家级文化产业示范区，构建以敦煌为枢纽，以丝绸之路为纽带的"大敦煌文化旅游经济圈"。同时，以"酒泉航天文化"为品牌，建设航天文化产业园。依托航天工业、风光能源产业、装备制造业、石油工业、核工业发祥地等独特优势，投资47亿元，实施酒泉航天文化旅游产业园、酒泉酒文化博览园等20个重大项目，把酒泉航天文化产业园建设成为省级文化产业示范园区，打造中国航天文化名城。

打造中国航天文化名城可谓是大家之作，但酒泉却具有独一无二的地域优势，但要实现这一宏伟愿望，不仅要持之以恒，而且要付出很多。为此，酒泉市将在确保文化投入增长高于财政经常性收入增长比例的基础上，保证每年1000万元文化发展专项资金、1000万元文化产业发展基金和3000万元文化旅游发展基金。同时，通过政策扶持、社会投资、金融支持、招商引资、文化旅游融合等措施，"十二五"投资75亿元，重点建设酒泉航天文化产业园等3个投资10亿元以上、酒泉酒文化博览园等11个投资亿元以上、锁阳城红柳林湿地观光文化园等27个投资千万元以上等46个文化产业项目。

中国载人航天从酒泉卫星发射中心开启，而陇原大地因为航天，正在掀开自己的新篇章。

（注：本文中很多资料和文字，来自于作者的报告文学《崛起太空——媒体人眼中的中国航天》一书）

沙的故事

牛庆国

先讲一个小故事：有一次，刚上班不久的孙子去看望爷爷钱学森，兴奋地说："最近单位上开展党员先进性教育活动，我们机关将爷爷您的事迹作为教育材料。从小我听爸爸讲了您的好多事，但这次第一次系统地学习了您的很多事，很受教育。爷爷，您真伟大！"钱老以往对小孙子说的一些好听的话不以为然，这次他抓住这个话题说："你说的都是我做航天的事。你要知道，我50年前做航天，都是将科学上的一些成熟理论加以应用，搞火箭、导弹。这没什么，不是真正意义上的创新，国家需要我做我就做。我不认为你说我伟大的地方就是伟大的。如果我50年前那些事儿也叫伟大，你的要求太低了。你记住：21世纪的爷爷将更伟大！"

这"21世纪的伟大"指的是什么呢？是他晚年提出的"沙产业"构想。

是的，一说起钱学森，人们都知道他是中国"两弹一星"的功臣，被誉为"中国航天之父"和"火箭之王"，而且还知道我们头顶的灿烂星河中，有一颗行星叫"钱学森星"，但却很少有人知道他也是中国"沙产业之父"，更少有人知道他关于沙产业的这一重要构想萌发于甘肃大地，而且已经在中国的干旱荒漠地区成蓬勃之势。

那么，什么是沙产业？钱老解释说，沙产业就是在"不毛之地"的戈壁沙漠上搞农业生产，充分利用沙漠戈壁滩上的日照和温差等有利条件，推广使用节水技术，搞知识密集型的现代化农业。

钱学森曾预言，接替信息产业革命的第六次产业革命，将是包括沙产业和草产业在内的，以生物技术为中心的知识农业。"用100年时间来完成这个革命，现在只是开始，沙漠地区可以创造上千亿元的产值。""要看到21世纪在我国大地上将要出现的知识密集型农业，它将导致整个国家生产体系和生产组织的变革——最后一门农业型的知识密集产业是利用沙漠和戈壁的沙产业。"

2013年3月的一天，兰州的一场沙尘暴刚刚平息，我便动身前往最早将钱学森的构想付诸实践，进行沙产业试验的河西走廊，这里也是最早创造了"多采光、少用水，新技术、高效益"的沙草产业技术路线的地方。在这里，我看到了沙产业的绚丽曙光，也由此听到了钱学森与沙产业的一些感人故事——

"消失"在大漠深处

1960年这一年，钱学森突然"消失"了。这位在十年前被美国国防部海军次长金贝尔称为在哪里都抵得上五个师的人，这个被毛泽东称为"工程控制论王"、"火箭王"的人，也是被他的导师冯·卡门称为"火箭领域中最伟大的天才之一"的人，他的"消失"，引起了种种猜测，西方一家通讯社断言：钱学森的"消失"，意味着中国将有重大事情发生。

那么，钱学森到底去了哪里？他去干什么了？

后来人们才知道：那时钱学森去了中国西北部

人迹罕至的大沙漠中，他在那里夜以继日地忙于导弹试验的准备工作。

正是在那里，钱学森第一次见到了大海一样浩瀚的沙漠戈壁。

沙漠古称旱海或大漠，维吾尔语叫"库姆"。在中国古书上有的又称沙漠为沙河，也有的称为大流沙或沙碛。过去人们常常把沙漠和荒漠这两个不同的概念混为一谈。其实，在自然地理学上，凡是气候干旱、降雨稀少、植被稀疏低矮、土地贫瘠的区域，都叫做荒漠，意为"荒凉之地"。荒漠有石质、砾质和沙质之分，近年习惯称石质、沙质的荒漠为戈壁；而沙质荒漠才称为沙漠。此外，在荒漠地带以外的草原地带，也有不小面积被沙丘所覆盖，这就是通常所说的沙地。但因其性质与沙质荒漠相近似，一般习惯上也泛称为"沙漠"。

我国主要有8大沙漠，它们分别是：塔克拉玛干沙漠、古尔班通古特沙漠、巴丹吉林沙漠、腾格里沙漠、柴达木沙漠、库姆塔格沙漠、库布齐沙漠、乌兰布和沙漠。这些沙漠主要分布在新疆、内蒙古、甘肃、陕西、宁夏、河北、辽宁七省区境内。

从1957年中央军委决定筹建综合导弹试验靶场，到1960年9月试验基地建设已初具规模，钱学森的身影就经常出现在戈壁大漠之中。

他和他的助手们在风沙中时隐时现的身影，多像一匹匹骆驼在那里艰难地跋涉。他们风餐露宿，一去就是几个月，给家里连一封信都不写。不是不写，而是不能写，因为要保密。有时，钱学森神不知鬼不觉地返回家来，妻子问他到哪儿去了，为什么瘦成这个样子？他只是淡淡地一笑，说一声"没关系，不用担心"，就算支应过去了。

蒋英回忆起钱学森那一段生活时，无不嗔怨地说："那时候，他什么都不对我讲。我问他在干什么？不说。有时忽然出差，我问他到哪儿去？不说。去多久，不说。"

那时，酒泉没有飞机场，筑路大军正在日夜奋战赶修铁路。汽车到达雅安之后，只好骑马前进。

烈日下，红赭色的山丘闪烁着奇异的光彩，显得神秘而迷人。偶尔看到的古代城楼的残垣，不免让钱学森内心有种历史的沧桑感。

越过漫漫平沙，极目远眺，依稀可见一抹绿色林带，那便是生命力极强的胡杨林。钱学森在进入大漠之前，曾翻阅过有关戈壁沙漠的资料，他知道胡杨被这里的人们称作"大漠英雄树"，这不仅是因为它生长在极端恶劣的环境中，扎根在非常干旱而又多盐碱的荒漠腹地，夏天顶着四五十度的烈日酷暑，冬天冒着零下四五十度的冰雪严寒，而且它还具有数千年辉煌的生命：一千年生而不死，一千年死而不倒，一千年倒而不朽，一千年朽而不散。胡杨以极强的生命力，将生命的独特推向了极致。他一次次向着胡杨林投去崇敬的目光！

当然，他也看到了那些被称做"沙漠之舟"的骆驼，于是他想到了那些喝过骆驼奶的匈奴人、突厥人、蒙古人，想到了那些靠着骆驼的引导，穿梭于欧亚大陆之间的罗马人、阿拉伯人，那些骑着骆驼，在沙漠中往来如飞的埃及人，那些二战时骑着骆驼痛击意大利法西斯的埃塞俄比亚人，接着，他也想到了自己有一天也会骑着骆驼在这里行走的情形，这样想时，一峰骆驼回过头来，向马背上的钱学森看了一眼，他忽然觉得骆驼已经看懂了他的心思，心里涌起一阵温暖……

但走着走着，胡杨看不见了，骆驼看不见了，天上连一只鹰都没有，地上连一只迷失方向的兔子也没有，铺天盖地的风沙也安静了下来，突然在东方的地平线上，出现了大片的湖水，波光粼粼，渔光点点，水边绿树葱茏，一片春色，就像回到了他极为熟悉的西子湖畔。钱学森惊喜地叫道："这不就是大漠中的海市蜃楼吗？"

这就是海市蜃楼，是大漠深藏在心中的一个美好的梦境。

然而，这美好的梦境转瞬即逝，在他的脚下，依然是无边无际的沙漠和戈壁。

这的确是一个十分遥远而又荒凉的地方。

在多次深入大漠戈壁的日子里，钱学森对大漠中的动植物渐渐产生了兴趣，他想知道这些动植物在这么恶劣的环境里是怎么生存的。

他发现为减少水分的消耗，许多植物的叶子缩得很小，有的干脆变成了棒状或刺状，甚至无叶，用嫩枝进行光合作用。有的植物不但叶子小，花朵也很小。号称"无叶树"的梭梭，叶子已经退化得像鳞片一样裹在树枝上，主要靠绿色的树枝代替叶子进行光合作用，制造养料。仙人掌则把叶子变成了刺，径柳干脆就没有了叶子。还有些沙漠植物在干旱炎热的夏季里落叶休眠，等到夏去秋来，再继续生长发芽。

同时，他发现多数的多年生沙生植物有强大的根系，以增加对沙土中水分的吸取。红柳作为沙漠中一道充满生机的风景，风卷流沙埋压它一次，它就又迅速地生长一节，始终傲立沙丘，把沙丘踩在脚下，于是"水涨船高"，形成了高大的灌丛沙包。再比如胡杨树，它不光不怕沙漠里的盐碱，而且本身就是一座小型的化工厂，它把对植物有害的盐碱，变成了可以蒸馒头、做糕点和洗衣服的"胡杨碱"。你只要在树干上划上一刀，就会淌下像眼泪一样的胡杨碱来。但是，一些一年生的植物根却很浅，春天偶然降了点雨，哪怕是很少，只要地表湿润，它们也充分利用起来，蓬勃地生长、开花、结实，在相当短暂的时间里完成它的生活周期，以便躲过干旱高温的夏季。

沙漠里的植物传种的办法也是很奇特的。很多一年生或多年生的植物种子上长了翅膀或毛，种子成熟后就随着风飞翔和远扬，遇到合适的地方就发芽生长。如怪柳的种子粒小，而且长有白色冠毛，借风飘落，天然下种，种子一落到低湿地上，一般两三天就可发芽出苗，迅速生长。还有的植物，像花棒一样的荚果有节，成熟时节间断落，每节鼓起呈球状，遇风即在沙地表面滚动，不被沙埋，在条件合适时迅速发芽生长。还有一种叫油蒿的种子，遇上一点点雨水后，立即渗出胶质，俗称"油蒿胶"，变得黏黏的，随着风在沙丘上滚来滚去，当全身粘上很多沙土后就发芽了。

据不完全统计，我国沙漠中的野生植物至少有 1000 种，其中 300 多种可以当成药材。

除了植物，沙漠里还生活着数以千计的动物，几乎每一种沙漠动物都有其独特的保持水分、躲避炎热的求生技巧。

绝大部分的沙漠鸟类只在黎明或日落后的几个小时间活动，其他时候则躲在凉爽的、有阴影的地方。也有一些种类，也在白天活动，不过它们会常常躲在阴凉处歇脚。

除了鸟类，大多数沙漠动物，尤其是哺乳动物和爬虫动物，也在拂晓和黄昏时分才出来活动。在沙漠最热的季节里，最活跃的可能是那些沙漠蜥蜴，灼热的阳光下，它们还会在沙地上奔跑，因为它们特有的长腿在奔跑时不会吸收太多地表热量。

当然，在沙漠里最容易看到的动物是骆驼。据说骆驼有两大法宝。一个法宝是他特殊的身体构造，骆驼的驼峰里贮存着脂肪，这些脂肪在骆驼得不到食物的时候，能够分解成骆驼身体所需的养分，供骆驼生存

需要。骆驼的胃里还有许多瓶子形状的小泡泡，那是骆驼贮存水的地方，这些"瓶子"里的水使骆驼即使几天不喝水，也不会有生命危险。第二件法宝就是他们有良好的防风沙"装备"，骆驼的耳朵里有毛，鼻翼还能自由关闭。这些都能阻挡风沙进入；骆驼有双重眼睑和浓密的长睫，可防止风沙进入眼睛。另外骆驼的脚掌扁平，脚下有又厚又软的肉垫子，这样的脚掌使骆驼在沙地上行走自如，不会陷入沙里。

因此看来，沙漠其实也是富有的。

多少年过去了，曾跟随钱学森一起来到导弹试验基地，也就是来到现在的航天城的一位年轻人，当然他现在也是两鬓如雪的老科学家了，当他回忆起当年在戈壁滩上和钱学森的一席谈话时，心里仍然激动不已。

黄昏的戈壁上，正是"大漠孤烟直"的时候，他们一老一小，踏着脚下滚烫的砂石边走边聊，他们身后的影子拖得很长很长，像两条绳子从身后拽着他们。

当他们走到一座古城遗址旁时，钱学森指着那里的一丛丛沙棘树说："你看，这种叫做沙棘树的植物，是多么令人敬仰。它们不怕风沙吹打，也不怕烈日灼烤。它们在贫瘠、干旱的荒漠里扎根，能吸取的养分，仅仅可以维系它的生命。可是，它们不仅顽强地生存，还结出一串串小而涩的果实。这沙棘树比起城市阳台上的盆花，它的生命力不知道强出多少倍。因此，我劝到这里来工作的年轻人，要挺起胸膛，面对现实生活，面对你们今天的工作岗位——大漠荒原。要承认，你今天的生活和昨天的生活真正的不一样了。在这里生活的意义，不是生存，而是创造，是开创崭新的事业。"

摄影/佚名

他们面对一堵残垣时，钱学森接着说道："看到远古城堡了吗？当年这里可能是拼杀过的古战场。有多少将士，远离家乡，兴正义之师，横刀立马，冲锋陷阵，抵御外侵。当然，那时的外敌是谁，已经成为历史，不必去管了……"

说着说着，天色就黑下来了，远处似有狼的嗥叫，眼前似有磷火在跳跃，在回宿营区的路上，钱学森还在向年轻人畅谈自己来到大漠荒原的感想。他说："每当我来到这茫茫的大漠之中，总会想到在茫茫的大漠中踩出丝绸之路的先人，想起那些为了打开国门，通向异域而抛骨在大漠荒原的先人，想到那些为了探测大自然的奥秘而不幸殉难的先人。如果没有他们的奋斗牺牲，哪会有今天的一切？……"

那个年轻人终于被钱学森的一腔爱国热忱折服了。他说，他这一生献身祖国的航天事业而无怨无悔，与和钱老的这次谈话有很大关系。

当然，这位年轻人没有想到的是，钱学森和他在这里谈到的沙棘树，后来竟然启发钱老萌生了包括"沙产业"在内的第六次产业革命的构想。

沙产业就是"阳光农业"

沙产业的首次提出是在 1984 年。那年 5 月，时任国防科工委科技委副主任的钱学森，在中国农业科学院作学术报告时预言，到 21 世纪，由于生物工程和生物技术的发展，将会引发人类历史上第六次产业革命，即知识密集型产业，沙产业作为农业型知识密集型产业类型之一在列。他认为，有充沛阳光的沙漠戈壁，有可能发展成为农业空间……

钱老沙产业的五条标准是：一看太阳能的转化效益。二看知识密集程度。三看是否与市场接轨。四看是否保护环境。五看是否可持续发展。

对于这一思想的提出，钱学森说："60 年代初，

我参加火箭、导弹发射试验，正好发射基地在额济纳河边上，旁边都是沙漠戈壁，我在工作的间隙中到处跑跑，发现我原来理解的沙漠戈壁概念不对。沙漠戈壁里面并不是一片荒凉，而是有不少其他地方没有见到的动、植物。每年基地要发展生产，就是挖甘草，挖出一大卡车一大卡车的，我跟基地的人说，你们这么只挖不种，挖光了怎么办？还有基地的伙房挖梭梭树，说木头好，烧时火旺，我就说老挖不种挖光了怎么办？我就从这里得到启发，觉得沙漠戈壁不是完全不毛之地，关键是我们要经营，用科学技术来经营管理。"

当中国农业科学院卢良恕院长听到了钱学森的这些想法后，就去请钱学森到农科院科去做一个这方面的报告。

钱学森说，我这个外行怎么到你们专家那里去讲，那不是笑话吗，我不是学农业科学的。

卢良恕说，不管那么多，你就把你想的沙产业的一些问题到我们那里去讲讲吧。

钱学森笑着说，那你批准了我就去讲讲吧，可是讲了人家反对可得你负责呀，我是不知道天高地厚的。

掌声响起来，钱学森第一次公开发表了他的沙产业思想。

10 年过去了，到了 1994 年，钱学森在这年 9 月 29 日沙产业研讨会上的讲话中说：

"10 年前是这么一回事，我完全是外行。后来在科协碰到了刘恕同志，才知道有人已经做了许多工作。我说对不起了，我都不知道你们已经做了这些大量工作，我真是外行了，我向你们致敬。所以，同志们，我就是这么无知的人，瞎喊一阵子，有一点体会，胆子挺大。到后来得到各方面的支持，给我很大鼓励。后来不断知道一些情况，慢慢知道地方上甘草利用已经有了很大发展，还有沙棘都有很

大发展，我听了以后受到很大鼓舞。但是我们国家有很大面积的沙漠和戈壁，沙漠这个问题是很大的。"

他在会上接着说："今年7月份的时候，全国政协召开常委会，李瑞环主席又强调讲，中国的农业，土地的问题很难，土地越来越少。在他的报告中提到要治沙防沙，而且他提到了要在中国大范围的调水来解决这个沙漠戈壁的问题和干旱问题，我也很受鼓舞。最近在《人民日报》上看见，林业部徐有芳部长提出了更伟大的设想，把沙漠都变得可以开发利用。有没有可能？当然有可能，但是工作量是很大的，绝不是一天两天的事，不是几年的事。如果靠引水灌溉，那就要把中国所有水量加在一起，平均地分布在960万平方公里，更何况要长距离、大范围的调水，比如说需向新疆地区调水的话，有人提出来调雅鲁藏布江的水，翻过昆仑山，这么大的计划，那可绝不是一天两天的事，因此在很长的过程里，沙漠要充分发挥它的作用，那就靠沙产业，于是我冒叫一声发展沙产业。在不少于100年的过程中，改造利用沙漠，这就是沙产业的任务。我提出的沙产业的任务，我们要在100年内逐步的做，中间不断地有生产有发展。现在已发展的主要是药材，张掖那个地方，主要是用祁连山的水，我有体会。我在20基地时，额济纳河就是靠祁连山的水，基地也是有水，有水就可以种水稻，还真行，种的挺好，一没水就完了。现在听说祁连山上游发展农业，水用得多了，现在再到基地去，河里恐怕就没有什么水了。但是这些地区阳光是比较强，要充分利用阳光——沙漠戈壁地区特殊充分的要素。"

钱学森还在这次会上回忆说："记得在60年代初，有一天毛主席曾托他的秘书打电话找我去，我赶紧准备好去了。毛主席找了科学院几位院长、副院长，那时候有竺可桢副院长、李四光副院长、吴有训副院长，我们四个人坐着椅子在他身边围了一个圈。他就一边抽着烟一边跟我们聊天。我记得很清楚，竺可桢副院长说他刚从青海回来，青海那边阳光非常充足，而且到夜里气温下降，所以植物养分可以保留，不至于耗散掉，这样在青海当然是可以种春小麦。春小麦可以密植，产量非常高，他跟毛主席汇报这件事时，这样我脑子里就有了印象，青海那边阳光比较充足，所以那些地区有它的优点。这样我也想到田裕钊同志要开发的微藻，只要阳光充足，恐怕像西藏那地方也一样可以开发利用。那么至于说盐藻，用盐藻生产胡萝卜素，这个在盐湖地区是大有希望的……"

钱学森这里说到的毛泽东接见他，指的是毛泽东第四次接见他。

毛泽东第一次接见钱学森是1956年，地点在菊香书屋。周恩来满面笑容地对毛泽东说："主席，我将你久盼的贵宾请来啦！"毛泽东走上前去，紧握着站在周恩来身旁有点拘谨和紧张的钱学森的双手说："盼了你好久！……听说美国人把你当成5个师呢！"毛泽东伸出五个手指头，"我看呀，对我们说来，你比5个师的力量大多啦！我现在正在研究你的工程控制论，用来指导我们国家的经济建设呢！"

毛泽东的平易近人，令钱学森初来时的拘谨渐渐放松。"学森同志，你那个关于《建立我国国防航天工业的意见书》，我仔细看过了。写得很好呀！"毛泽东顿了顿，接着说道："我们国家决定根据你的工程控制论，组织各个学科各个部门一起奋力搞导弹。学森同志，我想请你这个工程控制论的创始人来牵这个头，有信心吗？"钱学森有点紧张："主席，这么重要的任务，我怕干不好啊！"

"世上无难事，只要肯攀登。你钱学森是工程控制论的开山鼻祖，还怕干不好？"

在毛泽东磅礴气势的感染下，钱学森终于坚定地点了点头："主席，我一定努力工作！"

毛泽东第二次接见钱学森的时间，还是1956年。在毛泽东主持讨论全国农业发展纲要草案的最高国务会议上。

第三次是1958年10月27日，毛泽东在中国科学院科学成果展览会上接见了钱学森。

第四次是1964年2月6日，在一次春雪之后，毛泽东在中南海接见了李四光、竺可桢吴有训和钱学森。地点是中南海丰泽园毛泽东的卧室。

关于这次接见，李四光曾对他的女儿李林回忆说："主席知识渊博，通晓古今中外许多科学的情况，对冰川、气候等科学问题，了解得透彻入微。在他的卧室里，甚至在他的床上，摆满了许多经典著作和科学书籍，谈到哪儿就随手翻到哪儿。谈的范围很广，天南海北，海阔天空。"

竺可桢在当天的日记中写道："1964年2月6日，下午1点钟得毛主席电话，要我去中南海谈话，并说只约了仲揆和钱学森。……见毛主席卧室两间，外间摆满图书，内室一大床，桌、椅、床上也摆满图书。他卧在床上与我握手后，床前已摆好3椅，我坐下正要问好，他就先说见到我关于《中国气候的几个特点》一文，并说农业八字宪法'水、土、肥、密、种、保、工、管'外，还要加'光与气'。他对于太阳光如何把水和碳氧二（二氧化碳）合成为碳水化合物有兴趣。未几仲揆和学森来，就大家谈地球形成之初情况，如何空气合成了许多煤与石油，动植物如何进化。他又提到无穷大与微观世界、正电子与反电子的辩证法。问钱学森反导弹有否着手，毛主席以为应着手探研。仲揆谈到造山运动和冰川，因此谈到地质时代气候变迁与历史时代气候的变迁。毛主席又问到近来有否著作可以送他看。3点告别。"

钱学森后来在回忆文章中说："毛主席讲了在科学技术发展中，矛盾斗争推动事物前进的道理"，等等。但这次给钱学森的最大收获是，他听到了竺可桢对毛泽东的汇报，从而受到了启发，更加丰富了他的沙产业思考。

当钱学森思考这道世界性难题时，国内外的尝试正屡屡以失败告终。

上世纪50年代初，苏联以改造沙漠为目的，将天然水系引入人工河道，建成了被称为"世纪工程"的卡拉库姆大运河。一系列水利工程完成后，很快在咸海流域形成了620万公顷的水浇地，使全苏的棉花产量成倍增长。1982年，在中亚的水浇地上产优质棉800多万吨，不但结束了苏联进口棉花的历史，而且还用长绒棉换取了大量外汇。但好景不长，几十年之后，这片水浇地的地下水普遍上升，土壤大面积盐渍化，产量急剧下降；阿姆河下游水质恶化，疾病和婴儿死亡率增加；"白风暴"（含盐分的风暴）增多，咸海面积缩小。不仅当地的居民不再称颂"工程的伟大"，当年参与实施计划的科技界人士也改变了态度和看法。

上世纪60年代末，非洲苏丹萨赫勒地区发生旱灾和土地荒漠化，导致数以十万计人口死亡，600多万生态难民流离家园。人们普遍认为，干旱荒漠地区阳光充沛，只要有充足的淡水供应，荒漠地区大规模农业开发是可能的。但出人意料的是，西方发达国家援助的水井和水源地却引发周围大量牲畜集结践踏，加速土壤沙化，甚至导致流动沙丘出现。更为严重的是，以水井为中心的同心圈式带状土地退化为"脓肿圈"，其半径在5到10千米的范围，脓肿圈互相连接形成新的荒漠化土地。

上世纪50年代末，在我国的沙漠治理方案中，曾出现了这样一段壮志凌云的话："在不久的将来，沙漠将在中国成为历史的名称，而在沙漠的废墟上将出现伟大的工业基地和汪洋大海般的林业、牧业基地""……必须争取在十年以内全面地改造利用沙漠，实现全面绿化，变沙漠为畜牧业和林业基地，

改良土壤，改变气候。"但半个多世纪过去了，人们虽曾不懈地努力过，但沙漠并没有成为历史的名称而被人遗忘。

钱学森一反西方人关于"沙漠是地球癌症"的悲观论断，提出"换一种思维看沙漠"的新观点，"人类将来与其搬到月球上，还不如把沙漠利用好，改造好。"

在钱学森看来，沙产业是以太阳为直接能源，靠植物的光合作用来进行产品生产的体系。

在后来的有关信件中，钱学森又丰富了沙产业理论构想：沙产业是用系统思想、整体观念、科技成果、产业链条、市场运作、文化对接来经营管理沙漠资源，实现"沙漠增绿、农牧民增收、企业增效"良性循环的新型产业。

这一系列理论，在后来的具体实践中，逐步被概括为"多采光、少用水、新技术、高效益"，使"不毛之地变为沃土"。

钱学森与宋平

宋平是中共中央政治局原常委，早年担任过周恩来总理的秘书，后来调中共中央西北局工作，任计划委员会主任，对西北沙漠地区的情况十分熟悉。1972年至1981年，宋平在甘肃先后担任省委书记、省革委会副主任，省委第一书记、省革委会主任，是甘肃的老领导。在甘肃工作期间，宋平给老百姓留下了很好的口碑。至今，还有不少人会说起，他在甘肃农村力主开展土地承包的事情；也还有人记得，在《实践是检验真理的唯一标准》一文发表之后，他率先主导中共甘肃省委召开了两个座谈会，研究讨论"真理标准"问题，这是中国第一个省级"真理标准"讨论会；尤其被甘肃中部地区人民念念不忘的是，上世纪70年代，他向周恩来总理汇报了定西等地农民的贫困状况后，周总理动情地落泪的事情，由此，那里的人民吃上了救济粮，穿上了"黄军装"。关于他在甘肃的事迹，有人专门写了一本《宋平在甘肃》，出版后广为流传。

据撰写了《宋平在甘肃》一书的牛颖、彭效忠的采访，宋平在甘肃工作期间，就十分重视防沙治沙工作，他曾多次到沙区调研，同沙区人民一道总结和推广防沙治沙经验。他和甘肃的治沙专家们交往密切，经常和他们一起商量治沙大计。

任继周院士曾在一篇文章中深情地说，在上世纪70年代的一个星期天，宋平同秘书一行，驱车近300公里，来到天祝藏族自治县海拔2500多米的松山滩草原，看望任继周和草原试验站的科技人员，同他们商讨草原和畜牧业的科学发展。任继周写道："由于他在草原、生态和环境方面多年的积累，已是一位十分内行的领导。他对甘肃草原建设、退耕还林还草的建议，其科学性和前瞻性令人佩服。"宋平的夫人陈舜瑶，曾任甘肃省委宣传部副部长，她当年深入到中科院沙漠与沙漠化研究所（现合并改称为中科院寒区旱区环境与工程研究所，简称寒旱所）和该所在宁夏沙坡头的试验点，写出了《沙都散记》一书，反映和赞颂了从事沙坡头铁路防沙工程的科学家、技术人员和工人、农民。至今，寒旱所的一些中年科学家还同他们的"陈部长""陈大姐"保持着联系。

宋平离开甘肃后，不管是在中央领导岗位上，还是离职以后，都经常惦念着甘肃人民和甘肃的发展。他对许多前来拜望他的甘肃同志说过："我一辈子走过很多地方，而对甘肃感情最深……可能是因为那里有些地方人民太贫困，使我永远忘不了他们的缘故吧！"

1990 年 4 月 30 日，时任中国科协副主席的沙漠专家刘恕和陈舜瑶一起去看望钱学森，转达了宋平对钱老的问候，并聆听了钱老关于发展沙产业的构思。陈舜瑶还给钱老讲了她在写作《沙都散记》一书过程中，对中国治沙事业的感受。

1991 年 3 月 11 日至 13 日，在北京香山召开了第一次沙产业研讨会，时任中国科协主席的钱学森出席会议。他在会上说："去年我有幸读到陈舜瑶同志写的一本书，是专门讲治沙事业的。我国的治沙事业为世人称道。"为了支持沙产业实践工作，钱老将一位印尼华侨为沙产业捐献的 30 万港币和他自己获得的 100 万港元奖金，悉数交给了中国科协。

1995 年初的一天，宋平打电话给刘恕，询问沙产业发展的情况和遇到的困难。9 月 15 日，刘恕和田裕钊应邀去宋平家中，向他汇报了沙产业的进展情况。那天，刘恕首先汇报了自己对钱学森沙产业理论的理解

摄影／佚 名

过程，她说她是在系统地研究了近一个世纪以来，世界范围内干旱荒漠地区经济开发活动中的成功和失误之后认识到钱学森所倡导的沙产业，是一个表达简洁，又有严格规范的跨世纪沙漠开发的战略框架；既有正确的目的方向，又包含一系列达到这一目的手段、方法、措施。钱老倡导的在荒漠地区围绕充分利用沙漠地区的阳光，通过光合作用，提高固定太阳能效率，创立新型农业的思想，是一种思维转变，由疲于增多用水补缺，向重视多用阳光的转移是认识上、思维上的转变。实践证明，群众接受新技术，节水灌溉、地膜覆盖、塑料大棚是很快的，对沙产业用通俗语言"多采光、少用水、新技术、高效益"这四句话概括，容易被人理解。刘恕接着说，荒漠地区发展沙产业的实质，是在传统观念上认为的不毛之地上建设一个新型绿洲。以色列人能办到的事我们照样可以办到。这种新型绿洲经济将是振兴西北干旱沙漠地区的一条道路，可能是缩短我国东西部经济差距的突破口。

宋平听后说，你的这个想法很新鲜，西部很多人寄希望于卖原材料。充分利用阳光优势发展农业，这是个新想法，很好。宋平接着谈到，他到欧洲出访时，看到商店里用塑料膜包装的"中国大白菜"，原来以为是中国大白菜出口到欧洲了。后来知道，那是以色列生产的中国大白菜。宋平说他很久以前就思考，以色列的自然条件不好，而且面积小，还要打仗，但为什么农业发展得那么好？钱老倡导的沙产业，实际上是现代农业，多用沙漠中充沛的阳光，节约用水，是阳光农业。阳光农业，是不是能更好地让群众通俗地接受沙产业理论？是不是这样，还要多向钱老请教，由钱来确定。钱老是了不起的科学家，他最早提到农业、林业、草业、沙业、海业，都是阳光农业。宋平还询问钱老最近的身体状况如何，说好久没有去看望他了。

宋平听到甘肃沙产业基金理事禹贵民等人愿意首批做沙产业的典型时说，甘肃自然条件差，对沙产业的切身体会深刻，所以行动上积极。

宋平详细询问了作为沙产业技术措施之一的微藻生产装置状况。田裕钊就微藻的价值、生产装置、可推广的范围作了汇报。宋平听后表现了浓厚的兴趣。他说到，不能总是用老办法。他在年轻的时候，德国人就让他品尝过人造肉，那是酵母。生产微藻可考虑是否首先用在饲料添加剂上。充分利用河西走廊的秸秆，添加上微藻，饲料业发展了，既可节省粮食，又发展了农区畜牧业。这在甘肃大有可为，是阳光农业内容。微藻生产装置能小型化就好了。进入寻常百姓家，那就更有前途。

关于把河西走廊建成沙产业—阳光农业基地的规划会议问题，宋平说，甘肃省的领导，以及部门的领导，农委、林业厅的领导，和你们都很熟悉，先与他们沟通。到时，在河西开会，我去参加。你们要准备一个好的报告。到时我从北京请一些部门的负责人到会。

刘恕把宋平的意见向钱老作了汇报，钱老表示，你们向宋老当面讲沙产业工作，并得到赞同和鼓励，真是件大好事。

1995年11月9日，宋平在刘恕给温家宝副总理的报告上亲笔写道："家宝同志：现呈上刘恕同志的报告，请阅示。"当天，温家宝在文件上作了批示："春云同志：钱学森和宋老提出，在我国西部戈壁沙漠发展沙产业、阳光农业，这些重要的理论和意见值得重视。一些地区的成功实践充分说明，办好这件事不仅有经济意义，而且有社会和生态意义。刘恕同志的这份报告，提出了推动这项事业发展的一些具体建议，可否批请有关部门研究，请酌示。"同日，宋平又在给姜春云同志的函件中写道："春云同志，送上刘恕同志给你的信，她得知你对沙产业的支持，很受鼓舞。他们拟于 11 月 24 日在河西召开沙产业研究和示范会议，想请你和有关部门到会。资金问题可与有关部门研究解决。"

第一次沙产业工作会议于 1995 年 11 月 24 日至 12 月 2 日在甘肃武威和张掖召开。宋平出席会议并讲话。他说："甘肃省政府、林业部和中国科协联合召开的沙产业开发工作会议，很有意义。刘恕、田裕钊同志告诉我以后，我很愿意参加。现在我不管事了，来这里就是摇旗呐喊，推动一下这个事业。对于沙产业，我完全是一个外行，不懂，没啥讲的，但我认为这个事情很重要。'文革'后期我所在机关要'解放'干部，军宣队的同志问我，老宋，你'解放'后去干啥？我说，治沙去。他说，别开玩笑了。其实，这是我的真实思想。治沙事业伟大，造福人民，造福社会，是千秋万代的大事，但不是什么人都愿意干的。所以我自告奋勇。后来调到甘肃工作，这里地处沙漠边缘，干旱缺雨。人民怎么脱贫、致富，怎么缩小和东部地区的差距，这些问题一直在我脑子里转。那时想到的办法是防沙、治沙、平田整地、搞水平梯田。这是长期的，艰苦的工作。我离开甘肃时和同志们交换意见时我说过，在甘肃工作，得有股子韧劲，就是像古书上说的'人一能之己百之，人十能之己千之'的精神干工作，因为这里和沿海地区的条件不一样，不以这样的精神干工作是不行的。后来听到钱学森同志提出的沙业问题，要用现代科学技术在干旱地区发展大农业，这对我的思想是个很大的解放，非常高兴。"他在讲话中还说："甘肃要脱贫，要缩小东西部的差距，发展农业型的沙产业应是一条好路子。"会后，钱学森在给刘恕的一封信中说："沙产业的会开得很顺利，可喜可庆！这里宋老起了很大的作用！"

钱学森没有参加这次会议，但由他的秘书涂元季在会上宣读了他的书面发言，他在书面发言中说："从前，我因多次在距这里不远的戈壁滩上导弹卫星发射试验基地执行任务，心中怀着以毛泽东主席为核心的新中国第一代领导的重托，同大家一起从事我们中国人从来没有搞过的尖端技术——高新技术的尖端。每次试验都遇到不少困难，但都被我们一一克服，这就大大增强了我们的信心：中国人完全能够用现代科学技术中的尖端来完成党和国家交给我们的任务！也是基于同样的信心，我在 11 年前大胆地提出了'沙产业'的理论和任务。"

这次会议，根据河西地区的实际，提出了沙产业起步阶段"多采光、少用水"的实用沙产业技术。就是用新的材料构筑一个能起隔离作用的膜或壳，这种薄膜或壳有很好的阳光通透性能，又不利于水热的散失。农用地膜覆盖种植和温室大棚，都是这种膜壳作用机理的形态，这两项简易有效的技术在河西地区迅速普及应用。之后，又在定西、白银等全省干旱地区得以普遍推广。武威作为最早采用这一技术的地区，1995年地膜覆盖面积为 11 万亩，1996 年猛增到 40 万亩。1994 年有塑料大棚 1000 亩，1995 年猛增到 4000 亩，1996 年已发展到 6000 亩。同时，这项技术在张掖也得到了快速发展，据一份资料显示：1997 年张掖全区地膜覆盖面积达到了 95 万亩，其中地膜粮食 72 万亩。地膜粮食增产幅度为 15%—20%，经济作物增效 35%—40%。发展塑料大棚和日光温室 3.6 万亩，暖棚畜禽饲养量达到 246 万头（只）。高效日光节能温室亩均纯收入在万元左右，高的达到两三万元。建成螺旋藻生产池 11000 平方米，年产量达到 10 吨。

1998 年 10 月 21 日，促进沙产业发展座谈会在北京召开，日本友人远山正瑛应邀出席了座谈会，宋平在会上发表了讲话，他说："远山正瑛先生讲，在我们中国，大约 90% 的人口生活在 40% 的土地面积上；而在西部地区，一半还大的地方，生存着不到 10% 的人口，也就是说，一边拥挤得不得了，另一边人口还

很少。我们的土地这么少，但我们有远大的前景，这就需要我们来治理沙漠，开辟沙漠的资源，在那里用科学的方法来发展农业，现在已有许多点上的成就证明这是可以做的。……如张掖地区、内蒙古恩格贝以及宁夏和新疆的一些地区都搞得很不错。"

宋平还说，"我感到，在沙漠地区工作的同志，是具有自我奉献的精神，正在从事一项很大的事业。因为，你换一个地方，都比在沙漠地区条件要好，不管是在城市还是农村，都胜过沙漠地区的条件。我曾经到过恩格贝，那里的志愿者现在还拿不到工资，但他们愿意在那里工作，他们的孩子，他们的家属有的在城市里工作，有的在农村工作赚钱来养活他们。但是，他们热爱这一项事业，仍然坚持在那里工作，所以，这种精神非常值得我们宣传、表扬，值得我们学习。我说，特别是应该学习远山先生这种精神，他是一个外国人，今年93岁高龄，他既是一位农民，又是一位学者，他放弃了日本教授的优越条件，远离自己的家乡，在恩格贝长达9年。我问他：'你身体这么好，有什么诀窍？'他说：'一是每天早起，五点钟起床；一是干活，每天出一身汗。'他在恩格贝，不是每天待在家里，而是在那儿干活，一直工作到下午6点他才下班，我们很多年轻人都干不过他。这是一种什么精神？我想这是中日友好的一种体现，一种国际主义精神，一种为人类做贡献的精神。他想到的不是自己，也不是自己本国，因为日本滨海沙丘地已经治理完了，现在他是到有沙漠的地方治理，不管是哪个国家，他要做出自己应有的贡献，这是对人类的贡献。我觉得这种精神值得我们很好地学习。我们从事沙漠工作的同志应该很好地学习远山先生的精神。他不仅自己在这里劳动，每年还组织很多志愿者来到这里。现在有10000多人陆续到恩格贝劳动植树。他不但自己在这里做，而且叫他的儿子、孙子也到这里来劳动。所以，我听后非常感动。我想，我们现在从事沙漠治理的工作，从沙产业开发的尝试，应该有远山先生这种精神。大家现在都比较年轻，我们起码要干到93岁吧！远山先生还想再干30年呢！这种精神值得我们很好地学习。"

2000年6月，第二次沙产业会议在武威召开，宋平再次亲临会议。

第二次沙产业会议召开前，宋平在北京把刘恕等人叫到住处，仔细询问了沙产业发展的进展情况，嘱咐要为会议准备一个报告，用大家容易听明白的话，反复介绍钱老的沙产业理论。他一再强调，用通俗的语言介绍沙产业十分必要，因为干部的认识是问题的关键，但提高却是一个过程，利用会议的形式向干部讲解沙产业理论的意义和作用，对沙产业的健康发展，至关重要。宋平还把钱老近期的书信和有关沙产业的文稿留下来反复阅读。宋平在飞往甘肃的飞机上，没有休息，一路上又提出许多问题，了解情况，询问发展沙产业现阶段主要应重视什么环节，而后形成讲话腹稿，并亲自动手写出讲话提纲，把耐心的启发说服作为讲话的主旨和基调。6月27日，宋平在发表讲话的前一天，还召集甘肃基层工作人员座谈，听取他们对沙产业的意见。经过充分准备，宋平在第二次沙产业工作会议上发表了长篇讲话。他把沙产业从理论到实践上作了通俗的阐释，特别说明了沙产业在河西地区发展的广阔前景。会后，一些专门研究沙产业理论的科技人员，在北京看到根据录音整理的讲稿后，都认为宋平深入浅出的报告，把握住了沙产业理论和沙产业实践的要点，道出了要义，切中了要害。大家都说宋平把沙产业想透了。

宋平在讲话中说："钱学森同志1984年提出了沙产业的科学构想，到现在已经16年了。河西的实践初步说明了这一构想的正确，内涵深广，意义重大。它启发我们的思想，动员了干部群众、科技工作者向沙产业进军。它为干旱、沙漠地区的脱贫致富，找到了路子，增强了信心。我和大家一样也认为，甘肃在这方面是走在前面的。"

当时担任甘肃省委书记的孙英，在这次沙产生会议上代表甘肃省对宋平推动甘肃沙产业的实践，表达了由衷的钦佩和感谢。孙英说："宋老对甘肃的工作一直非常关心，对沙产业的开发倾注了大量心血。甘肃沙产业发展的历程，从一个侧面真实地记录了宋平对甘肃人民的深切关怀。"

宋平还十分关注沙产业的人才问题。他强调一定要重视育人，重视对干部的培训。他曾对刘恕等人讲述了树木、树人的道理。他说："要种树先育人，为了种好树，必须先有明白人。""培训人，重要的是培训干部。有一个明白的带头人，就能做成明白事。"

1998年10月和2004年6月，宋平还先后两次来到内蒙古考察治沙和沙产业，在鄂尔多斯的恩贝尔多地，就沙漠绿洲建设、充分利用阳光、开发生产海藻，都作了许多重要的批示和讲话。他的两次内蒙古之行，极大地推动了鄂尔多斯、包头等地沙产业、草产业的发展，取得了非常明显的经济效益。

2004年11月21日，武威市委书记张绪胜由田裕钊陪同，向宋平汇报了民勤绿洲采取的对抗干旱和沙漠化的措施等工作。当张绪胜概要地汇报了民勤在水资源短缺形势下，缩小常规作物种植面积，扩大紫花苜蓿，试种洋葱和红辣椒等经济品种，并在沙生植物园区，试验种植沙生资源植物时，宋平说，要重视研究利用耐干旱、耐盐碱的沙生植物，特别是乡土植物。当说到要在梭梭树的根系上接种肉苁蓉时，宋平说，这要形成规模才会有经济效益。

当说到限制打井，不准开荒，实行禁牧时，宋老关注是否管得住。

当说到建设"四位一体"的庭院建设，每户都有塑料大棚，见效快，收益好时，宋平说，农行的同志要对扶持大棚的建设积极一点，如果真的能当年还贷，这就很好，别怕是一家一户的小额贷款，银行要麻烦一些。不要怕麻烦。

宋平说，民勤，是一个多么好的地名，反映出民勤人民的民风就是勤劳，勤劳的民勤人，不但要勤劳种田，不仅仅保持勤恳务农，还要学会农产品的加工，现在是外地人来加工、挣钱，为什么民勤人自己不学习加工增值？这里面有一个观念的转变。浙江人到西北地区修鞋子、盖房子，不怕苦、不怕累，西北人自己为什么不干？关键是在人的头脑中有一些。首先是干部的头脑要改变认识。毛主席说过，坐车的人和拉车的人不能说谁就低下、谁就高等；坐车的人下来拉一下车，体会一下，就平等了。干部要做出样子，改变观念。

当说到开发煤矿，在100米的地层发现地下水时，宋老说，水的开采和利用，要控制。说到调水的问题，宋老说，重要的是节水和蓄水。节水这件事，要当做大事来抓。水的分配、计量、输送，水的买卖，水的统筹管理，建水窖、水池蓄水，都要当作大事抓好。

宋老对张绪胜说，听了你说的，很高兴。你们是不是考虑一下，在民勤这样一个缺水的地方，按照钱学森的沙产业理论，试验建设一个有种植业、养殖业、加工业、小的工业都有的节水的沙产业示范区。用节水的方法，采用地膜和大棚，调整品种和种植结构，把耗水大的种植面积缩小，耐干旱和耐盐碱的作物种植面积扩大，多种苜蓿，发展畜牧养殖业。还有太阳能的利用，有些地方风能的利用，都办起来。除了种植业，要重视养殖业和农产品加工业。要想一些办法，组织起来，靠一家一户不行，发展合作组织。除了引进外来的资金和加工业，还要自己干。在干的实践中，发现人才，培养人才。民勤，也要民富。民勤变成民富，关键是要组织起来。塑料大棚要有一个大的发展。

干部不能当保姆，要动员发动群众起来干。群众中有能人，靠能人、靠明白人把群众组织起来共同富裕。无非是抓好几件事，首先是节水，发展水产业；再就是塑料大棚、地膜。这些都不要小打小闹，要形成规模。小康，要有一个标准，一个明确的目标。依我看，有三条：孩子要上得起学，家庭能支付学生上学的费用；有病能就医，支付得起医疗费用；老有所养，经济上有保障。起码达到这三条，才能是小康。要领导群众致富奔小康。

陈舜瑶说，听到这些消息，都是使人高兴的消息。抓住太阳能的利用，抓好水的合理利用，再把风能、生物能源沼气及循环经济搞好，就找对了路子。一方面讲生产力的提高，另外，还要重视生产关系的改善、优化。外来人有的不能持久，主要靠自己、靠内部，同时协调外力、兼顾全面。还有，要特别重视和注意培训和教育工作，抓住根基上的建设。

刘恕曾在一篇关于沙产生开发的文章中回忆说："在对中国沙漠的开发事业中，两位健在的老人：一位是人民科学家钱学森，一位是受人尊敬的老领导宋平同志，有着特别重要的作用和贡献。"

亲爱的沙漠

其实，在此之前，我对沙漠并不十分了解。

我印象中的沙漠首先是古代边塞诗中的沙漠，比如"大漠孤烟直，长河落日圆"，比如"大漠风尘日色昏，红旗半卷出辕门"，比如"大漠沙如雪，燕山月似钩"，等等。古诗里的沙漠是一片苍凉和

286

悲壮之地。

后来读到台湾作家三毛的散文，她说，每想你一次，天上飘落一粒沙，从此形成了撒哈拉。在三毛眼里，每一粒沙子都是爱，广阔的沙漠就是爱情的怀抱。因此，我心中的沙漠也就涂上了一层凄美和浪漫的色彩。

再后来，我读到了于坚的诗："别说得那么抽象吧 / 永恒具体得很 / 不必去瞻仰浩瀚星空 / 就数数脚下的沙子 / 捧一把置于掌心 叹口气 / 沾些口水 一粒接着一粒 / 请点数 哲人"。于坚又说："沙漠 每一粒都是干的 / 必须彻底干掉 / 干掉你的脂肪 / 干掉你的汗腺 / 干掉你的眼泪 / 干掉你的舌头 / 不含一点点水分 / 方可活在沙中"于坚诗歌中的沙漠让人感到可怕。其实，当于坚混迹于大漠的沙子中间寻找着诗句时，我也在沙漠里穿行着，我在寻找着绿色，我要找到那里的"沙产业"。

从我第一次见到沙漠说起吧。大约是1996年四五月份，我去敦煌参加一个会议。坐的是夜班车，加上晕车，我就闭着眼睛在夜色中穿过了大段的河西走廊，一睁眼已是敦煌。离莫高窟不远处是著名的鸣沙山，鸣沙山是沙漠的山，沙子连绵起伏着，一片苍茫。傍晚时分，赤脚走在沙漠里，深一脚，浅一脚，细绵绵的沙子让脚下感到又烫又痒。本想到鸣沙山的纵深处走走，但包里背的两瓶矿泉水早已没了，嗓子干得直冒烟。在沙漠里，两瓶矿泉水的确是杯水车薪，一仰头一瓶水就下肚了，空水瓶还在手里握着，水却已变成汗水流了出来。因为是第一次见沙漠，再加上鸣沙山名气很大，我虽然几乎被沙漠烤干了，但还是学着多数游客的样子，踩着没脚的沙子，爬到山梁上去，看看远处缓缓移动的驼队，看看头顶蓝得没有一丝杂质的天空，然后蹲下身子从山坡上滑下来，据说这样可以听到沙子的鸣响。但我却没有听到沙鸣，一是可能人多声杂，二来我连滚带爬，滑行的速度不够。山下不远处是月牙泉，水蓝得让人真想几步奔过去，一顿豪饮，但这只是想想，没有人真的过去喝月牙泉的水。从鸣沙山出来，周围建筑物上的灯光已经亮了起来，但沙漠里还有很多人正玩得开心，像这个季节的大海边那么热闹。鸣沙山的沙，让我感到口渴，但又好玩。

这次敦煌之行，我还去了一次被称为魔鬼城的雅丹地质公园，在那里写下了有关沙漠的第一首诗：

在敦煌以西的魔鬼城 / 我被两根尖叫的白骨 / 喊住

它们大半截身子埋在沙里 / 只露出骨头的头 / 拼命朝着对方

沙在它们之间淹来淹去 / 像奔跑的信使

当它们在我手里相碰 / 像两个人 瘦肩靠着瘦肩 / 谁的肩膀在颤抖

难道骨头在地下也会变成蚯蚓 / 爱在寻找 恨也在寻找

此刻 如果遇见一个白发老汉 / 我就会把粗大的那根送他当手杖 / 如果是个美妇人 我就把纤细的那根 / 别在她的发髻上

我要亲眼看看 / 两根活着的白骨 / 一根 / 去寻找另一根

2011年8月，我到山丹参加胭脂山文学笔会，顺便去了一趟巴丹吉林沙漠。这是我第二次见到沙漠。汽车从金昌市里出来，一下子就冲进了戈壁，两边是稀疏的骆驼草，偶尔有三五匹骆驼向着公路张望，或者静静地卧在戈壁滩上，一副若有所思的样子。我问驾车的诗友，哪是骆驼草，哪是芨芨草，问这么强烈的阳光下，骆驼渴不渴之类的问题。那时，头顶的一只鹰一直在吉普车前面翱翔着，它仿佛是怕我们迷路，一直给我们当着导游。汽车跑上一段路，就会看见一个路牌，上面是蒙汉两种文字，蒙文我看不懂，汉字我认识，

只是不知道什么意思，当地的诗友就给我一个一个地解释，比如阿拉善旗是什么意思，而且还有左旗和右旗，等等。或许在当地人看来我太无知。真的，我对沙漠很无知，只是一味地好奇。

车在烈日下的戈壁上奔跑了一个多小时，我们很想停下来休息一会儿，却找不到一点阴凉，戈壁上没有建筑物，连一棵稍大点的树都没有，只好在大汗淋漓中昏昏欲睡地坚持着。忽然，诗友给我说你看，前面有一个单位。我们忽然有了种找到家的感觉，赶紧把车拐过去，停在那个单位的门口。这是一个公安派出所，牌子上用蒙汉两种语言写着单位的名字。我们不好进去打扰上班的民警，只好在屋檐下的阴凉里坐了下来，拿出我们早准备好的西瓜，咚的一下在地上一摔，瓜就破了，来不及相互谦让便吞吃起来，没几分钟，我们面前的水泥地上就已是满地狼藉了，出出进进的民警看我们这几个有点像文化人的外地人，如此斯文扫地，就只是轻轻地看上一眼，什么也不说，当然，我们在瓜饱肚圆之后，也不忘打扫一下"战场"，用塑料袋和旧报纸包好垃圾，装到车的后备箱里。

可以毫不夸张地说，我这次至少吃了五六斤瓜，那瓜真的又沙又甜，是我在兰州根本没有吃过的好瓜。我问身边的诗友，你们这里的瓜怎么这么好吃？诗友说这是沙漠中的瓜，因为种在沙地上，加上昼夜温差大、日照时间长，因此很好吃。土地上种的瓜就没有这么好吃了。难怪呢，兰州吃的瓜原来都是土地上种的。这时，忽然想起我在会宁工作的时候，每到夏天也有一种瓜很好吃，也说是砂地瓜，但那个"砂"地，不是这个"沙地"。据会宁的瓜农讲，会宁北部一带的人，为了种出好瓜，年年会压一些砂地，就是从别处把砂子拉到地里，压到土上面，用这样的地种出来的瓜就和纯粹的土地种出来的瓜不一样，当然因为成本高，瓜的价格自然也高。我

调到兰州后，就很少吃到那样沙甜沙甜的西瓜了。

吃完了瓜，我们又上路，似乎车也经过了休息都来了精神，跑起来轻松了许多。车上的人精神足了，话也就多了起来。驾车的诗友给我讲了这样一个笑话：说前几年，一位领导下来视察工作，吃了这里的西瓜后，也赞不绝口，就问当地的农民，你们这里的瓜怎么这么好吃？那位农民回答：昼夜温差大，日照时间长。接下来，领导就把目光转向站在农民身边的一个孩子身上，说小朋友真可爱。农民又说：昼夜温差大、日照时间长。惹得在场的人哈哈大笑。其实，领导的话题已经从西瓜转到孩子身上了，而那位农民因为紧张，以为领导还在说西瓜，就重复了一遍他刚说过的话。诗友讲这个笑话时，我还没有笑，他已经笑得不行了。我说你这个笑话，也是昼夜温差大、日照时间长。大家又是一阵笑。

说着，笑着，就到了巴丹吉林沙漠的入口处，这里已经开发成一片旅游之地了。诗友说我们的车在沙漠里跑不动，只能留在沙漠外面，进沙漠只能租车，租那种大轮胎的吉普车。租车，也租司机。给我们开车的是个大胆的小伙子，黑瘦黑瘦地精干，吉普车吼叫着在沙漠里横冲直撞，我几次感觉车要翻了，但都没有翻，当然司机有把握不会让车翻的，即使翻了，翻在绵绵的沙子里也不会有什么大碍。我紧紧地抓住座位前的栏杆，一会儿被高高颠起，一会儿又被重重地一蹾，车里不时发出惊叫声。遇着上坡，吉普车就一阵猛冲，到了下坡时，又一点不减速，沙子在我们的身后嗖嗖地飞着。诗友告诉我，往纵深处走更有意思，那里有几个海子，都很好看。如果晚上住在沙漠里，看看天上的星星，那星星可都有拳头大呢。那种宽阔那种安静你可能这半辈子都没有经历过。而且还说，有一个叫三棵树的村子，村里只住着一户人，那家有个美丽的姑娘叫其其格，煮的羊肉很好吃，唱歌也非常好听。我听得心里痒

痒的。但我们在沙漠里还是"浅尝辄止"，原来返回了，我说留一点遗憾，就会留一点下次再来的理由。但这下一次，至今还没等到。

从巴丹吉林回来，我也写了一首诗：

这么多针尖大的沙子挤在一起 / 连绵起伏 / 但它不叫疼痛 / 而叫苍凉

如果说这苍凉是一块伤疤 / 坐在沙丘上的那人 / 是不是一粒盐呢 / 风中的巴丹吉林 / 扭动了一下身子

沙子细小的叫声 / 是它和头顶的一只鹞鹰在对话

此刻 一个人多余的潮湿都被蒸发了 / 多干净 / 我忽然渴望来这里流放 / 像一把芨芨草 / 剩下的时间只为活着

回来的路上 / 衣袋里装着一把沙子 / 那是贴在我身上的干燥剂

后来，当我着手写《沙的故事》时，这才知道我在巴丹吉林的边缘上吃的那么好吃的西瓜就是沙产业的一个成果。巴丹吉林的旅游业也是一种沙产业。

2013年3月的一天，兰州正刮着沙尘暴，我坐在读者出版集团的一间会议室里，和一帮搞文字的人一起探讨着出版社的一个选题，这是我第一次听到钱学森与沙漠有关的话题，很为自己的无知而感到汗颜。开完会回来，打开电脑想看看钱学森和"沙产业"的有关资料，但刚刚在电脑里输了个"沙"字，就跳出来一连串沙尘暴的消息，一条来自人民网的消息说：

3月9日，受强冷空气影响，甘肃大部地区出现扬沙或浮尘天气，河西部分地区出现沙尘暴。记者从国家环保部网站获悉，省城兰州的可吸入颗粒物（PM10）指数曾于午间达到2000μg/㎡，为重污染，午后该指数逐渐下降，截至9日下午18时最高值为1062μg/㎡，依然为重污染。

据中央气象台监测，受强冷空气影响，3月8日至9日上午，新疆南疆和东疆、甘肃大部、内蒙古中西部、宁夏、陕西北部、山西北部和河北西北部、北京等地出现扬沙或浮尘天气，其中内蒙古中西部、甘肃西部、陕西北部等地部分地区出现沙尘暴，新疆阿克苏、塔中、淖毛湖和宁夏平罗出现强沙尘暴。

中央气象台9日10时继续发布沙尘暴蓝色预警。

据中央气象台专家介绍，中国的沙尘天气过程主要发生在春季，并以3、4月为最多。今年以来，已经出现4次沙尘天气过程，2月24日、2月28日、3月5日以及正在受影响的3月9—10日。

"沙尘暴"，其中有多少是沙子，多少是尘土呢？或者沙尘暴在沙漠的边沿上刮的是沙，而到了远离沙漠的地方刮的是尘土？或者沙尘暴是把沙子一直刮得很远很远的一种天气？我说不准，只是走在沙尘暴里感到嗓子痒得厉害，眼睛干得厉害，连头发都感到不自在；回到房间里，即使关了门窗，依然感到土腥味很浓，依然感到浑身不舒服。

我曾在刮着沙尘暴的日子里写过这样的句子："风沙 / 从比我北方的老家 / 更北的方向 一路吹来 / 一直吹向南方 // 沿途的草 / 风没吹时 就已经动了 / 它们把一声声咳嗽 / 憋在心里 // 有人低着头 / 在土里拼命赶路 / 就像走在地下的亲人 / 风把他们的骨头 / 吹得叮当作响 // 叮当作响的 / 还有我的村庄 我的城市 / 以及小妹妹胸前 / 那几枚硬硬的纽扣 // 当我在风沙中猛地站住 / 风沙就惊呆了片刻 / 然后又更猛地吹了起来 / 它们知道 要把我从这里吹走 / 并不是件容易的事情"

当我在电脑上搜索着有关"沙"的资料时，正在北京开着的一年一度的全国两会，也笼罩在沙尘暴之中，

于是有些代表和委员就又一次提到了环境和生态问题，而且把甘肃的生态问题还提高到了国家生态安全的高度。在他们的发言和提案中，"沙漠"是一个被多次提到的词，"沙产业"也是一个不断被提及的词。

在《甘肃日报》关于全国"两会"的一篇报道中说：

全国人大代表、甘肃省林业工作站管理局副调研员何丽霞说，如果发展是以牺牲环境为代价，必然会受到大自然的惩罚，破坏生态的后果也是无法估量的。我很高兴看到政府工作报告中关于生态建设和环境保护的明确阐述，这是抓住了发展的关键，符合未来发展的方向。

全国人大代表、省水利厅石羊河流域管理局局长杨东说，国家这几年对石羊河流域治理投入力度很大，通过过去7年的治理，实施了一些节水工程及草原结构调整、节水型社会建设等措施，石羊河流域治理取得了很大的成效，流域内地下水位逐步回升，有效遏制了生态继续恶化的局面。同时，流域内产业结构得到了提升，农民收入得到了提高。

"干涸了50多年的青土湖形成了15平方公里的水面，再现了碧波荡漾的美景。"杨东说。

生态的改善，带来的不仅是良好的环境，还带动了特色产业的发展，提高了人民群众的收入。这正是众所期盼的。

3月20日，兰州的一场沙尘暴刚刚平息，我就向着刮起沙尘暴的地方奔去……

6月8日至13日，还去了一趟以色列，去看了看那里的沙漠和沙产业……

6月28日，又一次奔向河西走廊……

不知情的朋友疑惑，河西走廊怎么对我有那么大的吸引力？我怎么就忽然喜欢上了干旱荒凉的戈壁沙漠？我要说的是：

目前，我国的沙漠面积和沙漠化土地面积越来越大，两者合计已达到168.9万平方千米，占我国国土总面积的17.6%，而且仍以每年2460平方千米的速度在不断扩展。

面对沙漠和干旱的威胁，钱学森早就提出了"沙产业"的理论构想，但理论需要实践，超前的预示只能积以时日显露锋芒才能广为人知。从沙产业目前已取得的成果看，钱老预见的"上千亿产值"的庞大金山，已掀开了"冰山一角"。

（节选自长篇报告文学《沙的故事——钱学森与中国沙产业》）

千古黑河

——一条河流的人文解读

柯 英

黑河曾经这样流过

伴随着第一场落雪，我又一次站在黑河河畔。这样的背景下阅读黑河，符合黑河的个性，也很贴合我的心境。

天地空明，万物静穆，冰雪覆盖的黑河默守着亿万斯年的秘密，依然混沌如初，静若处子。我怀揣感恩之心，无数次亲近这条河流，随着足迹的抵达、延伸和扩展，越来越感到这条河流的沉重与内敛。每一次谛听河流的声音，每一次凝视两岸风景，都让人心事浩茫，思绪万千。

这条流淌在西北河西走廊的中国第二大内陆河，在远离中原文化浸润的历史上很少进入人们的视野，它保持与生俱来的原始、朴素流传千古，却给后世留下了无数不解之谜。

年少时，看着黑河水从村旁流过，我常想：它从哪里来？又流到哪里去？问过村里见多识广的先生，他的答复让我十分失望：从山上流下来，流到沙漠里去了。我想自己去找到答案，沿着河岸走了很远，向远处张望了又张望，眼睛都望酸了，还是看不到它的来龙去脉。那时候就萌生了一个想法：长大了一定要去看一看它的源头和终点。

这条河流的神奇也是年少的我们难以揣测的，只是觉得有水就有绿树红花、大豆小麦、瓜果蔬菜，被父辈们视为命根子的土地，因为水而精彩纷呈。细细想想，村子里没有一样事物离得了水，耕种打碾、人畜生存、建房造屋，都需要水。难以想象，如果有一天黑河断流，我们的生活和整个村庄该怎么延续。对于这条河，村里人永远满怀敬畏。记得，每年二月二龙抬头的那天，村里都有一个隆重的祭河仪式：四个选拔出来的精壮汉子，抬一张方桌，桌子上堆满贡馍、油果、猪头、鸡鸭等祭品，每家每户出一个主事的男丁，然后敲锣打鼓，一直向上游走好几里地，在我们村黑河取水的坝口举行祭祀仪式。村人把这件事做的既神圣又庄严，仿佛不打点一下河神，新一年就没法风调雨顺，五谷丰登。

就这样，这条河流在我幼小的心灵里蛰伏下了一粒神秘的种子。

1992年5月，趁长假之际，我约几位学友徒步探寻黑河源，践行少年时的梦想。我们备好干粮，从张掖的黑河大桥出发，设想着只要沿着河走，大致一天时间便可抵达源头。然而在骄阳下沿着干涸的河床步行一天，只是到了黑河的出山口，当地人称黑河总口。值班的是一个上了年岁的水管员，我们问他黑河源头在哪，他说，远得很呢。至于在什么地方，他这一辈子都没有到过。我们不甘心就此罢休，不顾老人的劝阻，用了三个钟头，艰难地爬上对面的山头。

在山顶，俯视远方，村庄和城市恰如或大或小的绿手帕，零星地点缀在黄沙戈壁之间，细若纹线的黑河曲曲折折，将大小村寨连缀起来，形成一片绿洲。再往远处，望不到波光水影的地方，或褐黄，或焦黑，那肯定是沙漠或戈壁。我们不由地感叹：如果没有黑河，河西走廊的中部定然是千里赤地，万里流沙，见不到一点绿洲的影子。下了山，有人提议做一个漂流瓶，每人写一个愿望装进瓶子里看能漂流到哪里去，大家欣然应诺。我写下了平生第一个美好愿望：愿天佑黑河，万古长流，首尾共荣。

后来，当我从张掖旧志的河流水渠分布图上看到黑河的状貌时，惊奇的说不出话来：一条河竟然像一棵枝繁叶茂的大树，它以偌大的祁连山作为根基，把生命的枝枝节节铺张得很有景致。一个个有名有姓的村庄和城市，栖居在这棵树的枝头，被河流滋养的鲜艳而饱满。主干的枝梢一直伸进巴丹吉林沙漠，让干涸的大漠戈壁也长出了几擎茵茵绿枝。在这张图上，人类生存之基被揭示的如此简洁明了，透彻醒目。这真是一幅最富有诗意和哲学意味的"河舆图"。不知道撰志之人怎么就选择了这样的形式来描述一条河流，他或许真的找到了破译这条河流的密码。

黑河，最早记载的名字却是"弱水"，取水流之弱，鸿毛不浮之意。《山海经》云："昆仑之北有水，其力不能胜芥，故名弱水"。古时的昆仑山，即是今天的祁连山。名曰"弱水"，可能是古人的泛称。古时许多浅而湍急的河流不能用舟船过渡，这样的河流统称为弱水。

事实上，远古时候的黑河绝不是今天鸿毛不浮的样子。

2003年，在张掖举办的全国节水型社会试点经验推进会议上，兰州大学冯绳武教授第一次提出黑河流变史，立马语惊四座："第四纪中更新世发生最大冰川作用后，进入气候温暖的间冰期，黑河流域水量丰沛，越走廊北山、蒙古高原，造成由居延盆地东北缺口直达黑龙江上游现不相连的呼伦贝尔盆地间的古河道。"水文地质专家也通过卫星航片证实了这一点，发现黑河从居延盆地到黑龙江上游的呼伦贝尔盆地之间明显存在一条古河道，在这条河道间，分布着断断续续的湖泊，各湖泊的海拔自西向东依次为：

居延海：922米；温图高勒：910米；巴布拉海：881米；乌兰呼苏海：776米；呼伦池：539米。

另外从内陆河的演变考证，黑河的尾闾湖居延海不像罗布泊等，湖水干涸后，河流带来的盐分无处排泄而形成咸水湖，居延海依然是淡水湖，说明它成为尾闾湖的时间并不是很久远。

由此推测，很多年前，这条古河道与黑龙江是相通，其长度算起来达到了6500多公里，堪称亚洲最长的湖谷河。如果这个推论成立，西北的黑河应当与黑龙江的黑河一定是一脉相承，而且这个渊源有着共同的文化背景。公元前一世纪，蒙古高原剽悍的匈奴几乎就是沿着这条古河道开始了向西北的大迁移，然后一路向西，盘桓河西走廊一个多世纪，而后政权分裂，一部继续西迁，抵达东欧顿河流域，在公元四世纪中期促成了欧洲和北非民族大迁徙。

如果这只是仅凭资料推测，我也有些难以置信。然而古居延海的探寻之旅揭开了我心中的疑惑。在额济纳寻访时，我有幸碰到了学识深厚、阅历丰富的额旗档案馆馆长李靖先生。他多年来精心研究额济纳历史地理，对这片山川地貌了如指掌。

他带我们去看古居延海遗迹——一个叫顶儿山的地方，蒙语叫"京思图山"。京思图，蒙语是帽子的意思。远远望去，山形真如蒙古人帽子的顶珠。蒙古人往往就自然现象随地命名，在额济纳，把每一个蒙语地名译成汉语，都有具象的对应物。站在山顶，李靖先生指点我们看那些凸起的山丘。正好天气晴好，可以清晰地看到数十米之外。那些山丘，上部分呈黑色，就是学术上所称的"戈壁漆"，下半部分呈灰色，明显是水流冲刷过的痕迹。粗略估计一下，当时的水深居然达一二十米。我惊叹道，眼前的这片戈壁滩，应当是史前时代居延海的海底了。李靖还说，在额济纳境内曾发现过大量的恐龙、翼龙化石，应当可以断定，远古时候从地中海到居延海之间气候湿润，生物多样，有一条相通的水路连接着生物带。

望着苍茫戈壁，我顿感天地造化之速，数十万年的风云变幻，似乎只是一瞬间，居延海就凝固在了这片戈壁滩上，昔日的华丽只能凭借想象，与古地中海相通的河道经过岁月的风吹日晒，已经演化成今天的巴丹吉林大沙漠。

在顶儿山脚下，我意外地捡到几块河泥化石，灰色的，像凝固的水泥。我抚弄着这片沉甸甸的化石，胸中幻化出亿万年前居延海波涛汹涌的景象，仿佛站在海边，瞭望浩渺的云水。据志书记载，古居延海的面积十分辽阔，曾达2600多平方公里，是西北第一大湖。而目前仅存一小片水域，当地人叫天鹅湖或京思图淖尔，大约十多平方公里，当地人说，五、六十年代，这里还是绿草如茵，天鹅成群，而今除了初夏能见到麻鸭之类的水鸟游弋，很难再看到成群的天鹅栖息了，那种诗人追寻的童话般意境，已经被现实的苍凉所取代。

朔风劲吹，地老天荒，在令人绝望的环境中，我依然执着地寻找往昔最美的景观。这片古籍中又称之为"流沙"的地方，最早出现在中国地理全书《水经注》中时，有一段话一直让我百思不得其解："其（黄河）一源出于阗国南山，北流与葱岭所出河合，又东注蒲昌海，又东入塞，过敦煌、酒泉、张掖郡南下。"这里所说的几条河，对应的是今天的塔里木河、和田河、罗布泊。这些河流与黑河中间隔着千里戈壁，怎么就流到黄河去了呢？看到偌大的古居延海地域，我终于释然。且不说那些河流遗迹，仅巴丹吉林沙漠中

分布众多的湖泊也可以断定，洪水时代的西北肯定汪洋恣肆，有一条支流流入黄河并不奇怪。说到这个问题，李靖先生又讲到了一个独特的现象：额济纳的胡杨林不是独立存在的，它和地中海、新疆塔里木河、河西走廊的胡杨林连成了一条线，说明远古时期，这几个远隔千万里的地方，胡杨在一个植物带上生存，它们是大自然沧桑变迁中幸存下来的难兄难弟。这个被称为植物学上"活化石"的物种，是地球上第五次生物灭绝的幸存者，至少有6500年的岁月了。与胡杨伴生的应该还的沙枣和红柳，这三者并称为"沙漠三友"，也是西北大地常见的物种。

更加古老的神话集大成的《山海经》，把这片"流沙"之地称之为"西海"。上古神话演义中传说，在人烟稀少的远古时代，浩渺云水间，行游着神仙。居延海衍生为神仙出没的地方，属于长生不老的西王母的领地。茫无边际的西海里有一架天梯，白天看不见，夜间神仙顺着天梯上天入地，悠游四方。

黑河的流变也与治水英雄大禹有关。清代的《新修张掖县志》载："张掖在洪水时代，完全为一大湖，弱水泛滥其中，各水、泉水悉注之，无所谓大陆也。禹导弱水至于合黎，居民始有耕地。"这个论断是可靠的。高台县城西北67公里处的天城村西，有一条十多公里长的幽静峡谷，古时称之为"镇夷峡"，现叫"正义峡"，峡谷分上、中、下三段，又称"黑河小三峡"，是黑河下泄的唯一通道，传说这就是当年大禹治水的地方。峡谷中刀劈斧削的峭壁，仿佛仍在延续着大禹导弱水的神话。有史料记载，明代在镇夷峡有大禹祠，修建于洄澜山北侧，遗址犹存。此祠在清光绪年间重建，到1958年被毁。原供奉大禹像及后稷、伯益、八元、八恺等先贤像，丹廊碧殿，金窗玉槛，端庄雅丽，据传宫殿内还陈列着大禹治水的文献，以及纪念大禹的遗迹记载等，旧时每年举行祭祀大禹的活动。这不仅是传说，典籍中也有记述，《禹

贡》载："（禹）导弱水，至于合黎，余波入于流沙。"

最为奇特的是，在正义峡北山的另一面，我第一次发现了海泥化石。一个叫"石门"的地方，两边山体隆起，其中一边的山体如同用方砖垒起的一样，初看似雅斯特地貌，我和同行者开始还猜测是古人留下的什么建筑，仔细一看，这些块状的东西居然像凝固的胶泥，只不过是变成了石头。拍了照片回去问搞地质的朋友刘虎，他惊叹："绝对是海底化石，几百万年才能形成这个样子。"与古居延海的变迁联系起来，我确信，这就是造山运动中海底地壳拉升的结果——祁连山和阿拉善高原隆起，海底地壳随之拉升，黑河流经蒙古高原的故道堵塞，黑河由外流河退缩为内陆河。如果这样，黑河中游的张掖在邈远的古代一定是洪水滔天，水乡泽国。

亿万斯年的时光虽然让这条河流退居内陆戈壁流沙中，但这条河流犹如一部流动的史诗，沉重而深厚，它托举的历史文明，在西北大地上流光溢彩，波澜起伏。

黑河的源头

欲知河流变迁，必先知其渊源。自然界的因果关系绝对是最朴素、最客观的原理。

祁连山，这座闪烁着神性光芒的山，千年冰川积雪是孕育黑河的生命之源。

祁连山崛起于青藏高原北部边缘，因匈奴呼天曰"祁连"而得名，古代地理典籍中统称为"昆仑山"，是神仙西王母的居所。祁连山系由四十多个平行的山脉组成，西北与阿尔金山相连，东南接秦岭、六盘山，东西绵延 1200 多公里，跟昆仑山脉、阿尔金山脉、秦岭山脉等，都是最早形成的东西走向的山脉，共同构成中国地形西高东低的大致走向，成为中国第一阶梯和第二阶梯的分界线。也就是说，祁连山脉，在海拔三千米的等高线上划了一条分界线。

因着这样的地势，中国地理上有了一个独特的现象：海拔最高的青藏高原孕育了长江、黄河、澜沧江等举世闻名的大江大河。海拔三千米以上的祁连山也一样，孕育了黑河、石羊河、疏勒河三大内陆河流。

山高水长，原本是这样由来。

2009 年夏天，我第一次走近祁连山中的八一冰川时，正是全球科学界为应对气候变暖吵得不可开交的时候。在国内，气候变暖对祁连冰川的影响引起了世界注目。全国"两会"上，温家宝总理不止一次提起："要保护好祁连山的冰川。"

越野车停驻在甘青分水岭——小沙垄，与不远处的八一冰川遥遥相对。地理学上把这个地方称为托莱山腰掌，海拔 4200 米，正是祁连山雪线的高度。

湛蓝湛蓝的天空，像擦拭一新的毛玻璃，皑皑雪山近在眼前，雪线下遍布冰川，在阳光照耀下明镜般熠熠闪亮。天光晴和，而山风强劲，我感到凛冽的寒气仿佛从脚底下冒出来似的，凉到骨头里去了。高原草甸、匍匐在地的零星野花、还有枯萎的地衣，是山地的全部植被。消融的雪水在草甸间积聚、洇漫，然后因循经年流淌的沟沟壑壑，一部分向东流去，成为隆畅河的源头；一部分向西流去，一头扎进黑河的西岔支流。黑河就是由祁连山中千径万壑的冰雪融水而成，小沙垄和八一冰川只是西岔支流中最大的、也是最初的源流之一。只要沿着河走，就会真切地感到"万壑归宗"的意味。我原本以为，黑河发源于哪个山头，其实不然，祁连山每一个沟岔几乎都是黑河的源头，从山沟沟里流淌下来的雪水，一点点汇聚，然后在苍茫大山里穿行。

到了八一冰川前，面对千古不化的冰山，我敛声屏息，深深行了一个注目礼。这就是大地与神灵最近的地方，这就是我们的生命之源啊！如果不是人多，我会像虔诚的佛教徒一样顶礼膜拜。

在冰川和雪山的照应中，祁连山涵养出一道道浅河弱水，不知疲倦地眷顾着河西的片片绿洲、座座城池。每一条河都串着一片村庄，浸润出一块绿洲，崛起来一座城市，石羊河灌溉了武威，黑河养育了张掖，讨赖河哺育了嘉峪关、酒泉，还有南下东去的大同河、湟水河滋润了黄河上游的辽阔土地。

这是世界上少有的几片净土之一，冰川、雪峰、河流、草原，绝妙地融合在一起，成为天籁之境。我俯下身，掬起一捧消融的冰水，清凉，滑溜，柔顺，任何的杂念和欲望在一瞬间彻底消解。

我伴随着河流的步履，一步步顺流而下。这时的心情如同陪伴一生中最爱的人一样，尽管无言，但我们有着与生俱来的默契。

这个时节，黑河源头还只是涓涓细流，哗哗流水在卵石上激荡。一眼望不到边的河床上风尘飞扬，可以想象河水溢满的时候，整个山谷间定然是洪水滔滔。但这个景象也只能是想象了，自然的变化已经让无法重演过往的历史。

河流两侧大都是高原牧场，充满了广阔的野性与神秘，是越野探险队员们十分向往的地方。年少时，听村里的老人讲，祁连山中的狼经常窜到山下来，村里专门组织了打狼队，把狼撵到深山里去了。深山有多深，我无法想象。后来，从肃南的牧民朋友口里听说过，五、六十年代，草原上的确野狼成群，

除了野狼，还有成群的黄羊、野驴、野马、野骆驼。我们在苍茫的山野中穿行了很远，除了从车窗外看到三只鹅喉羚惊惶失措地一闪而过，却找不到原始草原的神奇与野性。人类逼近，生灵远遁，在动物眼里，人已成为最不可靠邻居。

我想象中的祁连山草原是"天苍苍，野茫茫，风吹草动见牛羊"的诗意美景，然而，今天在黑河上游看到的草原，却远远出乎我的想象。

八字墩草原，那是裕固族东迁最初到达祁连山的优美家园。这支游牧民族的部落，由玉门关外迁徙而来，几经周折，到达祁连山腹地，从此在这里开始了游牧生活。我听裕固族朋友唱过一首祖祖辈辈流传下来的民歌：

站在八字墩盼望家园，
好一片草原宽广无边。
绿色的牧草铺满大地，
黄色的驼群布满湖滩，
嫩绿的芨芨草多么鲜艳，
雪白的羊群多么安闲。
要问这是什么地方，
她就是我们的可爱的家园。

裕固族，甘肃独有的一个少数民族，目前只有一万三千人。他们的民歌大都忧郁沉重，而这首民歌是欢快的。民歌中的八字墩草原，是裕固牧民的黄金牧场。裕固族没有自己文字，一辈辈口耳相传的民歌是民族历史的原初记载。从民歌中看出，那时的草原牧草丰茂，牛羊遍地，黑河源头雪水的沃灌，使这片草原生机盎然，美如画卷。而今，我们看到的却是一片寸草不生的荒山野岭，原始的宽广河床上只有涓涓细流。修建在河谷之上的黑河第一桥，长十多米，但桥下流水仅有几步的宽幅，河流已经无法泽被这片广袤的草原了。陪同我们的原肃南县县长安国锋先生介绍说，八字墩草原于1957年甘肃

与青海皇城草原调换，现在归青海省祁连县管辖，牧民以藏族为主，2000年前，这里还能看到"风吹草动见牛羊"的景象，后来，由于过度放牧，导致草原退化，休牧十年，仍然未能恢复原来的样子。

在托莱牧场上，我见到的情形如同八字墩草原几年前一样，羊群、牛群密密麻麻，牧草却被践踏得稀稀落落。在草场边，碰到牧民央措，一个藏族小伙子。与之攀谈时，他告诉我，他们一家放牧着三百多头牦牛、千来只羊。我顿时惊讶地啊了一声。他又说，他家的很平常，还有更多的呢。我在赞叹他们牧民生活越来越好的同时，却如梗在胸，悲由心生，祁连山高原草场正在这样的背景下，一点点被越来越多的牛羊蚕食。如此恶性循环，在不远的将来，托莱牧场也许会同八字墩一样变为荒山野岭。草场的退化，反过来必然影响到黑河源头的涵养。这已经是黑河源头不争的现实。

如果时间充裕，称为世界第三大峡谷的黑河大峡谷真值得冒险探寻一番，野牛沟、柯柯里、央隆牧场、热水大坂……这些充满神奇色彩和民族风情的地方，肯定封存着不少祁连山的远古故事。

野牛沟，顾名思义应当是一个原始古朴的地方，2005年初夏我到过这里。这是黑河上游的一个峡谷地带，地貌仍保持着荒原特征，光秃秃的荒山，软绵绵的高原草甸，沟壑间还未融化的冰川，红砖垒砌的低矮民房，

摄影/佚 名

山中岁月，经久不变。偶尔经过几辆从柯柯里拉煤下来的卡车，停靠在路边的小饭馆旁，藏民或汉人的孩子围着汽车看稀奇。河边遍布高原特有植物——酸刺，灰蓬蓬的，并不耐看，却有着坚韧的力量，也许是高海拔地方唯一生存的灌木。成群的牦牛和羊群的酸刺林中觅食，刚刚萌发的草芽，被它们啃食得缩紧了脑袋。河岸的高山草甸，旱獭洞穴遍布，如小兔子似的高原旱獭四处乱跑，高兴的时候，还故意停下来，孩子一样跟人逗着玩。已是六月天气，河床上还结着厚厚的冰层，牧民说，越往上，冰川越多，七、八月份，冰川才开始融化，河水开始上涨。这与中下游的河流来水量是相符的。黑河是典型的季节河。

野牛沟的山顶有一个气象站，刚看到的时候的确有些意外。气象站的工作人员说，这里海拔 3230 米，平均气温 –3.2℃，近十年气温升高 1.7℃，原来终年积雪的山顶，这几年夏天已经看不到积雪了。我们顺着他手指的方向望过去，山头雪水融化的痕迹清晰可见，裸露的山体仿佛被阳光褪光了皮毛的怪兽，露出峥嵘的面目。雪线节节上升，祁连山"固体水库"急遽恶化。

据国际气象组织公布，1980 年比 1880 年高 1℃，而 1990 年比 1980 年高 1.25℃，1990 年是 20 世纪有纪录最热的一年。在过去一万年，温度升高也不超过 2–4℃。全球气候变暖，已经在人类生存的星球上引发了惊人的连锁反应：南极冰川加速融化、沙尘暴、热风等自然灾害频发。美国米都斯在 20 世纪 60 年代的报告《增长的极限》中说，如果不采取全球性措施来制止或减缓人口与经济组织的发展速度，则在 100 年内的某个时刻，人类社会的增长将达到极限，此后就是人类社会不可逆转的瓦解。这绝非危言耸听，地球上几次改天换地的大转折都是气候变化的结果，在浩茫的宇宙间，地球的命运根本不是人类能够左右。祁连山冰川消融之快同样让科学家们深感焦虑，2011 年 4 月新华网一则消息称：

中科院研究显示，祁连山冰川"入不敷出"已近 20 年，与上世纪 70 年代相比，如今平均一年流失 10 亿立方米，相当于一个北京密云水库。由此推断，祁连山面积在 2 平方公里左右的小冰川，将在 2050 年前基本消亡，较大的冰川也只有部分可以勉强支撑到本世纪 50 年代以后。

黑河源头的所见所闻，时不时令人扼腕叹息，为黑河及祁连冰川的未来深感忧虑。如果真如这则消息所言，我们和我们的下一代都将面对一场难以避免的生态灾难。自然界变化之速，根本不以人的意志为转移。想想与黑河同源的罗布泊，彻底干涸也仅仅百年时间。若到了黑河断流的时候，神仙也只能感叹"沧海桑田"。

更可怕的还有人为的因素。散布在黑河河谷的淘金客，把一段段的河道折腾得天翻地覆。初春大规模挖冬虫夏草的队伍，把一片片草原践踏得支离破碎。祁连山中的郭米村、河北村等一些山区村庄，由牧业向农耕转化，黑河两岸的山坡上，平整的地方开垦成了一片片耕地，像是把祁连山这本大书强行挖开了一块一块的天窗，绿色的草皮与褐色的耕地对比鲜明，这无疑是挖断了河流这棵大树的根须。地盘子，黑河上游第一个水电站，在高山峡谷间，拦腰修建了蓄水库，使水电站以下的河道顿时干涸。这样的水电站在黑河上游设计了八级，已经建成的和正在建设的水电站，都似在河道上安了一道道闸门，虽然带来了丰硕的经济效益，但对河流循环的影响是显而易见的，长此以往，给黑河生态环境造成的影响绝不亚于过度放牧。经济发展和生态保护的矛盾在这个河流上演绎得十分鲜明。

望着斑驳裸露、遍体鳞伤的祁连山，我首先想到了清嘉庆年间的一位满族官员，他叫苏阿宁，曾任宁夏将军兼甘肃提督，是中国历史上第一个提出保护黑河源并付诸实践的人。在甘州执政期间，他亲自骑马带兵，

溯流而上，考察黑河之源，写成《八宝山脉说》、《八宝山松林积雪说》、《引黑河水灌溉甘州五十四渠说》等调研报告，很有远见地指出："甘州少旱灾者，因得黑河之水利故也。黑河之源不涸乏者，全仗八宝山一带山上树多能积雪溶化归河也。"为遏止黑河源头树木砍伐，专门向上请了一道封山禁伐的圣旨，用生铁铸碑立在山前，上书："妄伐一树者斩"。

时光过去了三百多年，历史早已遗忘了这位见识卓越、果断敢为的清朝官员，但想起他那掷地有声的禁令，仍然令人肃然起敬。

这座山、这条河，从远古到今天，已经给了两岸生灵天大的恩惠，而人类贪婪的劣根性，只会让我们赖以生存的山水越来越无奈。

胡天几万里

俄博岭，黑河上游最具原始风情和文化底蕴的地方。

那年五月，我第一次到俄博岭，正碰上一场大雪。和画家刘君避进一家小酒店里，要了两个小菜、两杯青稞酒，一边啜饮，一边与避雪的藏民攀谈当地风情。惊天动地的响雷，在房顶炸响，闪电"哗"地一下在窗外的暗空中划开一道口子，我骇然一惊，生怕这雷电把小店给摧毁了。藏民们倒是安然，见怪不怪的样子。他们穿着藏袍，说着藏语，我们一句也听不懂。刘君悄然说，该不会是黑店吧？我笑笑说，这就是西域的酒家。

小酒店光线昏暗，我们恍若置身旧时"羌中道"上。古代来于西域的过客，是否也像我们一样，在这样的路边小酒店歇过脚？那时—唐朝时羌中道是从祁连山通向西域的官道，俄博岭是必经之路。

俄博岭下铺展着中国最美的六大草原之一的祁连草原，黑河的东岔支流八宝河从草原上流过，绿草、

白水、雪峰、蓝天、白云，纯净得如同一幅油画。不，大自然造化之妙，不是匠心所能，任何画师都调不出这样谐和的色彩、这样天然匀称的比例。当地牧民告诉我们，八宝河得名，一说源于藏传佛教的"八宝吉祥物"：法轮、宝伞、金鱼、宝瓶、莲花、法螺、吉祥结、胜利幢，在青海祁连县新建的广场中有八宝吉祥的铜塑。另一说指祁连山中的鹿茸、麝香、蘑菇、大黄、金、银、铜、铁八种资源，这个记述在元代就闻名于世，如今祁连一带依然以这些富足的资源为耀，在俄博的小商店里，可看到鹿茸、麝香、蘑菇、大黄等土产品出售。

俄博镇是青海的北大门，自古就是兵家必争之地，一座明代的古城，建造在半山坡上，恰如一把老式的方锁，紧扼着甘青古道的咽喉。新修的城堡式建筑门楣上题写着"丝路古道"几个大字，透出几分悠远和苍凉。

每一次站在甘肃与青海交界的俄博岭，我总是感到寒气逼人，即使裹紧衣衫也抵御不住由身体内部向外逼出的寒冷。即使是七月酷暑，内心深处依然寒冷。

这份寒气不是近处的冰沟带来的，也不是远处景阳岭的雪峰送来的，而是来自己意念之中。

两千一百多年前，汉将卫青和霍去病数度征战西域，率兵远涉千里驱逐匈奴，祁连山和弱水第一次出现在汉王朝历史的大视野中。历史上，对大汉王朝这次耀武扬威的征伐褒奖有加，但是武功的背面却是血腥与屠戮，其中的一场战争中，汉军"斩其欲亡者八千人"。霍去病部第二次出征从龙城古道一路掩杀，追击溃败的匈奴沿黑河流域豕奔狼突，黑河两岸尸横荒草，哀鸿遍野，溺水而亡不计其数，连黑河河道都被堵塞了，三千里追杀直至祁连山下。司马迁在《史记》里记载，匈奴失祁连、焉支山，仰天长歌："亡我祁连山，使我六畜不藩息；失我焉支山，使我妇女

无颜色。"霍去病想必是对自己的战功十分自得，临死时请求把自己的墓建成祁连山的形状。

公元609年，隋炀帝御驾亲征，指挥汉军大败吐谷浑，又一次血腥充斥祁连山、黑河水。这次战争的主战场古名叫覆袁川，即今天八宝河上游一带。隋炀帝从长安出发，跨陇山，经陇西，抵达青海西平郡（今青海乐都），设帐"车我真山"（今青海默勒山）指挥战事，当时吐谷浑首领伏允率众据守车我真山东北的覆袁川，隋炀帝分派三路兵马对其形成合围之势，一举击溃吐谷浑，斩杀胡人四万余众，至此，吐谷浑"故地皆空，自西北平羌城以西，且末以东，祁连山以南，雪山以北，南北两千里，皆为隋有。"（《隋书吐谷浑传》）。之后，隋军过扁都口峡，六月飞雪，寒冷异常，兵马相践，死伤"十之六七"。

每次读到这两段史料，我都不寒而栗。作为一个大汉民族，对汉武、隋帝的耀武扬威，我一点也不敢恭维，说实话，那些战绩或者说帝王的政治意图，无不充满了人类相残的原罪感。尽管我明白战争免不了牺牲，而拿人的头颅像砍瓜切菜一样对待，我怎么也接受不了这样的历史。在扁都口，我一直忘不了有年暑天的一次阅历。早上还晴空万里，中午天色陡变，天空中一团团积雨云由西向东疾速运动，恰如古诗词中的"暗云飞渡"。一顿饭的工夫，天色阴晦，乌云以排山倒海的气势压在了辽阔的大马营草原上，原先还望得到的月氏永固城遗址、霍去病的点将台、油菜花包围的炒面庄，一下子全模糊了。牧羊人疾疾赶着羊群从山坡上滚下来，四处兴高采烈拍照的游客纷纷躲进帐篷，仿佛沉睡在地下千年的汉军或匈奴的突然醒来，千军万马正从不远的地方掩杀过来，腾腾杀气，弥布山野。寒冷，顿时浸透着我的身躯。

祁连山，黑河流域，原本就是胡人的天下。

在这条河流流经的地方，有无数个名词根本无法用汉语解说，如祁连山、合黎山、陶莱山、戈壁、大都拔、居延等，现代汉语中找不到出处，我们只能把目光投向深远的历史。

黑河同地球上每个河流文明的发祥地一样，人类留在湿漉漉河边的第一行足迹，是逐水草而居的游牧民族。在祁连山中和额济纳旗、阿右旗博物馆里，我都看到过原始人类的岩画，不论简单还是抽象，主题大都是围猎、狩猎、驯化野物以及牛、羊、马一类的图画，我们无法知晓他们生活的时代，但岩画透露的生活气息，生动地描述着他们的生活方式——以岩洞穴居、逐水草而牧——显然是游牧民族的习俗。这是黑河流域周边地区原始人类最久远的生存图画，是凝固在山水间的壮丽史诗。

西汉之前，中原政权还未扩张到潼关以西，祁连山和黑河哺育的绿洲草地始终处于蛮荒地带，土地、牧场、财富和奴仆，是西北游牧民族纷争的焦点。从春秋时的西戎、羌族到战国时的月氏、匈奴、乌孙，以后鲜卑族、氐族、拓跋氏、吐蕃、回鹘、突厥、党项族、蒙古族、藏族、裕固族等，一支支强悍的马背上的民族，都曾在这块土地上争夺过、繁衍过。这是一片交织着战争与和平、分裂与统一的地域。

这片民族纷争的疆域，如同一部杂乱无章的天书，粗略地梳理一下，都会搅得你头晕目眩。

久远的，牵涉到古代神话中的西王母。传说在三皇五帝时代，她是西方古国的首领，居住在万物尽有的昆仑山（即祁连山）。《山海经·西山次经》载："其状如人，豹尾，虎齿而善啸，蓬发戴胜"。这个人面、鸟首、兽身的形象，我在高台出土魏晋画像砖上看到过。可以断定，在一千五百年多前的魏晋时代，西王母的传说就有流传。

照今天的历史解读，西王母也许是母系社会时期某个部落的酋长。青海的有关志书称，西王母是古时羌族的首领，那么，祁连山便是羌族的发祥地。羌人是一个历史悠久、分布广泛、影响深远的民族，

历史上又称西羌，他们很早就居住在我国西北广大地区，除青藏高原外，东到甘肃及陕西西部，南达云贵高原，北逾祁连山及河西走廊，西极西域各地，雄居祁连山腹地长达近千年。魏晋时，辽东慕容鲜卑分化出一支吐谷浑部落，西迁到了四川西北和青海湟水一带，征服了祁连山中的羌人，建立了吐谷浑国，游牧于青藏高原山地。如果追及今天藏族的远祖，有一支肯定是羌人的后裔。

战国初期，塞北一个强大的民族——月氏进入河西，占据整个河西走廊，在今临泽县鸭暖乡一带筑昭武城，为其都城；在民乐县永固乡一带筑月氏城，为其辅都。他们占据了酒泉至乌鞘岭的千里走廊盆地，从祁连山流出的疏勒河、黑河、石羊河贯穿其间，沃灌大片绿洲草原，为月氏人提供了辽阔而肥美的牧场。月氏成为真正意义上的黑河流域的一代霸主。

这时，与月氏同处于河西的还有乌孙人，驻地在酒泉至敦煌一带。公元前二世纪中叶，月氏势力强大，而乌孙较弱小，成为月氏争夺对象，月氏杀了其首领难兜靡，迫使乌孙部众北逃归顺北方草原的另一个强悍的民族——匈奴。

又过了一百多年，匈奴日益强大，逐渐兼并了北方各民族部落，控制了西域至辽东的广大塞外区域，并于公元前205～前202年和公元前177～前176年间两次出击河西，击败月氏，占据了黑河流域的肥美牧场。以黑河为界，东部派昆邪王驻守，西部派休屠王驻守，与汉王朝分庭抗礼。《汉书·地理志》记载："自武威以西，本匈奴昆邪王、休屠王地。"

尽管后来汉武帝以雄才大略征服了匈奴，驱逐胡人远涉玉门关外，而和平只是暂时，西域的少数民族及其部落间始终烽烟未熄。一千六百多年前，河西走廊先后有氐族吕氏后凉、鲜卑秃发氏南凉、汉族李氏西凉、卢水胡沮渠氏北凉、鲜卑拓跋氏北魏政权建立。这些剽悍的胡人，各领风骚数十年，相互之间厮杀、争夺，搅得河西大地风雨凄凉，天昏地暗，历史的天空让人窒息。然而，最后都烟消云散，只在河西大地留下了一片片魏晋墓葬群。

黑河流域哺育的牧场实在太诱人了，中国历史上最强悍游的牧民族都不远万里奔它而来，走马灯似的在这片广袤的舞台上轮番坐镇，跃马扬鞭，一部河西史就是一部多民族争战史。

即便是强大鼎盛的盛唐时期，河西走廊的领土并没有完全掌握在汉族手中，先是吐蕃，而后是甘州回鹘，控制河西一带一百多年，丝绸之路也因民族割据而时断时续，公元七世纪，大唐高僧玄奘西行取经，正是回鹘政权控制河西，这位高僧差点在甘、凉一带丢了性命。

与西夏、金、辽对峙的宋朝就更不用说了，河西走廊完全是党项人西夏的天下。此后，蒙古灭了西夏建立元朝，整个西北又成为蒙古人的领地。直到明清，黑河流域少数民族纷争仍然连绵不绝，加高加固的明长城，远远挡不住周边游牧民族的铁骑。

这些民族在激荡中融合，在纷争中图存。战争，始终是这片土地的主旋律，西北历史的天空中总是狼烟四起，马蹄声在史册中经久不息。

我曾与许多朋友谈到过河西的文化积淀，说起来厚重的不得了，却找不到一个主元素，一个个马背上的民族如烟而逝，他们生息的痕迹大多只是一个符号而已。这就是翻阅河西走廊的历史为什么断断续续、支离破碎的缘故。

"行尽胡天千万里，唯见黄沙白云起。"历史远去了，胡人远去了，而如果没有众多胡人的生息和纷争，这片大地的历史肯定会暗淡许多。

透过历史的缝隙，我一直想找这些强悍民族最后的归宿，沿着他们远遁的踪迹望过去，却是一片模糊。但是，哪怕他们走到天涯海角，黑河和祁连山，应当是他们文化认同的标志。

思绪从杂乱的民族纷争中跳出来，有一个俄冠博带、胡子拉碴的汉人立马跃入我的视野，他就是张骞——历史上第一个洞穿西域，历史上称为"凿空"事件的主角。

张骞从长安出发的时候，汉武帝亲自把酒送行，未央宫前，长号齐鸣，旌旗蔽空，一百多人的随从个个红光满面，意气风发，但张骞神情凝重，他接过武帝亲手把盏的酒一饮而尽，挥泪而别。只有他知道，肩负替天子出使西域的使命，在没有文明开化的胡人境内，十有八九是一条不归之路。

这支探险队浩浩荡荡，一路向西，但刚踏入河西走廊，就被匈奴俘虏。匈奴单于知晓了张骞西行的目的，却没有取他们性命。张骞在胡地任辱负重、牧羊为奴，然后乘乱逃脱，抵达天山南北和中亚、西亚各地，完成了侦探西域各国情报的使命。

十三年后，张骞只带着一个随从，衣衫褴褛、蓬头垢面地回到长安时，正为不熟西域之情苦恼不已的汉武帝，欣喜之情可想而知。

这已经是公元前125年。

又过了四年，汉武帝挥手一指："张国臂掖，以通西域。"于是，大规模的征讨匈奴战争开始了。

摄影/佚 名

一个汉人，在对西域毫无所知的情况下，穿过胡人盘踞千年的天下，的确像一把凿子凿开了一道瞭望西域的缝隙。张骞到达大宛国时，大宛王疑为天降，他说："听说东方的汉朝富饶强盛，没想到远隔千万里竟能见到汉朝的使者，真神人也。"后来，张骞又到了迁徙至妫水流域（今阿富汗境内）的大月氏国，想联合月氏人共击匈奴，月氏可汗干脆说："你说的汉朝离我们十万八千里，远水难解近渴啊。"

西域胡人的天下，因为张骞的"凿空"，揭开了笼罩在汉王朝面前的迷雾，为汉武帝施展扩充疆域大略奠定了基础。

汉王朝的介入，使河西大地由游牧文明向农耕文明迈进。

移民屯田开启农耕文明

一方水土养一方人。自汉武开疆辟壤，黑河流域便开始了农耕的历史。而拨开民东灰山子遗址的谜纱，却让我们惊奇黑河流域农耕文化的悠远。

早就看到过民乐县灰山子的文字介绍，而且离得很近，却一直没有机会前去观光。当我随当地文史学者吴正科走进这片新石器时期文化遗址时，那种感觉，不仅仅是"惊叹"之类的形容词足以概括。

说是观光，其实并没有什么风光可观，有的只是荒草萋萋、沙石覆盖的苍凉。破碎的瓦砾、锈迹斑斑的箭镞和遍地可见的打磨石器，异常刺目。历史，有时常以这种尖锐的形式抵达内心。

吴正科说，这就是一座新石器时期的露天博物馆。

我捡到两块石头，一块是上大下尖的锥形，另一块是圆球状，吴正科看了看，说，一个是研磨器，加工谷物用的；一个是羊头石，打猎用的。同行者还有捡到石斧、石镰、骨针等。瓷片也是五花八门，有原始厚重的灰陶，有粗糙古朴的黑陶，有细腻釉绘的红陶，还有带花纹图饰的彩陶，我们猜测着哪是碗，哪是盆，哪是罐，哪是瓮，但已破碎得不成模样。碎片之多，方圆几里，随处可捡。一个地方出现如此繁多的器具，足以说明这个时代的人们过着定居生活，以农业为主，兼营畜牧业，特别是采集农业、加工农业已经达到了同时期相当高的水平。而后，是什么时代、什么样的变故，让这里的百姓生活一古脑儿打碎了呢？

我怀揣敬畏，小心翼翼地走着，生怕一不小心惊醒沉睡千年的古人。

东灰山遗址中间有一条百米来宽渠道，是1973年当地农民开掘的。在这条渠道内，我又捡到一块独特的石头，类似甲壳动物的化石。循着土层细细观察，还惊奇地发现了一撮撮炭末似的东西，仔细一看，居然是谷壳。

拂去历史的尘埃，我清晰地看到了黑河流域的先民最早生息的踪迹。

东灰山和西灰山，是祁连山前民乐县境内的两处遗址，两者相距约十公里。这里海拔1800多米，向西，海拔逐渐走低，到张掖段黑河河道的海拔是1400多米，从地势看，整个祁连山前都是洪水时代形成的冲积扇平原，从扁都口流出的大都拨坝河应该是穿过今天的民乐县城一带，经东、西灰山，汇入了黑河主干道，东、西灰山也许是黑河流域较早显露出宜居宜牧的陆地。若是没有后来人为的改造自然，这条河最终汇入黑河主河道。

从"两山夹一川"的走廊地势看，不论是祁连山北麓的山丹河、黎园河，还是合黎山南麓大大小小的洪水河，都是黑河的支流。还有祁连融雪渗透的地下河，也是沿着地势汇集、奔流。

"水往低处流"的自然法则使然，黑河河道就是南北两山之间最低的地方。

1985年春，中国科学院遗传研究所研究员李璠专程前来考察，欣喜地收集了不少实物资料，带回北京研究。1986年，他为了确证东灰山遗址的价值，再次来到东灰山，仔细搜寻、辨别，从黑土层中鉴别出遗存的小麦、青稞、皮大麦、粟、稷、高粱、胡桃壳等炭化籽实，经碳14实验测定，东、西灰山遗址距今5000年左右，属于新时期时代，与历史断代的夏代同期。

在一个新石器遗址发现五种以上的农作物遗存，这在我国尚属首次。这些碳化谷物的测定，使我们今日在黄河流域所经营的旱作制和栽培的农作物得到全面反映，把黄河流域农作物种植的历史提前了1000年，有力地证明了中国是普通小麦、大麦、高粱等作物的原产区之一。

我们无法考证东、西、灰山人从哪里来，又到哪里去了，但黑河流域存在5000年左右的文化遗迹，让我们不得不以惊喜的目光审视这条河流。

今天所能见到的黑河流域农耕时代的历史，是从大汉王朝占据河西开始。可以说，整个河西的历史可以归结为一部沉重的移民史。

汉武帝驱逐占据河西走廊的匈奴，设酒泉、武威、张掖、敦煌四郡，而河西地旷人稀，军队供给匮乏无力，这对西汉王朝来说，巩固来之不易的江山是首要之举。为此，边防大将赵充国提出了移民实边、戍兵屯田的建议。公元前110年，一纸诏令，中国历史上第一次出现了官方有组织的大移民。

西汉王朝向河西移民对象主要是"或以关东下贫、或以报怨过当、或以悖逆亡道，家属徙焉"（《汉书·地理志》）。也就是说移民大多是贫困农民和刑事犯、政治犯，其人口大都来自关东各郡国，史载：汉时河西四郡共有7.1万户，28万人。史学家估计的这个数可能偏低，加上戍卒，总人数不低于50万人。

每当夕阳西下，遥望河西道上来来往往的车辆，我的眼前总是幻化出一个悲壮的场面：残阳如血，征尘飞扬，一队队关中百姓扶老携幼，跋山涉水，走进荒蛮之地，开辟草莱，新建家园。

就这样，在胡人的牧场上升起了炊烟，开垦出一片片农田。屯田区域北达额济旗下游的居延，西至敦煌，东至乌鞘岭，其中黑河流域屯田有两个特别显眼的地方，都属于张掖郡管辖。

一个是番和屯田。《汉书·地理志》介绍"张掖番和县"时加注"农都尉治"，也就是说，番和是张掖农都尉治所。农都尉是主管屯田殖谷的官职，汉武帝时置，只设边郡。《汉书》记载的农都尉只有两个，即张掖农都尉和北地郡上河农都尉。番和县相当于今天黑河与石羊河流域的区域，都是祁连山洪积扇形成的绿洲地带。

一个是居延屯田。居延地处额济纳河，水草丰茂，土地肥沃，是河西重要的屯田区，汉武帝派遣的18万戍卒大都就在这里。据居延汉简载，居延屯田有两个田官区，北部的甲渠塞、卅井塞和居延泽以内的屯田区，南部的肩水金关之间的驿马屯田区，积代农垦区总面积达280万亩以上。由于居延屯田的重要战略地位，后来，西汉专门设置了居延农都尉。至今，居延屯田区的农田、水渠遗迹尚存，只因河流改道，形成了沙化地貌。

西汉王朝大规模的移民和屯田，使河西的农业和畜牧业迅速发展起来，也使河西地区生产工具发生了质的飞跃，出现了铁犁、铁锄，使用了最新式的播种工具—楼车。汉代"二牛抬杠"的耕作方式一直延续到当代。春耕时节，走进偏远的河西走廊农村，田间地头时不时还会见到这样的耕作。

在农耕时代，农业作为巩固政权的经济命脉，始终为各个政权所倚重。

自汉代起移民屯田后，历朝历代都非常重视在河西走廊的农业发展。到魏晋南北朝时期，中原地区战乱不断，社会经济遭到空前破坏，而河西走廊保持了相对稳定的局面，其间虽经历了前凉、后凉、南凉、西凉、北凉政权交替，但相对来说比较平稳，农业生产并未因战乱而废弃，窦融任张掖属国都尉时，"天下扰乱，唯河西独安。"深受中原战乱之苦的流民，纷纷移民河西避难。近年来，河西魏晋墓葬中出土的大量画像砖，生动地证实了黑河流域哺育的农耕文化现象，这些图画有农耕图、有狩猎图、有采桑图、有骑射图、有游戏、竞技、娱乐图等，反映出当时背景下黑河流域人们的文化习俗和生活方式。

隋唐时依汉代屯田，修筑营堡，开展屯田，几次大规模的移民充边使河西走廊农耕达到顶峰，发展成为全国性的粮仓。到唐代，"京州岁食六万斛，而甘州所积四十万斛。"敦煌、酒泉、张掖、武威四郡成为了"国际大都市"，而凉州更是和长安、扬州并列为全国三大城市。武则天时期，陈子昂奉命巡视河西，上书曰："今若加兵，务穷地利，岁三十万，不为难得。河西不出数年间，百万之兵食不足而致。仓廪既实，边境又强，则天敌所临，何求不得。"作为政客的陈子昂，这个建议是很有远见的。武则天采纳这一建议，向河西增加兵源屯田，到开元年间，河西之富足远甚于中原。以至于到了宋朝，司马光还在《资治通鉴》中说："天下称富庶者无出陇右。"

西夏和元代两个政权建立后，河西走廊始终是坚实有力的后勤保障基地，如今居延一带保留的屯田遗址，大都是西夏和元代的遗迹。特别是西夏统治河西的近两百年时光中，中原大地动荡不安，河西一直处于繁荣富庶之地，经济文化发展远远超过南方诸地。

明、清时期，又有大量移民进入河西，形成一个移民高峰期，直到今天，河西各地还流传着"问我祖先在何处，山西洪洞大槐树。祖先故居叫什么？大槐树下老鹳窝。"民谣中的大槐树，位于洪洞县城西贾村西侧的大槐树公园内，在元末战乱中，大部分地方深受兵燹之害，几成无人之地。山西显得相对安定，加之大量流民入山西，致使山西成了人口稠密的地区。从洪武初年至永乐十五年的四十五年间，明朝政府组织了八次大规模移民活动，当时，明朝政府在洪洞县城北的贾村西侧的广济寺设局驻员，集中办理移民，大槐树就成了移民集聚之地。据传，移民的时候，为了防止逃跑，移民们都被反绑起来，用一根第绳联结起来，要小便时，就必须报告官兵，先解开手上的绳子。"解手"一词由此而来。而移民们反绑的动作，也演变成了西北人走路背手的习俗。大批移民进入河西，不仅将原居住地的饮食、服饰、语言、生产方式、风俗习惯以及方言词汇带入新的环境，还将一些神话传说带到了河西，中原文化逐渐渗透到西部。

明代移民屯田的实效，我们从甘州城内遗留"明粮仓"可见一斑。明粮仓，又名永丰仓，俗名大仓，是明清王朝经略西北的粮食基地和后勤保障机关，也是目前国内保存最完整的明代粮仓。它建于明洪武二十五年（1392年），弘治十六年，都御史刘璋建预备仓于内。

明代在甘州建永丰仓，与当时经营河西的基本国策——屯田有关。介于河西"夹以一线，孤悬两千里，西控西域，南隔羌戎，北遮胡虏"的重要战略地位，明王朝使行以战促耕、以战保耕的战略，把从他地转输河西的粮草数额减少到最低限度，一方面让驻军开展"军屯"，另一方面激励移民实边，所征粮食用以充实军饷，保障军队实力。这一做法一直延续到清代。年羹尧、岳钟琪平定青海罗卜藏丹津叛乱时，以甘州作为大本营和军需供应地，还使用过这一粮仓。

与开荒耕种相伴而来的是大规模的农田水利建

设。《甘州府志》载："黑河流出北雪山，开渠五十二道，灌溉甘州水田，为甘郡黎庶生计，是以八宝山之积雪，其功大矣。雪融助河，收水利以敷灌溉之用，菲雪小水歉，则五十二渠大有艰涩窘乏之害。甘州之丰歉，总视黑河雪水之大小。"张掖的五十二渠是历代积累的结果，最早的记载是汉代班固的《汉书·地理志》："千金渠西至乐涫，入泽中，羌谷水出羌中，东北至居延海。"乐涫即今高台县。同样，在居延古城边上，目前还能清晰地看出甲渠遗址，这也是伴随着屯田开掘的，按照居延汉简记载，这个地方的渠道应该是按"甲、乙、丙、丁"的顺序排列，形成了纵横交错的灌溉网络。

黑河流域两岸平坦的原野上，开渠引水的便利，是这片土地农业兴盛不衰的重要因素。

今天，你沿着河流走去，那些沿岸村庄的名字，一个个都水光潋滟，朴实如故：龙渠、古浪、乌江、大湾、小湾、小河、沙河、蓼泉、芦湾、双泉、黑泉、头坝、二坝、三坝、四坝……

丝路文明的浸润与渗透

在中、西物资与文化交流的丝绸之路上，黑河流域是不可否认的重要节点。

在上游，丝绸之路南线沿黑河大峡谷穿行；在中游，河西走廊是中线必经孔道；在下游，居延一带是北线重要的憩息地。

2009年初夏，我沿这些古道走过一段。曾经的繁华随着历史渐行渐远，而渗透在苍凉古道上的丝路文明却不可磨灭。

说到丝绸之路，还是离不开好大喜功的汉武帝和隋炀帝。

汉武帝征服了匈奴，实现了扩疆拓土、广地千里的意图，但是，却一直无法向西推进。尽管他始终念念不忘张骞描述的西域诸国的繁盛，想打开一条通商大道，然而，一批一批的使节派出，都被不开化的胡人所阻，无论他们怎么花费银两贡品疏通都无济于事。甚至不惜诉诸武力，动用战争，仍打不通梦想中的通商之旅，最后无奈地在玉门关外设立了一个西域都护府，监视西域诸国："督察乌孙、康居诸外国动静，有变以闻。"（班固《后汉书》）直到公元三世纪初，西方的旅行家托勒密还记述：商队大道的桥头堡是甘州，终点站是长安。虽然后来的班超时代，一度征服了帕米尔高原，而安宁终究是暂时的，中西通商之旅时断时续。很长时间内，财富的诱惑，让众多的民间商旅不惜冒着一路匪盗横行的重重危难，沿南、北山路行进。在商人眼里的财富之路，也是一条冒险之路。

真正打开中西方陆上商旅通道的应当是隋炀帝。

公元609年6月，隋炀帝击败吐谷浑，穿过扁都口，抵达焉支山，召开了历史上有名的"万国博览会"。当时的大隋帝国已经声名远播，西域27国国王或使臣纷纷来贺。史书记载的这个场面十分宏大：隋炀帝登上风景秀丽的焉支山，朝臣百官、嫔妃僧侣陪同其后，外国使者披金戴玉随同登山，武威、张掖一带的老百姓盛装饰面，焚香奏乐，歌舞欢呼，炀帝与各国使臣开怀畅饮，诸国艺人同台献艺，大汉天子与西域使节钟筹交错间达成"互市"协议，由此，中西贸易往来开启。中原的丝绸、漆器、药材、青铜器、瓷器、宝石源源不断地通过河西走廊输入西域各地，西域的马匹、玉石、珠宝、香料、葡萄也常年不断地经河西走廊输送

到中原各地。

隋炀帝举行"万国博览会"的地方，今天已难以考证。焉支山前的任何一个地方，都让你浮想联翩。

焉支山，属于祁连山脉的一部分。霍去病开疆之功，成为后来热血男儿建功立业的模范，焉支山也因此成为有志之士驰骋抱负的疆场。在唐代诗词中，焉支山是经常提及的意象。唐朝诗人都把焉支山作为一种边塞的象征，疆场的象征，它几乎跟楼兰、阳关、玉门关一样，成为边塞诗不可或缺的底色。在诸多诗作中，边塞诗人高适的《塞上行》很有特色，在回望历史中描述了焉支山前风物："朝登百丈峰，遥望焉支道。汉垒青冥间，胡天白如扫。忆昔霍将军，连年此征讨。匈奴终不灭，寒山徒草草。唯见鸿雁飞，令人伤怀抱。"

山前广阔平坦的草原，叫大马营草原，古称汉阳大草滩，黑河的支流山丹河从这里流过。大马营地势平坦开阔，土壤肥沃，牧草丰茂，是天然屯兵养马的好牧场。在冷兵器时代，马匹是一个国家、一个民族军事实力的支柱之一，而西域所有游牧民族都是养马的能手，汉朝开始以丝绸和茶叶交换马匹，这在历史上称为"丝马贸易"或"茶马贸易"。收复河西后，汉武帝就想在本土上发展良种牧场，便在西域各郡分设牧师苑 66 个，焉支山下的汉阳大草滩马场即是最大的一个，汉武帝将从大宛带来的汗血马养在这里。此后，这里成为历代皇家军马养殖基地，经久不衰。北魏孝文帝时，这里养马达十万匹，每年都选送一批补充军需。唐初，将俘获的两千匹突厥马和三千匹隋朝战马，放置河西牧养，仅仅四十多年，河西一带牧马繁殖达七十万匹。宋代设茶马市场，以物与少数民族换马，换得的壮马送入军中，弱马送入马场。元代，惜马如命的蒙古人，在山丹马场设祁连监，掌管马场。明朝征西将军冯胜克复河西后，又设为官办牧场。1940 年国民党政府军政部在此设山丹军牧场大

马营分场，后正式独立为山丹军牧场。新中国成立前夕，还有各种马匹一万多匹。1967 年，还从山丹军马场为毛泽东、彭德怀、贺龙等开国元勋选送过坐骑。

焉支山下，有一个可以见证丝路文明的古城堡——峡口村，诗人陈子昂这样称赞其险要："峡口大漠南，横绝界中国。"别看如今的村庄破破烂烂，古时却是古丝绸之路的重要驿站。自西汉以来，历代王朝在此屯兵设防，兼负军信传递、粮草供给等职能，战略军事地位十分显要。现存的古城堡建于明万历二年（1574 年），后再度加固，控制着河西走廊东进西出的门户。古城开东西两门，关城与瓮城相配，城上雉堞具备，城下壕池环绕，城门洞全以砖砌，辅以生铁灌缝，固若金汤，素称"生铁城"。城内原有的古代衙府、寺庙、店铺、营房等设施，历经千百年的风雨侵蚀现已不复存在。

峡口村东南面有一条河谷，即是历史上有名的"甘凉古道"，在今天的 312 国道没开通之前，是古丝绸之路甘州通往凉州必经官道。明代甘肃巡抚陈棐曾题写的"锁控金关"铭文勒刻于石壁，今天仍十分清晰。河谷之上的古道隐约可辨，明清时镇守关口的烽燧哨所遗迹了，登上高处的烽燧，可以瞭望到很远的地方，据说在大西北的长城线上，站在这座烽燧上眺望长城，是最为壮观的一段。在山谷中，还有一眼保存完好的水井。近前看时，井口二尺见方，由巨石拱围，深有十余丈。千百年来，就是这一眼甘甜的古井滋养着戍守在干燥荒漠上的边塞将士。

如今，走进峡口古堡，看看丝绸之路的积淀，沿甘凉古道寻踪觅迹，探索丝绸之路的走向，自有一番求证和发现的乐趣。

逆着历史的轨迹望过去，隋炀帝在焉支山绘就的宏图大业渐渐模糊，一代帝王的雄志已定格成一个时代的剪影，古丝绸之路河西道上的武威、张掖、酒泉、嘉峪关等一个个城池也已发育成长为现代化

的都市。作为中国和亚、欧大陆之间物质与文化交流的古道，在过往岁月里发生了多少故事，已经难寻踪迹。时光，流水般消解了千年文明的痕迹，悦耳的驼铃声只在史册间悠长回荡，但壮丽的人文景观却深深印在万里旅途上。

在黑河下游的丝绸之路北线，因高山险阻，人烟稀少，相对安全一些。有一年，我坐车沿着古绥新驼道走过一段。沿途戈壁广袤，沙漠横梗，很难见到人影，车辆也少，车速放到一百八十码尽情奔驰。一路戈壁和寂寞伴随左右，除远处一两棵杨树偶尔一闪而过，旅途荒寂无边。我翻开随身带着斯文·赫定的《戈壁沙漠之旅》，看到这样一段话："前四个月在内蒙古草原、荒漠间移动，尽管有美丽的蒙古草原，但更辽阔的路上荒无人烟，戈壁硗瘠，道路险阻，'瀚海'茫茫无边，即便是在月亮的表面也不见得有这样比我们所走过的这地方更荒凉的，很少能见到有一个略有生机的荒丘。"时间过去近百年，这里的环境依然如故，没有多少改变。

绥新驼道，是古时龙城古道的一部分。这条道路始自绥远归化城（今呼和浩特），至于新疆迪化（今乌鲁木齐），其走向与黑河古河道大致相同。居延海是这条道上环境条件最好的一段，中间路段仅有黑河在沙漠中渗出的海子供驼队饮用。从丝绸之路开通一直到抗战时期，这条道路始终是运输主干线。汉武帝为保障

摄影/佚名

河西四郡的安全，令名重一时的强弩都尉路博德在居延一带建立了居延城、遮虏障，并以此为基础，建筑了东接光禄塞、西连敦煌郡的西北边塞最长的屏障——居延汉长城。唐代太宗贞观年间，薛延陀奉诏设置驿道，东起阴山，经居延西连天山，这一道路成为北庭、安西等西域使节与中原王朝联系的"参天可汗道"。张义潮驱吐蕃归唐，也是利用这条路遣使者到长安报捷。西夏立国之初，便在"居延古道"要冲上设置了黑山威福军司，在西北边陲设了一道屏障。元朝忽必烈入主中原后，黑城所在地的居延古道—纳林道，商旅往来更加频繁。意大利旅行家马克·波罗从张掖赴元大都时，即沿黑河、循纳林道前行。清代到"中华民国"时期，这条十字交叉的古道，更是商旅西去新疆、北上科布多、乌里雅苏台的必经之路。清光绪年间，开辟了从绥远省包头到新疆的绥新驼道，两省驼户受各商号雇用，往来于绥新线上运输各类商品和物产，边塞之地额济纳旗也是商号林立，有大小商号240余家，往来驼队络绎不绝。抗日战争时期开辟的连接华北和大西北的绥新公路，也基本上利用这条古道，成为中国西北最长距离的运输路线。

如今，丝绸之路尽管已经失去了它的原初意义，而两千多年的历史进程中，这条道路给中西方带来影响是十分深远的。西方人由此掌握了丝绸、陶瓷、造纸、铁器制造技术，中国人引进了饲草苜蓿、良种马，品尝到了葡萄酒。

丝路文化交流很重要的一项内容是佛教的传入和普及。

河西走廊的佛寺庙宇之多，堪称中国之最。这与佛教西进东渐的地域有关。佛教由波斯传入中国，桥头堡就是河西走廊。由西向东数：敦煌莫高窟、榆林窟、文殊寺、金塔寺、张掖大佛寺、马蹄寺、西来寺、台子寺、梧桐寺、香姑寺、山丹大佛寺、民乐圣天寺、圆通寺、童子坝石窟、天梯山石窟、海藏寺、华藏寺……此外，还有许多名不见经传的地方寺庙，都成为寻常百姓的精神寄托之所。就连一些村庄的地名都与寺庙有关，如高寺儿、红寺坡、坝庙、白塔等，如果一一罗列出来，恐怕没有二三张白纸是不行的。河西走廊俨然佛教圣地，佛寺林立，佛塔遍地，晨钟暮鼓，香烟缭绕。

黑河也是一条沾足了佛光的河，佛曰：弱水三千，我只取一瓢饮。

法国研究丝路文化的学者布尔努瓦说："佛教沿着丝绸之路商人在西域留下足迹，而播下的幼小种子，便结出了丰硕成果。"

佛教由西域传入中原，一开始只是民间传播，穿着魔法和驱邪外衣，迎合规避乱世的民心。公元三世纪初，北魏政权时，印度人鸠摩罗什是进行西域传道最成功的一位高僧，他的后半生基本上活动在河西走廊。这位精通多种语言的法师，把经文译成汉人和胡人都能听懂的语言，走进胡汉杂居的河西走廊布道传经，甚至走进匈奴的帐篷去布讲佛教普度众生之理。那时的张掖大佛寺、武威海藏寺都是鸠摩罗什讲经说法道场，直到今天，武威市区还有一座纪念这位佛教大法师的砖塔。

黑河哺育的张掖绿洲，古人这样描述：一城山光，半城塔影，连片苇溪，遍地古刹。除现存的张掖大佛寺，旧时还有金、木、水、火、土五塔耸立古城，俨然佛国盛景。

大佛寺，它最初的名字叫"迦叶如来寺"，又名"宝觉禅寺"和"什字寺"，因寺内供奉释迦牟尼涅槃像，故又称"卧佛寺"。因"寺大、佛大、殿大"，老百姓又习惯称为"大佛寺"。在佛教界，张掖大佛寺有"三绝"名冠神州：国内唯一的西夏寺院建筑、亚洲第一大室内卧佛和保存最完整的《北藏》佛经及般若金经。它是一座集建筑、雕塑、壁画、雕刻、经籍、书画及文物珍品为一体的佛教艺术博物馆，对于研究古代河西乃至整个西域的建筑艺术，民族文化、宗教文化、中西交流等方面都具有独特的地域特色和艺术魅力。运迁代革，斗转星移，千百年来，大佛寺历经劫难，几度兴衰，寺中殿宇或遭天灾，或罹兵燹，或遇劫难，相当一部分建筑被毁，造成千古遗憾。所幸的是原西夏主体建筑大佛殿、佛像和佛塔奇迹般保存了下来。每逢佛事活动，大佛寺香客云集，禅音袅袅，这里成为人们探幽寻古、参佛求愿、考究人文遗迹的一方清净圣土。

马蹄寺是黑河流域另一处佛教文化的汇聚地，也是祁连山中一处汇集了自然美景和人文胜迹的景区。山顶一石窟内的岩石上留有深深的马蹄足迹，民间传说：天马飞过时，被临松山的美景所吸引，驻足观望时，正好踩在山崖的一块岩石上，留下"神骥足迹"，寺由此而得名。清人曾题诗云："飞空来骥足，马立落高山。入石痕三寸，周规印一圈。"马蹄寺石窟群最早开凿于十六国北凉时期，距今约一千六百多年的历史。当时，居张掖而称北凉的国主沮渠蒙逊笃信佛教，其母游临松山时，突然得了重病，不久就病逝了。在举行殡葬那天，临松山上空异彩纷呈，天籁散韵，百鸟齐集，地上也长出奇异的花，沮渠蒙逊认为其母生前长期信奉佛教，已修正果，定是法身显灵，于是，就在马蹄寺千佛洞的红砂岩石上开凿一石窟，为他母亲造了5米高的塑像。自此，凿窟塑像陆续扩建而成。《甘州府志》又载，马蹄寺石窟为东晋敦煌隐士郭瑀隐居讲学时与其弟子开凿，后人扩而广之，增塑佛像。目前的石窟，保存了十六国时北凉、北魏、西魏、北周、隋、唐、西夏、元、明、清等各个朝代的塑像和壁画。由于其历史悠久，马蹄寺石窟同敦煌莫高窟、安西榆林窟并称为河西佛教圣地的三大艺术宝窟。

黑河下游居延一带的古代遗迹中，保存最完好的建筑居然是寺庙和佛塔。走近黑水古城，远远就望到了覆体式白塔，近处看，大小共五座塔，颇有异域风情，应当属于喇嘛教的庙宇。城外有十多座土筑的清真寺，记载为元代建筑。离古城遗址四、五公里处，还有并连的两处佛塔，均为元代时建，西夏时进行了维修，今天已经不知道叫什么名字了，当地人只是取其形称为"双塔"和"五塔"。黑城东面二十多公里外有一处绿庙遗址，西夏建筑，从现存的建筑规模看，当时是一处庞大的建筑群，有庙宇4座，佛塔3座，30多座夯土高台、烽燧，还有房屋、城池遗迹。众多佛寺庙宇遗存在这片蒙昧之地，足见佛教影响之深。

这些年，我行走在黑河流域，深深感受到佛教在民间的力量。不论是祁连山区的牧民、额济纳旗的蒙古人，还是走廊地带的汉族百姓，佛教教化和渗透远远大于儒教的伦理道德，他们可以不尊圣贤，但信鬼神，信因果报应。在某个村庄，碰到一个大字不识的老人能把金刚经、素女心经背得堂堂如流，大可不必惊讶。我的外祖母，一字不识，七十多岁时，耳聋眼花了，还能大段大段地诵出素女经，讲述佛教故事。丝绸之路传播的佛教已经内化为西北诸地的文化基因，尽管他们不参禅、不礼佛，但原意识之中永远有一缕佛光牵引着他们为人做事的准则。

因水兴衰的文明

上世纪八十年代末，一部《河殇》的电视系列片在国内甚嚣尘上。各种声音、各种思潮相互交汇，相互碰撞，其结果是，"大河文明"的理念由此深植中国文化人的视野。

与黄河衍生的华夏文明一样，河西走廊的文明史也因河而荣，因河而衰。

黑水国，这个以水的名义命名的古城，虽然已经斑驳颓废的如此经典，虽然岁月的黄沙早已掩蔽她的容颜，虽然历史的尘埃剥蚀了她的繁荣，沿着经流不息的传说，依然能看到季节在里面居住，河流在脚下蠕动，依然能感受到绿树掩映的田园深处的疲惫和幸福，依然能听到悠远的牧歌和征战的号角从历史深处抵达内心。

这座古城池距张掖城17公里，是汉初设置的河西四郡——张掖郡及张掖属国的城池，黑河古渠道曾绕城而过，汉唐时期大规模的移民垦荒、戍兵屯田都曾以此为中心，向四周扩展，一度屯田区达二十多万亩，成为丝绸之路上过往商旅惊叹的富庶之地。明朝后期，随着移民的大量涌入，垦荒面积一扩再扩，导致原始植被严重破坏，荒漠化程度不断加剧，毁灭了生产和生活的必备条件，随着河流改道，最后只能是毁家纾难，另谋生路，这里便成了一座废墟。1941年，于右任第一次考察西北，同考古学家王聚贤考察了黑水国遗址，有感而发，口占一绝："沙草迷离黑水边，何王建国史无传? 中原灶具长人骨，大吉铭文草隶砖。"其实，这个古城废墟，远在匈奴时期，就是浑邪王的城池，只是后来者一再加筑利用，改变了它原有的模样。从板筑的城墙上可以看出，底层和上层的土质与用工绝不是同一时期所为，最底层泥质的土层，仿佛直接从沟渠中挖取的河泥垒建，而上层全然是古代板筑匠心所致。

满地断砖碎瓦。砖，是汉魏时墓葬用的"子母砖"，瓦，有粗糙的汉陶，也有釉绘的瓷片。历史蓦然停顿在一个时刻，仿佛随意抓一把泥土都是沉甸甸的历史，随意捡一片石头都凝聚着古人的气息。透过尘封的历史，可以想象，同样明媚的阳光里，先民们在这片热土上耕耘、收获，打造家园；黄沙之下，

曾经定然遍地深碧浅绿，万紫千红，天空飞鸟长鸣、流云聚散；荒芜之前，定然清流激荡，牛羊欢唱，汲水的女子一步一歌，唱着生活的安详。

黑河流域沿岸有不少这样的城池遗址，都在岁月深处诉说着曾经的繁荣。骆驼城，位于今高台县城西南22公里处，是目前国内保存最大、最完整的汉唐古城之一，北凉古都遗址。黑河的支流摆浪河从这座城池边流过——其下游叫羊达子河，如今每逢洪水季节还有余水流入黑河。史载，这个遗址是最早汉代的表是县，公元369年，表是县升格为建康郡，公元376年，前凉被前秦所灭，淝水之战前，苻坚失败，他的大将吕光乘机占领河西，次年平息了建康郡的叛乱，于389年建立后凉，委任段业为建康郡太守，第二年，因吕光滥杀无辜，卢水胡人沮渠蒙逊拥段业为主，建立了北凉，建康郡成为了北凉的发祥地。后来，沮渠蒙逊又杀了段业，自称凉王，以建康郡为都城，与西凉李暠开始了争霸。

由于战乱频繁，建康郡还经历了吐蕃、回鹘、党项、蒙古等少数民族的轮流执政，它的衰落和废弃也就在所难逃。相传，西夏王李元昊在攻打回鹘王子镇守的骆驼城时，因城池坚固，久攻不下，便命人用乱木、骷髅镇住了从山上流下来的"臭门泉"，致使城中断水，回鹘王子自知坚守不住，便悬羊击鼓巧布疑阵，从地道中悄然逃遁。因河流切断，城池废弃，人去城空，久之，废城池成了骆驼客圈养骆驼的地方，骆驼圈成了这个城池的名字。

黑河下游额济纳旗的大同城的命运也同骆驼城一样。此城建于唐朝中期，前身是北周宇文邕的大同城旧址，也是隋唐大同城镇和安北都护尉的驻军所在地。唐朝开宝二年（公元734年），此地曾设置"宁寇军"，以统辖该地军务。大同城从规模和形制上说，和现在声名显赫的"玉门关"差不多，都是塞外重要的军事关卡。如果说西行到西域去，要经过玉门关，

那么出大同城就进入了唐朝北部的突厥部落。这座城池之所以建在这个位置，因为古黑河的河道就从这里经过。虽然经过了数百年的流沙掩映，但无法掩埋当年黑河阔大的行踪：那高凸的沙丘，曾是河的两岸；那低凹的泛白的地方，就是曾经的河道。在河道中掀一块泥质看一看，还能看出淤泥板结的原生状况。后来随着河流的改道，这个城池废弃，成了牧人放马的马圈，所以当地人又俗称"马圈城"。

在这里，唐代诗人王维巡边时，登上大同城头，看到一轮落日停泊的空阔的河面上，戈壁滩旋风直起云天，美轮美奂的西部景观突兀地呈现眼前，由是吟成脍炙人口的名作《使至塞上》：单车欲问边，属国过居延。征蓬出汉塞，归雁入胡天。大漠孤烟直，长河落日圆。萧关逢候骑，都护在燕然。这首诗成为西北边塞的最佳注释。

与大同城相邻的黑城，蒙古名字叫"哈拉浩特"，译为汉语是"黑色的城"。自西汉以来它就是边塞要镇，临黑河而建，林木葱郁，绿草如茵，是一个宜牧宜耕的地方。一千多年前，党项族建立西夏政权，在居延地区设"黑水镇燕军司"，修建了这座古城。公元 1229 年，成吉思汗率兵，一举攻破这一要塞，设立"亦乃集路总管府"。马可·波罗曾在游记中记述过这座古城曾经的繁荣，盛赞其规模宏伟，建筑精美，商旅往来，驼铃叮咚。二十世纪初，随着科兹波夫、斯坦因、兰登·华尔纳等西方探险家在黑城掘得大批文物的消息传出，黑城轰动一时。我国考古学家曾发掘出大量珍贵文物，如最早的汉简、最早的活字印刷品和最早的元代纸币等，更加证实了当年黑城的繁荣和昌盛。现在看到它时，只剩下一个残破的城垣和西北角五座佛塔。它的四周都被戈壁和荒漠包围着，四面外墙都已被沙丘埋住，大多地方沙与墙齐，有些地方沙已越墙而入，堆积成丘。一条干涸的河道无力地躺在城墙外，昔日的繁荣随风而逝。

相传，明朝初年，朱元璋派遣大将冯胜平定河西，兵至黑城，遭到守将"黑将军"的誓死抵抗，数十日攻打不下，冯胜便命令士兵截断水源，改变河道，使城中断水，黑将军无奈之下，只好挥泪杀死亲人，率众突围，最后战死在怪树林中。斯文·赫定写到枯死的胡杨林时说："整个平原的周围像是一番恶战后的战场，死者杂乱散布全地。"这种状态，在大公报的记者范长江的笔下依然如故：枯死的胡杨林好似大战后的场地，遍地的尸骨，露出发了酵的手臂、大腿和肚皮。

我们随额济纳旗文史学者李靖去看冯胜堵塞黑河的痕迹。越野车沿古河道上行驶二十多里，两道沙格楞形成的大坝横亘眼前，登上高达七八米的沙格楞，可以清晰地看出，原本向东流的黑河，因这两道大坝改向西北。河流一改道，致使大同城、黑城、绿城、庶虏障及黑河沿岸的大片屯田区全部废弃。

黑河沿岸诸多盛极一时的城池，历经千百年沧桑世变，许多地方已经是黄沙塞途，寥无人烟，变成了干涸的戈壁沙漠。抚今追昔，不得不感叹自然造化之功非人力能挽。

水是人类赖以生存的生命线。这句话放在干旱缺水的大西北背景上格外扎眼：一座城池因水而盛衰，一段历史因水而改变，一片地域因水而荣枯。

在长达一千多公里的河西走廊，流传着"金张掖，银武威，玉酒泉"的民谣，这些雅称均因为水生。

张掖自古以来一直有"水乡泽国"之称，是西北戈壁大漠之中得天独厚的一片乐土。清人编志称张掖有"三水一海"之佑，"三水"即弱水、洪水、黑水，"一海"即居延海。明代诗人郭登云："黑河如带向西来，河上边城自汉开。"明代诗人郭绅云："甘州城北水云乡，每至秋熟一望黄。"古代诗文中吟哦黑河的文字

比比皆是，如"在城长蒲荑，出城汇渔池。风味江南似，人家塞北嬉。""清波郁翠条，摇曳拂河桥。""百川入海尽东浮，渠分十二绕甘州。""秋月照边城，芦州漾水明。""六水三庙一居处"、"三面杨柳一面湖"、"半村榆树一村水，三里荻花二里风。"国民党元老罗家伦先生留下了"不望祁连山顶雪，错把张掖认江南"的名句。

一座城市，有水便有灵气。从这些优美的文字中，人们能感受到水光潋滟的张掖从历史深处走过。

民谚所说："甘州不干水池塘"。在明清时地方志上有一幅"甘州府城图"，可以看出，城内水泊湖塘约占全城面积的三分之一，处处举步见塘，抬头见苇，家家临水，户户垂柳，古城城外有护城河环绕，城内除了湖泊遍布，还有庙宇林立，东、西、南、北的诸神庙上对天文下应时景，东面紫阳宫，西面文昌庙，南面火神庙，北面北斗宫，中间镇远楼，东教场的饮马池边是"马神庙"，就连芦苇池边也有一座"芦爷庙"，把"马"和"芦苇"尊为神位，建祠供奉，这在其他城市的建筑中是十分少见的。《甘州府志》的编撰者钟赓起在编完《水利》后不由得惊叹："水哉、水哉，有本者如是！"

岁月的尘埃已经抹平了历史的记载，原始的水乡泽国最已从汉武帝收复河西开始，逐渐变成了牧野农田，直至近代，人口剧增，耕地倍增，垦荒置田成为衡量地方官员政绩的一个标尺，闲置的荒地、成片的湿地大都变成了耕地、房舍和道路，实在不能开垦的地方，则成了垃圾填埋地或污物倾倒场，填埋平了再开发成工厂、企业、楼房，大片湿地被一点点蚕食。曾经的"甘州城北水云乡"，早已淡出城市文化记忆，遗失在历史的背后。

312

临泽，正如其字面的意思，是黑河边一个"临泽而居"的小县城。春秋战国后期，月氏盘踞在土地肥沃、水草丰茂的黑河岸畔，建立起自己的都城—昭武城，因月氏故城地理条件优越，设为商贸集市，直至霍去病驱匈奴于千里之外，月氏故城一直兴盛不衰，汉武帝在河西建郡县，设为昭武县，到西晋时，因避皇帝司马昭之讳，改昭武为临泽。临泽虽小，却是一个有福气的县城。临泽的福气全在一个"水"字。从地图册上看，临泽村寨布局大致是围绕两条水系展开，一条是黑河主流，一条是黑河支流梨园河。这两条长水系的枝枝节节就像贯穿了全县的动脉血管，沃灌如画田园，在河流沿岸形成的数万亩湿地，真正是水乡泽国。因为得天独厚的水利，临泽的农业、工业、城乡建设显得格外清新，走进临泽的县城、乡村，从男女老少的脸上，时时会找到一种富足和惬意的感觉。

黑河流经高台县，随着地势走低，积水增多，因而形成的湿地面积也最为广阔，据湿地资源调查，县境内有湿地44万亩，像黑河中下游的罗城沼泽湖泊湿地、盐池盐沼湿地等，都保留了最原始的湿地风貌，像一块未开发的处女地，记录着黑河流域沿岸湿地演化的天然面目。

在黑河湿地边，野生的红柳、大片的芦草、东倒西歪的沙枣树、盐碱地特生的羊齿草、茂密的羊胡子，灰蓬蓬的酸刺，还有许多叫不出名的野草，依然保留着亿万年前侏罗纪时代的典型特征。时间在这里凝固了一般，不要你用多少想象力，岁月就会把你的思绪拉进混沌初开、地老天荒的亿万年前；你在这儿倚风而立一刻，已是亿万斯年。多少心事若交给时光来解读，都会成为一种无奈和落寞。

在偌大的水边，看夕阳西下真是一种享受。古朴的、原初状态的地理面貌，不用你加一点想象力，全都呈自然状态呈现。蛙鸣从四下里响起，连成一片噙着水的黏稠声响。立在天鹅湖边，悠然自得地陶醉于鸟儿们营造的这片快乐之中，这弥天美景，实在不用多想，随心所欲看看，内心都有无法言说的快乐。

穿过山势嵯峨的天城石峡，是旧时隶属于高台县的鼎新镇。鼎新，已经是当代政治化的地名，我更喜欢古名"毛目"，因弱水流经其境，田园村庄沿岸分布，犹如人之眉目而得名。毛目，自古为出入居延的天然通道，是兵家扼守的军事要地，不论是最早的居延古道，还是后来的达酒（达来呼布，额济纳旗政府所在地，酒，即酒泉）驼道、达张（张掖）驼道，都在这个地方交汇。毛目如今是天然野生动植物保护区，每年春秋时节，成群结队的天鹅、黄鸭、鱼鹰等多种水鸟来这里戏水追逐，繁衍生息。

紧挨着鼎新的就是誉满神州的中国航天第一港——东风航天城，它是在酒泉卫星发射中心、空军某实验基地的基础上发展起来的。五十多年来，在黑河水的滋润下，航天城逐渐壮大，在我国国防事业中竖起了一座座丰碑，创造了我国航天史上的无数个第一。在我国航天事业的发展史上，黑河起了举足轻重的作用。如果说航天城是今天的"塞上长城"，那么，周边的古居延泽防御体系中重要的关塞——肩水塞就是古时实实在在塞上长城。肩水塞由肩水金关、肩水侯关所和肩水都尉府等城池组成。史料记载的肩水金关古城方圆万余平方米，是进出河西走廊的咽喉，也是北拒匈奴入侵、保障丝绸之路畅通的最后一道屏障。这座关城已被流沙所侵占，只剩下一个空旷的城墙。驻足凝望，令人顿生"千古兴亡多少事，悠悠，不尽长江滚滚来"的慨叹。

沿着黑河走去，每个地方自有各的幸福感觉。

而这种幸福，同源于一条河流的滋润。

岁月留不住永恒的风景

我相信，天地造物总是有它必然的缘由和机缘。

　　山川河流、日月星辰、飞禽走兽、花鸟鱼虫，包括人类，都闪耀着神性的光辉，负载着各自的使命，共同构成这个丰富多彩的星球。在西北大地上，在青藏高原与阿拉善高原两大板块交接的祁连山北麓，流经青、甘、蒙三省区的黑河，所造就的景象远远超过我们的想象。它把所有的内涵都渗透到两岸的泥土中，而它的华丽却随着岁月的流逝不着痕迹。

　　岁月留不住永恒的风景，任何事物的发展都免不了经历萌发、成长、壮大、衰老的发展历程，山川河流也不例外。我们今天看到的黑河已不是千万年前的黑河，甚至不是百年前的黑河，在大自然的时间表上，一切都流水似的，过去就过去了，而且一去不返，想重现往昔只能是痴人说梦。

　　黑河流域自有人类的足迹始，就改写了纯自然的生存状态，它的血脉中融进了地球是最复杂的物种——人的活动，生态就显得复杂多了。后人感叹"一方水土养育一方人"，实事如此，凡有人类定居的区域，哪个地方没有充足的水源？楼兰古国是河西历史上非常有名的富庶之地，却因罗布泊干涸而成为不毛之地。黑河流域上的东灰山、西灰山、黑水国、肩水金关、地湾城、黑城等，都曾是河西先民创业立足的根据地，但因着黑河改道或水源破坏，全都沦为古城遗址。黑河流域有史可载的两千多年历史岁月中，尽管经过了无数次的改朝换代，但河西走廊的文明始终在更替中延续，在破旧中立新，全都因黑河不涸，绿水长流。人类社会发展史表明，承载一个地方文明的条件，不是政治，不是经济，更不是人为的意愿，而是资源，更具体地说是水资源。黑格尔说："生命与河流同源"，历史更与河流同步。黑河流经千万个春秋，到今天还能以不竭的生命力托举起上、中、下的绿色时空，已经是一件极不简单的奇迹了。

　　在干旱少雨的西北，水是制约经济社会发展的生命线。而水资源的承载力正面临着前所未有的挑战，黑河流域最近六十年的发展，创造的财富达到过去历史的综合，但以消耗资源为本钱的发展，必然导致生态平衡破坏。生态恶化的现实一再向人类发出警告，旱灾、沙尘暴、河流断流、荒漠化、沼泽湿地退化……诸如此类的自然灾害已经在黑河流域呈现出频发势头。

　　二十世纪五十年代，张掖人口只有 55 万，耕地面积仅有 103 万亩，六、七十年代以来，为保障甘肃省粮食供给，在"以粮为纲"的大环境下，土地肥沃的张掖地区大规模垦荒发展商品粮基地，短短四十年，灌溉面积增长了 6 倍多，人口增长了 2.4 倍。当粮食问题已经不再是一个局部问题时，黑河的生态环境恶化、资源短缺的一面便显露出来。

　　我沿着古籍追寻黑河的足迹。

　　山丹河——古籍中描述最多的黑河源头。很长一段时期地方志中称黑河为山丹河，其实，山丹河是黑河的支流之一，发源于祁连山冷龙岭北坡，各段又分别叫西大河、马营河、霍城河等，实则是同一条河流。逆流而上，沿时断时续的古河道一路走去，看不到一点水流的影子，却看到河两岸的荒野之地几乎全都开垦成了耕地，但一些地块因缺水而又撂荒。不远处戈壁正步步逼近，这些耕地已是岌岌可危。老百姓告诉我说，这些地块过去基本上靠天吃饭，年成好的时候，收一年吃三年，现在好了，打了机井，随时可以抽水浇灌。继续上行，依次看到了三座水库：祁家店水库、李桥水库、西大河水库，原本水量不多的山丹河，经过三座水库的拦截，哪还有多余的河水流到黑河里去？甚至连渗漏的地下水，也在沿途被干涸的土地榨取殆尽。

　　算起来，仅仅半个世纪时光，地图上的山丹河就这样消失了。

脚步停驻在山丹河沃灌的大马营草原，已经很难找寻得到一丁点月氏和匈奴人黄金草场的气象，草原开垦成了良田，牧人转化成了农工，数十万亩油菜花铺金叠翠，流光溢彩，而我四顾苍茫，不知所以。年少轻狂的时候，一度痴迷地梦想着在汉阳大草原做一个牧马人，每天赶着马群呼啸而来，呼啸而去，有感而发写过几句诗行：

> 山丹河，祁连山的养子
>
> 载着十万两雪峰的银子
>
> 想买下大马营万丈绿绸
>
> 多好的买卖
>
> 不成交才傻呢

现在再看大马营草原，尽管良田沃野，风光无限，而千万年形成的植被荡然无存，庄稼之后，有谁给大片裸露的山野披上绿装？

我想，祁连雪峰的银子再多，也已买不起人类的盲目作为。

额济纳的志书上记载，讨赖河也曾是黑河最大的一条支流。根据记载，我从酒泉北面讨赖河的分支北大河开始沿河道而行。古河道穿越丘陵、沙漠，一直流到金塔青山峡谷，依山峡修建的鸳鸯池水库和下面盆地中的解放村水库，立马把水流截断，然后通过水泥加筑的渠道把水输送到周边农田。汇水，这个讨赖河和黑河曾经握手聚会的地方，已经名不属实，讨赖河的水再也流不到这里来了。

历史上讨赖河下泄的水量占到了额济纳总水量的二分之一，那条横亘在酒泉与居延之间的洪水河，曾是胡人骑兵难以逾越的天然屏障，甚至到了二十世纪三十年代，在西方探险家的笔记中，还保留着远古河道的痕迹。现在，水流路断，山河易容，许多农田和村庄正处在戈壁沙漠包围之中。巴丹吉林的风沙，日夜吹拂着这片两河曾经交汇的地方，人与风沙的斗争成为生存发展的迫切需要。

额济纳旗，三百八十年前土尔扈特东归的定居地，黑河的尾闾。因上游下泄水量不足，1960年1992年，西、东居延海相继断流。2002年，我第一次踏上额济纳的土地，专程去看居延海。沿途河道枯涸，红柳枯死，盐碱覆盖了大片大片的土地。2010年秋天，我再次到额济纳时，看到东居延海的景象碧波荡漾、鸭浮绿波。沿途的胡杨、红柳茂然生长。这是自二十一世纪初国务院作出黑河分水方案连续十年调水的结果，是额济纳生态逐渐恢复的征兆。然而，深入腹地，看到的情况却令人惊诧。几年前我第一次看到的大片盐碱地居然开垦成了农田，一查额旗资料，我不禁大吃一惊，二十世纪五十年代，这里仅只有机关单位和国有农场有零星的耕地，九十年代达到三万多亩，二十一世纪初期，一方面退牧还草，另一方面又有新垦荒地。而额济纳的总人口仅一万七千人，除掉非农牧业人口一万一千多人，那得人均多少亩地啊。我听说，好多耕地是外地农民来承租开垦的。真是"天下熙熙皆为利来，天下攘攘皆为利往。"蒙古人原本不识农耕，昔日牧民吃粮靠河西，穿衣喝茶靠绥远，哪曾想，短短二三十年，一个边陲牧区竟然渐渐过渡到农耕区。农业需水之盛远大于生态，这对本来就因缺水而生态脆弱的黑河下游来说，不啻是致命一击。

与人类休戚与共的大自然向来就不以人的意志为转移，实事上，人类开发的足迹到哪里，哪里就已经开始了生态的破坏。"人定胜天"的思想仅仅是人类一厢情愿而已。

水尽管是可再生资源，但并非用之不竭，地球上任何物种，任何山川河流都有生命极限的，超越极限，就喻示着走向衰亡。

多年来，黑河中游年均降水量为127.5毫米，年均蒸发量却高达2047.9毫米，蒸发量是降水量的近20倍，特定的气候条件和地理位置，决定了当地生态环境的极为脆弱，旱灾频繁，干旱缺水成为区域

经济社会发展的最大瓶颈之一。

历史上，黑河的治理已经引起过历史诸多有志之士的注意。

在协调中、下游分水问题上，清朝雍正年间，地处下游的镇夷千户所、毛目等地提出分水请议，驻甘巡抚年羹尧负责处理此事，订立了一条大似军令的"均水制"，规定芒种前十日，甘州左卫、右卫、中卫、前卫及高台守御千户所黑河各渠口闭口，向镇夷千户所均水十天。《高台县志》载："雍正二年，经大学士年羹尧确查奏明，定以芒种前十日，由安肃道派毛目水利县丞巡河，封闭甘州、高台渠口，镇夷、毛目各渠得受水十日，永以为例。"分水时，毛目县丞官带有执行圣旨的意味，高台县知县出于对圣旨的尊重，出城迎接。负责分水的官员官升一级，有权临阵处置均水情况。这段史话在黑河沿岸已是家喻户晓。

抗战期间，蒋经国考察西北，思考西北开发和建设问题，撰写考察报告《伟大的西部》，提出"欲谈开发西北，必先从移民起，欲谈移民，必先从资水利起。""我们要建设西北，最重要的一个问题，就是要改良水的问题，要解决水的问题，唯一有效的办法就是要多种树木。"为了说明植树改善环境的可行性，他饶有兴趣地引用诗句说：唐朝人云，"羌笛何须怨杨柳，春风不度玉门关。"而左宗棠"手持杨柳三千里，引得春风度玉关。"蒋经国是理性的，他在张掖的考察，特别是对黑河治理的思考，全都对应了后来执政者的思路。

魏征曰："欲求木之长，必固其根；欲求流之远，必浚其源。"黑河上、中、下游的地方，若没有全局的观念，根本无法实现历史性的转变。

作为黑河中游最大用水户的张掖，是这条河流未来命运的决定者。如果地方官员的意识不改变，这条河流的未来命运永远是一把高悬的苍天之上的达摩克利斯之剑。有一位学者型的市委书记看到了这一点，而且为这条河流的未来做了应做的贡献，他就是张掖市委书记陈克恭。2008年上任伊始，他用三个多月的时间深入黑河两岸，实地考察，问计于民，以独到的发现和新颖的见解，全面诠释"金张掖"的内涵和当地经济发展特色：张掖是坐落在祁连山和黑河湿地两个国家级自然保护区之上的城市。"一山一水"，不仅是国家西部重要的生态安全屏障，更重要的是张掖绿洲经济社会可持续发展的承载区，是张掖经济社会发展的基本平台和条件，张掖经济社会发展的所有活动绝不可超越这个系统的承载阈值。"一山一水"，既孕育了张掖的历史和辉煌，也承载着张掖的未来和希望……世界文明的发展史告诉我们，生态兴则文明兴，生态衰则文明衰。张掖的生态问题集中表现为南部祁连山水源涵养区的保护、中部绿洲的优化保护和北部荒漠戈壁的防护治理。要在保护中催生生态产业，建设生态城市，使产业融入田园环境之中……

一个官员，用诗意的语言描述未来，不只是博得大众的好感和喝彩。他竟然不顾官场政绩风险，把这一理念贯穿于执政当中，围绕黑河绿洲、祁连冰川保护以及黑河节水等十分紧迫而又现实的问题，举节水旗，走生态路，大力发展生态经济，把一种全新的理念灌输到大众之中。

作为一个有良知的文人，我无意粉饰地方官员政绩，仅遵从理性的光芒作出判断：一条河流的命运和一个地域的发展仅在一念之中，如果当政者心中没有一条河的概念，河流的枯竭，便是一个地域的灾难性结局。

一个没有敬畏自然态度的民族难以长久，一个没有生态危机的民族注定要衰落沉沦，这已经是人类文明历程证明了的客观规律。

石油酬国识英雄

秦晨 程正才 卢贤瑞 杨玉莲

驱车陕甘访长庆／石油酬国识英雄／陇上人歌动地诗／边区高标创业情／入夜钻机鸣远山／信是铁人呐喊声／当年延长一涓流／汇成浩荡石油军。

这是著名将军诗人、《长征组歌》作家、兰州军区第一政委肖华于1979年5月21日到长庆油田视察时，看到油气大会战的壮阔场景，感慨万千，当即赋诗《访长庆油田》的不朽名篇。

"石油酬国"，从长庆油田成立那一刻起，这四个字就成为了每个长庆人百折不挠为之奉献的坚强信念。在长庆油田实现5000万吨的历史时刻，让我们重新回顾油田发展的艰苦历程，走进可敬可爱的长庆人心中，去感受艰苦奋斗、为油奉献的可贵品质。

——题记

50年前，大庆油田的建成把"中国贫油"的帽子甩到了太平洋。50年后，又一个"大庆"在鄂尔多斯盆地拔地而起的时候，为中华民族实现伟大"中国梦"注入了不竭动力。

长庆！长庆！！当人们为油气兴旺而欣喜的时候，更加关注"西部大庆"是如何用近半个世纪的时间厚积而薄发。

这是一个有关汗水和泪水的故事。

这也是一个有关信念和速度的故事。

这还是一个有关创业和创新的故事。

故事的主角是坐落于陇东高原上的一座大型油田。

而在今天，他占据中国原油年产量第一的宝座，成为中国的"西部大庆"。

更令人着迷的是，它还掌握了有关石油产业的关键秘密。

这个秘密不仅成就了这座油田，也将深刻改善中国的油气供应格局，甚至影响全球油气生产。

这个主角，就是位于鄂尔多斯盆地的中国石油长庆油田。

我们将追随他的足迹，探寻一段历史，发现一个真实而震撼人心的传奇。

我们将倾听他的心跳，体验一个奇迹，感受一个民族强劲复兴的脉搏。

第一章 殷切嘱托

金色的阳光，青山苍翠，风和雨润，染透滚滚麦浪，夏日的陇原，正是一年中最好的时节。素有陇东"粮仓"之称的董志塬平畴沃野、一望无垠，这里也是石油人勘探开发的大"油藏"，这片浩瀚的沃土注定要写就恢宏的历史。汽车快速地穿行，

风清气爽，云淡天高，董志塬平畴沃野，一望无垠，正应了那句话"八百里秦川抵不上董志塬的边边"。也正是这片浩瀚的沃土，孕育了长庆油田，积淀了厚重的石油文化，使得长庆油田在这片沃土之上生根发芽、枝繁叶茂。

作为我国陆上天然气管网中心、目前国内油气产量增长最快的油气田和当地最具实力的中央企业，长庆油田大发展的喜人形势，受到了党和国家领导人的关注。

2009 年 6 月 7 日，中共中央政治局常委、中央书记处书记、国家副主席习近平在甘肃调研，第一站就来到了位于董志塬的长庆油田陇东指挥中心。一下车，习近平就亲切地与长庆油田员工及科研人员一一握手，他说："我对长庆油田慕名已久。1969 年，我到陕北延川县插队，那时长庆油田刚刚组建，能到长庆油田当一名工人是当时很多知识青年心向往之的事情。"

在陇东指挥中心控制台前，习近平听取了长庆油田的发展情况汇报，一面巨大的数字化显示屏展示了长庆油田 40 年发展历程：立足低渗透，在"磨刀石"上闹革命，攻克一系列世界级开发难题，将于 2015 年前建成"西部大庆"。一幅壮美的发展蓝图跃然眼前。习近平不住地点头赞许，长庆油田在多年的发展中对地方经济社会发展发挥了很大的促进作用，令他十分高兴。

对于长庆油田，他早在几十年前在陕北插队时，就知道有个刚刚组建的长庆油田，要在黄土高原的沟沟坎坎上找油找气，黄土高原上的后生，也都以能够加入这支光荣的队伍而骄傲，几十年过去了，看到油田发生了巨大的变化，取得了丰硕的发展成果，习近平十分欣慰，特别是长庆油田建设西部大庆的创举，习近平更加赞赏，他对面前的长庆油田职工寄予了殷切希望：

"我对长庆油田慕名已久，1969 年我到陕北延川县插队，那个时候长庆油田刚刚组建，当时很多知识青年心向往之，说能到长庆油田当一名工人是最好的事情。现在 40 年过去了，刚才听了长庆油田情况，这 40 年你们进步巨大，要建成西部大庆。大庆油田我是曾经去过一次，已经很多年了，大庆油田现在资源比较少的情况下，要让他进一步提高生产能力还是比较难的。但是你们现在还是在持续上升的，所以要建成第二个大庆油田，发展潜力很大。

我们国家的能源建设是综合竞争力、经济安全乃至国家战略安全的重要基础，现在我们还要到世界各地去找油，所以首先要把自己的事情办好。但是办这个事情，要和当前绿色经济、循环经济、低碳经济联系起来，实现可持续发展。长庆油田地处革命老区，庆阳的地下埋的都是油，都是煤炭，所以庆阳老区不该穷，开发好能源，使老区致富也是你们的责任，要为改善当地民生做出贡献。你们目前成效显著，前景光明。我来看看你们，时间比较短，在此向你们并通过你们向陇东油区和长庆油田的全体员工问好。祝你们的事业不断取得进步！"

国家领导人的厚望是对长庆油田广大干部员工的巨大鞭策，热烈的掌声在现场经久不息地响起。

"请习主席放心，我们一定建成西部大庆！"

"我们一定牢记您的嘱托，为中国加油争气！为祖国献石油！"

2012 年在西部大庆建设的关键时期和攻坚时刻，党和国家没有忘记长庆油田，中共中央政治局常委、国务院总理温家宝冒着严寒来到长庆油田陇东油区，看望广大长庆员工，与石油工人共迎新春佳节。

时间定格在 1 月 21 号，农历腊月二十八，甘肃庆阳瑞雪纷飞、银装素裹。

温家宝一行来到长庆油田陇东数字化指挥中心，认真听取了长庆油田建设西部大庆的汇报，对长庆油田近年来取得的发展成果表示充分肯定。英姿飒爽的长庆油田安塞女子采油队巾帼不让须眉，常年战斗在广袤油田。长庆油田安塞女子采油队在采油一线通过视频连线向全国人民拜年，现场大雪纷飞，但是每个女子采油队员的脸上都洋溢着温暖的笑容，她们要用自己满腔的热情驱散冬日的严寒。温家宝向她们亲切致意，赞扬了她们的精神和奉献。他说，长庆油田职工在鄂尔多斯盆地奋斗了半个多世纪，在极为困难的情况下从无到有、从小到大，终于探明、发现和认识了这个油田。今天，我们在庆祝胜利的同时，不要忘记前辈付出的劳动、汗水以至生命。

温总理动情地说：石油战线的干部职工们，你们辛苦了。你们在十分艰苦的条件下，为保障国家能源安全做出了巨大贡献。你们艰苦奋斗，埋头苦干，保障了西气东输，保障了石油供应，保障了经济和社会发展。大庆精神、铁人精神已经成为全国工业战线的宝贵精神财富。在科学技术突飞猛进的今天，你们勇于攻关，敢于突破，发现了一个又一个大油田、大气田。这些成果是你们用智慧和科学技术取得的，是你们用心血和汗水换来的。你们的精神将会鼓舞整个石油战线、工业战线职工继续为国家努力奋斗，攀登新高峰，夺取新胜利！

温总理的话热情洋溢，感情真挚。祖国的挂念，党中央、国务院的关爱，如暖流穿透隆冬严寒，如清泉跨越戈壁沙漠，涌淌进海内外石油工人的心田。

在西峰采油二区，温家宝走近作业油井，了解传统作业方式和数字化生产的区别，他还来到职工书屋和宿舍，与大家亲切交谈，信手与工人下了几步围棋，又通过视频与工人的家人通话，向他们送去新春的祝福。

摄影/孙 林

"给你全家问好！给你全家拜年！"

夜色渐浓，简朴的板房外点亮了大红灯笼，挂着彩带，贴上了福字的食堂里喜庆热烈，温家宝拿起餐盘盛饭，坐在工人们中间，边吃边聊起家常，给大家鞠躬，说我也给大家拜年了，得知八十岁老人崔文如和儿子崔立全，孙子崔哲祖孙三代人都在油田工作，温家宝紧紧握住老人的手说，我想请您向千万户几代人都献给石油战线的家庭，转达我的问候，向他们拜年。

工作不久的年轻大学生拿起亲手绣制的陇绣事事如意，向总理送上新年祝福，温家宝说，基层锻炼成长，大有可为，我年轻时做过地质工作，也曾在野外作业，非常艰苦，艰苦的条件锻炼人，培养人，造就人，你们一定要珍惜在石油一线工作的机会。

一句句问候、一句句嘱托、一句句希望，都承载了党和国家对于长庆油田发展的重视，长庆油田也是在国家的关怀和支持下，一步步走来，朝着西部大庆的宏伟目标阔步前进。

"创和谐典范，建西部大庆"，这是党和国家领导人的嘱托。一股巨大的暖流在长庆油田每一个员工的心里奔涌翻卷，他们的目光投向广袤的鄂尔多斯盆地，耳畔回响着千部钻机的轰鸣和几十万石油大军会战的急促足音。

"石油酬国识英雄"，史诗般的画卷在长庆人心中徐徐展开。

第二章　油气兴国的梦想

2013 年 12 月 22 日，注定是一个被历史铭记的日子，晚上 23:57 分，长庆油田数字化生产指挥中心大屏幕上显示：油气当量突破 5000 万吨大关，中国又一个"大庆"终于拔地而起！指挥大厅内的所有工作人员不由自主地都站了起来，热烈鼓掌、欢呼雀跃，胜利的欢笑声在大厅内久久回响。

这是 40 多年奋斗来之不易的成果，这是几代长庆人努力拼搏的印记。

5000 万吨是一个数字，不仅记录了几代长庆石油人艰苦卓绝的奋斗，更为我国能源安全增添了一份重重的砝码。为什么这么说？因为石油天然气对一个国家太重要了，国民经济发展离不开石油天然气，保卫国家安全离不开石油天然气，当今社会上每一个人的生活都离不开石油天然气。

石油为何物？天然气为何物？这样的问题对石油人来说，有点像"小儿科"。而对今天的国人来说，石油显然是一种不可或缺的生活所需品。

如果你是汽车一族，你肯定要关心国际市场的石油价格，国际市场石油价格的风云变幻，决定着国内油价的潮涨潮落。

如果你是一个股民，你一定格外关注股市交易所每天发布的关于石油和黄金的信息。作为支撑大盘股的黄金和石油，在股市有着牵一发而动全身的神力。

如果你是一个家庭主妇，你一定十分关心天然气流量表，做饭、洗澡、取暖，它已经和都市人的生活息息相关……

在 21 世纪的今天，人们对石油、天然气已不再陌生，人们对石油、天然气的依赖已经到了"不可一日无气，不可一日无油"的境地。

石油，是一种不可再生的资源，因为上帝分配的不合理性，它的保护、开发和利用常常引发血腥的战争。

谁拥有了石油，谁就拥有了财富，这是全世界的共识。但最先认识这个道理的是帝国主义者。工业革命之后的世界重心从东方转到了欧洲，不到一百年后又转到了美国。资本主义积累和强大起来的帝国主义者为了使自己更强大，他们开始推行霸权主义，图谋统治世界，于是对石油格外重视，甚至疯狂。美国前国务卿基辛格曾直截了当地这样说："如果你控制了石油，你就控制了所有国家。"

大庆油田的建成让新中国的腰板挺直起来，"西部大庆"的建成更为中国腾飞插上了翅膀。

为中国"加油鼓气"

2008 年，注定是一个"梦想之年"。这一年奥运会在北京举办。

人们不会忘记，2001 年 7 月 13 日那个夜晚，萨马兰奇先生面对全世界的电视观众，拆开一个神秘的信封，当众宣读，2008 年承办奥运会的城市是"china"。

那一夜，北京人一夜狂欢，北京城一夜无眠。

当时很多人在关注北京的气候环境，当时很多的大城市还没有环保意识，奥组委提出的宣传口号是"绿色奥运"。

也就是从那一年开始，长庆油田就承担起为北京等 6 个奥运承办城市输送天然气的历史重任。

当北京奥运会的圣火熊熊燃烧的时候，很少有人知道点燃圣火的天然气来自遥远的地处鄂尔多斯盆地的榆林气田，这个不为人知的边塞小城一夜之间声名远播，让世人刮目相看。因为它的诞生，长

庆油田当之无愧地成为继大庆之后的中国第二大油气田。

1997 年 9 月 10 日，北京人和长庆人都不会忘记这个日子，不会忘记那个历史瞬间。

当天晚上央视"新闻联播"播发了一条"天然气进京"的新闻。那激动人心的场面长庆人记忆犹新。

上午 10 时许，时任政治局委员、国务院副总理的邹家华、吴邦国来到陕京天然气输气管道工程北京控制中心，同时按下了总控制室的点火按钮，同一时间，在控制中心外面的空地上，在呼啸的声浪中，蹿起 10 多米高的蓝色火焰。

通气了！成功了！

前来参加庆典的各界人士欢欣鼓舞，新闻记者们的镜头在这里聚焦。

通气了！成功了！

此时此刻，坐在井场值班室里值守的长庆采气人，也都从电视里看到了这蓝色的火焰，看到了这个奇迹的出现。起初他们是开心地笑，疯狂地笑，笑得不能自已，笑着笑着，他们便开始哭。笑过了，哭过了，他们跑到井场的院坝里，又是唱，又是跳，又是喊，又是闹，没有锣鼓他们就敲起锅碗瓢盆，长庆采气人就是这样度过了一个不眠之夜。

他们太熟悉这个"蓝色精灵"了，为了寻找它，踏破铁鞋，走遍青山，不弃不舍，付出了无比的艰辛。今天，这个"蓝色精灵"终于被驯服了，它乖乖地按照人的意愿，从毛乌素沙漠深处静悄悄地流向北京，给首都人民送去温暖。

吴邦国副总理在点火仪式上发表了热情洋溢的讲话。他说："在十四届七中全会刚刚结束、十五大即将召开之际，陕京天然气输气工程竣工，通气点火，对改善北京居民的燃料结构，提高市民的生活质量，促进输气工程沿线地区经济发展有着重大的意义。在进入新能源时代的今天，天然气的出现

是一场革命，作为革命先驱的你们，为人类发展和社会进步做出了重大贡献，我代表国务院和北京市民，向你们表示敬意和感谢！"

这的确是一场革命。一场改变人们生活方式的革命。从那天起，皇城根下的北京人，从此告别了煤油，告别了煤炭，告别了沿袭了几千年烟熏火燎的生活方式，进入了新能源的天然气时代。

天然气的开采是一个了不起的贡献，天然气的输送同样是一个了不起的贡献。

陕京天然气输送工程筹建于长庆气田大规模开发的1995年，经过一年产能建设大会战，长庆人以惊人的速度在气田内已建成73口气井，34座集气站，4条总长度728公里的采气、集气管线和一座亚洲最大的天然气净化厂。与气田相配套的通讯、供电、供热、道路、环保设施等10多项工程相继竣工投产。往北京输气，万事俱备只欠东风。这"东风"便是输气管道。

让长庆人引以为傲的还有"两把火"，一把是北京世纪坛的"圣火"，另一把是北京奥运会的"圣火"。这两把"火"都是长庆人开发的天然气点燃的。一把火点亮了中国，一把火点亮了世界，在点亮中国点亮世界的同时，长庆人也点亮了自己。

世纪坛，顾名思义，是为了迎接新世纪的到来而修建的一座标志性建筑。这座气势恢宏又别具一格的建筑下面，有一条青铜甬道，上面记载了中国有人类历史以来发生的大事件，细心浏览，你会看到，靖边气田的发现被镌刻其中。从1990年开始经过6年的滚动勘探开发，靖边气田跻身全球85大油田之一。一位著名地质学家视察后激动地说："在鄂尔多斯盆地发现大气田，其意义不亚于当年发现大庆油田。"

2005年11月，北京奥运会吉祥物揭晓，是5个可爱的中国福娃，石油人最喜欢的是"欢欢"，她是一个火娃，是石油人心中的图腾。奥运会开幕那天，他们大多数人还在遥远的鄂尔多斯盆地守着油田，守着气场。他们高高举起用"火娃"做成的旗帜，向着北京方向呼唤：北京加油！中国加油！

自豪的石油人

这些常年在寂寞深处工作的石油工人，有着对美好事物的向往，他们更理解"工作着是美丽的"这句话的神圣。

2008年6月29日上午9时，奥运火炬手王一身穿红白相间的运动服，高举祥云火炬，在现场观众的掌声和加油声中，开始了他人生中最辉煌的一段历程。在奥运圣火来宁夏首站传递的205名火炬手中，王一是156号接力队员，也是宁夏回族自治区唯一一名来自中国石油的代表。记者们将镜头聚焦在这位石油代表身上，很多人并不知道，他高举的奥运火炬里的圣火就是他们从地下采集的。

能参加北京奥运圣火传递，王一的确是费了一番周折。2007年6月1日，王一像往常一样打开央视的新闻联播，关于招募奥运火炬手的新闻引起他的格外关注，能成为一名奥运火炬手是多么荣耀的一件事情，既然是招募，为什么不报名试试？说实在的，当初他并没有抱有多大希望，只是有一种参与意识。为了进一步了解奥运火炬手招募的信息，王一上网查找相关资料，从网上查到宁夏招募火炬手的具体办法后，他第一时间在网上登记报名，并留下自己的单位地址和手机号码。初选面试时，王一因工作缠身而没能到场，本以为就此与火炬手失之交臂的他，意外地接到组委会的电话通知，他被破例提名，进入复试。后来得知，王一被破例提名，是他简短有力的报名感言，感动了组委会。他在感言里写道："我是一名工作在苏里格气田的长庆石油工人，和所有的中国人一样期盼着2008年北京奥运会的如期举行，我们要将奉献能源、创造和谐、支持奥运的信念与我们生产的天然气一起化作熊熊火焰，照亮北京，照亮奥运。"

得知王一被提名为奥运火炬手的消息后，油田上上下下都为王一感到高兴，并通过网络为王一投支持票。同事们骄傲地说，王一是代表我们长庆数万名石油工人为奥运加油的，我们全力支持他。经过半年多的层层选拔以及北京奥组委的审批，王一最终获选，与北京奥组委签订了宁夏传递承诺书，于6月29日完成了他期待已久的奥运火炬传递梦想。

跑完自己的一棒后，王一动情地对记者说，"奥运火炬传递是一个短暂的瞬间，但奥运火炬手这至高的荣誉是终身享有的。奥运精神需要我们共同发扬，我会和所有的石油工人一样，干好本职工作，为奥运加油，为祖国加油！"

王一的名字伴随着奥运火炬手的荣誉让长庆人家喻户晓，他是石油工人的骄傲。和他一起奋战在一线的石油工人说，"支持奥运，支持北京，让首都的天更蓝，让千家万户用上洁净的天然气是我们义不容辞的责任，祥云圣火永远在我们心中燃烧。我们要更加努力地工作，让苏里格的天然气更多、更快、更安全地输送到北京，为北京奥运会的成功举办尽绵薄之力。"

第三章　磨刀石前不低头

美丽的鄂尔多斯盆地，在石油人眼中，最美丽的是"采油树"。这片广袤的土地，就是长庆人40年来不懈探索、奋斗的地方。

37万平方公里的鄂尔多斯盆地在中国地图上画了一个不规则的长方形：东起吕梁山，西抵六盘山、贺兰山，南到秦岭北坡，北达阴山南麓，跨越甘、陕、宁、蒙、晋5省（区），这里沟壑纵横、荒凉贫瘠，沙漠戈壁、延绵起伏，自然环境十分恶劣。数千座井站坐落在荒原大漠之中，数万口油、气、水井星罗棋布于崇山峻岭之间。

这个"满盆气、半盆油"的"聚宝盆"，只愿把开启财富之门的金钥匙交给大智大勇者。

承担这个大任的就是长庆油田。在短短40年的时间里，这个油田从无到有，从小到大，后发先至，大器晚成，最终成为了中国能源版图上不可忽视的一极。

长庆油田的蜕变，与一代又一代长庆人的艰苦奋斗密不可分。

磨刀石上闹革命，低渗透中铸丰碑。

长庆人的酸甜苦辣都凝聚在喷薄而出的黑色原油中。在一定意义上，油田支撑着他们的生活，石油书写着他们的人生。他们的所有努力和奉献，最终都出发于长庆精神，落脚于长庆油田。

油气溯源

中国的石油史与长庆油田的那片土地紧密地联在一起，也就是说，中国的石油家族史其实就是长庆油田的先祖史。

西汉末年的王莽时期，史书上就有了"高奴出脂水"的记载。东汉科学家班固在《汉书·地理志》中有同样的记载：高奴有洧水可燃。从东、西汉的史书开始，中国的石油家族史可以说是史不绝书，源远流长了。

北宋年间，延州知府沈括在他的《梦溪笔谈》

里第一次完整地提出了"石油"的概念。沈括在出任知府期间，多次对陕北的石油进行考察。他亲自采集原油，烧炭黑，用炭黑制墨，对石油的形状、性能及用途都做了堪称世界上最早的专业研究和科学实验。他指出："鄜、延境内有石油，生于水际，沙石与泉水相杂，惘惘而出，土人以稚尾之，乃采入缶中，颇似淳漆，燃之如麻，但烟甚浓，所沾帷幕皆黑。"他曾断言：此物后必大行于世。

然而，把地下的油气资源开采出来并不容易，从满清政府上个世纪初在延长建矿始，到今天长庆油田实现年产油气 5000 万吨，中国的石油工业发展整整经历了百年历史。百年的探索，百年的努力，百年的期待，百年的梦想，今天方成现实。百年在历史的长河里其实是短暂的，但在今人的眼里，它又是漫长无际的岁月。

跑步上陇东

从 1904 年延长第一口油井开钻，人们终于迈开了征服鄂尔多斯盆地油气资源的脚步，然而由于多种条件的限制，始终没有形成规模。新中国成立以后进一步加大了在盆地找油的力度，鄂尔多斯盆地神秘的面纱开始逐步被掀起。

伴随着1970 年11月"陕甘宁石油会战协作会议"的召开，第一次陕甘宁盆地石油会战的大幕徐徐拉开。

号角在陇东吹响，如同阵阵春雷，震荡四面八方，在无数人心中激起阵阵波涛。

一批满怀热望的追梦人从兰州军区、从玉门、从四川和遥远的新疆出发，开始朝着陇东前进。他们的青春年华将注定在这片土地上熊熊燃烧；他们的人生将注定与这片土地结下不解之缘。1970 年的隆冬时节，天寒地冻。呼啸的北风夹杂着黄尘，席

卷半天。

在甘肃中部长达数百公里的黄土道中，一支大军正在行进。他们有的坐着汽车，有的拉着架子车，有的推着独轮车，还有的挑着担子，风尘仆仆，一路向西。

在急行军的第三天，下起了鹅毛大雪。飞舞的雪花扑打着人们的脸颊，同时也覆盖了原野沟壑，一脚踩下去，半条小腿都被埋没了。

尽管饥饿、寒冷和疲惫如影随形地侵袭着他们，这支队伍中却没有人退缩，哪怕是抱怨都听不到。

这些人是谁？他们从哪里来？要到哪里去？

这支队伍是来自玉门油田的石油工人，正在往陇东的庆阳进发，那里发现了石油，亟待更多的人加入到新的勘探和开发中来。

事实上，1970 年前后，有数十支这样的队伍或者从玉门出发，或者从新疆出发，或者从四川和兰州出发，披星戴月，顶风冒雪，最终都抵达陇东一带。很久以后，他们这次规模浩大的急行军被称为"跑步上陇东"。

这是今天的长庆桥镇。随着长庆油田的快速发展，现在它已经成了一个繁华的小镇，俨然是方圆百里的一个经济中心。而在当初，长庆桥却是个小得不能再小的村落。

来自四面八方的 5 万多人陆续到达长庆桥后，首先接受了指挥部的重新编制。他们将作为第一代长庆人在这片土地上生根发芽。

随着各地石油人跑步上陇东，千百年来，陇东大地罕见这么热闹，那个严寒的冬天似乎都被烘热了。然而，石油工人很快就尝到了大自然的下马威。

黄土高原山大沟深，交通极为不便，当地老百姓生活还比较贫困。一下子涌上来几万人的勘探队伍，基本生活问题该如何解决呢？

张栋就是这支石油大军中的一员，回忆起几十

年前的峥嵘岁月,他感慨万千:初到陇东,长庆人的住所成了一个大问题。一些住在老乡家的牛棚羊圈里。他们在牛羊粪上面铺上麦草秸秆,就那样席地而睡,还有一些住在地窖里。

而黄绿色的帐篷,则成了石油会战时期陇东高原上的一道亮丽风景线。一项连着一项,一片接着一片,仿佛开在陇东高原上的花朵。

但事实远没有这么浪漫。

帐篷看似房屋,却并非房屋。它不断让石油工人在季节的两个极端徘徊来去。

长庆石油会战亲历者:夏天,太阳一晒,帐篷就成了蒸笼;冬天,北风漫卷,黄土飞扬,帐篷里土雾阵阵,寒冷异常。而每逢刮风下雨,就成了"外面大雨,里面小雨;天上不下,屋里还下"。

长庆铁人

这位老人身材瘦小,乍看之下,很难把他和"铁人"的形象联系在一起。而实际上,他就是长庆油田大名鼎鼎的"王铁人"王文汉。

1973 年 1 月的一天,王文汉带领 18103 队在 219 井起钻,需要大量的水泥固井。几天后,钻井处一下子送来 6 大汽车水泥,要他们赶快卸车,别的钻井队还在等着送水泥呢。当时,井场上只有 7 个当班工人,因起钻都忙得不可开交,而停机卸水泥又是不可能的,王文汉就让两名机房的工人在车上抬,他在车下背,这一背就背了整整 480 袋 24000 公斤的水泥。

镜像 JING XIANG

摄影/孙 林

后来，王文汉回忆说："那时候也不知哪来那么大的劲，一口气就背完了6车水泥。不过，那天真把我累惨了。"

我们不知道这样的重量压在一个人的肩上会出现什么情况，我们只能想象，当时的王文汉如何化身为一只不知疲倦的工蚁，不曾停歇地把这堆庞然大物一点点啃光。

在钻岭31井时，又是一个雪花飞扬的冬季，谁知地层中的高压水像脱了缰的野马喷涌而出，直射钻塔。必须尽快采取措施压井，可井上没有压井必需的重晶石。凭着多年的钻井经验，王文汉一声令下，几十名职工立即准备家伙，有的拿麻袋，有的提水桶，有的端盆子，全然不顾全身衣服已被水柱淋湿结冰，硬是从冰碴下面的河水里挖来了一堆山一样高的沙子。

有了沙子，没有搅拌机，压井的泥浆还是配不成。只有靠人的双脚踩踏，才能配成泥浆。天寒地冻，穿上棉衣都冷得受不了，要在满是冰碴的泥水里踩，人能受得了吗？王文汉卷起裤腿，哗啦一声跳进了泥浆池，十几名职工也跟着跳了下去。他们冒着零下二十多度的严寒，在池子里用身体搅拌，终于把二百多方泥浆配成，压住了井喷。

在关键时刻，石油人唯一能献出的就是自己的血肉之躯！

鏖战低渗透

在长庆人高涨的建设热情下，会战取得了巨大成功，但是随后的油田开发成果却给人们泼了一头冷水。整个1971年，陇东地区只有9口油井投产，年产量只有1.4万吨，这与人们期待的大油田相去甚远。因此，岭9井的出现使得马岭油田的地位立即变得极为重要，会战的力量开始向马岭集中。到1972年，马岭油田成功地打出了109口油井，明确了300平方公里的含油面积和1.5亿吨的地质储量。1974年8月，长庆油田会战指挥部组织了以钻井、试油压裂、试采、油建、钻前筑路工程为内容的五路会战。到11月底，马岭油田的面积和产量都翻了一倍，同时还发现了元城油田、城壕油田等小的油区。然而，所有这些小的油田合并起来，还是无法与之前人们预想的那个六千平方公里的大油田相提并论，人们热切期望的那个大油田，难道只是一种幻想吗？

1975年，长庆油田会战指挥部在宁夏盐池新发现了红井子油田。为尽快实现年产上百万吨的目标，长庆油田会战指挥部在马岭油田和红井子油田发动了一场更大规模的会战。1978年7月1日，从宁夏红井子油田到甘肃惠安堡、中宁的原油外输管线一期工程竣工，长庆原油第一次正式外输兰州。1979年6月16日，马岭油田至惠安堡外输管线建成，马岭原油也成功实现外输兰州。长庆油田在陕甘宁三地共建成9个油田，实现140万吨的生产能力，长庆油田第一次产能突破一百万吨。

1983年9月，长庆油田石油会战指挥部改为长庆石油勘探局，而此时长庆油田正是危机重重的时刻。经过上世纪70年代到80年代的石油大会战，到1980年，长庆油田的原油产量已经达到140万吨。虽然这个产量在当时中国的原油生产中并不突出，但是在黄土高原地上恶劣的自然环境和鄂尔多斯盆地地下复杂的地质构造条件下，140万吨的年产量实属来之不易。更为严峻的是，接下来的时间里，长庆油田要保住这

140 万吨的产量更加艰难。受到盆地中油气藏的低渗透率制约，高产的侏罗系油田产能迅速下降，又难以找到后续的接替资源，此时的长庆油田实际上已经到了生死攸关的时刻。

长庆人都知道，油气就藏在坚硬的岩石中，这类岩石特征就是渗透率非常低，非常致密坚硬，被称为"磨刀石"。所以长庆人把油气开发也称之为"磨刀石上闹革命"，就是怎么能把这么致密的砂体里面的油，取出来，采出来。

1983 年，安塞油田发现之后，长庆油田邀请世界著名的美国 CER 公司对安塞油田的开发前景做了一个评价。CER 公司在进行了大量的研究之后，写了一份几十几万字的论证报告。在论证报告中，CER 公司认为无论从地质角度还是技术角度，安塞油田都属于边际油田，以目前的技术手段，不具备工业开采价值，刚刚发现的大油田就这样很快被否定了。

这和 100 多年前的美孚公司对陕北区块的评价，认为没有工业开采价值，和"贫油论"结论刚好是一致的。因为都是有油气显示，但没有工业开采价值，达不到经济和地质的有效开发要求。

自从上世纪 50 年代，中国启动在鄂尔多斯盆地的石油勘探以来，三十多年来人们一直期待着在这个巨大的沉积盆地中发现大油田。直到塞一井出现，人们终于突破了在侏罗纪找油的局限，打开了通向鄂尔多斯盆地三叠系油田开发的一扇窗口。虽然美国人给出了悲观的结论，但为陕北石油勘探奋斗了三十余年的长庆油田员工，会甘心放弃这个来之不易的机会吗？

根据长期地质勘探的结果，鄂尔多斯盆地丰富的石油资源，90% 以上属于低渗透油田。如果放弃安塞油田的开发，不仅长庆油田的危局得不到解决，也等于放弃了整个盆地的石油宝藏。

磨炼"撒手锏"

然而长庆油田并没有因此丧失信心，经多年研究分析，长庆油田用科学发展的眼光重新审视自身，形成了对于低渗透全面的、辩证的认识：鄂尔多斯盆地虽然是"三低"油气藏，但埋藏适中，油气藏面积大，储层分布相对稳定，构造类型相对单一，具有井网整体部署、整体评价的先天优势；油藏纵向含油层系多，叠合分布区域广，可以实现立体勘探、快速开发，进而推动油气田快速规模上产；储层岩石以酸敏矿物为主，水敏矿物少，润湿性为弱亲水中性层，水驱效率高，在很大程度上弥补了长庆低渗透油气藏小孔、微细喉、物性差的不足，为注水开发以及油气渗流创造了较好的条件；长庆低渗透油气藏虽然单井产量不高，但是稳产能力强、累计产量高、整体效益好。此外，长庆低渗透的特性也不完全一样，不同的地区，甚至同一地区不同的区块、不同的层位，都有相当大的差异，实行"一井一法一工艺"、"一区一块一对策"等精细化管理可以使油气藏得到高效开发。

低渗透的"八大优势"使人眼前一亮。认识上的突破，不仅唤醒了深埋地下的低渗透储层，也解放了深受"低渗透"困扰的长庆人的思想。

2008 年 11 月 10 日到 13 日，长庆油田召开了一次历时最长、内容最重要的务虚会。经过两天的会议，实现 5000 万吨油气当量的步骤和措施逐渐清晰：用"勘探开发一体化"拉动油气储量快速增长；用苏里格气田和超低渗透油藏成功开发模式，驱动"三低"油气田高效开发、持续上产；用标准化和市场化实现油气田大规模低成本建设；依靠创新管理机制和发展体制支撑大油田管理。

这个认识的确立，长庆油田建设西部大庆的"路

线图"日渐清晰，更加坚定了低渗透上也能建设大油田的信心和决心。在磨刀石上开发油气，钻到油层后，必须通过技术手段把致密油层压出缝隙，然后再用特殊的物质把缝隙支撑起来，从而形成人造的孔隙通道，使石油能够流出来。将地层压出一条条裂缝，成为油气流动的通道，才能将地下的油气开采上来，这个技术被称为压裂技术。长庆油田以压裂技术为主攻方向，不断创新压裂方式，由直线压裂、网状压裂到如今在国内首次成功应用了世界先进的体积压裂技术，将地下坚硬的油层压成树枝状的运油通道，将以前采油的"羊肠小道"压成了高速流动的"高速公路"，产量获得了极大提升。特别是体积压裂结合水平井技术，实施水平井分段压裂，2011 年在实施的阳平 1、阳平 2 双水平井 13 段 26 簇同步体积压裂初期试油产量均在 100 立方米以上，投产半年仍保持十多吨的日产水平，是常规压裂改造试油产量的 3-5 倍。长庆苏里格气田应用水平井分段压裂技术，使水平井平均单井日产量由以前的 1 万立方米左右提高到 5 万立方米以上。如今，长庆对付低渗透的压裂技术不仅在国内首屈一指，而且达到世界领先水平。正是有了压裂技术这一"撒手锏"，长庆的超低渗透油藏得以大规模开发，小于 1 毫达西甚至低至 0.1 毫达西这些别人看来根本不能开发的资源都被长庆开发出来。

　　长庆油田境内的苏里格气田位于内蒙古草原，2000 年发现之初，以其储量巨大而震惊世界。然而在随后的开发进程中，气井的单井产量普遍低下，不具备开发价值，因此被看做"带刺的玫瑰"。在当时的认识程度和技术水平下，无论是在布井方式、压裂手段，还是在地面工艺和现场管理上，长庆油田似乎都无从下手。历经八年艰苦的试验、攻关，长庆油田针对苏里格气藏特点，提出单井产量并不是衡量开发价值的唯一标准，只要能通过先进的技术手段有效降低开发成本，一样能够实现规模效益开发。在此基础上，长庆油田大力实施科技自主创新与集成创新，研发形成了井位优选、快速钻井等 12 项配套技术系列。长庆油田提出速度就是效益，创新应用 PDC 钻头和"四合一"钻具，大幅提高了钻井速度，7 天时间就能完钻 3000 米深的直井，丛式井钻井周期也缩短到 20 天以内，达到了国内领先水平。为了降低建设成本，长庆油田在工具创新和优化工艺流程上想办法，研发了"井下节流"工具和地面"电磁阀"装置，实现了气井之间的管线串接，实现了中低压集气，使地面装置的材料强度要求大大降低，同时简化了地面工艺流程，地面投资比开发初期下降了 50% 以上。

第四章　崛起，大油气田

　　油气当量突破 1000 万吨，长庆油田用了 33 年。

　　从 1000 万吨上升到 2000 万吨，长庆油田用了 4 年。

　　从 2000 万吨上升到 3000 万吨，长庆油田仅用了 2 年。

　　2011 年，长庆油田突破 4000 万吨。

　　2012 年长庆油田油气当量突破 4500 万吨，成为我国油气当量产量最高的油气田。

　　2013 年，长庆油田油气当量突破 5000 万吨，全面建成了西部大庆！

　　一串串数字记录了长庆油田一次次的历史跨越，一次次突破彰显了长庆人的智慧与胆识。在建设现代化大油气田的大路上，长庆人艰苦奋斗、为油奉献，以解放思想为武器，以改革创新为动力，发展步伐不断加快，不断开创着低渗透油气田科学高效开发的奇迹。

永驻不落的西峰春光

写长庆油田，不能不写西峰油田。

有人说，大庆是 20 世纪我国石油工业艰苦创业的一面旗帜。

有人说，长庆是 21 世纪我国石油工业现代化管理的一面旗帜。

两个世纪，两面旗帜，两面旗帜上分别写的是：

艰苦创业学大庆！

科学发展学长庆！

养在深闺人不识。西峰油田，人们并不太熟悉。让我们揭开她神秘的面纱，认识一下这个浑身珠光宝气的"俏佳人"吧。

写西峰油田，不能不提及董志塬。

位于鄂尔多斯盆地西南、陇东黄土高原腹地的董志塬沉积着世界上最厚的黄土层，被誉为"天下黄土第一塬"。

长庆油田创业初期的石油大会战就是从董志塬开始的，所有的长庆石油人都熟悉这片黄天厚土。所有的长庆石油人都熟悉"三上董志塬，拿下大油田"这段不同寻常的经历。

1971 年，长庆石油大会战的号角吹响之际，第一批钻井就部署在这里，这是长庆人初上董志塬。初上董志塬，并不理想，虽然也曾获得微量含油显示，却因为油层改造工艺不过关等客观条件的限制，长庆石油人与董志塬失之交臂。

20 世纪 90 年代中期，长庆石油人再上董志塬，同样因为采油工艺技术不过关，勘探方向不明确，结果是无功而返。

一个巨大的谜团笼罩在人们心头，董志塬下面到底有没有石油？陇东到底有没有大油田？专家们在问，领导们在问，石油工人们也在问。

有人说，失败是成功之母。

有人说，失败会挫伤人的斗志。

两次失败，两次打击。每一次失败都要付出惨重的代价，每一次打击都是一个自我的重新认识。

2001 年，长庆石油人在宏观找油理论和三个重新认识思想指导下，三上董志塬，以西 17 井的高产工业油流为重要标志，终于找到了这个深藏在地宫里的大油田——西峰油田。

西峰油田横空出世，圆了长庆人一个长达 30 多年的石油梦。

随后，长庆人用了短短 5 年时间，相继在西峰地区 5000 平方公里的范围内，累计拿到 6 亿多吨的三级储量，创造了我国陆上低渗透油田勘探开发的奇迹，实现了油田开发管理的信息化、网络化、自动化、数字化，形成了集技术、管理、文化于一体的"西峰模式"。

何谓"西峰模式"？

准确地表达：低渗透油田现代化经营和管理的一种标本和规范。其精神实质是数字、绿色、人文、和谐，精神内核是科学和创新。

西峰油田以科学、创新为指导思想，统领油田的开发和建设，秉承"八高"原则（高起点、高标准、高要求、高质量、高速度、高科技、高水平、高效益），坚持"四个创新"（思想创新、科技创新、管理创新、文化创新），形成了独具特色的"五优四化"的开发模式。

具体解读为——

数字油田：通过生产信息监控技术、综合管理信息平台及油藏动态分析等多项高新技术与一体的

现代化系统，实现了数字化管理。对油水井、站库实施远程监控，实现生产数据自动采集、井站现场视频监控、生产报表自动生成的管理模式。大到整个油田的生产情况，小到每一口井的生产数据，轻点鼠标，一目了然。生产、技术、协调指挥有机结合，简化了管理环节，加快了生产节奏，提高了运行能力，降低了劳动强度，减少了用工总量，节约了生产成本。这就是数字油田的魅力。

绿色油田：西峰油田以建设绿色环保型油田为目标，坚持"生态式规划、景点式美化、庭院式绿化、无油式净化"的建设方针，近5年来，先后投入1亿多元人民币用于油区环境保护和生产环境绿化，形成了具有西峰特色的6大亮点：自然型、节约型、田园型、地域型、规范型、技术型。从开钻就开始的套管防腐处理，到地面污水处理和伴生气回收利用，都达到节能环保的要求。钻探丛式井技术、优化布站技术的应用，不仅降低了建设成本，而且节约建设用地2200多亩，有效地保护了油区的生态环境。现在的西峰油田，景中有井，井在景中，处处呈现的是人与自然和谐相处的美丽画卷。

人文油田："只要用心，就能做好"的团队精神，营造了"企业为人人，人人为企业"的文化氛围。数字化管理大大减轻了员工的劳动强度，过去10个人一天完成的工作量，用电脑几分钟便可以完成。清洁无泄漏的现场管理，花园式的井场站库，家园式的倒班点，泵房降噪设备，电子报警安全装置等人文关怀措施，为员工提供了安全舒适的工作生活环境。能级管理、竞聘上岗、岗位交流等人力资源管理措施，给员工们提供了"天生我材必有用"的发展空间。

和谐油田：作为区域经济发展的重要支柱，在西峰油田开发的同时，地方税收、物资采购、劳务雇工、集团消费等经济活动，推动了油田开发与地方经济、社会环境的和谐发展。覆盖油田区域的电力设施、交通道路为老区经济发展提供了便利；道路维护、后勤保障等社会化服务，为当地5000多人提供了就业机会；数十亿元的建设投资为周边地区的发展带来难得的机遇；抗旱救灾、扶贫济困、铺路架桥、捐资助学等多渠道爱心奉献，促进了与地方的和谐共进。通过数字油田、绿色油田、人文油田的创建，西峰油田充分展示了油田开发与自然环境的和谐之美，油田发展与社会发展的和谐之美，企业发展与员工发展的和谐之美。

这就是"西峰模式"。

这就是中国石油的华彩乐章！

让"磨刀石"闪烁光芒

长庆人都说，安塞油田的开发，吹响了向"低渗透"油田进军的号角。

何谓"低渗透"？业内人士通常用"毫达西"表示。准确地说，这是一个专业术语，是一个科学定律。这个定律是法国工程师达西在1856年提出的，后人用他的名字命名了"达西定律"。像欧姆定律一样，"达西定律"是用来计算地下流体流量的单位量词，换句更通俗的话说，地下石油天然气储量、流量、压力和开采价值是由达西定律来判定的。这是全世界公认的计量标准。在实际应用中，人们会更多地采用"毫达西"这个概念，也就是千分之一"达西"。按国际标准，渗透率小于50个毫达西的油藏为低渗透，小于10个毫达西的油藏称为特低渗透，把小于1个毫达西的油藏称为超低渗透。1毫达西是个什么概念？科学地表述是：1厘米长的岩心，截面面积为1平方厘米，两端压差为1个大气压，流体黏度为1毫帕秒的情况下，流量只有1立方厘米。如果把长庆油田员工从地下取出来的岩心放在显微镜下面，你会惊奇地发现，整个储层是致密的花岗岩，这就是长庆人常说的"磨刀石上闹革命"。

如果把中东的油藏储层比作高速公路，长庆油田储层充其量也只是个羊肠小道了。在长庆已探明的未动用的储量中，特低渗储量占了86%，在预测的储量中，特低渗储量比例高达98.6%。这就是"毫达西"给长庆油田下的结论。

科学就是科学，在长达数十年的勘探实践中，长庆人发现，这里是"井井有油，井井不流"。要从有"磨刀石"之称的花岗岩里把石油"抠"出来，是一个世界级的难题。"磨刀石上闹革命"，也就是从这里开始的。

在严峻的形势面前，长庆石油人没有放弃，以科学的态度，以敢啃硬骨头的气魄，重新认识长庆，重新认识自己，重新认识低渗透，向这个世界级的难题发起挑战。

按照国际标准，渗透率低于1毫达西的油田没有开发价值。而安塞只有0.43毫达西，这是科学的结论，是无法改变的现状。安塞的地质结构无法改变，科学开采、科学管理、提高工艺、降低成本是可变的因素。

经过一系列改革和内部挖潜，成效凸显出来。原来打一口井的成本在1000万元左右，改革后，节约成本200多万元。过去建一个场站占地20—30亩，规范化以后，占地减少一半。通过减人增效措施，撤销大队建制，原来200多人的队伍精简到20多人，大大节约了人力资源。

"人人有岗，岗岗有人，一人多职，一职多能。"这就是当时制定的"满负荷工作法"。也是后来被石油部推广的"安塞模式"。

摄影/佚 名

解读"安塞模式",先要从采油一厂说起。

采油一厂是长庆石油会战指挥部下属的第一分指挥部。1970年底,8000多名以石油命名的队伍挺进陕北,在西部高原拉开了声势浩大石油大会战的序幕。

在长达8年的时间里,采油一厂最先挺进渭北,继而挥师南下洛河,接着北上吴起,南下铜川,足迹踏遍陕北的沟沟壑壑,山山峁峁,虽然在吴起、富县也勘探开发了几个小油田,但始终"迷茫漫长,未成大势"。

1983年,沐浴着改革开放春风的长庆人解放思想,求实创新,在石油勘探上实施了战略上的调整和技术上的攻关。12月21日,部署在安塞县谭家营的"塞一井"传来喜讯:经过压裂测试,获得64.45吨的高产工业油流。自此,"陕北勘探,石破天惊,解长庆倒悬之急,挽长庆徘徊之势,有拨云见日之功,指点山河之力,开低渗透之先河"。塞一井的发现,取得了延长统油藏近百年勘探的重大的突破,揭开了安塞油田神秘的面纱。

安塞油田从塞一井发现到油田基本地质探明,先后用了6年时间。期间共钻探井117口,探明了5个含油区块,探明储量2.37亿吨,是当时我国陆上发现的储量最大的整装油田。之后,油田开发继续向周边强力推进,鲜艳的红旗相继插向志丹、子长、安塞等地,革命圣地到处挺立起巍峨的钻塔,一场陕北石油大会战由此拉开序幕。

"安塞模式"的创立,使安塞油田迎来了大发展的春天。从1994起,原油产量每年以20万吨的速度增长,1997年,首次突破100万吨大关。2004年突破200万吨,2009年突破300万吨,2011年再上新台阶,400万吨已胜利在望。

一项项新技术破茧而出,一个个新纪录见证奇迹。"安塞模式"的不断完善和丰富,使安塞油田连续10多年保持着一类油藏开发水平,这不仅意味着安塞油田在全国低渗透油田开发中竖起了一面旗帜,更意味着"安塞模式"在特低渗油田开发中的地位。

安塞油田,长庆油田大开发的主战场,在长庆"发展大油田,建设大气田,打造我国重要的能源生产基地"和延安经济实现跨越发展的宏伟战略中,将大有作为。

圆梦苏里格

那是一片神秘的土地,那里有一个美丽的名字。让这片神秘土地产生魅力和这个名字放射光芒的是长庆人。

苏里格因为长庆人才有了属于自己辉煌的今天。长庆油田因为有了苏里格才能持续发展,光明到很久的未来……

在长庆人来到之前,它沉睡的时间太久太久,没有人关注它,甚至连它的名字很少有人知晓。

相传,一代天骄成吉思汗在率部远征西夏途中,人困马乏,忽见眼前这茫茫沙漠里有一条蜿蜒流淌的小河和一片青青的绿草,传下令来:就地野炊,河边饮马。篝火燃起来了,篝火上的羊腿散发出诱人的香味,就在这时,军情告急,大汗扬鞭策马,冲锋在前。士兵岂敢贻误战机,紧步大汗后尘而去。遗憾的是,那香喷喷的羊腿还是一块半生不熟的肉。这块"半生不熟的肉"就叫苏里格。

本来是荒凉的大漠,无人问津的不毛之地,自从苏6井喷发出百万方工业气流之后,苏里格这块"半生不熟的肉"再次让世人所认识,八百年前成吉思汗金戈铁马的沙场,如今再次成为新的战场。

苏里格地处毛乌素沙漠腹地,这里走过横扫六合的秦始皇的战车,这里留下过昭君出塞胡汉和亲的千古佳话，这里行走过一代天骄成吉思汗的金戈铁马，这里也留下过司马迁、郦道元探访的足迹……

这是多么辉煌的历史啊，一段让鄂尔多斯人引以为傲的历史！

鄂尔多斯人不会忘记这块圣土上曾经发生过的荣耀而又悲怆的历史。

"但使龙城飞将在，不叫胡马度阴山。"这是唐代诗人王昌龄写下的诗句。这首边塞诗，既是一幅金戈铁马的征战图，又是一阕愤慨悲悯的咏叹调。

秦时明月汉时关，万里征战几人还？从西秦到东汉，从明清到民国，这块水草丰美的塞外高原，一直笼罩着战争的烟云。战争、徭役、赋税还有大自然带来的灾害，把鄂尔多斯人推进苦难的深渊。

草原沙化，河水断流，一场比战争更可怕的灾难降临在鄂尔多斯人头上。为了生存，也为了一个梦想，他们卷起帐篷，赶着牛羊，远走他乡，身后留下一支苍凉的歌：

望草原，望草原

望断地平线

望草原，望草原

望断南飞雁

望草原，望草原

望断秋水模糊的双眼……

当历史的车轮跨越时光隧道走进新的世纪时，鄂尔多斯这个在沙漠里沉寂了多年的"聚宝盆"再一次引起世人的注目。

苏里格地处毛乌素沙漠腹地，是内蒙古乌审旗河南乡一个小小的行政村。这个在沙漠里沉寂了说不清有多少年代的村落，这个过去只有牧羊人走过的沙丘，突然有一天被隆隆的机器声吵醒，几乎是一夜之间，这里来了那么多的人，在沙梁上竖起了那么多的井架，于是，这里有了路，有了车，有了楼房，有了电视，有了冰箱，有了城里人享受的现代文明。这变化太快，让人始料不及。

苏里格"5+1"指挥部坐落在乌审旗的6马路上，这栋办公楼是乌审旗最豪华最气派的标志性建筑，周边是附属建筑，有宾馆、医院、健身房、图书室、游戏厅、灯光球场……文化娱乐设施一应俱全。

这就是苏里格，一个被腾格尔称之为"天堂"的地方。

长庆人来这里10年了。

10年，今非昔比。

初来这里，正值毛乌素沙漠的冬天，他们一行人马就住在乌审旗。那时，乌审旗留给他们的印象是：灰蒙蒙的天，黄蒙蒙的地，破旧不堪的房屋，狭窄昏暗的街道，城里人烟稀少，偶尔有羊群慢悠悠地从街上穿过。整个小城像是沙漠里凝固的一个超低音符，没有生机，也没有活力。唯一让人能感到新鲜的就是那些突然出现的、密密麻麻的、操不同口音的、穿红色工服的外地人。这些"红衣人"的到来，打破了小城的沉默，也给小城的繁荣带来活力。原本只有几千人生活的小城，突然间被几万"红衣人"汇合的红色潮流包围了，这里的人一时不知所措。这么多的人要吃要喝要住，于是，小城里的人和这些外来人有了经济上的交往。

小城里的人很聪明，他们很快地懂得了什么叫"市场经济"，懂得了"物以稀为贵"的铁律。"红衣人"

来了，这里物价飞涨，从蔬菜、水果到日用品，都在涨价。红色风暴，以惊人的速度改变了这里的一切。

天圆地方是中国人信奉的传统理念，在城市建设格局上体现得最为充分。乌审旗也不例外，四四方方一座城，坐南朝北，在任何一个方位都能看到太阳升起，同时也能看到夕阳落山。城里的街道没有好听的名字，但绝对是既方便又好记。从东到西依次将南北走向的马路命名为：一马路、二马路、三马路、四马路……一马路是破旧不堪的老街，二马路是新建的居民区，三马路是商铺和饭店，四马路是娱乐场所和电子城，马路在不断地增加，城市在不断地扩大，每一条街道都是城市发展的历史见证。苏里格气田开发指挥部进驻乌审旗，于是，乌审旗又多了一条马路，按顺序排列取名为"六马路"。六马路是乌审旗最现代的一条马路，这里有小城人从没有见过的繁华。

短短10年，乌审旗发生着翻天覆地的变化。过去，为吃一碗羊肉面要跑遍全城去寻找，现如今出门就是特色餐厅，南北大菜，生猛海鲜，陕西的羊肉泡馍，兰州的拉面，新疆的大盘鸡，内蒙古的烤全羊……应有尽有。

几年前，全城没有红绿灯，很少能见到一辆机动车，马路上跑的大多是前有车后有辙的勒勒车。现如今，勒勒车不见了，小轿车悄然走入平常百姓家。经济发展让这里的百姓一拨又一拨的富了起来，也让一拨又一拨的淘金人走了进来，开饭店的来了，开服装店的来了，洗头房有了，洗脚屋有了，游戏厅有了，还有更稀奇的，什么酒吧、氧吧、聊吧……当这五颜六色的生活突然出现在面前，这些在沙漠里封闭得太久的人们看到了一个无比精彩的世界。

苏里格气田的大会战还在静悄悄地进行，"红衣人"在乌审旗投资的建设项目也在静悄悄地进行。乌审旗依旧是一个沙漠中的小城，小城的周围依旧被金色的沙丘包裹着，但它是幸运的，它搭上了苏里格气田大开发的顺风车，它由此踏上了经济发展的快车道。乌审旗的明天会是一个什么样的景象？已经有了开放思维的乌审旗人预测，若干年后的乌审旗或许会变成沸腾的天然气之城，也或许会变成毛乌素沙漠里一颗璀璨的明珠……

乌审旗的明天是美好的，唯一能确信的是这里一直在发展，一直在以惊人的速度创造着大漠中的奇迹。

静悄悄的大会战

2000年8月26日，这个普通的日子，它注定被长庆石油人写进历史，这一天是长庆石油发展史上最为辉煌的一页。

这一天，长庆石油人的目光在苏里格聚焦，在"苏6井"聚焦。苏6井是一口天然气试探井，成败在此一举。

试井前井场的氛围格外紧张，人们的心倒悬着，在急切地等待着那个"奇迹"出现。

高高的井塔，像一个倚天拔剑的勇士，突然一声长啸，口中吐出一团烈焰，那团熊熊燃烧的地火冲出地壳、腾空而起……

苏6井不负众望，一口气喷出了120万立方米的高产工业气流。

井场沸腾了！

苏里格沸腾了！

长庆油田公司沸腾了！

在新世纪到来的第一个春天，苏里格这束耀眼的"报春花"立即在全国引起轰动效应，各媒体分别在第一时间、重要位置刊登消息，多家媒体使用了"中国第一大气田横空出世"的大标题。有评论家说：中国的天然气时代到来了！

在接下来的 5 年多时间里,一场静悄悄的天然气大会战在苏里格拉开帷幕,长庆油田的战略目标也开始向"油气并举"的方向转移。

苏 6 井的扬眉吐"气",带给人们的仅仅是一个短暂的惊喜。随着气井的增多,气压越来越小,产量越来越低,单井日产量从 120 万立方米骤然下降到 3 万立方米,还有继续下降的趋势。到 2005 年底,苏里格地区 80 口井一年的总产量只有西部另一个油田一口井一个月的产量,投资成本大大高于生产利润。

苏里格何去何从?专家们在困惑,决策者们在困惑,"世界级的大油田"遇到了"世界级的大难题"。巨大的财富变成了巨大的包袱,这个难题和包袱重重地压在长庆石油人的肩上。

专家们在反复进行科学论证的同时,找到了参照系。全世界只有美国的圣胡安气田的储层特征、单井产量与苏里格较为相似,但它埋藏的深度只有 600 米。我们的鄂尔多斯盆地,这里有世界上最厚的黄土层,苏里格气田的埋藏深度在 3500 米以下,开发的成本是圣胡安油田的数倍之多。圣胡安气田所以能生存,在于它开发的低成本。苏里格的出路同样在于低成本。

中国虽然是天然气资源比较丰富的国家,但同美国、俄罗斯等天然气大国相比,无论是资源丰度和资源品质,都还有很大的差距,中国有着更多的像苏里格这样的"低产、低压、低丰度"的气田。中国的天然气资源在一次性能源消费中的比重不到 5%,而发达国家的平均水平已经超过 20%,美国、俄罗斯等国家的天然气产量都达到和超过 5000 亿立方米以上。

这就是历史与现实。我们不得不承认我们资源匮乏,我们不得不承认我们技术落后,可我们不能让人牵着鼻子走,我们必须走自己的路,建立自己的能源基地。

肩负着保障国家能源安全重大使命的中国石油集团公司,从建设综合性国际能源公司的需要出发,作出明智的选择,提出了"解放苏里格"的伟大构想。

非常 "5+1"

2005 年 1 月 22 日,快到春节了,京城花团锦簇,张灯结彩,营造着浓浓的节日氛围。在京城六铺炕中国石油总公司的大楼里,也充满着浓浓的节日氛围。中国石油勘探开发研究院主持召开的"鄂尔多斯天然气开发汇报会"在这里举行。5 年的探索,5 年的困惑,中国石油人终于"破茧而出",走出一条属于自己的、前人没有走过的路。

在当天举行的汇报会上,中国石油天然气集团公司出台重大举措:引入市场竞争机制,加快苏里格气田开发步伐,并提出了"5+1"的合作开发模式——苏里格模式。

是年 9 月 2 日,经过半年多的运作,长庆石油勘探局、辽河石油勘探局、四川石油勘探局、大港油田集团有限责任公司、华北石油管理局等 5 家石油巨头与中国石油长庆油田分公司签订了《苏里格气田合作开发合同》。

所谓"5+1"模式,是一种主客体的组合形式,主体是中国油田长庆油田分公司,客体是辽河石油勘探局等 5 家兄弟单位,目的是通过资源整合,合作开发,达到共赢的目的。如果把苏里格比作一块大蛋糕,长

庆人大度地将它和盘托出，与人共享。

非常"5+1"开发模式一诞生，就引起参与者和专家们的高度关注。在论证会上，专家们认为：苏里格气田规模开发，是中国石油勇于承担政治责任社会责任和经济责任的体现，是勇于实践科学发展观的积极探索，是技术创新和体制创新的大胆尝试，具有划时代的现实意义。

首先，"5+1"体制创新为中国石油解决了勘探开发的重大难题。苏里格气田已探明储量7000亿立方米，含气面积达4700多平方公里，属于低渗、低压、低丰度的"三低"气田，储层识别难、井位优选难、单井产量低、压力下降快，技术瓶颈难以突破。同时，多井低产的局面又导致建井成本高、开发投资大、地面工程大、投资回报低的必然结果。

在长达5年的时间里，苏里格气田面临着"要么牺牲经济利益，要么暂时放弃开发"的两难选择。作为中国最大的油气生产商和供应商，中石油必须履行它的政治责任和社会责任。当政治责任社会责任与经济责任发生冲突时，首先要确保政治责任和社会责任，而最大的政治责任和社会责任是为国家经济发展和社会进步提供战略资源。

"5+1"的开发模式，用市场配置资源，用竞争推动开发，使上市企业的资源优势和未上市企业的技术优势同时得到发挥，形成一个交流技术、取长补短的平台，一个相互合作、资源共享的平台，一个通过竞争互相促进的平台，形成一个"统一、竞争、示范、交流、提高"的良性运行机制。

其次，"5+1"开发模式必然使天然气发展进入"快车道"。经过多年勘探，中国天然气在陆上形成4大气区，分别是川渝气区，鄂尔多斯气区，塔里木气区和青海气区。其中川渝气区通过"忠武天然气管道"

担负向华中、西南地区供气的任务；塔里木气区通过"西气东输管道"担负向沿线和长江三角洲供气的任务，青海气区通过"新宁兰管道"担负向西宁和兰州等西部城市供气的任务。南北连接，东西贯通，特殊的地理位置决定了长庆气田在这张强大的输气管网中的枢纽作用。同时，长庆油气田还担负着京津唐和华北地区的输气任务。

到 2005 年年底，长庆油田已探明的天然气储量已超过 1.4 万亿立方米，预测该地区天然气的总储存量将达到 3.8 万亿立方米。这是多么诱人的发展前景！

2005 年 6 月，苏里格气田合作开发项目部成立。浩浩荡荡的天然气大军在地处鄂尔多斯盆地的苏里格集结，他们将在这块金戈铁马的古战场上打一场"争气"战。

鄂尔多斯盆地的油藏取决于鄂尔多斯盆地的地质构造。

一位地质学家对鄂尔多斯盆地做过这样的描述：这里地处河套平原，这里曾经湖泊密布，河流纵横。一场洪水从天而降，大量泥沙在这里沉积。突然有一天，这种景象在突如其来的地质变迁中被凝固成了永恒，并埋藏在 3500 米的地层深处，于是，形成了鄂尔多斯盆地特有的河流相三角洲沉积体系，正是这种沉积体系，决定了苏里格气田的储层特征。

眼睁睁地看着地下的夜明珠却无法取出来，这让长庆石油人心有不甘。

经过前期试验开发，长庆人认识到：解放苏里格，拿下大气田，必须解决两个关键性难题，一是降低开发成本，二是提高产量。问题的症结找到了，解决问题比认识问题更难。

解放苏里格，首先要解放思想。

解放思想最主要的是解决认识上的问题：正确认识鄂尔多斯盆地，正确认识低渗透，正确认识自己。

鄂尔多斯盆地有油有气，无可争议。这是科学勘探作出的结论。

鄂尔多斯油气田属于"三低"油气田，这也是科学探测后作出的结论。

"三低"油气田是否能有所作为，这是一个需要用实践回答的问题。

从艰难中崛起的长庆石油人不会忘记他们走过的历程。

1983 年，安塞油田的发现给进入"低迷期"的长庆油田注入活力，使长庆人看到了新的曙光。之后不久，靖安油田被发现，又给长庆人带来一个莫大的惊喜。惊喜过后，人们重新发现，上述两个油田有一个共同的特性——超低渗。安塞油田的巨大储量立即引起国际石油开发商的关注，壳牌公司就是最早前来合作开发的外国公司。该公司雄心勃勃地来了，又不讲信义地走了。利益至上的他们得出的科学结论是，安塞油田没有开发价值。然而，长庆人没有放弃，在经过 12 年艰难探索之后，安塞油田低渗透技术难关被攻克，实现规模开发。走同一条路子的靖安油田紧随其后，也有突破性进展。2005 年，安塞油田原油产量突破 200 万吨，而靖安油田后来居上，产量超越 300 万吨大关。

安塞和靖安油田的发展历程，体现了长庆油田百折不挠的企业精神，展示了长庆油田技术创新的能力。同时也证明，事物都是在发展的、变化的，人的认知能力也是发展的、变化的。过去解决不了的困难，今天也许不再是困难；过去认识不到的问题，又成了今天新的问题。苏里格气田和安塞、靖安油田面临的难题是何等相似啊！同样面对世界级的开发难题，安塞和靖安油田获得了成功，苏里格气田的规模开发为期还远吗？

这一天虽然姗姗来迟，可它还是来了，像春天一样的来了。既然春天来了，苏里格气田春暖花开

的日子还会远吗？

2006 年年底，刚刚启动合作开发只有半年的苏里格气田，已经出现了良好趋势。钻井周期从原来的 45 天缩短到 15 天以内，由此带来钻井成本的大幅度降低，通过中国石油集团长庆油田管材研究所等科研部门的通力协作，解决了苏里格气田油管和套管的国产化问题，仅此一项每口井可节约成本 200 万元，加上井口简化、计量简化等措施，单井综合建井成本由原来的 1200 万元降低到 800 万元左右。

节约成本，缩短工期，提高质量，这就是"5+1"产生的效益。

10 年不鸣，一鸣惊人！

10 年不飞，一飞冲天！

2006 年 11 月 22 日，苏里格气田第一天然气处理厂投运，当日，苏里格气田日产量突破 300 万立方米，具备了年生产 10 亿立方米的生产能力。

2007 年的 11 月 22 日，苏里格气田日产量突破 1000 万立方米，具备年 40 亿立方米的生产能力。

2008 年，193 部钻机、上百支地面建设队伍齐聚苏里格，向天然气进军。平均每天完钻 4 口井，全年完钻 1145 口井，一个月建起一座集气站，9 个月建起一座 50 亿立方米的天然气处理厂。这就是苏里格模式，这就是苏里格速度！

2009 年 6 月 25 日，苏里格气田日产量突破 2500 万立方米，具备了 80 亿立方米的年生产能力，标志着这个探明储量规模最大的整装气田，进入经济规模有效开发的新时期。

2009 年 7 月 1 日，苏里格第三天然气处理厂正式建成投产。至此，苏里格气田具备了年产 130 亿立方米的集输和处理能力。

2010 年，2011 年，2012 年，2013 年，"5+1"的威力愈发显现出来……

时间在走，日月在走，人也在走。长庆人突然觉得，时间走得快了，日月走得快了，人也跟着走得快了。他们每天在和时间赛跑，每天都有新的挑战。

面对苏里格非常"5+1"的大好局面，员工们在观念上实现三个转变：从求生存到求发展的转变，从艰难起步到快速发展的转变，从单纯的规模发展到内涵式发展的转变。

气田年轻，队伍亦年轻。一位项目部的领导介绍说：项目部成立时，99% 的员工没有气田开发的经历，这支队伍大多是刚刚走出校门的"80 后""90 后"，而且大多是石油子弟。这偏僻的地方，这艰苦的环境，磨炼他们成长，这些朝气蓬勃的年轻人很快成为气田开发的骨干，在这块被称之为"天堂"的草原上，他们相约一起，带着夸父逐日的豪情去追寻那个上古生界的梦。

一位诗人来这里采风，在他的诗里这样写道：如果你爱一个人，就把他送到这里来；如果你恨一个人，也把他送到这里来。这就是苏里格！

一位记者来这里采访后，留下感言：在这里，有着简单的人生，有着不变的信念，更有着非干不可的事业，这就是苏里格！

苏里格气田年轻，年轻得像个襁褓中的婴儿，从"5+1"联合开发那天起，满打满算也就是 5 周岁。可这个"襁褓中的婴儿"却浑身长满故事。每当提起苏里格，在这里创业的员工们都有许许多多的话要说，也有许许多多的故事要讲。在这里，每一个建设者身上都有一个故事，他们的故事都很精彩。

苏平 1 井是苏里格气田开发的第一口水平井，2002 年 9 月开始生产，这口井寄托着苏里格人太多的希望。

因为是在试验，要跟踪这口井的产量，就必须吃住在井上。那年春天，丁辉和另一名技术员就盯在这口井上，住在铁皮房里。

试验评价项目繁多，每隔两小时就要录取一次资料。无论什么样的天候，都要不折不扣地完成。两个年轻人住在这几乎与世隔绝的铁皮房里，除了运输生活物资的车辆偶尔来一次，这里再也看不到人影了。由于没有储藏设备，大热天送来的肉要当天吃掉，结果是，想吃肉的时候没肉吃，吃不下的时候却要拼命吃。白天，他们把应急灯充好电，晚上举着应急灯去录数据，无数个寂寞难耐的夜晚，他们和沙漠为伍，和星星相伴。沙漠里的风说来就来，大风起，沙飞扬，铁皮房是挡不住风沙的。饭菜刚刚做好，到点了，立马去录井，录井回来了，饭菜上面覆盖了一层黄沙，那也得吃啊！

每测一口井需要 45 天，吃住都在沙漠里，那种苦是常人难以想象的。在苏 6 区，需要测试的井有 30 多口，一口口井测试下来，一组组数字被记录下来，测试结束后，手工记录的原始资料就有足足两麻袋。原始资料有了，利用这些得来不易的数据，一组组统计结果被计算出来，一条条曲线被绘制出来，通过这些曲线和统计结果，各类气井的产量与压力的关系、储层与产量的关系、渗透率与压力的关系、压裂与产量的关系被弄了个一清二楚。

忆当年峥嵘岁月，丁辉心潮难平。这里的每一个数据，每一张图表，都凝聚着他们的心血啊！值得欣慰的是，他们的辛苦没有白费，他们终于揭开了苏里格气田神秘的面纱。

白星华是在测井中累病的。他是采气三厂计划财务部副主任，为了这密密麻麻的数据，他白天跑现场，晚上搞计算，经常加班到深夜。长此以往，超负荷的工作，身体素质下降，疾病随之找上门来。起初，他发现经常发低烧，没往心里去，后来，感到浑身无力，他还没往心里去……如果他早一点去医院查一下，也许是另外一种结果，可他没有去，也没有声张，一个人默默地扛着，一直扛到他完成测井任务，才去了医院。医生问他从事什么职业，问他多少时间没有查过身体，问他是否有不适的感觉，最后遗憾地告诉他，他得的是淋巴癌，已经到了晚期，要到北京大医院去治疗。消息传来，全厂员工闻之震惊。听说去北京治疗要花很多钱，厂里一时也拿不出这么多的医疗费，情急之中，全厂员工搞了一次爱心捐助，只有 100 多人的厂子，一夜之间，竟然捐助了 88000 元。有人居然捐出了自己一个月的全部薪水。面对全厂职工这博大的爱心，白星华深深地感动了，躺在病床上和病魔搏斗的他，病情奇迹般的得到控制，这也许就是爱心的力量吧！

经过两年多的实验，采气三厂终于征服了苏里格气田的储层特性和单井运行状况，在此基础上，形成了新的认识，为日后苏里格气田开发方案的制订提供了科学依据。

数字的魅力

这个世界的变化太让人不可思议了。进入新的世纪以来，数字居然成了这个世界的主宰，一张由数字构筑的互联网将这个纷繁的世界一网打尽。数字指挥、数字管理、数字交通、数字教学应运而生，网上购物、网上购票、网上交友、网上征婚，人的衣食住行和网络息息相关。

人们相信数字说话，因为数字说的是科学发展观；人们听从数字指挥，因为数字指挥可以让你无往而不胜。什么是科学发展观？科学发展观的第一要义是发展。发展的真谛：一是要解放思想，二是要解放劳动力。

苏里格开发初期，有人提出，"三低"油田要提高采收率，必然要加密井网，这就意味着，未来的苏里格将是由成千上万口气井组成的大战场，打的是一场"人海战术"的大战役。按照传统的管理模式，气井大

幅度增加了，劳动力自然要随之增加。劳动力增加，自然要带来成本的增加。气田要实现经济效益、规模开发，必须要解决人力资源、交通资源、土地资源的瓶颈问题。

解放思想，就是要敢想敢干。世界上只有想不到的事，没有不能想的事。

2008年，长庆人提出了"稳产200亿用工2000人"的目标。

这是痴人说梦吗？过去年产100万吨的采油厂用工约在3000人左右，如今200亿立方米的产能（油气当量200万吨），原本需要6000人完成的任务由2000人来完成，这的确是一个大胆的想象，这注定是一场科学管理的革命。

历史和现实选择了"数字化"作为这场革命的突破口。

2008年12月14日，由新华社等媒体组成的采访团来苏里格气田采风，在这个昔日黄沙弥漫的不毛之地，记者们大开了一把眼界。

记者们走进苏里格气田指挥中心，10多名身穿红色工衣的值班人员正在"轻松"地工作着，在这里，"鼠标"是他们手中的工具，键盘是他们行走的"路径"。他们对面是一块用作投影的大屏幕，生产调度人员轻移鼠标，分布在方圆数百公里的1400多口气井、上百座集气站以及3座天然气处理站的运行状态即刻显示在大屏幕上，让人一目了然。这里不但能随时掌握生产动态，收集准确数据，而且远程调度，遥控指挥。

10多个人的指挥中心，10多台普通的电脑，居然能指挥千军万马作战，一切都在静悄悄地进行，这是多么不可思议啊！

在过去，一提到石油、天然气，人们便会联想到那寂寞的大山高高的井架，联想到巡井路上那顶风冒雨的艰难行进，联想到毒太阳下那挥汗如雨的身影……

老石油们都懂得巡井的重要，守井的辛苦，可他们却无法摆脱这些简单劳动的重负，一干就是几十年。如今不同了，"数字"不但改变了传统的生产模式，而且大大解放了生产力。

指挥中心的一位负责人介绍说，数字化建设带来三大转变：

管理模式大转变。通过视频、音频、互联网技术，指挥中心可以全天候地对井站实时监控，夜间无需人值守，过去8个人的工作现在两个人即可完成，即减轻了员工的劳动强度，又提高了工作效率。

安全模式大转变。指挥中心通过电脑对进站压力、外输流量实行监控，用声音、图像、图标等方式显示安全生产数据，出现异常情况，指挥中心和井站同时报警，大大提高了安全系数。

巡检模式大转变。实行数字化管理，生产报表自动生成，将职工从多年传统的手工计算、填写报表繁琐枯燥的工作中解放出来。

数字化带来了新变化。值了几十年的夜班不用再值了，巡了几十年的井不用巡了，填了几十年的报表自动生成了。说起数字化带来的新气象，一线员工们津津乐道。

早在2006年，苏中项目部率先实现"数据自动采集、无线传输、电子巡井"的智能化管理，并在合作开发单位中推广使用。接下来又成功建设了"集气站监控——作业区集中监控——集团公司指挥中心监控"的三级监控平台，实现了"生产运行管理、电子巡井、集气站监控、远程员工动态识别、夜间无人值守、报表自动生成"等多项功能。特别是能针对先期开发试验井不同生产特征，根据流量、压力的变化，通过控制系统，实现智能开关井。真正做到了"让数字说话，听数字指挥"。

一个新时代的开始，就是一个旧时代的结束。

当新一代的石油工人在告别传统的生产模式从高强度的劳动中解放出来的时候，当过去认为不可能的事情变为现实的时候，人们猛然发现，是数字改变了世界，是数字改变了人生。

苏里格的历史仅仅是开始。

苏里格对长庆而言，才是起步，长庆的命运因为苏里格而闪烁着一种神秘永恒的光芒。中国有那么多"苏里格"，中国的能源命运乃至国家命运难道不是也在给全世界展示着另一种神秘永恒的光芒吗？

市场化的力量

曾经有着浓厚计划经济色彩的石油天然气上游业务，一直是自成一统。一个地区有油田公司，也必有钻井公司、试油气公司、运输公司等一大批工程技术服务公司紧随其后。该地区的工程技术服务业务必由内部企业承担，长期以来，已成定式。当大型石油会战来临之际，会战地区的工程技术服务工作量剧增，其他地区的工程技术服务企业不得不劳师远征，浪费巨大。历史上多次石油会战，莫不如此。

陕北，由于延长石油的存在而形成了一个较大的工程技术服务市场，这在全国是独一无二的。当鄂尔多斯盆地的油气大会战展开之际，长庆油田把目光投向了这个市场，也投向了中国石化。于是，利用市场化的"草船"，长庆的油气大会战借来了十万利器，使战幕迅速拉开。

2008年年初，中国石油集团公司做出开发长庆超低渗油藏的重大决策。3月4日，长庆油田召开会议，发出超低渗开发动员令。最初制定的开发规划是在超低渗方面建设500万吨产能，后来又增加到1000万吨，宏大的开发计划使长庆人备受鼓舞。然

而会战在即，却发现集团公司内部几乎无钻机可调。没有井位，可以在短时间内确定；没有人员，可以在短时间内调集。但是没有钻机，没有试油机组，就等于战士手中没有武器。一时间，组织工程技术服务队伍的问题成了燃眉之急。

长庆油田首先想到的仍然是集团公司内部钻井队伍，但5大钻探的工作量已经饱满，各油田上年度确定的产建计划已经开始执行，所有钻井队、试油队都已名花有主。但这还不是问题的关键，更为关键的问题是效益。超低渗油田单井产量低是客观现实，虽然超低渗是开发采用投资单列，单位产建投资额高于一般油田，但如果不严格控制成本，那么油田开发将无效益可言。民营钻机由于劳动力成本低等因素，具有价格优势，这正是超低渗开发所需要的。同时，长庆所处的陕北地区有延长油田，延长油田作为一家地方国有企业，工程技术服务早已市场化，有200多支民营工程技术服务队伍在该地区作业，工作量尚不饱满。

此前，在苏里格气田开发中，中国石油集团先是成功地运用了内部市场化体制，引进了5家地区性工程技术服务企业参与苏里格气田开发。在合作与竞争中，钻井速度提高三分之二，综合建井成本则由1300万元降至800万元。此后，又对民营工程技术服务企业进行开放，通过市场竞争，价格又进一步降低。与此同时，通过HSE管理体系，对民营工程技术服务企业实施严格的管理，确保了安全和环保。

在这种情况下，市场化战略的实施顺理成章，超低渗开发部将目光转向了更加广阔的市场。

无米之炊，巧妇难为。其实那只是缸中无米。天下之大，岂能无米？只要放开去找，真正的巧妇总是有米下锅。

曾几何时，苏里格气田开发会战市场化战略的

实施，在解决了苏里格气田施工能力短缺的同时，大大提高了工程技术服务单位研发、推广和应用新工艺的积极性，施工进度、施工质量大幅度提高，费用大幅下降。其中单井测井费用由 33 万元下降至 25 万元，井下作业和试气费用由 223 万元下降至 130 万元。通过市场化，紧急截断阀价格由 4.2 万元降至 3.83 万元，旋进漩涡流量计由 1.4 万元降至 0.8 万元，井下节流器由 4.8 万元降至 3.8 万元……可以说，没有市场化战略，就没有苏里格气田的规模有效开发。

为了尽快吸引更多的民营工程技术服务队伍，长庆油田十分注重营造良好的市场环境，为民营钻井队伍解除了后顾之忧。以钻井队的引进为例，陇东和陕北两个项目部实行井位批办、钻前施工、钻井作业整体打包，采取一井一预付的快捷结算政策。这些措施的实施，在鄂尔多斯盆地迅速形成"洼地效应"，众多系统外钻机纷纷参与到这场会战中来。

解放思想天地宽，长庆人意识到，市场的力量是巨大的，市场化不但能够解决油气田建设力量不足的问题，同时充分竞争的市场结构也有利于降低成本。为此，长庆油田在工程技术服务、地面建设、物资采购、科研等领域全面推进市场化运作，大幅度降低了开发成本。油井钻井成本控制在每米 1100元以内，市场化运作使油田数字化建设成本大大降低，单井数字化成本控制在 2 万元左右，以前 6 万多元的油井自动投球装置价格下降到 2 万多元，10多万元的气井紧急截断阀价格下降到 2 ~ 3 万元，市场化运作成为控制投资、降低成本的有效手段，每年产生的直接经济效益可达数十亿元。

地面建设的一场革命

从 2008 年开始，长庆每年要建设 700 万吨左右

规模的油气生产能力，以支撑油气产量每年以 500万吨幅度增长，长庆探索创新实施的标准化和市场化体系，已拓展出大规模建设的新局面。

油田建设是一项非常复杂的系统工程，在超低渗开发中，推广应用苏里格气田开发建设的成功经验，普遍采用了"标准化设计，模块化建设"，收到了良好的效果。

标准化设计的精彩

过去，油田地面建设中，一般是一个集油站一套图纸，一个设计方案。建设中，往往是施工单位等设计图纸，油田开发等施工进度周期长、流程复杂，影响了建设速度和效率，一定程度上增加了投资。这种地面建设模式，不适应大规模建设的需要，更不适应超低渗开发需要节约投资成本的现实。如果采用常规的地面建设模式，一个集油站一套图纸，一个注水站一张图纸，那么，"建设等设计，施工等图纸"的现象必然出现。面对巨大的产建任务，标准化设计以其独特的优势，逐步成为地面建设的新模式。

标准化设计就是先强调场站规模、平面布局、工艺流程的共性，将工艺流程、建设标准统一在一定的范围内，尽量做到统一化、通用化。同时，坚持"安全、适用、经济、先进"的原则，在工艺技术优化简化的基础上，优选工艺成型、技术成熟的工艺技术进行标准化。采用标准化设计中，工艺流程的统一是"标准化设计"的基础。在标准化设计中，坚持"安全、环保、节能、人本"的指导思想，在地面工艺优化简化的基础上，统一系统布局和生产工艺，对生产中应用成熟可靠的工艺技术进行推广。场站平面布局遵循"满足生产需要，缩短生产流程，节约建设用地，降低工程投资，保证安全操作，节

省管理费用"的基本布局原则，优化站内平面，做到布局定型、风格统一。最终形成了以"统一系统布局，统一工艺流程，统一建设标准，统一井站平面，统一设备材料，统一安装尺寸"为主要内容的"六统一"。

统一设计标准就是充分考虑管理、生产、生活、需要，坚持以人为本的设计理念，对配管、自控、通信、电气、建筑结构、消防、暖通、防腐保温、道路等各环节的设计进行优化和细化，优化使用功能，合理节约投资，最大限度地进行统一，严格执行统一的技术规定，杜绝超标建设现象。标准化设计也为设备选型和统一采购创造了条件。通过统一设备选型，对设备、管阀配件统一标准，统一外形尺寸、统一技术参数，实现集中统一采购，保证质量安全可靠，运行安全，造价低廉，为规模化采购提供依据。

苏里格气田单井井场是标准化的，从三井式丛式井到六井式丛式井的井场是标准化的，集气站也是标准化的，在这些标准化设计中，井场、集气站的长、宽、面积都是统一的。在陇东油田，标准化设计贯彻地面建设的各个环节，丛式井井口间距、围栏高度，甚至原料的选型都是标准化的。增压点、转接站、注水站、供水站都有统一的标准，一张图纸打天下。

采用标准化设计后，地面建设发生三个方面的根本变化，一是效率成倍提高，工期大为缩短。2008年，长庆油田提出了"36911"目标，即3月份开工，6月份进度过半，9月份主体完工，11月交付使用。结果，

到了 11 月底，各项目全部达到这一进度要求。二是节约成本。标准化设计为实行统一集中采购、获得批量优惠创造了条件，从采购环节开始就实现了节约成本；三是降低了安全风险。这一点，长庆建工的体会最深，以往各种设备在现场焊接和安装，员工的安全和劳动强度大，实行标准化设计后，现场安装简单多了，而且整个过程是受控的，安全得到了保障。

模块化建设的魅力

模块建设的前提是标准化设计，重点是工厂化预制，核心是插件化安装。以往工作量不饱和的机修厂，现在成了预制厂，工人们挥汗如雨地进行着焊接、组装、防腐等工作，流水作业，分段组装。他们的旁边是已经完成、等待出厂的大中型组件。同一类组件尺寸规格相同，一旦运到场站，便可迅速完成安装。

在模块化建设中，工艺模块按工艺流程为线条，以工艺单元为对象，划分为独立的工艺模块单体，每一模块单体又根据规模的不同细分为模块系列，各工艺模块在预制厂提前定制完毕，在现场施工中，只需进行插件化安装即可，大大缩短了建设工期。建筑模块按使用功能进行划分，如井区部为食堂、公寓模块等。最后进行统一模块整合，按照工艺参数，设计模块均实现系列化设计，适应不同的需要，同时对同一系列模块进行整合，减少规格，提高标准化的适应性和适应范围。

模块化建设中，站场规模一经确定，采用标准化的图纸，各种组件就可以在工厂提前预制，大大缩短了建设周期，在苏里格气田，过去 3 天安装一个井口，现在一天就可完成一个。在苏 14 井区，4 座集气站只用了两个月就完成了主体工程，比常规建设周期缩了两个月。二是大减少了现场作业量。比如一个集气站 8 干管式总机关，共有 138 道焊口，工厂预制完成了 128 道焊口，现场只剩下 10 道焊口，单站安装周期由 45 天缩短到 25 天。总体有效工期由 111 天缩短到 50 天以内。同时，还有助于提高工程质量。

推行标准化设计、模块化建设，不仅降低了建设成本，更为油田的数字化管理创造了条件，实现了快速、规模、有效开发。实施一年来，达到了"两适应"、"两提高"、"两降低"、"三有利"的效果。也就是说，在适应大规模建产和滚动开发需要的同时，提高了生产效率和建设质量，降低了安全风险和综合成本。实践证明，这种建设模式，有利于均衡组织生产，达到了以人为本的目的，创新了油田建设的模式。一个月建成一座集气站，三个月建成一座联合站，半年建成一座大型天然气处理厂，这就是长庆转变发展方式创造的奇迹。

第五章　不朽的丰碑

在长庆油田迅速崛起为巨型能源基地的过程中，长庆人最大限度地奉献了自己。

他们是一群平凡的人，貌不惊人，名不见经传，走在人群中也丝毫没有什么不同。

但是他们也注定不平凡。因为他们是长庆油田的脊梁，是这片高原上的赤诚魂魄，也是这个古老民族伟大复兴的希望所在。

石油是黑的，都说它是乌金。可在这些人心中，石油却是红的，血红血红……它像人的生命之血。

长庆的油是长庆人用生命染红的血。

长庆忠魂

在长庆油田采访期间，我们听说了许多的英雄故事。他们普通，普通得像采油树一样默默无闻；他们年轻，年轻得像花蕾一样还没有绽开。然而有这样一些故事我们却深深地铭记在心，他们便是那些为了保卫国家财产付出了生命代价的石油人……他们的生命都很年轻，却已经融入了绿色的大山、乌黑的石油里，他们用生命叠起了座座不朽的丰碑——

香飘"流芳亭"

山里的路总是弯弯绕绕，曲曲折折。

这里原本没有路，后来这里有了油，有了井，有了人，才有了路。

汽车出庆阳沿山路颠簸前行，扑面而来的是望不断的荒原和挡不住的黄沙。在一个叫马岭的地方，出现了一个醒目的路标——中国石油企业精神教育基地。

一条似有似无的土路通往大山深处，路的尽头是一座四脚飞檐的方亭，这就是在长庆无人不知的"流芳亭"。

这是一座仿古建筑，远远看去，像是江南水乡公园里的凉亭，可它不是，这里没有江南水乡的韵致，没有小桥流水的雅趣，和它融为一体的是凝重的大山，凝重的高原，这里曾经发生过一个感天动地的故事，这里栖息着一个伟大的英魂。英雄的名字叫罗玉娥，她牺牲那年27岁，是一个3岁孩子的母亲。

罗玉娥，长庆采油二厂马岭油田一名普通的采油女工，她热爱生命，热爱生活，更热爱石油事业。在油田工作，勘探也好，采油也好，都是野外作业，辛苦自不必说，最受折磨的是寂寞孤独和对家里人的牵挂。

厂里有规定，在井场上一个月班，可以轮休10天，这10天里还要抽出5天参加学习和培训。井场大多在远离城市荒无人烟的大山深处，那里环境艰苦，交通不便，回一趟家也不容易。能正常回家的还算幸运，更多的人不能正常回家。

站上有一位采油工半年里才回家一趟，那位妻子埋怨说，你回家两趟，孩子就长1岁了。

在采油二厂，女工比较多，她们大多数是老石油的后代。在这里，女人也是半边天，她们和男人们一样，也要和大山为伍，和油井相伴，罗玉娥就是其中的一位。

1997年12月23日的那个黑夜来得有点早，不到6点，天全黑了。大山不见了，油井不见了，连星星月亮也不见了，能感受到的是来自大漠的风，卷起漫天的黄沙，带着要把这个世界撕裂的野性在天地间呼啸。这样的恶劣天气罗玉娥遇到过，她并不惊慌。此时此刻，她心里却涌动着暗暗的窃喜：明天是自己轮休的日子，又可以回家看看宝贝儿子了，又可以听到那声亲亲的呼唤了。"儿子，想妈妈了吗？妈妈很想你。"她从油工服里掏出儿子的照片，自言自语地和儿子说话。

在采油厂，最苦最累的是修井工，这是男人们干的活，在一线的女工大多担负巡井任务。从工作性质上说，巡井工要比修井工轻松一些。巡井工的任务是：准确记录油井的生产状态，油压是否正常，油路是否畅通，产油数量多少……巡井是个细致活，要有高度的责任心，每天3次，这任务是雷打不动的。

这天，最后一次巡井的时间是晚8点。时间到了，

罗玉娥披上那件御寒的羊皮袄，背上工具包，带上手电筒，向自己负责管理的井场走去。

脚下的这条路太熟悉了，每天走3遍，一走就是好几年，路上有多少条沟多少道坎她了如指掌，可那天不同了，脚下的路不见了，天地间一片混沌。站在猎猎风中，她突然觉得自己轻薄得像一片树叶，随时会被大风吹跑。她不能再用双腿直立行走了，便俯下身子，四肢并用地向井场爬去。

她终于艰难地爬到井场，眼前出现的是更加可怕的一幕：一群"油耗子"如入无人之境，正在贪婪地盗取原油。过去听说过"油耗子"盗油的事，罗玉娥是第一次遇到，而且是在这样恶劣的气候条件下，在如此孤立无援的境地中。

"住手！"罗玉娥义愤填膺地向"油耗子"们发出严正警告。

眼看好梦成真，没承想这半路上杀出个程咬金，油耗子们面面相觑，是撤还是不撤？

"是女人，只一个，怕她个甚！"领头的油耗子叫嚣着。

这"耗子"真的是成精了，偷还要偷它个有恃无恐！罗玉娥怒火中烧，她相信正义一定能战胜邪恶。

"你们听着，这油是国家财产，破坏油田建设，侵吞国家财产，就是犯罪，犯罪是要坐牢的！"

罗玉娥没有退缩，勇敢地走了过去，她想通过劝说，让"油耗子"终止犯罪。

失去理智的"油耗子"们毫无收敛之意，他们不想放弃这个难得的发财机遇，良知、道德、法律全被他们抛在了脑后。

"如果你断了我们的财路，我们就断了你的生路，如果你活腻味了，我们就把你扔到山沟里去喂狼！"油耗子们的威胁带着血腥。

罗玉娥没想到这是一场用生命做代价的生死之战，她当时的想法是，绝不妥协，也绝不让"油耗子"们得逞。

起先是舌战，继而是武斗，罗玉娥寡不敌众，最终被油耗子们打晕在地，又被他们惨无人道地推下悬崖。

那一夜，一个采油女工为了保卫国家财产，倒在了她无比眷恋的岗位上，她用鲜血和生命谱写了一曲可歌可泣的正义之歌。

为了纪念这位英雄采油女英雄，采油二厂修筑了罗玉娥精神教育基地。基地由"英雄门"、"罗玉娥事迹陈列室"、"玉娥路"和"流芳亭"4个部分组成。

英雄门是褐色大理石建造的，是一座纪念性建筑，气势恢弘。它的象征意义是：走进这座门，就走进了英雄的精神世界。

和英雄门连接的是"玉娥路"，这条路是以英雄的名字命名的，路旁有一块石刻的路标。

罗玉娥生前，每天要沿着这条路去井场，当年这里没有路，那条羊肠小道是罗玉娥她们踩踏出来的，到了雨雪天，这路便不再称其为路了。如今，为了纪念英雄，缅怀英雄，那条羊肠小道被改造了，在原来的路基上修了207个台阶。

在"玉娥路"的尽头，就是英雄安息的地方——"流芳亭"。

"流芳亭"建于1998年10月，亭高6米，木质结构，混凝土底座，外围是雕花铁栏围成的庭院。

"流芳亭"三个字是由陇东著名书法家张亚武先生题写，取"英雄精神万古流芳"之意。亭子外侧的廊柱上是一副献给英雄的对联："热血一腔化春雨，壮志千秋启来人"。这副对联是甘肃著名书法家张改琴题赠的，短短两句七言诗，高度概括了罗玉娥光辉的一生。纪念碑的碑文是庆阳师专中文系教授阎果知撰写的，他用言简意赅的文字为这位只有27岁的女英雄写下了永铭于世的墓志铭。亭内侧廊柱上有4幅彩绘，说不清出自何人之手，描绘的是罗玉娥生前的故事和她勇斗歹徒壮烈牺牲的场景。

罗玉娥壮烈牺牲后，全国总工会、全国妇联、共青团中央作出了向罗玉娥同志学习的决定。中国石油天然气总公司授予罗玉娥"英雄女采油工"光荣称号。1999年，罗玉娥被追授为"全国见义勇为先进分子"。2004年，流芳亭被中国石油天然气集团公司命名为首批"中国石油企业精神教育基地"。

为有牺牲多壮志。玉娥路、流芳亭、英雄门，这是英雄的化身。自从英雄化为青山，长驻于此，"油耗子"们从此销声匿迹，这就是精神的力量，这就是正义的力量。

流芳亭不但是一个纪念亭，而且是一座精神大厦，它将激励更多的石油人肩负起"我为祖国献石油"的使命，为中国的石油事业做出更大贡献。

青春的背影，走过鲜花盛开的春天
青春的背影，走向无怨无悔的永远
莫要说，人生太短暂
莫要说，岁月如云烟
大河奔流，倾诉着不尽的思念
朝霞如画，托起了一座二十岁的大山……

这是一位油田诗人写给一位倒下的年轻石油战士的诗，这诗的名字叫《二十岁的大山》。

诗里所歌颂的石油战士叫陈小军，他牺牲的那年只有20岁。

20岁的生命融入大山，20岁的大山有了生命。这就是生命的意义，这就是生命的辉煌！

这注定是一个悲壮的故事，一个用生命书写的篇章。

2000年6月10日凌晨，大山还懒懒地睡着，陈小军便和队友们走上巡井之路。

夏日巡山，别有一番情趣。一路风景，一路清风。我就是大山的主人，悠悠天地间，任我独往独行。于是又多了几分豪迈之情。

山路绕人，不是上坡就是下坡，走累了，走乏了，便扯着嗓子喊上一段"信天游"。大山是有灵性的，你这边唱，它那边和，这一呼一应，一应一答，便是人与大山的对话。

陈小军和队友们有说有笑地来到井场，他们看到的是不该看到的一幕。小小的井场上站着黑压压一群人，至少也有20多个，他们手里拿的是木棒，肩上扛的是蛇皮口袋，这不是明目张胆地哄抢国家财产吗？他们是什么人，竟然如此大胆！

盗油贼见石油人前来追缴，一群乌合之众顿时逃之夭夭。陈小军等人立马追了上去，从中抓回一名人质。手中有了人质，何愁抓不到真凶？

陈小军将人质带回井站正准备审问，盗油贼们又闹闹哄哄地闯进井站。他们是来"解救人质"的。

"快把人给我们放了，我们就走人！"盗油贼们声嘶力竭地叫喊。

"如果不放呢？"陈小军冷冷地回答。

"不放人，就一把火把你们烧了，你信不信？"盗油贼们恶狠狠的话里带着威胁。

"放人可以，国家的损失谁来弥补，这次哄抢事件谁来负责？"

"少跟他啰嗦，抢人！"

他们真的动手抢人了，几十号人手持木棒冲了进来，大有炸平庐山之势。

一场正义与邪恶的对撞不可避免地发生了，盗油贼们最终下了毒手，重棒向陈小军的头部击去，

那是致命的一棒，后经医院诊断，陈小军颅脑大面积出血，颅脑粉碎性骨折。

人无回天之力。昏迷103天后，陈小军带着诸多的遗憾离开人世，离开他热爱的事业。在这103天里，亲人们守候在陈小军病床前熬干了眼泪。

"嫉恶如仇正气舍身护油田，视死如归丹心热血捍正义。"在陈小军的追悼会上，人们记住了这副挽联，这是对英雄精神的高度提炼和概括。

为了弘扬英雄事迹，让英雄精神昭示后人，油田公司党委追认陈小军为共产党员，授予他"油田卫士"光荣称号。陈小军生前工作过的井站被命名为"陈小军站"，陈小军与歹徒英勇搏斗的塞90井被命名为"小军井"。

2001年9月21日是陈小军牺牲一周年的纪念日。这一天，"陈小军站"、"小军井"建成并命名。采油一场用花岗岩在"小军井"前立碑纪念，碑身高一点六米，这是英雄离去时的身高，这碑身并不伟岸，可它是一个永远难以企及的精神高度。

在中国，能树碑立传的人并不多，陈小军便是其中的一个。

在中国，妙手著华章的文人骚客千千万万，最难写的文章是碑文。让我们带着一颗敬仰的心再用心默读一次刻在"小军井"上的碑文吧：

长庆采油一场青工陈小军，为保护国家财产，临难忘身，临危不惧，堪称至公大义，贞刚有志。

英雄陈小军祖籍湖南，生于陕北，少年读书即崇尚正义，仰慕英雄，及至长大成人，投身军营，刻苦学习，练就本领。服役期满，转业油田，守其初心，苦练硬功，巡井护油不避寒暑，乃铮铮刚强铁汉。平日处事勤勉，乐于助人，孝敬父母，尊敬师长，深得同事好评。小军英雄壮举，出群拔萃，盛传一行，流布四方。油田公司，大加褒奖，授予荣誉称号，命名英雄井站。刻石立碑，永志不忘。

群山顿首，杏河垂泪，英烈之风，传之万辈。

陈小军走了，可他没有走远，他还在这大山深处，还在石油人的心里。他的名字人们不会忘记，他的英雄事迹人们同样不会忘记。

生命最后的91天

第七采油厂有两个作业区，一个叫大板梁作业区，一个叫白豹作业区。两个作业区在两座山上，两座山之间有一条山路连通。

车行至半山腰，司机小杨将车缓缓地停在路边，陪同我们一同前往的王书记下了车，打开汽车后备箱，取出一束鲜花，神情凝重地向不远处的一座亭子走去……

献花、默哀、三鞠躬，这一切在无言中进行。这亭子叫"正义亭"，是为纪念一位为保卫油田而牺牲的石油工人而建造的。司机说，自从这里建了纪念亭，王书记每次路过这里都要停车，都要献花，这里祭奠的英雄叫代超。

车上，王书记给我们讲了代超的故事。

代超是一个生于川长于川、地地道道的四川小伙子。正义亭上有他生前的照片，那是一张清秀的脸，白白净净的，戴一副眼镜，看上去很帅气，是那种极有男子汉气质的帅气。身穿红色的工装，头戴红色的铝盔，一副彻头彻尾的石油工人形象。

代超是"80后"，1982年出生于一个普普通通的石油工人家庭，他自幼聪颖好学，是一个读书的"料"，从小学到高中，学习成绩一直名列前茅，后以优异的成绩考入四川托普学院。2006年大学毕业后，代超带着骑士般的梦想和实现人生价值的迷茫，决定外出闯荡一下这个五彩缤纷又充满诱惑的世界，深圳、成都、北京都留下过他匆忙而奔波的身影。2007年6月，在外"闯荡"两年之后，代超终于找到了事业的归宿，继承父业，只身来到艰苦的大西北，当上了一名"头戴铝盔走天涯"的石油工人。

经过3个月的技术培训后，代超被分配到油田当了一名普通的巡井工。大学生当巡井工岂不是大材小用？有人为他打抱不平。他不这么认为，还是觉得自己在石油战线上是一名新兵，要想成就大业，必须从基层做起。

9月19日，代超白天忙活了一天，晚上带着一身的疲惫早早地进入梦乡。

是夜11时许，睡意蒙胧的代超被组长叫醒，组长说，他刚刚接到厂保卫科电话，附近井场有盗油分子已割断管线，要求立即派人增援。

组长带领代超和另外一名员工出发了。组长制定的处置原则是：见机行事，先礼后兵，尽量不发生流血事件。

近年来，"油耗子"盗油的事件时常发生，流血事件也时常发生，虽经重拳出击，仍然屡禁不止。

距离越来越近，情况越来越明。代超他们看清了，不法分子是一群人，不法分子也看清了，他们是对手只有3个人。

一方要抢，一方要守，这是无法调和的矛盾，解决矛盾的最终途径就是诉诸武力。

仗着人多势众，不法分子举着手里的凶器朝代超他们围攻过来，气焰嚣张至极。已经没有退路了，代超冒着危险带头冲了上去。

嗖——就在那个瞬间，他听到身后一个异常的声音从耳边擦过，疾转身，发现一蒙面人正举棍向他头上劈来，躲闪已经来不及了，那一棍正中代超脑门。代超没有疼痛感，只觉得有一股黏稠的东西从脑门流下来，伸手一摸，那是血，鲜红的血还带着生命的温度。

代超性情温和，从没有和人打过架，更没有被人打得头破血流。人之初，性本善。代超相信古人的话，人的本质都是善良的，与人为善是他的处世哲学。这一棒把他打醒了，透过血光，他看到的是一张张被善良掩盖的面孔和一个个丑恶的灵魂。

性情温和并不等于软弱可欺，代超被激怒了，从地上捡起半截木棍，朝不法分子冲杀过去……在这场善与恶的厮杀中，代超为保卫国家财产，献出了年仅25岁的生命，而这一天，是代超来长庆油田工作的第91天。

长庆油田公司授予代超"油田卫士"荣誉称号，并在代超牺牲的地方建起一座名为"正义亭"的纪念碑。

碑文是这样写的：

苟利社稷死生以，岂因祸福避趋之。此华夏民族之高尚品德，志士仁人之行动准则。有代超者，恪遵履之，英年捐躯，堪称楷模。

代超乃四川泸州市人，生于公元1982年10月2日，殉职于公元2007年9月20日，享年二十又五。其自幼聪慧，勤勉好学，成绩超群，人咸慕赞，睿智敏达，学而有成，考入成都托普学院，2005年毕业。曾于广州、

深圳、成都等地工作，旋又继承父志，为国献油，依然
奔赴长庆油田第七采油厂供职。其间，恪尽职守，竭忠
尽能，锐意创新，成效卓然。

尤可敬者，2007年9月20日凌晨，于大板梁作业
区护线保油，途遇盗油不法分子，挺身而出，惨遭歹徒
殴打致亡。祸降不辜，天人共愤；英华早凋，山河同悲。
哀哉！惜哉！为表彰英勇壮举，中国石油长庆油田公司
党委追授其"油田卫士"称号，并掀起向代超同志学习
高潮。

代超为人，敦厚诚信，爱憎分明；吃苦耐劳，严
于律己；团结和谐，乐善好助，笃志励学，才智日新；
尊长爱幼，大孝侍亲；精忠敬业，浩气若虹；嫉恶如仇，
不怕牺牲；勇往直前，大义凛然；丹心为公，后世垂范。

值代超殉职周年之际，为缅怀英烈，慰藉忠魂，
弘扬正气，策励来者，特营建"忠烈亭"且镌石勒碑以
记之。宝塔巍巍，延水泱泱，代超风范，山高水长。

"正义亭"、"流芳亭"、"小军井"，这是
英雄的化身。

在长庆油田，有许许多多英雄的故事，他们的
故事已广为流传，他们的精神已化为丰碑。在这个
英雄群体中，有一位英雄没有树碑，也没有立传，
他默默无闻地走了，直到今天，很多人还没有弄明白：
他本来可以不死，为什么不跑呢？人世间最珍贵的
是生命，他懂。可他为什么和自己的生命过不去呢？
我们不懂。

第六章　平凡的巨人

选择石油，就是选择了忠诚！
选择石油，就是选择了艰苦！
选择石油，就是选择了奉献！
这是新一代长庆人的豪迈宣言！

郝坨梁的"福星"

在长庆油田公司，谢银伍的名气很大，上上下下，
无人不知，无人不晓。

写谢银伍，先要熟悉胜利山，他的故事是从这
座大山里生长出来的。

吴起县境内有一座山叫胜利山，这山很有名儿，
是当年中央红军走过的地方，这里留下过无数铁血
英雄的故事。战争的硝烟渐渐散去了，这块被称之
为革命老区的红土地也恢复了往日的沉寂。这里的
山还是秃山，这里的地还是贫瘠，这里的人吃的还
是洋芋蛋蛋，这里人穿的还是那件里外都能穿的羊
皮袄。

后来有一天，这胜利山上突然"长"出一棵采
油树，一棵变成两棵，两棵变成一片。采油树多了，
这里又有了采油站、作业区，新寨作业区就在这座
山上，新寨采油作业区的经理就是谢银伍。

人们眼中的谢银伍总是头戴红色安全帽，身穿
红色油工服，脸也是红色的，黑红的脸膛上还挂着
没有褪去的汗珠，给人的印象是风风火火。

从外貌上看，谢银伍身材魁梧，四肢粗壮，典
型的一个西北汉子。44岁的他，形象年龄看上去比
实际年龄大了许多，是大山塑造了他老成的外表和
坚毅的秉性。

1985年秋天，谢银伍带着父老乡亲的嘱托和改
变家乡落后面貌的美好愿望走进长庆石油学校。在
这里，谢银伍知道了什么叫"石油"，知道了什么
叫"勘探"；知道了石油的开采和储藏，知道了石
油的炼化和用途。在这里，他知道了世界和中国石
油发展的历史，知道中东战争的起源和石油的战略
地位，知道了玉门对石油的历史性贡献，知道了"工
业学大庆"这面旗帜的精神力量，知道了铁人王进

喜的故事。谢银伍暗暗发誓：珍惜石油工人的荣誉，以王进喜为榜样，亲手从地球深处挖出石油，点亮家乡，点亮中国，点亮世界。

在人生道路的选择上，谢银伍总是给人意想不到的结果。

在很多同学为留校、留机关而四处奔走找关系找门路的时候，谢银伍毅然决然地去了一线，去了那个地处毛乌素沙漠边缘的名叫油坊庄的采油九队。

好一个大沙漠！好一个油坊庄！既不见村庄又不见人。这里是风口，刮起风来，这里只有一种声音，是狂风呼啸的声音；只有一种东西在走动，那是流沙；只有一种颜色，是土黄。衣服上是沙，床上是沙，头发里是沙，捧着的饭碗里是沙，沙子真可谓是无孔不入。面对肆虐的狂风，谢银伍曾豪情万丈地对着沙漠大喊：让狂风来得更猛烈些吧！在沙漠里，能征服黄沙的只有狂风，他相信黄沙吹尽始是金。

22岁的谢银伍是采油九队的见习技术员。既然见习，就要从头学起：学投球、收球、加药、取样、焊接、录井、绘图……

知之为知之，不知为不知，知也。这是谢银伍的学知观。他向工人学，向书本学，向实践学，在学中干，在干中学。谢银伍的谦虚好学、低调做人赢得了大家的信任和好感，上上下下都喜欢这个新来的年轻的技术员。

一次，大队长刘向东来井上检查工作，见一个年轻人正顶着烈日在焊接管道，头戴一顶密不透风的安全帽，上身赤裸着，下身穿一条大裤衩，古铜色的脊背上汗珠子吧嗒吧嗒往下滚。火星子溅到胳膊上，本能地抹一把，接着焊；火星子溅到大腿上，抹一把，继续来……这么热的天，站在太阳底下都有窒息感，还要和"火"打交道，血肉之躯啊，如何承受得了！

大队长被眼前这个"铁人"感动了，问队长王沛和："这人是谁呀？"

王回答说："裤头。"

"什么乱七八糟的？"大队长不解。

"是外号。"王笑着回答。

"怎么取了这么一个外号？"大队长觉得好奇。

"你瞧，这火星子溅到皮肤上就是一个水泡，溅到衣服上就是一个窟窿，一个班干下来，裤头上少说也有10来个窟窿。上一个班至少要换一个裤头，他穿裤头多是出了名的，于是大伙给他取了这么一个外号。"听了这个外号的来历，大队长更为感动了。王队长告诉他，这个穿裤头最多的人是新来的技术员，叫谢银伍。刘向东记住了谢银伍的名字，回去后的第二天打来电话，调谢银伍到大队部工作。大队长征求他的意见，他的回答又是一个出人意料："我还年轻，想在基层多干几年。"

1990年，采油7队原油产量下滑，人事科长找谢银伍谈话。

"你去7队吧。那里担子很重。"

"成。"这一回谢银伍回答痛快。

"就去7队当队长吧。"

"我行吗？"

"这是组织决定。"

"那就服从吧。"

队长虽然不是大官，手底下也管着上百号人呢。从谢银伍上任的那天起，他就暗暗告诫自己：榜样的力量是无穷的，要求别人做到的自己首先要做到。于是，他带头学，带头干，带头遵守各项规章制度。

人心齐，泰山移。在谢银伍的带领下，采油7队很快走出困境。刚刚有了喘息之机，人事科长又来了。

"想把你挪一挪。"

"又要挪啊？刚刚熟悉了这里的工作。"

"去8队吧，那里更需要人。"

"8队？"谢银伍没有立即表态，他知道8队目前的处境：260多名员工，40多口油井，日产原油不到20吨。这是大马拉小车，干的是赔钱的买卖啊！改变这种局面，光靠带头干是不成的。减员增效是企业发展的根本出路，实现这一目标要从体制上进行改革，这难度无疑是太大了。

谢银伍上任的第一件事是理清发展思路，深入调查研究，找出问题症结，制订改革方案。

问题的症结：人多油少，高耗能，低效率。

实现的目标：减员增效，低成本，高效能。

谢银伍的整改方案出台了：关闭联合站，改造接转站，关停并转井站。

整改方案刚出台，暮气沉沉的8队像油锅里撒了一把盐——炸开了。哪被关停了，哪被兼并了，谁被减员了，这牵扯到每个人的切身利益啊！谢银伍一下子站在了员工的对立面，成了众矢之的。有人咬牙切齿地骂娘，有人说这是胡整，有人还放出风来跟他过不去。员工们的这些不良情绪谢银伍想到过，可他没想到是如此的对立。他感到委屈，自己考虑的也是企业的发展啊，企业是一棵大树，这棵大树枝繁叶茂，靠着大树好乘凉啊！

在叽叽喳喳的反对声中，谢银伍的整改方案被上级批准实施了。

谢银伍的整改方案取得明显的经济效益。原来260人的庞大队伍减掉了210人，仅此一项，每年就节约生产成本700多万元。人减了，工作任务没有减，工作劲头没有减，真正实现了减员增效的目标。

就在采油8队整改取得成效、生产蒸蒸日上之际，一纸调令，谢银伍被调往郝坨梁作业区任党总支书记。这一回人事科长没有直接找他谈话，也没有征求他的个人意见。这是组织需要，必须无条件服从安排。

谁愿意来郝坨梁啊！这里是采油三厂最艰苦、最偏远的作业区，距银川基地500多公里，山下的人上不来，山上的人下不去，人称"梁山"。这"梁山"上的好汉们在这里吃的苦够多了，现状呢？产量急剧下降，从一年前的500吨下滑到不足300吨。人心凉了，人心散了，人心思走。就在这时，谢银伍来了，别无选择地来了，意气风发地来了，无怨无悔地来了。他知道自己面临的困难有多大，他知道自己肩上的担子有多重。没有困难还要我们这些共产党员干什么！

在那个"山上黄昏欲望休"的日子，谢银伍提着简单的行囊来了。放下行囊，他当即组织召开了一次全体职工大会。几百号人静静地坐在那里，用异样的目光盯着那张坚毅的脸，聆听他的"施政演说"。

没有主席台，没有讲话稿，也没有麦克风，一点官架子也没有。他平易近人的作风一下子拉近了和员工们之间的距离。

"同志们，兄弟姐妹们，人称我们郝坨梁是梁山，梁山上的人自然都是好汉。我初来乍到，先给这里的好汉们问声好。当年的'梁山好汉'靠'忠义'结庐，替天行道，让后人景仰，我们今天同样需要梁山精神，忠义之举，为国争光！作为郝坨梁的一名新成员，我和大家一起共渡难关来了，请相信我，我也相信大家，只有我们大家心往一处想，劲往一处使，不泄气，不放弃，勤勤恳恳地做好自己的工作，郝坨梁的明天一定会更美好！"

短短的发言，引起一阵长长的掌声。

人有了精神，原油有了产量。2003 年，郝坨梁作业区投产新井 56 口；2004 年，郝坨梁作业区投产新井 101 口。日产量突破 1000 吨，年产量突破 30 万吨。

郝坨梁活了！

又是几年征战苦。2007 年年末，郝坨梁作业区被油田公司评为"模范集体"。所有人都知道这荣誉来之不易，所有人都知道这荣誉应当归功于谢银伍。庆功会正在筹备，谢银伍又接到调令，到新成立的新寨作业区任经理。消息传来，郝坨梁作业区几个采油大队的队长们私下商量，自己掏腰包，为谢书记送行。那天的送行场面很感人，请来了秧歌队、腰鼓队、高跷队，吹吹打打，好不热闹。这件事谢银伍事先并不知道，更没有想到员工们自发地给他披红戴花。大家舍不得他走，他是郝坨梁的"福星"。

"三低"探秘者

1982 年 8 月，风华正茂的张文正，从浙江大学

摄影/佚 名

地质学专业毕业，风尘仆仆地来到长庆油田勘探开发研究院，一头扎进了地质试验工作中。28年过去了，年逾50的张文正看着堆满办公室的各种岩心，欣慰地说，这些年破解"三低"油气藏奥秘，就是要为鄂尔多斯盆地油气地质勘探，为长庆油田大发展做出自己的贡献。

1982年，张文正从浙江大学地质学专业毕业，分配到长庆油田。望着眼前沟壑纵横的茫茫黄土塬，一座座井架，一台台抽油机，在南方出生成长就学的张文正，内心充满激情，燃起了理想的火焰。

鄂尔多斯盆地蕴藏着丰富的矿产资源，石油、天然气、煤炭、岩盐和铀矿极为丰富，但油气资源普遍具有"低渗、低压、低丰度"特性，在这里勘探开发油气资源属于世界级难题。正是这极为复杂的神秘的地下结构，引发了张文正探索油气储藏奥秘的热情。

参加工作才一年，张文正就赶上了好机遇。《中国煤成气的开发研究》被列为"六五"国家重大科技攻关项目，其中《陕甘宁盆地上古生界煤系地层热演化与烃类成因》的研究课题，交到了张文正所在的研究组。张文正凭着扎实的专业素养，清楚地认识到，油气勘探开发首先得认识清楚地下油气资源的成因及分布情况。而这个课题研究，对于摸清油气资源生成、性质及分布状况，有着重大意义。

由于这项研究必须进行的试验在国内尚处空白，张文正经过反复画图、查阅资料，提出建立一套全新的"热模拟"装置的设想，得到专家和课题组的认可。试验方案、研究方法和试验装置都需要自主设计。张文正几乎跑遍全国，寻找能加工反应釜、陶瓷加热炉的厂家，从江苏无锡把几百斤重的陶瓷加热炉"抱"回甘肃庆阳。接着，张文正和助手踏遍了陕甘宁的沟沟峁峁，采集样本，为试验做准备。

模拟地层演变温度压力的试验危险系数极高，最高温度可达600摄氏度，1000个大气压，极有可能引发爆炸。实验在一个环境极差的小窑洞里进行。七八台炉子同时运转，在气温高达五六十摄氏度的窑洞内，每隔两个小时就要记录观察数据，每次取50克的煤样。小小的煤样上要均匀打上8个试验点，连续加热12小时，以便观察各种温度下的反应情况。整个试验不能受到任何干扰，一旦停电，就要重新做整批试验。

就是在这种环境下，张文正带领的研究团队在长达两年多的时间里，对褐煤、未成熟腐殖型泥岩和重液分离的单一显微组分进行热压模拟成烃实验，取得了盆地油气资源生成轨迹等基础实验资料，为煤成气资源的定量计算和煤成烃机制的研究迈出了坚实的一步。

在此基础上，长庆科研人员通过大量模拟实验与研究，获得了各类烃源岩各个演化阶段的产气、产油率参数，被广泛应用于鄂尔多斯盆地和其他盆地的油气资源评价，为靖边大气田的发现提供了理论依据，开创了长庆油田天然气发展新纪元。

张文正将他的情感、理想和追求，全部倾注到油气科研中。他先后主持完成国家青年科学基金项目和国家自然科学基金项目、国家重点实验室课题，参加国家六五、七五、八五、十五煤成气与天然气地质研究科技攻关，成为长庆油田有机地球化学学科的带头人。

1992年，他获得第四届"侯德封奖"，成为石油系统有机地球化学研究领域获此殊荣的第一人。他还先后获孙越崎科技教育基金"优秀青年科技奖"，以及集团公司首批跨世纪学术技术带头人、集团公司高级技术专家等荣誉。

张文正所从事的有机地球化学研究是油气田勘探开发最基础的工作，研究成果直接影响着油气分布认识、布井安排、钻井目的层选择等一系列关键问题。

长庆油田从一个年产量仅百万吨的小油田成长为3000万吨级的大油气田，饱含着以张文正为代表的科研人员为寻找油气富集区做出的艰辛探索；一个个上产主战场开辟的背后，记录着他们探索低渗透的足迹。

在靖边大气田发现之初，鄂尔多斯盆地煤层气广阔的勘探前景并没有被人重视。有人认为，靖边气田天然气主要来源于奥陶系碳酸盐岩，并非上古生界煤系烃源岩。这可是影响勘探方向的重大问题。要搞明白勘探方向，就必须解决气源问题。

张文正感到责任重大。他从天然气的成因入手，结合油－气－源对比、油气混源判识等多学科综合分析，对上古生界和奥陶系风化壳的气源展开系统研究，提出上古生界煤系气源岩是古生界主要气源的认识，为天然气勘探科研工作找到了突破口。不久，勘探发现证实了这一认识，长庆油田立足这一基础认识，通过艰苦的技术攻关和勘探实践，在上古生界发现了中国最大的气田——苏里格气田。

苏里格气田的发现，带来一个新的地质问题：在整体低渗的背景下，如何寻找高效气田？低渗透天然气储层预测是世界性难题。为了尽快解决这个问题，长庆油田公司在2003年组织课题攻关，张文正作为课题负责人，白天与课题组成员一起反复琢磨，晚上回到家里还苦思冥想，寻找突破点。在没有现成的试验技术思路和试验装置的情况下，张文正自行研发设计一套成藏模拟试验装置，由此开展了多种矿物的溶蚀成岩模拟试验，获得可靠试验分析数据，完善了储层成岩理论，进而为扩大苏里格气田和子洲气田的发现奠定了理论基础。

在天然气勘探方面一个又一个技术难题不断攻克的同时，张文正开始致力于完善低渗透油气地质理论，在盆地湖相优质烃源岩形成、分布规模及陆相油气形成的关系等重大科研上取得突破性进展，提出针对低渗透储层的烃源岩评价标准及优质烃源岩在低渗透富油盆地中起主导作用的新认识。根据这一认识，长庆油田重新研究盆地资源储量，将鄂尔多斯盆地远景石油资源预测量提升到120亿吨左右，加快了在鄂尔多斯盆地建设年产5000万吨大油气田的步伐。

随着关键课题试验的一次次成功，张文正寻找油气资源的思路逐渐走向成熟。2004年，西峰油田大规模开发之初，为了有效界定含油饱和度，张文正带领科研团队开展岩石热解试验，打破油田现场油气层识别的传统方法，使油气层评价技术由定性向定量化迈出了一大步。经过长达两年的反复论证，统一了分析、解释和评定油气层的标准，通过集团公司的认可验证，成为整个石油系统遵行的行业标准《岩石热解录井规范》。岩石热解仪被普及应用到钻井现场，当场钻井采样同时取心化验，极大地提高了工作效率和钻井效益。正是这些基础的研究试验，极大地推动了长庆油气勘探开发。

青春无悔献石油

当电焊工时，刘玲玲在中央企业模范人物先进事迹巡回报告会上，作了题为《让我们的青春在焊花中闪光》的演讲，场场都报以经久不息的热烈掌声。

当采油工后，刘玲玲在北京石油大厦举行的长庆油田油气当量3000万吨专题报告会上，作了题为《选择了石油就选择了奉献》的感人事迹，赢得了与会人员的高度赞扬。

刘玲玲是长庆油田公司超低渗透油藏第二项目部关一增压站站长。

在当采油工之前，刘玲玲曾经当过14年的焊工，与女子焊工班的姐妹们一道下江南、出阳关、上内

蒙古、进陕北，参加了西峰油田、苏里格气田等重点工程的产能建设，参加了西气东输、陕京管道等重大工程的施工，焊接管线两千余公里，完成大小焊口近5万个。

18岁，花样的年华。刚当上石油工人的刘玲玲，手中的工具是电焊枪。

上班没几天，她那稚嫩的眼睛就被电焊弧光刺得又红又肿，泪流不止，疼得像针扎一样，连吃饭都摸着往嘴里送；每天穿着浑身是泥的工作服、蓬头垢面地下班回家时，总是自卑地低着头匆匆忙忙从单位家属区走过，甚至有时候会有意选择人少的路线回家，就怕被熟人瞧见。当时很多和她一块参加工作的人，都受不了这种苦，换岗的换岗，调动的调动。这时候，亲朋好友、左邻右舍，有的劝她另谋出路，有的说一个女娃娃，干什么不行，非要干电焊工。可她就是有股犟劲："既然干了，我就把它干好。"凭着一股子不服输的劲儿，她早起晚睡练习基本功。为了练好蹲功，她坚持有凳子不坐，就连吃饭、看电视、和妈妈拉家常时也蹲着；为了提高腕功臂力，她坚持每天把胳膊悬空绑上沙袋练习。经过一段时间后，她自己感觉到，当个电焊工，不仅要能吃苦，而且也要掌握过硬的技术。

1995年，刘玲玲被单位推荐到大庆接受德国国际焊接资格认证培训。对于这次外出培训，刘玲玲当做一次难得的机会。自己暗下决心："一定不辜负单位对我的厚望，把最好的技术学到手！"可是，到大庆后她才知道，在参加培训的60个学员里面，只有她一个女学员，而且基本上都是有着十几年以上工作经验的老焊工，甚至有些学员已经是技师，而她却是一名工龄还不足一年的新手。

第一次模拟考试，她在班里倒数第一名。教练关切地看着她说："小刘啊，你基础太差了，一定要加把劲啊！"听教练这么说，她感到无地自容，伤心的泪水在眼眶里直打转。

当时，她完全可以给自己找出一些成绩不好的借口，但她没有那么做。她心想："我是单位推荐来学技术的，单位还等着我学好技术回去教其他工友呢，如果自己学不到真本领，有何脸面回去见单位领导和工友！"

从那次模拟考试失败开始，她就下定决心奋起直追。每天中午一吃过饭，就来到训练场加练。在学习仰焊过程中，火红的焊花溅落在脸上、脖子上，烫得她钻心的疼，可是焊缝却怎么也焊不好。教练看在眼里，急在心上，就手把手教她。谁知，一滴铁水突然掉进她的手套里，烫得她直冒冷汗，但为了不影响教练，她硬是咬着牙、流着泪，坚持把那根焊条烧完。当她脱下手套时，教练才发现她的手被烫起一个蚕豆大的水泡，感动地说："你一定能成为一名好焊工！"

功夫不负苦心人。50天的培训结束时，刘玲玲不仅顺利拿到资格证书，而且被评为全班惟一的一名优秀学员。她的考试焊件还受到了德国监考老师的夸赞："你焊的焊口和你的人一样漂亮，长庆的女焊工真是了不起！"

刘玲玲所在的焊工班有18名女工，都是从不同岗位转岗到一起的，那时候，就有人议论，说她们肯定干不了几天就得散伙，成不了大气候。刘玲玲是焊工班班长，能不能带好这个班，心里总是沉甸甸的。班里的王云霞，来女子焊工班之前，是一名坐办公室的统计员，刚到焊工班时，情绪非常低落，和谁都不说话，也不和谁来往，更不愿学技术。刘玲玲就主动找她交流，经常给她指导，帮她克服学习上的困难。有一次，刘玲玲在指导她进行焊件打磨时，由于打磨时间太长，她手一软，打磨机打到刘玲玲手上，当时就鲜血直流。王云霞流着泪，内疚地说："都是我不好，害得你受了伤！"刘玲玲说：

"咳！没关系，我当初学电焊时，还不如你，现在不也学出来了嘛！"从那以后，王云霞非常刻苦认真，用心练习，技术提高得很快，不久就成为了女子焊工班的技术骨干。就这样，刘玲玲带领全班互相学习，互相帮助，形成了人人不甘落后的气氛。

前两年，由于长庆油田产业结构调整，刘玲玲放下握了整整14年的焊枪，来到位于陕甘交界大山深处的华庆油田，投入到采油生产一线。

刘玲玲深知，现在已不是过去的"焊工状元"，而是一名采油新兵。华庆油田属于超低渗透油田，是典型的低压、低渗、低丰度油田，开发难度巨大，要求采油员工掌握过硬的技术和科学管理知识。"我要从一点一滴学起，练就过硬本领，用一流技术和科学管理来为油田发展增光添彩"。

进站头一天，刘玲玲主动找到技术最好的副站长黄林，拜他为师，虚心向他学习采油专业知识。从油田地质构造到油气成藏理论，从井筒管理到地面设备操作，从辨析示功图到单井、井组生产动态。她白天练操作，晚上学知识，一遍又一遍地学，一遍又一遍地练，很快就能利用数字化平台检测各油井的技术数据，进行科学的单井、井组动态分析。

一花开放不是春，百花盛开春满园。刘玲玲是站长，她就是要让站上的每一名员工都成为爱油田、肯钻研、懂技术的有用之才。欧智慧是个老大姐，47岁了，文化程度低，利用数字化平台辨析油井示功图有困难，她急得直掉眼泪。示功图是反映抽油机、深井泵工作状况的图形，通过分析它可掌握油井生产动态。为使她尽快熟悉现代化油田管理模式，适应岗位需要，刘玲玲把她从巡井岗调到站控岗，一个图一个图地教，一口井一口井地分析。一个月后，欧智慧兴奋地给她丈夫发短信，分享学会辨析示功图的喜悦。

为此，刘玲玲深有感触地说："我们的技术是焊花烫出来的，是泪水和汗水泡出来的，更是对亲情的歉疚换来的！"

初来华庆油田，正值滴水成冰的寒冬腊月。由于油田开发建设速度快，新建的房子没干透就得住进去，厨房设施没有完全配套，员工吃饭只能用电饭锅煮方便面凑合。白天，潮湿的房间四周渗水，在严寒驱使下结成一寸多厚的冰垢；晚上，经暖气烘烤，房顶冰垢融化成水珠，滴在床上、地上，阴冷潮湿，无法入睡。没有办法，只好在被子上加盖一层塑料布，防止被渗水打湿。很快，刘玲玲和站上员工接到抢投关138-141井组10口油水井的任务。大雪纷飞，漫漫山川到处茫茫一片。车辆无法通行，她们就抬着便携式电焊机，扛着管钳、铁锹、铁镐，徒步来到5公里外的山顶井场做投产前的准备。天寒地冻，铁镐砸到坚硬的地上，震得手发麻，大家的衬衫被汗水浸透了，眉毛上结起了白霜。孙小龙手上磨起了血泡，工友们劝他休息，他硬是不肯。女工崔冬梅为了防止电焊机柴油冻堵，就脱下自己的棉工服，把油箱紧紧包裹住，自己却穿着薄薄的单工衣和大家一道紧张作业，阵阵寒风吹来，冻得她脸部抽筋，两手僵硬，但她始终坚持着。就是这样，大家吃住在井场，连续奋战两昼夜，终于提前半天完成了9口油井和1口水井的投产任务。

作为一名石油电焊工，除了要掌握过硬的技术，还要克服特殊工作环境带来的各种困难。

地处鄂尔多斯盆地的长庆油区，施工区域遍布陕北、甘肃、宁夏、内蒙古、青海，常年工作在荒凉的戈壁滩上，奔波在人烟稀少的深山老林中。

那是在2000年7月，女子焊工班承接了陕北注水管线的施工任务，大家一路上有说有笑。可是到了工地上，

都傻眼了，一个小小的村庄，零零散散住了五六户人家，就连她们的临时驻地也是当地村民废弃多年的土窑洞。院子里杂草丛生，小虫子满地乱爬，地上淤积着厚厚的淤泥，窑洞顶上也布满了蜘蛛网，她们来不及抱怨，只好在这孔窑洞里住下来。以后的日子她们才知道，这还不是最大的困难，在阴雨连绵的日子，崎岖泥泞的山路阻断了交通，提前准备好的油盐蔬菜吃光了，她们只好一连几天啃干馒头或者吃"白水煮面片"，直到天晴以后，才能步行几十里山路到乡村集市上去买一些生活用品。

在陕北、内蒙古的施工中，她们还曾经连续十几天喝又苦又咸、上面漂着柴草和羊粪的窖水，也经常接雨水做饭……但是，这些环境对于女子焊工班而言，别无选择！

在陕北施工的一天晚上，天下起了大雨，她们还开玩笑说：老天要给我们放假了，明天可以好好睡个懒觉。可是，没想到的是，"轰"的一声巨响，把她们从睡梦中惊醒。刘玲玲伸手一摸，感觉满身都是土，第一个反应就是窑洞塌了。她大声呼喊："赶快跑，窑洞塌了！"她一个一个叫着姐妹们的名字，辨认着她们的声音，可是，当喊到王晓燕时，却怎么也没人答应。她的心当时就缩成了一团，原来她已经被土埋住了！她们哭喊着她的名字，拼命地用双手去刨，这时，刘玲玲真正感受到了时间就是生命的含义。经过姐妹们的奋勇抢救，终于把王晓燕从土里面刨了出来。这时男工友们闻讯赶来，她们仿佛有诉不完的委屈，不约而同地紧紧抱在了一起！

她们雨里干、土里爬，一天下来几乎都分不出哪个是男的，哪个是女的，甚至几次发生当地老乡给她们女工发香烟的笑话。

最让刘玲玲难以忘却的是在2004年的7月份，江南大地在烈日的烘烤下，像蒸笼一样，闷热潮湿。睁开眼睛就是40℃的高温，站着不动，浑身也像浇了水，她们承担的江苏太仓西气东输工程进入了关键时期。这个地方一米以下，地水就冒出来了，管沟却是1.2米深。刘玲玲穿着雨鞋在管沟里焊接。蹲下焊时，泥水从雨鞋里灌了进去，走一步就"咕咚"两声；趴在管线上焊，泥水浸湿了前襟；侧身焊，泥水溜进了袖口，溜进了领口。一道焊口焊完了，从管沟里爬上来，拧几把湿淋淋的衣服，又穿上；倒掉雨鞋里的泥水，再穿上，又跳下了管沟。

当时一位70多岁的老奶奶一直站在管沟上面看着刘玲玲干活。过了一会儿，她急匆匆回家拿来一把老式油布伞，撑在刘玲玲的头顶，一动不动的为刘玲玲遮挡太阳，此情此景，刘玲玲的泪水夺眶而出。透过泪水，刘玲玲仿佛又一次看到了远方的妈妈！

这次施工也让她们在千里之外遇到了前所未有的困难，不但管线焊接因为气候的变化时常发生质量问题，需要一次又一次的返工，而且在长达3个多月的紧张工作中，大家的承受能力也达到了极限。汗水把工作服都浸烂了，姐妹们的腋下和大腿根部都出现溃烂，身上长满了痱子，奇痒无比。这些柔弱的女子，所付出的艰辛，令人肃然起敬。

艰苦的施工，优异的成绩，赢得了荣誉。刘玲玲所在的女子焊工班先后被评为"全国三八红旗集体"、"全国青年文明号"。

尽管做焊工时也在野外工作，但到采油队长期与荒山相伴，还是有点不适应。长庆油田所在的鄂尔多斯盆地不是沙漠戈壁，就是荒山秃岭，人烟稀少，交通不便。当地人说："一年一场风，从春刮到冬，风吹石头跑，天上无飞鸟。"采油工说："长庆苦不苦，每天要吃二两土，白天吃不够，晚上接着补。"从山下的作业区到山上的采油小站，近则三五里，远则数十公里，运气好能搭上农民的"蹦蹦车"上山下山，多数时间只好靠两条腿来回奔波。

2009年隆冬，天出奇的寒冷，大地冻得结结实实。一场暴风雪又突然降临，连日的大雪压断了油区一条30万千伏的输电线路，导致白153区60多口油井停产。刘玲玲带领大家会同相关单位积极抢险，恢复了生产，但这场灾害仍造成全站关134-143井组4口油井管线冻堵。刚参加完输电线路抢险任务的站上员工，又拿起解堵工具，再次投入管线解堵抢险战斗。这条管线由于距离过长，必须分段憋压，一截一截向前推进。其中难度最大的就是每隔50米要找到埋深达一两米的管线，进行开口放空。一到目的地，大家按照各自分工，有条不紊地干了起来。在长达10多公里的输油管线上，大家在冰天雪地，在茫茫油区，展开了一场激烈的"攻坚战"。解堵的工作一步步向前推进，好消息一个个传来。经过三天三夜的连续作业，抢险任务全面告捷。

几节小小的列车式野营房，就是采油人的家。在新井投产期间，冬天阴冷，夏天酷热，秋天潮湿，春天风沙，感觉和在野外没有两样，多舀一瓢水洗脸都是一种奢望，洗澡更谈不上。苦是苦点，刘玲玲从内心感到，能参加西部大庆建设，是长庆这一代人的幸福。立志要以前辈那种"北风当电扇，大雪是炒面，天南海北来会战，誓夺头号大油田"的气概，为建设西部大庆攻坚克难，建功立业。

刘玲玲也渴望和亲人团聚在繁华的城市，享受美好的生活；也渴望穿着时髦的服装，走在人来人往的大街上，展现靓丽的风采。但作为一名石油工人，刘玲玲的舞台就是施工现场，就是采油前线，就是采油小站，就是要坚守一线，担负"我为祖国献石油"

的使命和责任。

她有一个温馨的家，她也想多陪陪亲人，好好履行一个妻子和母亲的责任，履行一个女儿对父母的孝心！可是，她做不到，特殊的工作性质使她和亲人聚少离多，有时候不得不在亲情和工作上做出痛苦的选择。

刘玲玲的丈夫也是一名电焊工，他既是刘玲玲生活上最贴心的人，又是工作上的好伙伴，夫妻俩虽然在两个单位工作，一年同时回不了几次家，但是他们一旦聚在一起，倒是很少说家务事，更多的是讨论技术上的难题，相互切磋，共同提高。2004年，夫妻俩一起参加甘肃省百万职工职业技能大赛，分别获得第三名和第四名的好成绩，夫妻双双被甘肃省评为"技术能手"。

随着生产管理日趋完善，一线员工的生产生活条件越来越好，大家感到了温暖和舒心。但恶劣的自然环境仍然是最大的考验，大家说在采油小站，最难受的是寂寞，最高兴的是倒休。

在长庆生活基地，有一座"施工归来"的雕塑，表现的是一线归来的采油工张开双臂，准备拥抱久未见面的年幼孩子的感人情景，这正是长庆一线员工聚少离多、为油奉献的真实写照。每次走过这个雕塑，刘玲玲都感慨万千。她也是个母亲，每次上前线，刘玲玲都是让婆婆先把孩子借故带出去，再匆匆忙忙奔离家门，生怕听到孩子揪人心肠的哭喊。每次回家，刘玲玲都三步并作两步，恨不得一下子飞到家，尽快见到孩子和亲人。

与刘玲玲朝夕相伴的姐妹们，个个都有为油奉献的感人故事。在站控岗倒小班的女工张海兰，儿子出生6个月，就送回湖北老家，4年只见过孩子5次面，加起来还不到两个月。今年春节，年迈的公公婆婆领着孙子，从老家赶到陇东庆城的油田驻地，想让孙子见爸爸妈妈一面。当张海兰喜出望外准备

下山时，却又赶上新井投产。直到投产完成，她赶到驻地家中，已是大年三十。来不及换工衣的张海兰，一把把儿子搂在怀里，看了又看，亲了又亲。好久，孩子才怯生生地叫了一声"妈妈"，抱着儿子，张海兰鼻子一酸，激动、难过的泪水滚滚而下。大年初五，她又赶回了工作岗位，公婆当天带着孩子踏上了回湖北的路途。

石油工人经常是三四个月见不到家人和孩子一面，明红霞的一番话，道出了一个母亲守望石油的内心世界。她说："寂寞的时候，我就织毛衣。有人说我爱织毛衣，其实我是靠织毛衣来寄托对家人和孩子的思念。每当空闲织毛衣的时候，就想想孩子是不是长高了，毛衣袖子是不是短了，领口是不是小了，边织边想，眼泪不知不觉就流了下来。"

对此，刘玲玲动情地表示："虽然我们失去了平常人应该享受的生活乐趣，但我们却得到了平常人得不到的幸福。这个幸福就是工作上的快乐、事业上的成功。"

一个故事浓缩一段历史，一段历史传承一种精神，刘玲玲深深明白"选择了石油就选择了奉献"。在长庆油田，有数万名员工奋战在生产一线，他们和刘玲玲一样，有的夫妻齐上阵，有的会战父子兵，经常是几个月才能回家一次。古代大禹治水三过家门而不入，当代石油人为了实现3000万吨，甘愿守望荒原，舍小家、顾大家，无怨无悔地把青春和汗水奉献给了长庆、奉献给了所钟爱的石油事业。

鲜艳的山丹丹

> 环境是可以改变的，人也是可以改变的
>
> ——郭秀玲语

安塞油田有一个叫贺家沟的地方，这地方只有地名，没有人居住，是一个人迹罕至的荒凉之地。

这里四周是山，山连着山，峁接着峁，沟通着沟。这里海拔1600米，被人称之为"陕北的布达拉宫"。

这里的山是土山，是穷山，山上没有植被，没有绿色，可这山里有一种人们熟知的花——山丹丹。这里是山丹丹的故乡。

2006年山丹丹开花的季节，这个叫贺家沟的山峁上，突然来了一群人，他们有从西安来的，有从延安来的，有领导，有记者，有基层代表。他们将在这里举行一个隆重的挂牌仪式，从这一天起，这里有了一个响亮而又美丽的名字——郭秀玲站。

以一位在岗员工的名字来命名一座采油站，在长庆油田的历史上还是第一次。当长庆油田公司总经理将写着郭秀玲名字的站牌挂在这座采油站的大门口时，人们把敬佩的目光投向"郭秀玲站"的第一任站长、28岁的采油女工郭秀玲。

"郭秀玲站"在志丹县境内。从延安到志丹，有两个多小时的车程。从志丹县城到站上，直线距离并不远，可全是盘山路，一直要盘到山顶上。

清一色的青春面庞，清一色的红色工装，摇曳成大山里的一道风景。

这里是一个"女儿国"。

女人天生爱漂亮，也把她们居住的环境收拾得漂漂亮亮。院子外面是一圈耐寒的小松树，是建站时她们亲手栽下的，全都成活了，给这亘古荒山投下第一片绿荫。院子里是一个花坛，花的品种很多，有的花是她们千里迢迢从家里搬来的，有的花是她们不辞辛苦从山上采来的，天气好的时候，她们把花搬出来晒太阳，天气不好的时候，她们把花搬到屋里躲风雨。这里一年四季有绿色，一年四季有花香。

郭秀玲站是安塞油田的一座咽喉站，也是安塞油田最大的计量转油站。采油一厂王南作业区每天生产的上千吨原油就是从这里转输出去的。

站长郭秀玲个子不高，人长得很耐看，脸上的特征是"红二团"，那是西部高原的紫外线馈赠给她的美丽。

郭站长如数家珍地给我们介绍她的员工，介绍她们管理的设备和工作流程，也充满感情地介绍她们的工作环境和生活环境，带领我们参观她们种的树、栽的花和她们开辟的菜园子。从她那专注的表情和自信的神态里，能看出她对自己所从事的工作的热爱。当得知郭秀玲已经在这大山里待了6个年头，更对她刮目相看。

有人问郭秀玲："常年在大山里生活，不觉得寂寞和孤独吗？"

"有一点，但忙起来就忘了，姐妹们都是这么过来的。"郭秀玲总是淡淡地回答。

怎么能忘记那些个和寂寞孤独相伴的日子呢？

2001年的那个冬天，郭秀玲穿上油工服，成了

摄影/佚名

一名采油工。这是父亲———一位老石油工人的愿望，也是郭秀玲与生俱来的一个梦想。从小听着"我为祖国献石油"的歌长大，她和石油有着不解之缘。

离开家的那天，父亲前来给女儿送行，拿出他在井上穿了多年的那件羊皮袄披在女儿身上，拍拍女儿的肩膀说："山里冷，穿上它挡寒。"女儿头一回离开家门，眼里含着泪花和父亲告别。

一辆大卡车离开西安，在零下十多度的寒风中颠簸了整整一天。天黑了，车停了，手脚早已冻得麻木了。那天晚上，睡在冰窖一样的铁皮房里，郭秀玲当了一夜的"团长"。

当时的"郭秀玲站"，满院子堆满了砖头、泥沙和施工剩下的工业废料，连一间像样的值班室都没有。每天上班，郭秀玲就和站上的女工们搬上一个小凳子在注水房里值班，因为没有降噪设备，3台注水机发出的轰鸣声震得人耳膜生疼，时间长了，很多人得了耳鸣症，耳鸣伴着头晕，常常是彻夜难眠。10多个女孩子同挤在一间铁皮房里住，屋里没有取暖设施，大家常常是挤在一起，靠着身体取暖。站是新建的，生活设施不健全，没有厨房，不能洗澡，就连上厕所也成了大难题。每次如厕，要约上几个姐妹同去，在这光秃秃的山上，找个背人的地方要走很远的路。

每当喝不上开水啃凉馒头的时候，每当寒夜里被冻醒不能入眠的时候，每当衣服脏了没有水洗的时候，每当生活中遇到困难解决不了的时候，姑娘们也委屈，她们也流泪。

"与其坐在一起哭，不如站起了一起干，我们也有一双手，我们也可以改变自己的生活环境。"郭秀玲虽然年龄不大，可她有亲和力和号召力，在她的带领下，姐妹们一起行动起来，先是平整院子，然后栽树种花，接着建厨房、建厕所、建浴室、建大棚……

在以后的2000多个日日夜夜里，郭秀玲像山崖里的山丹丹花一样在这里扎下了根，从来没有离开过。她说，现在每次下山，都有些恋恋不舍。每次要回来，都有些迫不及待。这个小小的输油站，在我们手里越变越好，我熟悉它的一砖一瓦，一草一木，对它有特殊的感情。

经过大家的共同努力，站里的生产生活条件不断改善，能吃上可口的饭菜了，能痛快淋漓地洗上热水澡了，能上网和外界联络了，可外部环境依然很艰苦。春秋两季狂风肆虐，冬夏两季寒暑难耐。最怕的是冬天，管线一旦冻堵，将会带来油井停止抽油、水井停止注水、输油站停止输油、生产网络全部瘫痪的严重后果。这种严重后果虽然没有发生过，可危险信号却时常出现。

2006年除夕那天，大雪下了整整一天，气温骤降到零下20多度。晚上9时许，热腾腾的年夜饭刚刚端上桌，有人前来报告，站内一条来油管线发生冻堵。郭秀玲放下碗筷，带领全站员工一起赶赴现场抢险。

解冻堵用的是最原始的方法：先用手清除掉管线上的冰雪，再用开水给管线加温，能用来提开水的家什只有一把铝壶，那一夜，来来回回给冻堵的管线浇了多少壶开水已经记不清了，天亮的时候才发现，郭秀玲的棉裤和棉鞋上都结了厚厚的一层冰。

采访站长郭秀玲，她说她的工作就是"把站看好，把油输好"。这句话听起来简单，要真的做起来，也不是一件容易的事情。

站里有大大小小的设备上百台，蛛网似的管线纵横交错，如果不了解每一道管线的来龙去脉，不掌握每一道阀门的功能用途，不熟悉每一个岗位的操作技术，是很难胜任工作的。

为了尽快成为技术能手，郭秀玲每天坚持学习，口袋里始终装着一个小本本，跟着师傅一起倒小班、修设备、倒流程、做报表……她刻苦钻研，熟练掌握各种复杂的操作要领。为了不影响他人休息，下班后，她独自一个人坐在山头上或站在路灯下静静地看书，背技术练习题。潜心学习，不耻下问，只要别人知道的，她全都问到了，别人不知道的她从书本上学到了。站里总共有32套生产流程，每一套流程都有复杂的技术难题，从来难不倒郭秀玲。她第一个成为站里能维修注水泵的女工，第一个成为全站综合技术能手，第一个成为大家公认的业余技术员。

一天中午，郭秀玲巡回检查回来，听到外输管线发出异常的声响，凭经验判断，是外输计量器出了毛病，郭秀玲当机立断，带来5名女工迅速将100多公斤重的计量器拆卸下来检修。故障排除了，设备正常运转了，郭秀玲和同伴们浑身上下沾满了油污。

当班的日子，郭秀玲每隔两小时要进行一次巡回检查，每次巡检要走1公里的山路，每8小时要爬上10多米高的储油罐量一次油，给沉降罐加一次破乳剂。破乳剂的需求量大，一次需要10多桶，每桶25公斤，先要从400多米远的地下仓库里提出来，然后再用手提着一摇一晃地登上10多米高的储油罐。负重登高，既需要力气也需要勇气，油罐上的梯子又窄又陡，遇到刮风下雨，攀登上去更加困难。总算是爬到罐顶了，心跳加速，两腿发软。郭秀玲有恐高症，很长一段时间看到梯子就眼晕。郭秀玲没有退缩，终于战胜自我，现如今在梯子上行走如履平地。

技术上成为能手，工作上成为标兵。2004年，25岁的郭秀玲光荣地入了党，成为同年入厂员工中的第一个共产党员。是年7月，采油一厂推行民主管理，郭秀玲又以最高票数当选站长。

这就是郭秀玲，当工人时，他想的是每天干好自己的工作，当站长后，她想的是每天干好站里的工作。她性格内向，不善言辞，只是用实际行动在兵头将尾的位置上，履行好站长的职责。

人们常说，三个女人一台戏。在郭秀玲管理的集输站里，有16名女工。针对全站清一色女工的实际，郭秀玲按照以人为本的管理理念提出了全新的管理模式——温情管理法、点控管理法、岗位巡回培训法、岗位立体考核法。温情管理法注重的是关爱与信任，点控管理法作用于细化过程的控制，岗位巡回培训法立足本职提高素质，岗位立体考核法量化工作业绩，促使员工增强责任心和荣誉感。

郭秀玲管理模式实施后，很快被采油一厂和长庆油田公司在更大范围内交流和推广。

站里的女工们说，我们上班的道路两旁竖立着很多块精心制作的大牌子，上面有我们和家人的照片，有我们写的人生感言，每次上班看到它，就好像和家人在一起，心情特别好。我们特别赞成郭秀玲站长实施的"四法"管理，她从关爱员工出发，把上班巡回检查、岗位培训和工作业绩综合起来，每月一次考核，干多干少一目了然。我们是大站、咽喉站，责任重大，管理不严咋行？

谁说女儿不如男？在长庆油田，有成百上千个这样的站点，完全有女人管理的站点并不多，她们不但管理得好，而且出成绩出经验，不能不让人刮目相看。

郭秀玲有一颗博大的爱心。作为站长，她从不失去原则，该严则严，也唱过"黑脸"。换一种场合，她就不把自己当站长了，是大姐，是小妹，是一个普通而又纯真的女人。

站里刚来的一位女大学生想家，上班时无精打采，下班后便蒙在被窝里流眼泪，还有了当"逃兵"的念头。郭秀玲白天陪她一起上班，晚上陪她一起聊天，不厌其烦地做她的思想转化工作，直到她真正安下心来。

一位师傅为儿子学习成绩差而心事重重，郭秀玲告诉她，等学校放寒假了，把孩子接到山上来，她负责给孩子补习功课。没有工资的实习生裴尚萍喜欢裙子，就在她生日那天，郭秀玲买了一件红色连衣裙送她，让她感动不已。站上的员工无论下班多晚，郭秀玲都会等她们回来，把热腾腾的饭菜端到她们面前。自从郭秀玲带领姐妹们在站里建了塑料大棚，大棚里经常能看到她不知疲倦的身影……

2004年金秋，郭秀玲结婚了，当她穿上婚纱拍下婚照时，才发现自己的脸晒黑了，皮肤粗糙了。但她脸上那份自信的笑容似乎在说：大山里的石油女工最美丽。

郭秀玲的柜子里，有一个小小的医药包，里面装满了常用药，这些常用药是她回家时在城里的药店里自费买来的。有感冒冲剂、去痛片、消炎药、创可贴，还有一次性的注射针头。站里没有医生，小伤小病郭秀玲都能处理，就是输液这种很专业的技术操作，郭秀玲也能得心应手。人们有所不知，郭秀玲毕业于陕西省高等医科专修学院，并且有行医资格，她本来应该去当医生，后来却稀里糊涂地当了采油工。小小的医药包，装的是一颗博大的爱心。

没有当站长的时候，按照厂里的规定，在山上上20天班可以下山回家休10天。可她当了站长后，一个月最多只能休5天。每一次姐妹们倒休，郭秀玲总是步行到2公里外的候车点接送姐妹们，在一次次的接送中，员工们深切地感受到那缕缕温暖的情怀。

郭秀玲，一个普通的采油女工，她凭着执著的追求和平凡的劳动，先后荣获"中央企业知识性先进个人"、"甘肃省'争创'先进个人"、"长庆油田公司劳动模范"、"模范共产党员"等一连串的荣誉称号。2006年12月，长庆油田公司党委作出决定，授予郭秀玲"采油工好榜样"称号，在全油田开展向郭秀玲学习的活动。长庆油田公司工会、共青团分别授予郭秀玲"巾帼标兵"、"杰出青年"称号。

一位油田诗人带着由衷的敬佩给这位"巾帼英豪"写下一首诗：

大山里，好一朵山丹丹

开得火红，开得鲜艳

大山里，守望孤独

一颗心，最温暖

心知道，头顶的天，天无边

啊，石油人生，爱永远

大山里，风吹疼了脸

走过日月，苦里有甜

大山里，声声呼唤

一颗心，最勇敢

心知道，脚下的路，春招展

啊，石油人生，爱永远……

走进人民大会堂的采油工

第一次来北京，眼花缭乱。

北京的楼房真高，北京的道路真宽，北京的汽车真多，天安门广场真大……当她穿过天安门广场走进人民大会堂受到党和国家领导人亲切接见时，才感受到"全国劳模"是一个至高的荣誉，是自己一生的骄傲和自豪。

她叫邢仙茹，是长庆油田一名普通的采油女工。她从宁夏盐池那个叫大水坑的井场来，在那里一干就是20年。她没有惊天动地的壮举，是一个在平凡中创造辉煌的人。她头上有一串用平凡打造的荣誉光环：

2008年，长庆油田先进工作者；

2009年度全国三八红旗手；

2010 年宁夏回族自治区劳动模范；

2010 年全国劳动模范，出席国庆观礼。

一个普通的采油女工，从"大水坑"走进"大会堂"，这是怎样的一段人生历程？

邢仙茹的脸是黑的，皮肤是黑的，这是西部高原的紫外线留给她的抹不去的印记。

邢仙茹不善言谈，可她面部表情丰富，脸上总是挂着笑，看得出是"乐天派"的性格。

不当"乐天派"行吗？常年在大山沟里生活，面对的是冷漠的大山，无情的风沙，还有永远驱赶不走的寂寞和孤独。看不了电视，听不到广播，闲暇的时光干什么？邢仙茹说，寂寞来了，孤独来了，我们就和大山说说话，和自己说说话，话到情深处，也常常泪流满面。我们所处的工作环境苦，心里更苦，是一种局外人无法理解的苦。我们也想家，想老公，想孩子，想父母，可是和家人团聚的日子总是那么短暂。

在石油队伍里，流传最广的一句革命口号是：献了青春献终身，献了终身献子孙。和石油打了一辈子交道的老爸退休了，她像"花木兰"一样替父充军，来到石油队伍，成了"油二代"。

邢仙茹走进石油队伍那年 18 岁，那是人生一个浪漫的花季，她把理想、梦想、幻想装进行囊，唱着《我为祖国献石油》的歌曲走进大山深处，当了一名采油女工。

采油工每天做的是简单劳动，巡井、查线、投球、收球，没有星期天，没有节假日，春夏秋冬，风雨无阻。当采油工苦，苦中也有乐。邢仙茹是一个能够调节自我苦中寻乐的人。下班了，别人出去玩，她一个人躲在屋子里看书，看采油原理，看规章制度，看操作程序，有人不理解，讥讽她说，你邢仙茹还真的想当状元不成？就是这句玩笑话，圆了她一个"状元"梦。她入队当年，指挥部举办大比武，她当仁不让地夺得第一名，成了名副其实的"采油女状元"。

邢仙茹是采油工，丈夫是修井工，两个人虽然同在一个单位工作，见上一面却很难，原因是休假的时间常常是阴差阳错，一个人休息了，另一个还在上班。

银川有个家，很少能和家人团聚。儿子从小在奶奶身边长大，没有上过幼儿园，没有请过家教，没有上过辅导班，学习成绩平平，如今 18 岁了，能不能考上大学，还是一个未知数。这些年来，一心扑在工作上，邢仙茹欠家人和孩子的太多了，她当采油队长 8 年，8 年没回家过个年，好在父母能理解，不埋怨。

每逢佳节倍思亲。年关到了，谁不想和家人一起过个团圆年？过年了，机器不能停，抽油机不能停，井场总要有人值守啊？石油人常说，选择了石油，就选择了奉献。在这种时刻，让谁去奉献啊，还不是当领导的要带头。

有一年春节，邢仙茹和丈夫都在山上过年，把儿子一个人扔在家里，除夕夜给儿子打了个电话，电话的那一头，儿子在哭，电话的这一头，邢仙茹在哭。哭也是偷偷的，不能让人发现，怕影响大伙的情绪，怕破坏了过年的气氛。哭完了，擦干泪，强作笑颜来到大伙中间，和大家一起包饺子，写春联，开晚会，尽量把节日的氛围搞得浓浓的，把寂寞和孤独赶得远远的。

一个井区分几个井点，饺子煮好了，要趁热送到各个井点去，远的点要翻山越岭走上一个多小时。当地的习俗是，年夜饭要在夜里吃。

那年的除夕夜，下了一场大雪，邢仙茹顶着风雪冒着严寒到点上送年夜饭，没有保温设备，她便把热腾

腾的饺子揣在怀里保温。到了点上，她早已成了"雪人"，可他怀里的饺子还冒着热气。

山上是家，家是旅社。邢仙茹总是这样说。过年过节不回家，平时回家也很少。她是一队之长，管着男男女女几十号人，既要安排工作，又要安排生活，事无巨细，都要管，都要问。

队里的年轻人多，80后、90后占了一大半，他们是"饭来张口，衣来伸手"的一代人，生活自理能力较差，不但要手把手地教他们熟悉业务，还要手把手地教他们洗衣做饭，像带孩子一样的带他们，让他们在这个大家庭里健康成长。厂里每年搞干部民主测评，邢仙茹总是最高分。一位年轻的员工写给邢队长的评语是：她像我妈妈，我很想叫她一声妈妈！

有先进就拿，有第一就争。这是邢仙茹争强好胜的秉性。她当队长8年，她的团队连续8年是优秀集体。她说，成绩是大家干出来的，荣誉也应该属于大家。

这就是邢仙茹，一个普通采油工的胸怀。

这就是邢仙茹，一段平凡而辉煌的人生。

"好汉坡"上好汉多

好汉坡上好汉多，风似钢刀雨如梭，让那青春来拼搏，不愿岁月空蹉跎。

好汉坡，一个响当当的名字，一个天边遥远的地方。

提起好汉坡，人们自然而然地会想到"不到长城非好汉"这句励志的名言。现如今，"到长城"的好汉已经不鲜见了，去过"好汉坡"的人并不多。这"好汉坡"上住的是一群什么样的好汉？好汉坡位于陕北高原腹地，是安塞油田王三计量站采油工们每天巡井必经的一道陡峭的山坡，海拔1300米，

坡度接近70度，这里山高坡陡，鸟不飞，兽不走，当地人称之为"阎王坡"、"无人沟"。

出延安，过安塞，到好汉坡，如今的路好走多了，这路是厂里投资修建的，因为有了油才有了路。当地百姓称之为"油路"。司机说，过去最怕来这里，出来的时候有"点"，回去的时候可就没"点"了，在车上过夜的事时有发生。

如今这里的路况有了很大改善，可环境并没有多大改变。透过车窗向外观望，这里的山是秃山，没有植被，没有绿色，裸露出的是一眼望不到边的没有生命色彩的土黄。这就是西部的黄土高原，这就是陕北的高天厚土。

山重水复疑无路。在崇山峻岭之间，突然间"柳暗花明又一村"，"好汉坡"三个大字跃入眼底。那字是刻在山上的，上面涂了一层厚厚的红漆，远远地看去，像一团火在熊熊燃烧。

好一个大手笔！

好一个大气魄！

有人说，"好汉坡"三个大字与山同高，有点夸张，可有一点不容置疑，能在20公里以外看到它的卓然风采。

王三计建站之时，正是安塞油田建设之初，油区没有柏油路，晴天尘土飞扬，雨天稀泥漫路，行路之难难于上青天。

"安塞油田苦不苦，一天要吃四两土，白天吃不够，晚上继续补。"这句顺口溜流传甚广，是当时艰苦环境的真实写照。

面对如此恶劣的自然条件和艰苦的工作环境，王三计量站平均年龄只有22岁的年轻采油工们没有退缩，勇敢地走了上去。山上没有路，他们沿着牧羊人走过的羊肠小道登山；沟上没有桥，他们像走钢丝一样从摇摇晃晃的高架管道上走过，稍不留神，就会跌入深沟。

一天天，一月月，一年年，风雨无阻，寒暑不停，他们以"不到长城非好汉"的坚强意志，在近似直立的陡坡上踏出了一条创业之路。采油工们每巡一次井就要爬一次坡，每爬一次坡都要经历一次艰苦环境的考验。

"好汉坡上好汉多，风是钢刀雨如梭，让那青春来拼搏，不愿岁月空蹉跎。"这是采油工们自己写的诗，他们把这豪情、这誓言写在墙上，铭刻在心中。

为了确保员工的人身安全，1991年，安塞油田在好汉坡上筑栏铺路，由沟底到山顶修了463级台阶。王涛总经理曾两次登上好汉坡视察，激情所致，写下了"安塞油田出好汉，好汉坡上好汉多"的题词。

站在沟底向山顶望去，463级台阶像一挂天梯，直插云天，自从有了这"天梯"，登山的路不再艰险，每年有数以万计的人来这里领略"好汉坡"的风采。

一群年轻的采油人在平凡的岗位上为长庆青年树立了榜样。王三计量站先后多次被评为厂先进集体，公司先进集体；2000年被共青团中央授予"全国青年文明号"荣誉称号；2004年被集团公司命名为首批"企业精神教育基地"；2007年，"好汉坡"被西安石油大学确定为大学生社会实践基地。

这条镶嵌在大山深处的463级台阶已经成为长庆石油人的精神圣地，也成为外界人了解长庆的窗口。

为弘扬好汉坡精神，1995年，王三计量站作为爱国主义基地正式挂牌。

1998年，王三计量站被采油一厂命名为"好汉站"，王10～15井被命名为"好汉井"。

2000年，采油一厂修建好汉坡展室。展室分为5大版块：好汉坡、好汉情、好汉魂、好汉风、好汉榜，形象生动地展示了安塞油田艰苦创业的历程和美好的发展前景。展览的最后一部分是好汉们留下的感言：

——走进好汉坡，感人故事多；

——采一朵好汉坡的山丹花回去，这一生都会拥有蓝天；掬一捧好汉坡的黄土带走，生命就会获得永不熄灭的火焰。

——传递好汉精神续写好汉故事，奉献石油事业再显好汉本色。

正是数千个和王三计量站一样矗立在大山深处的小站，正是数万名和好汉坡上的好汉们一样的油田儿女，他们用勤劳智慧的双手托起长庆希望的明天，履行着"我为祖国献石油"的神圣使命。

广袤神秘的鄂尔多斯盆地，作为中国石油工业的发祥地，托起了油气兴国的希望。40多年来，长庆油田从一个默默无闻的小油田，如今已建成中国最大的油气能源基地，建成了西部大庆，完成了令人瞩目的创举，不仅为国家奉献了宝贵的油气资源，更在人们心中筑起了一座"艰苦创业、油气报国"的丰碑！

在长庆油田历代石油人攻克了低渗透、特低渗透、超低渗透的不断进取中，一个现代化的油气生产基地已经崛起，将为托起中华民族伟大复兴的中国梦提供强有力的支撑。

这是石油人的神圣使命，也是每个长庆人的拳拳报国之心！

致青春：命运之上

武永明

一

他，20岁，自小罹患世界性罕见疾病——成骨不全症（俗称"玻璃娃娃"），体重只有20公斤，身高仅有1.4米，靓丽的青春被无情的病魔残酷地锁定在轮椅上，天生喜欢篮球的他，无法和正常同龄人一样在奔跑中凌风飞翔。这位没有被全身骨骼脆弱易碎击倒的传奇男孩，曾经历过12次大小手术，其中两次与死神擦肩而过，其肌肤见证了刀痕，身躯装满了钢钉。

童年：在疼痛陪伴下度过

2013年10月25日，西北师大附中校园，深秋的阳光透过云朵缝隙洒向地面，微风过后，片片树叶从枝干滑落，毫无声息，轮椅上这个生命在苦难中绚丽绽放的男孩，果敢地打开了他的成长"密码"。

"我的生命，也不知从那天起就已随基因变了形态。当我有记忆的时候，就有了一种意识——只能老老实实地坐在轮椅上，不准淘气，不准玩耍……"大铭淡淡地说。

后来，他想去上幼儿园，哪些色彩斑斓的墙壁很诱人，但残忍的病魔一次次把他送进手术室。不到5岁，他的大腿已经留下了五道不可磨灭的疤痕。

看着同龄孩子自由地上书店，他没有勇气自己摇着轮椅独自出去，担心自己的手臂力量不够，走得不远反而被人嘲笑。因为，他是个不一样的个体，

容易骨折，容易疼痛；稍不留意，腿就断了。

再次被推进手术室的时候，一个呼吸机面罩就能罩住他的整张脸，全身打满了白色的糨糊状的东西，艳红的鲜血不断从腿底下渗出，眼泪在眼眶里散射。

一觉醒来不疼的时候，他喜欢上了看书，有黑猫警长、葫芦兄弟……还认识了许多打针不疼的护士阿姨。

所谓的童年，几乎是在浑浑噩噩地疼痛陪伴下度过的。

6岁：第一次被判"死刑"

6岁那年，他和父母踏上了开往北京的列车，可在儿童医院和积水潭医院，被"国内一流的骨科专家"判了"死刑"。那个医生好老了，已记不得长啥模样，依稀记得对父母说："让孩子快乐地活着就好，不要上学，不要再走路了，减少他的痛苦，也是对你们的安慰。"

那一次，他学会了骂人："狗屁专家。"

返回兰州后，父母并没有听从老"专家"的建议，毅然决然地为他联系小学。

7岁那年，左手臂还打着厚重石膏的他入学了。凳子是不同的，上学方式是不同的，但看到一张张同伴的脸，他激动的甚至忘了自己生病的身体。同伴们很是好奇，兴奋地扎堆围拢着他。

他有朋友了，而且还戴上了红领巾。

二年级，他的右手臂又断了，手术后骨骼没有愈合好，右手写几个字就酸痛的发抖。四年级，他经历了人生第一次死亡——手术麻醉深度昏迷。醒来的时候，只看到家人红肿的眼睛，他怕极了。

那以后，每次回到学校，所有的人都看不出他经历了什么，衣服遮住了哪些可怕的疼痛，他成了两面人，优秀乐观的学生与悲惨可怕的受难者。

小学毕业拍照那天，校长把他紧紧搂在怀里，同学们开心地笑了。

之后的那个暑假，他的右腿再次骨折，在家里的沙发上躺了 28 天，不能翻身，不能抬腿，只能转转脖子，眨眨眼睛。

初中：再次与死神擦肩而过

初中前两年没有再受伤，只是慢性的骨骼痛不停地折磨他，但相对于手术台上的"解剖"，已经是再幸福不过的事了。

可灾难在 2009 年还是来了。年初一次洗澡时，他发现腿上鼓起了一个小包，那是 4 岁时放在腿里的两根 X 针，刺破了骨骼出来了。一个月后，X 针穿破骨骼、肌肉，明晃晃的针尖露在皮肤外面 2 毫米！他恐惧地看着自己的腿，周围的血已经让他没有了痛的感觉。

去天津手术的那天，班上多半同学逃课送他。望着车窗外的同学，他挥了挥手，泪流满面。

那年夏天，同学们都忙着中考冲刺，他却第九次被推上手术台，5 个小时，长骨被截成五段重新排列，腿里换上了新的 X 针。一切都是新的。

9 月，他第十次被推上手术台进行左腿手术，五个半小时。不到一个月，他因两次手术间断时间太小，突发手术综合征，心脏几乎停止跳动。

11 月，他顽强地抗击了死神的邀请。回兰州之前，他还带回了一个三根金属条支撑的"外衣"，它成了他休学一年的最大噩梦。

2010 年，他独自一人，没有同学，没有老师，没有课表，当学校的桌子被抬回家中的餐厅时，他忍不住大哭了一场。也就是在那一年，他发疯似的把创作当做寄托，写下了 15 万字的书稿。

2011 年 7 月，赴南京想彻底治好已经完全被破坏的脊椎，可医生对父亲说："老刘啊，一年之内，我们不要考虑在这个星球上以手术的方式解决这个问题。为你儿子手术，好比松软的沙子中钉钉子，钉子进去了，沙子就会散作碎末。"

"我得这个病也不是啥惊天动地的事，就好比有一天中了五百万元大奖，中了也就中了，拿回家就是了。再次得知自己被判'死刑'后，我只能淡笑着安慰自己，该失去的都要失去，但我从没有想过自杀。"大铭说。

高中：特招进入师大附中

师大附中校长刘信生回忆说，2011 年中考前夕，大铭的父亲到学校找他说，大铭在天津做了一次手术，文化课学习虽不是很系统，但仍在病床上坚持学习，目标是考入师大附中，他听后深受感动。他的考虑是，师大附中学生的学业负担很重，周围的同学学习成绩都很优秀，加之大铭的身体状况不是很好，在如此激烈的竞争环境下，担心大铭的心理、身体吃不消，他当时并没有答应。大铭的父亲临出门前说了一句"实在不行，你能不能接个孩子的电话？"

刘信生说："此后，大铭果真亲自打来了电话，通话时间只有短短几十秒，但他说话的逻辑性、表达的流畅性以及坚定的意志打动了我，我当即决定录取他，而且要把他放进北辰人文实验班。这之前，

我们两个人都未曾见面，只是一个电话而已，给我印象最深的一句话是'您录取我，师大附中绝不会后悔'！尽管他当年的中考成绩不是很差，但还达不到学校的录取要求，现在看来，两年前我的那个决定是正确的。即使他没有写作才华，没有出书，我也会这么做，这也是我当校长多年来破格录取的为数不多的几名学生之一。我希望他能像普通人一样的学习、生活，在这个世上好好地活着。"

"一方面是大铭的运气好，他进校那年，正好是北辰班人文实验班第一届招生，又有这么一群才华横溢的学生在他周围；同时，也是我和师大附中运气好，招到这么一个优秀的学生。在北辰班这个平台上，他的潜质、兴趣得到了很好的培育和发展，文学才华得以尽情地展示和释放，他在这里是快乐的。"刘信生说。

2011年8月底，大铭背着一张建议"不要继续上学，以保持脊椎不挤压内脏"的医嘱，跨进了学霸、考霸云集，且让他想入非非的师大附中北辰人文班。当年9月，重回教室的大铭重重地写下了自己的人生规划：等待下一次手术，写一本自传。

第12次手术：再次创造生命奇迹

大铭的母亲赵胶莲说，孩子自小身体就不好，怕上不了学，三四岁的时候就经常带他到书店看书，有好奇的家长主动过来就问："这孩子得的什么病？这么小？""我还能说什么？眼泪在眼眶里打着转，只能回一句'谢谢你的关心'。"

"老天虽让你失去了行走的双腿，可给你了一双洞察世界的大眼睛和一张出口成章的嘴巴。"母子俩在一起的时候，赵胶莲还这样调侃儿子。

不相信国内医生给出的"死刑判决"，2012年8月，大铭将自己的简历和病情翻译成英文，向世界大医院寻求手术机会。

苍天有眼，意大利一家医院同意为大铭手术！

赵胶莲说："说实话，听到这个消息我的头都大了。好儿子，咱不去国外手术，也不写东西了，保命最要紧，万一回不来让我咋办呀？"

"让我做出这个决定是发自内心的强烈的求生欲望，我不能让父母就这么眼睁睁地看着我慢慢死掉，而且还要残忍地目睹我死亡的整个过程，这个过程对父母来说太残酷了，与其这么苟活着，还不如用死的代价挑战一次生命。不过，我现在也能理解母亲当时的想法，之所以不愿冒这个风险，就是希望看到我活着。"大铭说。

大铭回忆说，10月2日，他第12次被推进手术室。

"怕吗？"

医生戴着绿色口罩，手里拿着的注射器不断地喷出液体。他知道，那是麻醉药。

"有点儿冷。"

医生笑笑，指挥助手把空调的温度调高点。

"听说你做过11次手术，这是第12次，我从医这么多年，你这体格……"医生顿了顿，"是个奇迹！"

"哈哈，我也不想创造奇迹。"他也顿了顿，"只是迫不得已。"

"一会儿，我把药打进去，你放心睡，睡醒来，什么都好了。"

医生的声音很低沉，但他熟知这是手术前的老一套：打趣、安慰、麻醉、镇静，最后是"解剖"，就像一个美丽的"刽子手"，潇洒得让人流血。

……

"脊椎手术进行了 10 个半小时，我又一次活了过来。一切生理指标正常后，同年 11 月我又回到了校园，笑着给老师、同学讲述生死之间的故事。"大铭说。

赵胶莲说："从小到大，儿子经历过 12 次手术，目前脊椎上有 13 个螺丝钉，2 个钢针，双腿大腿部位有 2 个钛合金杆。先后花了多少钱，我没算过，流了多少泪，我也不知道。一年 365 天，我只晓得天天凌晨 6 点起床照顾孩子，晚上 12 点以后才能睡觉。除上班外，在家时每天跟闹钟一样重复着同样的活，这么多年坚持下来，说不累、不苦那是假的，但每天回家看到孩子灿烂的笑容，就觉着付出的一切都值得。"

二

被师大附中学生尊称为"我们的霍金"的刘大铭，一个能清醒认知生命的强者，以弱小的身躯和小手为旗，无可争议的成为校园 3000 名师生的"精神领袖"。

"我们的霍金"

大铭的同桌施潇雨说，高一刚开学的一次班会上，班主任伏钰老师告诉大伙："大铭坐在那里，就是对我们每个人的激励。"大铭各方面表现都比较突出，全班同学都称他为"精神领袖"，而"我们的霍金"这个尊称是大铭受邀为低年级北辰班学生作报告后，由低年级学生传开的。

施潇雨说："我是高二上期与大铭成为同桌的，他给我最大的精神力量，就是追梦路上一点也觉着不孤独。记得有一次我考试成绩下滑得很厉害，被父母狠批了一顿，当晚哭了一夜，第二天早上我红肿的眼睛被他看到后，鼓励我说：一切到最后都会变好的，之所以没变好，是因为还没有到最后。"

两年多了，同学们从没有人听大铭说过"痛苦"、"累呀"啥的，大家从没有把他当残疾人看待，也没有因为他的身体处处让着他，他最渴望的就是大伙都能把他当个正常人平等相待。"有时候他忘记带学习用具向我借时，我也会毫不留情地回一句'你为什么不带？'他听后不但不高兴，反而很开心。即使是因为琐事吵架，我也不会让着他。"施潇雨说。

大铭的同班同学李卓慧说："不论在班上还是学校，大铭的人缘极佳，正是他这样一种知难而进的精神感染者所有的同学，这才有'我们的霍金'这样的尊称。在我看来，他除了行动不便外，其他方面与正常人完全一样。"

师大附中校长刘信生说："两年多来，我目睹了这个阳光、自信、乐观、豁达的正能量生命的点滴成长，使我深受启迪，也让我看到了当代的张海迪。大铭是一位智者，他因为经历了太多的苦难而无比智慧，在这个物欲横流的尘世上，他比许多站着说话的人思想更丰富。'我们的霍金'在精神领地已经触摸到了霍金的脉动。"

师大附中党委书记贾金元说："大铭是我们学校历史上身材最小的学生，但绝对是形象最高大伟岸的学生；大铭虽是一个残疾学生，但绝对是学校传递精神正能量的学生。"

我天天帮您提电脑

大铭高一时的语文老师孙爱娟说："2011 年 10

月，我已经怀孕6个多月，身体一天比一天沉重，行动也不是很方便，每天从三楼办公室爬到五楼北辰班教室，对我都是非常艰难的。有一次，我拿着教案，提着电脑，喘着粗气蹒跚到教室，当我把所有带的东西放在讲桌上，就坐在讲桌下方的大铭笑眯眯地对我说：'老师，如果我能站起来，我一定会天天帮您到办公室提电脑。'刹那间，我的眼泪差点掉下来，只觉得鼻子酸酸的。我微微点头，喘着气回了句'谢谢你'！这三个字，当时似乎苍白了许多。"

有一次上作文课刚好是：心音共鸣——写触动心灵的人和事，孙爱娟依然清晰地记得她是这样启发学生的："说到触动人内心的人和事，我先举一个例子，刘大铭有一天给我说：'老师，如果我能站起来，我一定会天天帮你到办公室提电脑。'我为他的这句话而感动，是这句话触动了我。同学们似乎深受启发，那次作文大家都写得很不错，写出了真情实感。"

孙爱娟说，从那以后，总是有同学在上课之前到她的办公室，帮她拿东西，一个电脑，一本书，甚至几页纸。有大铭在的地方，总是有感动、温馨的力量。

2011年9月的一次作文课，孙爱娟安排的是毕淑敏的游戏作文《生命中的五样》，游戏的过程是在白纸上写下你目前生命中最重要的五样东西，然后再随着命运的打击，一样一样删去，作文的目的就是让同学们学会珍惜。那堂作文课是在眼泪与静穆中度过的，因为游戏的残酷，好多同学都落泪了，课堂成了伤心的湿地。

摄影/吴 健

孙爱娟说："我注意到大铭紧锁双眉，不动声色地紧盯着眼前的白纸，什么都没有写。我忽然意识到这个游戏对大铭可能太残酷。我不知道怎样去面对，只是以一种为绝大多数同学着想的意识安排了这样一次作文课。第二天，我在我的邮箱里看到了大铭发来的一篇与众不同的文字——《生命，还在天堂》。"

孙爱娟说："在我请产假的时候，大铭去了意大利做手术，这期间很少联系。我休完产假返校后，在大铭的空间里读到了《第十二次手术》，泪水模糊了我的双眼。于是我就写下了下面的话：大铭，你会坚强，你能坚强。很长时间没有见你了，如今我返回了学校，而你却离开了北辰班。祝你早日康复，就像你说的，'重生'，我想向这个词致敬。因为机缘的巧合，我与大铭仅有半年多的共同学习时间，他是令我骄傲的我的学生，也是值得我尊敬的我的学生。"

再次见到大铭，是在 2013 年 9 月 3 日，此时，孙爱娟已是新一届北辰班的班主任。

科比是我的偶像

大铭说："我自小就是 NBA 球迷，洛杉矶湖人队的当家球星科比·布莱恩特是我的偶像，这倒不是因为科比长得比别人高大帅气，长达 17 年的职业生涯中一直保持着顶尖球员的水平，原因只有一个，那就是他是 NBA 球员里最勤奋的一个，给自己制定的训练计划比任何人都要长，练得比任何一人都刻苦。当你晚上 11 点看到他离开球馆，第二天凌晨 4 点又看到他出现在训练场上，这时你就会明白，我们眼前的科比是如何'炼'成的。因为，那不仅仅是简单的力量、投篮训练，而是把自己当做蝙蝠侠一样去改造。之所以球场上很少有人拦得住他，是

因为他平时的训练付出了比别人多得多的汗水和泪水。"

大铭特别喜欢打篮球，遗憾的是由于身体原因，不能成为班级北辰队的一员。记得高一同年级的一场篮球比赛，对方场上球员"一高四壮"，而他们班队虽有两个高个，但都很瘦，对方的四个壮汉实在是太壮了，他们班的两个高个不论怎么贴身防守，就是没法搞定。结果那场比赛输得很惨，赛后班上很多同学都哭了。

大铭笑着说："那场比赛我是场外指导，要是我能上场，结果可能就大不一样了。"

"霍金"还在教室

李卓慧说，岷县地震的时候正在上早自习，忽一下子，教室的顶灯晃得很厉害，第一反应是地震了，同学们扔下书本朝楼下奔去，也包括他和大铭的同桌施潇雨。事后听说有三四个名同学没有跑，守在大铭身边，等待班主任。

回忆起当时的情景，李卓慧（与施潇雨紧挨着坐）与施潇雨懊恼不已。两人说，灾难来临时，逃生是人的本能反应，可面对大灾，离大铭相对较远的同学能留下来守护，而座位离大铭最近的两个人却只自顾自跑了，事后想起来觉着万分羞愧，也无法原谅自己当时的鲁莽行为。

大铭的班主任伏钰说，地震发生时他正在三楼办公室里备课，当时满脑子只有一个念头——大铭还在教室！他几乎是跳下楼梯直奔位于二楼的教室，只有三四个同学守护在大铭身边。不是这几个同学抱不起大铭，而是孩子们怕弄不好有闪失，给大铭造成身体更大的损伤。他奔进教室，小心翼翼地将大铭从轮椅上抱起，朝一楼跑去。

"大铭是个特别细心的人，能捕捉到别人难以

捕捉到的细节，我们两人都是诗人，而且两人的诗作还在同一期《星星诗刊》上发表过。不过，大铭的诗作很有高度，我的只能是浮在表面上的那种，没有他那么有深刻的哲理。"伏钰认真地说。

刘信生透露："大铭隔三差五都会到他的班主任伏钰老师家里做客，包饺子，有时候还小酌几杯。大铭的酒量不错，和伏钰两人一晚上能搞掉一斤白酒。"

三

每每痛彻心扉的时候，年少老成的大铭以超然的情怀，把生命中最绚丽的年华折叠成了文学天空中最动人的纸鹞，其新作《命运之上》已于 2013 年 11 月由人民出版社出版发行，成为人民出版社最年轻的签约作者。

活着不是一个人的事

大铭说，多年后，当他知道父母没有抛弃他，反倒顶着压力与非议养育了他。记得有一年寒冬的夜晚，他刚下手术台，希冀能喝上一口水，可医院有规定，手术后的病人一天内不许进水，母亲不忍他受苦，就用医用棉签蘸了水，来回在他的唇边擦拭，他闭着眼睛，用牙齿撕咬着棉签，那点滴水分挽救了他濒临崩溃的神智。此时此刻，世间所有的形容词都变得拙劣起来，语言不配详述这样的母爱。

对于父亲，则像血液一样早已融入他的心里，在得知他无法完全治愈的真相后，父亲坐在床边对他说："我将你带到这个世上，却没有给你一个好的身体……只要我还活着，就会一直陪着你，给你治病。"

"每个人都是在自己的哭啼声中呱呱坠地，又在别人的眼泪中悄悄离开。我庆幸那段痛苦的光阴，

它让我从黑暗中看到过光明，也曾在光明中夹杂着看到过黑暗。这么多年来，我从没有相信医生给我的'死刑判决'，自始至终都没有，我爱我瘦弱的肉体及周遭的一切人和事，既然来到这个世上，就总会有活下去的办法。流过的眼泪，付出的汗水，失去的血液，这三样宝贵的东西永远也不会欺骗你。我也从没有抱怨过自己活得不出色，每天笑着迎接次日的朝霞，然后竭力去接受和改变它。因为，活着不是一个人的事，它饱含着人世间纷杂的感情与责任。其实，我的梦想很简单，能好好读书考上大学，能写出一本好书，身体慢慢变好。如果可能，还想努力去做一个能帮助别人的人，无论是我的文字还是经历。"大铭说。

六万字自传推倒重来

大铭说，在意大利经历的一切让他有了更多、更深的感悟，同时也是母亲不经意间的一句"如果我们能把治病求医的过程用文字表现出来，让更多的人不要放弃生活的希望，给不幸的家庭注入希望那该有多好。"点燃了他重新写作的欲望。于是，从意大利返回兰州后他毅然决然地决定：推翻他之前已经成型的 6 万字的书稿，重新起笔创作。

他回来时已是高二下半学期，繁重的课业和大量的作业会让一个健康的小伙子都感到疲惫，更何况是一个刚刚经历了一场巨大手术，又要兼顾繁重学业的残疾人。他利用放学回家与晚自习的间隙，笔耕不辍创作，下午 5:40 放学，晚上 7:40 晚自习，这短短的 2 小时，在一个心怀理想，经历生死的人面前变得无比漫长。整整半年，他完成了 17.5 万字的哲理性个人自传《命运之上》，得到了人民出版社的认可，并与其签订出版合同，他也成为中国历史上与人民出版社签约的最年轻的作者。

全书以时间为序，切实的经历，完美的笔触，详实生动地展现了主人公在病痛与挫折之下，苦难而富有希望的大世界，向当代社会传递着生活的希望，展示着活着的标准，阐述了生命传承存活的意义。

大铭轻松地调侃自己其实是一个"在天堂里走了几十回的人"，既然生命不死，就必然有它不死的价值。他不会后悔、遗憾，抑或抱怨命运不公，他会遵从生命的抉择走完一生，那时候，他将微笑着告诉世界——我曾幸福地来过。这本将于今年11月中旬在全国发行的自传，圆了他一个大心愿：向社会贡献了他活着的价值。当人们忆起他的点滴时，就会得到前行的动力；当同病的人看到这本书，会重新燃起生活的勇气；当生活在社会底层的人读到它，他们会努力去挣脱命运的枷锁，获取生活的正能量。每逢想至此处，他就觉得自己没有白活，灵魂在万千渴望中得到永生。

活着真的很幸福

2013年9月3日的班会上，师大附中高一北辰班班主任孙爱娟邀请大铭给学弟学妹作报告。他静静地在讲台上，亲切、自然，平静中透着一股力量。他讲了很多，讲生命的意义，也讲自己在意大利手术的经历……

牛美春是台下听众之一。"当听到'当别人梦想着去各地旅游的时候，我只求自己能够够到桌子上的一杯水……对我来说，只要活着，就是无比幸福的事……'我的眼泪就掉下来了。一个简单得再也平常不过的动作，对他来说却是一种向往，我用手捂住嘴，竭力不让自己发出一点儿声音。可喉咙里的呜咽已涌到嘴边，咸咸的液体顺着脸颊流下，手背立刻被浸湿。耳边是《北辰之歌》那熟悉的旋律，它的词作者居然就在讲台上，离我这么近。我

找不到其他的方式来表达自己当时的情感了，是心痛，是感动，是怜惜，是敬仰……总之，五味杂陈。"牛美春说。

牛美春说："大铭离开教室的时候，我去送他，直到他的背影完全消失在我的视线里。那一刻，我突然觉得生命都明朗了。此后的日子，我过得很幸福。听难懂的数学课，我很幸福；同学们叫我班长，我很幸福；坐在北辰班的教室里，我很幸福。我很幸福——活着；上天赐予我那么多，活着，真的很幸福！"

"我没想到他是那么瘦小；没想到他曾经离死亡那么近；我更没想到，他用自己的乐观坚强，将曾经常人无法想象的病痛融进平淡的叙事间，将曾经获得的荣誉一带而过。读大铭哥哥的文字，让人内心有如口含黄连的感觉，他把自己生活的苦难全部溶在了作品中，他在轮椅上度过每一天，也在轮椅上进行着灵魂之旅。"师大附中高一北辰班学生杨沛渝如是说。

目标上北大

大铭的同班同学李卓慧说，高中三年，大铭的文化学习不是很系统，文综、英语还可以，语文成绩不错，尤其是作文；不过，数学成绩就不怎么好了，全班基本属于"垫底"。北大每年在甘肃的招生人数也就四五十人，如果单凭文化课成绩，大铭要考进北大有一定的困难；好在师大附中是北大领军计划、校长实名制推荐学校，如果通过自主招生这个特殊渠道，他还是有进入北大的希望。

"师大附中北辰班本是学校文科班里尖子班，全班46名同学个个才华横溢，是名副其实的学霸、考霸，别说是全省，就是想从北辰班里脱颖而出，竞争也非常激烈。我也认为李卓慧说的没错。"大铭的同桌施潇雨说。

大铭的母亲赵胶莲说，2009 年在北京举行的"瓷娃娃关怀协会"活动中，一位好心人推荐大铭到香港大学读书。后来，随着年龄的增长，大铭的认识也渐渐发生了改变，现在的想法是考上北大。

"如果一切顺利，大铭能考进北大，我可能无法亲自去照顾他，因为家里还有更需要我照顾的人呢。我想着让大铭的姐姐（接送大铭上放学并照顾大铭的一个亲戚）到北京去照顾他。我也经常告诫大铭，天下没有不散的宴席，妈妈不可能陪你一辈子，你自己的生活还得靠自己打理。即使是考不上北大也没关系，孩子努力就行了，家长设定的目标，不一定是孩子喜欢且能做到的，只要他平安、快乐就行。"

《命运之上》首发式在兰举行

2013 年 12 月 6 日，由省委宣传部、省教育厅主办的"轮椅上的文学青年"刘大铭力作——《命运之上》首发式在师大附中举行。人民出版社副总编辑于青致辞时说，人民出版社对刘大铭同学的作品进行精心策划，给予了高度评价。认为"在史铁生、余华、韩寒之后，民族亟待着一个年轻而热血的声音，或许这便是此书的声音——发自内心的，命运之上的呐喊！"因此，通过这本书必将会影响一大批人，并且为社会带来精神的不可估量的正能量。

《命运之上》的作者刘大铭同学发言时说："今天在这里我只想说'感恩'，感谢这么多年来老师和同学们的陪伴，感谢你们对我的关爱，感谢你们对我的支持，是你们给了我完成《命运之上》的勇气和动力，希望我的轮椅每前进一步，能给大家带来最真切的正能量。同时也要感谢我的父母、亲人，是你们19年前对我不离不弃，才让我活到了现在。活着就是为了改变世界，一个人真正强大的不是财富，而是他的内心。"

于青对刘大铭的这部 17.5 万字的力作给予了高度评价。她说：为一名中学生出版作品，这在人民出版社是史无前例的第一次。《命运之上》是一部"90 后轮椅青年"别开生面的生命宣言，我有两个很深刻的感受：一是这本书思考了什么才是人生真正的成功？大铭用他不息的努力和对生命的尊敬回答了这个问题；二是这本书思考了什么是生命的高贵？财富不高贵，地位也不高贵，名利更不高贵，真正的高贵，就是像刘大铭这样的。感谢大铭的这本书，让我们得到了许多启发。

师大附中校长刘信生评价说：刘大铭的自传《命运之上》是在繁忙的学习之余，在轮椅上或是在床上趴着、躺着，坚持不懈地挤出时间完成的。虽然异常艰辛，但我知道，大铭想将自己所遭遇的不幸与万幸、悲伤与幸福的点滴记录下来，向更多的人传递生命的希望和前行的力量。只有经过地狱的磨炼，才有征服天堂的力量；只有流过血的手指，才能弹出生命的绝唱。我衷心祝愿这位"灵魂行者"在今后的征途中，行走得更加稳健、更加坚实，也相信他将会奏响更加欢乐的命运交响。

（注：作者采写的长篇人物通讯——《致青春：命运之上》已于 2013 年 11 月 4 日在《兰州晨报》刊发，这是创作原稿，公开见报的内容有删节）

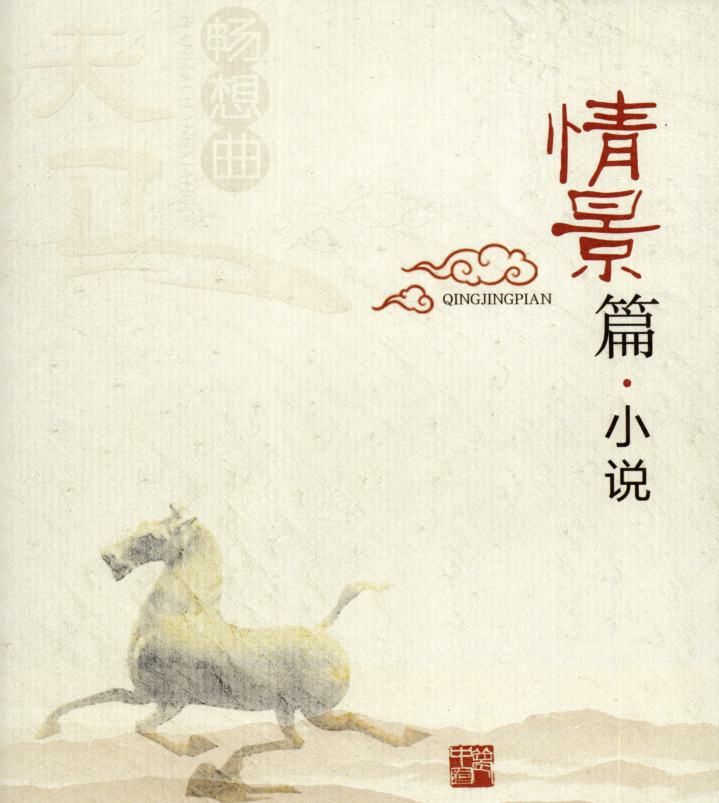

情景篇·小说

QINGJINGPIAN

等 深

弋 舟

1

她坐在我面前，我们之间隔着张铺有台布的桌子。

这样的场面必定发生过很多次，但每一次身临其境，我的心里都会泛起微澜。这没什么可说的，就像岁月中总有些蛮不讲理的滋味，在我们的心里盘桓不去。比如，她的名字叫莫莉，而在我的心头，从一开始，就是以这两个字来称谓她的——茉莉。她或许并不知道，当我每次叫她的时候，其实我是在叫着——茉莉。这算是我自己的一个秘密。最初，这个内心的秘密无疑蕴含了情意，随着时光的荏苒，这个蕴含着情意的秘密当然也无疑地麻木了，它不再是一个发自心底的爱称，而是犹如户口本上横平竖直的实名。这时候，莫莉或者茉莉，都只是一个女人的名字罢了。而我依然固执地以"茉莉"称呼她，不过是因为一切已经成了习惯。

她说："晓东，原谅我总在这种时候来找你，我知道，你并不能帮我把他们找回来，但是，将自己的艰难说给你，对我似乎已经成了习惯……"

我凝视着她。她也在说"习惯"。

我还记得三年前那个深夜被电话铃声吵醒的情景：我从一个辗转的梦中醒来，抓起电话"喂"了一声，就被自己发出的声音吓住了。我的声音喑哑，粗涩，像一阵风从沙纸上挤过去。怎么会这样？睡觉之前还是好好的，我还和一个女人通过电话，一切如常，我用自己温和的男中音，成功地将那场通话带向了我所希望的氛围，并且将那样的氛围一直延宕进了梦中。接听这个深夜来电，我的声音却突然发生了转变。我惊悸于自己声音的无端转变和转变后心情的无端颓废。我试着让自己清醒一些，调整卧姿，在被子里坐正，使脖子舒展开，又"喂"了一声——似乎好了点儿，但依然令我感到陌生。电话却被那边的人挂掉了。我怔忪地靠在床头，觉得一下子枯萎了，有种一落千丈的下坠感。我是一个相信生活中充满了隐喻和启示的人。深夜打来的电话和自己突然的变声，都令我陷入到阴郁的猜测之中。我用力地咳嗽了两声，电话铃声又响了……

这个电话就是茉莉打来的，时隔二十多年，她向我汇报："我打电话给你，是想告诉你周又坚失踪了。"

周又坚是我大学时代的朋友，她的丈夫。

而刚才，时隔三年，她坐在我的对面，隔着张铺有台布的桌子告诉我：她的儿子周翔也在三天前失踪了。

"茉莉，"我顿一顿，"别这么说，你没什么需要被我原谅的，谈不上——"

"我知道！可我必须这么说，晓东，我快崩溃了！"

看得出，她的确是快崩溃了。在打断我之前，她放在桌面上的左手攥成了拳头，不自觉地砸了一下桌子。

我将那杯柠檬水向她的手边推了推。"喝口水，茉莉。"

她动作僵直地举起水杯，喝了一大口，别过头去的时候，用另一只手的手背恨恨地抹去了我尚未看到的泪水。

我说："你来找我没错，起码，把一切说说也好。"

我这么说不过是想令她的情绪缓和下来。我一直盯着那只被她攥紧的水杯，几乎已经看到了这只水杯在她紧张的手里破裂时的景象。

"晓东，你别安慰我。"攥着水杯的手松懈了一下。她手背上的血管依然突兀。

"当然，光是说说解决不了问题。"我尽量在措辞，"我想，事情可能没那么糟糕，周翔离家不过才三天……"

"三天还不够吗！"她立刻又剑拔弩张了，"周又坚也是从三天失踪到三年的！"

我将那只水杯从她的手里拿掉，放在一个自认为安全的距离外。"不一样的，茉莉。周翔只是个孩子，你知道，男孩子在这样的年龄，跑出去疯儿天是很正常的事，我在这个年龄的时候……"

"当初周又坚失踪你们也这样说——一个成年男人，跑出去疯几天是很正常的事！周又坚一个成年人说丢都丢了，何况一个孩子！"

我闭了嘴，知道在她这样的情绪之下，我是无法说完整一句话的。

"周翔的确只是一个孩子啊，你别看他长得那么高，再过三天，他才满十四岁……"听不到我接话，她的声音自然减弱了下去，同时不自觉就去伸手够那只水杯了。

我吃惊地发现，那只水杯原来被我夸张地放出了一个不可思议的距离。她几乎将上半身完全趴在了桌面上才如愿以偿。我喝了口咖啡。柠檬水是她自己要的，在我的理解，她是避免让自己喝到刺激性的饮料。我们坐在一家咖啡馆里，窗外可以看到一截浑浊的河水，对岸寸草难生的山陵掩映在楼群背面，一点也不美。此刻是五月的最后一个周末，早晨十点，这地方像是被我俩包下了一样。一个系着格子围裙的女招待在拖地，偶尔抬起头，脸上仿佛只长着一双惺忪的睡眼。

"这次真的不同，周又坚失踪时我也很焦灼，但是这次，"她绝望地说，"晓东，我真的感到了绝望！"

我用手捂在她握着杯子的那只手上，心里衡量着丈夫与儿子在一个女人心目中分量的差别。我相信她的话。我相信她的绝望。

三年前，当她在深夜再次将电话打进来时，并没有立即进入正题，而是先和我散漫地聊了起来。我"喂"了一声，她在电话里迟疑地问：是……晓东吗？我说：是，您是？她说：哦，我还以为打错了——你的声音怎么变得一点都不像了呢？我说：是，我也吓了一跳，很突然，一点前兆都没有，就这么说变就变了。不过你的声音却没有变，我听出来了，你是茉莉。她的声音轻快起来：真的吗——真的一点都没有变吗？我说真的真的，心情随之明朗，混合在残存的睡意里，逐渐形成一种黏稠的、甜兮兮的情绪。我用这种情绪去回忆她的样子，她也就变得黏稠的、甜兮兮的了。她的脸庞，腰肢，晃荡在乳沟间的十字架，都以一种糖的气息从遥远的大学时代飘进我的脑子里。我想，现在的茉莉，一定比从前更具魅力，应该像一把名贵的小提琴了吧，足以在上面演奏出动人心弦的乐章——快四十岁了，她的身体应该已经在岁月这所大学毕业了。我们顺着"变与没变"的话题聊下去。茉莉的语气有些兴奋，女人们总是乐于听到自己"没变"。我们聊起一些陈年往事。大学毕业后我们很少见面，虽然生活在同一座城市，也只是知道对方的下落，偶尔通过几次电话。我心里有些隐隐的不安。首先，我的声音仍旧异常，仿佛被一只柔软的手扼住了咽喉，不蛮横，却壅塞住了气流，令我发出的每一个音节都像是叵测的阴谋；其次，在深夜里和茉莉轻松地追忆从前，总觉得有什么困难的东西被有意忽略了过去。后来，聊到一些我们认识的人时，她突然沉默了。噢，我想起来了——，她恍恍惚惚地说，我打电话给你，是想告诉你周又坚失踪了。我艰难地问道：失踪了——谁？——周又坚吗？她说：是的……好端端就从单位里消失掉了……谁也说不准他去了哪里……已经整整三天了……

那时候她的语调像是在梦吃，绝不像现在这般"绝望"。

彼时我下意识地往被子里缩了缩，那种不着边际的黏甜感洪水一样退却。是啊，是啊，怎么会把周又坚忘掉呢？他是我的老同学，曾经的朋友，茉莉如今的丈夫啊。困难终于浮出了水面，像洪水过后裸露的废墟。茉莉搞清楚了她的目的，一下子变得沮丧，声音也跟着发生了变化，语气中性，标准，有些像电视里的播音员，令我无法和自己所熟悉的那个茉莉联系起来。她说她准备来我家里一趟，具体说说关于周又坚的事情：你那里，方便吗？我机械地回答道：我？现在吗？方便方便，你——过来吧。

此刻像是发现我走了神，她有些不满地将自己的手从我的掌下抽了出去，短促地敲击着桌面。"我已经报了案，也向学校反映了情况。"

"他们怎么说？"

"怎么说？完全和你说的一样！——男孩子在这样的年龄，跑出去疯几天是很正常的事！"

我耸耸肩，感到有些羞愧。羞愧什么呢？不过是因为我居然说出了和大家一样的话。要知道，这很难得。也许是羞耻感使然，我在一瞬间奇思泉涌。"茉莉，你想一想，有没有这种可能——"我多少有些激动，"周又坚回来了，他们父子联系上了，然后，周又坚就带着儿子出去散散心？"

她定定地看着我。

"这不是没有可能——周又坚回来了，他极有可能先去学校找儿子，父子俩在校门口拥抱在一起，然后怀着激动的心情去外面玩上几天。周又坚可能是急于要补偿儿子吧，而且你也可以想象，人在激动的情绪中难免丢三落四的，所以他们忽略了可能带给你的不安。"我首先已经激动得有些丢三落四了。

她依然定定地看着我，手中开始转动那只水杯，不由得要让我感到她会随时扬手将剩下的那半杯水劈面泼向我。这个想象必然令我更加羞愧起来。我希望她不要开口，就让我自己闭上嘴好了。但是，在她这里，哪里会有这样的好事？

她说："别说了晓东。你别说了。"

我向后靠近沙发的椅背里，深吸一口气。"好吧，"我说，"茉莉，让我们好好把这件事梳理一下。"

她现在却是不动声色的了。她就那样看着我，转动着水杯。那目光，堪称怜悯。

我又要了一杯冰咖啡。尽管喝得颇有声势，茉莉那杯柠檬水却似乎永远也喝不完。经过一番"梳理"，我大约勾勒出了一些轮廓：初二男生周翔，学习成绩优异，没有不良习惯，性格也算不上孤僻，总之，他父亲失踪三年这个事实，似乎没有给他的成长带来能够被观察到的阴影；但是三天前，这个男孩却离家出走了。

"他放学后先回了家，保安告诉我，他们在傍晚的时候看到周翔进了小区。而且我也发现他的确是回了趟家——冰箱里的火腿肠少了一大截。他走的时候，应该还背着自己的书包，里面的书本却都放在家里了——

他完成了当天的作业。对了，他还拿走了我的一部手机。"

"手机？裸机吗？"

"有卡，可以正常使用。"

"你没有拨打这部手机？"

她不回答，侧身从皮包里摸出手机，拨通某个号码后，打开扬声器放在桌面上。手机里一个空洞的女声说道：对不起，您所拨打的用户已关机……

我不免又有些跑神儿。我在想，她干嘛要用两部手机呢？"你是几点回的家？我是说，从保安看到他进小区，到你发现儿子离家出走了，这段时间，有多久？"

"嗯，大约有五个小时。"

"五个小时。"我像是将这个时间段放在天平上称重似的复述了一遍。我的心里面在运算：从傍晚顺推五个小时，会是几点？

她的脸色有些窘迫。"不是这样的，我回家是比较晚，但这不是他离家出走的原因，这个我知道。"

"这个你知道？但你却并不知道他离家出走的原因是什么。"

她点点头，已经有了委屈的表情。

"火腿肠少了一大截。那么，平时周翔放学回家后，都是自己弄晚餐的吗？"

"你什么意思！"她喊起来，"你是说我没有照顾好他，他才离家出走的吗？"

"不是，当然不是！"我立刻后悔了，"我只是想把事情了解得更全面些。"

"晓东，不要问我这些问题，我知道你是怎么

摄影/张永基

想的。所有人都这么想——周翔没了父亲，而我对他照顾的又很不周到，所以孩子就跑了——看吧，这不是明摆着的吗？可你不是'所有人'，这才是我来找你的原因。晓东，我不想在你这里也被简单、粗暴地判断。"

"好的茉莉，相信我，我一点没有将这件事情归咎于你的意思。"

"也请你相信，我们母子之间的感情，不逊于任何母子！周翔他很爱我，有时候，甚至是怜惜我……"她用双手蒙住了自己的脸，肩膀觳觫着。

我想去安抚她，坐过去，揽住她的肩膀，或者至少递一张纸巾给她。但是我没动。这时候，我才多少感觉到了这件事情的严峻。我相信周翔是一个懂事的孩子，他爱自己的母亲，有时候，甚至是"怜惜"她，于是，这反而令他的失踪一下子变得堪虑起来。

"儿子这么懂事，你就更要放松一些。他既然带走手机，也许正是为了方便和你联系。"我说。

"那他为什么不开机？"她放下蒙在脸上的双手，像一个儿童般地看着我，"难道，他是在和我捉迷藏，一切不过是一场游戏？"

我一时无语。我岂敢如此轻慢这件事情，将一切视为一场儿戏？我面前的这个女人，在心里被我唤作"茉莉"已经二十多年了。她的丈夫在三年前不告而别，起初，大家一定也是用这样的说辞来开导她的。但那个游戏太漫长，一玩就玩了三年，并且至今结局渺茫。那么，谁还敢于对她说：亲爱的，又一个游戏开始了！我面前的这个中年女人，在我眼里，此刻就像一个被扔在了旷野中的小姑娘，蒙着眼睛，双手四处探摸着自己的亲人，置身于命运悲伤的"捉迷藏"里。

我说："现在还不能确定。孩子们到了青春期，就是这么让人无法捉摸。不过，凭我的直觉，周翔一定会平安回来的。"

"真的吗？"

我认真地点点头。她似乎吁了一口气，但仍然眼巴巴地望着我。

"这件事就交给我吧。"我也不知道自己是从何处而来的依据，"我保证，无论如何总要给你一个答案。"其实我的下一句话差点脱口而出，我想说：活要见人，死要见尸。

"晓东，谢谢你，"她再一次黯然下去，"有你这句话，我就已经很安慰了。"

在内心里，我不能接受她将我的态度只视为一句安慰的话，然而，话一出口，我就已经知道，我所表的态，就像方才她手机中的那个女声一样空洞。

她说："再有三天，就是儿子的生日了——"

"也许他就会在那一天回来。"

"老实说，这正是我现在唯一的盼望。"

"孩子选在这样的时候离开家，一定不是偶然的，也许，在他的心里有着一张时间表？我是说，他也许有着自己的某个小计划。"

"呃，计划……"

"当然，现在我们对此一无所知。但我们该同样相信这个孩子。"我找着话题，"我想知道，往年你都是怎么给他过的生日？"

"往年？"她垂下眼思索，"基本上都是在家里过的，买块蛋糕，再加上些其他礼物，手表，运动鞋什么的。"她的眼睛张望了一下我，迅速又垂了下去，似乎想要飞快地遮盖住什么。"没什么特别的，他好像对自己的生日也不太在乎。"

我又忍不住问道："你呢，你在乎不？"

"晓东，我承认，我这个做母亲的在这种事情上不够用心。是的，有许多重要的事情，都被我们敷衍过去了。"她直视着我，"这就是我们的悲哀。不是吗？有多少曾经以为会永远刻在记忆里的情感，最终都烟消云散。"

我想她是转移了话题，但又感到她的确言中了某个真谛。我们就是这样的大而化之。我们就是这样的容易遗忘与忽视至关重要的事物。

"明天我去他们学校再找找线索，接触一下孩子的老师和同学。"我让时间过去了片刻，"当然，我不是怀疑你没有认真做这些工作。我想，我们的角度可能不同，没准，我能找到些方向。"

"晓东，你能这样做我很感动。我来找你更多只是想谋求些精神上的支撑，我不会荒唐到将不切实际的担子压在你的肩头。"

"我明白。"

"不，你不明白。其实，怎么说呢，你一直都不明白我。"

"茉莉。"

"有时候我自己都不明白自己。刚才我对你否认自己应当对儿子这件事负有责任，其实我知道，那是自欺欺人。儿子突然离家出走，一个做母亲的，怎么会没有责任？"

我安静地听着，似乎知道她接下来还有话要说。

"说起过生日，三年前周翔过生日我带他出去玩过一次。"她说。

"去哪儿了？"

"西安。"

我在心里默默核计——三年前。"那时候，周又坚还在家吧？我记得周又坚出事是在九月份了。你们一起去的西安？"

"没有，只有我和儿子。"

"呃，周又坚为什么不一同去？"

"他这个人你是了解的，还需要问吗？"

他这个人你是了解的——我不得不重新在心里爬梳起周又坚这个人来。周又坚是个怎样的人呢？三年前的那个深夜，放下电话后，我有些迟钝。在等待茉莉到来的那段时间，我的脑子里渐渐充满了

一个男人愤怒的叫喊。是啊，我想，周又坚就是这么一个怒吼着的男人，他总是令人猝不及防地从沉默中拍案而起，对生活进行激烈的斥责。他不宽恕，一个也不宽恕。

上大学时，有一次我陪周又坚上街买一件外套。同行的还有茉莉，那时候，她是我的女朋友。三个人转了大半座城市也没有选到合适的，原因很简单，周又坚觉得从他眼前经过的每一件外套都太贵了。就这样，我们从日出走到日落，看着周又坚一次次脱下他那件皱巴巴的夹克衫，又一次次穿回到身上。这番周而复始的动作对于周又坚严酷之至，他需要不断敞胸露怀着暴露自己。他贴身的背心已经让人看不出是白色的了，很紧地扎在一根磨出了毛边的棕色皮带里，令人莫名地心酸。周又坚的脸色越来越难看，从灰，到白，到惨白，额头上也渗出大颗的汗珠。我想，也许不该叫上茉莉一同出来，有她在，周又坚才会这么难堪。我这么想的时候，就看到茉莉的脸色也是惨白的。后来我猜测过，也许这两个人早已经背叛了我——并且我也有所察觉，于是我叫上了茉莉，不过是为了让她目睹周又坚的狼狈相（这是虚构吧？学生时代的我或许不具备这样的智慧）。后来在一家路边店周又坚被逼到了绝境，他那件破夹克衫的拉链拉坏了，卡在最下面，怎么也拉不动。他咬牙切齿地用力往上拽，眼睛都红了。这真让人难过，世界仿佛骤然停顿，只是被一粒小小的拉链卡住。和拉链搏斗良久的周又坚突然凝神望向一边。我和茉莉也回过头和他一起望。身后有一对恋人重新令世界启动，他们在吵架，大意是女的在抱怨这种路边店没什么好货色，只会浪费时间，而男的呢，在赔不是，说自己错了。我正在想这没什么可看的，周又坚却大吼了一声，调子尖利怪异，把所有人都吓了一跳。他放弃了那粒恶劣的拉链，向前跨出一大步，愤怒地向着那个妥协的男人怒吼

道：你错在哪里了？你错在哪里了！难不成进这种路边店就是错的了？更令人惊讶的是，周又坚突然讲不下去了，喉咙似乎被死结套紧，勒住了。他的眉毛嘴巴一起抽搐，声音在肚子里翻滚，被禁锢住，像炸药爆破前酝酿着威力。我觉得这太莫名其妙了，过去阻止周又坚，手刚碰到他的肩膀，他就咽地倒了下去，身子僵直地绷住，双手痉挛着勾在脖子上，像是要把自己掐死。所有人都被吓得魂飞魄散。蹲下去凑近他的我更是被吓坏了。他口吐白沫，嘴唇闪电一样令人目不暇接地来回翻阖。我用力掰着他的两只手，企图把它们从他的脖子上分开，将他肚子里的声音解放出来，可是他的双手像磐石一样不可动摇。一些气声从他的喉咙挤出来，发出下水管即将疏通时的声音。"周又坚——"我听见茉莉绝望的叫声。周又坚的双手在一瞬间神奇地松弛了："哦——你错在哪里了……"他的声音苍老得像一条垂危的老狗，异常诡异，一直蛇游在我的记忆里，令我在三年前的那个深夜回想起来，还是缩紧了身子。我想，的确，他们之间一定早有了关系，嗒，周又坚在叫喊，茉莉就在天使的序列中听到他，然后一声回应的呼唤，就将他拯救了出来。

这件事之后，他们就走到了一起。我同时失去了朋友和恋人。原来周又坚患有癫痫，这个痼疾本来早已控制住，却被茉莉重新激发了，如果那天没有她在身边，周又坚就不会被屈辱所折磨，就不会被迫发出最后的吼声。这以后，周又坚开始了频繁地发作，他时常会在沉默中突然厉声断喝，对着四周不一而足的诸般谬误慷慨激昂地痛斥，然后，口吐白沫地倒下去。他因此差点毕不了业，因为除了茉莉，他几乎痛斥了身边所有的人，包括正在台上作报告的系主任和正在食堂里视察的校长。只要大家发言，总是有被他揪住辫子的可能。临毕业前的那年夏天，一场疾风骤雨不期而至，这个以呐喊为己任的人，更是站了风口浪尖里，他不断昏厥在街头。周又坚绝不通融生活中刺耳的声音，他要用更加刺耳的声音去覆盖住噪音。这样一来，茉莉当然有理由甚至有义务和他走到一起了。在那个理想主义的年代，我认可这样的理由和义务，也认为自己没有周又坚那么爱茉莉，爱到和整个世界对立起来的地步。我只是想知道，这两个人究竟是从什么时候背叛了我、背叛到了什么程度。

令我耿耿于怀的是，当茉莉还是我的女朋友时，她对我的那种极力抵抗，用手，用脚，有一次甚至用了牙齿。她只允许我触及她的胸部，其他的一概免谈。和她谈了一年多时间的恋爱，对于她的身体，我只留下了这样的记忆：两只紧握住的拳头一样的乳房，以及一枚悬挂在乳沟间的十字架——茉莉信仰基督。当两只乳房悬于十字架之侧时，也就只是乳房，不恰当地使用，一只就成为罪，一只就成为罚。我的父亲是一位制作小提琴的大师，我从小就生活在试琴的嘈杂声中，由此，恋爱的时候，我觉得茉莉的身体之于我，就像一把没有完成的小提琴，怎么拉，都是艰涩的。失恋后，我最不愿意想象的是，茉莉这把小提琴，也许早已被周又坚和谐地拉响过了。这么一想，我就不可避免地有些恨意，而且从此对女人们都不那么放心了。有段时间，我很排斥女人，后来渐渐不排斥了，也只和她们上床，有几次遇到抵抗我的，我就来硬的，坚决地拉响她们，结果也得逞了。我想，如果当初对茉莉也来硬的，那么她的抵抗也将是徒劳的——可是，为什么我没有对茉莉来硬的呢？

我在三年前等待茉莉的那个深夜，这么想着，就有了一些忧伤。

女招待过来问我们需不需要点餐。我看看表，已经是中午了。我征求茉莉的意见，"吃点吧？"

她摇头。

"是吃午饭的时间了，"其实我自己也并不觉得饿，但我说，"饭总是要吃的。"

她依然摇头。"我吃不下去，三天来我几乎一口都吃不下去。"她的状态倒不像是饿了三天的样子，只是略显憔悴，眼睑下有一抹不易觉察的阴影。"每当我准备吃点什么的时候，我就会立刻想到——周翔现在吃了吗？"

"呃，对了，他身上有钱吗？"我问。

"有。他自己有张卡，平时的零用钱都存在里面，而且开通了网银，我在网上查了，里面还有几千块钱的余额。"

"能查到这三天他的支出情况吗？"

"这三天他没用这张卡。但他出门前，从ATM机上取了五千元。"

"你看茉莉，周翔把一切都做得有条不紊，这说明事情是在他的控制当中。"我沉吟着，"当然，他还是个孩子，不满十四岁，但如今的孩子们有时候又老练得出乎我们想象，他会照顾好自己的，甚至比我们照顾的还要周到。"

"但愿是这样。"她苦恼地说，"可我还是不明白这一切都是为什么？"

"现在我们无法推测原因，只能假想事实。而这个事实，我认为是可以乐观的，那就是，这孩子不会有什么危险。"

她好像是被我说服了，接受了我的建议，同时也接受了一份素什锦饭。我要了一份黑椒牛柳炒意粉。

"你不用回去陪你妻子吃饭吗？"她突然恍悟到什么。"晓东，我不想你因为——"

"你想得太多了。"我抬头凝视她。我要承认，时至今日，她依然是一个能够深刻打动我的女人。她的皮肤并不白皙，在我看来，却黑得很动人。

我埋头吃饭，在黑胡椒的辛辣之中，沉浸于三年前的那一夜。我在三十多岁时做了教授，身边当然不乏女人，但那时我却依然独身，只养了一只名叫"上元"的蝴蝶犬在身边。我将这种状况视为大学时代留给我的后遗症。三年前那个大雨初霁的深夜，茉莉敲响我的房门，上元从酣眠中惊醒，情绪受到刺激，骤然狂吠了起来。它愤懑到了极点，疯狂地堵在门口，冲着门外的女人声嘶力竭地吠叫。我不得不把它拖到阳台上禁闭起来。它在阳台上依然激动，吠声盈天，使得黑夜更加的黑。茉莉穿着件窄肩的连衣裙，下摆很宽松，浅咖啡色，配合着她的肤色，像一把优雅的小提琴嵌在幽暗的门框里。我们两人目光对视的一刻，谁也没有流露出诧异。多年未见，在我眼里，现在的茉莉就应该是这副样子的——腰身流畅，终于成型；那么在茉莉的眼里，我也只能是现在这样的我吧——双颊下陷，却小腹微凸。

在那个夜晚我们进行了淋漓尽致的演奏。那枚十字架从茉莉的胸前消失了，也许是她已经丢弃了信仰，也许，乳房已经真的成为了名副其实的乳房，坚硬起的乳头，成为深褐色。她的身体如琴身一样和谐，奏响之后发出的声音如一道匪夷所思的光芒将我笼罩——但实际上一切都是在无声地行进：我可以感觉到她起伏的波动，却听不到她的声音。只有上元在阳台上悲愤的吠叫此起彼伏。这使得我产生出难以置信的幻觉，仿佛上元的叫声是来自我身下的茉莉，我是在和一条蝴蝶犬交媾。我沉溺在一片凄凉却又迷人的乐章里，整个世界仿佛都陷入在一场辽阔的交响乐中。

之前我们几乎没有任何语言的交流。我关上门回过身来时，发现她紧紧地贴在我身后。"我很孤独。"她说。她的头垂着，恰好抵在我的胸口。我去挽她的手，感觉到她的手指纤长，舒服凉爽。她的眼里噙满了泪水，在卧室散布出来的光里熠熠闪烁。事后我想，如果这一次茉莉依然抵抗我，用手，用脚，用牙齿，我会不会就来硬的呢？"给你打电话之前，我感觉特别不好，突然很想你们……"她伏在我的胸口说。我听出来了，她说——你们。"我很害怕……周又坚走时留在餐桌上的一只杯子，突然被我打碎了。之前我一直没有动它，就那么一直放在原来的位置上……但是今晚，我突然想把它拿起来，我一碰它，它就摔在了地上，但我竟然没有听到它摔碎时的声音……"她的声音太低了，完全是在呢喃，被上元凶蛮的吠叫掩盖住，几近哑语。

我努力倾听，也只听出了个大概。她大概讲了：周又坚是在三天前突然失去了踪迹，没有任何线索可以提供出他所去的方向。他好像直接走进了世界的背面。周又坚单位的领导也感到震惊，打电话去他的老家，没有得到任何消息，反而招来了一帮穷亲戚向她兴师动众地要人……已经报了案……她甚至去医院的太平间去辨认过无人认领的野尸……茉莉说，她梦到他还活着，又犯病了，在梦里面向她咆哮，然后口吐白沫地倒下去……

其间我想问些什么，可刚要开口，就被一阵恐惧攫住，虽然尚未出声，但我仿佛已经听到了那种令自己陌生的腔调：喑哑、粗涩，像一阵风从沙纸上挤过去。我惧怕自己用这样的声音发言，非常怕。在那个夜里，我把一些问题噎在喉头，渐渐地有些眩晕，开始分不清究竟是恐惧还是茉莉的头压得我难受。我感到自己要睡过去了。睡着之前我想，明天自己该怎样给学生们上课呢？一个教授，一个靠语言吃饭的人，喋了声，那将意味着什么？第二天清晨，我从刺耳的犬吠声中醒来。茉莉已经起来了，穿戴整齐，坐在客厅的沙发里。看到我醒来，她就起身告别了："早上好，我要走了。"我把她送到门口，回屋后直接去了阳台。上元瑟缩在阳台的一角，看到我立刻停止了悲鸣。我过去抱起它，看到它嘴边的白毛上挂着几缕淡血。它叫得太激昂太奋勇太持久了，以至叫破了嗓子——如果它叫喊，谁将在天使的序列中听到它？我从窗子望出去，夜雾未散，世界如同凝固于时间之外的远古荒原。我看到茉莉钻进了一辆银色的标致车，车子过了半天才启动起来。我回到屋里，打开了电视。一天的节目刚刚开始，电视上端庄的女播音员不露痕迹地微笑着说："早上好……"声音和茉莉的如出一辙。

我们分手的时候，时间尚早。我目送着她离去，在咖啡馆里又多坐了一阵。我从临街的窗子望下去，再一次看到她钻进了那辆银色的标致车里。车子启动了，引擎声微弱，有气无力，给我的感觉像是一个饿了三天肚子的人。它的女主人即使快要崩溃，也依然有着外强中干的风度，而它被这样的一个女主人驾驭着，终于暴露出了真相。

女招待过来结账，天经地义地要求我以少收两块钱的优惠放弃索要发票。"还不到两百块。"她的意思是这个数字小到不该好意思弄得很正规。

但我却少有地认真起来。我突然很想正规地活着，不敷衍，不抹稀泥，不大而化之。我要我的发票。发票拿来了，她给了我两百元的面额。这又是一件只能敷衍、抹稀泥、大而化之的事情——我如何才能把多出的差额退给她呢？的确，我们活在一个没有规矩的世界里。

我沿着滨河路往回走。兰城被一条大河分为了两半，往复在河的两岸，时常会令我有着一种"度过"的心情。

沿着河走，三年前发生的那些事情，开始在我的心里回放。我说过，我是一个相信生活充满了隐喻和启示的人，现在我期望从回忆中捕捉到生活的破绽。回忆在我的回忆中逆转为现实。

三年来，我的生活发生了诸多变化。最显著的是，我结了婚，话少了，变得乐于沉默，除了应付教学，其余时间我都尽量避免开口。这样做的结果，首先是学校对我的评价降低了——我能在三十多岁做上教授，很大程度上是依靠夸夸其谈的作风。标准的男中音，滔滔不绝的废话，曾经为我赢得过普遍的赞誉；其次，我生活中的女人减少了。没有语言，就意味着没有女人——即便是两只鸟儿交配，都有啁啾的唱和呢。那些曾经的女人如今只留下了一个，是一位离过婚的政府公务员，她成了我的妻子。我选择了沉默的姿态，客观上，是由于我的声音发生了令自己不能接受的转变。我厌恶从自己的嘴里发出陌生的声音；主观上，当然是茉莉的出现了。我在茉莉离开的那个清晨认识到，原来我一直爱这个黑皮肤的女人。有了茉莉，其他的赞誉或者女人，好像就都不重要了。

2

东方中学是一所私立学校。我到那儿时正是早上最后一节课的时候。周翔的班主任是位和我年纪相仿的女性，她恰好没课，在办公室里接待了我。

她指了张对面的椅子给我，问我："你是周翔什么人？"

"算是叔叔吧。"我思忖着，面前这位女性，年龄与我相仿，履历或许也与我没有太大的出入吧。我们这代人，如果受过大学教育，人生难免都会有一些"按部就班"的意思。"我和他的父母是大学同学，"我暗示她，"您一定能理解这种大学同学之间的情谊吧？"

她果然笑了笑。墙上挂着的奖牌证明她是一位"市级优秀教师"。

我说："周翔的父亲是我大学时代最好的朋友，周翔在这个意义上，几乎像我的儿子一样。"

"呃，是这样。"也许是我的暗示起到了作用，女教师和我之间似乎真的少了些交流上的障碍。"周翔的父亲有音讯了吗？这几年你们一直还在找他吧？"

"总是要找的。"我回答得模棱两可，毕竟，我来到这间办公室，为的是周翔，而不是他的父亲周又坚。

"我在想，周翔的出走，会不会和他的父亲有关？当然，这只是我的猜想。"女教师说。

"这种可能性是存在的。但我们目前一无所知。您是周翔的班主任，能不能跟我说说周翔平时的表现呢？也许，我们从中可以找到些线索。"

"我能掌握的情况和周翔的妈妈都说了。其实很简单，周翔完全是一个品学兼优的孩子。"但她说话的表情却不是那么简单，我想她还保留着什么自己的看法。

"自己的学生突然离家出走了，您很惊讶吧。"

"当然。不过好像也感到有些像情理之中的事。"

"呃？"

她却笑一笑，闭口不答了。

我说："您对自己的每一个学生，除了在学生手册上写下的那些评语，内心里一定还有些更感性的认识吧，比如说——直觉。"

"你怎么知道？"

"也是直觉吧。忘了告诉您，我也是做教师的，对于自己的学生，林林总总，他们每一个人都能给我留下些不能用评语来概括的气息——"

"对，这种气息在周翔身上格外浓厚。怎么说呢？这个孩子实在是无可挑剔，从成绩到性格，都非常健全，但结合着他家里面的变故——我是说，他父亲的事——我有时候又会觉得……嗯，他有些太无可挑剔了。"

"嗯？"

　　"这孩子的表现只有两种可能——要么他是有些没心没肺，要么他是在竭力掩饰着什么。我这么说，前提当然是建立在对于他这个年龄的孩子来讲，父亲失踪掉，必然是要受到情感上的困扰。在他身上我却看不到一点这种困扰的痕迹。无论是没心没肺，还是竭力在掩饰什么，这两点其实都是值得令人担忧的。"

　　"是，您的直觉没有错。"我说，"这些感觉，您对周翔的妈妈谈到过么？"

　　"没有。作为一个母亲，我不想增添另一个母亲的忧虑。毕竟，孩子品学兼优的事实是客观存在的，而我们的直觉，却无法得到检验。"

　　"感谢您对我说出了您的直觉。"我对眼前的这位女教师好感陡生。她是我的同龄人。我们这代人，大学阶段遭遇过一个疾风骤雨的夏天。每当我对一个同龄人陡升好感的时候，都禁不住想问一问对方：走出校门后，这些年您是否一切安好？但我显然不能这样来问候她。"您能告诉我学生中有和周翔关系比较要好的人吗？"

　　"有一个，我已经告诉周翔的妈妈了，"接着她说出的名字吓了我一跳，"刘晓东。"

　　我以为她是在叫我，半天没有明白过来她的意思。我就叫刘晓东。

　　"谢谢！"我向她道谢，心里很想和她握握手。

　　十多分钟后，我在校门口蜂拥而出的学生中等到了这个和自己同名同姓的孩子。现在的孩子们长得真是很高，在他们面前，我一点也找不到一个成年人应有的优越感。

摄影／张永基

"刘晓东？"我看着眼前的这个大男孩，受到这个名字的蛊惑，不恰当地幻想着自己是在面对一面镜子。

"叔叔好，老师告诉我了，说你在等我。"男孩很大方，双肩书包被他用单肩背着，将肩头压出一个有些桀骜的斜度。

"嗯，是什么事老师告诉你了吗？"

"我们就在这里说？"他反问我，显得非常老到。

"当然不，"我摆出一副很懂规矩的样子，"咱们找个地方。肯德基？对了，你是不是要急着回家？"

"我中午不回家，来不及，家里也没人做饭。"他补充说，"我们都不回家，周翔也不回。"看来他了解我找他的意图所在。

"不回家你们怎么吃饭？"我说。

"小饭桌，我和周翔在小饭桌吃中午饭。就在那栋楼，"他给我指指路对面的一栋楼。"吃完还能睡会儿午觉。"

"那今天就不去吃小饭桌了，可以吗？"

他不置可否，冲我摆下头，自顾向前走了。我跟在他后面，两个"刘晓东"行走在业已露出狰狞暑意的初夏里。

走出半站路就有一家肯德基店。同样是一前一后，那个刘晓东自顾进了店门。他找了空座坐下，我这个刘晓东很识相地去点餐。怕不合他的口味，我尽量多点了一些品种，心想总有一款会适合他。

满满两只托盘的食物摆在桌上时，他皱眉了。"你太过分了，"他批评我，"能吃得下吗？"说完他想起了什么，脸上全是笑意。"我们学校有个初三男生，看上了一个初二女生，邀请人家来肯德基吃东西，一下子点了五百块钱的，这都成我们学校的笑柄了。你这些花了多少钱？我看也差不多够那个数了。"

我明白他所说的"那个数"并不是指"五百块钱"，而是指"笑柄"这样一个指标。"嗯，差不多了，"我抓起一块汉堡，"实际上，咱们现在的关系，就和那对男女同学差不多。我可以算是一个追求者，你呢，算得上是个傲慢的女生，我有求于你嘛。"

"喊，"他显然不愿意做一个女生，"你少来。"

"知道吗，咱们俩的名字一模一样。"我这句话的确像是和人套近乎的假话。

"是吗？"他一点也没有被勾出兴趣的样子。"这不稀罕，只能证明我们都叫了一个多滥的名字。"

我感到自己被噎了一下。"说说吧，周翔平时都跟你聊什么？"等到他也抓起了一块汉堡，我才不失时机地发问。

他却问我从他们老师那里问出了什么没有。我说我不知道，应该是没有，否则我不会再来找他。

看得出，为此他有些孩子气的得意。

"聊什么呢？"他说，"能说的我都跟他妈妈说过了，理想呗，知识呗。"

"别敷衍我，你都吃我汉堡了。"

"呵呵，"他笑了，"你是一个怪蜀黍。"

我庆幸自己还能听得懂这样的网络语言。"就算是吧，你今天就认栽吧。"我说。

"好吧，我们在聊科学。"我感到他现在嘴里吐出的这个"科学"，不同于前一句的"理想"与"知识"。"学校教的那些课程没劲，我俩对更高级的知识才有兴趣。"他满不在乎地说，"智商高，这也是没办法的事。我们老师跟你说没？在学校，周翔的成绩是年级第一，我呢，屈居第二。"

"这个倒没说。"

"不说也罢。对付那些功课，也不值得说什么。"

"嗯，说说你认为值得说的。"

"我和周翔目前对海洋科技比较感兴趣。"

"海洋科技？"我郑重地重复一遍，为的是再确认一下。"具体有哪些方面的知识？"

"你听不懂的。"

"没错，我肯定听不懂，你就随便说说好了。"

"比如——等深流。"

"嗯，等深流。"我尽量不动声色，以免暴露出一个教中文的大学教授那种无以复加的浅陋。

"等深流是由地球自转引起的，在大陆坡下方平行于大陆边缘等深线的水流。是一种牵引流，沿大陆坡的走向流动，流速较低，一般每秒 15 至 20 厘米，搬运量很大，沉积速率很高，是大陆坡的重要地质营力。有人认为等深流也属于一种底流。"

我默默听着，面无表情。

"还是说点儿我听得懂的吧。"过了一会儿我说。

"法律你应该能听懂。"

"我想应该能。你们还聊法律？"

"是，周翔走之前挺关心法律问题的。"

"哪方面呢？法律哪方面的问题？"

"我们在网上查了承担刑事责任的年龄。"

我埋头用薯条蘸着番茄酱在托盘里画着毫无意义的线条。我觉得自己开始看到了这件事的一些眉目。这依然是一种直觉。如果一个教中文的教授还有什么值得被尊重，那么毫无疑问，敏锐的"直觉"便应当是本钱之一。

对面的刘晓东继续说："我国法律规定，已满十六周岁的人犯罪，应当负完全刑事责任。已满十四周岁不满十六周岁的人，犯故意杀人、故意伤害致人重伤或者死亡、强奸、抢劫、贩卖毒品、放火、爆炸、投毒罪的，应当负相对刑事责任。不满十四周岁的人，不管实施何种危害社会的行为，都不负刑事责任，即为完全不负刑事责任年龄——"

"后天是周翔的生日，你知道吗？"我打断他，"到了后天，周翔就十四周岁了。"

"知道，"他依旧满不在乎，"实施犯罪时的年龄，一律按照公历的年、月、日计算。过了周岁生日，

从第二天起，为已满周岁。"他的语气让我吃惊。当他罗列这番法律条款的时候，用的是和解释"等深流"时一样的语气。

"好吧，"我深吸口气，"告诉我，周翔这次离家出走有什么计划？"

"不知道，他没有告诉我。"他眨着眼睛，"不过我知道他去哪儿了。"

"请告诉我。"

"为什么？"

"第一，你吃了我的汉堡。第二，我们只有两天时间了，两天后，周翔就到了负相对刑事责任的年龄。"

这是个聪明的孩子。但毕竟还是个孩子。他并没有将自己学来的法律知识和伙伴的出走联系起来。"你是说——"

"是，"我抢先拦住他的话，怕接下去他说出来的内容反而损害了交谈的方向。"告诉我，周翔去哪儿了？"

接下来我们两个刘晓东离开了肯德基店，用了半个小时来到了一家预售火车票的窗口。男孩的家就在附近的小区里，他说是他陪着周翔在这里买的火车票。但我必须要确认一下。窗口中午不售票。一个教中文的教授在这样的时刻就学以致用了，我用自己专业性的恳切打动了窗口里的那位姑娘。如今买火车票都是实名制的了，周翔还没有身份证，但他有一个从生下来就附着在他生命里的身份证号码。这串号码由身边的男孩背了出来。窗口里的姑娘在电脑上检索后表示，的确，五天前，是有一张火车表从这个窗口售出。"你真幸运，"姑娘说，"我们这样的终端最多只能检索五天以内的。"

我也真的像一个中了彩票的幸运者，站在初夏的正午街头，百感交集。

"为什么不告诉周翔的妈妈？"我问身边的男孩。

"第一，我没吃她的汉堡。第二，我没想到周翔会有危险。"

我拨拉一下他的脑袋。这个动作不太自然，因为这孩子几乎和我一样高。"周翔有多高？"我问。

"和我差不多吧。怎么，你没见过他？"

"三年前见过，那时候他还是个小学生。"我有些尴尬，突然也有些惆怅。

三年前茉莉深夜造访之后，我们保持了联系。她再也没有来过我的家，她说，她惧怕那只狗噩梦般的吠叫。我也没有去过她的家，同样的，我也惧怕，在她的家里和她做爱，我会怕失踪了的周又坚从床下、从柜子里或者墙壁中跳出来，对我们这对男女进行激烈的斥责。有一次我在街上遇到了她，当时恰好她接儿子放学回家，母子俩迎面向我走来，她的脸上隔着几十米就向我释放出不安的信号。我想我能够理解她，周又坚刚刚失踪不久，她不愿意让儿子看到她生活中的另一个男人。我和这对母子擦肩而过，努力装得像一个路人。她牵着的那个男孩，就这样浮光掠影地和我有过一个照面。

而我，现在在寻找他。

我还是不太甘心，"周翔真的没有告诉你他此行的目的吗，他总不会是出去旅游吧？"

"没有，我不知道。"男孩说，"我以为他是想在十四岁来临之前做一次远行。算是一个梦想什么的吧。有时候我也常常想在成年之前离家出走一次。"

"为什么？为什么会这么想？"

"因为成年之后出走就没意义了。"我为了这句话而有些呆愣。他又说："成年后如果要让出走有点意思，那需要太大的勇气，代价也一定很可怕，比如周翔他爸那样。"

这就说到了周又坚。说到了周又坚，就说到了我心里的痛处。"你们讨论过他爸爸出走这件事吗？"

"说过，周翔说他理解他爸爸。他说只有他爸爸这样的行动，才是和生活等深的。"

"等深？"

"等深流呗，当时我俩正查那方面的资料，我想周翔是顺嘴做了个比喻。"

我给了这个男孩打车回学校的钱。我想我再也没什么可以跟这个男孩说的了。我们都叫刘晓东这么一个滥名字，但我在十四岁的时候，从来也不曾知道，这个世界，会有"等深"这样一个概念，重要的是，它还可以用来比附我们的生活。

我先到了咖啡馆。在等待茉莉的时候，我再一次回顾我们之间的那些过往。

大学时代，我们因为周又坚而分手，三年前，我们因为周又坚的失踪再次邂逅，而寻找周又坚，成为了我们最大的借口和理由。在一起时，我们却很少提起周又坚，毕竟，这会令人难堪。我们心照不宣，多少是将周又坚的失踪符号化了，虚挂在我们头顶，让我们的相拥多少具备一些正当性，仿佛两个不幸者在相依为命，而这个不幸，最确凿的来路就是周又坚的失踪。周又坚在我们的拥抱中杳无音讯。有一次茉莉打电话，说有消息证明周又坚被邻县的一所收容站收容了。我们一起驾车去了那里。道路曲折逶迤。在那座墙头布满玻璃碴和尖锐铁棘的建筑里，我认为自己见到了此生可以见到的一切残缺者和病痛者。他们勾着头，听话地坐在光秃秃的木板床上，神情纯洁。我和茉莉透过一扇扇腐朽的窗户向里张望。很遗憾，没有我们熟悉和期待的周又坚。其后我们在收容所的墙外，在茉莉的车里，再一次心安理得地拥抱，接吻，仿佛再一次获得了相濡以沫的理由。

我问过茉莉，难道她真的不能说出周又坚离家出走的原因吗？这个问题令茉莉张皇。她语焉不详地告诉我：难道你不知道么？我们毕业前那个夏天所发生的一切，已经从骨子里粉碎了周又坚。整个时代变了，已经根本没有了他发言的余地。如果说以前他对着世界咆哮，还算是一种宣泄式的自我医治，那么，当这条通道被封死后，他就只能安静地与世界对峙着，彻底成为了一个异己分子，一个格格不入、被世界遗弃的病人。她以此作答，我也只能就此听着。那年夏天似乎可以成为我们这代人任何行止的理由，对此，我又能说些什么呢？更令我唏嘘的是，说完这番话后，她向我笑了起来。我看出来了，她的笑容是做作的，应该笑一下，她却笑了两下或者三下，所以就有了夸张的堆砌之感。我不再追问，只能在心里面打上一个问号。

有一次茉莉对我说她接到一个电话，对方却一言不发，她的第一感觉就是，电话那端是周又坚！她说她对着电话叫，周又坚，是周又坚吗？周又坚！对方却挂断了。她问我，你说，会是他吗？我后来用街边的公用电话打她的手机，接通后我一言不发。她以那种播音员的语调"喂"两声，得不到回应，就挂断了。见面后，我装作若无其事的样子问她有没有再接到那种奇怪的电话？她的反应令我一阵如遭电击般的痛苦——她同样若无其事地摇头。我想，在我面前，茉莉永远都会对一些事情守口如瓶吧，她缄默着，拒绝对我作出响亮的交代。这把小提琴，在大多数时间里，不会让自身顺从于我的聆听。但是，还有什么比她的这种沉默更加喧哗？

当她进到咖啡馆里，隔着铺有台布的桌子坐在了我面前时，我做好了再次面对她那种沉默的准备。

"我想听你说说三年前带周翔去西安过生日的情形。"我开门见山。

说完，我就将目光移到了远处。我以为，接下来会有一段不短的时间可以用来品味她的沉默了。这家咖啡馆吊着锡制的天花板，装修环境呈褐色和银色。吧台前是一排书架，目力所及，我只能看到一本《中国独立诗人诗选》，因为它的书脊最厚，字最大，给人蔚为大观的感觉。居然是《中国独立诗人诗选》。我正欲猜度何谓"独立"。

"怎么？"没想到她回应的很快，一边调整着沙发的靠垫，一边向我询问道，"为什么要问这个。"

"你先告诉我当时的情形，都发生了什么？"我只有收回遐思与视线。

她穿着和昨天一样的衣服，米白色的连身裙，领口闪出细细的项链，一枚麻钱状的银质坠饰发出暗沉的光。看来她的状态的确不好，三年前我们交往时，她从来不会连续两天保持同一身打扮。

她向走过来的女招待要了柠檬水。视线转回来，但并不看我。"我们是周末去的，他还要上学，只待了两天。"她迟疑着，但却不是在努力回忆什么的表情。"我带他去了兵马俑，嗯，还有华清池。"

"你们住在哪儿？"

"当然是酒店了。怎么？"

"在西安，没发生什么事情？"

"没有……应该没有。"

"那就是有了？"

"不知道，我不知道那算不算是一件事情。"

"说说。"

"为什么！"她终于忍耐不住了，睁大眼睛看着我。"晓东你干嘛揪住这个问题不放？难道周翔会在西安？"

"是的，十有八九。"我和她的眼睛对视着，看着这个被我称为"茉莉"的女人，心中泛起微澜。"这孩子买了离家当天去西安的火车票。我查了时刻表，那趟车晚上九点五十八分发车，时间上吻合——是

在保安看见他进小区直至你五小时后回到家的这个时间段里。"

"你哪儿来的消息？"

"这不重要。"

"不，"她很固执，"你告诉我。"

"好吧，是刘晓东告诉我的。"

"刘晓东？"她吃惊地看着我。

我意识到发生了什么事情，连忙补充："是周翔的同学，你见过。"

她闭了下眼睛。"原来是他。是的，周翔的这个同学名字居然和你一样，我都忘了告诉你。"

"这没什么稀罕的，不过证明了我有一个多滥的名字。"

她有些吃惊地看我一眼。"但这个刘晓东为什么不告诉我？我在周翔离家的第二天就找过他。"

"因为你没请他吃汉堡。"说完我觉得这种话和当前的气氛不太适宜，转口又说，"孩子们有他们之间的道义，互相会替对方隐瞒些秘密，这也是能够想象的。"

"可是周翔为什么要在这个时候跑到西安去？"

"这个时候——你是说十四岁生日前吗？"

"哦，我没想这么多——是，为什么要在这个时候，眼看要过生日了！"

"他想一个人去重温三年前过生日的快乐？"

"不可能！这太离谱了。如果他真有这种想法，应该让我陪着他一起去。"她现在有了竭力回忆的表情。"而且说实话，我并不觉得那一次他有多快乐。他对兵马俑和华清池兴趣都不是很大。"

"我也觉得这种可能性不大。"我喝了口咖啡，将目光从她的脸上移开，为了不使她感到太多的压

力。"所以，茉莉你要告诉我实情。我们时间不多了，还有两天。"

"你什么意思？什么实情？为什么说时间不多了？两天？为什么是两天？"

"先不要问这么多，"我依然回避着不去看她。"我也一时无法给你个说明，更多的，我还只是靠着一些直觉。"

"直觉？"

我抬手阻止住她无休止的疑问。"先告诉我，发生了什么。比如，你们见了什么人？"

她木然地沉默了。半晌，才犹疑着开口。"是的，我们公司的总部在西安，去的时候，公司接待了我们。不过我不觉得这有什么太大的问题——"

"先不要说自己的感觉，只说事实，好吗？"

"好吧！"她似乎下了个决心，"那两天公司老总陪着我们。你知道，西安市区和那些景点还有些距离，没人陪着，来去不是很方便。"

"只是陪着去景点吗？"我点点头。

"是！"她的声音提高了不少，"晓东你不要瞎猜，我带着儿子，知道分寸的！"

我不做声了，目光回到她的脸上，忧郁地望着她。这一次，是她在躲避我的目光了。我想忽略她的这个神情，但做不到。我想起，三年前有一天夜里，在宾馆，茉莉以为我睡着了，躲进卫生间跟什么人通电话，声音压得很低。起初我以为是电视里的声音，但是后来她的声音越来越大，似乎已经无法抑制地激动了起来：……不！决不！为什么让我安静……我就要说，要说！我要说！要让全世界都知道！她要说什么？我感到她边说边用手在扼喉咙。她痛苦的声音在我听来如同一枚尖锐的针，从耳孔刺入，一直扎进心里。那时我一动不动地躺在床上，想，电话那端的人是谁，究竟是谁让她如此痛苦——周又坚的消失，是否与这一切有关？

我说："你的这位老总叫什么？"

"郭洪生。晓东你——"

"周翔一定不喜欢这位郭总。"

"你怎么知道？"

"还是直觉。茉莉，认真想想，在周翔和这位郭总之间，那两天发生过什么？"

"呃，如果非要说发生了什么，我想那件事可能算得上一件事……"我静静地聆听着，她只有说下去。"从华清池回来的那天，郭总送我们回酒店，在大堂分手时，他……嗯，拍了我一下。"我依旧不做声。"是的，他拍了我屁股一下。"她将游移的目光收回来，以一种堪称坚定的神态和我对视着。"这一幕，被周翔看到了。"

"周翔什么反应？"

"他的反应出乎我的意料。第二天本来说好要去大雁塔，郭总来接我们的时候，他却不肯下楼了。"

我闭上眼睛，开始在心里拼凑这些片段。一切似乎拼得上，但令这些片段咬合在一起的理由，却生硬得令人心痛。

"最让我难过的是，这个孩子和周又坚截然不同，他很少开口抱怨，"她已经说得欲罢不能了，正视着我，然而看的不是我。她看的是自己的往昔。"从西安回来后，他明显和我疏远了一些。那时候周又坚还在，本来平时他们父子间不是格外亲密——你知道，周又坚是那么一种状况——但那些天周翔回到家就去书房陪着周又坚了。为此，我还有些失落。我甚至想，周又坚的失踪，也许和周翔对他说了什么有关……"

"那么，有关吗？"

"我不知道。"

"你知道，我是在问什么，你知道。"

"晓东——"她呻吟了一声，又一次蒙上了自己的脸。

这一刻，我真的感到了痛苦。我很想念周又坚，想念这个从婚姻中自我放逐了的老朋友。不远处的桌边坐着一位客人，背对着我们，我甚至渴望他就是我的同学周又坚，我渴望当他回过头来的时候，我看到的就是一张仿佛无坚不摧的脸，看到他依然穿着当年那件坏了拉链的夹克衫，而那粒伟大的拉链，再一次把世界戛然卡住。

女招待过来给茉莉的水杯添水。我觉得她有些不太友善。她一定认出我了，知道我是一个会索要发票的讨厌的家伙。为此，我居然有些心虚，很想主动告诉她——好了，我投降，今天我绝对不会再索要发票。

3

我乘上了夜里九点五十八分开往西安的火车。

如果出于时间上的考虑，我其实更应该乘飞机。但我依然选择了这趟火车。怎么说，我的这次寻找都带有一些梦魇的色彩，而在梦里追索，我只能沿着梦的轨迹。我想和男孩周翔走在同一条路上。也许只有这样，我才能将他找回来。为此，我在直觉上就放弃了只争朝夕的态度，因为我觉得男孩在这件事情上透着一种沉着的气息。我仿佛目睹了他离家之日的情形：男孩在傍晚踏着夕阳回家，一如既往，进小区时他礼貌地向保安点了点头；进到家里，他完成了自己的作业，腾空自己的书包，将课本整齐地码放在写字台上；然后，他打开冰箱取出了一截火腿肠，加热后，慢慢地吃下去权充晚餐；也许他还看了会儿电视，大约在九点钟的时候，他认为时间到了，于是不慌不忙地向火车站出发了……

出门前，妻子将我送到了楼下。我告诉她学校临时安排我去西安开一个学术会议。她想把我送到小区门口，我摆手让她上楼了。因为茉莉的车停在外面，由她送我去火车站。蝴蝶犬上元已经是只老狗了，它安静地和妻子目送着我离家而去。

我同样拒绝了茉莉与我一起奔赴西安的请求。曾经一同去收容所寻找周又坚的经历，如今对我无疑成为了某种禁忌。我请茉莉相信我，说我会像寻找自己的儿子一样，去寻找周翔。

"你要相信我，对于这个孩子的牵挂，我和你是等深的。"我这样对她说，说完自己都惊讶使用了如此的词汇。

坐在她那辆银色的标致车里，被这个词汇所萦绕，我觉得世界倾斜起来。是的，多年前的那个夏天，当我们栉风沐雨的时候，有谁会想到，多年以后，我们会坐进小车里，夜晚在我们的眼前，会如眼前一般的流光溢彩？今天是轻的，也许是重的，但与曾经的过往绝对不是同质的。我们要么被扔在了空中，要么被撂在了谷底，就像跷跷板的一端。但绝对不是均衡的。不是等深。

我们在火车站前作别。她要送我上站台，被我劝住了。"一定不要搞得很夸张，也许我们越平和，事情的结局才会越安然。"我说。

一瞬间，我看到她似乎要哭，但她竟将眼泪眨了回去。

我已经有许多年没乘过火车了。车上的旅客并不是很多，这有些出乎我的预料。印象中，我们的火车应该总是人满为患的。找到自己的铺位后，我没有急着躺下，而是端坐在上面，调匀了呼吸，进入到那种忘我的状态里。我的父亲不但会做琴，而且会气功。他教会了我这个，我只是很久没有如此去做罢了。火车启动不久，卧铺车厢就熄了灯。在深沉的吐纳中，我像一名旁观者，在心里冷视着一幕幕的画面：

三年前的一天，我参加一个座谈会，会后乘宾馆的电梯下楼，在某一层停顿时，电梯门打开的一瞬我看到了一个背影，心里顿时咯噔了一下。我硬从已经合住一半的电梯门之间挤出去，看到茉莉和一个瘦削的男人消失在走廊里。他们一闪而过，搞不清进了哪个房间。为了不至于搞错，我挨着每一个房间听过去。我把耳朵贴在每一扇门上，但是每一扇门的后面关闭住的都是虚无，发出的唯一声音就是令人震惊的阒寂。我一无所获地待在空荡荡的走廊里，感觉真是荒谬。我对自己产生出厌恶。出来后，在宾馆前的停车坪我看到了茉莉的那辆银色标致车。我仔细看了看，牌号的确无误。那一刻，我分明听到自己嗓子里发出一种类似气泡破裂的声音。我仰起头，大张着嘴，让涌动的气流向着天空释放。但它们来势凶猛，我向前踉踉跄跄奔出几步，哇的一声，朝着青翠的草坪吐出一口胃液，紧接着更令我痛恨的是，我的身体犹自前冲，一脚踏进了自己的秽物。

那个茉莉"要让全世界都知道"的人，终于有了一个具体的形态。是的，她有一个瘦削的男人。这个男人让她安静——即使她叫喊，她要说，要让全世界都知道。

我和茉莉也选择在宾馆见面。通常是我预先订好房间，茉莉随后如期而至。也有几次例外，都是在深夜，茉莉打来电话说，来吧，我在宾馆，我很害怕……

我和这个瘦削的男人都在宾馆里与茉莉会面——这个事实让我痛苦的程度，甚于这个男人存在的事实本身。我是一个连说出和别人一样的话都会倍感羞耻的人。

之后我与茉莉终止了联系。那个离过婚的女公务员暂时缓解了我的焦灼。女公务员温婉纤柔，做爱时会用鼻腔和嗓子配合着交替发出有节奏的呻吟。重要的是，她每次躺在我的床上时，上元都会一言不发地伏在床下，怡然地打起呼噜，呼噜声都是安宁、麻木、灰心丧气的，恰好与窗外阴冷的浓雾相匹配。但越是这样，越令我想起茉莉，想起在她身上如奏琴弦般的迷醉，想起那个犬声如沸的夜晚。尽管我想我可以理解茉莉——难道她会是容易的吗？在某种意义上，我和她不过是利用彼此来隐藏各自的命运。

……

在夜行火车的铺位上打坐，我心神澄明，流下了清澈的眼泪。

火车在第二天早晨七点多钟到达了西安。西安站前的交通规则很古怪，似乎是专门为了刁难旅客的。好在我轻装简行，只背着一只包。费了一番工夫，我打上了出租车。我的目的地是玉祥门外的秦都宾馆——这是茉莉母子西安之行下榻的地方。

在宾馆前台登记的时候，我才意识到自己疏忽了。周翔不可能住在这里，现在宾馆的登记制度非常严格，一个未成年的男孩，是不会被允许入住的。这是一个密不透风的时代，男孩们的出走必定障碍重重。果然，听了我的描述后，前台的女接待耐心地向我表示，她们没有接待过这样一位客人。我没有感到十分气馁。我认为自己的方向并没有偏差，这依然靠的是直觉。

这家宾馆人气不高，房间的装修也有些陈旧，电话像是上个世纪的产物，但好在卫生条件还不错。我要的房间朝北，向外望去，就是西安的城墙。不自觉地，我用一种孩子的视角打量着周遭。我想体会到那个孩子的视域。这个念头让我重新又回到了大堂。我坐进了大堂的皮沙发里。三年前，男孩十一岁，个头应该和我此刻坐在沙发中的高度差不多吧？于是我看到了：母亲在和她的老总告别，就在回身的一刹那，那个男人的手拍在了母亲的屁股上；母亲没有生气，嗔怪地笑着，回头却迎上了这个高度上那双男孩的眼睛。

两名穿着制服的警察在前台询问着什么，好像是例行公事。接待员们和他们很熟悉的样子。

说来荒谬，三年前我曾经和茉莉被警察在宾馆的房间堵住过。我们被带到派出所里，两个人都很镇定，手挽在一起，紧紧地依靠住，有一种梦幻般的依赖感。我们从容的态度成为了一道尊严的屏障。也有可能是现在的警察素质提高了，总之我们没有被过多地为难。有一个警察，很年轻，嘴唇湿漉漉的，上面长着一圈绒毛，他很兴奋，可是由于资历太浅，其他警察都很平和，他就没有发威的机会，所以他一直用一副嘲讽地表情看着我和茉莉。尤其是在检查了我的工作证后，他的嘲讽就更肆无忌惮了。他对着我们笑出声，还不过瘾，竟围着茉莉踱起步来。我是在一瞬间爆发的。我先是觉得脑子里轻飘飘的，随后好像被铁锤重击了一下，然后一切就不由自主了。我向着这个嘲讽者吼道："你嘲讽什么？你是在嘲讽生活！你是在嘲讽生命……"愤怒像洪水一样涌上来，在体内形成剧烈的冲突，暴虐地撕扯着我，令我要粉碎掉。我的脸在扭曲，双手勾向自己的脖子。就在我觉得自己要笔直地倒下去时，我听见茉莉绝望的叫声："晓东——"

后来学校来人把我们领了出去，事情也不了了之，只是被同事们议论了很久。通过这次体验，我发现，原来我也有着在沉默中爆发乃至罹病的潜质。

此刻想起这些往事，令我突然有了抽支烟的冲动。我已经将这个劣习戒除了多年，谁想会在这时沉渣泛起。旁边就有卖烟的柜台。我过去买了一包"三五"，却有意识地没买打火机。于是，当我坐在这家宾馆的餐厅里时，我只将一支无法点燃的香烟夹在指间。

吃了顿简单的早餐，回房间冲了澡，我在宾馆门前站了足有半个小时才打上出租车。一上车，司机就用方言向我抱怨汽油的价钱。我刚刚准备回应

他几句，目的地居然已经到了。下车后我举目张望，秦都宾馆仿古的门脸依然历历在目。原来我要去的地方步行过来，也不过是几分钟的路程。这样我就理解了茉莉下榻在这家宾馆的原因了，它离忆捷公司总部就是这么近。但她却没有提醒我。

忆捷公司总部在大楼的顶层。我选择了楼外的观光电梯，匀速上升的时候，我的眼睛一直盯着外面。我没有看到一个背着双肩包的男孩，直到街面上的行人成为了蝼蚁。出了电梯门，就是忆捷公司阔大的前厅。我并不直奔前台的接待小姐，而是一屁股坐进了落地窗边的沙发里。沙发前的玻璃茶几上有一只很大的水晶烟缸。受到它的暗示，我摸出了自己的那包"三五"。但我当然只是将这包烟摆在了烟缸的旁边，为这个平面创造出了某种微妙的均衡与和谐。

茶几上有忆捷公司的宣传册。我拿起来翻看。这的确是一家颇具规模的集团公司，业务涉及有色金属、建筑材料、石油化工产品……几乎囊括了这个时代的一切暴利行业，旗下还有矿业和发电厂。宣传册上最显著的，当然是公司总裁的照片。这个名叫郭洪生的中年男人，就像他从我眼前一闪而逝的那个背影一样瘦削——我是说，他的正面照在我眼里，就是一个背影的性质。在其下分公司经理的名单里，我看到了莫莉的名字。在这一刻，我认读这两个汉字的时候，将它们读成了——莫莉。令我吃惊的是，这么久以来，我居然从未将她置身的行业放在心里过。也许她说过，但我的确没有一点印象。我甚至不知道，她还是一家大企业分公司的经理。"莫莉"此人在我的世界里并不存在，属于这个名字的生活从来就没有被我瞩目过。我只顽固地将她视为一把小提琴。

我的举动不免令人生疑，前台的接待小姐终于忍不住款款向我走来。她在我身边站定，双手搭在

小腹上，微微欠身向我问道："先生您有事吗？"

她很高，我可以肯定，我站起来的话，一定会矮她半头。"郭总在吗？"我问。

"在，您要见他？"没有等我回答，她例行公事地问道，"请问您有预约吗？"

"没有。"

"那对不起，您不能见他。"

"请倒杯水给我。"我看着窗外，对她提出要求。

她走向一侧的饮水机，用纸杯替我接了水，回来放在茶几上。我用了约莫十分钟的时间才将这杯水喝完。然后我站起来，在这位接待小姐诧异地目送下进了电梯。我一直没有看她。我不想真的论证出她果然比我还要高。

在电梯里，手机响了，是茉莉打来的。"你在哪儿？"

"在宾馆，我想先睡会儿。"我不假思索地说。

"先睡会儿？……好吧。"我能够听出她的潜台词——你居然要先睡会儿！

我的确感到有些困意。昨晚在火车上我睡得其实很透，但那是做完气功的结果。那个熟睡着的我，是另一个我，或者干脆不能算是我。而我现在需要一次肉身意义上的属于我的睡眠。明天就是男孩周翔的生日，这让时间有种千钧一发的味道。但我却并不紧张，我的直觉告诉我——先去睡一会儿。

整个一天我基本上都是在宾馆的房间里枕着三个枕头睡觉。我只在下午两点多钟出来转了一圈，对周边环境有了个大概印象后，走进恰好看到的一家小饭馆，吃了碗著名的羊肉泡馍。这种饭很扎实，吃下去后，我觉得自己起码可以三天不用进食了。一个人坐在陌生城市的小饭馆进餐，一个人几无目的地在异乡街头游荡，这种情形，令人有种融入万象的况味。

傍晚的时候，我再次来到了忆捷公司的楼下。仿佛约定好了一样，我在楼下刚刚站定，他就出来了。这个瘦削的男人从大楼里拾级而下，从我的眼前走过去。他穿着一件黄色横格的T恤，T恤统在裤腰里，让他的身板更加给人一种前胸贴着后背的感觉。有些出乎意料，他并没有钻进某辆车里，而是闲散地步行而去。我本来并没有尾随他的企图。但此刻只能跟在了后面。他走路的姿势很特别，当然，也许是我的潜意识在作祟——我感到他的两只手甩动得格外夸张。而这两只手，在我看来，又格外的大。

——它们曾经在男孩的眼里拍在母亲的屁股上。

不用很久，我就知道他的去向了。穿过马路，他走进了秦都宾馆的大门。

我对一切感到了满意。我认为自己已经踏进了这件事情的韵律里。安然入睡一场，如同一枚火箭，我的直觉已经精确地将我送上了运行的轨道。现在，我和这件事情完全合拍。

我随后进了宾馆，目送这个瘦削的背影穿过大堂进了电梯。四下观察一下，我来到前台，用轻松的语气向女接待问道："刚才我好像看到一个熟人，请问是忆捷公司的郭总吗？"

女接待用被训练出来的微笑面对我。"是他。你们认识？郭总在这里有常年包房。"

"呃，谢谢。"我表示了谢意，回身在大堂的沙发里坐下。

原来是这样。他常年住在这家宾馆。三年前，茉莉母子下榻此处的时候，他也住在同一家宾馆。那么，

男孩目睹了的，也许不仅仅只是拍在自己母亲屁股上的那一巴掌。他还觉察到了什么？也许，是深夜里母亲悄然地离去……

尽管如今我已经结了婚、接受了沉默寡言的生活方式，尽管我昨夜练了修养身心的气功、今天还睡了充足的觉，但此刻我还是感到了剧烈的痛苦。我想，我此刻的痛苦，不亚于那个男孩当日的痛苦。我们的痛苦——等深。

我一直坐在宾馆的大堂里。行李员推着堆满行李的拖车从我眼前经过。风尘仆仆的客人从我眼前经过。一望而知的偷情男女从我眼前经过。在巨型枝形吊灯的普照下，我仿佛目睹了这个时代所有的世相。一直坐到了夜里十一点，那个瘦削男人都没有再出现。也许他叫了餐到房间？我并不觉得饿，那碗羊肉泡馍好像还顶在我的喉咙里。而且，我也并不觉得孤独。因为我知道，此刻，还有一个男孩藏身于某个角落，和我共同静候着。

确定今天就会这样过去后，我起身走出了宾馆。

六月初的西安已经酷热难当，夜色中依然蒸腾着暑气。不远处的城墙下霓虹闪烁。那里有一家酒吧。酒吧的名字就叫"老城根"。穿着旗袍的迎宾小姐将我迎了进去。酒吧是露天的，依着城墙，院子里古木森森，在射灯的营造下光怪陆离。客人很多，让这座城墙下的院落像是开着一场流水宴席。

我要了啤酒。院子的中央搭着舞台，此刻上面的萨克斯手正在吹奏 wham 乐队的《无心低语》。这支老曲子有效地将我击垮了。我忍不住想对身边肃立着的服务生介绍些什么。我想告诉他，wham 是第一支访问中国的西方摇滚乐队，《无心低语》当年是美国的白金唱片。而我迫切想要跟人说说这些属于上个世纪的旧闻，不过是证明了此刻我的衰老和倾诉欲的强烈。

我没这么做，当然。我只是喝着我的啤酒。

我和女公务员结婚时用电话通知了茉莉。当天很多朋友、学生涌进我的家里祝贺，我没料到她真的会来。我们趁乱溜了出去，站在学校教职工住宅区的花园里交淡。话题是散漫的，有什么最结实的内容好像时刻被我们摒弃着。我们提防着，害怕使语言沉重起来，愿意就那么轻飘飘地说来说去。茉莉说："你家里的那只狗好像一下子变成哑巴了，刚刚屋里那么多人，居然没听到它叫一声。""噢，是这样的，"我说，"家属区养的狗很多，总叫个不停，影响正常的生活。物理系的一位老先生就设计出这么个项圈，上面装上电池，给狗们套上，当它们心情烦躁、吵闹不停的时候，项圈便在声控作用下产生瞬间的电流，刺激它们的神经，让它们感到痛苦，如此三番，它们就会自觉起来，闭上嘴，过一种没有激烈语言的生活。"茉莉四下看看，果然，从身边跑过去的每只狗的脖子上，都很争气地套着一个项圈。项圈的外观却是不同的，有的缠绕着花花绿绿的尼龙带，有的挂着几颗小铃铛。看着这些无声地跑来跑去的狗，茉莉泪流满面。我无视她的眼泪，站在被树叶分割得非常破碎的阳光下，心无忧虑地补充道："当然，会有个别的狗刚刚带上项圈时叫得更凶，其实这只是一个习惯上的问题，它们只是暂时的不适和紧张，并不是项圈无效。"

……

我用了两个小时，喝掉了三扎啤酒。这点酒本不足以让我昏眩，恰好让我可以随心所欲地怜悯自己。

子夜时分我离开酒吧向宾馆走去。充盈着的膀胱让我忍不住小跑起来。说来奇怪，这时候我突然很想给茉莉打个电话。那种急迫之感犹如强烈的尿意。

刚刚摸出手机，身边就闪出一只手。这个家伙是什么时候靠过来的我毫无知觉。完全凭着本能，当他的手抓在我的手机上时，我的另一只手也将他的手扣在了腕上。接下去是一套标准的擒拿动作。反关节的力量让他从我的右侧横翻过去，甫一落地，胸口又被我的膝盖压住。路灯下我看不清他的脸。我也无意看清。但我能闻到他身上刺鼻的臭味。他的手腕还在我的手里。我机械地按照规矩办事，将这只手腕以杠杆原理的作用向后掰下去。骨裂的声音和他的惨叫同时响起。

我起身走自己的路了，走了两步又小跑起来。

身后是这个人拖着哭腔的咒骂："狗日的，你狠！"

我并不总是这么狠。父亲教会了我这些手段，但我从来都只敬仰他做琴的手艺。可是今夜，我想让这个世界的罪恶受到充分的惩罚。是的，等深的惩罚。

4

今天是男孩的十四岁生日。

我早早坐在了宾馆大堂的沙发里。那个瘦削的郭总没有离开他的房间。

摄影/任世琛

401

十点钟的时候，一位领班模样的小伙子在前台给餐厅打电话，"郭总的订餐现在就送上去。"我坐的位置足以让我听到这句话。

餐厅就在一楼，服务生推着餐车出来时，我跟着他上了电梯。食物是一份沙拉，两只煎蛋，一篮面包，还有一壶咖啡。沙拉和鸡蛋被保鲜膜覆盖着。电梯停在五层。出去后，我站在走廊里佯装打手机。服务生停在512门前，按门铃。门开了，却是一个穿着睡衣的年轻女人。她没有让服务生进去，自己动手将食物端进了房间。服务生离开后，我走到了512的门前端详良久。我想，这扇门，茉莉一定不陌生。

房间里隐约有电视的声音。我站了片刻，抽烟的欲望再一次涌上来。

回到大堂，我原本坐着的位置坐进了一个中年男人，他正在吞云吐雾。我将这一幕当做了宿命。在他身边坐下后，毫无悬念，我必然地向他借了个火。烟雾在我的鼻腔里回旋，如此醇厚，我都不知道自己会吞咽得这般贪婪。于是，我立刻感到脑袋眩晕。

这一天，瘦削的郭总被一个年轻女人陪伴着，饿了有人将食物给他们送上去，困了当然随时可以酣眠，而我，却像一个跟班，枯坐在宾馆大堂的沙发里，替他守望着无尽的岁月。世界大抵如此，在很多方面可以截然分为两半，比如一半是安眠者，一半是守夜人。此刻，概莫能外，我就安分守己地待在自己的阵营里。

那包"三五"被我抽掉了半包——不断有叼着烟的人从我面前经过给我提供着火源。我感到恶心。午餐和晚餐我都是在宾馆餐厅吃的。餐厅用玻璃墙和大堂隔开，坐在里面，我依然能够眼观六路。

我没有看到一个男孩的身影。

外面天阴了。在我眼里，宾馆大门的门框像一个取景器。前台的接待员们注意到我了，我不知道在她们眼里我像个什么。她们身后的墙面上照例挂着五只钟表。北京，东京，纽约，巴黎，伦敦。为什么非得是这五座城市呢？不得而知。把这个景象看得久了，会让人渐生倦意，仿佛坐拥哗哗作响的时间之中，身陷分秒四溅的时光水花里。

晚上八点多钟妻子打来了电话，告诉我："你父亲住院了。"

此时我有些无赖地半躺在一家宾馆大堂的沙发上，本来就已万分落寞的心情被这个坏消息弄得更加消极。我问她："究竟怎么回事，要不要紧？"

"应该不是很要紧吧……"妻子嗫嚅着，"医生说还是血压的问题。你不要着急，但我认为还是应该跟你说一声。"

电话中传来两声犬吠。这很难得，上元沉默已久，我几乎已经忘记作为一只狗它原本是会嗷嗷不休的。

"知道了，明天我就回去。"我说。

这个决定一旦做出，我立刻起身回了房间。我本打算在大堂里守候到午夜十二点钟，因为我始终固执地认为，"十四岁"会是一根不能触碰的红线。法律规定闯过这根红线后，人就具备了有限的刑事责任能力。我以为一切都会发生在撞线之前。但此刻我觉得自己的假设简直荒谬至极，这些假设虚诞、自以为是、子虚乌有，不过是出自一个教中文的教授那种根深蒂固的刚愎。

我从没有像此刻这般沮丧过。

回到房间，我所作的第一件事就是，拿起电话，打给宾馆的商务中心，让对方替我订明早第一班飞回兰城的机票。

过了几分钟，商务中心的电话回了过来，告诉我明早能够订到的最早一个航班，是十点三十分的。

"就它吧。"我无力地确认。

冲完澡，我躺在床上拨通了茉莉的手机。

"怎么样？"她劈面问我。

"没有结果，"我沉默了一会儿，"也许是我

402

判断错了。"她一言不发，好像是要还给我"等深"的沉默。我说："茉莉，现在那个郭总就住在楼上。"

"你提他干什么？"她的声音很低沉，"晓东，你葫芦里到底卖的什么药？我不知道这和周翔的出走有什么关系……你什么都不告诉我。"

我像虚脱了一般。"好吧，我告诉你，我怀疑周翔出走是为了向这个郭总行凶。"

"为什么？他为什么要这么做？"她的声音一下子拔高了。

"你真的不知道为什么吗？"我将手机离开一些自己的耳朵，给自己造成一种自说自话的错觉，断然道，"那么我告诉你，孩子是在复仇。他认为这个男人羞辱了他的母亲，逼走了他的父亲，败坏了他的家。"

手机那头又没有了声音。随后，我听到了她的哽咽。

"当然，这一切现在都只是推理了。孩子并没有出现。"我说。

"晓东，我该怎么办？"她的确是在啜泣。"你该理解我的困境，周又坚毫无生活的能力，这个家只能由我来承担所有的责任。在这个时代，我能怎么做？不错，周又坚后来知道了这些事情，但我没有想到他会因此一走了之——"

"你以为他知道后会怎样呢？"

她顿住了，"不知道，我不知道，我没有勇气考虑这个问题。"

我又想抽烟，但摸出后才发现自己没有火。"那么，"我使劲嗅着无法点燃的香烟，"茉莉，你能告诉我吗，既然是这样，三年前你为什么还要找到我？"

"为什么？"她突然叫喊起来，"因为我需要被爱！"

"难道，周又坚不足够爱你？"

"作为一个丈夫，在这个时代，他的爱不够。"

只在一瞬间，我感到自己便糖一般的融化了。她反复在说着"这个时代"，那么，这是一个怎样的时代呢？是的，这是一个我们在大学时无法想象的时代。那时候，茉莉是一个将十字架挂在胸口的女生，是一个为了道义便可以去陪伴那位慷慨激昂的病人的女生，而在这个时代，她要一边做着经理，一边被爱。

"晓东，不要谴责我，起码现在不要……"她在手机的另一端发出一种不禁而出的介于啜泣和恸哭之间的气声。"我刚刚丢了儿子。"她说。

我当然无意去谴责她。人人都在偷窃着生活，她只是很不幸被逮着了而已。在这个时代里，我也活得看起来有滋有味，我在讲台上说油嘴滑舌的学问，我在床上，奏响一个又一个女人。那个唯一有权力对这个时代疾言厉色着去谴责的人，他失踪了。

十点三十分的飞机，我八点钟就要出发。

起来后我刮了胡子，冲了澡，然后背上包离开。

在前台结账的时候，我看到了那个瘦削的男人。他匆匆走向宾馆的大门，手里握着手机。从我的位置望过去，黄铜门饰在朝阳下熠熠生辉，炫目极了。我看到他站在了宾馆门外的台阶上，四下张望，似乎在找什么人。

我紧随出去，还没有走到他的身后，就看到了马路对面的男孩。

马路是双向八车道，此时亮着人行红灯。男孩背着双肩包，两只手抱在胸前，一件衣服搭在上面。他安

静地站在人行道上等待红灯过去，影子在朝阳下长得出奇。这时候车流还很稀疏，已经有行人自顾穿越着马路。但是他却很守规矩。绿灯亮了。我从路的这边迎着他走去。如果要从我四十多岁的所有时光中选择和截取一些永不磨灭的时刻，这一刻必定会入选其中。这一刻，那种强烈的迎着什么而去但又是不期而遇的滋味，令我悲欣交集。

男孩走得不慌不忙，在马路的正中与我交汇。彼此错身的一刻，我的手揽住了他的肩头，用一种他根本无法抵挡的力道与巧劲，将他的方向扳转了过去。他当然会挣扎。但我的臂膀宛如铁铸。我的另一只手也已经死死捏住了他衣服下交错着的双手。他被我控制着。这只是一瞬间的事。

"今天你已经十四岁了。"我低声说，并没有看他，而是望着前方，拖着他走。

我感到这句话让他的挣扎一下子变弱了。但我依然宛如环抱着一头小兽。这时候我感激弱肉强食的丛林法则，认为成年人总是可以挟持和制服一个孩子，这个规矩简直他妈的正确极了。他有些踉跄，跟着我回到了马路的对面。我们没有停下，勾肩搭背地一直向前走去。在一个早点摊前，我放松了手上的力量。他感觉到了，肩膀从我的胳膊下闪出。但他裹在衣服下的双手依然被我控制着。

"交给我吧？"我用商量的口吻对他说。

他迟疑了一下，终于决定彻底放弃。在我看来，这是个很理智的孩子，他不做无谓的反抗。他的双手抽出来了，衣服和其下掩藏着的物件落在了我的手里。不用看，凭手感，我也知道那是一把短刃。

早点摊卖油条和豆浆。我们在小板凳上坐下，要了早点。他动作不是很大地活动着肩膀。尽管我注意手上的分寸，但还是应当不免弄疼了他。这时候，我才有暇认真打量他。他穿着 V 领黑 T 恤，高高瘦瘦，四肢细长，额上有几粒青春痘。我知道他十四岁了，否则我不一定猜得准。这个年龄段的孩子有种蒙昧的特质，他们正处在人生的灰色地带，像是正在渡河，过渡在此岸与彼岸之间。男孩像茉莉，同时，也像周又坚。这个认识突然让我鼻子一酸。想必他也在认真地打量着我，心里没准在想，要不了几年，眼前这个矮家伙就将不是对手。

他问："你是谁？"

"我是你叔叔。"我用一种格外诚恳的态度回答他。

"我不认识你。"

"是的，我也不认识你。"我觉得自己眼中涌上了泪水。"但我认识你的爸爸，还有你的妈妈。"这一刻，我觉得自己是在陈述一个非常重大的事实，"我们是大学时代的同学、朋友。"我有一种中年男人源自挫折和困厄才有的真诚。我觉得此刻我面对着的，就是一个时代对另一个时代的亏欠。我们这一代人溃败了，才有这个孩子怀抱短刃上路的今天。

男孩看到了我眼中的泪水。我的声音八成也泄露了我的心情。他可能并不理解我的伤悲。

但我相信，他被打动了。他将盛着油条的碟子向我这边挪了挪，自己低头去喝豆浆。"你怎么找到我的？"他问。他的声音在变声期，瓮声瓮气，似乎比一个成年男人还要沉闷。

"凭着直觉。"这么回答他，我没有一点敷衍的意思，我觉得，只有"直觉"配得上此刻。

"我还会再来。"他说得很平静。

"那么，我还会凭着直觉来阻拦你。"我从兜里摸出了手机，拨出茉莉的号码递给他。

男孩接过手机，半天不做声，只是安静地放在耳边。"妈，是我，"他终于开口了，"我很好，你别哭了。"然后又是静静地聆听。

我自顾吃着浸了豆浆的油条，直到他将手机递给了我。

茉莉在手机里哭着说："究竟怎么回事，晓东你们在哪儿？"

"没事了，我们现在就回去，顺利的话，下午就该在兰城了。"

她还想再说下去，我摁断了信号。

男孩吃得不少，一碗豆浆，四根油条。这个饭量让我感到松弛了些。"好吧，我们走。"我说。

在一只垃圾桶旁，我丢掉了男孩衣服里的凶器。我并不想检查这把短刃，它是否锋利，能够造成怎样的伤害，这些问题都令我感到厌恶。我把衣服还给他。是一件红白相间的校服，化纤面料，一把刀塞在里面都不会觉得舒服。

我们站在路边打车。

"这几天你住在哪儿？"我问。

"附近的私人旅馆。"男孩穿着帆布鞋的双脚轮番在地上无聊地蹭着。"一晚上才二十五块钱。"

"你用什么方法把那个男人叫出宾馆的？"

"挺简单的，"他笑了，有些得意，露出了一个大男孩的天性。"我有我妈的手机，"他摸出自己从家中带走的那只手机，"上面有那个人的号码，我打给他，说我是莫莉的儿子，我和母亲来西安了，但是母亲摔倒在宾馆门前了，让他下来帮忙。"说完他随手将手机递给了我，我将此视作他的一个下意识的动作，他在缴械——既然他已经交出了自己的刀。果然，手机出手后，他的神情确乎有种如释重负的轻松感。

"你很聪明。"我将这部象征着负担的手机装进口袋，忧伤地看着他。"这些都是你计划好的。"

他抿起嘴，脸上有些羞涩。"你不必这样表扬我。"

"但是，为什么你没有按照计划行动？"

"什么？"

"你应该在昨天行动的。"

"嗯？"

"今天你已经年满十四岁了。"

"今天就是我想要的日子。"

我吃了一惊。"为什么？你知道的，过了昨天，同样的行为，在法律上会承担不同的结果。"

"我就是要做一件自己可以承担结果的事情。"他的两只手扣在双肩包的背带上，望着天空。"我不想让我做的事在你们看来只是一场不用负责的儿戏。"

我感到震惊。我震惊地发现，一直以来我所仰仗着的那份"直觉"，原来也已经肮脏油腻，它让我不自觉地就将一切往诡诈的方向推断。殊不知，眼前的这个男孩，却在光明磊落地谋求着敢作敢为的责任。在他的比照下，站在"十四岁"这根红线那一侧的我，才是一个凭直觉就永远拒绝着责任，永远乖巧与轻浮的劣童；而站在另一侧的男孩，却响亮、郑重。他几乎有着一种"古风"，如此的气概，已经远离我们有多少个时代了？我很想把这个问题多想一阵，但情况不允许。我的身边站着一个孩子，我无法失魂落魄地站在街头发呆。

"你想到过后果么？"我艰难地问，同时感到庆幸。我庆幸自己没有成为这个男孩的目标——而这也是完全可以成立的。

"没有，"他冲我笑一笑，但很严肃，"因为那个男人拍我妈屁股的时候，一定不会想到会有什么后果。"

他果然是周又坚的儿子。我似乎又看到了那个

总是令人猝不及防地从沉默中拍案而起，对生活中的一切不义进行激烈的斥责，不宽恕，一个也不宽恕的周又坚。

我说："可是，你总要衡量这样做是否值得。"

他不做声了。一辆出租车停在我们面前。坐进去后，他才突然低声说道："你觉得我爸离开家值得吗？"

我无法作答。他的同学刘晓东对我说过：他理解他爸爸，他说只有他爸爸这样的行动，才是和生活等深的。那么是的，当我、当茉莉、当我们都以"这个时代"为由改弦更张的时候，当我们连续两次索要发票都会感到心虚的时候，还有这样的一种逻辑存在，那就是：在惊愕中释放出的世界，只有同样的惊愕才能真正懂得，而来自命运的伤害，只能由与命运等深的行动来补偿。

听不到我的回答，男孩仿佛自言自语了一句："刚才我妈在电话里跟我说，你是她最信赖的朋友。"

到达机场时已经十点了，我放弃了登机。最近的一班航班是十一点四十的。男孩没有任何证件，无法给他购买机票。这个时候，我只能还原成为一个混世者。机场公安处有我一个学生的父亲，我找到了他，于是，男孩只报出了自己的身份证号码，我们就顺利地进入了登机口。

登机前我拨通了茉莉的手机，告诉她我们落地的时间。

起飞后，我对男孩说起了他的父亲。大学毕业后，由于那个夏天的表现，周又坚被分配到了文史馆，整天埋在了故纸堆里。在我的想象中，他必定永远被定格在这样的一个形象里了：贴身的背心已经让人看不出是白色的了，很紧地扎在一根磨出了毛边的棕色皮带里，夹克衫的拉链坏了，将世界戛然卡住。但是，此刻置身云端，我却发自肺腑地想要给周又坚的儿子、我们的下一代，树立起一个完美父亲的形象。我对男孩说，周又坚是我们那一届专业水准最好的一个。这是事实，只是许久以来已经被我淡忘。我说，周又坚是有正义感和羞耻心的人，他生理上的痼疾，其实更应当被看做是一种纯洁生命对于细菌世界的应激反应。

男孩渐渐听得入迷。

"怎么样，"我试图和他约定，"我们一起把你爸找回来？"

"怎么找？"

"靠直觉。"我有些忐忑，因为我已然开始怀疑自己涂抹上了一层油脂的直觉。"不是吗，我就是这样找到你的。"这里面没有更多值得一说的令人信服的理由，我只是觉得此事可为。"而且，你不觉得，去做这件事情更加有意义？"

不错，起码我觉得这个空中的约定是有意义的。为此我有些茫然自失，以至于当我注意到有位空姐总是不时过来瞅我一眼时，一时感到了莫名其妙。旋即我才发现，原来是我指间夹着的烟使得空乘人员不安了。这根烟当然只是个虚张声势的道具，我自己都不知道是何时亮了出来。它当然不会被点燃。因为，首先我没有可以将它点燃的手段。但它的确足以令人警惕，并且，它引而不发的架势也更有理由惹人不安。

一个小时候后，茉莉在接机口向我们招手。她抑制不住自己的激动，因此都显得有些忸怩和腼腆，看得出是在眼泪与笑容之间努力寻找着微妙的平衡。她的衣着朴素得有点过分，中性的白棉 T 恤，中性的牛仔裤，还束起了头发，戴了顶棒球帽。尽管很好看，但显然是刻意为之。这个女人，这个母亲，在负疚中试图以淡化性别的方式来谋求儿子的宽宥。男孩表现得很克制，他还用手拨拉了一下自己母亲的头。对此，我不知是喜是忧。我看出来了，男孩对自己的母亲，的确有一种"怜惜"。然而，我委实替这对母子之间幽暗的厄境感到忧愁。有些话我始终没能对男孩启齿，我不知道该如何从他这里替她的妈妈请求到一个机会，一个将她自己赎回的机会。因为我真的没有把握，这样的机会是否真的存在，以及，她是否能真的将自己赎回。

一路上大家都很沉默。我坐在车的后座，望着坐在前面的母子。

就像烟缸旁适于放上一包烟，在这个局部，符合我们直觉中空间美感的，应当是这样的排列：中年男人——驾驶座；中年女人——副驾驶座；孩子——后座。

世界却在每一个局部空间里都发生着微小的紊乱。

茉莉打开了车里的音响，居然是那首 wham 乐队的《无心低语》。我舒了口气，还好，无论如何，我想，她依然保留着我们那个年代的某种趣味。

我让茉莉直接将我送到了医院。她要跟我一起进去看看，被我拒绝了，"我妻子在。"我说。

当然，这个时候我妻子不会在医院里。她是一名公务员，现在该是上班的时间了。

父亲一个人躺在病房里，状况似乎不那么糟糕。我坐在他的床边，告诉他我刚刚参加完一个学术会议回来。

"学术会议？"父亲的语气像是第一次听到世界上还有这样的名堂。他问，"哪方面的？"

"等深流。"我不假思索地敷衍他。

他却并不深究。

断断续续跟我说了些不着边际的话，父亲突然生起气来。"你看，我真的是快要死了，话也变得多起来，令人讨厌。"他强调说，"我以前可不是这样的，就像最好的琴，其实很少发出声音来……"

我不以为然，声音飘忽地嘀咕道："一把琴发不出声音，还有什么意义？"

父亲莫名其妙地笑了，唧唧咕咕的，却突然间从病床上直挺挺地坐起来，冲着我怒吼道："你懂什么？我说的声音不是你喊出来的，是你肚子里的！你肚子里的话太多了，早晚会憋死你！"

我看到父亲翻起了白眼，几乎快要背过气去，惊悚地叫喊起来："爸爸——"

闻声而来的护士手忙脚乱地来帮我，她们调动起蛮力，准备制服我父亲。但是父亲在一瞬间就恢复了常态，令她们扑了个空。他缩回到被子里，只露出一只手在空中摇摆，厌倦地驱赶着我们。

"走吧，都走吧，让我安静一会儿。"父亲说。

从医院出来，我沿着滨河路往回走。我不愿显出萎靡之态，也不愿沉溺于沮丧的自省。我不想总是计算着此番西安之行究竟是经历了获救还是归咎。人在年逾不惑想要开始新的生活，这并非易事。

最莫名其妙的是：我竟然想到那家有着《中国独立诗人诗选》的咖啡馆去坐坐，感受一下它的蔚为大观，或者，让自己再次历经一下有关发票的磨难。

一切好像了结了，但世界并未戛然而止。

——突然响起的手机铃声，印证了这点。

它响起来，伴随着震动。因为毫无防备，最初的时刻，我觉得是自己的口袋在兀自作怪，嗒，口袋在唱歌，它在颤抖。

当然不是。是那部男孩缴械一般交给了我的手机。当我摸出它举在眼前时，我首先想到的是，它违反了

航空规定，一路没有关闭，飞越了应该噤声的天空。然后我看到，它屏幕上显示的来电人是：郭总。

我在犹豫是否该接听，这毕竟不像是航空规定那样应该被无条件执行的规矩。

然后它安静了，可紧接着又响起来。我按下了接听键。对方并不做声，而我有更充分的理由也不去做声。我们似乎是在角力

"莫莉？"这个人显然不具备茉莉那种沉默的能量，最终是他先开了口。我觉得他的声音都是瘦削的。

"不是。"我说。虽然只有两个字的音节，但我却如遭雷击。我在一瞬间发现自己失真已久的嗓音翩然归来。温和的男中音，沉着，冷静，自信满满，就像一个归来的自己，却让我魂不附体。

"你是谁？"瘦削的声音有种不太瘦削的懒散。

我在经历着某种复原，或者在经历着某种被打回原形的痛楚。这让我几乎是不假思索地回答道："我是她的丈夫。"

"哦——"这像是一种恍悟般的呻吟。"哦——"间隔了很久，他又发出了一声确凿的叹息。

而我已经欲罢不能。那种汹涌的言说欲，一定会让我在父亲的眼里像一把无可救药的破琴。"听着，我告诉你，你羞辱了我的妻子，败坏了我的家，让我们的儿子离家而去。"我知道这样很蠢，但蠢得让自己充满了快意。"你要偿还，我发誓。"

"哦——"这个破人又在呻吟或者叹息！"你等着，"他说，让我的感觉他是在反过来威胁我，同时，他不过是将他的手机倒在了另一只手里。

"是你等着！"我像一个街头厮斗的混混一般以牙还牙。

话音甫落，手机那头传来了一声呼唤："晓东！"他说，"是你吗？我听出来了。"

我知道我停下了脚步，站在了车流如织的街头。我也听出来了，是他，那个我多年前的朋友，那个总是对着世界疾言厉色着呐喊的家伙。

我站在街边，听着这个人再一次对我喋喋不休。他说了足足有一个小时，归纳起来，不过是他对自己如今的状况满意极了。"我对老郭下了三次手，当然都没得逞。"他说得很开心，"知道吗，就像诸葛亮七擒孟获，现在，我成了他的人。我觉得，他比我们更配爱莫莉，"我听出来了，他说"我们"。

"晓东，世界变了，你知道吗？世界变了！"他像当年指责在食堂里视察的校长一般向我咆哮着。

我当然有理由将这个喋喋不休的家伙当成一个疯子。我用自己残存的那点儿理智规劝他，甚至是试探他。"老周你在哪儿？我去接你回家。"我说。我从来没有喊过他"老周"。同时，我真的知道，从此以后，我再也没有了刚愎的可能。这算是一个彻底的复原吗？我不知道。

世界真的无以穷尽。

"别傻了晓东，"他还是固执地喊着我的名字，仿佛要以此强调他永远不受岁月的拨弄，依然活在即便栉风沐雨，但线条却很清晰的过去里。"我干嘛要回去，我现在很好，你听——"

他要我听的是什么？我想要听到的是什么？这个如今据说是遁世一般自愿住在山庄里的家伙，此刻一定高高举起了手中的手机，让话筒最大限度地对准世界的声息。

而我听到的，是鸟啼般嗫啾婉转的女声，还是女声般嗫啾婉转的鸟啼？

走吧，总不能永远站在路边。

兰城被一条大河分为了两半，当我从河的南面跨桥走向河的北面时，我只是再一次感觉到了"度过"的心情。

丰收节

金吉泰

　　高抬深埋地安葬了夫子以后，不久新支书就开始行动了。他一张又憨又嫩的娃娃脸，又没经过事，他面临的全是新鲜问题，他查看书籍，向镇党委汇报，和前任核桃李和吴经理、老本叔商量以后，就采取行动，从头收拾需要整顿的故乡老家木兰村。

　　他出手第一步先解决村民建房侵占街巷问题，而第一个先找的就是自家的老爸。原来这些村民建私房侵占公共村道，也不是明目张胆一步千里，不是，开始只是探探索索小心地侵占村巷道路五寸地面，五寸，只不过一拃宽窄，行路的众人虽然很不满，但谁也不出头干涉，村干部又推诿不知，公众道路就这样被蚕食了。过几天另一家盖新房起墙时就以占了一拃的这家墙皮为基线，往前再占一拃，第三家再以第二家的墙皮为基线又往前侵占一拃，只要有这么几家一起先锋带头作用，以后建房的只要侵占三拃的宽度，就认为是合理合法心轻不贪的人了。好好一条小镇巷子，就被两边的新房挤得曲窄闷气，这还不算，宅主还要在自家墙外堆放石块烂砖，或盖猪圈，羊棚。以往这条村巷汽车、拖拉机通行无阻，迎面可以错车，现在不行，两车相遇一辆就得退回去。新支书的家就住在这条巷子里，而他老爸还算是心轻的，只侵占村巷一拃地面。他便劝说老爸，把屋子后墙拆了，往后退缩一拃，费钱不多，我们的房子也小不了多少。老爸笑道，花费事小，就是折腾麻烦。哎，我说你的这个尕书记不当了吧，免得你还要起带头作用。新支书央求爸爸，老爸也就苦笑着答应下来，支持儿子的工作。他家当即请来瓦工，把砖木结构的房子后墙拆除，拿出土地局发的宅基地绿皮本儿，严格按照房本儿上记载的尺码重新砌起，屋内按原来的色彩一粉刷，摆上家具一看，父子俩笑道，哟，这房子一点都看不出是缩小了的呀！就在新支书改换自家的屋墙时，那些侵占了村巷的许多户主就碰头偷骂这个娃娃仔仔可恶，这一手忒毒，这样一来，他说话你就不能不听呐。有人把在新支书家干完活提起工具袋要走的工匠留住了，说明天就到我家来，也拆临街的房屋后墙。

　　娃娃脸的村支书说话有分量了，他和村干部通知村民，凡是建房侵占了公众道路的家户，都按房本子把路面退出来，墙外道路上的猪圈、烂石、草垛一律清除，村上还出动三马子帮拆除违法建筑的村民运送垃圾。一些晴路族没话可说，边拆墙退路，边骂前一任村干部不是东西，要是当时你们的告示硬一点，早点制止，我们也不会驴学马走，跟着人家抢占道路呀！

　　这号本来是很棘手的事，进行得还算顺利，在镇子的各条巷子里，在尘土飞扬人声吵嚷中，街巷又恢复了原来的宽畅。到了第三天下午，在一条小巷子里传来一个尕钉子户骂街的事，并且指名道姓骂娃娃脸的新支书，新支书便赶了过去。

　　骂人者是一个五十多岁的妇女，街子队时期，田中玉当政，她常常在那大槐树底下被大田队长骂得龟孙

子似的，乖得像绵羊，现在生产队解散，村干部是个尕青年，她就牛起来了。更可笑的是她家不富，倒还没有建房占路，根本不存在拆墙退路的事，她们只在原有的墙外垒了一个土坯圈圈，里头装一些麦秸麦衣一类的填炕燃料，只要把这些燃料和土坯从路上搬走，就东无事西无事，一天的云彩散了嘛。可她偏不，她就是要闹事，为什么？因为她在大槐树底下见过，辱骂别人那是很长脸很威风的，所以她要借机抖抖威风。她正在骂街，新支书像个中学生似的走过来说，大婶，有话好好说呀！她咄的一声说，我说你娘的屁！新支书说，你这样太野蛮了吧！她便学大田队长的一手，揭他三代祖宗的丑，便说，你爷在镇子上开杂货铺的时候，有人赊了一把香一刀表纸，你爷是睁眼瞎子，在账面上画图。后来你爷翻开账簿，说人家赊的是一把木锨！丢人呐，睁眼瞎！新支书说，那是我爷不好，但是今天我和你说的是你家非法占道路的事，这土圈和柴草要挪掉。她伸胳膊说，那是我的煨炕柴草，你们干部叫把我们草民冻死吗？这时，从看热闹的人群里走出了梁得信和核桃李，他俩帮新支书说话，叫她把房本拿出来，外墙皮以外的公共道路上不能放障碍物。这事要放在人家天堂村的李家湾，那是怪事哩，可在这里就成有理的事了？再说，你阻塞的这条街巷，你自己也在走啊。撒泼女人就像别人通常做的那样，往地上一躺，大呼干部打人呐！你们官官相卫。

新支书急忙拉两位老领导离开这是非之地，边走边说，我们只好申请法院强制拆除了，本来我们想和和平平完工多好，现在只好走这一步了。

村风，一个村子的民风真不得了，这事要出在别的村上，鸡儿啄仗望人劝哩，人面值千金，且不管这闹事老太有理无理，邻里们拉劝拉劝她好下台呀，但这木兰村不一样，他们都好像是已故的韩夫子，只要与自己无关的就一概不管，既然不管，你走开

不结了吗？不，热闹还是要看的，所以围观者众多，劝解者一个没有。闹事老太在尘埃里白躺卧一阵没什么效果，不料新支书高明地离去，看样子自己一直会这样身卧尘土被人围观下去哩，于是自己爬起来，掸掸身上土，骂骂官们不叫人活，就无奈地走回家去，围观的人众冷酷地响起一片笑声。

按新支书计划是申请法院来清除这堆障碍的，不料村上派来帮村民清除垃圾的三马子和那几个村民，见闹事老太败走家中，他们就偷笑着，擅自把那堆障碍道路的土坯、柴草装车拉走，清除得干干净净。闹事老太和她的儿子都认为是新支书在背后授意叫这么干的，于是他们对新支书更加恼恨。

就在闹事的过程中，田经理闻讯一跃而起，想去帮新支书一把，人们在欺负这娃嫩哩。但走到半路他又停住了脚步，想，自己在大槐树下作威，把整个群众都弄成了对立面，现在稍有改善、和缓，我这样又去说三道四，人们会说我狗改不了吃屎哩，于是他咽下这口气，返身走了回来。

结果，当天夜间，有人把新支书家的庄稼破坏了有二三分地大的一片。新支书便向当地派出所报了案。

田经理一听炸了，反了你不成！田生性强悍霸道，但也有正义感，好打抱不平，本来这段时间是他改善自身形象的当口，是与群众拉好关系之际，昨天那老婆子无理取闹他已隐忍了，今天他实在憋不住，一摔门直奔木兰河边新支书的菜田里，一看，一亩二分嫩生生的菜花，在中间部位被人破坏了四分之一左右。既是破坏，那场景就难看呀，面积不规则，叶破茎断，刚生的菜花嫩心被踏在泥里，说多惨有多惨。田经理一步一步走近去看，从痕迹上判断是一个人干的，发泄完以后就没力气再干罪恶勾当了。田经理低头侦察，分明是脚踩、棍打所致。他闭紧嘴唇压住怒火，心想，自己要出头哩！他豁

了出去，管，哪怕人骂我是狗逮老鼠都无所谓。当他走进镇子，抬头一看变得宽敞干净的村巷，心里喜悦地想，做好事，有意思！怎么说呢，当一个人改过从善，丢掉低级趣味开始寻求美好的时候，那种纯洁高尚的愉悦感觉对其本人来说也是一种高级的精神享受。田经理决心要不顾后果地干预其事。他这个人，不仅强悍而且有侦察破案的天赋，当年财主暗派打手棍断他的肋骨，他很快就查清幕后人是谁；新中国成立初期，夫子在家里偷偷议论贝利亚被杀的事，就是他偶然在夫子孙子和儿童谈笑时听到的。今天，他等不及派出所的人到来，就到闹事的钉子户邻居处走访，偏偏有个夜间上厕所的村民，从矮墙上探头碰见了情况，真是暗室亏心，神目如电啊，邻居如此这般地向他提供了情况，田经理证据在握，便径直来到钉子户大门口，敲门把撒泼老太婆和她的儿子叫了出来，客气地对儿子说，你说你昨夜破坏新支书菜花地的事怎么办哩？贼没赃硬似钢。这母子俩跳得老高，说你田中玉血口喷人，今天可不是大槐树底下！田经理低头逼近儿子，看他眼睛说，你小子，今天早上凌晨一点四十分，你身穿带头篷的风衣，手拿木棍，到河边新支书的菜花地里糟蹋无辜的庄稼，菜花惹你了吗？你行凶犯罪以后回到巷口，有一辆三马子驶过来，在灯光下你藏在抽水机房背后躲避车灯，待车走过，你在黑暗中把手中木棍抛到机房屋顶上，这才裹紧风衣钻进你们大门，是不是，亏你没？泼妇儿子的脸色由红变黄，不再说话。田经理又回头遥指巷口机房说，谁去上房把那根犯罪的棍取来交派出所。围观的人们当中立即有身手敏捷的飞也似奔向巷口机房，果真从不高的房顶取下一根柳木棍，拿到众人面前，只见木棍的一头尚留叶屑与绿汁。铁证如山，神速破案。

田经理胜了，他对泼妇的儿子说，走，我们派出所走一趟，我作证。没想到泼妇儿子是贼比失主硬，回答说，你别狗抓老鼠，多管闲事！田经理大怒，许久不说的脏话又喷口而出，□□□□，马不跳鞍子跳哩！说着，冲上去一把采住泼妇儿子胸前衣服，要拉他去派出所。他虽气极但头脑是清醒的，知道自己的此举虽粗暴，但不违法，这就叫把犯罪嫌疑人扭送政法机关，是合法的，但是看热闹的这些乡亲们是会怪我、骂我的，但我也顾不了许多！

其实和他的想法恰恰相反，今天的乡亲们可是对田中玉经理刮目相看。没料到他会是这样子的。大家都清楚，在他当生产队长那阵，除了他自己，不论上级、平级的干部他挨个儿诋毁，对谁都是仇视、对立，老希望对方出岔子才好，像这样给新支书帮忙、支持的行为，以前绝对不会有的，再说，泼妇儿子太可恶，人们都恨他，就是明哲保身不说话，现在见田中玉凶巴巴地仗义要把这个坏仔扭送派出所，正中众人的下怀，今日田中玉竟成了围观村民心目中的正义化身。只见他一身正气，句句在理，他训泼妇儿子说，走，叫刑警队的警犬把这柳棒闻闻，再在你身上闻闻，案情就会明白的！围观的村民听了全都低声叫好。

这时的泼妇儿子已不再嘴硬，只凭自己年轻，力气比上了年岁的田经理大，田经理拉他走五步，他要赖往后退三步，两人的脚在地面画出道道印迹。在这样的拉锯战中，泼妇儿子多么希望有人出面劝解劝解呀，但是围观者全是幸灾乐祸看热闹的，小伙子脸上怵了，臊了，艰难地告饶说，丢开，你把手丢开，有话好说，我认了不行吗？

田经理这才放开他，问，菜花地就是你撅弄的？小伙子点头。问，你说怎么办吧？答，私了，我赔。问，赔多少？答，两倍。这时，围观的村民中有打死老虎的英雄喊出了要赔三倍、七倍的叫声。

正在这节骨眼上，派出所的人和受害的新支书一起走来。泼妇和儿子一见他们就更规矩了。田经理也赶

紧收敛自己的暴怒样子，只见派出所的人指着屋墙外搬走土坯、柴草的印迹，奇怪地向泼妇母子发问，好好的公共大路，你们这么堵塞，哎？难道你们自己不走吗？这母子二人一言不发。田经理插上去说，要是今天的这事叫李家湾的人知道，人家天堂村民会用肛门耻笑我们哩，会笑我姓田的野蛮动粗哩！说罢愤然离开人群走去。

田经理在回家的路上走着，心里是羞愧、担心，很不是滋味。本来自己下决心不再蛮横霸道与人们和好相处，可今天的这事太气人，自己把握不住又冲上去了，两个大男人撕抓住推来扯去，好看吗？但愿这事不要叫天堂村的人听见才好！别说外地人，就是本村乡亲大概又会骂我是瞎掺和、逞能、摆歪哩！他灰心丧气回到家里，那王开也后脚跟进来向他道喜，说，大田队长，今天你做对了，以往骂你的那帮人，今天对你可是赞不绝口，夸了又夸，说，田中玉能打抱不平支持新上任的村支书，这可是太阳从西边出来了呢！田经理先还不大相信，但他陆续发现乡亲们碰见他开始有了笑脸，开始和他说体己话。有次他的腰脊椎骨错了气，难挨痛苦不堪，有一个邻居竟然主动地给他送来一小包云南白药。药很轻，值钱也不多，但像这样送药上门的事在他的前半生就从来没有过，他初次碰到这码事，只觉心中产生了一种从来没有过的奇异而美妙的感觉，尝到了与人为善的甜头。人啊早就应该这样嘛，人跟人有什么过不去的！当然，这是后话。

镜像
JING XIANG
摄影/孙 林

单说派出所的人走进泼妇家中，坐定，先嘲笑这母子愚蠢、笨蛋而又不懂法，然后掏出本本边问边记。这母子自打嘴巴，没话可说，只愿赔对方的经济损失。受害一方的新支书是娃娃脸，笑道，只要你认错，我就愿放弃经济赔偿，不要那几个钱，只要你母子以后支持我的工作就行了。这种支持不需出钱出力，只要你们不再捣乱就是对我的最大支持。派出所的同志说，那不行，因为这个案子情节特别恶劣严重，你轻饶他是你的态度，但国法不行。最后，他们互相协商，依法圆满了结此案。

核桃李还害怕新支书碰了这么一个尕钉子，就会学聪明畏缩，也明哲保身哩，明哲保身是木兰镇人们思想上的一大病根，这次田中玉挺身仗义，方式是粗暴了点，但毕竟是一次正义行为。看来田中玉是转变向善了，好啊！他去找新支书，只见新支书并未气馁，而是派三马子运土到田间大路上，视大路被两边田主蚕食的不同程度，运送去多少不等的土，一面解说、劝喻各个承包田田主把道路培补恢复成原来的状况。

核桃李站在巷口，远远看望新支书在田间大道上与众人忙碌的背影，就没有去找他，只在暗中注意他，看他恢复了田间大道以后，他再干什么？

新支书虽是一张娃娃脸，但他的知识、讯息很多，他完全是一副初生牛犊的模样，笑吟吟想把木兰镇从头收拾旧山河，把这个镇变成天堂村。当他挨了一顿泼妇骂街以后，就像吃了一顿家常便饭，仍笑吟吟地领人去修补田间道路，田中大道整补好以后，他笑吟吟走回镇子，自豪地穿过拆除清理得宽敞好看的巷子，到镇子上集市上查看被人破坏了的路灯。

木兰镇集市上的太阳能路灯，还是紫砂陶厂吴经理赞助立起的，先进的路灯不需要电力，它只把风能和太阳光转化为电光为路人照明，没招惹任何人，为什么要破坏它呢？尕书记来到大街上，在众多的路灯中，有两三个路灯被人在夜间打坏。他抬头看看，气得乐了，因为要破坏高空路灯，力气小的人还把石块打不到那么高的高度哩，即便有此精力，但投石命中目标也不容易啊，可见这是个精力过剩的小伙子以此取乐哩！新支书决心要管管年轻人的事。

他第一个想到的就是尕巴头王军，这个王军啊，他除了看见村上的好人好事就贬损以外，还是个对村委会持不同政见者，即便村上这次费很大的力气，拆除村巷里的猪圈、草堆、违章屋墙，疏通道路的行动，就被王军抨击为"村干部做表面工作，讨好上级检查，不顾百姓死活"！另外这王军还喜欢拿一些难字难题来刁难人，卡人取乐。他的难题曾难倒了不少人，叫他们脸红尴尬。

为了拿下这个王军，有牛气的新支书专门跑了一趟省城，向一些学识丰富的教授求教。你别看王军这个乡下土包子，他不知从哪里弄来的一些难题，使一些大学教授也不是一口就能答得上来的。但新支书跑了几个大学和学院以后，终于把这些难题一一破解了。他从城里回来，胸有成竹，消消停停叫住了王军，跟他说话，王军不答他的问话，望着他净笑净笑，为什么？原来在王军的小脑瓜里最看不起的就是村委会首脑，像那退休了的支书尕李，只不过是个共产主义的信徒、苦行僧，不中，他的接班人被逮捕法办，更不在话下，眼前的这个新支书，娃娃脸憨相，是现代版的阿斗！所以他就根本没听新支书对他说什么，只等新支书说完了，他才笑嘻嘻地说，新支书啊，你呐，是孙猴子升了弼马温，我呐，是个没知识的人，我有两个字，要向你这位地方首长领教哩。新支书谦虚地问是哪两个字嘛？尕巴头王军表情诡诈地写出了两个字，一个劲向新支书求教，诚心得很呢。新支书不看他，而是巡视围观的看热闹的人们，一字一句地答道，这很简单，简单，

这是章、太、炎、先、生、两、个、女、儿、的、名、字嘛！章太炎曾在大庭广众之下，就用这两个字刁难梁启超，把风华正茂的梁启超弄了个大红脸，这不好啊！新支书这才转脸向尕巴头王军重复说，不好啊，这很不好哩，这是两个极怪僻的字，几乎没有人用，王军你说，即便我们知道它是"展"字和"丽"字又有什么用呢？！王军像是吃了一闷棍似的惊愕不已。自这儿起，王军就对这个娃娃相支书刮目相看，开始听他的了。

新支书对他说，王军啊，我们青年要有野心哩，还要有大野心才对。像我省的太阳能研发基地，就有许多国外及非洲朋友来学习取经。我县农业技术推广中心发明的"双垄沟全膜覆盖"种植技术，能在旱地里种出玉米，在天旱的情况下，也能有不错的收成，你别小看，这是有世界意义的，现在已迅速推广开了，要是世界上存在饥饿的地区把这一技术引进过去，会产生多大作用哩。王军，你能出怪题难倒不少人，这说明你是有才能的，但是说到头这不是什么高尚事业，也不是正义事业，我请你牵头，把我们村高考落选的知识青年约几个，组织个科研小组，或者科技研习班、科技爱好者协会什么的都成，搞科研！他吴经理的紫砂陶能打进国际市场，我县的双垄沟技术能产生巨大影响，我就不相信我村的知识青年智商就比别人差些？你们搞，先帮核桃李叔把他的集雨池改进改进，让他发展核桃林，防治吃树的天牛，改良农作物品种，等等，多了去，我就不相信在下苦钻研之后搞不出成果来！我就不相信科学技术上的成就给人带来的喜悦，就赶不上出难题卡人？王军，我现在也出个题向你请教，一阿托秒是多长的时间？你知道什么叫次声武器吗？这一问弄得王军直傻眼。新支书安慰他说，像用这样太专业太怪僻的难题卡人实在意思不大。人家李家湾那个天堂村因为村风好，连个人的爱好和怪癖

也是善良的，给人义务剃头哇，给人做媒介绍个对象哇，是这一类的志趣，而我们木兰镇的人就不同了，生产队长在大槐树底下称王称霸，侮辱百姓，这些受气的小百姓又回过头来上访闹事，撒酒疯逞雄，打老婆摆显丈夫威风，诋毁好东西自以为得计，这有什么好啊，这是自寻烦恼，自己给自己制造痛苦，我们好好一个人，干吗要这么愚蠢，这么笨得用头钻石头？这样吧，王军兄弟，你在种好你家承包田的业余时间，发挥你的过剩精力，帮我们把木兰村的青年科研组建立起来，展开活动，村上支持你们经费，好吧，同时，你到李家湾去一趟，那个天堂村里好人好事多得很，你帮我搜集一些，整理成文字材料，这对我们村很有用哩，帮帮忙吧，王军兄弟。

新支书这样说了，而一直是一副愤世嫉俗架势的王军也就听从了。

一直密切注意娃娃相新支书的核桃老李，看了他的这三把火三板斧以后，就把心放到了海里，佩服地想，这个穿新潮衣服的娃娃行啊，识了字的年轻人就是有能耐！想到这里，核桃老李心中自责起来，我真是一个信仰共产主义的苦行僧，但是没行善事啊，像在我任内村民盖房占街巷，我是有责任干涉的，像田中玉的槐树底下称王，我这个支部书记应该批评教育他，但是我仅仅在会议桌面上要他克服旧意识，要他改进工作方式方法，这号文件话语，对他不起一点作用。还有村上那种种不好的风气自己就没好好地管过，再说自己文化浅薄，像尕巴头王军这号刺儿头，想管还管不下！这新支书行啊，他把王军拿下了。以后，自己就在行动上多支持这位穿新潮衣服的领导人以弥补自己工作上的缺失吧！

过不多久，木兰村就成立了一个青年科研组，参加者大抵是高考落榜的本村青年。新支书和这一帮还不太熟悉的青年一交谈，内中有人真是功亏一丁点儿呀，就差那么零点五分就是进不去大学的门，

你说遗憾不？内中还有两个不爱说话的，新支书一逗弄、一提问，逼他们发言，结果他们的知识、学问比咋咋呼呼的王军强得多。经新支书一鼓动，青年们的兴致也上来了，他们抢着提出设想，说现在木兰河流域每年秋收后，田地里残留的包谷根把农民累苦了，攻关拿下这一难题；还有从外地买来的微型收割机是便利了个体农民，但那种收割机还可以改进嘛。有个外向青年举高拳头说，我试制飞机。一句未了，惹得全体青年哄笑起来。新支书不笑，手在空中按压笑声说，农民造飞机，全国已有多起先例，不新鲜了，你完全可以试制，但不要太大，试制个微型的，类似滑翔机或用什么热气球原理都行，村委会在经费上支持你，所买的器材都打上发票，到村委会报销。啊？全体青年都震动欢呼起来。尕巴头王军更来劲，说，既这样的话，那我们科研组的牌子就嫌小哩，应该改称"木兰村科学技术委员会"，和村委会平级平行！新支书笑着揭露说，王军啊，先别争权，等我们的飞机上了天再说吧！这么价，我们的老支书，就是种核桃的老李叔，他在山坡上造了一些集雨水池，雨后蓄了水，他老人家是用桶子扁担，挑水饮树的，你们谁感兴趣帮李叔把水池重新设计，安装上龙头，用管子接水浇树，减轻他老人家的劳动强度？新支书的话引起了青年组员的热议。

新支书对这个小组还是够重视的，叫木匠做了个牌子，上书"木兰村青年科研小组"，并排和村委会的牌子悬挂在村委会门口，并在前院敬老院拨三间房子供科研组开会、办公。并叫王军他们去省城书店里购买了好多科技书籍和资料，还购得达尔文、李时珍、爱迪生、爱因斯坦、张衡、李冰的画像张贴在办公室墙上。每天早晚，王军鼓着腮帮子，青年成员们兴高采烈，都往科研小组的办公处跑。于是袭击高空太阳能路灯之事就再也没有发生过。正是：人不可一日无事。

这位新支书仅仅和已故的夫子有过暂短的接触，但老人的一席话对这个年轻的领导人触动太大，他有点痛心地想，不仅是夫子有高招，而是这位有文化的老者是局外人，旁观者清，他把我们党的一些做法的意图比我们看得清，领会得透彻罢了，而我们的一些干部，别看反复地朗读文件，满口的红头文件上的话，其实并没有真正懂得其中的意思，结果在实践中完全违反了文件精神。比如我党倡导的向先进单位学习，是主张到做出成果的部门去取经、实地考察，学人家的长处，而我们就往往流于形式了，正如夫子嘲笑的，参观者成群成队地去，接待者彩旗标语地迎，介绍经验时是一番文件语言的空洞话，不仅对工作无益，而且是劳民伤财！而夫子领我们去参观人家天堂村，就不是官方接触，而是民间私访式地走亲戚，结果使我们几个人受益匪浅，连古板得像个陶俑的冯掐皮都触动了思想，这是官方的参观学习团根本做不到的。

新支书这么思考着，一面动身到镇外荒山沟里去找老领导。老领导只因身个矮小，加上他当年任支书时年青，人们便称他支书尕李，现在年老退休，人们便管他叫核桃老李或者李叔。

新支书来到罗圈湾也即"南泥湾"山脚下，只见山坡路边斜停着一辆摩托车，在这样空旷的荒野，天又这么高的，这么孤零零一辆摩托车，显得十分渺小寒碜，但新支书明白，这位小个子前任领导干的这活计意义重大呀，他总使地球的这一小片变成了绿色，并贡献出了薄皮核桃。这是党性的体现！

从停摩托车的这处荒野地通往镇上的路径，是由摩托车轮不断往返轧出的一线新路，从停车处往山弯，路陡，是由人的鞋底走出的一线山路。新支书上着，看见路边的集雨蓄水池里都有珍贵的水。看样子，李叔这是节约用水，等需要时再浇树，所以在这旱荒之地的宝贵水面上，漂着一层草渣破叶，加上每天照射的阳光还要蒸发一些，可惜呀，叫我们科研组的同志在这上头发挥发挥作用，把蓄水池改进改进。

他走进山弯里，李叔蹲在核桃苗圃那里，远远望去，那本来就矮小的身躯更小。一声"李叔"，核桃老李这才抬头发现了新支书，他心里兴奋，看看这娃娃相的接班人，从心里赞许，乍看像个中学生的他，懂事哩！便赶紧邀他到自己的住处去。

新支书欣赏过土屋正墙上华美的彩色照片以后，两位地方首长就开始了严肃的谈话。

新支书说，李叔，有些文人说共产主义是乌托邦，不对！像天堂村李家湾的人们，要是再增添一些精神生活和心灵享受，那就是现实中的用手摸得着的共产主义社会。我们木兰村因为有些小工厂和商业，人均收入比李家湾村民的收入还高哩，现在只要把党中央老早就提出来的精神文明建设和构建和谐社会的工作抓一抓，那我们木兰村也是人间天堂！李叔，对此我已着手做了，情况我向你汇报。新支书便备细说了他开通村巷，修补田间大道，组织青年科技小组的事，并说，这些事进行得大体顺利，只碰到了一些小小不然，基本顺当着呢。

对新支书说的这三件事，核桃老李早在暗中窥探得一清二楚，他只等新支书把话说完，便笑着在新支书的胸膛上轻轻捣他一拳说，好个乼领导，有你的！你把泼妇骂街叫做"小小不然"，这小小不然放到谁头上谁都支不住，说不定撂担子连支书都不当了呢。老侄，行啊，就要有这种精神。唉，是叔文化、能耐差，没把工作干好，给你留下了烂摊子，听说那天你开通村巷，有村民就骂我，如果我早点儿"赃官告示硬"，那他们就不抢占村巷了嘛。老侄，这话是对的！往后，只要你有什么新的打算，叔我全力支持就是了。核桃老李对新支书到深山里来找他，非常赞佩。

新支书笑道，叔，就我们两个人说话，你也用文件语言啊，可见党八股害死人！这样，我谋算把精神文明切实抓一抓，在镇子中心地带建一个文化体育活动场所，今年秋收以后，冬天也不能闲着，我们办一场游艺文化活动。

核头老李一百个赞同，他很欣赏这个中学生面孔的接班人对自己的尊重与抬举，这种事只存在于李家湾这样厚道淳朴的村庄，在通常情况下，新老村干部一交替，新上任的不管有本事没本事，一上台就败坏前任领导，等第三个上来又把第二个说得一塌糊涂。如今这嫩闪闪的新支书跑到这僻背的罗圈湾来，就够意思了，何况木兰村的诸多问题是自己遗赃洒害留给他的！以后就出蛮力气辅佐他吧！

他便出主意说，老侄，这是两件大好事，我们再也不能叫木兰村人吃好喝好，心病不少！就照你谋划的干吧，但是这得花钱，你得找一找紫砂陶器厂的吴经理，再找老本和老田还有其他一些人商量。嘻，老田变好了哩，很像个人样儿了，听说那天你疏通村巷，对你耍赖的那母子是叫老田美美收拾了一顿！这可是没想到的。他能转变得这么好，据我看有几个原因，第一生产队解散，是抄了他的老窝，他没地盘了，孙猴子没棒可耍，更关键的是李三才的反咬一口，你想大田队长哪里承受住这等侮辱，他想自裁哩，是韩老夫子开导了他，韩老夫子的一手，就是我们共产党说腻了的思想工作，再加上夫子叫他去找几个有心病的人，老田一去就从这些可笑人身边照出了自己的滑稽嘴脸，这才觉悟过来的。好哇，老田那家伙如果一心向善，那他还有过人之处哩，他强悍、仗义还精明，把他也拉上，我们一齐努力吧，让我们木兰村变成个丰衣足食加精神高尚的共产主义天堂村吧！共产主义不是乌托邦，也不是以美元的多少来测定的！钱越多而思想越坏越不是共产主义。

这一老一少两代村支书，在自称是南泥湾的小土屋里敲定了施政方针大计以后，过了几天，新支书和核桃老李就联袂来到紫砂陶器厂，正巧他俩要找的吴经理在厂里，经理便招呼两位领导人到办公室里。

在这一老一少的眼里，这位吴经理越发容光焕发地帅气了，你看他明眸、皓齿、红唇，头发油黑，动作敏捷，即便他俩是男人，但还是把眼前的这位帅哥看了又看的。客套过后，新支书扼要地把要在木兰镇中心修建一活动场地和计划把村巷全部用水泥硬化的事说了一遍，中心要害是，在资金上还有赖吴经理大力支持！

核桃老李坐一在旁没吭声，但在心里对新支书的外交口才，十分佩服赞赏，到底是有文化的青年啊！

吴经理更妙，他用流利的普通话首先向新支书汇报说，镇子街道上被飞石击破的几个太能阳路灯，他已全部换过、修复了。

木兰村风气，此地人把学说普通话叫"变言子"，如果有人"变言子"而不地道不标准，那就会被人们讥为"你少胳搂我！"意思是听你这么阴阳怪气，使我有搔胳肢窝一般的难受。奇怪的是这帅气的吴经理一口普通话，标准流利，音色又好，使核桃老李和新支书觉得好像置身于电视演播厅似的。

吴经理继续说，他完全赞同修这样一个群众活动场所，把村巷用水泥硬化路面，农闲时搞一次文化活动，因为这是对百姓有益的公益事业，本厂在资金上全力支持，本来我们一家也是能够负担得起的，但是最好给我村的铸造厂、加工厂、玩具厂、跑运输的和一些商家也打个招呼，大家一起行动，不然，他们是省了，反而说村上看不起人。我知道，他们当中有的人慷慨，但也有一些人把剥削来的、投机倒把来的钱看得如同命根子，一毛不拔。反正，新支书，这事由我找他们去联络，你就放心去办吧，这是好事，你不要愁钱！

核桃老李一拍大腿说，老侄，有你财神爷这句话就对了！

吴经理说，李叔，这等好事老早就应该办的，可在你的手上为什么不行动呢？

核桃老李说，你批评得对，我也正后悔哩！

正说着，厂门口机器声大作，造田的大型机械收工回来，呼雷闪电地停在厂院里。老本、老田和七八个临时工一个个土人儿似的拍打身上的土。新支书说，把老本叔和田叔叫来我们一起商量吧！吴经理说，那么，把龚叔也叫来。

洗过手脸的老本、老田，听说新老支书想把木兰村也弄成个天堂村，心里举双手赞成，便笑呵呵走进办公室，加上前一晌他们一起去过天堂村，所以一见面倍加亲切。

龚布袋也被邀跟着走来，他的头发胡子全白了，但红光满面，乐呵呵的。核桃老李揶揄他，老地主，八十老头，钱不缺，又有老革命儿子，你折腾什么，跑在这里自找苦吃？龚布袋笑道，受死受死，做活做活！你知道我一天在泥胎胚上刻字，把字刻好时有多高兴吗？至于你说的我家龚云，败家子，你们共产党组织还把他留着当党员看待，其实在我心里已把他开除出党和劝其退党了，他都是给党抹黑的人啊！

众人笑道，这个老地主还左得厉害！

龚布袋说，韩老夫子活的时候领你们几个去游天堂村，我是不知道，知道的话我会央求你们把我也携带上去哩！那天堂村和我们木兰村有个事例正好是对比，不知大家愿不愿意听？众人说，你说，你说！

龚布袋乐呵呵地说，我们村的老曹，最爱短处拿人，那次镇外公路上出车祸不是有人遇难了吗？罹难者家属讲迷信，在搬运遗体时要在棺材顶上放一只白公鸡，说是引魂哩，结果木兰村白公鸡不多，最后查访到老曹家有一只白公鸡，老曹一家伙要了七倍的价钱，爱买不买！甚至他把女儿许给人后，也是要这要那，把男方折腾苦了。后来这老曹做生意就发了财。而天堂村的人就不一样，他们有户农家有牛黄，外地有人来求

药时，听说有急病人需用时，便说拿去拿去，急病吃药要什么钱。后来这个给人赠药的人出外去做买卖，不但没挣上钱还赔了，为什么？那天堂村的人就不是做生意的料，情面太软嘛，进货时不好意思杀价，出卖时又难于要高价，运费、吃缴加上赊出去的账讨不回来，他不赔叫谁赔？从这两个事例就可以看出我们木兰村和人家天堂村村风的不同。新支书啊，要教育人们，要人人的心田都好哩！

接着老田出了一个点子，说，这个活动场所就修在镇子中心，不要拆迁太多，只在北面修一座露天舞台，实心的，不要高，一米多高即可，平时让商贩在台上摆摊设点，有活动用帐篷一搭就是舞台。台两边可修长廊和宣传牌。街南可以学城里立一些健身器具。大家都赞同这个设想。

提到秋收后的活动时，新支书的设想是，丝绸古道是木兰镇的地域文化特色，我们就办个"丝绸之路丰收节"，要体现我们这个古镇的发展轨迹和风貌。

大家就出主意，一起商量找骆驼，寻扁担，请歌手，邀贵宾等等的事。大家急着出主意，唯有眉毛中间带了几根白眉毛的老本乐呵呵听着，不说话，在他的心目中，儿子手里的钱都是剥削来的，花，就撒开来花去！

吴经理尊重他，专注地问，老爸，你说说这个节怎么办才好？

眉毛花白的老本，很感兴趣地听着，没防儿子却向他征求意见，他动动身子吭哧着说，那天把马恩列斯，毛刘周朱的像都挂；再嘛，摆些酒席，叫村上每家来一个人，大家吃一顿。

话未说完一屋子人都笑了起来。

老田扭头龇牙嗔怪老本，哎呀，亏你能想出这么一个土办法，叫人不笑掉大牙才怪！这是个游艺节，又不是政治会议，挂什么领袖像，三嘛四！再

说现在人们生活已好，并不稀罕吃酒席，你一两百桌摆开来，多麻烦，花费又大，人们吃罢把嘴一抹走了，丢下这一摊子谁管？

核桃老李笑着看老田批驳老田，但他清楚，老田这会儿已和老本关系铁了，和他在大槐树底下训人是完全不同的两码事，那时，老田整人表面上也似乎是为了集体生产，其实是在打击别人抬高自己取乐，今天完全不一样，他是看老本说错话他才急了，用心是良好的。

吴经理也被老爸突如其来的怪建议逗笑了，抿嘴笑了好一会才忍住笑问道，爸，你怎么想到这里去了？

老本眨着厚眼皮，扬着花白眉毛说，这几年多不见领袖像，心里空巴巴的，把马恩列斯，毛刘周朱这么并排挂起来，看着心里舒坦，再说，叫毛爷和刘少奇和和气气这么并排挂着多好！至于吃一顿，是我想起了当年办大食堂的千人宴，吃东西倒在其次，但那种热闹、红火、欢乐，好得很呐！

吴经理深呼吸一口长气，转头向新支书、核桃老李、老田及龚布袋说，我爸是旧社会的奴隶，他的话不能不听。在这类活动场合挂领袖像是有点不大常见，但也没有明文规定就不能挂，再说现在政策宽松，我爸的想法就代表民意，挂就挂上吧，如有关部门干涉，我们再说。至于宴会，没关系的，田叔，就叫我老爸高兴高兴吧！

老田笑着说，吴经理你是尊重你老爸呢。由你由你，反正钱是你出的，我们到时候只吃海参炖鸭子就是，有什么不好！

自从吴经理答应在经济上全力支持以后，新支书就腰杆硬了，他又申请上级拨了一部分乡村文化广场建设资金。有钱当时变啊，他就底气十足地请设计院设计图纸，协商拆除了街中心一两户村民的围墙，运石拉砖，水泥沙子一齐到来。这事还得一

个强有力的领工人，偌大木兰村竟没一个合适的，幸好田经理的耕地开发完工，整整两百亩新耕地平铺在那里，上面田埂纵横如同棋盘格一般整齐规矩，田经理如约在分得自己的一百亩耕地以后，完全可以腾出身来，他便去找田经理，把田经理叫过来当领工。推土机等大型机械开走了，几个零工也结账后四散走开，田经理便到镇中心来建设文化广场，和建筑工地的工匠、司机们打交道。花白眉毛的老本慢腾腾来到镇中心工地，拿起橡皮水管就浇砖、瓦和琉璃瓦。田经理过来一把夺下说，好我的太上皇哩，你定定地坐下看就是，浇什么呀！老本闲不住，又去帮着拌水泥。小工们见这个慢腾腾的老汉力气还是可以的。

镇中心文化广场一开工，糖匠老康跳起来，疯疯张张跑到广场工地，摆手叫快快停工，呻唤说，哎哟，阳关大道不走，你们偏上这座独木桥呢，众神庙那么宽展的场子，木板戏台，丝路丰收节在那里举办正合适嘛，在这大街什字里翻腾什么？田经理这时已变和善了，只用食指指村委会说，你去找新支书说话。

硬件拔地而起，实心露天舞台，长廊，还有类似照壁的宣传墙，上面有砖雕装饰和琉璃瓦顶盖，虽简单但设计相当美观。

与此同时，软件也在紧锣密鼓地进行，此时已是白杨叶子变得金黄，杏树叶子变得火红的初冬，庄稼已收，村民们男女老少都参与到节会的准备工作中来，有制造木推车的，有仿制旧社会苦力衣服的，有到城里书店买稀缺的领袖像的。

尕巴头王军，手拿一张纸，急急找到新支书，说，我们有个很好的建议，就看你这个当领导的虚心不虚

摄影 / 任世琛

心，有没有度量采纳了，说着把折叠得很好的纸头双手呈送新支书。新支书笑道，王军啊，我这么忙，你也要去李家湾搜集材料，有什么话当面说不完，还要用文字？王军说，因为我们的这项建议太重要，用书面形式以示隆重。新支书把纸打开，只见上面的字不是打的而是用手写的，但写得极其工整认真，标题是《关于我村修建文化广场及举办丝路丰收节的刍议》，内容是说现修的这些建筑完全不合适，不能充分表现丝绸之路和边塞沙场的内涵，兹郑重建议，在丁字路当街建一座仿古烽火台，台脚留有十字孔洞供人行走。有关丰收节活动，挂八位领袖像完全不合适，并有严重政治错误，因为斯大林有肃反扩大化的罪行，杀人太多等等。新支书奇异地问，王军啊，文化广场的露天舞台、长廊基本完成，连顶盖上的琉璃瓦都上了，那怎么办？王军皱眉挥手说，拆掉拆掉，在街心修烽火台！你要是为老百姓着想，虚心采纳群众意见的话，就把那些台台子、墙墙子拆掉，按我们建议的办！新支书问，你设想的这个烽火台十字孔洞，汽车能开得过去吗？王军一愣，因为他在屋子里只想象木兰镇中心矗立这么一座烽火台，就有一种边关、大漠、烽火的西域特色及美景，但那十字孔洞他只考虑到行人通过，确实没想到汽车这个大家伙，他一时语塞，新支书又加问一句，要是汽车再把货物拉上呢？王军更没话可说，明摆着，汽车拉货加高那就更过不去了。新支书一脸天真直率地说，王军啊，心不要这样坏，把别人的抹掉，按你的意思来，借以出风头，这不好！这新新的建筑你能忍心拆毁吗？那就要浪费多少资金，而你空想的烽火台光是阻碍交通这一条就弄不成，你说呢？至于斯大林画像，这是根据民意才悬挂的，首倡者是老本叔，他是旧社会的一个奴隶，说话举足轻重，你去问问他，为什么要挂这八位领袖像，然后回来我们再商量，好不好。

王军有点蔫，他便去找老本叔。他一路走一路想：可怜这个不识字的乡巴佬，根本不知道斯大林的阴暗面，才这样盲目崇拜搞个人迷信的，我去开导开导他，说明真相，不挂什么伟人像，好使规模很大的丝路丰收节活动中，把斯大林肖像拿掉不要挂。这样，广大群众就会知道是我纠正了这一重大政治错误，堵住了这一漏洞的！

他走上老本家白色二层小楼，狮子老太在家，老本到工厂里去了，狮子老太蹬蹬蹬跑下去找，一阵阵，老本沙沓沙沓走来。寒暄之后，王军就问，老本叔，你怎么突然想起挂斯大林的画像了呢？老本见这小伙这么问话，便奇怪地说我是看惯了马恩列斯，毛刘周朱，并排挂着看起来心里舒坦呀？王军说，老本叔，你错错地错了，那斯大林……一句末了，吴经理从外面一掀门帘走了进来，他接口说，王军，你又瞄上谁了？！他和王军是小学同学，王军有小聪明但不踏实，后来就分开了，现在见面，两人握着手说话直露毫不顾忌。吴经理用食指戳他，你小子嘛，老是用抹黑美好事物和贬损别人的办法来突出自己嘛。怎么，又瞄上我老爸的什么了？王军故作神秘地耳语，老同学哩，老本叔犯大错误哩，斯大林的像不能挂呀！吴经理问，为什么？王军理直气壮地说，因为斯大林肃反扩大化，误杀了一个天才元帅！吴经理用播音员的好听声音说，不，我老爸只死记得斯大林是红场阅兵的英雄，扭转二战战局的豪杰，至于肃反扩大化不见得，把赫鲁晓夫这样的坏蛋没有杀掉，就足以证明肃反不彻底而不是扩大！王军有点义愤了，老同学啊，你发了财，但谈话不要傲，不要武断，你怎么知道赫鲁晓夫是坏人？！吴经理一脸美丽的笑容说，秃子头上的虱子明摆着嘛。斯大林活着的时候，赫鲁晓夫口称斯大林是父亲，斯大林逝世赫鲁晓夫挖墓掘尸，并把混凝土浇到斯大林的遗体上，这号人，不叫他坏人叫什么？！反正在百姓的心目中，马恩列斯，毛刘周朱是他们公认的发自内心所敬仰的偶像，人类社会不能没有偶像。吴经理毕竟是大学本科生，小聪明的王军不几个回合就败下阵来，从老本家里走出来，没精打采地走着，经过镇中心新建的文化广场时，见新支书和田经理正指挥匠工做收尾工程，两人正忙着，王军准备照直走路绕过去，新支书却把他叫住了，领他到脚手架背后单独谈话。变得正常、和善的田经理，看着身个细高而头小的王军背影，不由深思起来。

田经理二次重返木兰镇中心，在离那棵大槐树不远的街北领人修文化广场，连他自己都有点不敢相信的感觉。啊，不堪回首的那一天，李三才翻脸反戈一击，大槐树旁边就是他夜走麦城的蒙羞之地，自认为今生今世再也不会在木兰镇闪面了！不意老本父子宽宏大量，让自己脸上有光，还白得了一百亩新辟的耕地，虽说这些耕地的所有权归国家和集体，但是承包期内耕种这么大的一片土地，即便是用旱田耕作技术耕作，采用"双垄沟全地膜覆盖种植"技术，种植玉米，那收入也硕着哩！把经济收入全取过，他田中玉大小还是耕地开发公司的经理，让他有颜见人！更没想到这新支书有文化、懂事。竟叫自己领工修文化广场，这叫他一败涂地的孽障人，堂而皇之有头有脸地站立在木兰镇的闹市街头。啊，人跟人，还是平等相处和善友好有滋味呀。他斜眼看着那如伞的大槐，那磐石般依然光滑如座的石头，想起昔日的做作显摆，羞愧油然袭上心头，唉，那算干什么呀！还有罪孽，老本的一绳加背，景少雄的双手双臂，唉！人类的省悟是伟大的，觉醒的感情是美丽的。他这次带领工人，对人对事，完全像个正常人的样子，有时也对工人发狠，但大家都明白，这是为了工作。新生的田中玉前后判若两人了。当他从局外人，从旁观者的角度看着王军时，竟从王军身上看出了自己从前的影子，可怜可怜啊！这王军抹黑别人，贬损好事，装出愤世嫉俗的样子，抨击这抨击那，说到底还是个人英雄主义在作怪哩！新支书把他叫到支架背后个别谈话，大概是劝谕他改变思想吧。

田经理猜得一点不错，新支书一句挑破问题，说，王军啊，我们年轻人，想建立功业，这一点不错，比如你们青年科研组，要是能发明像我县"双垄沟地膜全覆盖"种植技术一样的成果，或者能使小飞机上天，事实摆到那里，说不说这是科研组的大功，是我们木兰镇、是我们全县的光荣哩，不然，你光是抹杀别人突出自己，人笑话哩，像提议拆毁新建的文化广场，在斯大林身上挑刺，能掀起什么风浪，能出个多大点风头？等等的思想政治话语，临完，新支书又交给王军三项任务，为新舞台拟一副节日对联；为本村起草一份《木兰村村民约法九点》亦就是常见的村民公约；以"和为贵""远亲不如近邻""仁者爱人""四海之内皆兄弟""己所不欲，勿施于人""恻隐之心人皆有之""以德服人""木兰镇""丝绸之路"等等的内容为谜底，请会制灯谜的学者为我们制些灯谜，怎么样？

王军可不同于田中玉，田中玉是在现实中碰得头破血流这才能听进良言的，王军却是初生牛犊，他对新支书的话在道理上接受，在感情上拒绝，可以说是只听百分之五十。最后他半眯着小眼睛勉强领受其任务。

王军刚走，糖匠老康领着几个烧香的善爷爷善奶奶，用行香步儿虔诚地来谒见大权在握的"丰收节"组织者新支书，他们诵经一般齐声恳求，说，既然支书不把"丰收节"在新庙里办，那么，只求在这街上的舞台背景上供一个大牌位，上边是"天地众神之神位"足矣！新支书笑道，这是人会不是神会，你们认错门了吧，我可不是胡烧纸乱上坟呀！

年岁那么大的爷爷奶奶一个劲地向这个尕领导作长揖恳求。新支书说，你们是叫我犯错误吗？老翁老妪

四面围住新支书一个劲地作长揖，只求大慈大悲，高抬贵手，实现我们百姓的心愿吧！田经理一看，这可是听都没听过的怪事哩，他正要仗义出面为新支书解围，忽见新支书使出了人们没有想到的一招，是什么呢，原来这位新支书本来就是一副娃娃相，这会儿他为难了，他便装出一副傻孩子相，就像个三四岁时的憨稚样子，像听不懂他们在说什么似的。围着他作长揖的老善士们，见新支书作难装傻，只好讪讪地离开。领头的糖匠老康心软，见村领导不允许在丰收节活动中亮出天地众神的牌位，便在心里为整个木兰镇担心。长太息说，不敬神，哪里会有好日子过啊？

现在，整个木兰镇完全笼罩在节日前的氛围中。村巷全部硬化，水泥路面光洁如同锅台，村民们再也不忍也不好意思往上面倾倒垃圾泼泔水了，被拆除改直的墙壁，比1958年爱国卫生运动时弄得还好，那时是白色石粉子刷墙，现在是带色涂料粉刷，并加涂不同颜色的边框，人们光是从巷道里走过，只觉宽敞、干净、通达，很觉神清气爽的。那镇子中央新建的文化广场，台面低矮的舞台，既可摆摊又能演节目。两边有长廊，均是耀眼的琉璃瓦顶盖。还有照壁式的宣传墙，极精美，上面的砖雕是由紫砂陶器厂的吴经理设计图案，高手匠工雕刻，艺术性特高，平面上写着《木兰村村民约法九点》：

对国家，赤诚点，该出头时就出头；

村干部，团结点，互相协助带好头；

脏垃圾，埋深点，疾病就在那上头；

在家中，民主点，家庭霸主没来头；

邻居们，和睦点，早晚进出都碰头；

谁落难，仁慈点，拉他一把帮到头；

谁有错，宽容点，苦口劝他早回头；

青少年，关心点，指引他们看前头；

同胞们，看远点，与人为善有甜头！

在起草这些条文时，新支书有点点儿哩，他把草稿印刷成文，叫王军散发到每个村民手中，叫大家审定并提出修改意见，结果呐，打婆娘的人赞成反对无理上访闹事条款，喝酒撒酒疯的对约法中不要短处拿人牟取暴利的话特别拥护，即便无理上访外号叫"平头百姓"的那老汉，也双手赞称有关劝喻家庭暴力，酗酒闹事的内容。最后经全体村民同意才写到墙上的。

约法墙旁边，立着从外地运来的石雕骆驼和马，还有石质的挑担背货人，因为这里是丝绸之路，1952年以前的运输方式就是这样子的，镇上的年轻人就是没见过罢了。

镇外那片开阔平整的打麦场，生产队时期只有几个大草垛，现在耕地分开来，场上竟堆着无数小草垛，村民们便把这些小草垛清理，腾开打麦场作为节日那天来宾们的停车场所。

老本在外地工作的儿子小狗，现在没人这么喊他，他现在是本主任，权限很大，实权在握，对村上举办的这次盛大活动，他老早就和新支书、弟弟吴经理在电话上联系交谈过了，出主意、帮忙，实际上也在遥控着呢，如今已是节日前夕，他就下来看看准备工作做得怎么样了。

除了本主任（小狗）以外，镇上一些热心家乡的人如景少雄，还有几个白发苍苍的老革命也赶来看究竟。龚云也来了，但是一些老革命看不起他，连他父亲龚布袋也对他白眼相看。

本主任气度大，约上几个白头老革命，安装着假臂假手的景少雄，连同龚云，自己的弟弟吴大宝，一起慢步木兰镇街头，看这看那。一些本地人知道底细的，远远努嘴说，这几个人是丰收节的后台大老板啊！眼前的木兰镇给老板们耳目一新的感觉，整洁的村巷，华丽的文化广场，言词通俗幽默的村规民约，更叫他们感兴趣的是街头生动的石骆驼和石头人。本主任摸着骆驼说，城市里叫城雕，我们这里叫什么呢！就叫镇雕吧！

老板们对这些硬件很满意，岂止是满意，可以说是意外惊喜哩，他们急于要见见这个主事策划的年轻支书，但新支书忙颠了没找见。吴经理便向大家介绍说，这个新支书像个中学生，娃娃脸，长相上没有一点做领导的威严，但他有文化有能耐，就敢策划这么大的动作。接着田经理还备细介绍了新支书疏通村巷，遇泼妇母子破坏菜田案的始末，还有，他把村规民约的条文就交给有毛病的村民看，叫他们表态赞成，这才写在墙上。老革命们听了赞叹不已，说，这世界就是年轻人的！

当本主任、吴经理单独时，弟弟吴经理才向哥哥说体己话，汇报说，哥，这次活动的两个怪点子还是爸出的哩，当时还有人反对，但我觉得爸爸辛苦一生，有这么点企求，虽似乎不大合理，但我们还是应该满足老人家呀！本主任没有弟弟漂亮，微胖憨厚，形似老爸，他笑笑说，不，爸的这主意给活动增添特色哩。看，这种场合挂领袖像，似乎有点怪，有点不伦不类，但是也反映出一个问题，这几位领袖人物在老百姓的心里已形成了固定位置，这是口碑心碑，你没办法，就张挂吧，可以的。田经理还笑道，爸还说，把毛爷和刘少奇仍像从前一样并排挂在一起，叫两个老人家拉和吧！这一说弟兄俩一齐大笑了起来，爸多善良啊！吴经理又说，爸又提出了千人宴，我答应了，这开支我们能承受得了。哥哥高兴地说，这就好，外国也有面包节，做一个硕大无比的面包放在桌上，再把桌子摆老长一条，摆上食品，几百成千人对坐着就餐，很热闹的，我们的也就算是丝路丰收节大餐吧！

弟兄俩回到父母楼上，又碰见新鲜事，新支书请来的节日总导演来找老本，想请他出个节目，穿当年服装，唱当年民歌，要求原汁原味；并请牛霞老太独唱当年夜校和识字班的老歌子，以引起人们对当年丝绸之路的回忆。老本笑坏了，说我的这一把年龄，我的这嗓门嘛，嗨！狮子头牛霞惊慌地说，我嘛，我一上台，保险把台下的人们会吓得跑光哩！这活计还是叫吕士通一家去做吧，他们打哈哈呢。弟兄俩一齐鼓励父母，说，不，爸、妈，谁说老年人不能歌舞，法律有这规定吗？没有嘛，谁说老年人不能表演？爸妈辛苦一生，革命先烈就是叫你们过上好日子才把命搭上了。去上台吧，放开嗓子唱，唱一嗓子，妈妈，那比你老人家给工人摆谱要美妙高尚得多哩。牛霞老太人极机灵，自从夫子提醒几句以后，她完全明白过来，自此再也不对厂里的员工说三道四，再也绝口不让专家扶她上下楼梯。现在经儿子们的一激，她立马有了勇气，一拍老本肩膀说，老鬼上，我们不能像你说的，吃好喝好，去睡没瞌睡的觉呀！当下敲定，答应了导演。

本主任重视弟弟支持本村的这次活动，便抽空下乡来看看，见一切顺当，临走和弟弟约好，在活动的那天他一定来参加。

这一晌，真把新支书忙坏了，王军帮忙不得力，写出的村民约法草稿，竟出现了不少错字并词不达意，有些词句之新潮叫人哭笑不得，他组织拟撰的几副舞台长联均不中意，最后还是新支书请景少雄拟撰了一副。景少雄也对楹联生疏，但他有切身的真情实感，写出的一副就被新支书所选中。王军又提议在印请柬时，落款把村委会和科研组并列上，这一荒唐建议被新支书当场否决。

白天，邻村人见木兰村里人来人往，入夜，只见木兰镇的灯光彻夜不熄。四乡八里的农民都知道，木兰镇正在筹办大型的丝路丰收节活动，据说请来的杂技高手和歌星不少，场面一定红火，到时候就看吧。

怪呀，木兰镇在农闲时这么一折腾，木兰河流域一下子有了生气。人声、汽车喇叭都跟平素不大一样，

猪叫羊咩，全透出一种节日前的氛围，甚至连高远蓝天上的白云都像是喜洋洋似的，从树上飞起的鸟儿的那鸣叫声也和平素有点不大一样。

日子正正常常地过了一天又一天，可谁能料到就在节日前一天，天色骤变，刮起狂风，炊烟和树梢都歪向一边。眨眼间阴云四合，在西风劲吹之下，要命的雨丝儿飞落下来，着地即化的雪片儿片片落地，典型的雨夹雪。水泥路面有水了，舞台绿帐篷上一层白色。木兰镇所有的人都苦着脸，新支书更像热锅上的蚂蚁。

糖匠老康一帮人抨击新支书，哼，你不信神，我叫你试哩！

雨夹雪直直下了半夜，黎明前才停止。日头出山时，东方云朵空隙里露出了蓝天，待日头一高，东方天空就成了薄薄的红霞。人们一片欢呼。

一辆一辆的小汽车，鱼贯开到打麦场上排列停放，大轿子车也是。木兰镇彩旗飘扬，红气球飘浮空中，挖掘机到镇外去排队，从河西沙漠地带拉来了几串骆驼。这些珍稀动物也高乎乎地大步穿街而过。这时不知哪里来的这么多人，已经拥挤得人们连走路都走得慢了。

镇中心的露天舞台用绿帆布帐篷一搭，彩旗一插，立马显得庄重，舞台正面背景上是用玉米棒子组成的"木兰镇丝绸之路丰收节大会"字样，上方依次悬挂着马克思、恩格斯、列宁、斯大林、毛泽东、刘少奇、周恩来、朱德画像。

舞台两侧的红纸墨字对联是：

耕者有其田，家家欢乐，人间即是天堂；

领袖争权力，刀刀见血，动物岂不笑话！

主席台上就座的人很多，白头老革命，吴经理的哥哥本主任，当地非公有制企业老板，本地名流，镇政府领导和本村的新支书。新支书今天穿了一身笔挺衣服，但还是改变不了娃娃的形象。大会开始，

领导讲文件话，下边如潮的人群照例不好好听，嗡嗡嗡的，直到孕孕的新支书高喊着口出狂言时，人们才静了下来。新支书说什么来着，他说，有人认为共产主义是乌托邦，错了，我们农民，只要家家有耕地，丰衣足食加精神文明，就是人间天堂！

台下嘴快的人立即发话，又是跑步进入共产主义！

枯燥的公式化的开幕仪式之后，人们踮着脚盼望的活动开始了。只听镇口鞭炮声大作，人声鼎沸，游行队伍隆重地缓缓地从群众夹道中走来，又缓缓从主席台前走过依次是，彩旗队，穿甲胄执矛戈的古代武士；一顶花轿里抬的是文成公主和维护轿子的两队古装侍女；唐僧没骑白龙马不带一个弟子，他一个人脚蹬麻鞋，短裤，身背一个避风雨的布罩子，罩子上还挂一只小灯笼，他一手端木鱼，一手使劲梆梆地敲，边敲边走；一串驮东西的骆驼大步而来，百分之九十九的观众都是第一次见骆驼队。现在人们就近真真切切看清，骆驼的大铁铃竟有一尺多长，是个铁质的扁圆筒，不是挂在骆驼的脖子里，而是吊在驼背夹棍上，在骆驼后胯那里随着骆驼的走动而发出声音，不好听，像是敲铁筒似的，但据说在夜间传声很远哩。骆驼队的最后一峰是白骆驼，它驮的货物中间放着一个笸箩，笸箩里卧着一峰小小的褐色小驼羔，小驼羔的小头左右转动着看世界，看人。小孩儿欢呼，大人们激动，看这孕骆驼！这伟大的骆驼妈妈后面是马拉大车，这种车只因实在找不到原先那种木轮钉铁瓦的轮子，只好用胶轮代替，但也能叫现代的人看清楚，古人运这么一点货，竟用四匹骡马来拉。紧跟着的是一大群挑货背货的贩夫走卒。正如已故的韩夫子说的，富家子弟向往穷人生活，这些下苦人角色都是本地大款和富家子弟争抢扮演的，他们觉得扮穷人好玩，有趣。于是他们穿起新缝制的打补丁的仿制衣裤，头上用布一包，挑起重担背

起货物，嬉笑着行走表演。和他们在一块的还有推独轮车的，赶毛驴的。接着就是前不久使用过的胶轮轴承架子车，人们拉着几辆，轻松地行走表演。这之后就是当今农村里普遍使用的农用三轮摩托车——三马子。只见三马子披红挂彩，车厢里的几个乡下村姑，怀里斜抱金黄的麦束或稻穗，另几辆车上的姑娘则高举罗圈湾结核桃的树枝，还有日光温室大棚里未开放的含苞桃花。殿后的是现代化的推土机、挖掘机和装载机，几个小伙子坐在装载机前面的大铁斗里出洋相，机子故意把铁斗举得高高的，小伙子们摇着鲜花直乐。

表演队伍声势浩大地穿街而过，万千观众都夸从城里请来的这个总导演设计得好，把丝绸之路的文化底蕴和丝路重镇木兰镇的巨大变化都表达出来了。人们大部分都高兴，但人群中有一个瘦高的城里人，能谝，他调侃道，这种活动挂领袖像，可以看出来乡里人的守旧，不过这几个伟人看到这个场景，马克思笑哩，斯大林哭哩，毛泽东惊奇哩，周恩来圆合哩，为什么？马克思看到这里的农民都分到耕地，大自然资源供人类共享，他的理想实现了，他能不高兴？斯大林活的时候对毛泽东不大欣赏，他怕毛泽东会成第二个铁托，结果他死后被人整惨时，是毛泽东站出来维护他说了公道话，他能不感动得下泪？我们的毛爷最怕农民分田单干，结果改革开放，农民包产到户以后竟出现了这么好的局面，他老人家不惊异吗？周总理爱圆合，爱和稀泥，他怕毛爷尴尬，就给毛爷台阶下，说，主席，主席，我们的农业是走了一些弯路，但还是取得了很大的成绩嘛，不是很好嘛，主席！只因他说到周总理时学周总理的声调学得神似，所以引起了周围听众的一片笑声。政治宽松，人们就敢在光天化日之下畅所欲言，各抒己见啊！

摄影 / 丁小胜

　　游行表演后就是舞台节目，人们便朝低矮的舞台前拥去，光是这位报幕的女演员就叫乡下人赞美不已了。最先出场的是从城里请来专业剧团的杂技魔术，那蹬技、绳技就博得了如潮的掌声。接下来是歌舞团的舞蹈。

　　台下，龚布袋老汉硬把冯掐皮动员催促一起来到戏场，两人坐一条板凳欣赏。在冯掐皮心里，这不是享受，这是碍于龚布袋的感情硬来陪场的。他一抬头，见台上怪怪的，这些跳舞的，并不像人们说的女娃精腿表演，而是穿得整齐，化妆得漂亮，一板一眼做作得很好哩。之后，就是从天堂村李家湾请来的那个拳棍手，他表演了一套猴拳，好功夫，翻筋斗，竖蜻蜓，活像一只猴子。精彩表演叫台下的冯掐皮感兴趣了，因为恨苦的老农一辈辈不看这一套。有趣，难怪一些人入迷地看哩！猴拳结束，观众呼叫再来一个，拳师喜滋滋又上来表演了一套醉棍。接下来是吕士通一家的拿手戏秦腔《包公赔情》。据知情人说，吕士通对这次丰收节活动，举双手拥护，并给筹委会赞助一大笔钱，这才直扑到这个台上来，出九牛之力演这场戏。秦腔，年轻人陌生，可在木兰镇中年以上的人对秦腔是有瘾哩，如醉如痴地听着看着。冯掐皮不知黑脸包公给这个青衣妇女跪下干什么？同一板凳坐的龚老头低声给他讲了个剧情梗概，冯掐皮顿时同情包公了，看看看，可怜的包公！铡了侄子，给嫂子下话哩，可怜，一折戏了，报幕员清楚报下一个节目是农民熟悉的陕北民歌。《山丹丹开花红艳艳》演唱者：冯万里。台下的冯掐皮就坐直了。高高站在台口的孙子穿得周正，化妆得规矩，他身后那一排女演员像双胞胎一样是同样漂亮的面孔，她们紧紧挨着一动不动。前台的冯万里开唱了，好听，一道道山来哟，一道道水，咱们中央红军到陕北……孙子在前台唱，身后的女子们帮腔伴唱。台下的冯掐皮不懂音乐，但好听的歌声使他心中感觉很舒服，扣心弦处，使老爷爷的身上打冷子。台下的青年男女摇着手里的长条纸筒，起哄和唱，并有女青年上台向冯万里献花。整个过程严肃、文明、高雅。冯掐皮有些意外与吃惊，原来是这样啊！同座的龚布袋用肘子捣他，说，老顽固，瞎子有这么卖唱的吗？冯掐皮听了一声不吭。

　　在导演精心安排的一整套节目中，专业剧团的节目叫乡下人大开眼界，因为在木兰镇的历史上，有流动剧团、江湖艺人，串乡马戏团曾路过此地演出过，但像这么高水平的节目这还是头一回看到。其中还穿插了一些本乡本土的节目，做到了雅俗共赏，下里巴人和阳春白雪都来。

　　譬如，在当地有乡村卓别林之称的南瓜老爷，导演就大胆安排他上台讲笑话，搞幽默。娘的，南瓜老爷在田间搞笑，得心应手，运用自如，今天隆重上台，他手足显得拘束，两眼发直地似乎有点怕了。台下熟知他的人说，你南瓜老爷也有怕的时候，啊？光他的这个怕劲就逗得戏场里的熟人大笑起来（其实他是装怕逗人）。只见南瓜老爷一抖双肩用当地方言说，木兰镇的笑话比树叶儿多，我今天只把歇后语说，邸娘娘嫁姑娘——见人就成；麻老爷坐环县——够吃不够缴；陆延成数骆驼——大约十余驼；宋秃子挖银子——三两日；刘吉有过河——危险！佛定儿坐火车——超过站了；老本叔喊口号——不忙；冯掐皮挨斗——说不成；田中玉点头——暗箭；韩夫子劝仗——坐下协商；冯万里找小姐——滚回去！等等。

　　本来南瓜老爷说的这些歇后语，是老早就流传开的老话，但经他一说，就逗得人们乐不可支，即便歇后语所涉及的田中玉这样的难缠人，他们也知道这是在群众中自然形成的，不是南瓜老爷损人，所以老本、冯掐皮他们也只好陪全场人一齐笑，就由他说去吧！

　　本地人急着想看的新奇节目，是老本和狮子老太的独唱，被导演精心分别插在专业演员节目的中间。先上场的是老本，他身穿仿照他当年在水磨坊当工人时的衣服，新料子的颜色和当时的颇相像，又打了那种常见的补丁，他那花白的头发和眉毛被化妆师全用粉扑白了，就像他当年在水磨坊的样子。苗条的报幕员把他半搀半推，揉在舞台中应站的地方。天啊，他几时有这个经历，规规矩矩垂手站着，就是大泥神一尊。幸亏报幕员会处理，她声调清脆地高声说，各位观众，我们眼前的这位老大爷，是旧社会最底层的人，是奴隶的活化石，他在旧社会到人家的水磨坊里当雇工，每当冬天的夜晚熬不住瞌睡时，就用唱民歌的办法来驱赶睡魔，这样，他的嗓子就练出来了，如今他老人家的音色可能有点变，但各位观众可以从中听到木兰河流域的民歌韵味，现在请听，民间情歌《三月三》。

其实老本一直爱吼两嗓子，就是田中玉批评是下流反动曲子，他才不敢唱了，现在他的嗓子并不坏，加上有这么好的扩音设备和乐队伴奏，又提前预演了几次，本来是没问题的，但是台下是人海，他多少有点紧张，开头两句竟然嗓子有点变调，并有丝丝怪声.这叫帐幕后的本主任替父亲很着急，不过两句以后就进入了角色，歌声动情动人了。好，父亲的嗓子本来就不错嘛！你听，扩音器里抒情的男中音唱道：

王哥骑马备鞍子，
我给王哥拿鞭子；
鞭子一扎（举）马跑了，
（我的）眼泪花儿溢满了。

马儿越跑越远了，
眼泪花儿溢满了；
马儿越跑越近了，
眼泪花儿站定（停止外溢）了。

王哥好来王哥瞎，
我连王哥拔胡麻；
胡麻一拔三点水，

手板肩膀亲个嘴。

王哥死来王哥在，
我给王哥把孝戴；
大天白日穿花鞋（音海），
被窝筒子里把孝戴……

本地观众对这首民歌早听惯了，习以为常，但在外地来的一些文化人，一些青年男女听了这才知道早年间乡下男女是用这样的语句表达爱情的，再说，这首民歌的旋律优美抒情，山乡没有作曲家，这是什么人编得这么好啊！

狮子头牛霞老太的上台却与老本有点不同，她穿了一身新中国成立初期上识字班妇女穿的那种碎花衣服，专业的化妆师有神功，把一个狮子头老妪化装成一个心事重重的老太婆形象，好看是不可能的，但一个愁苦面相的老妇人，观众还是看得下去的，加上老人家在童年时随父走过江湖，现在见这大场面一点不怯场，当报幕员介绍，这位老人家今天演唱的是五十年代初在识字班学唱的歌曲后，牛霞轻松自如地把身子往前一倾斜，一手像专业演员那样轻松抬起，张口就唱，那音色好哇，她在唱，没有共产党就没有新中国……她心里在想，没有共产党就没有我牛霞的今天。一曲终了，台下的观众不行，强烈要求再来一个。牛霞应付自如。用清脆的歌声又唱《打靶归来》，日落西山红霞飞……因其旋律欢快，老太太自己竟乐了，她的笑容感染了观众，台上台下，气氛热烈，融为一片。她演唱完毕正要鞠躬下台，却见英俊的吴经理衣服笔挺，手捧一束鲜花，毕恭毕敬地献给其貌不扬的母亲。狮子老太比老本灵活得多，她马上接住鲜花，也握住儿子双手表示谢意，很得体感人的。台下的当地人看到这一幕，都是一惊一震动。大家知道，这吴经理不是牛霞亲生，是领养的，开头，这娃还不认她，连妈

都不叫，后来是牛霞的慈爱精神感动了孩子，从此他就变得如同亲生骨肉一般。今天吴经理花那么多的钱办这场盛会，其目的之一也恐怕就是为了彰显父母吧，在场的当地观众无不唏嘘感叹。龚布袋用肘子捣冯掐皮说，牛霞也就不枉了，值！

今日天公作美，万里碧空，白云飘浮，树梢风不动，小镇喜洋洋。直至日头离西山皮不远时，盛大的节会才告结束。新支书、本主任、核桃老李，吴经理们分别拱手请老革命、演员、导演、乐队上的人、天堂村的武术家和特邀的天堂村代表快到染坊大院入席就餐。木兰村民则不分大小，全体往宴会处走，这都是早说好的。龚布袋和冯掐皮刚站起身，一表人才的冯万里就来到爷爷身旁挽住他，爷孙俩一同往前走。龚布袋拍拍冯掐皮肩膀说，苦人儿，你今天也不枉了，值！

当初老本提议请大家吃一顿时，有人还嘲笑太俗气，但是今天在过去的生产队队部里摆开千人宴席时，却也给木兰镇的丰收节增色不少。

只见洒扫得干净的染坊大院里，帐篷遮天，电灯雪亮，从城里拉来一百多张餐桌和靠背凳子，纵横成行，连席面上的餐具都是精美的细瓷。可以说走进来参加这千人宴的人都是喜气洋洋的，但也有个别人不满，像糖匠老康一帮信神的人，就因为在这空前的盛大场合，没有把天地众神的牌位亮出来而不满耿耿于怀。糖匠老康是来了，但他的一些同伙就拒绝出席，哼，你们白请我吃一顿我也不干！尕巴头王军走进宴会大厅时也是皱着眉头的，因为新支书在请柬上没有把他的科研小组和村委会并列而愤愤不平。精明的田中玉一眼看出了王军的心病，暗暗叹息，娃儿呀，你怎么走进我走过的死胡同里去了，那把你会折磨死的，心病会把你熬煎死哩！你们科研组是个小小的群众组织，怎么能驾凌并列到村政权一块呢！事出自然啊，这样人为地硬往上拔不好，我是过来人，回头我把这娃劝劝，与人为善也很美妙哩！

这一千多人的宴会，女人孩子不少，有演员助兴唱《好日子》，演奏音乐《喜洋洋》。场内一片嘤嘤的欢声笑语。宴会开始不久，出人意外地有田中玉端着酒杯儿，王开手执酒壶紧跟在他身后。本村人都奇怪，人这东西很难说，当年这王开和李三才给大田队长当哼哈二将是有甜头儿哩，后来，田中玉不当队长，李三才反咬田中玉也在情理之中，但是现在的田中玉已无职无权，这个王开为什么还像个奴隶似的追随他？正像歇后语说的，冯掐皮挨斗——说不成哪。大家一面品尝海味美酒，一面注意这田中玉要干什么？田中玉首先来到景少雄面前，双手敬他一杯酒，景少雄举起假肢假手客气，田中玉低声说，老侄，请恕罪啊！今日景少雄，见识与胸襟了得，急用两个假手挤捧住田中玉的赔罪酒，爽朗地说，田叔，不能那么说，我也反省了，当时我纠合了几个青年，是个有野心的领袖，换句话说，是个有领袖欲的野心家，是要夺你的权哩！我今天在戏台上贴的那副对联，所指的领袖就包括我在内啊，完全是争权夺利呀，正如饿死的张兽医说的，除了猴子，动物们不争王位。田叔，我们像今天这样活人，有什么不好！说罢，一饮而尽，冤仇全解。田中玉是个强悍人，这种奇异的人与人的融洽亲和滋味舒服得他鼻子发酸。邻近几桌酒席上的人虽不言语，可都明白是怎么回事，很感动的。之后，田中玉来到老本的席面上，一桌子全是上年纪的熟人，田中玉就说话随意了，说，老本，请原谅啊，你那年进派出所是我下的害，请原谅啊。老本笑呵呵地端杯，一饮而尽后仍笑得眼睛没缝。和老本并排坐的牛霞，对田中玉的恼恨也全消了，人嘛！田中玉离开这一席，从长长的桌子空间往远处走，老本这一席和附近几席的人们都笑起来，是笑王开端酒壶的那种讲义气的奴才相。这些笑声田中玉他俩不知道。二人径直来到那天在巷子里撒泼的母子坐的这一席上，那婆娘和儿子对田中玉是又气又恨，见了他不吭声。现在田中玉有气魄，能打开场子，硬是站到席面前，斟酒给这女人的儿子说，老侄，男子汉，过去的就过去吧，别怪我蛮横，我们木兰村，像今天这样过日子有什么不好？说完两人一饮而尽。

在上首的几席上，坐着木兰河流域早年间就参加了地下共产党的老革命者，他们离休后生活空虚，参加了今天的盛会，一起在赞扬新支书不错。龚云过来要请老爸到首席上去，龚布袋看他不起，不给面子不去。老地主对这个革命家儿子不满，有感而发地对同席的几个人高声朗诵道，国正天心顺，官清民自安，妻贤夫祸少，子孝父心宽啊！同席的人都知道龚布袋这个老财主发这感慨是有原因的，原来龚云的女人很爱钱。

烹调精美的菜一道一道地上，奇怪的是今天有海鲜的菜肴，没有1960年喝稀粥时的美味感觉。在座的高朋们边吃边谈工作，被邀请来的天堂村支书和木兰村新支书商定，天堂村也办一次规模小一点的文化活动，届时请吕士通、老本、牛霞老太去联欢演出。木兰村青年科研小组研制、改进的几件农具也拿到天堂村李家湾去演示。就这样说定了。

牛霞老太心细，她对身旁的吴经理说，我看那瞪娃怎么不见呢？都是嘴，叫来，叫来让吃上些呀！吴经理当即起身离座，他身边的一个秀丽女子也跟着他，吴经理在桌子空间边走边左右巡看，一百多席通看过了，就是不见瞪娃。这瞪娃不姓邓，只因他是个痴呆子，眼睛斜瞪着看人，村民便把他叫瞪娃。瞪娃在这一带算是有名人物，原来他曾被村上人捉弄，跑到镇政府，敲开新来的一女青年干部的门，女青年热情问他有什么事，他含含糊糊地说，他们叫叫，叫我和你对象，和你谈情哩。青年女干部见这个脏乎乎的精神病人不知要干什么，急找熟悉当

地情况的同事当翻译，经一说清，原是天大笑话。从此瞪娃就在这一带声名大震。吴经理认为不管怎么应该一视同仁地让他也来，安排到不显眼位置上即可嘛。经办人说，吴经理，我们大家商量，最好推迟一步，席散了我们再单独招待他，他家里也赞成这么做。吴经理便和那个俊丽女子大大方方地从席间长行里穿行，两人又大大方方地傍牛霞落座，又有说有笑地吃菜。席面上，人们就把瞪娃上镇政府当趣话来说，这叫请来的几个天堂村男女大为惊讶，这木兰村人，连开玩笑都这么狠毒残忍！痴呆娃，可怜孽障，怎么能忍心这样捉弄他呢！在说笑话时，人们又提到了一件往事，最能说明这两个村庄村风的不同。早年，县法院把一份表发给全县百姓，那上头是一些罪犯名单，谁谁谁，犯什么罪，法院初步拟判刑几年或死刑，后面空一格让百姓填注意见。结果天堂村李家湾的人不管罪行如何一律填"教育释放"，而木兰村的不管是杀人犯或是轻微犯罪，他们一律填上"死刑"二字，叫统统杀掉。当然县法院把这两个村的意见都没有采纳，但这事却成了木兰河流域的一大笑话。

期间，龚布袋用手捣冯掐皮问，你看，吴经理身旁坐的那个女孩是不是天堂村的那个女编辑上大学的女儿，冯掐皮一看说就是的。龚布袋急起身去走近这女孩身边，问她，来啦，来看我们的丰收节？漂亮出众的女大学生点头，说，我给吴经理送来了一册彩陶照片的画册。龚布袋意味深长地说，姑娘，以后有什么好图案，就只管给我们吴经理送来，啊？一面向狮子老太牛霞眨眼，牛霞会意地狮子大张口乐了。龚布袋在其他席上东张西望一阵，他是找天堂村的大保媒，大保媒他今日没来。龚布袋回来对冯掐皮耳语，看，吴经理和那个女大学生有七八成儿了，我到天堂村的客人中间找大保媒，结果他没来，这家伙有意思！要是他今天来，就要请他给你家万

里也端相一个哩。这几句倒把冯掐皮真的提醒了，以前他死认为，卖唱演戏，男女对半，孙子的媳妇不用愁，自己还派家人打过身边坐的这个孙子。但仔细看去才不是那么回事呀，孙子唱歌，一大群男女帮腔喝彩，过后四散走开，就没有一个女娃娃大大方方地跟着孙子，这么大大方方地坐在孙子身旁。龚布袋半开玩笑地推他说，老冯，田中玉那么霸道的硬扎人，今天都拿着酒盅盅认软哩。老冯，你把你的孙子万里也亏了，今天你给娃赔个不是！冯掐皮今天几盅烧酒落肚，心里一热真的开窍了，真的接过了龚布袋递过来的酒杯，要给孙子斟。冯万里双手扪住爷爷杯子说，使不得，使不得！冯掐皮动情地说，娃，爷苦害了你，也苦害了家中的大大小小。娃你年岁不轻，现在也要赶紧成家哩！冯掐皮能说出这样的话，确实是惊人的喜剧，炸弹啊，邻席的人问龚布袋他们笑什么，一经学说邻席的人们乐得前仰后合，一百多桌席的大场面，此话传到哪里笑到哪里，人们惊喜的是连冯掐皮都变了，这叫人们怎能不惊奇！

木兰村民整家整户地参加的千人大宴，于当晚尽欢而散。夜里还安排有活动，镇子中央灯火通明，有天堂村妇女送来的剪纸、刺绣香包，男人们的书法、绘画，还有王军请人制作的灯谜供人们射虎，只要有人猜中"和为贵""仁者爱人""木兰镇"等谜底的，就到领奖处领一份小奖品。喝得半醉的龚布袋也上前参与并小有斩获。

舞台下有一群中老年人配合青年跳健身舞。

青年人则不同，要在丁字路口点燃柴火作篝火跳锅庄舞。田中玉不知从哪里拖来一大块铁皮，叫青年人垫在街面上再在铁皮上点燃篝火，以免把沥青路面烧坏。田中玉为丰收节尽心尽力，人们也友善对他，他尝到了人类和谐相处的甜头。

锅庄舞是青年们手拉手围成个大圈子，载歌载舞，其乐融融。

核桃老李，梁得信，冯掐皮，景少雄，龚云，本主任，吴经理和他的女朋友，狮子老太牛霞，老本，他们都酒醉饭饱，打着饱嗝，随意漫步在街头人群中。老本是吴经理老爸，巴结他的人不少，时不时有人搬过凳子叫他坐，他谢绝，仍像一截大木墩立着看热闹，厚眼皮眯成了一道缝。

节日欢乐的夜晚一直持续到午夜，才有一辆辆射着两道灯光的小车和咚咚山响的三马子，载着人驰出木兰镇，四散驰去，渐行渐远。

木兰村举办的盛大丝路丰收节，空前成功，触动改变了村民的心态，大家兴奋而有心得。只有那几个善爷爷稍有微词，认为这么大的节会不供神的牌位是美中不足。对这次节会持否定态度的是夯巴头王军，他逢人就嘟囔，说，这次节会光是表面上热闹，其实是失败的，群众反映很不好！有好事者问，哪些群众有意见？王军眨着小眼睛说不上来，说来说去就是他一个持这种态度。世界上，无论谁做什么事，如果没有一个人反对，那倒是不正常的。

叫木兰镇上的人吃不透的是，这个学生脸相的新支书有神力，为什么会有那么多的老革命，退休村干部，强悍的田中玉等人都全力辅佐他呢？

一阵阵，太阳照样从东山皮上冉冉升起，万丈光芒依旧照射着山岭河谷中间的木兰镇。阳光下，热闹的木兰镇集市上，新添了石雕的骆驼、车马、石人。新建长廊顶上的琉璃瓦闪闪发出亮光。各种机动车辆在丝绸古道的沥青路上穿梭来往。

村民们咳嗽着，说着话，赶着耕畜，扛着农具，一如既往地到自己分得的农田里去耕作。正是：莫道丝路已冷落，不尽铁流滚滚来；山弯结出核桃果，温室腊月开桃花！

啊，太阳在节节升高。天底下是空的，人类是活的，他们还会创造出无穷无尽的美好事物来！

正是：旧的不去，新的不来；老子不死，儿子不大。

林子大了什么鸟儿都有，群居的人类什么心思都有，像田中玉这样的人，木兰镇又出了一个新秀，他年轻哩，才二十岁出头，那年恢复高考，他也和一大帮知青去应考，结果，冯千里弟兄，小狗弟兄，甚至连景少雄都被录取了，而据说学习成绩不错的这个知青却名落孙山。可能是心理失衡有点变态吧，他不操心自家分得的宝贵田地，单爱巡视日渐复苏、欣欣向荣的木兰镇，一旦发现哪家崭露头角或者有什么好事，他总要主动跑去，贬损贬损。这青年姓王名军，只因生得眼睛小头也小，镇上人给他起了个诨号叫尕巴头。他病态心理啊，当他听见同学冯千里在学习中搞出成绩，媒体一个劲地宣传时他的肚子里就开始咕咕了。这冯千里在大学里学的是土木工程专业，在实习时为外地修建一座学校，可能是受家庭影响，他对工作特认真，特能吃苦，见砂子洗得有一点不干净绝对不行，惹来了小工们的一阵骂。随后这里发生八级大地震，偷工减料的房舍、建筑酿出了惨重的悲剧，惟独冯千里他们建筑的这所学校新楼，端端立着，囫囵囵囵，里头的学生娃毛发未伤，家长们高兴疯了，找媒体，找这个冯千里感恩致谢，于是冯千里就成了新闻人物。尕巴头等村上的这几个大学生节假日探亲之际，找上门去，和冯千里握手之后，眼珠往上望着他说，千里，你立了大功哪，地震都没摇倒，中央领导和国家元首一定接见你来？冯千里摇头，没有，没有的事。尕巴头又问，那么，国

摄影/任世琛

家总给你发五百万元的资金的吧？就像水稻专家那样。冯千里净摇头。尕巴头好像百思莫解的样子，说，那么，就应该把你的照片放成五尺大，挂在天安门上才是呀！冯千里吓得摇手，岂敢，岂敢！尕巴头放粗话了，屄，那你就没弄出个功劳没弄上个事嘛，吹屄！从冯家出来，他又到老本家，只见小狗和吴宝儿都来回家。小狗朴实，纽扣直系到脖子里，那吴宝儿就潇洒，一身西装，很帅气的。尕巴头便对他俩说，你二人都是大学生大学士了，我有两个字请教你俩。说着就用铅笔在白纸上写了两个字，然后望着他俩，眼珠翻上等回话。小狗很尴尬的，吴宝儿有些气愤地说，不认得！尕巴头得胜地公开嘲弄，说，噢噢——你们一个学的是政治经济，一个学的是工艺美术，结果你们在大学里把公家的饭白吃了！等他走出老本家门，一到镇街闹市人多处，就张扬訾谈说，老本家的那两个大学生，饭桶呐，他们吹嘴说他们学问大得很，结果连我写的两个字都认不得！什么东西，是大装化鬼哩！说着又到龚布袋家里，好像偶然似地碰上了龚云。龚云老了，已经离休，眉发全白而富态，显得比他爸龚布袋还老气。尕巴头开口就称他老革命。龚云根本不认识这个瘦高而头小的后生。尕巴头自报家门我是王某某的儿子，龚云还是恍惚。龚布袋解释，他爸你们小时候叫他王喜哥嘛，龚云这才想起明白过来。只见这个乡下小伙向他提出一个很天真的问题，说他有一次去北京革命历史博物馆，只看到薄一波、吕正操、习仲勋的图片和资料，可怎么不见您老革命的资料呢？龚云不知道这个土头土脑的乡下娃的胸中恶意，而是很客气很认真地详细解释，说，我们只是在地方上进行革命活动，怎么能跟这些开国元老比呢，我们比人家是小得多了！好，尕巴头就借他这一口气，告别出来以后，在镇子上逢人就说，我们都称龚云是老革命哩，屄，刚才他自己都承认了，他比起开国元老只是一个琐末子，没情况，什么东西。满怀嫉妒心态的小伙子，最后还有一个必须贬损的人是杜有生，他研究出的灭杀森林害虫的新药，得过全国性的大奖，奖金高得惊人，所以他节假日回到老家，镇上有不少人围着他笑。尕巴头偏不信这个邪，要把他治治。他是地方鬼，知道这个姓杜的科学明星应该去的地方，找了几处不见，最后在街市上一家新开的"田家乐酒馆"里找见了他，他正和那些崇拜他的人喝酒。尕巴头径直上去和科学家握手，杜有生虽然年龄比他大得多，但还认得这个尕巴头，并能叫出他的名字，说，王军你好！王军落座后，用眼珠朝上盯着杜有生说，你，现在成大科学家了，名也有哩，钱也有哩，舔你尻子的人也有哩，来，我们碰杯。碰杯之后，他提出要和科学家划拳。杜有生告饶说，自己实在不能喝酒，我们坐着说话儿吧！尕巴头王军不依，说，这就是你看不起老家的乡巴佬，对不？！被迫之下，杜有生伸出了僵硬生疏的指头应酬。划拳，可是王军的强项，他声震屋宇，指头变幻如同闪电，一时三刻，杜有生净输一十八杯。王军不醉也是醉步态，离席走到门口，也不怕门内的人听见，对集上熙熙攘攘的人喊道，什么大科学家，败在我手里，输在我手里了，连输一十八杯。说哩，癞蛤蟆兴运人叫扁嘴三爷，什么东西。尕巴头王军只半天工夫，就将擦得四个大学生一个离休干部一个科研人员黯然失色，这使他胸中有一种无比自豪而惬意的快感！

（节选自长篇小说《农耕图》）

螳螂捕蝉

姜兴中

一

深秋看看走过，初冬悄然走近。

这时候，天刚麻麻亮。樊满堂就出了门，沿着机耕路朝承包地走去。路是一条黄泥路，曲折，狭窄，蛇一样蜿蜒在田间地头，上面落得白森森的凌霜。一股凉爽的风吹过，身上便有了砭骨的寒意。

来到地头，抬头一望，一地的洋葱。准确地说是地里摆满了装着洋葱的袋子。

这些装满洋葱的袋子，是从这些地里挖出来的。挖这些洋葱樊满堂找了六七个半壳子老汉帮忙才挖完。挖完后请帮忙人喝了一顿酒。他喝醉了，睡到第二天赶早太阳出来三杆才起来，睡得肿眉屎眼的。这会，思想起家里地里一大摊事情，真叫他头疼哩。

走进地里的樊满堂要把这些洋葱袋子集中到地头那片沙枣树林边码起来等贩子来收购。他目测了一下，那片沙枣树林离最远的洋葱袋子有上千步远，离最近的也就几步路。地里躺着的一袋袋洋葱就是他今年的收成，也是他的钱袋子。他决定采取先背远处，后背近处，慢慢减轻心理压力的办法将这些洋葱都背到沙枣树林边去。他很轻松地一手提着一袋五十斤的洋葱袋子就像提着两袋棉花一样，抬头挺胸"腾腾腾"地迈步朝着远处那片沙枣树林走去。被霜打湿的地面异常地滑，凸凹不平的地面到处洒满了霜。袋子里的洋葱表面也被霜打湿了。本来金黄的洋葱变成了杏黄色。地里撒落的洋葱皮上的霜

被脚带起，转换成了露水打湿鞋面，再湿进鞋里，脚底下就感觉凉飕飕的。黄泥的黏性极强，背了没几趟，鞋底的泥越粘越厚，举步间越来越沉重。每迈出一部便会陷下去半只脚，霜就像黏液一样很快就将整个裤腿也打湿了。不久，膝盖以下的裤子和鞋就变得湿漉漉的了，像是刚从水里捞上来的一样。"扑哧、扑哧"每踩下一个脚坑就会从鞋里挤出一股子污浊的水。樊满堂有力的脚步开始变得打摆子了，身子也趔趄了起来，他只好将手中的袋子扛上肩头。改变了方式，腿就利索了，感觉没走几步沙枣树林就越来越近，最后人和树竟成了两个点，一个静止着，一个移动着——终于并在了一起。

二

樊满堂放下洋葱袋子，长出了一口气。其实这片沙枣树也费了樊满堂的不少心血。樊满堂不但喜欢土地，还特别钟爱沙枣树。他为了防止风沙侵袭，把承包地周围都种上了沙枣树。樊满堂虽是一介农夫，但他对沙枣树的偏爱，就像诗人一样经常念叨。常常会听他说：春天，它有绿叶的浓荫，把清馨的花香和美丽带给人们；夏天，它有枣花的淡香，把清新的空气和阴凉带给村庄、田野；秋天，它有繁密的果实，把累累硕果给人们；冬天，它有劲枝的冷峻，傲霜斗雪固守家园。他还经常念叨：沙枣树虽然不如白杨树那样高大秀美，青翠欲滴，不像柳

树那样飘逸洒脱，但它却以坚忍不拔、顽强不屈的生命力，傲然挺立在他家田埂和远处的疏勒河滩。

这时候，太阳从疏勒河岸边的山洼里跳了出来，烧红烧红的。周围天空那墨蓝的色彩就好像落幕似的被替代成了紫蓝色。霜也融化成了水珠贼一样地向四里蹿去。躺在地里的一个个洋葱袋子鼓胀的像是一个个小肥羊似的，在樊满堂的脚下"噼哩扑噜"地滚着。樊满堂瘦弱的身子由远及近渐渐地清晰起来——那身子矮了去了，头朝前探着背弯成了驼背似的。背上驮负着两个五十斤的洋葱袋子，将樊满堂的身子压的勾腰马趴。

樊满堂一路小跑着奔向地头的沙枣树林。脚底下的黄泥陷得没过了脚面，一步下去脚下便会响起一声扑哧声。背上的洋葱袋子像是只伏着的大羯羊使樊满堂不敢稍事懈怠。他的赶快把洋葱袋子扛到沙枣树林下才不至于使洋葱袋子从身上滑落下来。所以这重重的背负总是追的樊满堂叽里咕噜的。背上的洋葱在樊满堂一颠一颠地跑动中沙沙地响着。樊满堂爱听这声音，那沙沙的洋葱皮发出的响声就像是数一沓崭新的百元钱发出的响声。每从地里扛起一大袋洋葱，樊满堂便在眼睛看不到沙枣树林的情况下将全部的精神都集中在了听觉上，他数着那沙沙的声响能响过多少次他才可以放下这一趟的重负。而每次在甩下洋葱袋子的一刹那他就会觉得身体忽然一下变得轻松了，意识中感觉这是最后一袋了。可这种意识只能在心里停留上一会，当他抬头再次看到远处地里那些并不清晰的洋葱袋子时，他的心里便好像是受到鼓动一样，回转身去接着扛下一趟。

一趟、一趟，又一趟。湿软的地上留下了无数脚印，或深或浅或正或斜，被踩进黄泥里的洋葱皮和洋葱叶将黄泥和成了菜团子。后来脚印密起来，一个接一个成了一条弯曲的菜团子铺成的小路傍着满地的洋葱袋子伸向远方。

又是一个洋葱袋子"扑哧"一下摔到了地上，樊满堂直了直腰，这次没有那么匆忙地走回去，他用袖头子抹了一把额头上渗出的汗珠子，脸上便被划出了一条黄泥道子。扛了这么一大阵已经使樊满堂觉得气有些不够喘的了。抬头看看眼前已经摞起来的一大垛洋葱，他心里感到些许踏实。

日上三竿的太阳挂在疏勒河上空。疏勒河上空的天一下子有了色彩，多是蓝的还有些红和黄的。樊满堂是从来不注意这些的，在洋葱垛前拣了块稍干些的地埂子坐下，背正好能靠到身后那一大垛的洋葱上。老啦。就这么一点点活，就把人干得鼻塌嘴歪的。樊满堂自己感叹着，取出身边带的干粮，是四个蒸的扁溜嘎哧的馒头和一罐头瓶腌沙葱。这一坐下来本来一身子的汗一下子就被凉风冲了下去，湿透了的衣服贴在肉上一阵阵的感到凉。樊满堂又朝后挪动了一下身子，将三棱八股拐的洋葱袋子用后背顶了顶，好让后背和洋葱垛能挨得更近些，靠得舒服些。两条腿由于绷得太久这时一阵阵疼挛起来。樊满堂只得将抓在手里的馒头又搁到地上使劲地搬起腿来拳头捶。捶过腿之后樊满堂举起酸麻的胳膊，拿起一个拣来的能装五斤饮料的塑料瓶，先咕咚地大喝了一通茶水，这下觉得舒服了，由头至脚地凉爽。馒头在樊满堂的嘴里只嚼了几口就搁到一边。他的习惯就是干起活来，便不想吃东西。平时饭要是凉了，他尽量会热一下再吃，冰汤式的饭，吃了肚子不舒服嘛。

三

可以说从娶了婆姨到现在，樊满堂就没有正儿八经享受过婆姨的衣来伸手饭来张口的热汤热饭的伺候。相反倒是他先娶了桂花生了一男一女，后入赘到玉珠家拉扯大了玉珠的一男一女。现在，两个儿子都娶上了媳妇，两个女儿都有了婆家。而他这会子还的累死累活地把这些洋葱背到地头的沙枣树林下。如果儿女孝顺，婆姨贤惠，这种挣死老牛的活不会让他一个半壳子老汉起五更睡半夜一个人拼命干的。

那时候樊满堂爹死得早，家里日子过得寒酸。到了谈婚论嫁的年龄，村里姑娘也没人愿意嫁给他。只好托人在外地给介绍了桂花。婚后还不到一年，农村就开始土地承包。桂花虽说人长得不咋地，可头脑灵活。将生下的女儿往樊满堂怀里一塞，就开始走街串巷做生意。一幅对生活充满了希望的喜悦常挂在桂花眉梢。待生下儿子后，桂花就在城里办了个体营业执照，开了一家小吃店。桂花在城里开店，樊满堂只能在家里一边种地一边管两个娃上学。一个春夏秋冬过去，又一个春夏秋冬过去，来年春暖花开，麦苗青青的节儿。突然有一天，听人说桂花已和别的男人合伙开店。樊满堂寻到店里想问个清楚，却被那男人打了出来。愤恨之中，他想他不能就这样悄无声气的算了。丢人丢脸也得有个响动。便纠集了村里几个合得来的人进城抢人，只砸坏了店里的一张吃饭桌子，连桂花的人影影也没见着，就被抓进了派出所。人家是有营业执照的，是合法经营的个体工商户，是受法律保护的，怎能让一伙农民打砸抢哩。桂花虽想当婊子，良心还没有让狗吃了，及时赶到派出所讲清了情况，交了罚款将他们一伙保出来。在小吃店里，樊满堂当着一搭里来的村里人的面，将桂花结结实实打了一顿。在一搭里来的村里人的劝说下，他住了手。蹲在地上痛哭流涕，野叫驴一样嚎叫，踏踏实实在城里丢了一回人，又丢了一回脸。日后痛定思痛，他就离了。女儿归了桂花，儿子归了他。后来爷父两个过日子，可怜又寒碜。为了不耽搁儿子，他就将儿子送城里读书，吃住由桂花管，儿子又回到了娘的怀抱。他就成了名义上的爹哩。时间长了他想儿女，进城看一趟儿女们还不认他这个亲爹了。

婆姨没了，儿女没了。樊满堂也没了种地的心。村里有人吆喝着进城打工，樊满堂也就相跟着去了。在建筑工地从五月干到十月就要完工结账时，就该他倒霉，在扯架杆时，一个铁扣像子弹一样飞过来将他打翻在地，甩得他鼻青脸肿，村里一起的人把他扶起来后，才知道胳膊也被打断了一只。到医院住了半月，工钱花完还欠账。找老板要，老板反说他自己的事自己处理。无奈之下，他想城里不是乡下人挣钱的地方，就回来了。回来正好村里号召种温棚，建温棚的钱由乡上帮助贷款。种温棚好么，一座温棚旁边搭一间小屋，吃住方便。一天到晚待在温棚里风吹不着，雨淋不上。冬天像在暖气房子里一样。当他的温棚种出第一茬茄子辣子西红柿发愁没人帮忙到市场上卖时，村长把玉珠领来了。他知道玉珠正寡着，并且还带着两个娃。他没多想，只想有人能帮他把大棚里的菜卖完就行。别人家种温棚都是两口子，有种有卖。从春种到冬，他负责种，她负责卖。种着卖着，他感觉就像一家人了。她的一儿一女对他也很亲，就像是自己亲生的。赶第二个春夏秋冬过去，到了第三个秋天，他就正式入赘玉珠家了。正式成为玉珠的男人了。玉珠的一男一女也正式叫他爹了。那份亲热劲，比亲生的还亲。玉珠更是没说的。可口的饭菜，合身的衣裳。就连两口子那事也比桂花给得多。忙时被玉珠使唤得嘟噜辗转的，他还感觉心里舒坦。不像桂花那样，啥不对的说两句就行了，恶汤涝水的没个完。有时他偷偷攒几个私房钱给自己的亲儿子，玉珠发现了也装作不知道似的。

他和玉珠不知不觉间就把玉珠的一儿一女拉扯大了。两个娃都出息。儿子技校毕业，在油田上找到了工作，没过两年就谈上媳妇结了婚。女儿更精，考上了医学院，毕业后和同学双双飞到了省城医院工作。也是没过两年就结了婚，不到一年就给他们生了个胖孙子。他乐呵呵地想自己终于有孙子了。虽不是亲孙，胜似亲孙哩么。他跟玉珠商量等闲了得去省城看孙子。玉珠支支吾吾没答应。突然有一天，女儿来信要玉珠去省城哄

孙子。他高兴的一夜都没睡踏实，催玉珠赶紧做准备。准备好一切后，他还亲自把玉珠送上了火车。谁知玉珠一去就再也没有回来。他想去找，可上哪儿找去，省城那么大。一个春夏秋冬过去后，玉珠和她的儿子女儿真就杳无音讯了。好像从人间蒸发了。

四

樊满堂也不清楚背了多少趟了。

鞋被霜转化成的水浸泡的脚都不好受。樊满堂停下身子将鞋脱下来，从鞋里竟倒出来一摊水，将鞋甩了甩，穿在脚上觉得舒服多了。樊满堂想一次背两袋速度太慢，就想一次背三袋。于是，把几个空网袋挽起来做了一根绳，放上三袋洋葱捆好，弯下腰一挺身想靠股子愣劲把洋葱袋子扛起来，可这一下竟没起来。樊满堂喘了口气，又是一次还没起来。这下樊满堂迟疑了，想背两袋算了，少背快跑。可一时倔劲竟上来了，妈的，我就不相信。说着又是往下一勾腰随即身子一挺，三袋洋葱颤了一下便撂在了身上。压得樊满堂不由得朝前勾腰马趴了一阵才站稳。沙沙沙，沙沙，樊满堂又是一路小跑起来。

太阳当空照。天热了起来。积蓄在身上的那股子热气笼在衣服里散不掉简直就成了个蒸笼，蒸得人难受。樊满堂就怕热，热了就出汗，那汗捂在身上就像是包着块热砖头。一热了樊满堂就感觉身上的劲好像跑干净了似的，身子掏空了一般难受，另外那蒸腾的热气燎的人一阵阵心烦。终于又背了一趟。加油！樊满堂暗暗给自己叫劲。踏出来的那条路已经成了一条小洼，水分被踩光了像是块被揉过的面团，踩上软绵绵的和踩上棉花一样。

又是几趟了。樊满堂背上的汗渗出来在后背上湿成块尿布。一阵一阵地他感觉得口渴得厉害。可那能装五斤饮料的塑料瓶里的茶水早已经喝得干干净净了。樊满堂举起瓶子嘴对瓶口舔了舔，吮了吮。还好有一股湿气刚好能把嘴唇润湿。尽管这样樊满堂也觉得好受多了，干裂的嘴唇被湿气一润感觉甜滋滋的，樊满堂舍不得再伸出舌头去舔。因为现在一点水分对于他来说都是好的。他梦想，这会儿被他养大的哪个儿女要是端着满满一碗水，波流晃荡地走过来，这一辈子他就算没白养，就不是白眼狼。他会将今年卖洋葱的钱全给他（她），他不会用这钱去修建那烂房子了。就是住在荒郊野外，他也会给他（她）的。

摄影/张永基

一只蚂蚱跳上樊满堂的上衣，樊满堂一把抓到了手里，将两条后腿撕下来后便塞进了嘴里，那苦苦的味道让樊满堂觉得难以往下咽。可为了那丝黏稠的黏液樊满堂还是一扬脖吞噬了下去。嘴里苦苦的但毕竟是有了一丝的水分能润开撕裂般疼痛的喉咙了。他也想吃颗洋葱，但现在闻着洋葱那刺鼻而又熏人的味道他着实不想吃了。平时有个头疼脑热的，他会将洋葱对半切开，置于头部两侧处，利用它特殊的气味，使伤风感冒症状减轻。如果鼻塞或流清涕，直接将其于鼻下闻其气味，鼻也通了，清鼻涕也止了。

没了洋葱的地方显出黄浆浆的泥土。一些被抛弃的碎末疙蛋的洋葱蛋蛋撒落在地里，像放过驴的地块，到处遗留着驴粪蛋。已经背得差不多了。樊满堂欣慰地看着。由于干渴和出汗身子好像没有一点劲，整个脑袋由嘴到喉咙干的都要裂开了一样。太阳顶在脑瓜顶儿上像是着了火。樊满堂停住身子开始四下里张望着找水。想回家喝水，又觉得回去也是白跑。冷锅冷灶，看着都心寒。后悔赶早出来时为啥不多带些水么。这样再干也真是干不下去了。樊满堂瞅了一眼戈壁滩不远处凹下去的疏勒河，他犹豫了一下最后还是奔着河滩走去。河滩上长满了冰草、芦苇、红柳。站在河滩远远望去，一道细细的亮丽静卧在碧色中，轻柔蜿蜒，无浪无声。阳光明媚时，疏勒河像一条镶满珍珠的缎带，在潺潺湲湲的流动中熠熠闪光。记得有一回他和玉珠到河滩割红柳条给茄子辣子西红柿搭支架，刚割了没几根，白云飘过来，太阳隐去了，水面刷地一下儿变了，映出了湛蓝的天空，游动的白云。水中照出了他们两口子的脸面。照的玉珠乐呵呵地笑。玉珠对着明镜般的河水再照照。先看看自己，再看看水中高远的天空，变幻的流云，感觉是那么美好。河风徐徐吹来，瞬间，水中倒影成幻影，风再大点儿，一切便杳无影踪。作为一个农民，那天他和玉珠一捆红柳条都没割上，就算玩了半天哩。

樊满堂拖着疲惫的身子拽了一墩红柳一步步地往下滑。终于滑到河底，趴下身子老牛饮水似的吱——咕咚，吱——咕咚，喝了一肚子，就把心里的火气给压了下去。回到沙枣树林边的埂子上樊满堂又倚到了洋葱垛上，看看太阳已到中午。就拿出馒头就腌沙葱吃了起来。他不敢吃得太快，吃的快了弄不好会噎着。樊满堂实际上并不是很想吃东西，只是身上实在是没有一点劲了。他需要补充点能量，另外乘机也可以歇一会。

首先樊满堂用洋葱袋子码了一个没顶的小房子蹲了进去。秋风毕竟有些凉，这样可以辟一辟风，还可以晒晒太阳。喝下一肚子河水身子凉了下去。可贴在身子上的湿衣服却不能受凉，受了风将汗憋住那可不得了。有一年就因为贪凉一场重感冒串了筋骨，躺在炕上哎哟呻唤，差些没要了他的命。从那以后再干完活出汗樊满堂总是在太阳地下将汗吹干再干别的事。秋后的太阳总是显得很矮也许是田野太空旷的缘故，总之身子一躺下去樊满堂就觉得自己就像睡进了玉珠煨的热炕头，舒服极了。太阳照在脸上就感觉像是玉珠养的那只泥花猫每天晚上在他脸上的抚弄。浑身被身底晒得暖烘烘的洋葱皮这么一蒸，心里有说不出的畅快。樊满堂迷迷糊糊地就要睡着了。他在心里却不断提醒自己不能睡，地里还有那么多的洋葱袋子没背完哩。可眼皮还是打起架来。终于樊满堂脑袋一歪睡着了。昏昏沉沉地他就半是想到半是梦到亲生儿子的那些事了。那时候儿子被他送到城里由桂花照管着读书，时不时就传来儿子不好好读书，逃课、打架等恶劣行为。桂花曾放狠话要他把儿子领回来。后来因为他已入赘玉珠家成了玉珠的男人，也就灰了心，不管不顾了，一心和玉珠过起了日子。再后来，儿子确实把书念得也是鼻塌嘴歪了，初中没毕业就打发不到学校了，他娘桂花只好让他在店里混，混着混着就长大

了，他娘将店里的一名从娘家老家雇来的服务员撮合给儿子做媳妇。直到结婚的头一天，儿子来找他，说是要结婚，还缺一大笔彩礼钱。他一听，心里一怔。想我儿终于成家了，桂花还算有良心，知道给儿子张罗媳妇。问儿子找的是谁家的姑娘，儿子就把大概情况给他说了说。他就把自己种温棚蔬菜偷偷攒下的一万元钱给了儿子。儿子拿着亲爹给的一万元钱，望了一眼，问道，就这些么？他见儿子不高兴，赶忙对儿子说，就这还是爹偷偷攒下的，你先拿去花，爹再想办法。儿子不高兴地走了。儿子走后，他高兴的偷偷哭了。晚上睡在炕上，玉珠问他，他只说了儿子要结婚的事，但没告诉给钱的事。那一夜，他本想商量一下儿子结婚时，他们该干些啥？等他想好了要鼓起勇气同玉珠商量时，玉珠已睡的呼噜闪电。白天干活时，他老想儿子结婚的事准备的咋样了？有时候想多了，他就打算进城去问一问，可手头没攒下钱，他只好忍住了。半年后的一天，儿子突然领着媳妇抱着孙子来看他。望着媳妇和孙子，他一怔，嘴皮子哆嗦了半天说不出话来。怎么说哩么，儿子啥时候结的婚？怎么连亲爹都不知道么？！过后不到一月，媳妇抱着孙子哭哭啼啼来了。原来，儿子结婚后，一直和娘过。儿子就买了个三马子在城里跑出租。媳妇一边带娃娃一边给桂花店里帮忙。也不知道怎么了，桂花和媳妇弄不到一个壶里。几个回合斗下来，桂花将媳妇和儿子赶出了家门。理由是当初离婚时儿子就离给老子的。他一听情况是这样，也觉得桂花说得在理。毕竟桂花不但养大了儿子还给说上了媳妇。现在分出来单过也是应该的，当老子的负这点杂事也是应该的。不然亲儿子不认亲老子，老了动弹不动了靠谁去。于是他就带着媳妇进城在城乡结合部，掏钱给儿子媳妇孙子租了一间房，买了一些简单的家具安顿了下来。日子总算平静地过了一个月。待到第二个月时，媳妇又抱着孙子哭哭啼啼找来了，诉说儿子的种种劣迹。诉说在

城里过日子的艰难。此后每个月故伎重演。他心里明镜似的知道儿媳妇这是在拐着弯儿向他要钱么。真是些无义鬼呀！他望着心肝宝贝似的孙子，只好拿上好不容易攒下的一点钱，把儿媳妇和孙子送回城——后来，儿子将三马子卖了，又买了一辆二手小汽车跑出租。最近，儿子好像要在城里张罗着买楼房了——那天，儿媳妇又被儿子打了，儿媳妇哭哭啼啼领着孙子来了。孙子都会跑路了。他想抱抱孙子，孙子认生不让抱哩么。他又凑了些钱把儿媳妇和孙子送回城——有一天，他突然觉得乘自己还能动弹该攒下一笔养老钱了，最好把自己那住了一辈子的破房子也翻修一下。看这架势，老了自己就是一个孤魂野鬼了。

五

其实种这些洋葱也不是樊满堂的本意。本来村里好多人都把地撂荒不种了，有种的也不种粮食了，都改种经济作物了。自从玉珠到省城给女儿哄娃后，他种温棚就再没了帮手。他也没了心劲，没了希望，没了力气。就将大棚撂到一边，把承包地胡乱种上，能收多少是多少，直到种不动为止。也就是三年前或者是四年前吧，村长和包村干部说要大面积种植洋葱。说村子离戈壁近，种洋葱丰产，并且给村民能带来丰厚的效益，计划全村都种植。当时樊满堂他们几个半壳子老汉不同意，说娃们都外出打工没人帮忙，留下种地的也就是勉强不要让地荒了，能种多少是多少，有口粮食就行。同时也怕种的多了没人要，销售将来成问题。可是包村干部和村长耐心地给老汉老婆们讲道理，说销售不了，只是没有成气候。就像秦家沙湾的美国大杏子，前些年太少了，就不值钱，卖不掉，这几年成了气候，每到秋季，外地的车就都来了。听说有得还装箱坐飞机卖到了北京。他们几个老汉就说那咱们也把地腾出来种美

国大杏子。包村干部说，秦家沙湾村在朱家山和南山的夹滩里，常有下山风吹着，三四月份杏花开了的时节遇上有霜的时候，下山风就把霜吹跑了，杏花遭不到霜冻结果率就高。咱们疏勒河村没有下山风不适宜种杏子。离戈壁近最适宜种洋葱，洋葱还能出口换美元哩么。也算是独辟蹊径，给全村人开了一条致富道。包村干部讲，说洋葱除含蛋白质、粗纤维、糖类外，还含有丰富的多种维生素和钙、磷、铁、硒元素，以及多种氨基酸和咖啡酸、柠檬酸、槲皮素、硫化物等；最重要的是老汉们多吃能治前列腺。说外国老汉争着抢着吃洋葱，把洋葱当成保健蔬菜。说每天吃一个洋葱，能够防病治病，延年益寿。

包村干部还说——

包村干部还说——

村里决定，每家除留一亩地种麦子当口粮，其余地全部种洋葱。包村干部为了仕途，就勇挑重担，向乡上保证连片种植五百亩洋葱。为了完成任务，包村干部想了许多办法，给每亩地补贴种子款。结果到秋季，洋葱行情暴跌，沟里倒满了烂洋葱，捂得酸旁烂臭的。能卖的像粪堆一样堆在地头没人买，把整个村子也弄得臭门道昏的。

樊满堂他们几个老汉去找包村干部和村长，包村干部已调进城里做官了。村长只是干瞪眼没办法。

那天樊满堂他们几个老汉去找村长时，刚到村委会门口，村长刚好从村委会办公室出来，几个人就围住村长。村长还没开口，他们就大声地吵嚷起来。

几个老汉你一句，我一句，意思反正是你村长和包村干部号召种的，现在包村干部进城了，跑了和尚跑不了庙，有你村长在，卖不掉你村长总不能不管么。其中一个老汉说，村长你要是不管的话，我们就将洋葱拉到乡政府院子去，全部倒在乡长门口，反正是你们号召种的，看他乡长怎么办。几个老汉都随和说，到时洋葱一发臭，熏也把乡长熏死哩么。

其实村长家也种了不少，也是受了损失的。事情变成这样，村长只能牙打了咽肚子里。态度低调，想和稀泥抹光墙，尽量给他们几个老汉说好话，想办法再联系洋葱贩子，能卖多少是多少，把损失降到最低，但听着几个老汉这句要挟的话，不由得就来气，说，要拉你们就拉鸡巴去，还来找村长干啥？！

这是气话，也是真话。

这话说得几个老汉面面相觑——其实樊满堂他们这些种了半百子地的农民也都是本本分分的农民，就知道种瓜得瓜，种豆得豆，并不想去闹事，但你村长那么逼着让大家种洋葱，而又卖不出去，能不着急嘛？遇到村长这句顶心窝子的话，顿时不知所措。

其中一个在外打工时间长些的老汉，见识也多，就说，村长，乡上不是不允许越级上访，我们是来和你打个招呼的。你村长要是不管，那我们自有我们的办法。那话说得不卑不亢，村长一时没了话，可能没听明白或者也想不出更好的办法来，袖头子一甩，骑上门口的摩托车一股黑烟就出了村委会大门。

几个老汉见到了这份上，也只得逼上梁山。几个老汉在村委会门口嘟嘟嚷嚷了一会儿，相跟着出了村委会大门，一会儿他们就装满了一四轮拖拉机洋葱朝城里开去——

事情最后的结果是，樊满堂他们几个老汉被乡政府的干部拦截了回来。乡政府出面联系了几个洋葱贩子，以低得可怜的价格把他们的洋葱从地头上拉走了。第二年，多数人都不肯种洋葱了。没想到第二年的洋葱价

格出奇的高。高得让人不敢相信，洋葱都还没到挖的时候，就有贩子来到地头，按亩数算钱。有一个老汉种了八亩地，当他从洋葱贩子的手中接过崭新的五沓百元钞票时，眉开眼笑地点票子。点着点着眼泪顺着鼻梁凹往下流，手中捧着钱双膝跪地，对着他那八亩地直叩头。不但那老汉感动，就连樊满堂他们看着也感动。作为一个农民，一次性怀抱五万元钱，做梦都梦不到的事哩么。第三年，谁也没有动员，谁也没有逼迫，村长连问都没问，乡上的包村干部更是闭口不提要种啥，只是说现在是市场经济。全村包括他樊满堂在内的能种动地的人家，把自家承包地全部种上了洋葱。虽说当年没有上年的收入好，但也比种小麦好两三倍。村长说，种洋葱成了疏勒河村一条致富道。

<h1 style="text-align:center">六</h1>

樊满堂猛地醒了。回头看看快要把自己埋住了的洋葱，心里不由得生出一阵喜悦——这些洋葱卖了，先把那住了半百子的烂房子翻修一下。虽修不成村里富裕人家那样的小康住宅，但也要修的能遮风挡雨——想着，樊满堂有些兴奋了。于是一挺身子站了起来，自己心里念叨着，缓好了，该去干活啦！

樊满堂一趟，一趟，又一趟地背着。地头那沙枣树在秋日下显得更加清晰了。枝头那一串一串的牛奶子沙枣着实让人眼馋。樊满堂又开始朝着那颗沙枣树走去，太阳光灿灿的，整个大地像撒上了一层金沙。不远处疏勒河映着蓝天白云，河水显得清凌凌的。

起风了，秋收后的地上没有挡头，那风便肆意地将地里的洋葱皮刮得满地翻滚。赶早被打上的霜这时被风一抽洋葱皮都干透了，提起袋子洋葱皮就哗哗地从网眼里往下掉。扛了一阵樊满堂身子又被汗泡透了，要命的是那些葱皮一个劲地往脖颈子里灌。就着汗扎在身上就好像是几百只蚂蚁在吞噬。两只胳膊被洋葱皮划拉得满是伤道子。红红的被汗这么一浸煞心地疼。樊满堂咬紧了牙，再挺挺就干完了。这回可真正是在给自己干哩么。樊满堂在一趟趟地数着趟数，两条腿一趟比一趟扭麻花扭得厉害，像是灌满了铅，每迈一步都需要花费老鼻子劲才能拉动两条腿打着摆子朝前迈上一步。整个腰都麻木到了背上。风将樊满堂的嘴唇吹得暴起了一层皮，本就有些稀疏的头发此时变得更加干燥。脸上沾满了葱皮，樊满堂想搓一下脸却又不敢，因为那手上全是洋葱汁的辛辣若要钻进眼睛里，刺得眼睛都睁不开。

又是几趟，樊满堂一放下袋子就想赶快回来，因为往回的那段子路可以让他喘息一下，平地上刮起的风也可将他身上的热气全吹掉。在往回走的那一刻使樊满堂觉得那是一种享受。

又是几趟。实在受不了了。樊满堂感觉全身都像在烫炕上烙饼一般。每一次放下袋子都想躺下去。可每次樊满堂都提醒自己，不多了，还剩几袋了。于是樊满堂便又朝着地的那头走去，一步一步地拖着，脚抬不起来了，便一路将地上散落的洋葱疙瘩都踢到一起。又是一趟——樊满堂数着，就完了，一袋，两袋，三袋——樊满堂这样不断地鼓励自己。樊满堂心里不禁暗自佩服起自己来，人，你看真是块贱骨头。樊满堂想着干不了了，老想着就这么停下来么。可真要咬牙坚持下去你看这不就快背完了么。

不知不觉中太阳倒西了，倒到沙枣树林的后面去了。沙枣树林乱蓬蓬的成了一片破网子。太阳圆圆的火红火红的。麻雀便在那片沙枣树林子上不停地盘旋。夕阳将那群麻雀的身子都镀上了一层金壳。远远一看像是无数金蛋蛋在翻滚。樊满堂感到喉咙好像有些湿润了。那一阵阵的风吹到身上感觉凉了，贴在身上的湿衣服像是穿上了一件铠甲。那是最后一趟了，樊满堂一边朝着沙枣树林走一边在心里念叨着。洋葱还没背完轻松感却早已爬上心头了。樊满堂将最后三袋洋葱用绳子捆在了一起，捆紧绳子一挺身子又是没起来。妈的。樊满堂骂了一声，朝两只手上又唾了口唾沫，又是一使劲樊满堂嘴里喊了一声"起"！洋葱袋子被抱了起来，脚下绊绊磕磕，可却没上肩一直朝前冲了过去。樊满堂一栽摔倒在地上。哎！真是没用了！樊满堂坐在地上轻轻地叹了口气，说着爬起身，将绳子解开。他再没有力气去试第三次了。这一次樊满堂将袋子扛上了肩，看看地上剩下的一袋，樊满堂不觉嘲笑起自己来了，你瞧，就是这一袋搭在肩上你就起不来么。想着勾了一下腰将那一袋用手提着，走了十几步之后樊满堂便觉得手指吃不住劲了，手里的那个袋子一个劲地老想脱手。樊满堂又一咬牙，用手指死死扣住网眼。快到了，再坚持一下。他不住地这样激励自己，脚底下的步子更加快了。袋子在背上也颤得跳了起来。

这一趟樊满堂可以说是迤逦歪斜地将洋葱袋子送上了沙枣树林边的洋葱垛。"哗"的一声连洋葱带樊满堂都一股脑地栽倒在洋葱垛上。完了。樊满堂兴奋地喊出了声便一下子让洋葱埋在了下面。

七

洋葱的辛辣香味和一股子冲起来的尘土灌得樊满堂大声地咳嗽起来。他爬起身重新倚靠在洋葱垛上，放眼望望自己这一天来干的活。樊满堂感觉都有些眼晕。沙枣树此时没有了洋葱袋子的衬托好像显得更加渺小了，差不多和四下里融在了一起。樊满堂倚在洋葱垛上仿佛是倚靠在沙漠中的一座沙丘

上。

这时，一直布满暗灰色云层的天空，一瞬间被落日刺破，整个疏勒河畔的田野都有种金碧辉煌的感觉。阳光真的是最好的化妆师，刚才还普普通通毫无特色的田野，一瞬间生动亮丽了。树叶脆黄，天空瓦蓝，远处的疏勒河滩也如镀了金一般耀眼。真是大漠孤烟直，长河落日圆哩么。他瞅了一眼身边塑料袋里的馒头，才感觉现在自己真的是饿了。一把抓了一个馒头，憋死老牛，大口大口地啃起来。馒头干得都有些掉渣了。樊满堂在嘴里费劲地咬嚼着，好用口水一点点地将馒头润开再下咽。吃罢两个馒头，樊满堂重新倚在洋葱垛上，感觉自己像是虚脱了一般，浑身上下没有一处不疼的。两条腿一阵阵麻麻酥酥的。刚吃下的那两个馒头由于太干了好像一直都堵在了心口窝里，一阵阵老打嗝。终于背完了，明天就找贩子来拉。樊满堂盘算着，顺着洋葱袋子坐到地上。这回樊满堂感觉是实实在在累日塌了，顺着洋葱袋子坐在地上就呼噜闪电地睡着了。

忽然，一股雪亮的光柱忽高忽低在黑暗中乱窜，不时地向樊满堂扫射。樊满堂醒来了，站起身还没来得及抻腰努肚打哈欠，恍恍惚惚一个巨大影子轰轰隆隆朝他开来。由于机耕路坑坑洼洼，那影子忽上忽下。樊满堂眯起眼看着，一直看到影子在洋葱垛前停下，才看清楚是一辆能装载三十几吨货物的大卡车。樊满堂心里已预感到不妙了，心一凉，完了。白眼狼来啦！车一停，就从车里下来一个人。樊满堂一看，却是儿子尕蛋。尕蛋一直朝着樊满堂这边跑过来。有些兴奋地喊，今年的洋葱发财啦！爹，你可真厉害，这么一河滩都让你集中到一达里啦！尕蛋讨好着，樊满堂没说话一直瞪着停在洋葱垛旁的那辆大车。尕蛋也回过头来看，然后说，爹，我雇了辆车来，省得你再去找贩子么。樊满堂仍旧瞪着车上站着的那几个装卸工。尕蛋见樊满堂不吱声

便又将身子凑前了一步说，爹，我把买主也联系好了，一吨一千，当场付款。樊满堂一怔，心里随着一惊，声音就有些发颤，去年不是一千五么？尕蛋不高兴了，爹，去年白葱才卖一千五，黄葱都臭大街了你又是不知道么。樊满堂不吱声，儿子也不吱声了。沉了好一会子还是儿子先开口说道，爹，我瞅下了一套楼房，还差点钱——樊满堂没接儿子的话。他实在是太累了。一仰身子又靠在了洋葱垛上。尕蛋见爹不说话，就拉着樊满堂的胳膊说，不是跟你说悠着点干么，看把你都累成啥样了，来你老人家坐这边来。说着尕蛋拉起樊满堂挪到了一边的地埂上。爹，城里买一套房子得花几十万哩。樊满堂无力地点点头，身子虚脱得像是一块被揉搓完的面筋。尕蛋又接着说：爹，这洋葱我全拉走。樊满堂不说话，尕蛋便又低下声说，这样贷款就能少贷点。那可是长毛的玩意，吃人哩么。樊满堂背过脸去看着远方的那一大片黑黢黢的洋葱地嘴里含混着说，家里的房子烂成那样了，我还想翻修一下哩么。由于被风抽了一天，樊满堂干裂的嗓子沙哑了，嘴唇爆裂成了烂橘子瓣似的。尕蛋一听，说，哎，那破房子有啥修头么，能凑合着住就行啦！又不是城里。樊满堂不说话了，一直茫然地瞅着地里。尕蛋见状，便抓住樊满堂胳膊摇晃了起来，小娃娃撒娇似的说，爹，房款我都给人家预付了一半啦。要是不买了，人家不退，那钱可就打了水漂啦！樊满堂被尕蛋撒娇似的摇晃着胳膊感觉一股久违的父子之情又回到了身边，慢慢地站起身"哦"了一声又沉吟了一会，说，那么些。上面号召都让进城，这进了城吃啥？喝啥？不是说，要进得去，立得住，有事干么。说着猫下腰去就要搬动刚扔下的一个洋葱袋子，尕蛋一看忙一把拉住了樊满堂，说爹，不用了，有人。说着朝车一挥手，呼啦一下子就跳下来几个人。樊满堂被挤到了一边上。洋葱垛离着车也近，那些人全都是一溜小跑，只一会工夫就将那一大垛洋葱装到了车上。几个人又一齐跳上了车，车开走了。儿子从车驾驶室里探出头来冲着樊满堂招手，爹你快回么，等我把楼房买好了你来看么。说着那车便像头笨重的牛一般左右晃悠着朝前开去。樊满堂站在地埂上看着那山一样的一大垛洋葱慢慢悠悠地沿着疏勒河岸开走了。樊满堂心里隐隐有些不好受，埋怨儿子你吹牛说本事大得很，怎么一用钱就找老子哩么。

八

被腾空了的洋葱地顿时显得一片寂静。田野里已完全都黑乎乎的。远处疏勒河岸边的山凹处，一弯碎银似的月牙泛起丝丝影子。隐隐听得清疏勒河水哗哗的声音。樊满堂支撑着地站起身来。回家。他自言自语说着，脚下踩着的是一层狼藉的洋葱皮。夜风吹着洋葱的味道四处扩散，樊满堂使劲吸了两口，一阵阵地感觉心里有些憋得慌，嘴里鼻子里喷出的都是一股子死葱味儿。他想到疏勒河里喝口水了再回也不迟，就调转身子向河滩走去。脚步还是那么沉重。樊满堂一步一步地朝着河滩走去。走，一直走。当他来到河滩前，下面的河里的流水已被升高了的月牙映衬着，发出幽幽的亮光。哗哗的水声，引得他嗓子眼都着火了。他抓住河滩岸上一墩红柳，慢慢向河底滑去，滑去。突然，红柳墩被樊满堂连根拽起，扬起一股尘土。顿时，仿佛山崩地裂，樊满堂被红柳墩带起的沙土石砾簇拥着，随着轰隆声一起卷进了河里。